U0925835

中国中学生百科全书

（修订本）

中国大百科全书出版社

文艺之美

图书在版编目（CIP）数据

文艺之美 /《中国中学生百科全书》编委会编．—修订本．—北京：中国大百科全书出版社，2020.1
（中国中学生百科全书）
ISBN 978-7-5202-0654-9

Ⅰ.①文… Ⅱ.①中… Ⅲ.①文艺－青少年读物 Ⅳ.①I0-49

中国版本图书馆CIP数据核字（2019）第282713号

中国中学生百科全书（修订本）文艺之美

出　版　中国大百科全书出版社
社　址　北京市西城区阜成门北大街17号
邮　编　100037
网　址　http://www.ecph.com.cn
电　话　010-88390718
发　行　新华书店总经销
印　刷　小森印刷（北京）有限公司
制　版　北京华艺创世印刷设计有限公司
开　本　889mm × 1194mm 1/16
印　张　24.25
字　数　462千字
版　次　2020年1月第1版
印　次　2022年6月第2次印刷
书　号　ISBN 978-7-5202-0654-9
定　价　120.00元

《中国中学生百科全书》编辑委员会

《中国中学生百科全书》（修订本）序言

《中国中学生百科全书》自2006年出版以来，深受中学生读者喜爱并荣获多项殊荣。时隔十三年，为适应今天中学生读者的阅读需要，我们对《中国中学生百科全书》做了全面修订和改版。

首先，我们对全书的结构做了调整。本着更基础、更核心的原则，我们将全书调整为三个分册并重新命名：《天地之间》《科学之书》《文艺之美》。三个分册各成体系，各有所专，又遵循统一的体例，共同组成《中国中学生百科全书》（修订本）。

其次，我们对全书条目框架做了调整。调整后的条目框架学科更明晰，更有利于中学阶段学习与大学专业选择的对接；包含的内容更全面，更便于中学生多方面知识的积累和素养的提高。

再次，我们对条目内容做了全面修订。对稳定性比较好的条目，主要是规范表达，使条目内容更严谨、更全面；对时效性比较强的条目，则既着力于体例规范，也着力于更新数据，使条目内容更准确、更科学。修订时还对语言风格做了调整，以使行文更符合现在中学生的阅读习惯。

然后，我们对呈现形式做了全新改版。我们对条目篇幅做了压缩，使行文更言简意赅；增设了一些知识点，以方便阅读和深化理解；同时尽可能地增加了说明性插图，使阅读更直观、更具象。我们还在排版时有意做了留白，以便读者记下阅读时的偶得。

所有这些，都是我们为读者所想，期待能与我们的中学生读者有更好的交流。

受出版周期所限，所收条目仍有不尽之处，将在以后继续完善。

编辑部

2019年12月

《中国中学生百科全书》前言

《新世纪中学生百科全书》自1997年12月面世以后，深受广大读者的厚爱，摆上了千家万户的书架。1999年11月，出版社又编辑出版了《新世纪中学生百科全书（修订版）》。

时隔七年，为了满足广大中学生的需要，在《新世纪中学生百科全书》和《新世纪中学生百科全书（修订版）》的基础上，出版社编辑出版了《中国中学生百科全书》。本书是《新世纪中学生百科全书》的增补更新本，既继承了其优点，又增加了新的理念和新的知识，更新了数据。资料截止日期为2006年7月底。

《中国中学生百科全书》体现了这样的理念：对于中学生的培养应该是全面的。肩负祖国未来的中学生，不仅要是知识丰富、全面发展的人，也要是了解社会、善于处世的人，更要是思想活跃、领先潮流的人。

一个合格的中学生应该具备以下各方面的能力：

一、口头和书面语言表达能力。这一能力对将来从事任何一项工作都很重要。

二、对社会科学、文学、历史、地理的综合理解能力。这是各方面能力培养的基础。

三、数学的理解和实际应用能力。不仅要理解数学法则，更要能将数学应用于实际。

四、对物理、化学和生物科学与环境关系的理解能力。了解物质世界的运动规律，对作出正确的决策是有益的。

五、掌握外语背景知识和了解外国文化的能力。外语学习能锻炼记忆力、启迪思维，对外国文化的学习则有助于新观念的接受。

六、熟练使用计算机和其他技术手段的能力。不能满足于简单操作，要能解决较为复杂的问题。

七、艺术鉴赏能力。艺术素养的提高会使中学生的素质更加完善。

八、对社会政治、经济体制的理解能力。中学生很快就要步入社会，必须对现实社会有深入了解。

九、培养良好的生活习惯与顽强的毅力。注重身体、心理健康，加强身体锻炼、心理磨炼，克服不良习惯，抵制各种诱惑，对中学生的健康成长尤为重要。

十、分析、解决问题的能力和创造精神。这些决定着中学生的发展，影响他们今后的事业和生活。

《中国中学生百科全书》在培养中学生全面素质和能力方面，作出了新的有益尝试。

首先，本书涵盖了中学期间应当掌握的所有知识内容，《数理加油站》《史地大空间》和《文体新天地》三个分册对中学知识进行了全面的概括和梳理，对中学生的知识掌握大有裨益。

其次，本书摆脱传统百科全书的桎梏，推出了令人耳目一新的《成长充电器》分册，该册内容包括中学生成长问题的解决、中学生能力的培养、青春期心理问题的解惑等。这对中学生健康成长意义重大。

最后，本书还增加了大量最新的实用信息，如热门专业、热门科学话题、新兴职业、新发明，以及百所重点大学及其录取分数线等。这些实用信息增强了本书的实用性。

参加本书编写的作者都是中学教育方面的专家和在一线从事教学工作的优秀教师，他们付出了辛勤劳动，在此向他们表示衷心感谢！

编辑部

2006年8月

凡　例

一、编排

1. 全书以条目为主体，条目按学科体系顺序排列。

2. 全书三册，按学科构成一个完整的知识体系。其中每册又各自构成独立的知识体系，具备独立的参见和索引系统。

3. 全书分为三册，每册包含多个学科的内容：《天地之间》，包含历史、天文、地质、地理等方面的内容；《科学之书》，包含数学、物理、化学、生物、医学、农业等方面的内容；《文艺之美》，包含语文、体育、美术、建筑、音乐、舞蹈等方面的内容。

二、条目标题

4. 条目标题仅由汉语标题组成。

5. 条目标题一般为词或词组，如“历史”“植物”“中国文学”“流行音乐”。

三、释文

6. 条目释文一般依次由定义和定性叙述、简史、基本内容、插图等构成，视条目的性质和知识内容的实际状况有所增减或调整。

7. 条目释文使用规范的现代汉语，并力求简明扼要、通俗易懂。

8. 一个条目的内容涉及其他条目并需由其他条目释文补充的，采用“参见”的方式。所参见的条目标题在释文中用蓝色楷体字显示。如“隶书由简略的篆书逐渐发展而成”。

9. 释文较长时，设置层次标题，并用不同的字体和排式表示不同的层次标题。

四、插图

10. 插图包括照片、线条图等，随文编排。

五、知识点

11. 知识点是条目内容的补充和延伸，随相关条目编排。

12. 知识点不列入目录。

六、索引

13. 每册正文后附有条目标题汉语拼音音序索引。

七、其他

14. 本书所用术语和外国人名、机构名的译名，以及常用数据均参照《中国大百科全书》（第二版）。本书所用地名及相关数据，均参照中国地图出版社出版的《中国地图集》《世界地图集》。

15. 本书的资料一般截止到2018年底。

条目分类目录

语文

【语言文字】

【文学】

体育

美术

【绘画】

【书法篆刻】

【雕塑】

【工艺美术】

【建筑艺术】

音乐舞蹈

【音乐】

【舞蹈】

语文

【语言文字】

语文 “语文”是一个整体，包括“语”（语言）和“文”（文字、文学）两个方面。叶圣陶、夏丏尊二人从20世纪30年代后期就提出过“语文”这个概念。但“语文”作为学科名称，始用于1949年华北人民政府教育部教科书编审委员会选用的中小学课本。

1949年以前，这个学科的名称，小学称国语，中学称国文。1949年以后，从小学到高级中学，这门学科统称语文，不再划分为国语和国文两个阶段。2000年颁布的《全日制义务教育语文课程标准（实验稿）》明确指出，“语文是最重要的交际工具，是人类文化的重要组成部分”。语文的基本特点是工具性与人文性的统一，语文教学应致力于语文素养的形成与发展。

语言 人类特有的一种符号系统。当作用于人与人的关系时，它是表达相互反应的中介；当作用于人与客观世界的关系时，它是认识事物的工具；当作用于文化时，它是文化信息的载体。

语言具有可分离性、可组织性、理智性和可继承性：语言可以分离出音位和词；语言系统是开放性的，可以按一定规则把音位和词组合起来，生成无限的句子；语言能对即将来临的刺激作出反应；人类因为有语言，可以把信息传到远方和后代。

关于世界上的语种数目，学者们曾做过不懈的调查和统计，但仍有争议，只能作某些近似的估计，一种估计是2500～5000种，另一种是4000～8000种。

就使用人数来说，世界诸语言很不平衡，少数语言有可观的使用人数，而大多数语言使用人数很少。有10种语言的使用者总数超过世界总人口的半数，它们是汉语、英语、俄语、西班牙语、印地语、阿拉伯语、日语、德语、葡萄牙语、乌尔都语。世界诸语言的地理分布也很不平衡，大多数语言只在很有限的区域内起传递信息的作用，而少数语言却在十分广阔的区域内通行，如英语、西班牙语。就语系分布而言，印欧语系无论从使用人数还是从分布区域看，均堪称世界最大的语系。

汉语 世界上地位显著的语言之一、

联合国的工作语言之一。属汉藏语系，是这个语系里最主要的语言。除中国以外，汉语还分布在新加坡、马来西亚等地。以汉语为母语的人超过12亿。现代汉语的标准语是近几百年来以北方官话为基础逐渐形成的。它的标准音是北京音。汉语的标准语在中国大陆称为普通话，在台湾省称为国语，在新加坡、马来西亚称为华语。

汉语的音节可以分成声母、韵母、声调三部分。打头的音是声母；其余的部分是韵母；声调是整个音节的音高，是辨义的。声母都是辅音。最复杂的韵母由介音、主要元音和韵尾三部分组成。韵尾有的是辅音，有的是元音。在组成音节的声母、介音、主要元音和韵尾四部分里，主要元音不能没有，其余三部分都不是必须出现的。

1958年2月11日第一届全国人民代表大会第五次会议批准的汉语拼音方案中的汉语声母韵母表　新华社提供

KEY TO CHINESE PHONETIC SYMBOLS

(Wade spelling, or customary English transcription, given in brackets beside new phonetic symbols)

Phonetic Symbols	Keys
a (a)	father
ai (ai)	aisle
an (an)	can
ang (ang)	bang (German)
ao (ao)	now
b (p)	speak
c (ts‘)	that's
ch (ch‘)	chew (tip of tongue curved back)
d (t)	steam
e (ê)	up (lengthened)
ei (ei)	eight
en (ên)	omen
eng (êng)	sung
er (êrh)	err
f (f)	fan
g (k)	skill
j (ch)	jeer
h (h)	ach (German)
x (hs)	ship
i (i)	(1) machine
(ih; ü)	(2) vocalized r in zhi, chi, shi, ri; or a prolonged z-sound in zi, ci, si.
ia (ia)	Asia (i+a)
ian (ien)	yen (i+an)
iang (iang)	young (i+ang)
iao (iao)	yowl (i+ao)
ie (ieh)	yes (i+e)
in (in)	machine
ing (ing)	sing
iu (iou)	few (i+ou)

Phonetic Symbols	Keys
y (y)	you
k (k‘)	kill
q (ch‘)	cheer
l (l)	law
m (m)	man
n (n)	no
ng (ng)	sing
o (o)	saw
ou (ou)	know
p (p‘)	peak
r (j)	between English r (run) and French j (jeune)
s (s)	sound
sh (sh)	shrub
t (t‘)	team
u (u)	rude
ua (ua)	waft (u+a)
uai (uai)	wife (u+ai)
uan (uan)	wander (u+an)
uang (uang)	wang (u+ang)
ui (uei)	we or way (u+ei)
un (un)	wen
ong (ung)	ung (German)
uo (uo)	woman
w (w)	way
ü (ü)	ü (German)
üan (üan)	ü+an
üe (üeh)	ü+e
ün (ün)	ü+n
iong (iung)	i+ong
z (ts)	adze
zh (ch)	rich (tip of tongue curved back)

汉语的语素绝大部分是单音节（手/洗/民/失）的。语素和语素可以组合成词（马＋路→马路/开＋关→开关）。有的语素本身就是词（手/洗），有的语素本身不是词，只能跟别的语素一起组成合成词（民→人民/失→丧失）。现代汉语里双音节词占的比重最大。

汉字用来记录汉语。从汉字本身的构造看，汉字是由表意、表音的偏旁（形旁、声旁）和既不表意也不表音的记号组成的文字体系。就汉字与它所要记录的对象汉语之间的关系来看，汉字代表的是汉语里的语素。

汉语方言粗分为官话和非官话两大类。官话分布在长江以北地区和长江南岸九江与镇江之间的沿江地带，以及湖北、四川、云南、贵州四省，包括北方官话、江淮官话、西南官话等方言区。官话方言内部的一致程度比较高。非官话方言主要分布在中国东南部，包括徽语（皖南）、吴方言（江苏南部，浙江大部）、赣方言（江西大部）、湘方言（湖南大部，广西北部）、粤方言（广东大部，广西东南部）、闽方言（福建，台湾，广东的潮州、汕头，海南）、客家方言（广东东部和北部，福建西部，江西南部，台湾）。非官话方言差别大，彼此一般不能通话，甚至在同一个方言区内部交谈都有困难。

普通话　以中国北京语音为标准音、以北方话为基础方言、以典范的现代白话文著作为语法规范的现代汉民族共同语。中华人民共和国成立后，为了加强政治、经济、文化的统一，决定把汉民族的共同语加以规范并大力推广。1955年召开的全国文字改革会议和现代汉语规范问题学术会议，确定了民族共同语的标准，给普通话下了科学的定义，制定了推广的方针、政策和措施。

1955 年 10 月现代汉语规范问题学术会议在北京开幕　新华社提供，孟庆彪拍摄

普通话的标准包括语音、词汇、语法三个方面。①语音。普通话以北京语音为标准音。北京语音主要指北京话的语音系统，不包括个别的土音。②词汇。普通话以北方话为基础方言。北方话的词汇是普通话词汇的基础和主要来源。③语法。普通话以典范的现代白话文著作为语法规范。所谓典范的著作，指具有广泛代表性的著作，如国家的法律条文、报刊的社论，以及现代作家的作品等；现代白话文著作是相对早期的白话文著作来讲的。

普通话是现代汉语的标准语，是现阶段汉民族语言统一的基础，是现代汉语发展的主流和方向。

汉语方言　汉民族语言的地域性变体。汉语方言的内部发展规律服从于汉民族共同语，同时又具有不同于其他方言的特征。

汉语方言的形成和发展与中国社会的发展和变化息息相关。据古书记载，在秦代以前，北方话已经确立了汉民族共同语基础方言的地位，吴方言、粤方言、湘方言也逐渐形成。魏晋南北朝时期，先后形成了客家方言、闽方言、赣方言。至此，汉语七大方言基本形成。

汉语七大方言的语音系统各具特色。以北方话为基础的官话方言音系比较简单，反映了汉语语音从繁到简的发展趋势；南方各大方言音系比较复杂，更多地保存了古代语音的因素。就声、韵、调三部分而言，官话方言的韵母和声调要比闽、粤、吴、客家诸方言简单得多，唯有声母方面，官话方言和南方各方言各有繁简。汉语方言之间在词汇上的差别，表现为各大方言区都拥有相当数量的方言词，有些方言词只通行于某个方言区或某几个方言区，有些只通行于某一个方言片、方言点。相对来说，汉语方言在语法上的差异比较小，因为语法结构是语言体系中最稳固的。

随着现代汉语方言资料的不断积累和研究工作的日益深入，又有“十大方言”之说，即在上述七大方言的基础上增加了晋语、徽语和平语。

论述汉语方言的著作《汉语方言概要》

英语 世界上通用的语言、联合国的工作语言之一。属印欧语系日耳曼语族西支。美、英等60多个国家和地区都以英语为官方语言和半官方语言。全世界约有20亿人使用，以英语为母语的人超过3.6亿。英语是世界上分布区域和使用范围最广的语言。英语科技词汇基本上已成为国际通用的术语。

英语具有多种地区性变体。除英国英语外，最值得注意的是美国英语。美国英语和英国英语在语音上有相当明显的差别，但拼写的差异不是很大。在词汇方面，美国英语曾长期以英国英语为规范。第二次世界大战以后，美国英语已反过来对英国英语产生影响，并且正在日益扩大这种影响。在文学作品上，这两种英语的区别比较明显，但在学术、科技文章方面，两国作者使用的是一种中性的共同文体。除美国英语外，加拿大英语，澳大利亚、新西兰英语，南非英语等，也都各自具有语音和词汇上的特点。

俄语 俄罗斯的官方语言、联合国的工作语言之一。属印欧语系斯拉夫语族东支。主要使用于独联体国家。在爱沙尼亚、拉脱维亚和立陶宛等国也有使用者，中国的俄罗斯族也使用俄语。全世界有超过2.6亿人使用。

现存最早的古俄语文献《奥斯特罗米尔福音书》（11世纪）

俄语是印欧语系中保留古代词形变化较多的语言之一。现代俄语有两种主要的地域方言：南俄方言和北俄方言。南俄方言分布于俄罗斯南部，中国俄罗斯族使用的俄语属南部方言。北俄方言分布于俄罗斯欧洲部分的北部和东部，以及乌拉尔、西伯利亚大部。在南、北方言区之间，从西北到东南有一个过渡性区域，习称中俄方言区。现代俄语标准音在莫斯科音的基础上形成。

20世纪50年代以来，俄语在国际上的使用范围明显扩大。俄语的科技信息受到国际上的重视。

西班牙语 西班牙和拉丁美洲绝大多数国家的官方语言、联合国的工作语言之一。属印欧语系罗曼语族西支。美国南部的几个州、菲律宾和非洲的部分地区，也有相当数量的使用者。以西班牙语为母语的人达4亿。

西班牙语由拉丁语分化演变而来。西班牙语的语音、词汇、语法体系等继承了拉丁语的特点。西班牙语采用拉丁字母书写，并补充了腭化符号和尖音符。现代标准西班牙语在卡斯蒂利亚方言的基础上形成。因此，西班牙语也称卡斯蒂利亚语，特别是在拉丁美洲。

拉丁美洲的西班牙语形成了若干地区方言，它们在语音、词汇和语法的某些方面具有不同于欧洲西班牙语的特点。

印地语 印度的两种官方语言之一（另一种是英语）、印度国内最通行的一种语言。属印欧语系印度－伊朗语族印度语支。分布于印度中部和北部的中央直辖德里特区，以及北方邦、中央邦、比哈尔邦、拉贾斯坦邦、哈里亚纳邦等。

在印度有将近3亿人使用。此外，在毛里求斯、斐济群岛、特立尼达和多巴哥、圭亚那、苏里南等地的印度裔居民中也有相当数量的使用者。

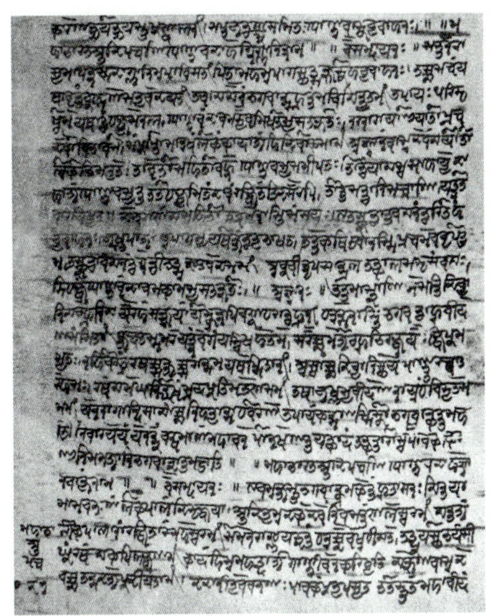

梵语文献《摩诃婆罗多》古抄本

印地语是由古梵语发展而来的一种现代印度-雅利安语言。印地语的语法比梵语简化，基本词汇大部分从梵语演变而来。各专业学科的术语，近来倾向于直接取自梵语，或用梵语构词法创立新的梵语词。

印地语有西部印地语、东部印地语、比哈尔语、拉贾斯坦语和山地印地语五大方言。标准语的基础是属西部印地语的克里波利方言。印地语采用天城体文字，这是一种音节拼音文字，由古代的婆罗米字母演变而来，自左而右书写。

阿拉伯语 阿尔及利亚、巴林、埃及、伊拉克、约旦、科威特、黎巴嫩、利比亚、毛里塔尼亚、摩洛哥、阿曼、卡塔尔、沙特阿拉伯、阿拉伯联合酋长国、索马里、苏丹、叙利亚、突尼斯、也门等国家的官方语言，联合国的工作语言之一。属阿非罗-亚细亚语系闪语族。使用人口超过2.2亿。

阿拉伯语源出阿拉伯半岛，对亚、非、欧许多地区产生过巨大的文化影响。如波斯语、土耳其语、乌尔都语、印度尼西亚语、斯瓦希里语、豪萨语等数十种语言都曾大量吸收阿拉伯语词，并用阿拉伯字母拼写，其中波斯语、乌尔都

古代阿拉伯文字

语及中国的维吾尔语等现在仍使用这种字母。阿拉伯语方言与文学语言有很大差异，各方言间的差别也很大。

阿拉伯文字是一种音位文字，由闪语族西支的音节文字发展而来，自右而左书写。

日语 日本国的官方语言。系属未定。有的学者认为属于阿尔泰语系，也有人认为属于南岛语系。分布于日本列岛。使用人口超过1.2亿。标准语以东京横滨方言为基础。有本岛方言（包括日本东、西部方言）和琉球方言两大方言。

日语的敬语用法十分发达而复杂。口语与书面语及男女用语的差别都比较

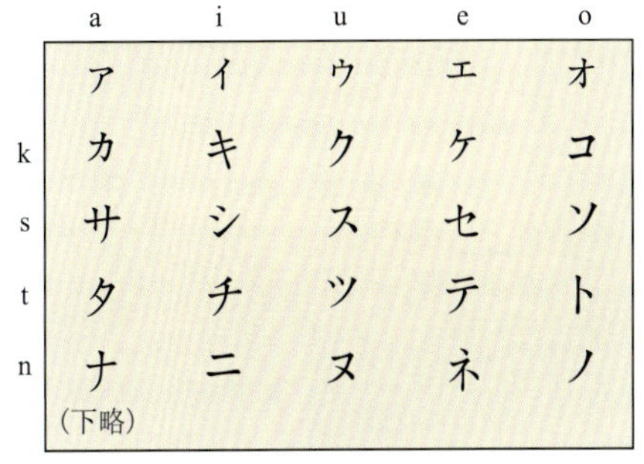

日文假名

大。汉语词占日语词汇的半数以上。

日语的文字由汉字和假名两套符号组成，并混合使用。假名有平假名和片假名两种字体。平假名假借汉字的草书构成，用于日常书写和印刷；片假名假借汉字楷书的偏旁冠盖构成，用于电报、外来词、象声词和特殊的词语。

德语 德国、奥地利和列支敦士登的官方语言，瑞士和卢森堡的官方语言之一。属印欧语系日耳曼语族西支。除分布于上述国家外，还在法国的阿尔萨斯、洛林地区使用。俄罗斯和罗马尼亚等国的德国移民社团，以及美国的宾夕法尼亚州等地也有少量使用者。使用人数超过 1 亿。

德语分为高地德语和低地德语。高地德语是共同语。通用的书面语以高地德语为基础。各方言间的差别很大。高地德语与低地德语的语言分界线大致从德国西北部的亚琛起，向东经莱茵河畔的本拉特、卡塞尔、马格德堡直到奥得河畔的浮斯腾堡，这条线以南是高地德语，以北是低地德语。

德语采用拉丁字母拼写。20 世纪 30 年代以前，德语一直用花体字母，以后使用普通的拉丁字母。

德语对世界文化有过明显的贡献。19 世纪德国哲学提供了启迪人的心智的概念和术语。直到今天，当人们谈到哲学问题时，仍习惯用德文原词以明本义。德国的医学和化学长期领先，这也使德语成为这些学科的研究者必习的语言。

马丁·路德译的《圣经·新约》

Biblia/das ist/ die
gantze Heilige Sch-
rifft Deudsch.
Mart. Luth.
Wittemberg.
Begnadet mit Kür-
furstlicher zu Sachsen
freiheit.
Gedruckt durch Hans Lufft.
M. D. XXXIIII.

法语 属印欧语系罗曼语族西支。分布地区除法国外，还有比利时南部、加拿大的魁北克省、瑞士部分地区、海地、卢森堡，以及非洲的塞内加尔、马里、几内亚、刚果（金）、刚果（布）、贝宁、布隆迪等。它是上述国家的官方语言或官方语言之一，也是联合国的工作语言之一。使用人数超过 2 亿。

法语由拉丁语派生而来，从拉丁语、希腊语和英语借词较多。法语采用拉丁字母拼写，有些字母可以附加音符或拼写符号。法语的拼写法和读音大体相符，但也有不规则的地方。

从中世纪起，法语在国外就有较大影响。17 ~ 18 世纪，法语是重要的国际语言，欧洲很多国家的宫廷和上层社会以使用法语为风尚。第二次世界大战后，法语的影响降低，但仍不失为较重要的国际通用语言。

世界语 一种国际辅助语。由波兰医生 L.L. 柴门霍夫（1859 ~ 1917）于 1887 年创制。1905 年举行的第一次国际世界语大会，确定柴门霍夫所著《世界语的基础》一书为语言的准则，世界语因而能维持其统一性和稳定性。使用世界语的人被称为世界语者，他们大都热心于推广世界语的运动。使用人数超过 1000 万。

世界语的读音和拼写是有规则的，做到了“一音一符”“一符一音”。世界语广泛运用转化、复合、派生等构词

2003 年 7 月第 88 届国际世界语大会在瑞典哥德堡开幕　新华社提供，吴平拍摄

手段，词缀都能自由构词。初创时确定的 900 多个语素，大部分取自罗曼语族，一部分取自日耳曼语族，少数取自斯拉夫语族，有些系人工构拟。世界语的基础语法有 16 条规则。每个世界语者都有平等的权利按基础语法自由地创造所需要的词语和引进国际通用词，但无权修改基础语法。

文字　语言的书写符号，人与人之间交流信息的约定俗成的视觉信号系统。这些符号要能灵活地书写由声音构成的语言，将信息送到远方，传到后代。

文字起源于图画。许多民族都创造过原始文字，但只有极少几个民族的文字发展到成熟程度。大多数民族都借用其他民族已经成熟的符号系统，再加以修改、补充，书写自己的语言。

文字的先驱，意为：渔王率五舟，各乘若干人，历三日，渡湖，安抵对岸

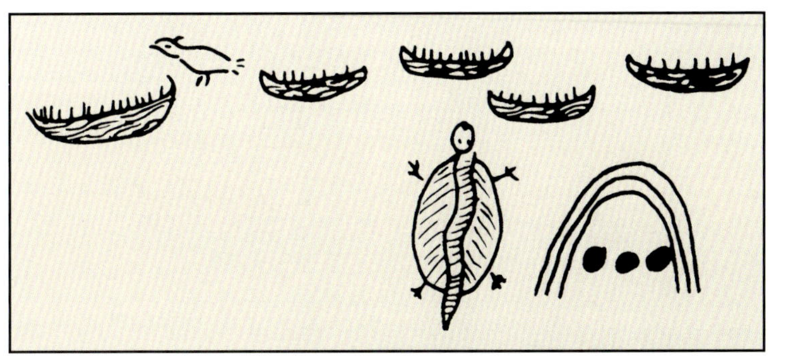

名副其实的文字有词符与音节符并用的文字、音节文字和字母文字三种主要类型。这三种类型代表文字发展的三个阶段。其中词符与音节符并用的文字是最早达到成熟程度的文字类型。用汉字书写的中文基本上属于词符与音节符并用的类型。

从单个符号来看，文字有表形（象形）、表意（会意、指事）和表音（假借、谐声）三种基本的表达方法。具体的文字，往往混合应用几种表达方法，而以一种或两种方法为主。体式是文字的外形。任何文字的体式都是不断变化的，可是成熟的文字就变化很慢。

文字的主要发源地，除北非、西亚和东亚以外，还有美洲的墨西哥（尤卡坦半岛）。文字随着文化，尤其是宗教传播四方。同一种文字可以传播到语言完全不同的民族。拉丁字母的传播最为广泛。

汉字　汉族人民用以记录汉语的书写符号。是汉族祖先在生产劳动和生活实践中创造出来的。汉字本身有一定的结构规律和完整的系统性。尽管汉语方言差异较大，但用汉字写下的书面语言，南北各地的人都能看得懂。虽然古今语音有很大的变化，但是商周的古文和由秦汉传下来的古书现在仍然能读得懂。

汉字有着极其悠久的历史。目前还难以确切断定汉字开始产生的时间。今天所能见到的最古的文字是商代刻在甲骨上和铸在青铜器上的文字。商代的文字已经是很发达的文字了，最初产生文字的时代必然远在商代以前，那就是夏

商代刻在牛骨上的文字（河南安阳殷墟出土）

代或早于夏代。

商代文字已经不是图画，而是一种笔画简单的记录语言的符号。周代铜器上的文字在写法上与**甲骨文**还很接近。春秋战国之际，列国的文字各有地方特色，不完全一致。秦人承继了西周的文字，用大篆。秦灭六国以后，李斯倡议统一文字，废止了与秦国文字不一致的六国文字，以秦国文字为标准字体，把原来的大篆简化为小篆。小篆形体比大篆简单，结构比**金文**整齐，写法有一定的规范。**隶书**由简略的**篆书**逐渐发展而成。相传秦代开始有了与篆书接近的隶书，隶书在民间使用。汉代，隶书不断发展，成为日常应用的字体。在汉代隶书开始发展的时期，又有了**草书**。汉末有由楷隶简化的**行书**。到魏晋时期有了真书即**楷书**。楷书从唐代以后一直为手写字体。

汉字自古至今都是方块式的文字，有的是独体字，有的是合体字。独体字来源于图画式的象形字和指事字；合体字是以独体字为基础构成的，包括会意字和形声字。在汉字中，独体字很少，合体字占 90% 以上，而合体字中又以形声字占绝对多数。

汉字是一种表意注音的音节文字，每一个汉字代表语言中的一个音节。一个字不一定就是一个词，它可能只是构成一个词的词素（或称语素），只代表整个词的一个音节。汉字虽然是音节文字，但是汉字本身不都能确切地表示语音。汉字在记录语言时，每一个字都有一定的约定俗成的写法。除古代已经通行的同音假借字一直沿用的以外，其他字是不能随便写的。写错了就称为写“白字”。

清代的《**康熙字典**》收录了 4.7 万多字。实际上日常使用的字不过六七千而已。由繁复趋向简化，是汉字形体发展的规律。现代汉字简化工作是从 20 世纪初开始的。1954 年中国文字改革委员会成立。1956 年国务院公布《汉字简化方案》。1964 年，中国文字改革委员会编辑出版了《简化字总表》。1986 年，国家语言文字工作委员会重新发表《简化字总表》。《简化字总表》所列简化字是通行汉字的正体。

六书 关于汉字构造的理论。“六书”一词最早见于《周礼》。汉代学者把六书解释为关于汉字构造的六种基本原则。东汉班固在《汉书·艺文志》中所说的六书是象形、象事、象意、象声、转注、假借。许慎在《说文解字叙》中列出六书的名目是指事、象形、形声、会意、转注、假借，并作了解释。后人所指的六书一般采用许慎的名称和班固

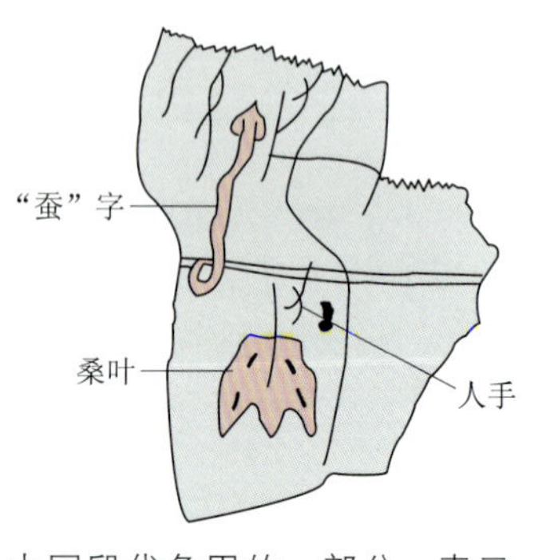

中国殷代龟甲的一部分，表示象形文“蚕”字

的次序。由于许慎对六书的解说比较简单，至今人们对六书的解释也没有形成一个统一的认识。

象形是描摹事物形状的造字法。象形字如“车”“日”“月”等。

指事是用象征性符号来表示意义的造字法。指事可分为两大类：一是由纯粹符号组合而成，如“一”“二”“三”；二是在象形符号的基础上加上抽象符号构成，如“本”是“从木，一在其下”，“末”是“从木，一在其上”，这两个字所从的“木”是象形符号，“一”则是抽象符号。

会意是利用已有的字，依据事理加以组合，表示一个新的意义的造字法。如“从人从言”为“信”。

形声是形旁和声旁并用的造字法。如“论”，“从言，仑声”，“言”是形旁，表示“论”同言有关，“仑”是声旁，表示“论”的读音。汉字中形声字占 80% 以上。

转注指意义相同或相近的字互相注释。如“考”“老”二字，本义都是长者，可以互训。

假借指某些字有音无字，借用同音字来表示。如“来”的本义为小麦，借作来往的“来”。

商代刻在龟甲上的文字（河南安阳殷墟出土）

甲骨文 中国古代刻在龟甲和兽骨上的文字。绝大部分甲骨文发现于河南安阳殷墟。从殷墟甲骨文来看，当时的汉字已经发展成为能够完整记录汉语的文字体系，其单字数量约有 4000 个。其中既有大量指事字、象形字和会意字，也有很多形声字。指事、象形、会意三种字，可以合称为表意字。除了表意字和形声字，假借字在甲骨文里也使用得很普遍。殷墟甲骨文与现在使用的汉字相比，在外形上有巨大的差别，但是从文字的构造方法来看，二者基本上是一致的。

金文 中国古代铸造或刻写在青铜器上的文字。青铜古称“金”，故名。又称钟鼎文、吉金文字、青铜文。出现于商代中期，之后随着青铜器铸造的繁荣而达到鼎盛，至秦灭六国，用小篆统一全国文字时结束。商代出土的青铜器上的铭文并不多，铸有大量铭文的青铜器出现在西周、春秋至战国时期。这一时期可以说是青铜器铭文的鼎盛时期，青铜器上的铭文字数较多，而且篇幅也较长。

周公东征鼎铭文拓本

清代吴式芬把商周青铜器

铭文编成《攈古录金文》一书，“金文”一词遂有了界说，但仍指整篇的铭文。1925年容庚编《金文编》，把商周青铜器铭文中的字编为字典，从此金文成为一种书体名称。金文比甲骨文更趋规范化，形体也更方正整齐，笔画的分布更求均匀对称。

篆书　中国古代汉字的一种书体。有大篆、小篆之分。大篆本名籀文，起于周末，后行使于秦国。小篆又名秦篆，指秦始皇统一文字所用的书体，汉代沿用。后世所称篆书，一般指小篆。

秦李斯书峄山刻石上的小篆拓片

秦代小篆流传下来的资料有泰山刻石、峄山刻石，以及无数秦量、秦权、秦诏版等。文字已规范化，偏旁都有固定的形式和位置，形体竖长方，其空虚不足之处用笔画填满，不顾象形、指事、会意等意义的体现。

隶书　中国古代汉字的一种书体。战国晚期在秦国文字俗体的基础上产生，一直沿用到汉末，经历的时间较长，其字体本身也有变化。一般把战国晚期到西汉早期的隶书视为古隶（又称秦隶），其面貌比较古拙，用笔带有篆书的特点。到西汉昭帝、宣帝时，隶书发展成一种在写法、结体上都有规范的字体，一般称汉隶或八分。到东汉中期，人们在日常生活中对隶书进行了改造，使隶书用笔呈现出由八分向楷书过渡的面貌，有人称其为新隶体。

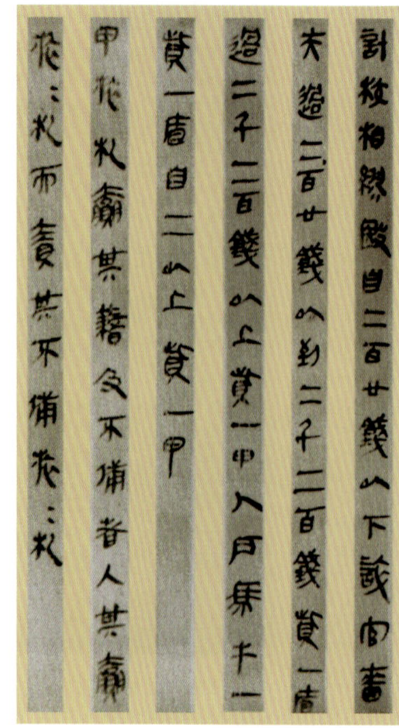

秦隶（云梦秦简《效律》）

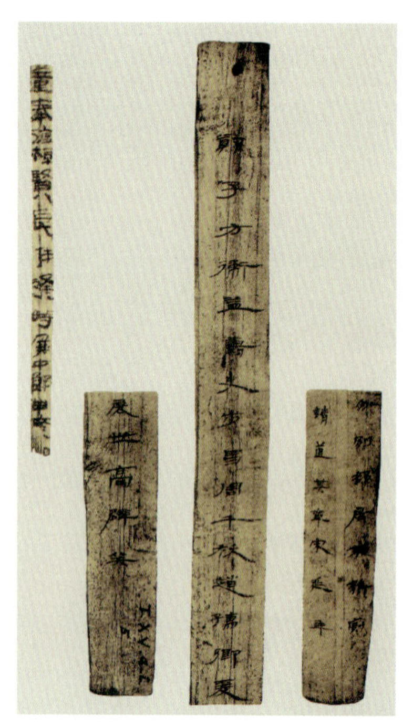

汉隶（汉简《急就章》）

隶书又称佐书。汉代人常把官府文书等所用隶书书体称为史书。

草书　中国古代汉字的一种书体。形成于汉代。从汉至唐，有章草、今草、狂草之分。

章草起源于西汉宣帝、元帝之时，形成于战国时期秦国俗体字的草率写法及早期隶书的草率写法。章草略存八分笔意，字与字不相牵连，笔画省变有章法可循。今草起于何时，有汉末张芝和东晋王羲之、王洽两种说法。今草笔势

《急就章》（松江本）

流畅，已不拘于章法。唐代出现以张旭、怀素为代表的狂草后，草书成为完全脱离实用的艺术创作，从此草书只是书法家临摹章草、今草、狂草的书法作品。

章草如三国吴皇象的《急就章》（松江本），今草如晋代王羲之的《初月帖》《得示帖》等帖和孙过庭的《书谱》，狂草如唐代张旭的《肚痛帖》等帖和怀素的《自叙帖》，均为现存珍品。

楷书 中国汉字的一种书体。又称正书或真书。产生于汉魏之际。早期的楷书大约来自行书，代表性的书法家是钟繇及王羲之父子。进入南北朝后，楷书成了主要的字体。在南北朝早期的碑刻、墓志上，往往使用一些带有隶书痕迹的楷书，面貌较古拙。在北朝的碑志里，楷书较长期占据主要地位。由于使用这种楷书的北魏碑志数量很多，后人称之为魏碑体。到南朝齐梁时期，碑志上出现了与钟、王体很接近的楷书。唐以后，魏碑体基本不用，至清代才由于书法家的提倡而重新受到重视。有人认为楷书到了唐代才真正成熟，代表人物是欧阳询、颜真卿、柳公权等。

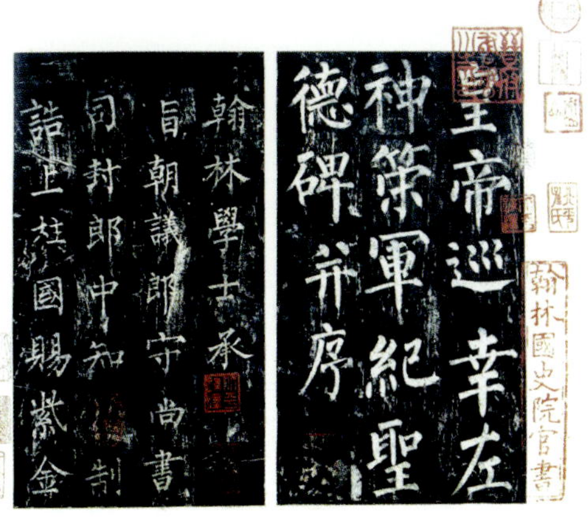

柳公权书《神策军纪圣德碑》拓片局部

行书 中国古代汉字的一种书体。介于草书与楷书之间。行书是由正体字在日常应用中笔画连写或小有变异而形成的，既便于书写，又不像草书那样难于辨认，所以宜于通行。从汉代起，行书随着正体字的发展，在体势、笔意上有所变化，成为适应性最强、应用范围最广、延续时间最长的书体。东汉中期行书已经出现。西晋时行书大行于世，书法家也多以行书著称。东晋帝王多擅行书。书法家中王羲之擅行书，他的《兰亭序》号称“天下第一行书”。

冯承素摹《兰亭序》帖卷

汉字排检法 对汉字单字或词组进行排序，以便查检的方法。又称汉字检字法。除用于**词典**、**百科全书**等工具书的编排外，还普遍用于字顺目录、索引及文书、档案中各种名称等的排序。可分为义序排检法、形序排检法和音序排检法三种类型。

义序排检法是中国古代字书的一种编排法，它将汉字按字义归类排比，《史籀篇》《尔雅》《广雅》等书皆用此法。由于汉字存在一字多义现象，义序排检法一般不用作正规的排检法。

形序排检法是根据汉字形体结构进行分类排列的方法，主要有部首法、笔画与笔顺法、号码法等。①部首法。部首是汉语字典里一组汉字中意符相同的部位。使用部首法必须首先分析字形结构，熟悉部首的位置，查出部首，再按部首以外的笔画数查字。②笔画与笔顺法。笔画法是以汉字笔画多少为排列顺序，笔画数少的在前，笔画数多的在后；笔画数相同的，按每个汉字的笔形或部首排列。笔顺法是按笔形顺序确定汉字排列先后。笔画法与笔顺法一般相互结合使用，即先按笔画数排列，然后再按笔顺排列。③号码法。以四角号码法较为普遍。四角号码法是根据汉字方块形状的特点，将汉字字角的各种笔形用阿拉伯数字代号表示，把代号按左上角－右上角－左下角－右下角的次序组合，然后按号码大小依次编排。四角号码法曾在多种文史工具书中采用。

音序排检法是按字音排检汉字的方法，主要有韵部顺序法、注音字母顺序法和汉语拼音字母顺序法等。韵部顺序法是古代按音排列汉字的一种方法。从20世纪30年代到1958年，音序排检法大都按注音顺序排列。汉语拼音字母顺序法是按1958年公布的《汉语拼音方案》字母表的顺序排列汉字。在26个字母中除I、U、V三个字母外，共有23个部。每个汉字排列时先以声母与韵母所拼写的音节为序；字节相同，按声调的阴平、阳平、上声、去声顺次排列；字节、声调都相同，再按汉字的笔画笔形排列。《汉语主题词表》《**现代汉语词典**》等工具书都采用这一排列法。

词 语言中最小的、可以自由运用的单位。现代词汇学倾向于用分解的办法给词下定义，即词是形态的、句法的、语义的具体特征的结合。

现代汉语的词可以分为实词和虚词两大类：能够单独充当句法成分的是实词，不能单独充当句法成分的是虚词。

实词包括名词、动词、形容词、数词、量词、副词和代词。名词表示人、事物、时间和方位；动词表示动作、行为、存在、变化、心理活动、使令、能愿、趋向和判断；形容词表示事物的形状、性质和状态；数词表示数目、次序；量词表示计算单位；副词限制、修饰动词、形容词性词语，表示程度、范围、时间和频率、肯定和否定、方式和情态、语气、关联；代词能起代替和指示作用，与所代替、指示的语言单位的语法功能大致相当。

虚词包括连词、介词、助词、语气词、叹词和拟声词。连词起连接作用，连接词、短语、分句和句子等，表示并列、选择、递进、转折、条件、因果等关系；介词依附在实词或短语前面共同构成介词短语，标明与动作、性状有关的时间、处所、方式、原因、目的、施事、受事、对象等；助词附着在实词、短语或句子后面，表示结构关系、动态等；语气词表示语气，主要用在句子的末尾，也可以用在句中主语、状语后面有停顿的地方；叹词表示感叹、呼唤、应答；拟声词描摹声音。

词义指词的意义。随着语言文字的演化，一个词在漫长的历史中往往会生出多种意义。其中一个词生成时最初的意义称为本义；由一个词的本义引申发展出来的相关的意义称为引申义；由词的某种比喻用法而产生的意义称为比喻义，比喻义是久已约定俗成、固定下来的。

短语 有意义的能独立使用的语言单位。又称词组。它是大于**词**而又不成句的语法单位。简单短语可以充当复杂短语的句法成分，短语加上语调可以成为句子。

短语可以从多种角度去观察，从而分出各种不同的类别。从结构类型看，短语主要分为主谓短语、动宾短语、偏正短语、述补短语、联合短语五种基本短语，以及连谓短语、兼语短语、同位短语、方位短语、量词短语、介词短语、助词短语等其他短语。从功能看，短语主要分为名词性短语、动词性短语、形容词性短语等。

成语 语言词汇中一部分定型的**短语**或短句。汉语成语有固定的结构形式和固定的说法，表示一定的意义，在句子中作为一个整体来使用。成语一般都是四字格式，不是四字的较少。

成语有很大一部分是从古代沿用下来的。其中有古书上的成句，如“有条不紊”；也有从古人文章中压缩而成的短语，如“狐假虎威”；还有的来自人们口头常说的习用语，如“咬文嚼字”；也有些成语是接受外来文化而产生的，如“不二法门”。有些成语的意义从字面上可以理解，有些从字面上就不易理解，特别是典故性的。成语在语言表达中有生动简洁、形象鲜明的作用。

谚语 人们口头常用的现成的话语。类似**成语**，但口语性强，通俗易懂，一般都表达一个完整的意思，形式上差不多都是一两个短句。谚语的内容包括极广。有的是农谚，如“清明前后，栽瓜种豆”；有的是事理谚，如“有志者事竟成”；有的属于生活方面的常识谚，如“七九河开，八九雁来”；等等。谚语在表达思想感情方面可以增加语言的鲜明性和生动性。

明代杨慎编《古今谚》书影

胸有成竹 * 竹报平安 * 安富尊荣 * 荣华富贵 * 贵耳贱目 * 目无余子 * 子虚乌有 * 有目共睹 * 睹物思人 * 人中骐骥 * 骥子龙文 * 文质彬彬 * 彬彬有礼 * 礼贤下士 * 士饱马腾 * 腾云驾雾 * 雾里看花 * 花言巧语 * 语重心长 * 长此以往 * 往返徒劳 * 劳而无功 * 功成不居 * 居官守法 * 法外施仁 * 仁浆义粟 * 粟红贯朽 * 朽木死灰 * 灰飞烟灭 * 灭绝人性 * 性命交关 * 关门大吉 * 吉祥止止 * 止于至善 * 善贾而沽 * 沽名钓誉 * 誉不绝口 * 口蜜腹剑 * 剑戟森森……

歇后语 说话时把一段常用词语故意少说一个字或半句而构成的带有幽默性的话语。通用的有两种。一是原始意义的歇后语。又称缩脚语。指把一句成语的末一个字省去不说。如《金瓶梅》里来旺儿媳妇说“你家第五的‘秋胡戏’”，就用来影射“妻”，因为“秋胡戏妻”是有名的故事和剧目。也有利用同音字的，如称“岳父”为“龙头拐”，影射“杖”字，这里代替“丈”。二是扩大意义的歇后语。在北京称作“俏皮话儿”。指可以把一句话的后一半省去不说。如“马尾拴豆腐”，省去的是“提不起了”。有时候也利用同音字，如“外甥打灯笼——照舅（旧）”。

句子 以词和短语构成、能表达完整意思的语言单位。句子都有语气和语调。句子结尾有较长的停顿。

根据内部结构的不同，句子可分为单句和复句。单句是由短语或词充当、有特定的语调、能独立表达一定意思的语言单位；复句是由两个或两个以上意义上相关、结构上互不作句法成分的分句，加上贯通全句的句调构成的。根据句法成分的配置格局，句子可以分为主谓句和非主谓句两大类。主谓句可再分为动词谓语句、形容词谓语句、名词谓语句，非主谓句可以分为无主句、独词句等。根据语气，句子可以分为陈述句、疑问句、祈使句和感叹句四类。

为适应语用上的需要，单句的句式之间可以变换，单句与复句之间也可以变换。

标点符号 书面语中用来表示停顿、语气，以及词语性质和作用的标记。现代书面语的组成部分之一。常用的标点符号有16种，分为点号和标号两类。

点号的作用在于点断，主要表示语句的停顿。点号分为句末点号和句内点号。句末点号兼表语气。句号、问号、叹号都是句末点号；顿号、逗号、分号都是句内点号；冒号既是句末点号，又是句内点号。

标号的作用在于标明，主要标明词语或句子的性质。常用的标号有9种，即引号、括号、破折号、省略号、着重号、连接号、间隔号、书名号和专名号。有的标号兼表停顿，如破折号、省略号和间隔号。

汉语修辞 修辞是在运用语言的过程中，利用多种语言手段以达到最佳表达效果的语言活动。所谓好的表达，包括它的准确性、可理解性和感染力，并且是符合自己的表达目的，适合对象和场合的得体的、适度的表达。修辞有民族性、社会性和历史性。

汉语修辞分为消极修辞和积极修辞。消极修辞指词语的选择和句式的变化，积极修辞指修辞格。修辞格又称辞格、修辞格式，是在特定的语境里，创造性地运用语言而形成的具有特殊修辞效果的言语格式。陈望道的《修辞学发凡》列举了38种修辞格，一般修辞学的论著大多在此基础上增减变异。常用的修辞格有比喻、比拟、借代、拈连、夸张、双关、仿词、反语、婉曲、设疑、对偶、排比、层递、顶真、回环、对比、

《修辞学发凡》封面

映衬、反复、设问、反问等。

比喻 修辞格之一。又称譬喻。用与甲事物有类似点的乙事物来说明甲事物。比喻的基本要素是被比事物（本体）和用来作比的事物（喻体），通常还包括表示比喻的词语。比喻要求本体和喻体有相似之处，但是它们必须是本质不同的事物。

比喻分为明喻、暗喻和借喻。明喻的构成方式是本体和喻体都出现，同时还使用比喻词，常用的比喻词有“像”“如”“如同”“好比”“似的”“一样”“一般”等。暗喻又称隐喻，其构成方式是本体和喻体都出现，比喻词用的是含有判断意味的“是”“为”“等于”“无异于”或表示变化意义的“成为”“变成”等，暗喻也有不用比喻词的。借喻是一种省略形式的比喻，只出现喻体，本体隐含在语境（包括上下文）中。

比拟 修辞格之一。把甲事物模拟作乙事物来写。可分为两类：一是拟人，即把物当作人来写，赋予物以人的言行或思想感情；二是拟物，即把人当作物来写，使人具有物的情态或动作，或把甲物当作乙物来写。

比拟与比喻有某些相似点，都是两事物相比。不同点在于：比喻重在“喻”，即以乙事物“喻”甲事物，甲、乙事物一主一从；比拟的重点在“拟”，即将甲事物当作乙事物来写，甲、乙事物彼此交融、浑然一体。

夸张 修辞格之一。字面上言过其实，故意夸大或缩小客观事物，以突出特征，加深印象，但并不会使人发生误解，也不妨碍真情实意的表达。运用夸张，目的在于强调主观感受，增强表达效果。夸张从形式上分为直接夸张和间接夸张，从内容上分为扩大夸张、缩小夸张和超前夸张。扩大夸张是故意把一般事物往大（多、快、高、长、强……）处说，缩小夸张是故意把一般事物往小（少、慢、矮、短、弱……）处说，超前夸张是故意把后出现的事物说成同时出现或先出现。

对偶 修辞格之一。两个字数相等、结构相同、意义相关，一般没有重复字的语言片段对称地排列在一起。有语句匀整、声调和谐之美。严格的对偶还要求上下句平仄相对，用词虚实相当，旧体诗的对仗即属严对。

从上下句意义的联系来看，有正对、反对、串对三种情况。正对的上下句从不同角度说明相同的意思；反对的上下句含义对立，互相映衬；串对又称流水对，上下句的含义前后相承，表达事物发展的情况。

排比 修辞格之一。把结构相同或相似、语气一致、意义相关的句子或句法成分排列起来，使内容和语势增强。排比都是三项或更多项排列连用。可分为句子排比和句法成分排比两类。从句子结构看，单句和复句都可以构成排比。一般来说，句法成分都可以用来排比。排比有突出的表达力：用来叙事，不蔓不枝；用来说理，井井有条；用来抒情，淋漓尽致。

反复 修辞格之一。连续或间隔使用同一词语、句子、句群，用来表达强烈的感情或强调某种观点，有时也用来分清文章的脉络或加强语言的节奏感。分连续反复和间隔反复两种。连续反复是接连重复相同的词语或句子，中间没有其他词语出现；间隔反复是相同词语或句子间隔出现，中间有别的词语或句子隔开。

设问 修辞格之一。无疑而问，自问自答，以引导读者注意和思考问题。根据内容表达的需要，设问可以采取连用的形式。文章标题或文章开头用设问，可以启发读者思考；段落之间用设问，能起到承上启下的过渡作用；分析阐述问题用设问，可以避免平板，使文气有变化；收尾用设问，可以回扣主题，增加回味。

设问与反问 设问与反问都是无疑而问，但有明显区别。设问是有问有答，或自问自答，或提请读者思考；反问是有问无答，寓答于问。设问的作用主要是提出问题，引起注意，启发思考；反问则主要是加强语气，用确定的语气表明作者的思想。设问必须用问号，反问有时可使用叹号。

反问 修辞格之一。无疑而问，只问不答，把要表达的确定意思包含在问句里。否定句用反问语气说出来，表达肯定的内容；肯定句用反问语气说出来，表达否定的内容。反问语气强烈，能激发读者的感情，给读者形成深刻的印象。反问有连用的形式，表达的内容更深厚，语气更强烈。

工具书 供查找、检索知识和信息用的图书。因一般不以提供系统阅读为目的，而是作为在需要时查考和寻检知识使用的辅助工具，故名。

绘有尼普尔地图的泥板

工具书是随着科学、文化、教育事业的进步而产生和发展的。中国周代的《史籀篇》《周谱》《山海图》为以后的工具书奠定了基础。古巴比伦人制作的泥板地图，古埃及记载尼罗河泛滥及有关的天文、气象的年历等，都是古代工具书的萌芽。

工具书种类繁多。一般常见的形式有字典、词典、百科全书、年鉴、手册、名录、表谱、地图、书目、索引等，在中国还有类书、政书等类型。工具书按其内容性质可区分为综合性工具书和专门工具书。

工具书以款目、词目、条目为基本单元。主体部分是将这些基本单元按分类、主题、字顺、时序、地序或其他可检顺序排列。工具书通常还要设置参见系统，附有各种索引，以便从多角度查检使用。每部工具书前都应有编纂说明、体例介绍等。

传统工具书的载体形式多为书本式，计算机技术兴起以后出现了大量电子载体，工具书的内容通常存储在数据库中，通过检索系统进行查阅获取。

字典 以字为单位，按某种检索方法编排，每个字均注明音、形、义和用法的**工具书**。常用的字典排列法有音序、部首、四角号码三种。有的字典，两或三种排列法兼用。

中国第一部具有完整系统的字典是东汉许慎编著的**《说文解字》**。古代将这一类书一律称为字书，直到清代**《康熙字典》**采用“字典”之名。具有代表性的近现代字典有中华民国时期陆费逵等编的《中华大字典》、1986年开始出版的《汉语大字典》、1994年出版的《中华字海》等。由于目的和对象不同，中国近、现代编的字典大体分为两类：一类是综合性字典，如**《新华字典》**等，主要是为学习语文、解决阅读中单字方面的困难而编纂的；另一类是专门性字典，如《古汉语常用字字典》等，是专供研究字形、字音等而编纂的。

《中华大字典》封面

《说文解字》 中国第一部字典。东汉许慎编著。成书于和帝永元十二年（100）。安帝建光元年（121），作者令其子许冲进献给朝廷。

该书是一部有严整体例的著作。全书以小篆为主体分析字形结构，根据不同的偏旁分立540部。每一篆文之下先言义，后言形体结构，最后有时用“读若某”来标明读音。小篆之外，如有籀文、古文异体，则列其下，名为“重文”。全书共收篆文9353字，重文1163字。古书中所使用的文字大体具备。

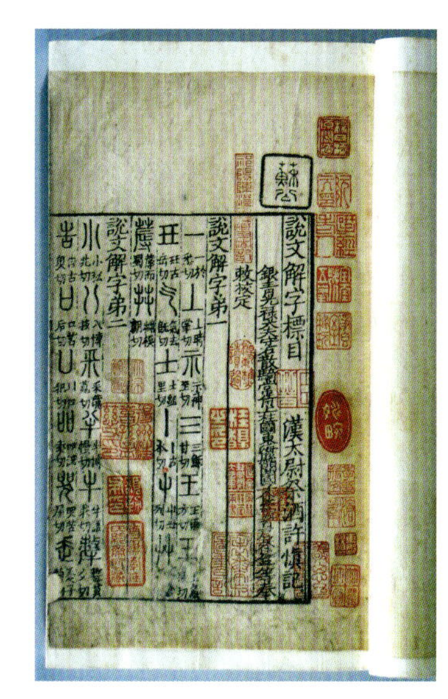
《说文解字》书影（宋刻元修本）

《说文解字》为后代考察汉字发展的历史提供了极宝贵的材料。后代字书都援引其训释，以为典要。至于依照其偏旁分部来编排文字的，更多不可数。

《康熙字典》 中国清代大型字典。书成于康熙五十五年（1716），故名。由康熙帝令张玉书、陈廷敬等参照明代梅膺祚的《字汇》和张自烈的《正字通》编纂而成。全书42卷，分为12集214部。书首列《字母切韵要法》和《等韵切音指南》，以便读者了解切音。又有《检字》和《辨似》，《检字》为检查疑难字而设，《辨似》旨在辨别笔画近似的

《康熙字典》书影

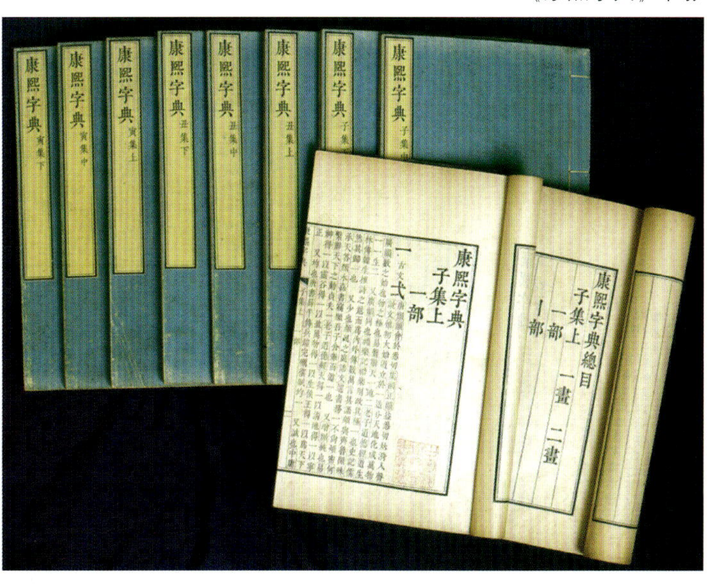

字。书中每字下详列《广韵》《集韵》《古今韵会》等书的反切，并加注直音；字义之下都引经、史、子、集文句为证，并举出篇名；对音义有疑的都加按辨析，颇便应用。收字极多，有47035字。不过引书时有错误。

《新华字典》 中国第一部按汉语拼音音序排列的小型汉语字典。1953年新华辞书社编，魏建功主编。1953年由人民教育出版社印行第一版，按注音字母顺序排列。以后多次修订再版，改用汉语拼音字母顺序排列，由商务印书馆重排出版。2011年出版第11版。

不同年代出版的《新华字典》

全书按音序排列，另附《部首检字表》。全书收单字1万余个，单字之下带注解的复音词和词组有3500多个。在释义中分别标出引申义、比喻义和转义，使读者能进一步理解多义词不同语义转变之间的关系。

词典 汇集语言里的词语，按某种次序排列，并逐一加以诠释，以供人们查阅的工具书。又称辞典。主要以两个字以上的词和词组作为解释对象，以释词为主，兼收单字和复词的概念和意义。中国现代词典的编排方式主要有部首法、音序法和四角号码法。

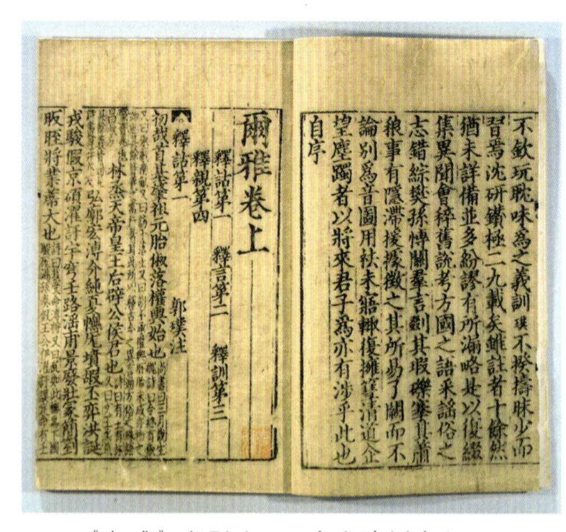

《尔雅》书影（元雪窗书院刻本）

中国远在公元前3世纪末，就产生了第一部词典《尔雅》。到近、现代，影响较大的有《辞源》《辞海》。西方最早的词典是古代希腊的《词汇》，它与《尔雅》同一时期出现。1755年出版的S.约翰逊所编的《英语词典》是西方辞书史上影响很大的一部词典。1884～1933年英国编纂出版的《牛津英语词典》是当时世界上收词最多的英语词典。

词典按内容可分为语文词典和专科词典两大类。语文词典解释词义、说明词的用法及其发展演变，可分为描写性和词源性两种。描写性词典收录现代（或古代某一时期）标准语或方言词语；词源性词典讲明词的来源和历史，并力求指出每个词的最初意义。专科词典汇集某一个或几个相关学科的专门术语。此外，还有百科词典、双语或多语词典等。

《辞源》 中国一部为阅读古籍用的

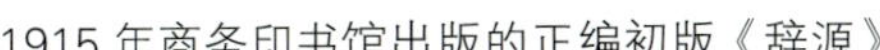

1915 年商务印书馆出版的正编初版《辞源》

1999 年上海辞书出版社出版的《辞海》

大型古汉语辞书。以旧有的字书、韵书、类书为基础，吸收新的国外辞书的优点，以语词为主，兼收百科术语，注重探求词义的原委，并详举书证，故名。

《辞源》是中国出版的第一部较大型的语文兼百科性辞书。1908 年开始编纂，1915 年编成。共收单字 1 万多个、词目 10 万余条。1931 年又出版了《辞源》续编。修订版于 1979 ~ 1983 年由商务印书馆出版。内容包括古书中的语词典故和有关古代文物典章制度等方面的事典词语。所收单字按部首排列，单字下注出汉语拼音和注音字母，并加注《广韵》反切。收词一般止于鸦片战争。释义特别注意语词的来源出处和语词在使用过程中的发展演变。书证一律标明作者的年代、篇目和卷次。每册后附四角号码索引。2015 年出版第三版。

《辞海》 中国一部兼收语词和百科词语的大型综合性辞书。最初由舒新城、沈颐、张相等人主编，1936 年上海中华书局出版。1958 年中华书局辞海编辑所成立，1959 年辞海编辑委员会成立。1979 年，上海辞书出版社出版 3 卷本《辞海》。全书选收单字 1.4 万多个、词目 9.1 万余条，包括成语、典故、人物、著作、古今地名、历史事件及各学科的术语。全书按部首排列，另有笔画查字表和汉语拼音索引，并附有十几种有关历史和自然科学的数据表格。此后多次修订，2009 年出版第六版。

《现代汉语词典》 一部以记录汉语普通话语汇为主的中型词典。中国社会科学院语言研究所词典编辑室编。1978 年商务印书馆出版第一版，2016 年出版第七版。该词典注重推广普通话和促进汉语规范化。现行版本选收单字

《现代汉语词典》的几个版本

1.3万余个、条目6.9万余条。词典中所收条目，包括字、词、词组、熟语、成语等。除一般语汇外，也收了一些常见的方言词语、旧时使用的词语和现代书面上常见的文言词语。另外，还收了一些习见的术语。编排时以单字条目统领多字条目。对于字形相同而字音或字义不同的情况，均分立条目。

《牛津英语词典》 一部权威的英语词典。于1884～1928年由克拉伦登出版社出版，当时定名为《新英语词典》（按历史原则编订），共10册。它的宗旨是汇集12世纪中叶以来所使用的英语词汇。1933年，《新英语词典》以12卷形式重印，另附补编1册，改名为《牛津英语词典》，仍由克拉伦登出版社印行。书中的释义按其出现的年代先后顺序排列，并从英国文学作品及各种文献中摘引约240万个注明年代的例句加以说明。1972～1986年，《牛津英语词典补编》由克拉伦登出版社出版，共4卷，用于解释在《牛津英语词典》出版后英语世界中所出现的一切英语词汇。1989年《牛津英语词典》第二版由牛津大学出版社出版，共20卷，统一按字母顺序收入原《牛津英语词典》12卷和补编5卷的内容，主词汇总量达30余万个。

百科全书 概要记述人类一切门类知识或某一门类知识的完备的工具书。百科全书主要供人们查检需要的知识和事实资料，还具有扩大读者知识视野和帮助人们系统求知的教育作用，常被誉为“没有围墙的大学”。

古希腊学者亚里士多德曾编写过全面讲述当时已有学问的各科讲义，被西方奉为“百科全书之父”。公元1世纪老普林尼编著的《自然史》是古代百科全书最主要的代表作。西方现代百科全书的奠基人是法国哲学家D.狄德罗。以他为首的法国百科全书派在1751～1772年编纂出版了《百科全书》28卷。18～20世纪，英、德、美、法、意、俄、日等国相继编纂出版了一批百科全书，其中尤以《不列颠百科全书》最具权威。

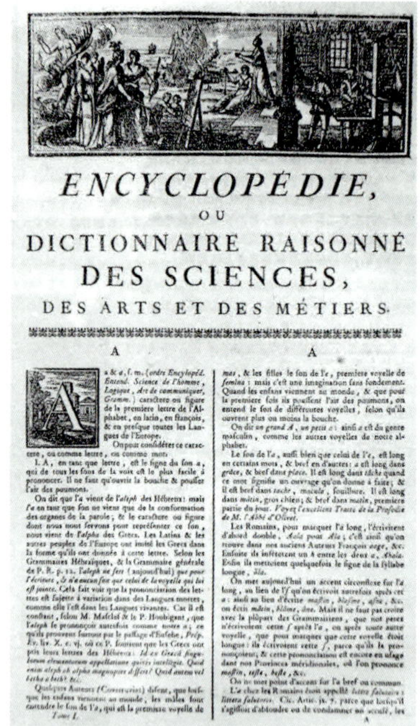
ENCYCLOPÉDIE,
OU
DICTIONNAIRE RAISONNÉ
DES SCIENCES,
DES ARTS ET DES MÉTIERS.

狄德罗等主持编纂的《百科全书》第一版

中国汉初的《尔雅》是中国百科全书性质著作的渊源。三国魏时编纂的《皇览》被认为是类书之始。中国于1980～1993年出版了74卷的《中国大百科全书》。《中国大百科全书》（第二版）于2009年出版。

现代百科全书主要有综合性百科全书、专业性百科全书、地域性百科全书三个系列。百科全书在结构上以条目为主体，以条目构成知识体系和供人查阅。条目之间通过参见系统互相联系。条目的编排有按条头字顺编排、分类编排、分类与字顺相结合（分类分卷）编排三种方式。除条目外，还编有索引、附录等附属成分。随着计算机与网络技术的发展，百科全书逐渐向电子化、网络化形态发展，通过数据库和网络技术实现数据集中存储和分布式检索。

《中国大百科全书》 中国第一部

《中国大百科全书》第一版

大型综合性现代百科全书。由中国大百科全书总编辑委员会和中国大百科全书出版社编纂出版。

《中国大百科全书》第一版自 1980 年始按学科分卷出版，分为 66 个学科，共 74 卷（含索引卷），于 1993 年出齐。内容包括哲学、社会科学、文学艺术、文化教育、自然科学、工程技术等学科和领域。选收条目 7.7 万余个，配有图片 4.9 万多幅。全书不列卷次，每卷只标出学科名称；每一学科的条目按汉语拼音字母顺序排列；每一学科文前列有条目分类目录，文后附有条目汉字笔画索引、外文索引和内容索引。中国有近 2 万名专家、学者和研究人员参加编撰。

2009 年《中国大百科全书》（第二版）出版。全书共 32 卷，其中正文 30 卷，索引、附录 2 卷；选收条目约 6 万个，配有图片约 3 万幅。正文不按学科分卷，而按条目汉语拼音字母顺序统一编排。

2011 年 11 月，《中国大百科全书》（第三版）的编纂工作启动。

文学　艺术的基本样式之一。又称语言艺术。是人的特殊的精神活动。它以语言文字为媒介和手段塑造形象，反映现实生活，表现人们的精神世界，通过审美的方式发挥其多方面的社会作用。现代意义上的“文学”概念是在 20 世纪初，特别是新文学运动以后才被确定下来的。

文学具有各种不同的体裁和种类。中国古代有所谓“文”“笔”之分或“诗”“笔”之分，即分为韵文和散文两类。中国现代美学通常把文学分为**诗歌**、**散文**、**小说**、**戏剧文学**四种体裁。在西方美学中，也有人把文学分为诗歌和散文两种基本类型。还有人从内在性质上，即以文学所反映的对象和内容、所用的塑造形象的方法等为标准，把文学现象分为叙事的、抒情的、戏剧的三大类。文学的不同体裁和种类之间，虽有大体上的区别，但无绝对界限。

文学创作　作者根据对生活的审美体验，创造出以语言为媒介的艺术形象，形成可供读者欣赏的艺术作品的特殊的精神生产活动。文学创作既包含对生活的审美认识，又包含审美创造。

文学创作要遵循一定的原则。社会生活是文学创作的客体，是文学创作的唯一源泉；作者是文学创作的主体。文学创作不是简单机械地反映现实，它需要对日常生活进行典型化和艺术概括。

这种典型化和艺术概括的方法主要有两种：一是在广泛占有生活材料的基础上进行集中和概括；二是以一个原型为主，同时吸取融入其他生活素材。

文学创作的过程大致包括发生、构思和物化三个阶段。发生阶段包括材料的获取和储备、艺术发现和创作动机的触发。构思阶段包括体裁的选定、形象的熔铸、情节的提炼、结构的安排等。物化阶段是作者将构思过程中酝酿成熟的形象转换为文学符号，并在作品中固定下来，其中重要的是语词的提炼和技巧的运用，而即兴和推敲则是两种常见操作方式。

艺术想象 主要指体现于文艺创作过程中的想象活动。是作者在一定的审美理想、意志和愿望支配下，以情感为动力，对记忆中的表象材料予以选择、分解、改造、重组，创造出艺术形象的心理活动过程。想象是文艺创作活动中最重要、最基本的思维方式。作者只有通过想象，才能进行艺术构思，将事物表现得惟妙惟肖，创造出生动感人的艺术形象。文学艺术正是凭依想象而存在。

对于作者来说，养成丰富的想象能力需要具备四个条件：一是要有通过实践活动直接获取或通过其他方式间接获取的丰富的表象积累，二是要有热爱生活、关心人类社会进步的高尚的思想情感，三是要有精到的艺术修养，四是要有深厚的学识与博大的文化视野。此外，在具体的创作过程中，艺术想象的产生还需要不受外界事物干扰的虚静的心理状态。

灵感 人类思维活动中的一种突发性、创新性的特殊状态。它不期而至、震慑心魄，是文艺、科学等人类创造性活动中的神来之笔，是可遇不可求的最佳创作状态。灵感具有四个特点：新创独特性，强烈情绪性，存在短暂性，非自觉、自控性。人难以预测灵感的产生，更不可无端期待；一旦灵感到来，人往往身不由己、欲罢不能、不可控制。灵感有很大的神秘性。但它仍然是脑的功能，是人对客观事物深广认识、不懈追求的结果。倘若终日浑噩、无所用心，则不可能获得灵感。

文学表现方法 作者用以表现作品内容的各种方法。又称文学表现手法。包括一般的写作手法和文学创作专用的艺术手法。

一般的写作手法包括描写、叙述、抒情、议论等。描写是用语言对人物、环境、事件所做的具体描绘和刻画，主要作用是把人物、环境、事件具体而生动地显现出来；叙述是用故事叙述人的口吻对作品中的人物活动、事件发展、环境变迁所做的说明和交代；抒情指作者（特别是抒情作品的作者）在作品中表现或传达以情感为核心的内在心性的方法与过程；议论指作者在作品中表达的对人物、事件的看法、评价，以及对某些道理的直接揭示。

文学创作专用的艺术手法有很多，如隐喻、象征、典故、神话、原型、意识流等。隐喻是在彼类事物的暗示之下感知、体验、想象、理解、谈论此类事物的心理行为、语言行为和文化行为；

象征涉及的是在文化上、心理上、语言上具有联系的两类事物或情状，或者是在一类事物的暗示下感知、体验、想象、理解、谈论另一类事物，或者用一类事物暗示另一类事物；典故是在神话或历史事件的暗示下，感知、体验、想象、理解、谈论当下事件、情状或环境的心理行为、语言行为和文化行为。

描写 文学创作的基本方法。指细致、形象地把人、物、景的状态、神采和动态具体、真切、饱含情意地勾画出来。描写使描写对象形象化，直接诉诸读者的感觉器官，以引起某种程度的美感和快感，进而产生思想感情上的共鸣。

描写不仅是摹物状貌的技法，而且具有某种叙述的功能，以及说明和评判的作用。好的描写总是渗透着深厚的思想内容，它所显示的自然和社会的画面、人或物的形象，都不是纯客观的，其中包含着作者的见解和感情。

根据描写对象，描写可分为肖像描写、语言描写、行动描写、心理描写、景物描写、场面描写、细节描写等；根据描写的手法，描写又分为白描、细描、静物动写、引类取譬等。

叙述 狭义指作者对文学作品中的人物、事件和环境等内容进行说明和交代的一种表现手法，通常与*描写*、*抒情*、议论等对称；广义泛指叙事文学作品中所有的话语运用。

叙述手法主要运用于叙事文学作品，其基本功能是把作品内容按照一定的关系和序列组织起来，构成一个完整的作品整体。叙述方式是多种多样的，通常根据作品中事件发展的时间顺序同叙述顺序二者之间的关系分为顺叙、倒叙和插叙。顺叙是按照作品中事件发展的时间顺序进行叙述的方法；倒叙则是有意违反顺叙的方式，把后面发生的事件提前展示出来，然后再返回来讲述事件的起因和过程；插叙是作者在以顺叙的手法叙述故事情节的过程中插入与上下文的时间、因果关系不连属的故事情节或片段。

抒情 *文学表现方法*之一。指作者（特别是抒情作品的作者）在作品中表现或传达以情感为核心的内在心性的方法与过程。以情感为核心的内在心性指包括情感在内的诸种感性心理因素，如情感、个性、本能、欲望、无意识、志向等。情感指主体对外界事物刺激的自我体验和由此引起的某种态度，包括两个方面的内容：一为情绪，二为感情。

作者在抒发情感、创作抒情作品的过程中，在处理情感与理性、情感与现实、情感与语言等关系时有意无意遵循的原则，称为抒情原则。不同的文学运动、流派、思潮遵循不同的抒情原则。抒情的途径主要有两条：一是以声传情，力求声情并茂；二是以景结情，力求情景交融。

中国的文学传统是以抒情传统为主导的文学传统，西方的文学传统是以戏剧、叙事传统为核心的文学传统。在西方，即便是公认的抒情诗也充斥着过多的哲理性和思辨性。相比之下，中国诗以抒情为主流，以叙事、议论和讽刺为支脉。

文学风格 文学创作过程中体现出来，且落实到作品中的一种带有综合性的总体特点。在低限上，风格指文学创作表现出来的特色；在高限上，风格是作者创作走向成熟并且取得较高艺术成就的标志。就文本而言有作品风格，就作者而言有作者个人风格，另外还可以在比较概括的意义上讲时代风格、民族风格、阶级风格和流派风格等。

作者文学风格是作者创作中逐渐形成的一种相对稳定的创作个性，体现出作者对于创作特色的追求，被认为是作者创作走向成熟的主要标志。形成作者创作风格的原因是多样的，一般分为主观原因和客观原因两大方面。主观因素包括作者自己的世界观、个人经历、艺术修养、学识、气质等，客观因素包括时代风气、社会历史条件、民族文化状况、生活方式等。文学风格虽然体现作者个性，但是由于有些作者个性相近或刻意模仿，也会出现不同作者的作品表现出基本一致的风格的现象。

文学形象 读者在阅读过程中通过想象和联想而唤起的具体可感的图景。又称形象、艺术形象。是文学的基本存在方式之一。有狭义和广义之分。狭义特指人物形象，广义泛指文学作品中的形象表现、形象体系、生活图景等。

文学形象作为用语言塑造的艺术形象，具有四个方面的特征：①主观与客观的统一。它既是作家主观的产物，又有客观现实的根据。②假定与真实的统一。在文学形象的创造上，读者允许作者去虚构和假定，但这种虚构和假定必须合情合理，反映人们真切的感受，符合生活的本质和规律。③个别和一般的统一。文学形象作为独特的“这一个”，与现实的一般特征有着紧密的联系。④确定性与不确定性的统一。文学形象不是直观的，而是再现的；不是直接的，而是间接的。

文学典型 能够反映现实生活某些方面的本质规律、具有鲜明生动的个性特征的艺术形象。文学艺术审美认识的特征，就是通过个别的艺术形象来反映现实生活某些方面的本质规律。文学艺术之所以能够在娱乐和美的享受中达到对于生活真理的领悟，正是因为它创造了典型。

鲁迅《阿Q正传》塑造的典型人物阿Q

典型虽然是个别的，却具有普遍性。典型人物应当以鲜明的个性描写作为前提。它既是典型化的个性，又是个性化的典型，是典型与鲜明个性或典型与一定的单个人的完整的统一体。典型的普遍性，在于它反映蕴含于生活本身的某些本质的规律性。正因为这样，所以典型的艺术形象，能够通过个别的感性的审美形式揭示生活的真理，提供巨大的认识意义。

文体 狭义指文章为适应表达内容的需要而形成的语言文字的各种组织样式和体制结构，又称体裁；广义指文章风格与体裁的统称。

在现代文体论中，文体可按外部形体的不同而分为诗歌、散文、小说、戏剧文学四大类，同时这四大类的所有作品又可按社会功用的不同而分为实用文章和文学作品两大类。实用文章主要指散文类下的记叙文中的消息、通讯、报告文学、游记、回忆录、特写、速写、传论，议论文中的社论、评论、宣言、札记、心得、学术论文、杂文，说明文中的说明书、介绍信、广告、解说词、章程、规则，以及各类相对来说不具备文学意味的应用文。而属于文学作品的诗歌、散文、小说、戏剧文学又可分为更多的细类。如诗歌可分为叙事诗、抒情诗、哲理诗，散文可分为叙事、抒情、议论散文，小说可分为叙事、推理、意识流小说，戏剧文学可分为话剧、歌剧、舞剧、戏曲、哑剧等。

诗歌

文学体裁之一。在各种文学样式中，诗歌出现最早。早期诗歌与音乐、舞蹈等密不可分。诗、乐、舞原是三位一体的，发展到后来，诗歌才成为一种独立的文学样式。

与其他文学体裁相比，诗歌具有以下基本特点：①抒情性。诗歌是情感激流的表现，诗歌创作中的感情活动特别强烈。②音乐性。节奏和押韵是诗歌音乐性的主要表现。诗歌节奏指由于语音排列次序不同而形成的有规律的抑扬顿挫；押韵就是在诗句的末尾使用韵母相同的字，所以又称韵脚。③语言的高度凝练和形象性。诗歌的语言要比一般口语和散文语言更凝练、更含蓄。

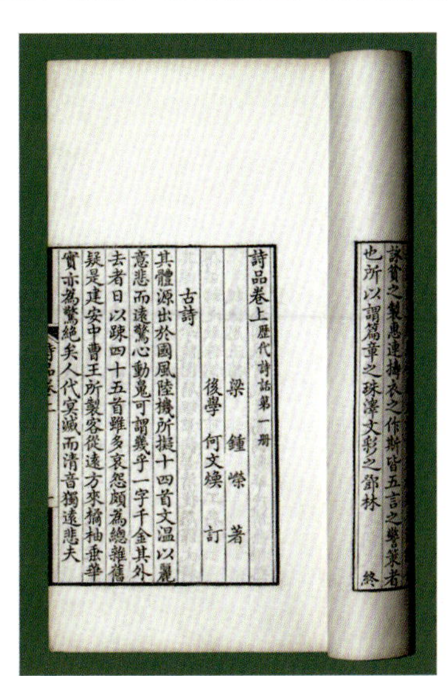

詠貧之製惠連擣衣之作斯皆五言之警策者
也所以謂篇章之珠澤文彩之鄧林
終

詩品卷上 歷代詩話第一册
梁 鍾嶸 著
後學 何文煥 訂
古詩
其體源出於國風陸機所擬十四首文溫以麗
意悲而遠驚心動魄可謂幾乎一字千金其外
去者日以疎四十五首雖多哀怨頗為總雜舊
疑是建安中曹王所製客從遠方來橘柚垂華
實亦為驚絕矣人代冥滅而清音獨遠悲夫

中国论诗著作《二十四诗品》书影（明抄本）

诗歌在长期的历史发展中形成了许多种类。从形式上分，有格律诗、自由体诗、散文诗、民歌等。从内容上分，主要有抒情诗和叙事诗。

古体诗

中国近体诗形成前，除骚体外的各种诗歌体裁。又称古诗、古风。与近体诗相对而言。古体诗格律比较自由，不拘对仗、平仄，押韵宽。篇幅长短不限。句子可以整齐划一为四言、五言、六言、七言体，也可为杂言体。五言和七言古体诗作较多，简称五古、七古。杂言体一般为三、四、五、七言相杂，而以七言为主，故习惯上归入七古一类。汉魏以来乐府诗是配合音乐的，有歌、行、曲、辞等。唐人仿前代乐府之作，都已不合乐，属古体诗范围。另外，古绝句在唐时也有作者，也属古体诗。

清代沈德潜编选《古诗源》封面

古体诗在发展过程中与近体诗有交互关系。南北朝后期有一部分诗作开始讲求声律、对偶，但尚未形成完整的格律，是古体诗到近体诗之间的过渡形式，或称新体诗。唐代一部分古诗有律化倾向，待其律诗格律定型之后，古体诗作品中更常融入近体诗句式。而有的诗作者则有意识地与近体诗相区别，多用拗句，间或散文化来避律。

乐府诗 中国古代诗歌体裁。有狭义和广义之分。狭义仅指由汉代乐府官署创制的乐章和搜集的民歌俗曲、歌辞，广义还包括两汉特别是魏晋以后历代文人作家仿制而不入乐的讽诵吟咏的诗歌作品。“乐府”本是汉代专门掌管音乐的官署名称，汉代人把当时由乐府所编录和演奏的诗篇称为歌诗，魏晋六朝时人开始称这些歌诗为乐府或乐府诗。

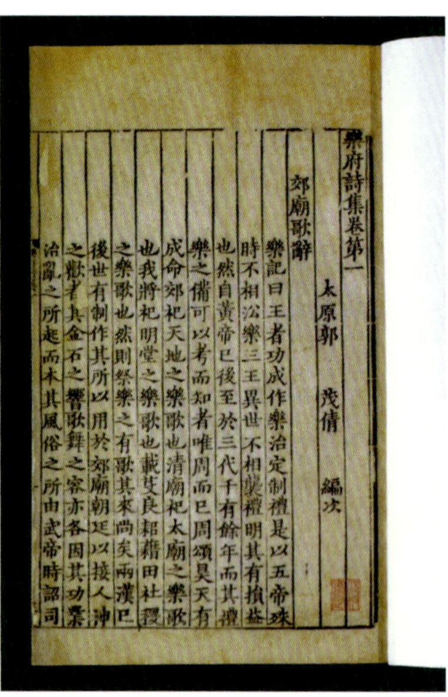

《乐府诗集》书影（宋刻本）

汉乐府诗打破了自《诗经》以来以四言为诗歌正宗的传统，创造了杂言诗，并首先创制了完整的五言诗。汉乐府诗中有较多的叙事诗。南北朝乐府在形式上以五言、四句的短章为主，间或也有一些四言、七言和杂言体。它对后世绝句的兴起有直接影响。此外，宋以后亦有从乐的角度称词、曲为乐府的。

四言诗 中国古代诗歌体裁。指通首都是或基本是四字句写成的诗歌。在上古歌谣及《周易》韵语中已有所见，盛行于西周。中国第一部诗歌总集《诗经》基本上是四言体。战国时期，除楚辞外，其他诗作出现不多。西汉虽也有五言体兴起于民间歌谣，但文士之作大体还是用四言体。东汉之后，五言诗很快取代了四言诗的地位。这以后，传世的四言诗不多，佳作更少。比较能继承《诗经》遗风、称得上四言正体的，是曹操的《步出夏门行》《短歌行》和陶渊明的《停云》诸作。

五言诗 中国古代诗歌体裁。指全篇由五字句构成的诗。五言诗是在两汉民谣和乐府民歌中产生和发展起来的。《汉书·五行志》和《尹赏传》所引西汉成帝时歌谣，已为完整的五言形式。东汉时五言歌谣被采入乐府，其中如《陌上桑》《江南可采莲》等已是比较成熟的五言作品。今存最早的文人的五言诗当为东汉班固的《咏史》。东汉末年无名氏的《古诗十九首》的出现，标志着五言诗已经达到成熟阶段。至建安和魏晋南北朝时期，五言诗成为最盛行的诗体。初唐以后，产生了近体诗，其中即有五言律诗、五言绝句，唐代以前的五言诗便被通称为五言古诗或五古了。

七言诗 中国古代诗歌体裁。是全篇每句七字或以七字句为主的诗体。起于民间歌谣。先秦时期，除《诗经》《楚辞》已有七言句式外，《荀子》的《成相篇》就是模仿民间歌谣写成的以七言为主的杂言体韵文。西汉时期除《汉书》所载的《楼护歌》《上郡歌》外，还有司马相如的《凡将篇》、史游的《急就篇》等七言通俗韵文。东汉七言、杂言民谣为数更多。魏曹丕的《燕歌行》是现存的第一首文人创作的完整七言诗。鲍照的《拟行路难》18首，为七言体的发展开出了新路。从梁至隋七言诗逐渐增多，至唐代七言诗才真正发达起来。七言诗的出现，为诗歌提供了一种新的、有更大容量的形式，丰富了中国古典诗歌的艺术表现力。

骚体 中国古典文学中韵文体裁的一

楚辞诗意画《湘君湘夫人图》（明，文徵明）

种。是屈原在楚国民歌的基础上创造的一种抒情韵文。得名于屈原的作品《离骚》。由于后人常以“骚”来概括楚辞，所以骚体亦可称为楚辞体。由于汉代司马相如的《长门赋》《大人赋》，班固的《幽通赋》，张衡的《思玄赋》等作品与《离骚》体裁相类，所以后者也被称为骚体赋。这样，骚体又包括了与《离骚》形式相近的一些赋。骚体以《离骚》为代表。一般篇幅较长，句式灵活参差，多六、七言，以“兮”字作语助词。

近体诗　中国唐代形成的格律诗体。与古体诗相对而言。又称今体诗。由南朝齐永明时沈约等讲求四声、八病等声律、对偶的新体诗发展而来，至唐初沈佺期、宋之问时始定型，为唐以后人常用的诗体。其字数、句数、平仄、对仗和押韵都有严格的规定，主要类别有律诗和绝句，其中又各有五言、六言、七言之别（六言较少见）。律诗每首八句；十句以上的称排律或长律；六句三韵的律诗，称为三韵律诗或小律。绝句每首四句。

律诗　中国近体诗的一种。格律严密。发源于南朝齐永明时沈约等讲究声律、对偶的新体诗，至初唐沈佺期、宋之问时正式定型，成熟于盛唐时期。

律诗要求诗句字数整齐划一，每首分别为五言、六言、七言句，简称五律、六律、七律，其中六律较少见。通常的律诗规定每首八句。如果仅六句，则称为小律或三韵律诗；超过八句，即十句及以上的，则称排律或长律。律诗通常以八句完篇，每两句成一联，计四联。习惯上称第一联为破题、第二联为颔联、第三联为颈联、第四联为结句。每首的中间两联，即颔联、颈联的上下句

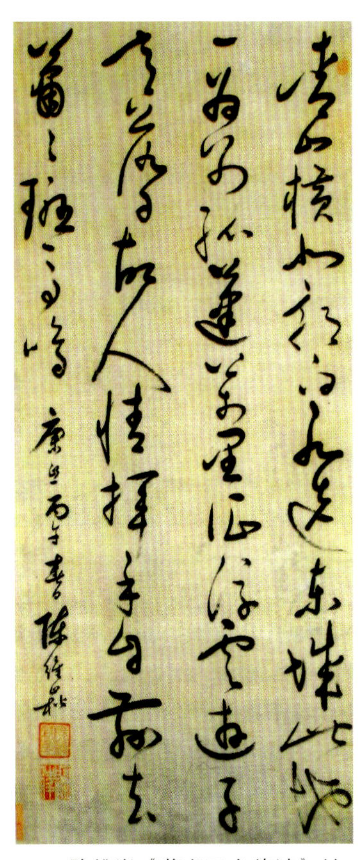
陈维崧《草书五言律诗》轴

都必须是对偶句。排律除首末两联不对偶外，中间各联必须上下句对偶。小律对偶要求较宽。律诗要求全首通押一韵，限平声韵；第二、四、六、八句押韵，首句可押可不押。律诗每句中用字平仄相间，上下句中的平仄相对。

唐代律诗在定型化过程中和定型后的创作实践中，都存在变例。律诗的这种变化被称为拗体。

此外，唐代绝句的格律要求与律诗相同。因而，唐代也有称绝句为律诗或小律诗的。

绝句 中国古代诗歌体裁。是近体诗中体制最小的一种诗体。又称律绝或小律诗。有五绝、七绝，皆每首四句。关于绝句的来源，一种意见认为是在八行体律诗中截取四句而成，另一种意见认为是由五言、七言短篇古诗发展变化而来。绝句作为近体格律诗中的重要一体，其格律规则基本与律诗相同，但也有某些不同的特点：一是绝句并不一定要求使用对仗，二是绝句允许在一篇诗中出现重复的字。另外，绝句产生于唐代以后，后人为了与绝句相区别，称唐以前的韵律比较自由的绝句诗为古绝句。

绝句宜于表现瞬间感受，多为诗人采用。唐人还以绝句形式写作配乐的歌词，故绝句又被视为唐人乐府。

抒情诗 诗歌的主要体类。其特点是以抒写诗人的主观感受为主，或直抒胸臆，或触景生情，或借古咏怀，或托物言志。

抒情诗是诗歌的典型形式。诗歌的特点，特别是它的抒情性和音乐性，在抒情诗中得到充分的体现。抒情诗以抒发诗人在现实生活中被激发起来的感情为主，一般没有完整的故事情节和丰满的人物形象，也很少正面展开人物之间尖锐的矛盾和冲突；诗人的着眼点并不在于客观地描述生活事件和人物故事，而在于通过事件或景物表现自己的主观感受。抒情诗是一种最个性化的艺术。诗人往往就是抒情的主人公，诗人的感情往往决定诗的格调，诗人的人品往往决定着他的诗品。

咏物诗 专门对自然或各种物体予以描绘并借以遣兴抒怀的诗歌作品。所咏之物有鸟兽虫鱼、草木花果等动植物，日月星辰、风雨云雷等自然现象，以及乐器、文具、兵器、农具等人工制品。

现存最早而且奠定规范的咏物诗，当推战国时屈原的《橘颂》。延及魏晋六朝，由于受赋体从体物写志向体物抒情演变趋势的影响，诗歌中咏物的风气日渐流行。其时，咏物诗大多侧重于叙及与物体有关的典故、事件。唐代咏物诗已成习尚，内容则多描绘事物形容体态，间亦有借以兴感抒怀者。至宋代，以议论为诗之风盛行，寄情寓讽之作遂成为咏物诗主流。宋元明清历代均将咏物诗视为约定俗成的诗歌门类。

在创作手法上，南北朝的咏物诗尚用典；唐代多白描；宋代则多用譬喻、比拟、想象、夸张等手法，从而形成咏物诗体物工致、命意深远的艺术规范格式。

咏史诗 以歌咏历史人物、历史事件为题材的诗歌作品。在中国文学史上，最早的咏史名篇是东汉班固的《咏史》。这首诗以“咏史”作为诗歌标题的开始。班固以后，咏史之作渐多。历代诗人，包括名手大家几乎都创作有咏史诗。其标题不一定直接题为“咏史”，而是称述古、怀古、览古、感古、古兴、读史等，更有相当多的作品直接以被吟咏的历史人物、历史事件为题。咏史诗虽以历史为内容，但并不在于简单地述古叙事，而是着重于表识见、言志向、咏胸臆、抒感情。往往通过对某些历史人物的追慕和赞赏，或对历史人物功过的评说，来表述自己的理想和向往；也有的是通过对历史人物不幸遭遇的同情，来抒发自己的身世感慨。总之，咏史诗一般都有所寄寓，它熔述史、达识、抒情于一炉，与诗人的时代背景相联系，具有现实意义。

讽喻诗 中国古代政治诗的一种。指反映社会现实生活、陈述时弊，以向执政当权者进行委婉劝诫的诗。“讽喻诗”的名称始于唐代白居易。但关于讽喻性质和题材的诗歌作品，早在《诗经》中就已出现。《诗经》中有不少讽刺性作品，古代称之为怨刺诗。它们的主要内容是揭露当时政治的腐朽、黑暗，讽刺统治者生活中的一些丑行。这些讽刺性作品，一种是出自劳动人民之口的讽刺性民歌，另一种是出自当时中、下层贵族文人之手的政治诗。后者虽也揭露一些时弊，但他们主要的出发点是在挽救和巩固王朝的统治，对当权者进行讽谏、劝诫。为与前者相区别，后世称这类诗为讽喻诗。中国古代一向有作诗以讽谏的传统，历代诗人的创作中多有这类作品。虽未必皆冠以“讽喻诗”的名称，但性质却属于讽喻诗。

山水诗 以描写和歌咏大自然的山川美景为题材的诗歌。建安时期曹操的《观沧海》是中国最早的山水诗。魏晋以后，直接描写山水的诗歌逐渐增多。至晋宋之交，出现了中国诗史上第一个著名山水诗人谢灵运。到了唐代，山水诗获得高度发展。唐代诗人的山水诗，题材广阔，内容丰富，风格各异，多姿多彩。王维、孟浩然、李白、杜甫、柳宗元等都有大量描写山水的佳作。宋代的山水诗在继承唐代传统的基础上，又有新的开拓。欧阳修、苏轼、杨万里、范成大、陆游等人的山水诗，往往成功地把情、景、理有机地交融在一起，创造出富于“理趣”的艺术境界。明清以后，山水诗仍在发展，许多名家的作品各具特色。

边塞诗 中国诗歌流派。主要指唐代与边塞有关的诗歌作品。边塞诗是中国文学发展到唐代特定历史条件下产生的文学现象。唐代边塞诗的内容，大体有四个方面：抒发从军立功的激情，颂扬边塞战争；描绘边地风光习俗；揭露兵役制度和军队内部的腐朽窳败；表达反战思想。关于边塞诗的作者，一般以高適、岑参为代表，但王维、李白、杜甫、王昌龄、李颀、王翰、王之涣等人也都有数量不等但质量很高的边塞诗作。

从总体上看，唐代边塞诗以乐观高

亢的基调和雄浑壮美的意境，体现了中华民族处于全盛时期的精神风貌，大都洋溢着爱国爱民精神和忧国忧民情怀。在艺术表达上，盛唐以后的边塞诗另辟即事名篇、自出其意的篇章结构，以鲜活的内容和充沛的激情，形成健康开朗的风格，体现出积极浪漫主义的艺术精神。

无题诗 一般说有两种含义：一指中国诗歌早期无标题阶段的诗，像上古歌谣，以至《诗经》中的诗篇，原本无题目，现有标题都是后人所加，其方式一般是取诗篇首句，或择其中的一两个字来作为标示，如《关雎》《硕鼠》等。二指古典诗歌中作者有意标名为“无题”的作品。历史上较早写无题诗，而且数量多、影响大的是唐代诗人李商隐。在其诗集中以“无题”标目的诗有近20首。这些诗或隐含着作者不愿公开的爱情事件，或寄寓着某些政治内容怕触及时讳，或在仕途上向人陈情干谒不便直说等，因而隐约其辞，归之为“无题”。自此以后，便时有人继作，如晚唐韩偓、吴融，宋初西昆体诗人等。文学史上遂有无题诗一体。

叙事诗 诗歌的一种体类。其特点是叙事与抒情相结合，既具有诗歌的一切特征，又有叙事成分，并往往以叙事写人构成作品的主要内容。

叙事诗有着完整的故事和鲜明的人物形象，以及对社会生活、历史事件所作的客观描述。在叙事诗中，诗人一般不直接抒发感情，而将自己的思想感情融化在他所描述的形象、事件和故事之中。但叙事诗不仅始终具有诗的形式和有节奏、有韵律的诗的语言，而且始终贯注着诗的激情。由于叙事写人并非诗歌的特点和专长，所以在叙事诗的写作中，一般总是选择比较单纯的故事或事件，人物不多，情节简括，层次分明，语言凝练概括。

新诗 中国五四运动以后创作的新体诗歌。为与传统的旧体诗歌相区别，故称新诗。又称白话诗、语体诗。其特点是以现代汉语为基础，形式自由多样，接近口语，不计音韵，内容富有时代气息。在艺术形式上有的借鉴传统诗歌，有的借鉴民歌，有的借鉴外国诗歌，形式、风格多种多样。在中国新文学运动中最早尝试写新诗的有胡适、刘半农、郭沫若、徐志摩等。第一本新诗集是胡适的《尝试集》。最早从思想艺术上为新诗地位的确立作出重大贡献的是郭沫若的《女神》。

赋 中国古代文体名。赋用作文体的名称，最早见于战国后期荀子的《赋篇》。赋作为文学体制，则可追溯到楚辞。楚辞与赋之间存在着密切的关系，后代文体分类常以辞赋合称，并认屈原为辞赋之祖。但楚辞与汉以后的正宗大赋在精神和体貌上又有所不同，所以后人也有将辞与赋加以区分的。

赋在内容上大多是借物抒志，在艺术表现上注重铺陈，在语言上多用华美的辞藻。它把散文的章法、句式与诗歌的韵律、节奏结合在一起，借助于长短

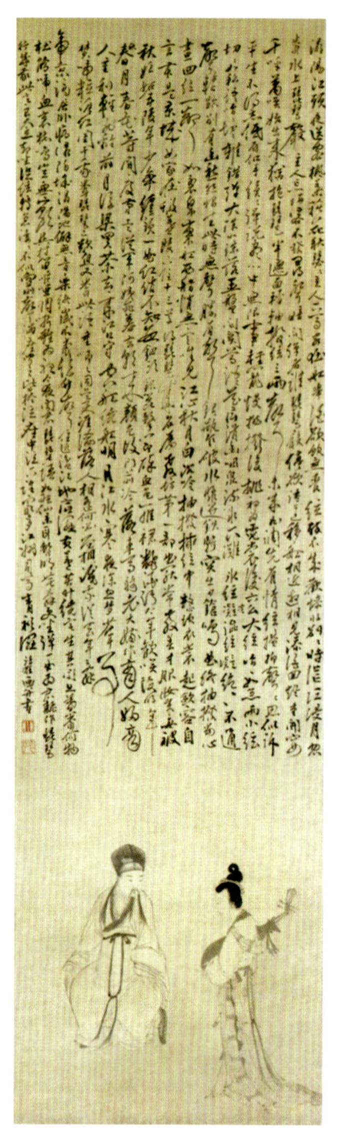
以白居易的叙事诗《琵琶行》为题材创作而成的《琵琶行图》（明，郭诩）

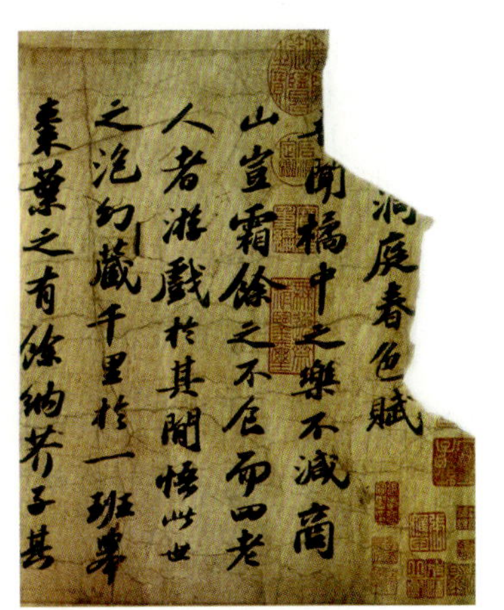

苏轼撰并书《洞庭春色赋》（部分）

错落的句子、灵活多变的韵脚及排比、对偶的调式，形成一种自由而又谨严、流动而又凝滞的文体。这种文体既适合于散文式的铺陈事理，又能保存一定的诗意。

赋体的形式在文学史上有几次大的演变。明代徐师曾的《文体明辨》把赋分为古赋、俳赋、律赋、文赋四类，大致说明了赋在不同发展时期体制上的变迁和特点。

古赋 赋体的一类。又称散体赋、散体大赋。它是两汉赋最为流行的形式。其体制特点是篇幅长，规模大，句式参差不齐，散韵间出，并多用主客问答结构。以铺陈叙事为主，大都描写宫室、游猎、山川、京都等，铺张扬厉；虽有时也含有某些讽喻内容，但往往“劝百讽一”，主要迎合当时统治者的趣味和爱好。名作有司马相如的《子虚上林赋》、扬雄的《长杨赋》、班固的《两都赋》、张衡的《二京赋》等。

俳赋 赋体的一类。又称骈赋。在两汉古赋的基础上发展演变而来，盛行于六朝时期。“俳”“骈”为对句、对偶的意思。其体制的主要特征是句式整炼，多用四字对和六字对，语句华丽、新巧。多是一些咏物、感时、抒情之作。名作有江淹的《恨赋》、庾信的《哀江南赋》等。大多数作品以藻语润饰太过，又往往缺少有重要意义的内容而流于形式。

律赋 赋体的一类。又称试帖赋。主要是适应中国唐、宋科举考试而出现的一种新体赋。主要特点是既讲究对偶，又限制音韵，复限定字数（一般不得超过400字）。其内容不是阐释经义，就是为统治者歌功颂德，少有有价值、有意义的作品。

文赋 赋体的一类。是受唐、宋古文运动影响而产生的。它的主要特点是一反俳赋、律赋在对偶、用韵方面的限制，而趋于散文化。它吸收了当时古文的章法、气势；虽然有铺陈的特点，但克服了两汉古赋喜欢用僻字和堆砌辞藻的毛病；已不像汉赋那样专事歌功颂德或执着于“以讽喻为宗”。它的缺点是往往流于说理，但也不全是如此。名作如苏轼的《赤壁赋》、欧阳修的《秋声赋》等，虽也杂以议论、说理，但熔状物、抒情、写景于一炉，形象生动，文字清新，富有诗意。文赋的实质是用古文的语言写作具有赋体结构（如采用主客问答方式）的韵文，是将赋体古文化的一种变体，主要流行于唐、宋两代。

骈文 中国魏晋以后产生的以字句两两相对而成篇章的一种文体。又称骈俪文。南北朝是骈文的全盛时期。而“骈文”或“骈俪文”的名称至唐始有。六朝骈文的句式以四、六字句为主，但常常夹有杂言。唐代开始，出现了通篇四、六字句的骈文。所以，宋代一般又称骈文为四六文。

骈文即对偶文的意思，是从中国古代文章中排比对偶的修辞手法演变而来的。这种修辞手法在先秦诗文中已采用，两汉逐渐习用；至南北朝时，形成与散体文互相区别的独立文体，当时绝大部分的文章都是骈文。唐宋以后，古文复起，但直至清末，骈文仍在流行。

骈文的主要特点是要求通篇文章句法结构相互对称，词语对偶。在声韵上，骈文讲究运用平仄，音律和谐；在修辞上，注重藻饰和用典。一般说来，骈文多注重形式技巧，往往束缚内容，但运用得当，也能增强文章的艺术性。

词 合乐的歌词。是和曲调相对而言的。又称长短句、诗余。隋唐时期，从西域（还有外国）传入的音乐逐渐和汉族的传统音乐融合，产生了燕乐。当时的词，就是和这种新兴音乐的乐曲相配的歌词。至宋代，词则成为诗坛的主要形式。

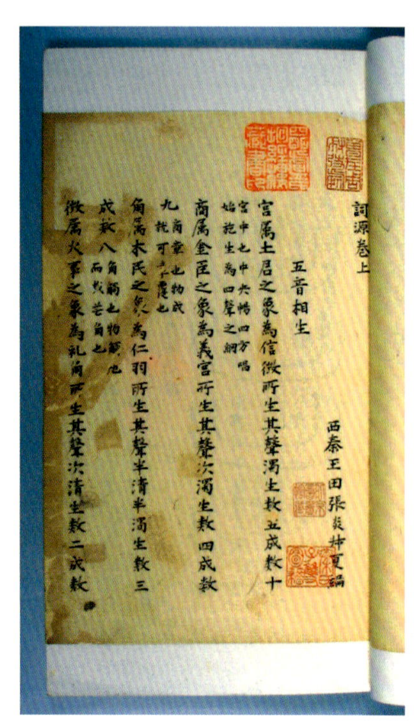
詞源卷上

西秦玉田張炎叔夏編

五音相生

宮屬土君之象為信徵所生其聲濁生數五成數十

商屬金臣之象為義宮所生其聲次濁生數四成數九

角屬木民之象為仁羽所生其聲半清半濁生數三成數八

徵屬火事之象為禮商所生其聲次清生數二成數

南宋张炎撰《词源》书影（明抄本）

词依长短有令、引、近、慢等之分。除一部分字数较少的小令外，都要分段落。一段称一片。一部分词分两段，少数词分三段、四段。两段的词，第一段称为上片或上阕、前阕，第二段称为下片、过片或下阕、后阕。不分片的称单调，分两片的称双调。

词调或词牌种类繁多，总共在1000调以上，其中常用的只有100多个。词的格律，即词律，有以下特征：①字数一定。每一词调都规定一定字数。②讲究平仄。③句式参差不齐。最短的是一字句，常见的是二字句至七字句。此外，还有八字句、九字句、十一字句等。④各个词调押韵的位置不同。⑤对仗可灵活掌握。词的对仗服从于词调中平仄的规定。

宋代以前词人填词，要求合乎音乐腔调，又要求合乎一定格律。明代以后，宋词曲谱大抵失传，而按照格律填词却继续不断。词遂成为一种单纯的诗歌形式。

令 词的短章。又称令曲、小令。其名称来自中国唐代酒令。唐人往往于宴饮时即席填词，以短曲歌词为行令之用，故名。按照清代毛先舒的《填词名解》的解释，58字以内的词为小令。如词中的〔十六字令〕〔菩萨蛮〕〔忆江南〕等都属于令。令在文人创作中盛行比较早。

中调 长于令，长短适中的曲词。一般以59～90字的词为中调。中调又称引和近。引是引歌的意思，原指唐代大曲的先头部分，后作为词调填词。近又称近拍，也是长于令的曲调。中调一般在词牌上就加有引、近、近拍等字样，如〔清波引〕〔好事近〕〔快活年近拍〕等。

长调 词调中的长曲子。又称慢、慢曲。一般以91字以上为长调。唐代民间已有百字以上的长调，如〔内家娇〕〔倾杯乐〕等。北宋柳永作有大量长调，其后苏轼、秦观、黄庭坚相继有作，长调遂盛。常见的长调作品有〔满庭芳〕〔戚氏〕〔念奴娇〕〔水调歌头〕等。

散曲 兴盛于中国元代的诗歌形式。又称清曲、乐府。宋、金之际，以民谣

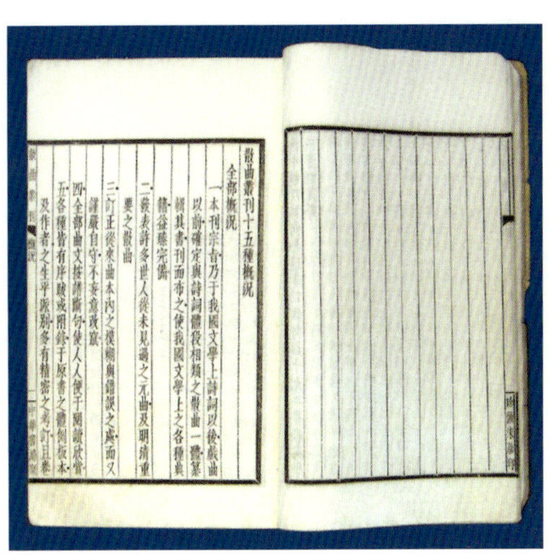

《散曲丛刊》书影（中华民国时期刻本）

俚歌的音乐为基础的散曲，在说唱艺术影响下逐渐萌芽形成；金末发展成熟；至元代进入全盛时期。

散曲可分为小令和套曲两类。小令又称叶儿，是散曲中最早产生的体制。一般说来，小令是单支曲子，但还包括带过曲和重头小令。带过曲是同一宫调、音乐衔接、同押一韵的三支以下曲子的联合。重头小令由同题同调、内容相联、首尾句法相同的数支小令联合而成，支数不限，每支可各押一韵，而且各支可以单独成立。套曲有三个主要特征：由同宫调的两支以上的曲子组成，宫调不同而管色相同者可借宫；一般有尾声；全套必须同押一韵。套曲由于篇幅较长，可以包容比较复杂的内容，因此既可用来抒情，也可用来叙事。

散曲是长短句形式，但是能在正字之外加衬字。衬字一般加在句首或句中，不能加在句尾。曲韵用的是当时北方话音韵。对仗形式比较丰富，除了偶句作对外，三句、四句皆可对，还有隔句对、联珠对等名目。

散文 狭义指一种文学体裁或样式，广义指与韵文相对的、不讲究音律和节奏的文字作品。一般指前者。

欧美散文的历史可以追溯到古代希腊。公元前 5 世纪，一些学者以散文的形式写出了历史和哲学著作。一般认为，在世界文学史上，现代散文产生于公元 9 世纪。在中国，散文是从应用文和学术论著（最早是经、史、子）中发展起来的。早在周代就出现了大量历史散文和诸子散文著作。东汉以后出现了各种体裁的单篇散文。唐代的古文运动推动了散文的发展和繁荣。自唐宋到明清，逐渐出现了文学散文。中国现代散文是在白话文运动的推动下出现的。

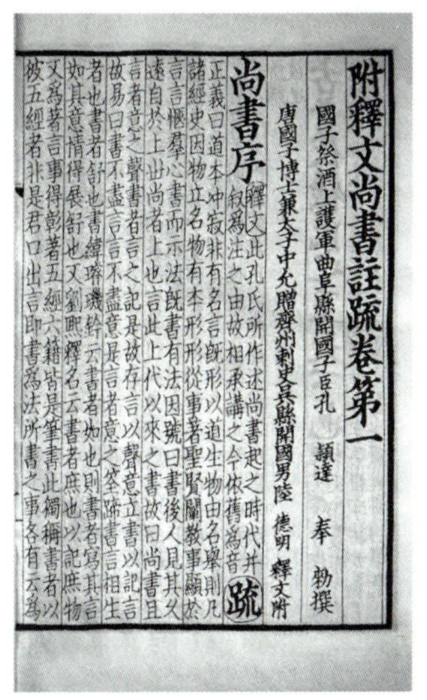
附釋文尚書註疏卷第一

國子祭酒上護軍曲阜縣開國子臣孔穎達奉勑撰

唐國子博士兼太子中允贈齊州刺史吳縣開國男臣陸德明釋文附

尚書序 疏

《尚书》书影（宋代建安魏县尉宅校刻本）——《尚书》的出现标志着中国古代散文形成

现代散文包括叙事性散文、抒情性散文、议论性散文、讽刺性散文等，具体形式有随笔、杂感、短评、速写、小品、**通讯**、游记、书信、**回忆录**等。

散文要求写真人真事，或在真人真事的基础上进行适当加工；注重反映现实生活，表现作者的生活感受。散文篇幅较为短小，不要求完整的人物情节，具有选材、构思的灵活性，表现形式也较为自由、随意。它追求典雅优美的风格，讲究语言的自然朴素，以及辞藻的锤炼和修饰。

古文 中国奇句单行、不讲对偶声律的散体文。与**骈文**相对而言。魏晋以后骈文盛行。北朝后周苏绰反对骈体浮华，仿《尚书》文体作《大诰》，以为文章标准体裁，时称古文，即以先秦散文语言写作的文章。至唐代，**韩愈**、**柳宗元**

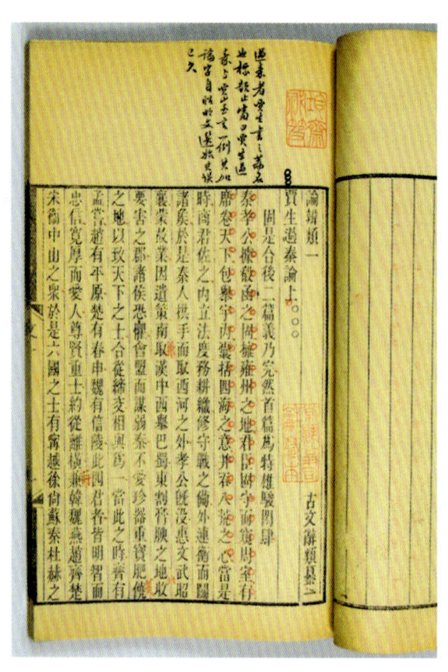

清代姚鼐编《古文辞类纂》书影（清刻本）

等主张恢复先秦和汉代散文内容充实、长短自由、朴质流畅的传统，即称这样的散体文为古文。唐代古文家虽以复古为号召，却富有革新精神。他们所作的古文，实际上是一种新型散文，采用的是从当时的口语中提炼而成的一种新的书面语言，有自己的个性和时代现实性。其中也有部分较为艰深僻涩的，但非主流。

表文　中国古代公牍文的一种。是臣属给君王的上书。肇始于秦汉，多用于臣子向君主陈述衷情。宋代以后，表逐渐成为臣下就重大吉庆祥瑞及谢恩而专门上呈的一种文书。某些写得好的表文，内容充实，表志陈情恳切，语言简洁明畅，富于感染力。如三国时诸葛亮的《出师表》、晋李密的《陈情表》等，都是名作。唐、宋以后，表文多用骈体，内容或庆贺，或谢恩，由于用典精确、辞藻清丽，成为骈体文学的代表作。表文作为一种公文，有既定的程式。一般开端作“臣某言”，结尾作“拜表以闻”或“臣某顿首”之类。

铭文　题写或勒刻在器物上的记事、颂赞、劝勉等文字。中国商周时期经常在所制的青铜器上铸上一些文字，起初只记器名、物主名、工匠名等，后来则用以记功颂德。铭文继续发展便有了后世的碑铭、墓志。古代刻金勒石的同时，有时也在日常用具如剑、仗、砚、奁匣等器物，以及居室、座右勒刻或题写文字，内容或赞物，或警戒，或自勉。如东汉崔瑗有《座右铭》；南北朝庾信有《刀铭》；唐代白居易有《磐石铭》，刘禹锡有《陋室铭》等。另外有勒石刻于某些名山大川的，称山川铭。文体多习惯用四言、韵语，风格省净简约，含意隽永。

《篆书陋室铭卷》（元，泰不华）

笔记文　一种随笔而录、杂谈琐语性质的散文。后世习惯称为随笔。它的特点是内容广泛，遇有可写，随笔而书，可长可短，不拘形式。在中国，笔记之体肇始于魏晋，而宋明以后最为丰富。

中国古代的所谓笔记文名称既不划一，内容也相当庞杂，大致可以归纳为四类：①小说故事类。这一类主要是一些情节简单、篇幅短小的故事。②野史

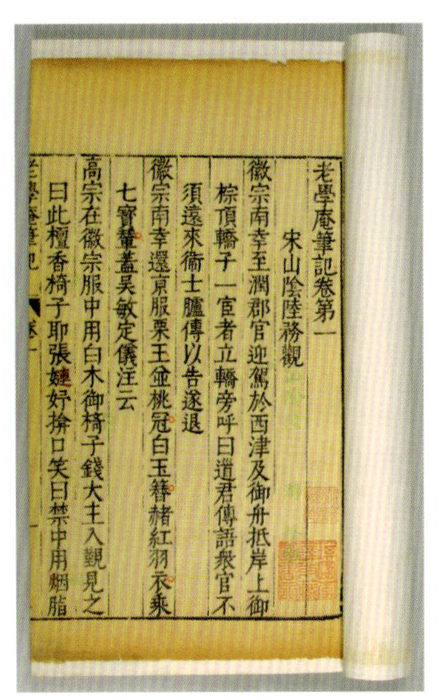
老學庵筆記卷第一
宋山陰陸務觀
徽宗南幸至潤郡官迎駕於西津及御舟抵岸上御
椶頂轎子一宦者立轎旁呼曰道君傳語衆官不
須遠來衛士臚傳以告遂退
徽宗南幸還京服栗玉並桃冠白玉簪赭紅羽衣乘
七寶輦蓋吴敏定儀注云
高宗在徽宗服中用白木御椅子錢大主入覲見之
曰此檀香椅子耶張婕妤掩口笑曰禁中用烟脂
老學庵筆記 卷一

南宋陆游撰《老学庵笔记》书影

旧闻类。这一类主要是一些史料性质的笔记，具有较高的史料价值。③从考杂辨类。这一类主要是学术性的读书札记，多属治学中的一得之见，具有学术价值。④杂录丛谈类。这一类主要是写人情、记风土、谈时俗、明器用、探技艺，以至或记一时之戏谑，或述对某事之感触。以上四类中，第一类作为古小说的一体——笔记小说，可归为小说类；第四类则大半是有一定现实性和较高文学价值的散文，是笔记文的正体。中国古代笔记文的数量相当宏富。

笔记文无论记人、记物、记事，虽不免零星枝节，但作者不刻意为文，只是信手拈来，记叙随意，了无拘束，反而有性情、有意象，亦庄亦谐，别有情趣，令人喜读不倦。

札记 中国古代笔记文的一种。又作劄记。札即简札，系古代专用于记录“一行可尽”的短文小事的简牍（小木片）。札记的内容，一般记录读书治学方面的心得，如对古书版本或治学中某个问题的校勘整理、归纳考辨，或某些拾遗指谬的文字。札记作为文体在宋代已经形成，当时称之为考或考异。“札记”之名始于清代。清代盛行朴学，乾嘉诸儒或翻刻古书，或辨章学案，往往著成札记。如姜宸英的《湛园札记》、赵翼的《廿二史札记》等，与现代的读书笔记颇多相似。

游记文 一种模山范水、专门记游的文章。以描写山川胜景、自然风光为题材，写法多种多样，或寓情于景，或寓理于游。基本内容是记述游踪和对山水风光的感受。一般文学性都比较强。

魏晋南北朝时期产生了某些专门记写游历山川胜景的文字。唐代，游记体文学真正出现并趋于成熟，柳宗元的“永州八记”是中国早期游记文的典范。宋代，游记散文开始出现借记游踪、写风景而说理的倾向，如王安石的《游褒禅山记》、苏轼的《石钟山记》。南宋以后，还发展起一种日记体游记，如南宋范成大的《吴船录》、陆游的《入蜀记》，明代徐霞客的《徐霞客游记》等。明、清是山水游记文大量产生的时期，明代袁宏道的《晚游六桥待月记》、张岱的《湖心亭看雪》，清代姚鼐的《登泰山记》等都被视为名篇。

书牍文 常用的应用文体。又称书简、书札、书信、尺牍。其突出特点是具有实用性和内容的广泛性。书牍作为人与人之间的交际手段，最具有日常应用性，其所涉及的内容几乎无所限定。作者在书牍中可以称心而言，意到笔随，或抒怀抱，或诉衷情，或发议论，还可以骋才华、托风采，故书牍亦成为文章一体，而出现不少名篇。如汉代司马迁的《报任安书》，唐代韩愈的《答李翊书》、白居易的《与元九书》，宋代王安石的《答司马谏议书》等，都是既有政治、学术价值，又十分真切感人的书牍作品。现代作家亦不乏采用书牍体而创作的名文，如冰心的《寄小读者》等。

日记 一种以具体日期为单元，由官方或个人对经历或见闻的事件、现象、感受及所持观点予以记录的文体。有古今之分。

日记在古代又称日录、日谱、日历，指按日期记事的文字，为最早出现的官方修撰的史书体例之一。商周时期依干支记日录事的甲骨卜辞，开日记体例之先河。南北朝以后，日记体逐渐被用于个人著述或纪事。至宋代，个人日记广为流行，陆游的《入蜀记》和范成大的《吴船录》均为日记体。元明清则有《水东日记》《越缦堂日记》等。这类古代日记已摆脱官修日记的拘谨刻板体例，形成内容多样、样式灵活的随笔、笔记体，与现代的日记已很接近。

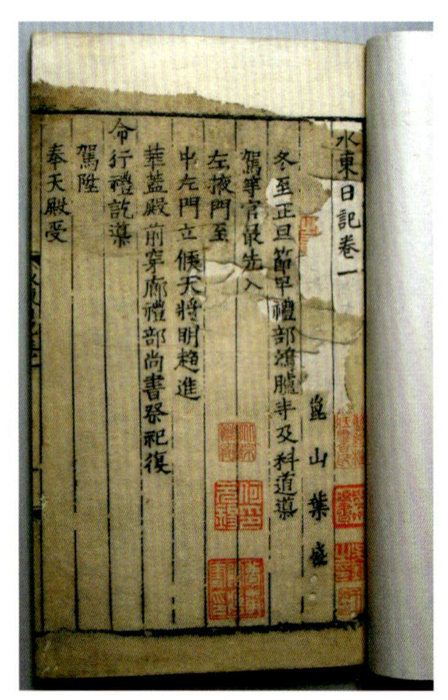
水東日記卷一
崑山葉盛
冬至正旦節早禮部鴻臚寺及科道導
駕導官最先入
左掖門至
中左門立候天將明趨進
華蓋殿前穿廊禮部尚書祭祀復
命行禮訖導
駕陞
奉天殿受

《水东日记》书影（明刻本）

在现代生活中，日记一般指个人对日常生活、工作、学习予以记录的文字。特点是形式灵活，手法多样，内容通常以记叙为主。

由于日记在依日记录的基本格式下，内容可以自由变换，故而除了用于记录日常生活，也每每被移用于文学创作。如鲁迅的《狂人日记》、丁玲的《莎菲女士的日记》等，均是利用日记形式创作的文学作品。

传记文 一种以记写人物生平、思想、活动为内容的文体。又称纪传体。中国古代传记文大致可分三种：一种是史书上的人物传记，称为史传；一种是史书之外，一般文人学者所撰写的散篇传记；一种是用传记体虚构的人物故事，实际是传记小说。

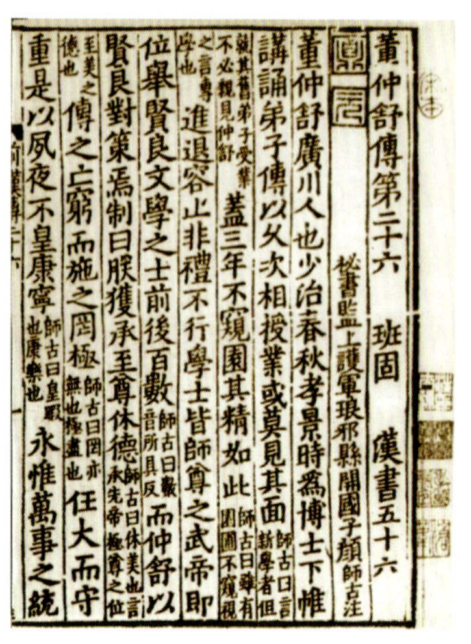
董仲舒傳第二十六 班固 漢書五十六
秘書監上護軍琅邪縣開國子顏師古注
董仲舒廣川人也少治春秋孝景時爲博士下帷
講誦弟子傳以久次相授業或莫見其面師古曰言新學者但
就其舊弟子受業不必親見仲舒蓋三年不窺園其精如此師古曰雖有園圃不窺視
之言專學也進退容止非禮不行學士皆師尊之武帝即
位舉賢良文學之士前後百數師古曰數音所具反而仲舒以
賢良對策焉制曰朕獲承至尊休德師古曰休美也言承先帝極尊之位
至美之德也傳之亡窮而施之罔極師古曰罔亦無也極盡也任大而守
重是以夙夜不皇康寧師古曰皇暇也康樂也永惟萬事之統

《汉书·董仲舒传》

以人物为描写中心的纪传体史书，始于汉代司马迁的《史记》。《史记》是中国古代史传文的典范。此后历代正史基本上都沿袭了这一体例。二十四史中，史传文占最大篇幅。

史书以外的传记文，可以上溯到汉代刘向所写的《说苑》《列女传》《新序》等著作。至唐代，古文运动为传记体文学开辟了广阔道路。韩愈的《圬者王承福传》、柳宗元的《童区寄传》，都是传记文名篇。

古代传记文中，还有一种自叙生平的传记文，称自传，如唐代陆羽的《陆文学自传》、刘禹锡的《子刘子自传》。还有的自传文不一定以第一人称来写，如陶渊明的《五柳先生传》、白居易的《醉吟先生传》等。这些自传文往往偏重于自叙理想和怀抱，抒写自己对于人生和社会的某些感慨。

古代的一些传奇小说、笔记小说，也往往采取传记体的形式，而其人物和故事均属虚构，并不属于传记文，而应归为小说类。

杂文 类别不清的总杂文字。“杂文”一名始于刘勰《文心雕龙》，专指韵、散混用的细小文体。在五四运动以后，杂文则泛指直接迅速反映社会事变的文艺性短论。杂文内容广泛，形式多样，包括随感、杂谈、随笔、杂记等。鲁迅以杂文为针砭社会痼疾和时事的武器，其杂文短小精悍、笔锋犀利，为不朽的典范。

小品文 散文体裁的一种。其含义在国外文学理论中较为宽泛，指报告、报纸中各种各样新闻体裁的文章。但在中国，小品文的概念却相对集中，按鲁迅的说法，“讲小道理，或没道理，而又不是长篇的，才可谓之小品”。

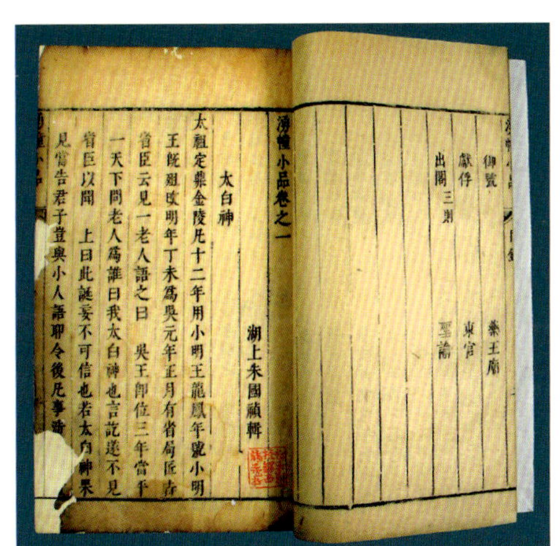

明代朱国祯撰《涌幢小品》书影（明天启刻本）

至晚明始将“小品”用于概括短小轻隽的文章。在新文化运动兴起后的 20 世纪 20 年代，小品文又称为小品散文或散文小品，泛指文学体裁中与诗歌、戏剧文学、小说并举的散文。在现代，小品文也被用作随笔、杂感乃至各类艺术性短文的别称。

小品文的基本特点是：篇幅短小，主题明确；在事实基础上，用文学笔调和文艺形式，深入浅出、简明生动、夹叙夹议地或叙述事情，或介绍知识，或阐明道理。小品文使读者在轻松阅读中获得某种知识、信息或启发，同时也获得艺术情趣的享受。

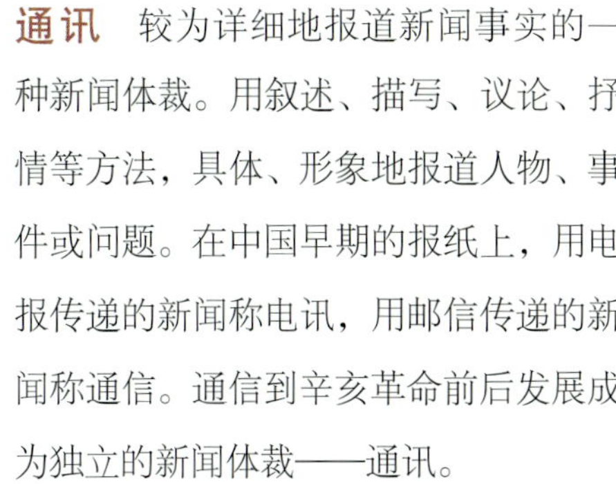

通讯 较为详细地报道新闻事实的一种新闻体裁。用叙述、描写、议论、抒情等方法，具体、形象地报道人物、事件或问题。在中国早期的报纸上，用电报传递的新闻称电讯，用邮信传递的新闻称通信。通信到辛亥革命前后发展成为独立的新闻体裁——通讯。

通讯有人物通讯、事件通讯、工作通讯、概貌通讯等。它所报道的内容在时间上跨度比较大，通常表现现实生活中具有典型意义的人和事。常见的结构有：①纵式结构，按照时间顺序、事物发展过程安排层次。②横式结构，按照逻辑顺序、事物发展的性质安排层次。

小说 一种以散文形式叙述虚构性内容的文学体裁。也指以这种体裁写成的文学作品。环境、人物、情节构成小说的三大要素。人物是小说的核心；环境是人物活动的时空场所，以及性格形成和发展的重要原因；情节是按一定结构原则组织而成的事件和人物活动的过程。

小说按篇幅长短及结构和艺术特征，可分为长篇小说、中篇小说和短篇小说。短篇小说结构紧凑，人物较少，情节叙述比较简洁，故事很少展开，往往一开始便趋向高潮。而长篇小说则拥有相当的长度、复杂的故事情节和结构，它借助各种艺术手段将一系列相互关联的人物置于特定的时代和社会背景中，展现人物的性格与活动，表现他们丰富的生活和情感世界。中篇小说在长度及情节和结构的复杂性方面，一般介于二者之间。

《堂吉诃德》插图

在国外，短篇小说的形式在中世纪趋于成熟。现代意义上的短篇小说出现于19世纪，几乎同时兴起于欧美各国。中世纪的骑士传奇已经具有长篇小说的基本特征。随着17世纪西班牙作家M.de塞万提斯的《堂吉诃德》问世，现代长篇小说的形式得以最终确立。

中国古代小说滥觞于魏晋南北朝的志怪和志人小说。唐代的传奇小说逐渐形成比较曲折复杂而又完整的故事情节。宋元时期出现了说书艺人演说的话本。明代又出现了文人创作的拟话本。中国古代小说在明清时期达到高峰。五四运动以后，中国现代白话小说兴起。

文言小说　小说的一种类型。中国古代小说绝大多数用文言写成。唐代以后白话小说才逐渐兴起。五四运动时文学界提倡白话文，很少有人再写文言小说。古代的文言小说包括各种属类，如杂事、异闻、琐语等属，又有志怪、传奇、杂俎等类，近人统称之为文言小说。《中国文言小说书目》《中国文言小说总目提要》，都以清代为下限（后者收个别民国初年作品）。其实民国时期仍有苏曼殊、徐枕亚等人写作文言小说，故不能以文体断代。

白话小说　小说的一种类型。中国古代小说多数用文言写成。白话小说从唐代开始出现。到宋代，话本兴起。五四运动时文学界提倡白话文，也推崇古代的白话小说。白话小说包括古今作品。近人多以通俗小说来指称古代的白话小说，以与文言小说相区别，如《中国通俗小说书目》。

话本　中国古代说话艺人的底本。起源于隋唐人的“说话”。当时人把口头讲的故事称作“话”。话本在宋代逐渐盛行，开始有刻本流传。

话本一般指小说、讲史、说经等说话人的底本。但傀儡戏、影戏、杂剧和诸宫调的底本，也称话本。话本一般以叙说为主，中间穿插一些诗词；也有运用唱词较多的。明人分别称之为评话或词话。

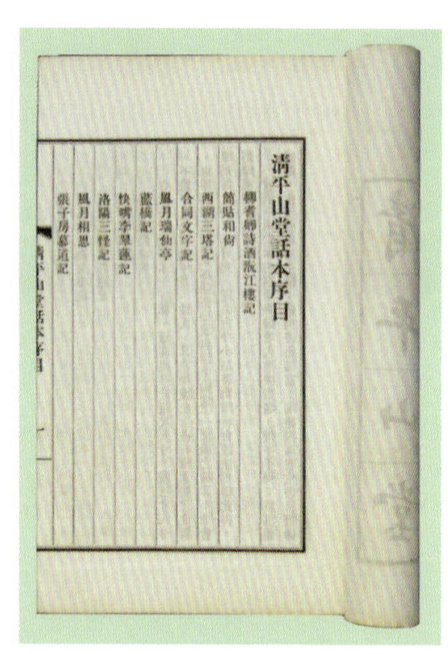

清平山堂話本序目
柳耆卿詩酒翫江樓記
簡貼和尚
西湖三塔記
合同文字記
風月瑞仙亭
藍橋記
快嘴李翠蓮記
洛陽三怪記
風月相思
張子房慕道記

明代洪楩编印《清平山堂话本》书影（民国刊本）

话本以宋元作品为代表，时代特色比较鲜明。元代以前的话本留存不多，讲史家的话本往往称作平话，小说家的话本多称作小说。还有称作诗话的。明代的话本多经文人修订。明清人模拟话本而写的短篇白话小说，近人多称之为拟话本；讲史类的章回小说则称为演义。

话本本来是说话人说唱故事的底本，往往只是略具梗概的提要，编印成书时经过修订删改，就成为一种通俗文学作品，形成一种独特的体裁和风格，代表中国古代小说的一大类型。

拟话本 中国古代文人模仿**话本**形式编写的**小说**。鲁迅在《中国小说史略》中最早使用“拟话本”这一名称，用于指约宋元时成书的《大唐三藏取经诗话》《宣和遗事》等作品。它们的体裁与话本相似，都是首尾有诗，中间以诗词为点缀，词句多俚俗，但与话本又有所不同，“近讲史而非口谈，似小说而无捏合”。鲁迅认为它们是由话本向后代文人小说过渡的一种中间形态。

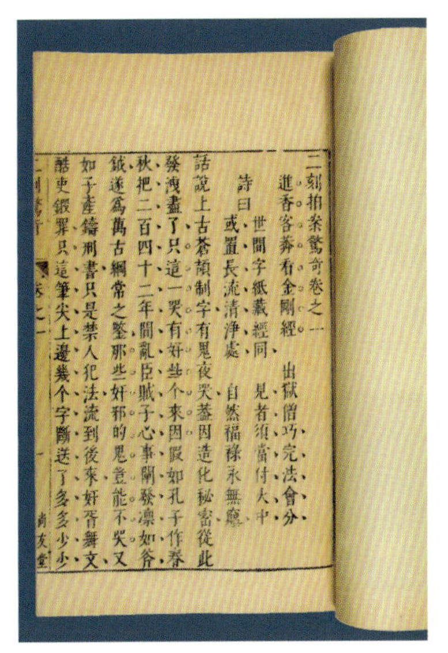
《二刻拍案惊奇》书影（明刻本）

中华人民共和国成立后，一些学术著作用拟话本专指明末文人模仿话本形式编写的白话短篇小说，如“三言”中的部分小说和“二拍”，以及《西湖二集》《清夜钟》《石点头》《醉醒石》《幻影》等。拟话本的含义已经发生变化。

章回小说 中国古典长篇小说的主要形式。其特点是分回标目，段落整齐，首尾完具。宋元的长篇话本已具有章回小说的雏形。元末明初，出现了一批文人根据话本加工、再创作的长篇小说，如**《三国演义》《水浒传》**等。这些小说各分为若干卷，每卷又分作若干则，每则各有题目。这时，章回小说的体制已大体形成。到明代中叶，小说的回目正式创立。这个时期创作的小说，如**《西游记》**《封神演义》《金瓶梅》等，都分回标目，只是有的回目用单句，有的回目上下句对仗不工。明末清初，回目采用工整的偶句逐渐成为固定的形式。自此以后直至近代，中国的长篇小说和中篇小说普遍采用这种形式。这种形式还常为文人创作和加工的短篇话本所采用。

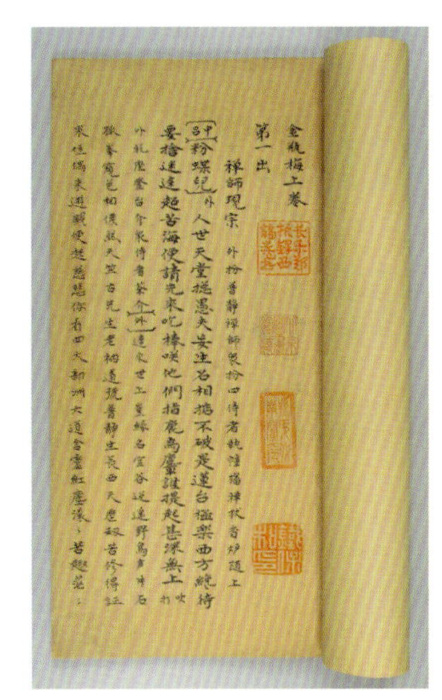
《金瓶梅》书影（清抄本）

历史小说 以历史人物和历史事件为题材的**小说**。优秀历史小说以史实为基础，经过不违背历史生活真实和文学艺术真实的创作，再现一定历史时期的社会生活面貌和历史发展趋势。

根据历史真实和艺术加工所占比重的差异，中国传统的历史小说大体上分为杂史体和讲史体两大类。杂史体历史小说的渊源可追溯到上古神话传说。其中人物、事件虽也见于史籍，但小说虚构过多，且时杂仙怪不经之事，历史价值不高，如先秦的《穆天子传》，汉代的《吴越春秋》《汉武故事》等。讲史体历史小说源于宋元话本的民间讲史，到元代演变为文人据讲史底本加工而成的

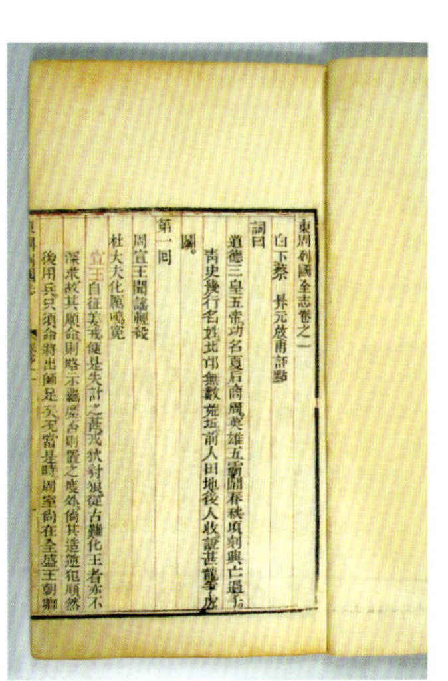
《东周列国志》书影

平话，明清又发展为章回体**演义小说**。这类历史小说侧重历史事实，语言多是半文半白形式，如《东周列国志》《**三国演义**》《隋唐演义》《宋宫十八朝演义》等。

五四运动以后，鲁迅率先用白话形式创作了新型历史小说《故事新编》。

演义小说　中国古代长篇小说的一种。“演”，指推衍敷陈；“义”，指其思想内容。演义小说主要指以某些历史事实为基础，吸收野史传说，并经艺术加工而写成的小说。由宋代的讲史话本发展而来，元末明初始有“演义小说”之名。

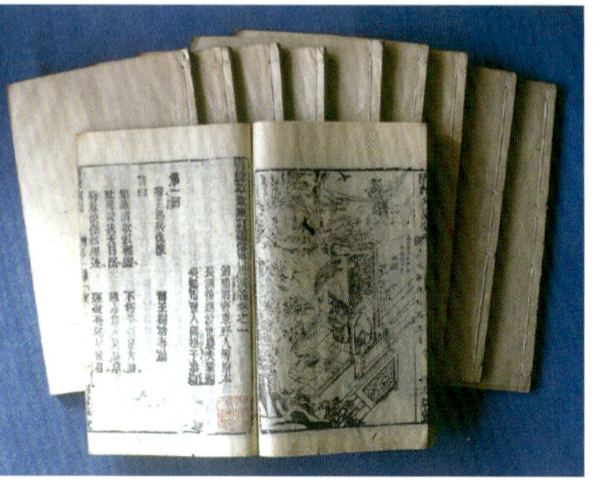

《隋唐演义》书影（清康熙三十四年刊本）

明代是演义小说繁荣大盛的时代，而《三国演义》正是这种繁荣的起点。以后的演义小说都采用章回形式。明代演义小说题名上常标明“按鉴演义”或“演义按鉴”，以忠于历史相号召。同时又常在题名上标明“通俗演义”，说明敷衍历史故事。

《福尔摩斯探案集》英文版封面

侦探小说　叙述犯罪案件的发生经过及其侦破过程的**小说**。“侦探小说”是英语国家对这类小说的称呼。在其他欧洲国家，它们通常的名称为犯罪小说或侦探推理小说。此外，间谍小说也被视为其中的一个品种。

侦探小说大多以某个具有超常智慧、灵敏直觉和严密逻辑推理能力的侦探为主人公，讲述他或她对一件扑朔迷离、似乎无法解释的案件，或残忍而令人恐惧的罪行（大多为谋杀）所进行的细致而严密的调查。从20世纪初开始，许多犯罪和推理小说将叙述的侧重点放在犯罪原因的社会学探索及对罪犯人格的深层心理学分析之上，使这类小说的思想性和社会意义有了很大提高。

中国古代和近代的公案小说与欧美侦探小说有某种程度的相似。真正意义上的侦探小说是20世纪30年代以后才传入中国的。50年代以后，开始出现具有中国特色的侦探小说作品。这些作品的主题大部分与不同时期的政治、社会和治安形势相联系。

科幻小说　叙述科学技术幻想及在这种幻想中发生的故事的**小说**。其中，科学推断或假设的可信性和逻辑合理性是这类小说的前提，而事件大多发生在虚幻的、非现实的时空环境中。

《海底两万里》插图

一般认为，科幻小说出现在19世纪初。最早的科幻小说为1818年英国作家M.雪莱创作的《弗兰肯斯坦》（又译《科学怪人》）。法国作家J.凡尔纳的《海底两万里》和英国作家H.G.威尔斯的《时间机器》是这类作品中的经典。中国最早的科幻小说是1904年荒江钓叟的《月球殖民地小说》。20世纪30年代以后，科幻小说走向繁荣。80年代以来，在西方发达国家出现了“反科幻小说”或“批判的科幻小说”。它们着重描写科技的发展所带来的严重负面后果和灾难，以及其对未来世界和人类生存造成的巨大威胁。

纪实文学 以记录、描写历史与现实生活中的事件和人物为题材，具有高度真实性的文学品种。包括纪实戏剧、纪实小说、报告文学等。纪实文学最重要的特征是反映真实，即作品描写的对象必须是真人真事。

纪实戏剧常将历史文献、官方文件、新闻媒体的报道和公众舆论加以重新编排，站在批判的立场，表现过去和现在发生的重要事件，以揭示事情的“真相”，戳穿官方宣扬的“真实”。纪实小说以小说的形式和技巧叙述真实的人和事，虽然它也标榜真实，但虚构的成分明显要比纪实戏剧和报告文学大得多。报告文学最早仅是对刚刚发生的重要事件进行较为详细的新闻报道，后来在形式和技巧上渐渐向文学性散文甚至小说发展，某些长篇报告文学甚至接近于纪实小说。

Roberta's body found.

纪实小说《美国的悲剧》插图

报告文学 现代散文的一种体裁。是介于文学与新闻报道之间的一种中间类型。有记事、通讯、人物特写等。报告文学最根本的特点是“写真实”，即所描写的事件必须是现实生活中正在或已经发生的，所刻画的人物必须是真实存在的。不仅如此，连细节描写也应当符合原貌、真实可信，不容许有明显的虚构和歪曲。

报告文学在欧美国家产生于20世纪初，20年代迅速成为一种被广泛采用的体裁。在中国，报告文学是在五四运动以后出现的。瞿秋白的《饿乡纪程》便是最早的作品。但报告文学在中国真正开始流行是在20世纪30年代。80年代以后，中国报告文学写作再次呈现出异常活跃的局面。

回忆录 纪实文学的一种。回忆录是以作者自己的亲历亲闻为内容的记述，与自传相似，所以易被混淆。事实上，它们的最大区别在于：回忆录主要记述他人他事，作者是历史事件的参与者或切近的观察者；而自传则以记述本人为主题。文学史上著名的回忆录有法国作家C.-H.de圣西门的《回忆录》、英国

法国人文主义历史学家 P.de 康明所著《回忆录》的插图

首相 W. 丘吉尔的《第二次世界大战回忆录》等。回忆录叙述、描写的是真实的历史事件和人物，因而不仅具有文学价值，更具有文献价值。

儿童文学 为少年儿童而写或被他们所阅读的，适合其心理和生理特征、文化知识水准和审美趣味的文学作品的总称。读者年龄从能看懂图画或听懂故事，直到十四五岁。它要求内容浅显易懂，形式和表现手法生动活泼，主题明确，形象鲜明具体，情节有趣，语言简单精练。体裁既包括故事、童话、寓言、童谣，又有与成人读物相同的各种形式和样式，如小说、诗歌、剧本、散文等。

《鲁滨逊漂流记》插图

儿童文学种类繁多，主要包括以下四类：①以少年儿童为主要对象或专为他们而创作的作品。②一些同时被成年人和少年儿童广泛阅读的读物，如英国作家 D. 笛福的《鲁滨逊漂流记》、J. 斯威夫特的《格列佛游记》，中国的《山海经》《西游记》等。③根据成人读物改编加工而成的各类儿童读物。④图画册、卡通读物和连环画等。

童话 以儿童为主要叙述对象，叙述带有幻想和神奇色彩的事件的故事。童话讲述的故事一般没有确定的时间和地点，其中必定有会说话或以人的特点出现的动植物、仙子、精灵、妖魔等超自然形象。此外，女巫、魔法师、巨人、侏儒、具有特异本领的怪人也是童话中常见的形象。

安徒生的《埃格内特和美人鱼》插图

童话的起源现已无从考证，但研究者一般主张欧洲童话来源于东方。许多童话早在文字产生之前便已经在民间口头流传，这类童话被称为民间童话，其内容在流传过程中不断发生变化，只是后来经过作家和学者们搜集整理才形成今天的版本。其中影响最大的有法国作家 C. 佩罗的《鹅妈妈的故事或寓有道德教训的往日故事》和德国格林兄弟的《儿童与家庭童话集》。除此之外，还有作家们借用民间童话的素材和主题创作的艺术童话。其中丹麦作家H.C.安徒生的作品、英国作家L.卡罗尔的《艾丽丝漫游奇境记》、意大利作家C.科洛迪的《木偶奇遇记》等，在世界范围内产生了深远的影响。

民间文学 民间创作、享用和传承的口头文艺作品的统称。作为一个学术名词，是五四运动之后才出现和流行的。包括散文的神话、民间传说、民间故事，韵文的歌谣、史诗、长篇叙事诗，以及小戏、说唱文学、谚语、谜语等体裁的民间作品。

一般认为民间文学有下列四个特征：①口头性。包括口头创作和口头传承两个最主要的方面。②集体性。民间文学作品大体上可说是群众集体的创作，所以一般是无法署名的。③变异性。由于口头语言的不稳定性，民间文学作品在流传过程中和具体的讲唱中常常因时间、地域、民族，以及传播者的主观思想感情和听众的情绪变化等因素而有所变异。④传承性。靠口头世代传承下来的故事或歌谣，在形态或内容上不可避免地会有些变化，成为我们现代“活”文化的一部分。

部分中国民族民间故事封面

神话 古代人类解释世界的起源和各种自然现象，讲述神、妖魔或超人的事迹，叙述发生在远古时代的非凡事件的故事和传说。它是早期人类对世界和社会生活的原始理解的象征性表达。神话普遍存在于各民族的社会史中，是人类文化的基本组成部分。

神话开始出现于原始社会早期。人们一般将神话划分为三种形态：从原始人类幼稚的想象和幻想中产生的创世和自然神话，关于半神和英雄的神话，涉及各种宗教信仰和民间习俗的神话。

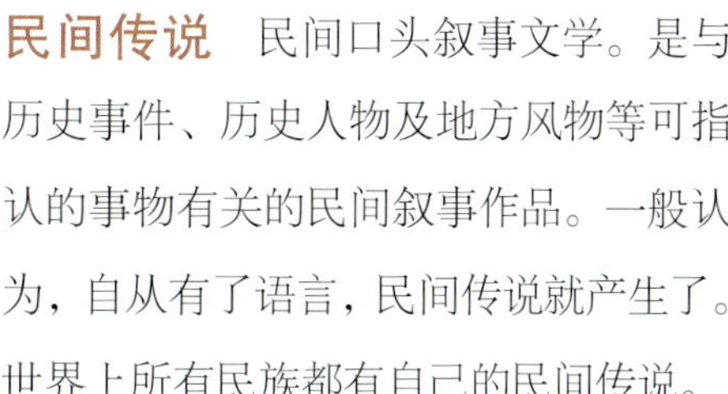

所有的民族均有自己的神话，最初它们在民间口头流传，不断完善，后来经过搜集、记录和整理才有了固定的形式和内容。神话是文学的最初形态，它的题材内容和各种人物对历代文学创作及民族史诗的形成具有多方面的影响。

传为伏羲女娲图

民间传说 民间口头叙事文学。是与历史事件、历史人物及地方风物等可指认的事物有关的民间叙事作品。一般认为，自从有了语言，民间传说就产生了。世界上所有民族都有自己的民间传说。

民间传说按题材大致分为三类：①人物传说。以人物为中心，叙述他们的事迹和遭遇，表达人民的评价和愿望。②史事传说。以叙述历史事件为主。③地方风物传说。叙述地方的山川古迹、花鸟虫鱼、风俗习惯和乡土特产的由来和命名，表现人们热爱乡土的感情及他们对生活的理想和信念。还有一些神怪灵异的传说。

民间传说最具民族性，它的流传还往往有地区性特点。民间传说往往具有

《镜泊湖的传说》插图

传奇特色，既富于生活气息，又离奇动人。民间传说为文学创作提供丰富的主题和素材，对文学的发展有深刻的影响。

民间故事　民间散体叙事文学的一种体裁。又称古话、古经、说古、学古、瞎话等。有狭义和广义之分。狭义的民间故事指除神话、传说之外的，一系列具有神奇性幻想色彩或讽刺性奇巧特点的散文叙事作品；广义的民间故事泛指流传在民众中与民间韵文相对的民间散文叙事作品。通常取其狭义。

民间故事大致可分为四类：①神奇故事。又称民间童话、幻想故事。包含丰富的想象成分，充满浪漫色彩。②动物故事。以动物为主人公，故事里的动物常被拟人化。③生活故事。取材于现实生活而加以虚构，现实性较强。④民间笑话。指幽默、滑稽性的短小故事。

民间故事具有奇特的幻想和浓厚的生活色彩；故事中的时间、地点及主人公姓名，大都是泛指的、通称的；故事结构遵循一定的形式展开，情节往往大同小异，如有灰姑娘型、天鹅处女型、老虎外婆型等。

史诗　古代民间韵体叙事文学的一种体裁。在人类文化史上占有重要位置。大多数口传史诗发生于一个民族还处于口头文化的社会阶段。今天所知世界上最古老的史诗是古代两河流域的《吉尔伽美什》，距今已有4000多年。中国著名的口传史诗有藏族的《格萨尔王传》、蒙古族的《江格尔》和柯尔克孜族的《玛纳斯》。

各国各民族史诗的背景、内容主旨均有不同，但在结构上至少有一些方面是共通的，即诗歌性、叙述性、英雄性和传奇性，篇幅巨大，具有多重属性及互文性，具有多重功能，且在特定文化和传统的传播限度内。另外，史诗的特征还可包括：由专业歌手演述；主人公应为神祇并在地方庙宇中得到供奉，与更广泛的神话系统和文明传统相联系；歌手和听众都坚信史诗叙述的是真实历史事件。

史诗还常被用来指在规模、境界，

英国英雄史诗《贝奥武甫》书影

BEOWULF

An Old Anglo-Saxon Story

Spring had come again to the lands of the north. The ice was melting; sailors and seafarers began to think once again of taking to the high seas. In the hall of Hygelac, King of the Geats, supper was over; the mead-horns were passing from hand to hand; it was time to pull closer to the fire to listen to tales of valour sung by the bard.

But tonight there were strangers in the hall, hardy sailors from across the seas who had already made their way through the melting ice with goods to trade and stories to tell. Their leader sat facing the high seat of the king and brought news of the islands and coasts of the northern seas. He told how Hrothgar, the King of the Danes, had built, in his youth, a great feasting hall, bigger and grander than any ever built on this middle earth.

2

3

以及体现人类重大价值的题材方面都显示出史诗精神的作品。

寓言 文学体裁的一种。这类作品通常为散文体写的简短的故事，有时也采用诗体形式，大多具有讽刺、劝喻或教训的意义。借喻是寓言的重要特点，它向读者暗示寓言所蕴含而未直接表露的思想。但寓言的作者有时在故事的开头或结尾点出主题。寓言通常情节高度凝练、集中，人物少，并大量运用拟人化的手法，动物、植物都可成为寓言的主人公。

《拉封丹寓言诗》中的《两只鸽子》插图

寓言最初由人民群众口头创作和流传的动物故事演变而来。以后著名的作家相继写作寓言。近世在世界各国涌现了很多寓言作家，创作的题材也日趋广泛。

谜语 用于猜射娱乐的短小作品。一般由谜面、谜目和谜底三部分组成。谜面是隐喻性的短谣，谜目是猜射的范围和格式，谜底则是谜面所指的事物。谜面表现谜底主要采用两种方式：一种是描写性的，作者针对谜底事物的形状、性质、功能或名称等的特征，把它们与其他具有共同点的事物联系起来；另一种是诡词性的，即在矛盾的或反常的现象下表现谜底事物的特征。谜面既要隐去谜底事物的本来面目，又要为猜谜者提供思考的线索。

谜语分为民间谜语和文人谜语。民间谜语在远古时代曾具有严肃意义和重大作用。有的民族把它用于宗教仪式或生活仪式中，有的把它作为测定智力的标准。民间谜语题材广泛，一般根据谜底分为物谜、事谜和字谜三种，其中物谜数量最多。古代的士大夫文人吸取民间谜语的表达方式，将之用于社会、政治生活及文学创作中，称为廋辞或隐语。

戏剧文学 文学体裁之一。主要有*话剧*和*歌剧*两个品种。在欧美国家一般指话剧。戏剧文学是为舞台表演而写作的文学作品（剧本），由戏剧角色的独白和对话，以及作者的舞台提示（事件展

中世纪欧洲市民戏剧（绘画）

开的时间和环境、角色的身份等）和对演员表演的指示或说明组成。此外，也有作者无意付诸演出或不适于舞台演出的阅读剧。

西方的戏剧文学起源于古代希腊时期。公元前5世纪以后，陆续出现了埃斯库罗斯、索福克勒斯和欧里庇得斯等优秀悲剧作家及喜剧作家阿里斯托芬，戏剧的基本形式得以确立，并形成两大主要类型——悲剧和喜剧。中世纪的戏剧以来源于弥撒活动的宗教戏剧为主。这一时期还产生了神秘剧、奇迹剧和道德剧。文艺复兴时期，英国戏剧创作达到高峰，出现了W.莎士比亚等杰出剧作家。18世纪在德国和法国出现了市民戏剧。此后，戏剧的形式和内容不断发展，出现了各种戏剧流派与风格。

在中国，除话剧外，戏剧文学还包括歌剧和戏曲。话剧和歌剧是在五四运动以后才传入中国的，而戏曲作为中国传统戏剧形式，已有2000多年的历史。中国戏曲源于秦汉的乐舞、俳优和百戏。唐代有参军戏；北宋时形成了宋杂剧；南宋时温州一带产生的戏文，一般被认为是中国戏曲最早的成熟形式；金末元初在中国北方出现了元杂剧；明清两代又在戏文和杂剧的基础上形成了传奇剧。各种地方戏剧也纷纷产生，昆曲和京剧是其中普及面最大的剧种。

杂剧 中国古代戏剧样式。它是在前代戏曲艺术、说唱艺术尤其是宋官本杂剧和金院本的基础上发展起来的，大约在金末元初之际逐渐完备而趋于成熟，元朝统一全国之后进入繁荣时期。

杂剧的体裁多为一本四折的形式。一般一本为一剧，一折相当于一场戏。四折之外可以加一二个楔子。楔子通常放在第一折前，也有放在两折之间的。

山西洪洞广胜寺明应王殿元杂剧壁画

杂剧由宾白、唱词、科介三部分构成。宾白即说白，是唱词之外由剧中人物以说话的腔调所说的语句，包括对白、独白、旁白（角色背着台上其他剧中人对观众说的话）、带白（唱词中的插话）等名目。唱词是用于演唱的曲词，在音乐上采用联套方式，由同一宫调的数支曲子组成，一折一套。曲文要协律，符合曲牌规定的格律。科介则是对人物动作、表情、武打、歌舞和音响效果等的提示。

杂剧角色分为末、旦、净三大类。每类中又可根据人物身份分为正末、外末、小末，正旦、外旦、搽旦，等等。

南戏 中国宋代出现的戏剧样式。又称戏文、温州杂剧。曲调由宋词、唱赚和民间小曲综合发展形成；在表演艺术上以民间歌舞戏为基础，间受宋杂剧的影响。流行于中国东南沿海一带。它的产生年代有两说：一说“出于宣和之后，南渡之际”，一说“始于宋光宗朝”。到南宋末年大盛，元代继续流行。

南戏的体制特点是比较自由灵活，一本戏的出数可长可短，无严格的宫调要求，唱曲次序只需用声相邻，一出中不限通押一韵。南戏角色分为生、旦、

明人演《琵琶记》（绘画）

外、贴、丑、净、末。随着南戏的流行，在不同地区出现不同声腔，如弋阳腔、余姚腔、海盐腔和昆山腔等。与北曲杂剧相比，南戏的音调节奏大抵舒缓婉转。

传奇戏曲 中国明代传奇（戏曲）。明代以后，传奇成为以演唱南曲为主的长篇戏曲的专称。传奇戏曲即在宋南戏的基础上，吸收北杂剧的优点而发展起来并盛行于明代的戏曲形式。

明代传奇包括海盐腔、余姚腔、弋阳腔、昆山腔和由它们流变而成的各声腔剧种。自嘉靖、隆庆年间魏良辅等改革昆山腔，梁辰鱼运用新腔撰写《浣纱记》盛行于时之后，传奇创作步入一个新的趋于极盛的时期。从万历至明末，作家辈出，名作如林，从而使昆山腔成为明代传奇的代表。

《浣纱记》中的西施形象

明代传奇不限出数，一般都是三五十出的长篇；分出，标出目。以南曲为主，兼用北曲，并逐步形成了按宫调联套的南曲体系。角色在南戏分生、旦、外、贴、丑、净、末的基础上，又分出小生、小末、小外、小旦等。

话剧 戏剧种类之一。是中国的一种特殊称谓。在欧洲，一般将发端于古希腊悲剧和喜剧的舞台演出形式称为戏剧，并将它与*歌剧*、舞剧、哑剧等相区别。这个剧种从 20 世纪初传到中国，最初被称为新剧、文明戏、爱美剧等。1928 年，中国戏剧家洪深提议定名为话剧，将之与传统戏曲、歌剧、舞剧、哑剧等相区别。

话剧《日出》剧照

话剧综合文学、表演、导演、美术、音乐、舞蹈等文艺成分，而以说话（对白、独白、旁白）为主要表现手段；演员的表演则是以说话和动作来塑造各种各样的人物形象，直观地展现社会生活中的各种矛盾和斗争。随着时代和社会的发展，话剧的题材、体裁、风格、手法和艺术形式也不断丰富和发展。

散文诗 兼有诗歌和散文特点的文学样式。它融合了诗歌的某些特质和散文的描写性。从形式上看，它有散文的外观，不像诗歌那样分行和押韵，但又含有浓郁的诗意和音乐美、节奏美。

《野草》封面

散文诗是一种近代文体，正式流行起来是在19世纪中叶以后。第一个正式使用“小散文诗”这个名称并有意识采用这种体裁的是法国诗人波特莱尔。在中国新文学中，散文诗是一种引进的文学体裁。最早出现的散文诗是刘半农翻译的I.S.屠格涅夫的《散文诗》和印度作品《我行雪中》。鲁迅、刘半农、许地山、冰心等都有散文诗作品，其中思想和艺术成就最高、影响最大的是鲁迅的散文诗集《野草》。

文学思潮 某一时期和某一地域内形成的，具有广泛影响的文学思想和文学创作的潮流。文学思潮表现为许多有影响的作家，通过各种各样的方式自觉地实践某种共同的文学纲领，形成一种遍及全社会的思想趋向。文学思潮的出现往往是由多种因素形成的，其中最主要的是社会经济形态的变化和由此产生的新的思想要求。此外，历史文化的材料准备与文学思潮的形成也具有渊源关系。

在一定历史时期内占主导地位的文学思潮，也称文学主潮。文学主潮与历史上进步阶级的思想和人民群众的普遍情绪相一致，反映着历史前进的方向。但在文学主潮出现和发展的同时，往往也会出现与之相对立的潮流。

文学流派 文学发展过程中，一定历史时期内出现的一批作家，由于思想倾向、艺术主张、审美观点和创作风格相近，自觉或不自觉地形成的文学集团和派别。通常是由一定数量的作家群与其代表人物组成的。各种文学流派的涌现和竞赛，是文学繁荣的重要标志之一。

从基本形态上看，文学流派大体上有两种类型：一种是有明确的文学主张和组织形式的自觉集合体；另一种是不完全具有甚至根本不具有明确的文学主张和组织形式，但在客观上由于创作风格相近而形成的派别。

文学流派同创作方法有着较直接的联系。同一流派的作家往往采用同一种创作方法进行创作，不同流派的作家往往采用不同的创作方法进行创作。但创作方法又并不总是各种流派相互区别的标志。采用同一种创作方法的作家，由于社会观点和审美趣味的差别，也会在题材选择、主题提炼、语言风格和艺术表现手法上有所不同，从而形成不同的流派。

文学鉴赏 人们在听讲或阅读文学作品时领会其思想内容，获得对艺术形象的具体感受和体验，引起思想感情上的强烈反应，得到审美享受的活动。文学鉴赏是一种感觉与理解、感情与认识相统一的精神活动。

文学鉴赏有两个主要特点：一是审美享受。文学作品是作家审美活动的产物，富有很强的美感力量。当人们阅读文学作品时，必然会引起丰富的联想，受到感染和启发，最终获得审美享受。阅读能否变为鉴赏，关键在于有无审美享受。只有获得审美享受的阅读，才称得上是鉴赏。二是再创造活动。即在鉴赏活动中，读者充分发挥自己的主观能动性，依据作家提供的具体作品进行再创造。这种再创造活动表现为读者通过想象、联想、玩味、思考，发掘作品中潜在的意义，并对作品中的艺术形象进行补充、扩大、丰富和改造。但是这种再创造是有一定限度的。

文学批评　以文学作品为基础，兼及文学活动、文学思潮和相关的文学现象的理论性分析和评价。以文学作品为主要研究对象，同时涉及作家的创作活动、读者的接受活动、范围较广的文学活动和文学思潮等方面。

文学批评的方法是多样化的。伦理批评、社会历史批评和审美批评是三种传统的批评方式。伦理批评又称道德批评，它以特定的道德意识、伦理规范作为文学批评的标准；社会历史批评强调文学与社会生活的关系，认为文学作品的价值在于它的社会功用；审美批评着眼于文学作品的形式构成及其审美价值，着重强调作品的审美属性。

文学批评的形式多种多样，有论文、专著、点评、随笔、以诗论诗、书信、序跋、评传、对话等。其中论文和专著是最常用的批评形式。

茅盾文学奖　中国当代文学奖。根据茅盾的遗愿，为鼓励优秀长篇小说创作而设。由中国作家协会主办。1981 年设立。评奖的具体工作由茅盾文学奖评奖委员会承担。评奖委员会委员由有影响的作家、理论家、评论家、编辑和文学组织工作者出任。每届评委会成员更新人数不少于评委会人数的 1/2。首届评奖于 1982 年进行。此后大体每四年评选一次，每次获奖作品 3 ~ 7 部。凡在评选年度内公开发表和出版、字数在 13 万字以上者均在评选范围之列。2011 年起，因李嘉诚捐助，奖金由 5 万元提高到 50 万元。至今已举办 10 届。

第九届茅盾文学奖颁奖典礼

鲁迅文学奖　中国当代文学奖。为鼓励优秀的中短篇小说、报告文学、诗歌、散文、杂文、文学理论、文学评论的创作和文学作品的翻译而设立的奖项。1986 年设立。由中国作家协会主办。具体工作由鲁迅文学奖评奖委员会承担。评奖委员会委员由有影响的作家、理论家、评论家及文学组织工作者出任。每届评委会成员与上届相比更新的人数在 1/2 以上。首届评奖于 1997 年进行。凡在评选年度内公开发表或出版的中短篇小说、报告文学、诗歌、散文（集）、杂文（集）、文学理论、文学评论和文学翻译作品均在评选范围之内。迄今已举办 7 届。

诺贝尔文学奖 根据瑞典化学家 A.B. 诺贝尔遗嘱所设诺贝尔奖中的一个奖项。1900 年设立。1901 年首次颁发。为文学界最高荣誉奖项。

根据诺贝尔的遗嘱，诺贝尔文学奖授予“最近一年来”“在文学方面创作出具有理想倾向的最佳作品的人”。1900 年经瑞典国王批准的《诺贝尔基金会章程》将评选范围改为“近年来创作的”或“近年来才显示出其意义的”作品，“文学作品”的概念扩展为“具有文学价值的作品”，即包括历史和哲学著作。文学奖奖金由斯德哥尔摩诺贝尔基金会统一管理。由瑞典文学院评议和决定获奖人选。

章程规定各国文学院院士、大学和其他高等学校的文学史和语文教授、历年的诺贝尔奖获得者和各国作家协会主席才有权推荐候选人，本人申请不予考虑。授奖一般是因为某一作家在整个创作方面的成就，有时也因为某一部作品的成就。

H. 显克维奇

R. 吉卜林

M. 梅特林克

R. 泰戈尔

A. 法朗士

W.B. 叶芝

萧伯纳

托马斯·曼

E. 奥尼尔

G. 米斯特拉尔

H. 黑塞

T.S. 艾略特

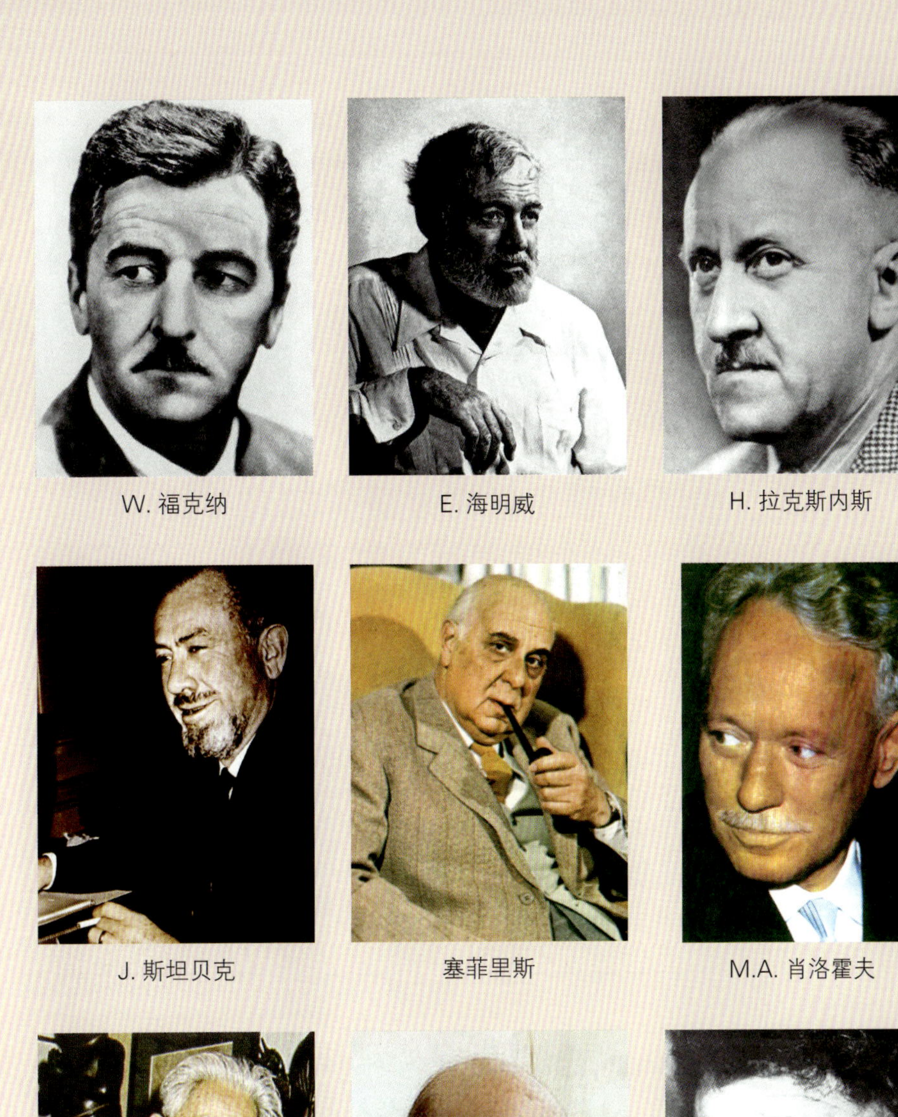

W. 福克纳　E. 海明威　H. 拉克斯内斯 　A. 加缪

J. 斯坦贝克　塞菲里斯　M.A. 肖洛霍夫 　S.Y. 阿格农

川端康成 　O. 埃里蒂斯 　G. 加西亚・马尔克斯　O. 帕斯

J. 萨拉马戈 　J.M. 库切 　H. 品特 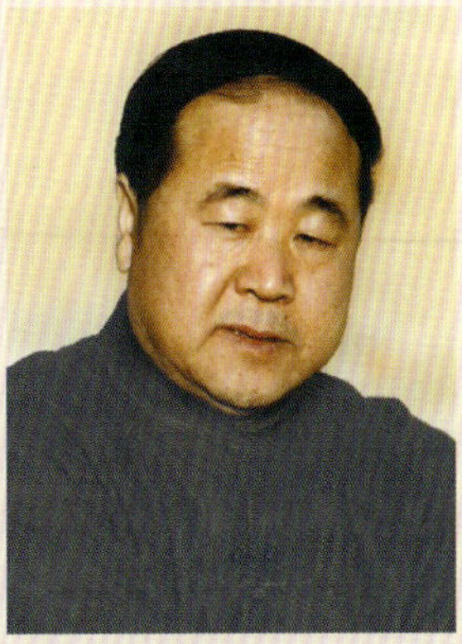　莫言

《中国中学生报》 由共青团中央主管、面向全国中学生及同年龄段读者的综合性报纸。属中国少年先锋队队报。前身是创刊于1989年的《中国少年报·初中版》，1990年改名《中国初中生报》，1998年改为现名。周报。4开16版。由中国少年儿童新闻出版总社在北京出版。发行量20万份左右。读者对象主要为初、高中学生。

以“说中学生的话、让中学生说话、为中学生说话”为办报宗旨。以新闻性和服务性为特色，既关注国内外重大新闻事件、教育改革和校园生活，又对青春期成长过程中出现的种种问题给予解答，同时为读者提供交流、互动的平台。设有“头条”“突突爆炸帖”“阅读烩”“青春信箱”“精致阅读”等专栏。经常组织征文和讨论活动，让读者在讨论中明辨是非、增长见识。开展多种活动，如预防校园伤害事故知识竞赛、“法在我心中”法律知识竞赛、奥运知识竞赛、中学生作文大赛、形势教育大课堂百题竞答、中学生校园摄影比赛、商标知识大赛、纪念抗战胜利70周年系列活动等。

FOCUS
中国中学生报
中国共产主义青年团中央委员会主管　中国少年儿童新闻出版总社主办　中国少年报社出版　国内统一连续出版物号：CN 11-0155　2019年4月23日　本期16版
北京绿色印刷工程——优秀青少年读物绿色印刷示范项目

【封面新闻】

4月13日，在长江珍稀鱼类放流点，湖北省宜昌市夷陵中学的同学们欣喜地看到，700尾不同年龄、体长超过20厘米的“水中大熊猫”——中华鲟，由科研人员放归长江。大约一个月后，部分中华鲟将游抵大海。

本报记者 李斌 摄

头条

你每周劳动多长时间？

典藏青春

手绘故事：致我优秀的闺蜜

作家谈

张之路：点燃写作之花

“世界读书日”主题阅读

一轮红日照耀心房

《中国中学生报》封面

中国中学生作文大赛 全国性作文公益比赛。由中国少年儿童报刊工作者协会中学报刊专业委员会于2002年发起创办。从2004年起，每年举办一次。

中国中学生作文大赛（2015 ~ 2016）颁奖典礼

全国80多家中学报刊承办。在全国20余个省区市设有赛区。参赛对象为全国初、高中学生，包括中等职业学校学生。大赛旨在营造积极向上、和谐健康的校园文化氛围，展示当代中学生的精神风貌。注重青少年思想引导，着眼传承中华文化、弘扬民族精神，坚持纯公益性、非应试性。每届比赛有总主题，下分材料作文、话题作文、命题作文和半命题作文四个板块。“恒源祥文学之星”为大赛的最高奖项。已举办15届。

【文学】

中国文学 中华民族的文学。是中国各民族创造的、以汉语文学为主干的各族语文学的共同体。中国文学以独特的语言载体、文化内涵、文体形式、文学观念和审美追求，构成世界文学中一种自成系统的类型，而与世界各国文学共同发展。

中国文学在有文字以前就已经产生了。以汉民族文学而言，中国曾经有非常丰富的神话和传说，如女娲神话、羿神话、大禹传说等。这些远古神话、传说和歌、谚都属于口传文学，较晚见于文字记载。

《诗经》是中国最早的一部诗歌总集，它与在楚地兴起、以屈原的《离骚》为代表的楚辞，是中国古代诗歌的两个典范。广义上的散文较早见于《尚书》。春秋战国时期，散文迅速发展起来。历史散文以《春秋》《左传》《国语》《战国策》为代表，诸子散文以《论语》《孟子》《庄子》《荀子》《韩非子》为代表。汉乐府以民歌居多，《陌上桑》《孔雀东南飞》等是其中名作。从楚辞传统发展起来的赋体，流行于两汉，以司马相如和扬雄为代表作家。史传文学首推《史记》《汉书》。政论方面，贾谊、晁错等均有名篇。

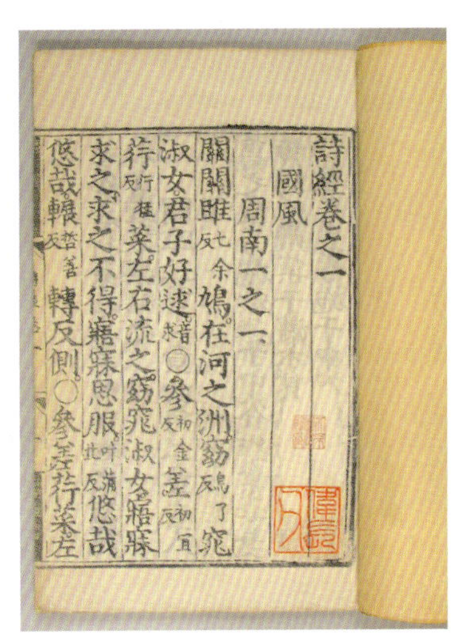
詩經卷之一
國風
周南一之一
關關雎鳩在河之洲窈窕淑女君子好逑◯參差荇菜左右流之窈窕淑女寤寐求之求之不得寤寐思服悠哉悠哉輾轉反側◯參差荇菜左

《诗经》书影（明刻本）

建安时期，孔融、王粲等七子并峙，三曹父子竞起，诗文盛极一时。他们的诗文于沉雄中多苍凉悲慨之气，被后人称为建安风骨或汉魏风骨。三国后期则有竹林七贤，其中嵇康的散文和阮籍的《咏怀诗》成就最大。西晋太康诗人主要有三张（张载、张协、张亢）、二陆（陆机、陆云）、两潘（潘岳、潘尼）、一左（左思），他们大多追求辞藻的华美，开中国诗歌史上雕琢堆砌的风气。晋代玄言诗赋流行。东晋末陶渊明的咏怀诗和田园诗自然真朴，言近旨遥，平淡而有思致。魏晋以后产生的骈文在南北朝达到全盛。庾信和王褒是著名的诗人和骈文家，庾信的辞赋最著名的是《哀江南赋》。北朝郦道元的《水经注》、杨衒之的《洛阳伽蓝记》和颜之推的《颜

《或棹孤舟图》（《归去来兮图》卷之四，明，夏芷）

氏家训》等都是散文名作。北朝乐府民歌以《木兰诗》《敕勒歌》为代表，南朝乐府民歌主要分吴歌和西曲两部分，清新婉转、本色自然。南朝诗坛有山水诗的开创者谢灵运、以乐府诗和拟古诗见长的鲍照，还有强调诗歌声律的永明体作家谢朓、沈约和以柔靡风格为主的宫体诗作家萧纲、萧绎等。南朝辞赋以鲍照、江淹成就为高。骈文大家有鲍照、江淹、刘峻、徐陵等，名篇则有丘迟的《与陈伯之书》、孔稚珪的《北山移文》等。刘勰的《文心雕龙》是中国古代文论史上最重要、最系统的文学理论批评著作。

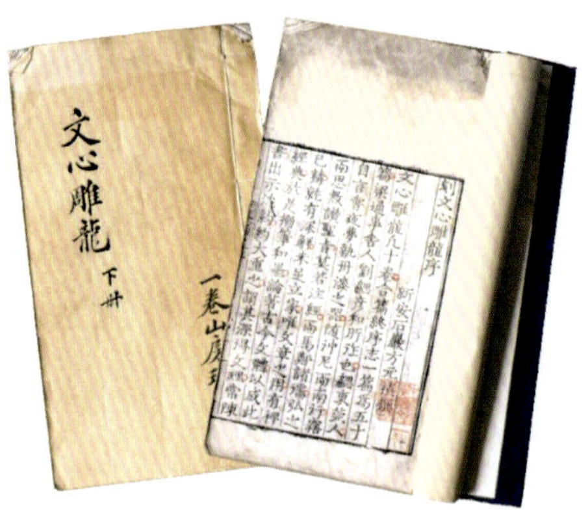
《文心雕龙》书影（明万历十年刊本）

萧统主持编纂的《文选》是影响深远的古代文章总集。徐陵所辑《玉台新咏》是汉至南朝梁的诗歌总集，保存了许多古代诗歌和乐府民歌的佳篇。中国小说在魏晋南北朝时期处于萌芽阶段，代表作是东晋干宝的志怪小说集《搜神记》和南朝宋刘义庆所编的志人小说集《世说新语》。

唐代文化繁荣，诗歌进入鼎盛时期。初唐四杰（王勃、杨炯、卢照邻、骆宾王）诗风清俊，陈子昂的诗质朴刚健，沈佺期和宋之问的五、七言近体诗标志着五、七言律体的定型。盛唐时，孟浩然和王维的山水诗，岑参、高適、王昌龄、王之涣的边塞诗等，已呈森茂恢宏气象。而李白和杜甫的诗歌创作，一洒脱奔放，一沉郁顿挫，使盛唐诗歌达到辉煌的境地。中唐诗风百花齐放：大历十才子清细精工；刘长卿等江南诗人清婉柔秀；韦应物、柳宗元与孟浩然、王维同为山水诗派的代表；韩愈、孟郊、贾岛、李贺的诗奇险怪诞；白居易、元稹尚俗务实；刘禹锡的诗取境优美、精练含蓄，自成一格。晚唐诗有杜牧的俊爽、温庭筠的秾丽、皮日休的博奥等，李商隐的诗尤以感情复杂、意象迷离、结构婉曲、语言精美见誉。唐代韩愈、柳宗元所倡导的古文影响深远。唐传奇同魏晋南北朝小说相比，题材更为开阔，生活气息较为浓厚，篇幅加长。变文对后世的小说、讲唱文学和戏曲文学都有影响。

五代十国时期，文学趋于萎缩。词在晚唐的基础上继续发展。编于此时的《花间集》收录晚唐温庭筠和由唐入西蜀的韦庄等人的词作，形成以写艳情离愁见长的花间派。南唐后主李煜拓宽了词作的表现领域，风格上有烟水迷离之致。

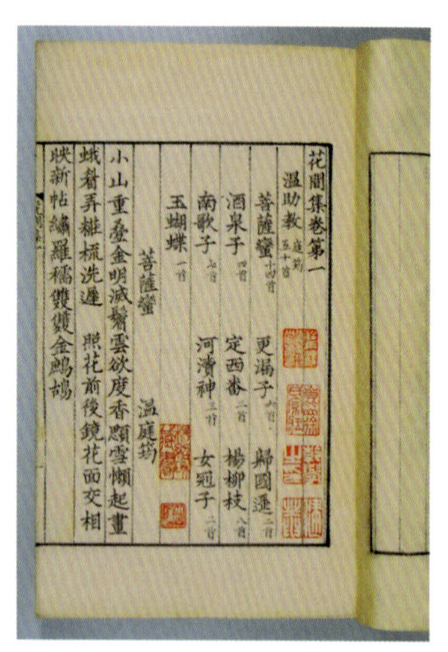
《花间集》书影（宋刻递修本）

唐以来少数民族文学中，突厥族的碑铭文学、藏族（吐蕃）的史传文学都比较发达。前者如《毗伽可汗碑》，后者如《巴协》。

宋代是中国经济、文化都十分昌明并居于世界前列的时代。北宋柳开首倡古文，稍后的王禹偁、穆修、尹洙等极力响应。欧阳修文风平易畅达，有情韵之美。他所推荐和培植的苏洵、曾巩、王安石、苏轼、苏辙等人多长于论说文，苏轼的叙事纪游文有不少广为传诵的名作。宋初诗歌沿袭唐末诗风，以雕章丽句、好用典故的西昆体影响最大。后欧阳修、梅尧臣、苏舜钦创作了大量的古体诗，诗风为之一变。王安石和苏轼形成宋诗的第一个高峰。以黄庭坚为首的江西诗派，强调“以故为新”。以陆游为代表的中兴诗人纷纷从江西诗派的束缚下解脱出来，建立起自己的风格。陆游平易的“从军乐”、杨万里“活脱”的诚斋体、范成大明白如话的田园诗、以朱熹为代表的理学家平直质朴的诗歌，均能别开生面。宋代文学最为人称道的是词。宋初词沿袭“花间”余风，重要作者有晏殊、张先、晏幾道、欧阳修等。第一位变革者和词作大家是柳永，他的大量慢词写恋情和市井生活，对当时和后世都有很大影响。苏轼的词“无意不可入，无事不可言”，以豪放见长。秦观的词俊逸精妙。贺铸的词盛丽、妖冶、幽洁、悲壮。周邦彦兼采众家之长，集其大成。李清照的词由明丽清新变为低回惆怅、深哀入骨。辛弃疾的词有纵横奔放的一面，又有圆转秾丽的一面，体现了南宋词的最高成就。姜夔长于音律，以江西诗派诗法入词，别裁风格，自创一体。宋代“说话”的盛行，标志着话本小说的兴起。宋代杂剧和南戏的诞生，为元代杂剧的繁荣奠定了基础。

元代关汉卿、王实甫、白朴、马致远等是杂剧名家，《窦娥冤》《西厢记》《墙头马上》《汉宫秋》为其代表作。《荆钗记》《刘知远白兔记》《拜月亭》《杀狗记》合称南戏四大传奇。高明的《琵琶记》则是南戏的高峰。语言比较通俗的散曲是元代诗歌的重要形式。

《窦娥冤》杂剧剧本插图

金、元时期以诗文驰名于世的少数民族作家有元好问（鲜卑族）、耶律楚材（契丹族）、萨都剌（回族）等。而维吾尔族古典长诗《福乐智慧》，蒙古族史传文学作品《蒙古秘史》，藏族、蒙古族英雄史诗《格萨（斯）尔》，也都是这一时期中华民族文学的瑰宝。

明清两代，经济、文化已经发展到封建社会的高峰期。在文学上，明初刘基、宋濂、高启等略有成就。台阁体出，歌功颂德之作多。后来经历李东阳为代表的茶陵诗派和前七子的复古运动，出现了唐寅、文徵明等吴中文人和以归有光为代表的唐宋派。以李攀龙、王世贞为代表的后七子倡导学秦汉之文。许多小品作家的散文题材多样，形式活泼，信笔直书，流畅隽永，在中国散文发展史上占有重要地位。公安派的袁宏道兄弟反对复古，主张“独抒性灵，不拘格套”；以钟惺为代表的竟陵派主张诗文应为“性情之言”。他们颇多咏物和山水纪游的明秀隽永之作。明代小说空前繁荣，《三国演义》《水浒传》《西游记》标志着中国古典长篇小说发展到成熟的阶段，由文人独立创作、以现实生活为题材、描写也更趋于细致的《金瓶梅》也是小说名作。短篇小说以冯梦龙辑纂的“三言”和凌濛初的“二拍”为代表。

江苏省苏州昆剧院演员演出昆曲折子戏《牡丹亭·惊梦》 新华社提供，李鹏拍摄

明代戏曲包括传奇戏曲和杂剧两部分，汤显祖的《牡丹亭》是明代传奇创作的最高成就。李贽的文学批评对后世影响较大。清初诗歌创作比较活跃，诗派林立。钱谦益主盟文坛五十余年，创梅村体的吴伟业和倡导神韵说的王士禛都有较高的成就。学人之文以黄宗羲、顾炎武、王夫之为代表，文人之文以侯方域、魏禧为代表。清代中叶，诗坛上沈德潜提倡格调说，袁枚提倡性灵说，翁方纲提倡肌理说，分庭抗礼，各有从者。而方苞、刘大櫆、姚鼐等桐城派散文家的文章，结构严密，语言雅洁，有阴柔之美。清初小说中，短篇小说集《聊斋志异》代表中国文言小说的最高峰。长篇小说《儒林外史》是古代讽刺文学的经典作品。《红楼梦》则是古代最重要的一部长篇小说。清代传奇以洪昇的《长生殿》、孔尚任的《桃花扇》为代表。

明清两代少数民族文学的重要作品有蒙古族英雄史诗《江格尔》，维吾尔族叙事长诗《世事记》和纳瓦依的长篇叙事诗集《五卷诗集》，哈萨克族英雄史诗《阿尔帕米斯》、叙事长诗《吉别克姑娘》，藏族史传文学《贤者喜宴》《米拉日巴传及其道歌》，傣族英雄史诗《兰嘎西贺》，满族传说《尼山萨满传》，以及赫哲族说唱文学伊玛堪。

《红楼十二钗册·林黛玉》（清，费丹旭）

1840年鸦片战争后，中国历史进入近代。龚自珍、魏源首开革新风气之先，冯桂芬和王韬明确提出反对和抛弃桐城派古文，引发了一股创作新体散文的潮流。传统诗文出现了宋诗运动和桐城派中兴，曾国藩、梅曾亮是重要代表，宋诗派至光绪年间衍为同光体。近代前期的主要小说形式是狭邪小说、侠义公案小说，如《儿女英雄传》《三侠五义》等；甲午战争以后，改良派的谴责小说盛行，有清末四大谴责小说问世，即《官场现形记》《二十年目睹之怪现状》《孽海花》《老残游记》。辛亥革命后出现了鸳鸯蝴蝶派小说和黑幕小说，文学成就不高。甲午战争后，近代文学革新的呼声高涨。梁启超大力提倡文界革命，影响很大，其新体散文成就突出。黄遵宪的新派诗

和秋瑾、柳亚子等人所作的诗歌，富有时代精神。

从 1919 年五四运动到 1949 年中华人民共和国成立，中国文学进入现代意义上的文学阶段。小说除了**鲁迅**、**巴金**、**老舍**、**茅盾**等小说大家的作品外，还有关注社会问题的问题小说，以**郭沫若**、**郁达夫**为代表的创造社小说，20 世纪 20 年代的乡土文学小说，30 年代左联和接近左联的作家沙汀、艾芜、**萧红**等人的小说，**沈从文**等人的“京派”作家小说，以日本新感觉派或欧美其他现代派小说为楷模的穆时英、刘呐鸥等人的现代小说，以路翎为代表的七月派小说，以及**张恨水**、**钱钟书**、**张爱玲**、**丁玲**、**赵树理**、**孙犁**等人的小说，均较有特色。新诗成为中国现代诗歌的主体。胡适、刘半农等写出第一批白话新诗后，**冰心**和宗白华等人的小诗，晶莹清丽，很有影响。以**闻一多**、**徐志摩**为代表的新月社派，以李金髮、**戴望舒**为代表的象征派，围绕在《现代》杂志周围的现代派，汉园三诗人（李广田、卞之琳、**何其芳**），均为世人瞩目。**臧克家**、艾青、田间的诗，李季、阮章竞的叙事诗等各有成就。话剧成为中国戏剧文学的主要形式，戏剧大家**曹禺**，以及洪深、**田汉**、欧阳予倩、丁西林、**夏衍**、阳翰笙、陈白尘、于伶等剧作家都有影响后世的代表作。现代散文以鲁迅的杂文与冰心、周作人、**朱自清**、郁达夫等人的抒情散文，林语堂提倡的幽默、性灵、闲适的小品文影响最大。报告文学也臻于成熟。

1949 年中华人民共和国成立后，文艺与政治生活的关系比以前更加密切。特别是 1956 年“百花齐放、百家争鸣”的方针提出后，至 1966 年，小说、诗歌、戏剧都出现了许多有影响的作品，如《保卫延安》《红旗谱》《青春之歌》《茶馆》等。“文化大革命”中，文学艺术普遍受到摧残。1976 年后，中国文学创作日益显现多元化的总体趋势。80 年代，文学在反思历史、启蒙民智方面起过重大作用。90 年代以后，文学逐渐退出了在社会精神生活中的显著位置。

根据小说《青春之歌》改编的同名电影剧照

《诗经》 中国第一部诗歌总集。它收集了从西周初年到春秋中叶约五百年间的诗歌三百零五篇。分为《风》《雅》《颂》三大部分。《风》又称《国风》，包括十五国风，为各地的土风歌谣；《雅》分为《大雅》和《小雅》，为正

《清庙之什图》局部（宋，马和之）

声雅乐；《颂》分为《周颂》《鲁颂》《商颂》三个部分，是专门用于宗庙祭祀的舞曲歌辞。《诗经》里大量运用了赋、比、兴的表现手法。“赋”就是铺陈直言；“比”是比喻；而“兴”则是先描绘某种具体事物的形象，用以引起所要咏唱的内容。“风雅颂”和“赋比兴”合起来，被称为《诗经》的六义。

《诗经》中艺术价值最高的作品大多在《国风》与《小雅》中。《国风》与《离骚》合称“风骚”，风骚后来被用作文学和文采的代称。作为儒家经典，历代研究《诗经》的人很多，逐渐形成了专门的诗经学。

屈原（前 340/339 ~ 约前 278） 中国战国时期楚国诗人、政治家。名平，字原。据推断为丹阳（今湖北秭归东南）人。屈原是与楚王同姓的贵族。早年任三闾大夫。受到楚怀王的拔擢和信任，不久被任命为左徒。先遭谗被疏，后被流放江南。顷襄王二十一年（前 278），秦军攻陷郢都。屈原自沉于汨罗江。

其主要作品有《离骚》《天问》《九章》《九歌》等。屈原的作品是中国诗歌发展史上的一个飞跃，其浓郁的浪漫主义风格对后世影响极大；其立身处世的方式，也被后世正直的文人引为仿效的榜样。

《离骚》 楚辞篇名。中国战国时期楚国诗人屈原的代表作。370 多句，2400 多字，为中国古代最长的抒情诗。诗中塑造了具有崇高品格的抒情主人公形象，反映了诗人实施“美政”、振兴楚国的政治理想和爱国感情，表现了诗人修身洁行的高尚节操和疾恶如仇的斗争精神，并对楚国的腐败政治和黑暗势

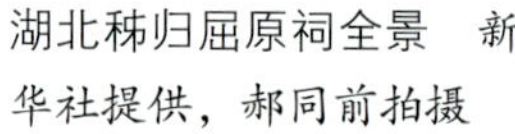

湖北秭归屈原祠全景 新华社提供，郝同前拍摄

《离骚》图（清，门应兆）

力作了无情的揭露和斥责。诗中大量运用古代神话和传说，通过极其丰富的想象和联想，采取铺张描述的写法，构成了绚烂多彩的幻想世界，具有强烈的艺术魅力。

《左传》 记载中国春秋历史的编年史书。又称《左氏春秋》《春秋左氏传》《春秋内传》。为儒家经典之一。约20万字。传为春秋末鲁人左丘明作，实际成书时间当在战国中期。《左传》多用史事解释《春秋》，是春秋史实的详细记录。传文起于鲁隐公元年（前722），止于鲁悼公四年（前464），比《春秋》多记17年；叙事更至鲁悼公十四年（前454）。《左传》保存了大量古代史料和当时哲学思想的片断材料，是研究春秋思想史的重要典籍。注本很多。对后世史学、文学都有重要影响。

《战国策》 中国战国时纵横家说辞和权变故事的汇编。它不作于一时，也不成于一手。《战国策》中的权变故事，大体可分作两类：一类是早期作品，说辞大体符合历史事实，史料价值较高，许多中短篇说辞都属于这一类；另一类是晚出的拟作，拟作者对史事已颇茫然，其中许多都是托喻之言、虚构之事，许多长篇说辞都属于这一类。西汉末年，刘向依其国别，略以时间编次，定著为《战国策》33篇。今天所见的《战国策》，分国编次，共33篇460章，也有分为497章的。其所记史事，上起公元前490年知伯灭范、中行氏，下迄前221年秦始皇统一中国，反映出上下270年中重要的政治、军事和外交活动。

《战国策》为后世治史者提供了不可缺少的资料，而且《战国策》所收多是优秀散文，对后代文学有深远影响。

《国语》 杂记中国西周至春秋时周、鲁、齐、晋、郑、楚、吴、越八国人物与事迹及言论的国别史。又称《春秋外传》。旧说为春秋末鲁人左丘明所作，与《左传》同为解说《春秋》的姊妹篇。战国时该书已流行于世。全书21卷，起自周穆王，终于鲁悼公，以记述西周末年至春秋时期各国贵族言论为主。《国语》的思想比较驳杂。它重在纪实，所以表现出来的思想也随所记之人、所记之言不同而各异。

《论语》 中国儒家重要经典。是孔子的弟子记录孔子言行的著作。其中间有孔子弟子的对话。成书于战国初期，

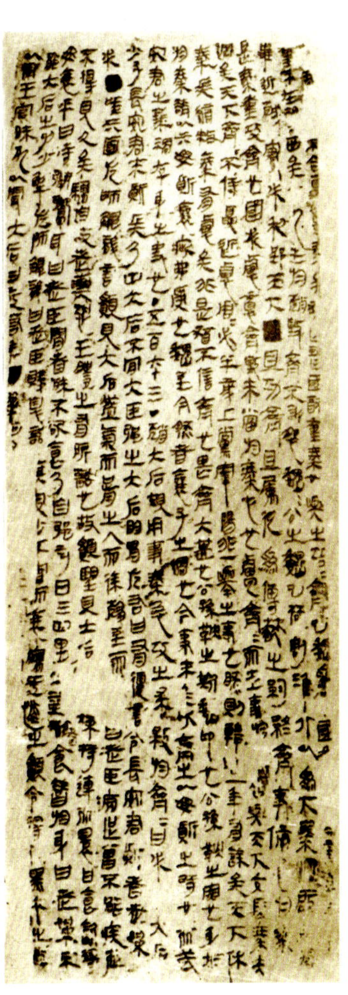

帛书《战国策》局部（湖南长沙马王堆汉墓出土）

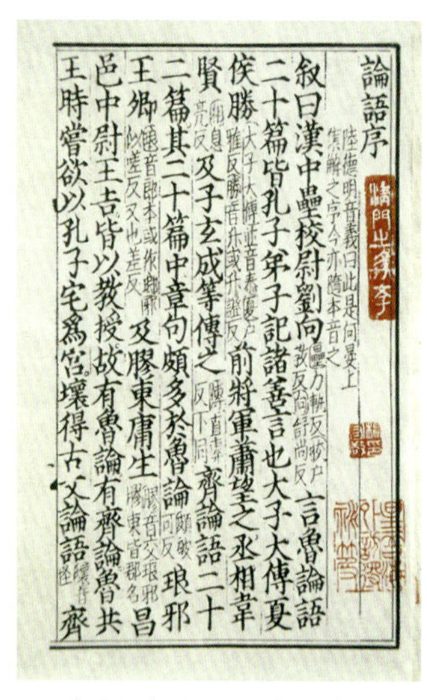
論語序
叙曰漢中壘校尉劉向言魯論語
二十篇皆孔子弟子記諸善言也大子大傅夏
侯勝前將軍蕭望之丞相韋
賢及子玄成等傳之齊論語二十
二篇其二十篇中章句頗多於魯論琅邪
王卿及膠東庸生昌
邑中尉王吉皆以教授故有魯論有齊論魯共
王時嘗欲以孔子宅爲宮壞得古文論語齊

《论语》书影（宋刻本）

是研究孔子思想的主要资料。现行《论语》凡 20 篇，共 1.2 万字。内容广泛，多半涉及人类社会生活问题，论及如何立身行事，如何处理人与人、人与社会的关系等。汉代学者一般称该书为传，宋时正式将其列为经。五四运动之前的约 2000 年中，一直是中国的初学必读书，流传很广，对中华民族的心理素质和精神面貌产生了很大影响。在国际上，其译本之多、流传之广仅次于《圣经》。

《孟子》 中国战国时期思想家孟子的言论汇编。由孟子与其弟子共同编纂而成。约成书于战国中期。全书现存 7 篇，体裁与《论语》大致相似。北宋时，《孟子》上升为经，被列于“九经”。南宋朱熹将《孟子》列入“四书”，其经典地位才真正确立。元、明、清三代，《孟子》成为学者必读之书。

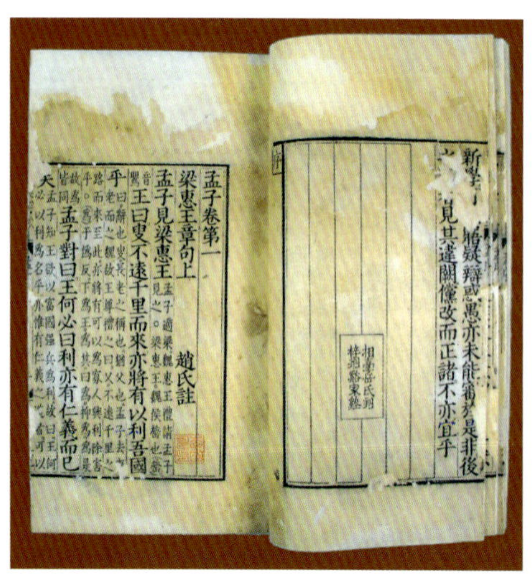
孟子卷第一
梁惠王章句上
趙氏註
孟子見梁惠王
王曰叟不遠千里而來亦將有以利吾國
乎
孟子對曰王何必曰利亦有仁義而已
矣

《孟子》书影（清刻本）

《孟子》集中反映了孟子作为先秦儒家主要代表的基本思想，是中国思想史和儒学史上重要的典籍，在历史上有极大的影响。

《荀子》 中国战国末期思想家荀子的著作。全书现存 32 篇。大部分为荀子自著，其余为荀子弟子记录的荀子言语和思想观点。约成书于战国末期。《荀子》内容驳杂，包括天地古今、政治、经济、哲学、军事、教育、道德、文艺等方面，显示出博大的杂家形象。汉代以后，《荀子》一直不被重视。至唐，始有人为其作注。

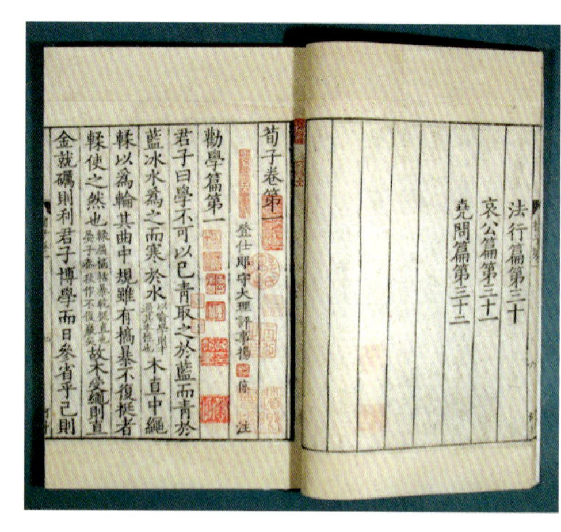
法行篇第三十
哀公篇第三十一
堯問篇第三十二
荀子卷第一
勸學篇第一
君子曰學不可以已青取之於藍而青於
藍冰水爲之而寒於水木直中繩
輮以爲輪其曲中規雖有槁暴不復挺者
輮使之然也故木受繩則直
金就礪則利君子博學而日參省乎己則

《荀子》书影（宋刻本）

《荀子》作为研究和了解荀子思想的主要资料，在先秦诸子和儒家思想资料中占有重要地位。

《韩非子》 中国战国末期思想家韩非的著作集。原名《韩子》，唐宋后改为《韩非子》。由西经学家、目录学家刘向编定。凡 55 篇。《韩非子》总结了商鞅、申不害和慎到三家的思想，提出了一套法、术、势相结合的法治理论。它的大量寓言故事，具有很高的文学价值。它又是一部重要的哲学著作，阐述

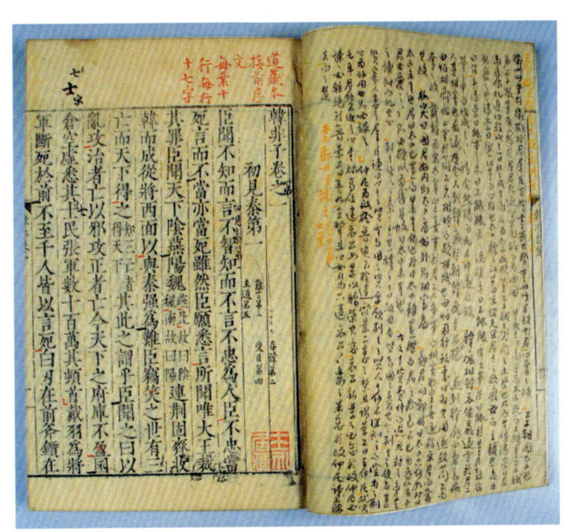
《韩非子》书影（明刻孤本）

了“道理相应”的理论和注重“参验”的认知论；通过“矛盾之说”，阐发了丰富的辩证思想。

《庄子》 中国战国时期哲学家庄子及其后学的著作。庄周（约前 369 ~ 前 286），宋国蒙（今河南商丘东北）人，曾任漆园吏。楚威王闻其贤，聘以为相，不就，穷困终生。据《汉书 · 艺文志》著录，《庄子》52 篇。今存 33 篇，分内 7 篇、外 15 篇、杂 11 篇。一般认为，内篇是庄周自著；外、杂篇则兼有其后学之作，甚至羼入其他学派的个别篇章。

《逍遥游》 《庄子》一书的篇名。此篇集中体现了庄子的人生追求，即所谓的逍遥游。借用大鹏和小鸠、大椿和朝菌的比喻，说明任何事物都不能超越自己的本性和客观环境，主张各任其性，放弃一切大小、荣辱、生死、寿夭的差别观念，逍遥自在，在精神上修养一种“至人”的超现实的境界。

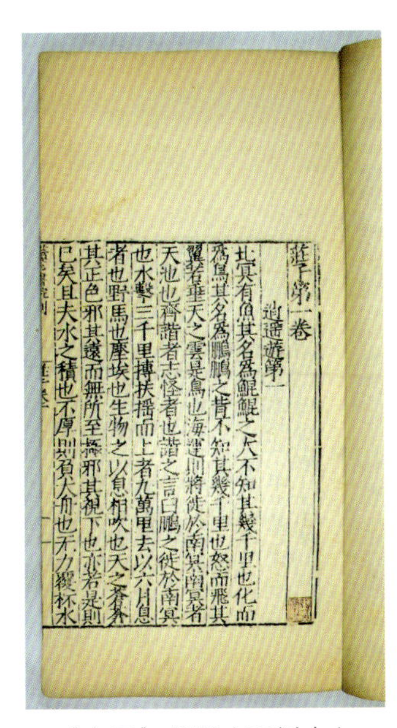
《庄子》书影（明刻本）

《庄子》一书在汉代未被重视。魏晋时期，它和《周易》《老子》一起并称为“三玄”。唐天宝元年（742），诏号《庄子》为《南华经》，《庄子》正式成为道教经典之一。

贾谊（前 200 ~ 前 168） 中国西汉政论家、思想家和文学家。洛阳（今河南洛阳东北）人。颇通诸子百家之书。文帝即位之初，任为博士。一年之中破格升迁为太中大夫。后为长沙王太傅。三年后被召回长安，任梁怀王太傅。文帝十一年（前 169），梁怀王坠马而死。贾谊自伤失职，翌年也悲郁而死。

据《汉书 · 艺文志》记载，贾谊的著作有《贾子》58 篇、赋 7 篇。今传《新书》是后人纂辑的贾谊著作汇编。贾谊的主要政论思想和社会政治主张集中反映在《过秦论》和《治安策》中。贾谊在《过秦论》中比较中肯地探讨了秦朝

湖南长沙贾谊故居全景 新华社提供，刘东拍摄

二世而亡的历史教训；在《治安策》中对汉初的社会弊病作了深刻揭露，并提出了一系列对策，如强本节侈、众建诸侯而少其力、重礼抑法等。这些观点部分为文帝所采纳，对当世和整个汉代的政治有很大的影响。

《史记》 中国第一部纪传体通史。西汉史学家司马迁撰。初名《太史公书》。记事起于传说中的黄帝，讫于汉武帝，历时三千余年。所述史事，详于战国、秦、汉。据《太史公自序》记载，全书一百三十篇，包括十二本纪、十表、八书、三十世家、七十列传。在中国史学发展

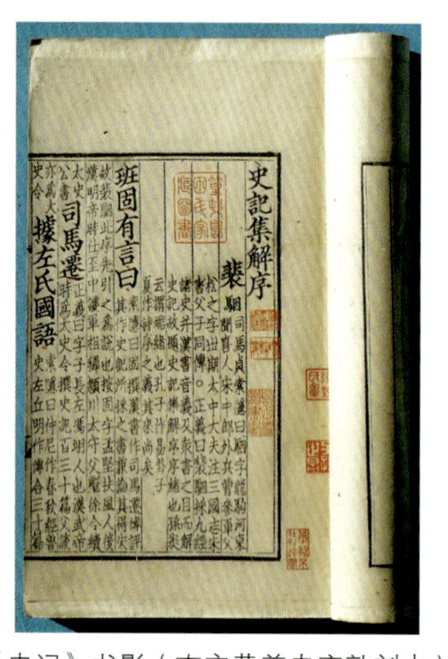

《史记》书影（南宋黄善夫家塾刻本）

史上，《史记》堪称第一部规模宏大、体制完备的中国通史。由它开端的史书纪传体影响深远，后来历代的正史都采用了这一体裁。它的大部分文字生动精练，写人叙事形象鲜明，对中国后世的散文和传记文学有很大的影响。

司马相如（前179～前118） 中国西汉辞赋家。字长卿。蜀郡成都（今四川成都）人。少好读书击剑。景帝时任武骑常侍。景帝不好辞赋，他称病免官，来到梁国，与梁孝王的文学侍从枚乘等同游，作《子虚赋》。武帝见到《子虚赋》深为赞赏。司马相如被召见，又为武帝作《上林赋》。

《汉书·艺文志》著录司马相如赋29篇，今仅存《子虚赋》《上林赋》等6篇。其赋重铺排、夸饰，文辞富丽，极富文采美和音乐美，往往于篇末寄寓讽谏。司马相如是汉代大赋的代表作家，对后世影响较大。

四川邛崃文君花园的琴台相传是当年司马相如弹琴的地方 新华社提供，沈楚白拍摄

《汉书》 中国第一部纪传体断代史。东汉史学家班固编撰。共100篇，其中包括本纪12篇、表8篇、志10篇、传70篇，后人析为120卷。是研究西汉历史的重要资料。

该书首创断代史的编纂方法，体例继承《史记》而有所变化，对后来的史书影响很大。《汉书》的语言整饬详赡、富丽典雅，颇受后世散文作家的喜爱。

《汉书》书影（北宋刻递修本）

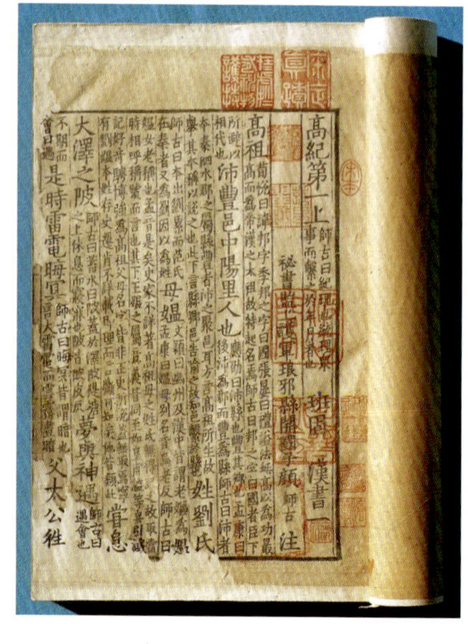

三曹 汉魏时期曹操与其子曹丕、曹植的合称。沛国谯县（今安徽亳州）人。他们因在政治上的地位和文学上的成就，对当时的文坛很有影响，是建安文学的代表，故后人合称之为“三曹”。

曹操（155 ~ 220），字孟德。三国时政治家、军事家、诗人。魏武帝。其诗歌今存不足20篇，全部是乐府诗体。所作《薤露行》《蒿里行》《观沧海》《步出夏门行》等，皆悲凉雄浑，气势磅礴。在他奖掖、提携下，周围聚集了一批优秀文人，形成了著名的建安文学。其诗歌艺术风格朴实无华、不尚藻饰。他开创了以乐府写时事的传统，影响深远。

曹丕（187 ~ 226），字子桓。魏文帝。其文学成就以诗歌创作和文学理论最为突出。所存诗歌较完整的约40首。曹丕的诗歌笔致比较细腻，语言不尚繁缛，民歌风味相当浓，显得格调清新，不少诗篇与汉乐府民歌风格很接近。其《典论·论文》开启综合评论作家作品的风气，对中国文学批评的发展有很大影响。

曹植（192 ~ 232），字子建。为建安文学的集大成者。其诗现存约80首，大部分是乐府诗。对五言诗的创作贡献甚大，被视为五言诗的一代宗匠。其诗“骨气奇高，词采华茂，情兼雅怨，体被文质”。此外，其章表、辞赋也十分出色。赋今存40余篇，数量在汉魏作者中为第一。最出色的赋有《洛神赋》《鹞雀赋》《蝙蝠赋》等。

《曹子建集》书影

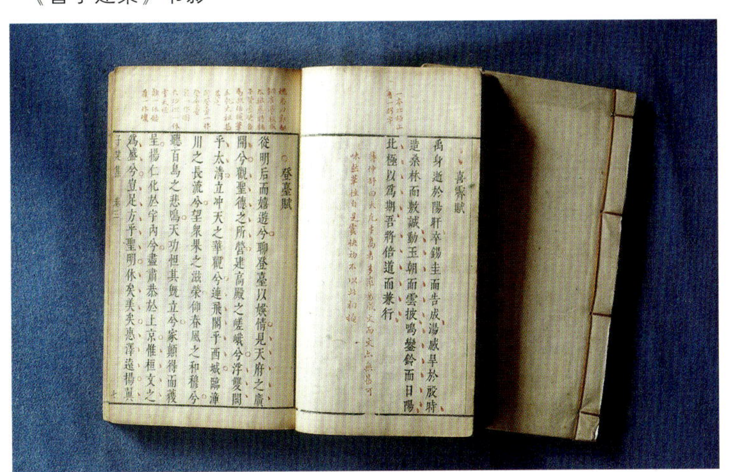

《后汉书》 中国纪传体东汉断代史。南朝宋范晔撰。分十纪、八十列传、八志。志为晋司马彪撰，一般称《续汉书》。

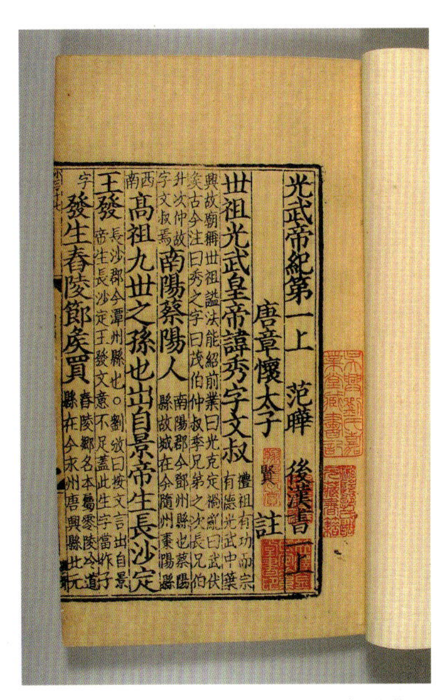

《后汉书》书影（宋白鹭洲书院刻本）

范晔（398 ~ 445），字蔚宗，顺阳（今河南淅川东南）人。曾为参军，累迁尚书吏部郎。宋文帝元嘉九年（432），因事左迁宣城太守，郁郁不得志，遂以著述为事，撰写《后汉书》。后因陷入政治斗争而遇害。

范晔撰写《后汉书》以前，已经出现了多家后汉史作。范晔博采众书、斟酌去取，成一家之言。他原拟效法《汉书》，撰写十志，但因被杀而未及完成。《后汉书》记事简明扼要，疏而不漏，后来居上。它传世后，除袁宏的《后汉纪》外，其他各家后汉史作相继失传。

陶渊明（365 ~ 427）　中国东晋诗人。名潜，字元亮。或说一名渊明，字元亮。自号五柳先生。浔阳柴桑（今江西九江）人。出身于没落的仕宦家庭。晋孝武帝太元十八年（393）入仕为江州祭酒，不久解职归里。后来被召为江州主簿，未到任。后入刘裕幕为镇军参军。义熙元年（405），转入刘敬宣幕为建威参军。是年请求改任彭泽县令，不久辞官归隐，再未出仕。

陶渊明的诗歌今存125首，多为五言诗。陶渊明是田园诗的开创者，诗歌以田园诗数量最多，成就最高。《桃花源诗》大约作于南朝宋初年，描绘了一个乌托邦式的理想社会，表现了诗人对现存社会制度的彻底否定与对理想世界的无限追慕之情，标志着陶渊明的思想达到了一个崭新的高度。现存有辞赋3篇、韵文5篇、散文4篇。语言质朴自然，具有独特风格。《归去来兮辞》《五柳先生传》《桃花源记》最见其性情和思想。

《世说新语》　中国志人小说集。原名《世说》，又名《世说新书》。南朝宋刘义庆撰。刘义庆（403 ~ 444），彭城绥里人，宋宗室，曾任荆州、江州、南兖州等地刺史。《世说新语》原为八卷，今本为三卷，分为《德行》《言语》等36门，记述自汉末到南朝宋时名士贵族的遗闻逸事。书中所记人物皆实有其人，但其言行往往出于传闻，未必属实。书中还有一些篇幅系采自前人著述。文字

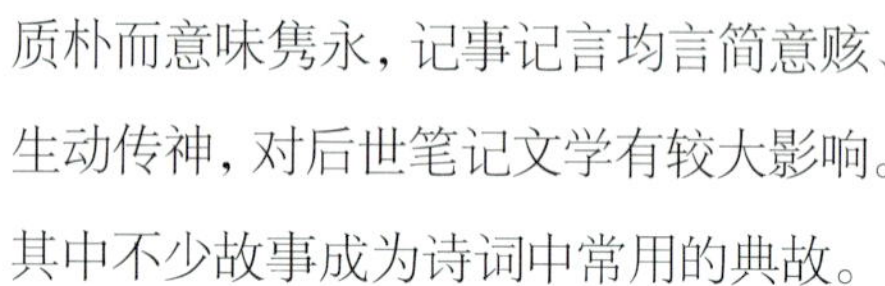

质朴而意味隽永，记事记言均言简意赅、生动传神，对后世笔记文学有较大影响。其中不少故事成为诗词中常用的典故。

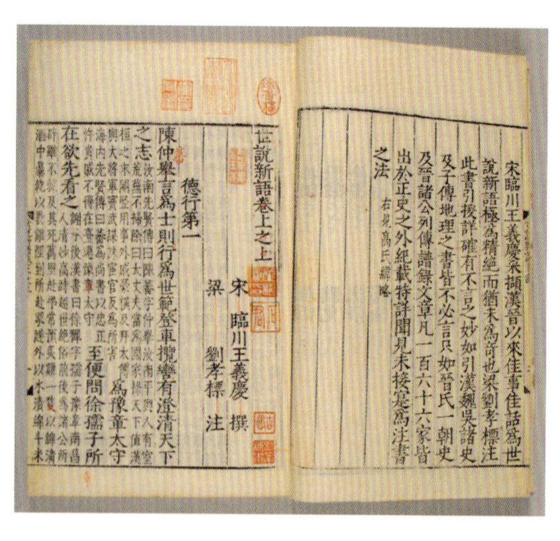

宋臨川王義慶采擷漢晉以來佳事佳話爲世
說新語極爲精絕而猶未爲奇也梁劉孝標注
此書引援詳確有不言之妙如引漢魏吳諸史
及子傳地理之書皆不必言只如晉氏一朝史
及晉諸公列傳譜錄文章凡一百六十六家皆
出於正史之外紀載特詳聞見未接寔爲注書
之法

世說新語卷上之上
宋　臨川王義慶　撰
梁　劉孝標　注
德行第一
陳仲舉言爲士則行爲世範登車攬轡有澄清天下
之志

《四部丛刊》影印明嘉趣堂本中的《世说新语》

《水经注》　中国古代地理名著。北魏郦道元著。《水经》全书一万余字，作者不详，多数学者同意撰述年代为三国。《水经注》40卷，全文超过《水经》20余倍，涉及的河流近于《水经》的10倍。《水经注》以河川为纲，综合记述流经地区的山陵、湖泊、气候、水文、土壤、植被、郡县、城池、关塞、名胜、亭障和社会经济、民风习俗等内容，还收有大量沿革地理和地名的资料。

《水经注》是全面而系统的综合性地理著作，在历史学、金石学、语言学、文学、地名学和科学史等方面也有很高的价值。历代对它的研究形成了一门专门的学问——郦学。

唐诗　唐代是中国诗歌创作高度繁荣的时期，也是中国诗歌艺术成就的高峰。唐代诗坛大诗人众多，佳作如林。唐诗的发展大致经历了初唐的诗歌变革准备、盛唐的全面繁荣、中唐的二次繁

荣和晚唐注重形式技巧而气势衰落四个阶段。

唐初，诗风主要受南朝的影响，气象风调却变为雍容华贵。宫廷诗人上官仪的诗，“绮错婉媚”，被广泛模仿，称为“上官体”。初唐诗开始摆脱南朝诗风影响的是被后人称为“**初唐四杰**”的王勃、杨炯、卢照邻、骆宾王。继之而起的是诗人陈子昂，他的诗标志着诗风的巨大转变。初唐诗歌在诗歌题材和风貌发生变化的同时，也吸收发展魏晋南北朝以来积累起来的丰富艺术经验。与陈子昂同时的诗人杨炯、杜审言、李峤、沈佺期、宋之问等人在律诗的定型上作出了很大贡献。同时，诗歌意象境界创造技巧走向成熟，代表诗作是张若虚的《春江花月夜》。

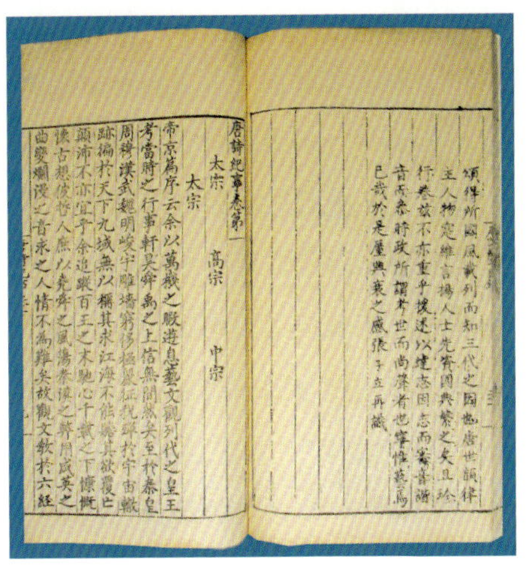

《唐诗纪事》书影（明嘉靖刻本）

盛唐是唐诗发展的高峰。张说、贺知章、张旭、王翰、王湾、张九龄先后登上诗坛。之后，中国诗歌史上的一批巨星升起，出现了诗的辉煌时代。**孟浩然**、**王维**善于表现山水田园的美，表现人与自然和谐相处的宁静平和的心境。高适、岑参、王昌龄、祖咏、王之涣等则以反映边塞军旅生活见长。标志着盛唐诗歌最高成就的是**李白**和**杜甫**。他们的诗歌风格不同，但在艺术上同样达到出神入化的境地，不分轩轾。与杜甫同时的元结及《箧中集》的作者，以写实的手法描写生活的艰辛，在盛唐诗坛上形成一个小小的流派。

中唐是唐诗发展史上的重要转折时期，也是继盛唐之后的又一个繁荣时期。中唐前期盛行“气骨顿衰”的大历诗风。以刘长卿、韦应物和“大历十才子”为代表的大历诗人，把律诗写得更加精致细腻。元和年间出现了不同的诗歌流派。王建、张籍以古题乐府写民间生活。元稹、**白居易**、李绅提倡新乐府，主张讽喻。元稹的言情短诗和他与白居易的唱和诗，在当时受到广泛仿效，人称“元和体”。与元白诗派在诗歌艺术取向上不同的是以**韩愈**、孟郊为代表的韩孟诗派。这一诗派除韩、孟之外，还有李贺、卢仝、刘叉和贾岛等人，注重主观情思的自由抒发。中唐除韩孟诗派外，还有**柳宗元**、**刘禹锡**等。柳宗元与韦应物并称“韦柳”。刘禹锡才力雄健，有“诗豪”之称。

晚唐是唐诗发展的夕阳返照时期。**杜牧**、许浑有非常好的咏史诗。**李商隐**则成为深入细腻反映心灵世界的名家。温庭筠词彩秾丽，内容则趋于轻艳。咸通以后直至唐亡，诗人诗作众多，而成就却不大。这时较有成就的诗人是郑谷和韦庄。

初唐四杰 中国初唐文学家王勃（650～676/684）、杨炯（650～？）、卢照邻（约636～695后）、骆宾王（约627～684后）的合称。四杰齐名，原主要指骈文和赋而言，后主要用以评其诗。四杰名次，记载不一。四杰的诗文虽未脱齐梁以来绮丽余习，但力求扭转文学风气。他们的诗歌从宫廷走向人生，题材广泛，风格清俊。卢、骆的七言歌

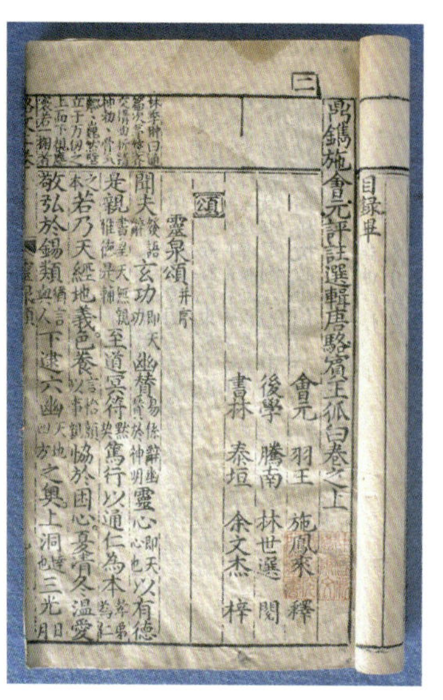

《骆文选注》书影

行趋向辞赋化，气势稍壮；王、杨的五言律诗开始规范化，音调铿锵。骈文也在词采富赡中寓有灵活生动之气。清陆时雍的《诗镜总论》认为："王勃高华，杨炯雄厚，照邻清藻，宾王坦易。"

孟浩然（689 ~ 740） 中国唐代诗人。或曰名浩，字浩然。襄州襄阳（今湖北襄阳）人，世称孟襄阳。前半生主要居家侍亲读书。开元十五年（727）赴京师长安举进士，次年落第。漫游吴越等地多年后归返襄阳。晚年入张九龄幕府。后患背疽而卒。

田园隐逸、山水行旅是孟浩然诗歌创作的主要内容。其诗不事雕饰，清淡简朴，感受亲切真实，生活气息浓厚，富有超妙自得之趣。如《秋登万山寄张五》《过故人庄》《春晓》等篇，自然浑成，韵致飘逸，意境清迥，空灵蕴藉，挹之不尽。尤其是《春晓》自然流转，无迹可寻，一派静气，脍炙千古。而其《过故人庄》淳朴宁静，率然天真，将田园诗推向极致。

王维（约 701 ~ 761） 中国唐代诗人、画家。字摩诘。祖籍太原祁县（今山西祁县），后随父迁蒲州（今山西永济）。开元九年（721）中进士，任大乐丞。不久因事受牵累被贬。后为宰相张九龄所擢拔。安史之乱前，官至给事中。安史之乱中被俘，被迫接受伪职。乱平，被降职，后复累迁给事中，以尚书右丞终。世称王右丞。

王维以擅长描写山水田园等自然风景著称。他的山水田园诗多表达流连山水的闲情逸致和闲居生活中的萧散情趣，喜欢刻画宁静幽美的境界，代表作有《山居秋暝》《鸟鸣涧》等。其山水田园诗极有画意，常常是略事渲染，便表现出深长悠远的意境。王维表现友情、亲情的诗歌数量甚多，大都真挚动人。其五律和五、七言绝句造诣最高，其他各体也都擅长。

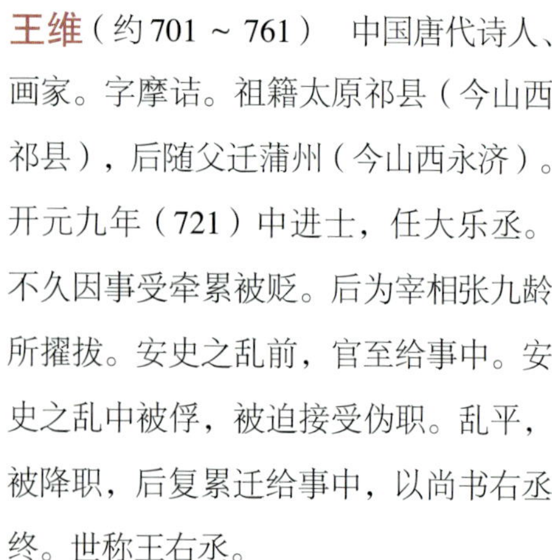

王维作《长江积雪图卷》

王维精通音乐，擅长绘画。其水墨画尤为人称许。董其昌创立的南北宗论中把王维称为南宗之祖。

李白（701～762） 中国唐代诗人。字太白，号青莲居士。自称祖籍陇西成纪（今甘肃静宁西南）。生于西域，一说生于绵州昌隆（今四川江油）。开元十三年（725）出蜀东游，此后漫游了长江、黄河中下游的许多地方。天宝元年（742）被玄宗召入长安，供奉翰林。不满两年即被迫辞官离京。晚年流落在江南一带。因病卒。

李白是屈原之后最伟大的浪漫主义诗人，人称“诗仙”。他善于运用夸张的手法、生动的比喻、丰富的想象、自由解放的体裁和朴素优美的语言来表现热烈奔放的思想感情。《古风》59首是他五古的代表作品。他的七言古诗具有更大的创造性，有《远别离》《蜀道难》《行路难》《将进酒》《梦游天姥吟留别》等名篇。其诗歌语言直率自然，音节和谐流畅，浑然天成。李白的诗歌对后世产生了深远影响。

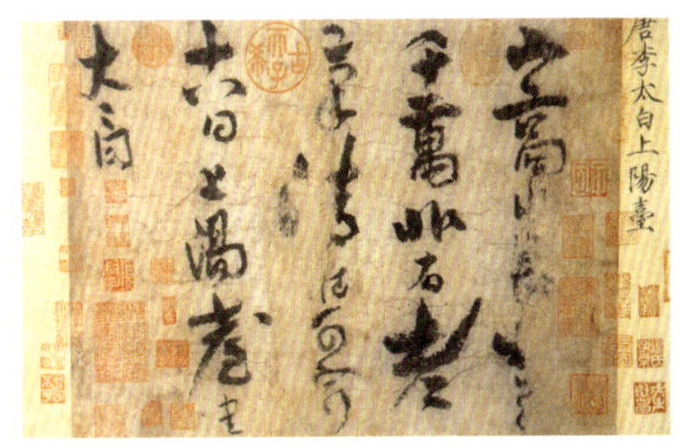

李白书《上阳台帖》

杜甫（712～770） 中国唐代诗人。字子美。祖籍襄阳（今属湖北），生于巩县（今河南巩义）。曾漫游各地。天宝五载（746）到长安，留滞将近十年。十四载（755）任右卫率府兵曹参军。安史之乱中为叛军俘获，脱身后被肃宗任命为左拾遗。后被贬为华州司功参军，遂弃官入蜀。大历三年（768）入湖南。后世称为杜少陵、杜拾遗、杜工部。

《杜甫诗意图》局部（南宋，赵葵）

杜甫是中国文学史上最伟大的现实主义诗人，在艺术上被公认为唐诗集大成者。杜诗向以反映现实和忧国忧民备受推重，有“诗史”之誉。名篇极多，其中“三吏”“三别”和《兵车行》《自京赴奉先咏怀五百字》《北征》《茅屋为秋风所破歌》等为古体诗代表作，《春望》《秋兴》《咏怀古迹》《登高》等为律诗代表作。其诗在沉郁苍凉之中兼有雄浑瑰丽之致，语言凝练，讲究格律，注意音节的响亮顿挫。杜甫对后世有极深远的影响，被尊为“诗圣”。

三吏三别 中国唐代诗人杜甫的诗歌《新安吏》《潼关吏》《石壕吏》与《垂老别》《新婚别》《无家别》的合称。写于乾元二年（759）春杜甫从洛阳返回华州的途中。当时正值安史之乱，地方官吏巧取豪夺，各路军阀趁火打劫；兵役徭役更压得百姓苦不堪言，农村一派凋敝景象。三吏三别对此作了忠实记录。三吏三别标志着唐代现实主义诗歌达到了创作的新高峰。

岑参（717？～769） 中国唐代诗人。荆州江陵（今湖北荆州）人。天宝三载（744）进士及第。后两次出塞任职。至德二载（757）东归，任右补阙、起居舍人等职，官至嘉州刺史。大历三年（768）被罢官，客寓于蜀。世称岑嘉州。

岑参是盛唐写作边塞诗数量最多、成就最突出的诗人。其诗与高適齐名，并称“高岑”。早期诗歌中写景之作多佳篇，诗风奇峭清丽。边塞诗色调雄奇瑰丽，充满慷慨报国的英雄气概和不畏艰苦的乐观精神。《轮台歌》描绘大军奔赴前线的雄壮气势；《白雪歌送武判官归京》《天山雪歌送萧治归京》等用夸张笔墨写西域山川奇特景色，想象丰富，风格意境都为以往作品所未见。

刘禹锡（772～842） 中国唐代文学家、哲学家。字梦得。洛阳（今属河南）人。贞元九年（793）进士及第。永贞元年（805）参与由王叔文领导的革新活动，失败后被贬为朗州司马。一度奉召回长安，又因赋诗获遣，再贬连州刺史。宝历二年（826）始被召回。开成元年（836）后，任太子宾客分司东都，又加检校礼部尚书衔。世称刘宾客、刘尚书。

刘禹锡与白居易并称“刘白”。其诗大都简捷明快，风情俊爽，极富艺术张力和雄健气势。他的政治讽刺诗每每采用寓言托物的手法，形象逼真；民歌体组诗另有一番清新自然、健康活泼的韵味，充满着生活情趣，代表作有《竹枝词》等；咏史怀古之作多沉着痛快，雄浑老苍，代表作有《西塞山怀古》等。其诗具有取境优美、精练含蓄、韵律自然的特色，在唐代流传极广。

刘禹锡也是唐代古文运动的积极参与者。其文尤长于论辩说理，代表作《天论》3篇论述天的性质和天人关系，富于哲学思辨色彩。

白居易（772～846） 中国唐代诗人。字乐天，号香山居士、醉吟先生。祖籍太原（今属山西），生于郑州新郑（今属河南）。贞元十六年（800）进士及第。元和二年（807）被召入翰林。后加左拾遗、太子左赞善大夫等职。十年，因得罪权贵被贬为江州司马。十五年被召回长安。历任杭州刺史、刑部侍郎、太子少傅等职，后以刑部尚书致仕。

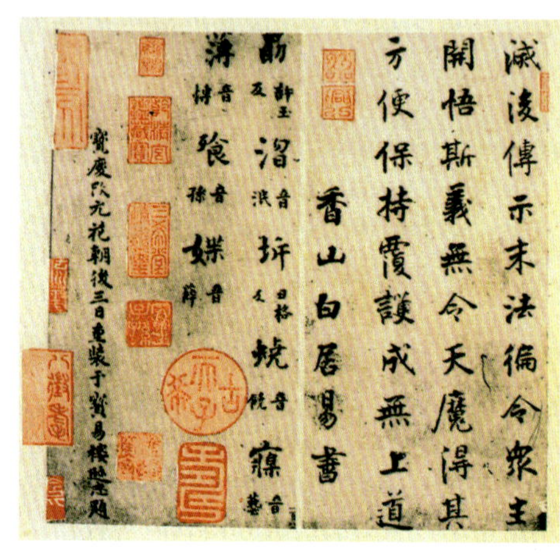

白居易书《楞严经》

白居易是中唐新乐府诗歌革新的代表人物，曾将自己的诗分成讽喻、闲适、感伤、杂律四类。其中讽喻诗广泛反映社会黑暗和民生疾苦，代表作有《新乐府》50首、《秦中吟》10首；闲适诗抒写对归隐田园宁静生活的向往和洁身自好的志趣；感伤诗随遇感咏，以叙事长诗《长恨歌》和《琵琶行》最有名；杂律诗多抒情写景小诗，以白描手法勾画出生意盎然的境界。与诗人元稹并称为“元白”。白居易诗歌的语言极炼如不炼，拙中见工巧。

杜牧（803～852） 中国唐代文学家。

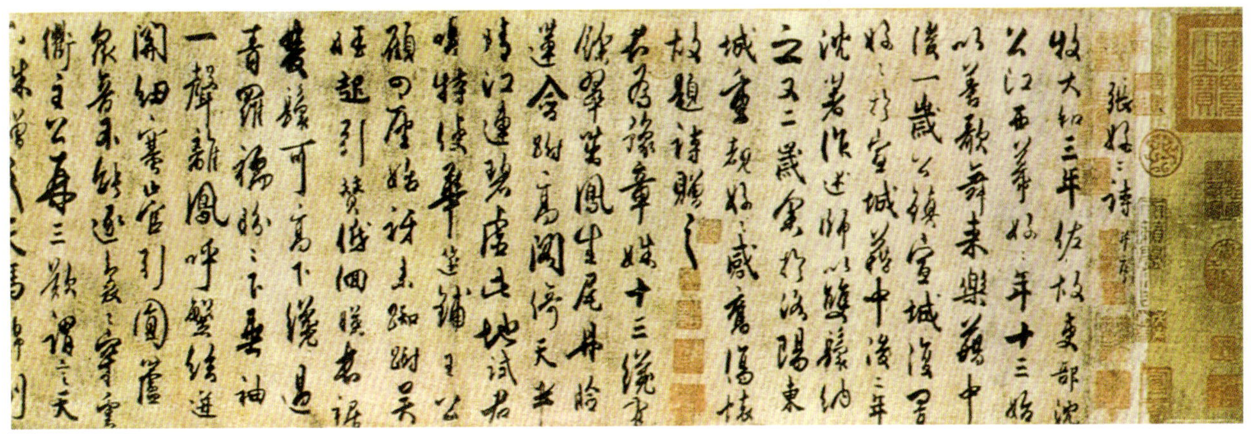

杜牧书《张好好诗并序》

字牧之。京兆万年（今陕西西安）人。大和二年（828）进士及第。此后在各地节度使处任幕僚。开成四年（839）回朝，历任左补阙及膳部、比部员外郎。会昌二年（842）以后，相继出任黄州、池州、睦州、湖州刺史等职。官终中书舍人。晚年居长安城南樊川别墅，世称杜紫微、杜樊川。

杜牧诗歌成就尤高，与**李商隐**齐名，并称“小李杜”。其五言古诗纵横驰骋，感慨苍劲，代表作有《感怀诗》《郡斋独酌》等。其七言律绝文辞清丽，情韵跌宕，能于拗折峭健之中时见风华流美之致，气势豪宕而情韵缠绵。《江南春绝句》《泊秦淮》《山行》等均脍炙人口。咏史绝句，如《赤壁》《过华清宫绝句三首》《题商山四皓庙》等，以议论见长，警拔精悍。

杜牧的文章在晚唐自成一家。《阿房宫赋》把散文笔法、句式引入赋中，对后来赋体的发展有重要影响。

李商隐（约811～约859） 中国唐代诗人。字义山，号玉谿生、樊南生。怀州河内（今河南沁阳）人，祖辈迁荥阳（今属河南）。开成二年（837）进士及第。由于卷入党争，终身不得志。历任秘书省校书郎、弘农尉等职。后赴桂州、徐州、梓州任幕僚。大中九年（855）归长安，后被荐为盐铁推事。十二年冬因病闲居。

李商隐在晚唐诗坛与**杜牧**、温庭筠齐名，人称“小李杜”“温李”。其诗各体俱佳，尤以五、七言律绝成就为高。政治抒情诗把内容的尖锐辛辣、措辞的委婉深曲、抒情的沉挚和议论的隽永相结合，很受历代诗评家赞赏，代表作有长篇史诗《行次西郊作一百韵》、咏史诗《瑶池》《贾生》《隋宫》等。个人生活抒情诗多致力于婉曲见意，往往寄兴深微，余味无穷，代表作有《无题》《锦瑟》等。

诗歌以外，李商隐的骈文在当时相当出名，不仅属对工整，用事精切，且疏密相间，气韵自然。

唐宋八大家 中国唐代散文家**韩愈**、**柳宗元**，宋代散文家**欧阳修**、苏洵、**苏轼**、苏辙、曾巩和**王安石**的合称。八家合称，始于明初朱右的《八先生文集》（今不传）。明末茅坤广选八家文，编成《唐宋八大家文钞》。《文钞》一出，“盛行海内”。“唐宋八大家”之称，随《文钞》的风行而广为人知。

八家文是唐宋散文艺术成就的最高代表。八家合称，是唐宋散文发展的客观反映。自此以后，治古文者都以八家为一宗。

韩愈（768 ~ 824） 中国唐代文学家、思想家、教育家。唐宋八大家之一。字退之。河阳（今河南孟州）人。祖籍昌黎（今辽宁义县），世称韩昌黎。25岁中进士。贞元十九年（803）任监察御史，因上书请减免赋税被贬。宪宗时获赦北归，累迁刑部侍郎。因谏迎佛骨再次被贬。不久回朝，历任国子祭酒、兵部侍郎、吏部侍郎等职。谥号“文”，世称韩文公。

广东潮州韩文公祠

韩愈在政治、哲学、教育、文学上都建树卓异。在政治上，反对藩镇割据，维护国家统一。在哲学上，持天命论。在教育上，主张“业精于勤”“行成于思”。

在文学上，韩愈为唐代古文运动领袖，为文反对骈偶，提倡散体，强调“词必己出”，务去陈言。其散文气势充沛，纵横捭阖，奇偶交错，巧譬善喻，或诡谲，或严正，具有多样的艺术特色。代表作有《原道》《原毁》《师说》《祭十二郎文》《张中丞传后叙》等。韩愈的诗也有独创成就，艺术特色主要是奇特雄伟、光怪陆离，善写雄奇境界。

柳宗元（773 ~ 819） 中国唐代文学家、哲学家。唐宋八大家之一。字子厚。祖籍河东（今山西永济西），世称柳河东。贞元九年（793）进士及第。永贞元年（805）参与由王叔文领导的革新活动，失败后被贬为永州司马。后迁柳州刺史，政绩卓著。人称柳柳州。

柳宗元倡导古文运动，与韩愈并称“韩柳”。他诗文兼擅，文的成就更高。哲学、历史、政治论文说理畅达，笔无藏锋，以识见敏锐、思理深刻见称。哲学论文如《天说》等，政治论文如《封建论》等。文学创作包括寓言、骚赋、骈文、传记等文体，而以讽刺杂文和山水游记最具特色。讽刺杂文大都结构短小而用语精警，立意深刻，颇富哲理，

广西柳州柳宗元衣冠墓
新华社提供，何国正拍摄

名篇有《三戒》《蝜蝂传》等。山水游记最为脍炙人口，典范之作为“永州八记”。柳诗峭刻精工，善写山水风物，亦有反映民生疾苦之作。

欧阳修（1007 ~ 1072） 中国北宋政治家、文学家。唐宋八大家之一。字永叔，号醉翁，晚号六一居士。吉州永丰（今属江西）人。天圣八年（1030）进士及第。次年任西京留守推官，后迁馆阁校勘。庆历三年（1043），范仲淹等推行新政，欧阳修积极参与革新。新政失败后，被贬为滁州太守。至和初奉诏入京，修《新唐书》。累官至参知政事，后告老。

欧阳修是北宋诗文革新运动的领袖，诗词文皆佳。其文学创作成就首推古文。散文大都内容充实，气势旺盛，具有平易自然、流畅婉转的艺术风格。《秋声赋》《朋党论》《五代史伶官传序》《醉翁亭记》《祭石曼卿文》等，都是历代传诵的佳作。其诗歌成就略逊于散文，有议论化、散文化的倾向，呈现出多样化的风格。其词内容主要是恋情相思、酣饮醉歌、惜春赏花之类。一部分

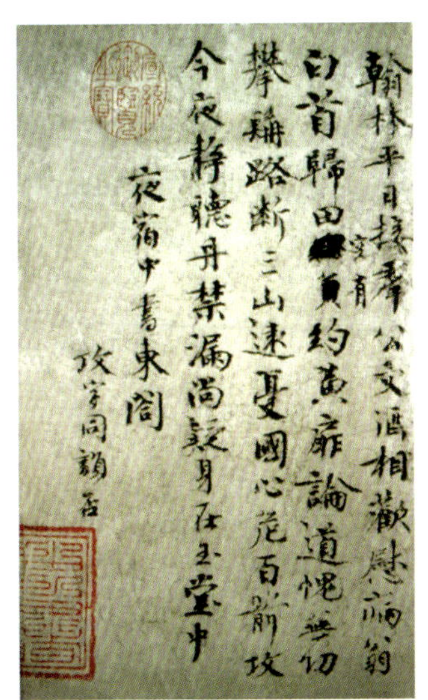

欧阳修自书诗文稿

词描写自然风光和乡村景物，语言清新恬静，极富情韵。

三苏 中国北宋文学家苏洵和他的儿子苏轼、苏辙的合称。均在唐宋八大家之列。眉州眉山（今属四川）人。嘉祐元年（1056），三苏来到东京（今河南开封）应试。由于欧阳修的赏识和推誉，他们的文章很快著称于世。三苏之中，苏洵和苏辙主要以散文著称，苏轼在诗、词、散文、画等方面都取得了独到的成就。

四川眉山三苏祠内百坡亭
新华社提供，吴祖政拍摄

苏洵（1009 ~ 1066），字明允，号老泉。其文学创作成就主要是散文。文章大部分都是议论文，往往直接针对北宋社会的现实而作。《几策》《衡论》《上皇帝书》明确提出治国安邦的政治革新主张。其散文以气势胜，观点明确，论据有力，语言犀利，酣畅恣肆，呈现出雄奇高古的风格。诗作以五、七言古诗见长，名篇有《欧阳永叔白兔》《赠陈景回》等。

苏轼（1037 ~ 1101），字子瞻，号东坡居士。其诗洒脱豪放，格调清新，

自成一体。苏轼开创了豪放词派，其词一扫晚唐五代以来绮丽柔靡之风，状景写人，抒情言事，慷慨激昂，清新豪迈。苏轼的散文代表了北宋古文运动的最高成就，气势磅礴，自然流畅。另外，他工于书法，是宋代四大书法家之一；又善于绘画，讲究神似。

苏辙(1039～1112)，字子由、同叔。苏辙的文学成就主要在散文创作。他擅长议论文，《历代论》45篇为其代表作。它们以探讨治乱得失为主，大多立意允当，结构平稳，行文纡徐百折，语言朴实简古，有汪洋淡泊之态、一唱三叹之致。其记叙文较少，出色之作有《武昌九曲亭记》《黄州快哉亭记》等。其诗类其文，自然朴实，闲淡高雅。

王安石（1021～1086） 中国宋代政治家、思想家和文学家。唐宋八大家之一。字介甫，号半山。江西临川（今江西抚州）人，世称临川先生。庆历二年（1042）进士及第。历任签书淮南节度判官厅公事、知鄞县事、开封群牧司判官、知常州事等职。熙宁二年（1069）出任参知政事。次年升任宰相，开始变法。七年第一次罢相，八年再任相事。九年再次辞去相位，退居江宁。

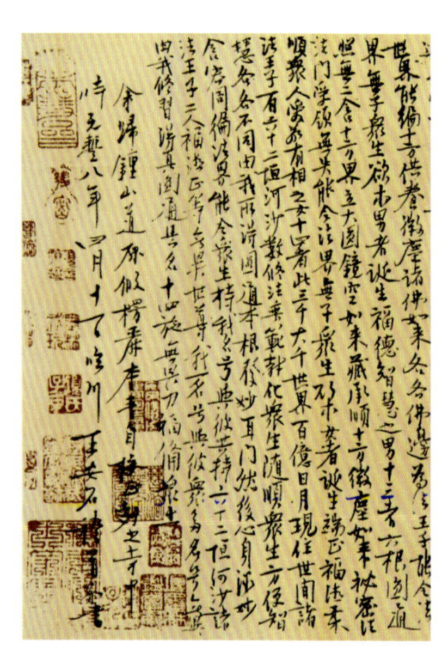
王安石书《楞严经旨要卷》

王安石是北宋诗文革新运动的积极参加者。他的散文创作以论说文的成就最为突出，文风“简而能庄”，字字着力，逻辑严密。人物传记如《伤仲永》，语言朴实，虽着墨不多，却给人以鲜明印象。散文中墓志碑文为数甚多，文笔简妙老洁，亲切感人。抒情文以祭文为多，词语古朴，情意真挚。退居江宁以前所写的诗歌，多数属于政治诗。退居江宁以后写了大量山水田园诗，如《书湖阴先生壁》《泊船瓜洲》等。王安石的词数量不多，艺术性却比较高。

宋词 中国宋代文学样式。萌于唐而大盛于宋。宋词的发展大约经历了南、北宋两个时期，词自北宋而始大，至南宋而极其工。

北宋初期以承袭晚唐五代词风为主，崇尚浮靡，内容多花前月下，形式多小令，风格多香软。代表词人有晏殊、张先、柳永、欧阳修等。北宋中期是宋词成为一代文学的关键时期，代表词人是苏轼。他从根本上改造了词的体制，提高了词的地位，开拓了词的内容，创立了豪放词。北宋后期只有一小部分人继承苏轼的词风，如黄庭坚的一小部分词，多数词人仍沿婉约词风发展，包括苏轼的门人秦观在内。这一时期最重要的词人是周邦彦。其词比之前的婉约词制作更精，韵律更严，艺术成就更高。

《全宋词》封面

南宋初期的词人多由北宋而来，他

们在北宋末年多写艳丽之作，南渡后多抒发乡关之思、亡国之痛和抗敌御侮之情。代表词人有李清照、张元干、张孝祥、朱敦儒等。南宋中期是宋词的繁盛期，代表词人有辛弃疾、陆游、陈亮、刘过。特别是辛弃疾，其豪放词足以使豪放词成为宋词中的一大流派。这一时期以姜夔为代表的婉约词也取得了巨大成就。南宋后期的词坛纷纭繁杂。一方面辛弃疾的继起者刘克庄、刘辰翁、文天祥等所作的豪放词，内容多写抗敌斗争和亡国之恨，风格更为沉郁悲壮；另一方面姜夔的继起者吴文英、王沂孙、张炎等所作的婉约词，内容多抒发凄凉哀怨之情，风格更重骚雅、空灵与音律。

宋代词派众多，但从总体上看，不出婉约、豪放两派。婉约、豪放虽不足以概括丰富多彩的宋词，但概括了阴柔、阳刚的两种基本倾向。婉约词多写儿女风情，结构缜密，音律谐婉，语言圆润，风格清新绮丽；豪放词视野开阔，气象恢宏雄放，喜用诗文的手法、句法和字法，用典较多，不受音律限制，时有粗疏平直之弊。

苏轼（1037 ~ 1101） 中国北宋文学家、书画家。唐宋八大家之一。字子瞻，号东坡居士。苏洵子、苏辙兄。眉州眉山（今属四川）人。嘉祐二年（1057）进士及第。四年，因与王安石政见不合，出为杭州通判，先后知密州、徐州、湖州。元丰二年（1079）因作诗讽刺新法而被下狱，后出任黄州团练副使。八年被召还朝，累官至礼部尚书。绍圣元年（1094）因讥刺神宗被贬官惠州、儋州。徽宗初遇赦被召还，病卒于途中。

四川眉山三苏祠里的苏东坡坐像 新华社提供，吴祖政拍摄

苏轼在诗、词、散文等领域都取得了独到的成就。苏诗境界开阔，明快直露，气势磅礴，感情奔放，想象丰富，奇趣横生。苏诗各体兼备，尤长于古体诗和七言歌行。苏轼是豪放词派的开创者，其〔念奴娇〕《赤壁怀古》是豪放词的千古名篇。他还发展了婉约词，扩大了婉约词的题材，提高了婉约词的格调。其散文代表了北宋古文运动的最高成就。苏文往往信笔书意，自然圆畅，挥洒自如，代表作有文赋《赤壁赋》《后赤壁赋》，游记《超然台记》《凌虚台记》《石钟山记》，碑传文《方山子传》《潮州韩文公庙碑》等。

苏轼是宋代杰出的书法家，居“宋四家”之首，精于行书及楷书。他大力提倡文人写意画，善作枯木、怪石、墨竹。

李清照（1084 ~约 1155） 中国宋代词人。自号易安居士。济南章丘（今属山东）人。父李格非，官至礼部员外郎。夫赵明诚，金石考据家。早年生活优裕，婚后与赵明诚共同致力于书画金石的整

山东济南章丘区李清照纪念馆里的李清照铜像　新华社提供，张鲁成拍摄

理，编写了《金石录》。金兵入据中原，清照举家南逃。后明诚病故，清照孑然一身，漂泊各地。

李清照工诗能文，更擅长词。前期的词多写自然风光和离别相思。如〔如梦令〕二首，活泼秀丽，语新意隽；〔凤凰台上忆吹箫〕〔一剪梅〕〔醉花阴〕等词，婉转曲折，清俊疏朗。南渡后的词主要是抒发伤时念旧和怀乡悼亡的情感，充满了凄凉、低沉之音。如〔武陵春〕〔声声慢〕都表达了自己难以克制、无法形容的哀愁。李词语言优美、精巧，却不雕琢，被称为易安体，从南宋起就不断有人学习和效仿。

辛弃疾（1140 ~ 1207）　中国宋代词人。字幼安，别号稼轩居士。历城（今山东济南）人。出生时中原已为金兵占领。曾率众参加抗金起义军。绍兴三十二年（1162）归南宋，任江阴签判。先后两次上疏，经论世事，但其意见不被采纳。历任江西提点刑狱及湖北、江西、湖南安抚使等职。淳熙八年（1181）因改革整顿举措被革职。嘉泰三年（1203）起知绍兴府兼浙东安抚使。

辛稼轩纪念祠

两年后去职。

辛弃疾兼擅诗文词，而以词的成就最高。他经常用词抒写激昂排宕、不可一世的气概和壮志难酬、仕途多艰的烦恼，他的词慷慨激昂，纵横驰骋，继承并发展了苏轼开创的豪放词风。代表作有〔菩萨蛮〕《书江西造口壁》、〔破阵子〕“醉里挑灯看剑”、〔水龙吟〕《登建康赏心亭》、〔永遇乐〕《京口北固亭怀古》等。有些咏闲适生活和农村风物的词作也清新明丽，活泼有致。他在艺术上的造诣，使其词形成独特风格的稼轩体。

元曲　中国元代杂剧、南戏、散曲的通称。元代是戏剧艺术走向成熟的时期，元曲的成就代表了当时文学的最高水平。

由于宋金对峙，南北阻隔，杂剧和南戏分别在北方和南方臻于成熟。北方戏剧圈以大都（今北京）为中心，包括长江以北的大部分地区；南方戏剧圈以杭州为中心，包括温州、扬州乃至江西、福建等地区。当时呈现出杂剧、南戏两个剧种相互辉映的局面。杂剧和南戏都包括曲词、宾白、科介三个部分，但体制有所不同：杂剧一般一本四折，一折采用一个宫调，不相重复，角色分末、旦、净三类，全剧只能由正末或正旦一人主唱；南戏由若干出组成，出数不定，曲词宫调亦没有规定，角色分为生、旦、外、贴、丑、净、末，均可歌唱，还可对唱、合唱等。二者在唱腔上亦有明显区别。杂剧和南戏都可归入叙事文学的范畴。

《元曲选》书影（明万历刻本）

散曲是作家纯以曲体抒情而与科白情节毫无联系的独立文体，属于古代诗歌的艺术范畴。散曲作为诗歌的特性主要表现在语言方面，既注重格律，又具有口语自由灵活的特点，往往呈现出口语化的状态。散曲多用于宴会歌伎唱词，艳曲较多。

关汉卿（约 1230 ~ 约 1300） 中国元代戏曲作家。是古代戏曲创作的代表人物。号已斋叟。大都（今北京）人。据零星记载。他曾是太医院尹。

关汉卿是元代前期杂剧界的领袖人物，被后人列为“元曲四大家”之首。他不仅编写了多达数十部的杂剧作品，而且亲自参加舞台演出。代表作有《窦娥冤》《救风尘》《望江亭》《拜月亭》《鲁斋郎》《调风月》《单刀会》等。关剧取材于民间传说、历史故事和现实生活，真实地反映了元代的阶级矛盾和社会风貌。关剧把塑造正面主人公放在首要地位，塑造了众多鲜明的人物形象；在处理戏剧冲突方面，善于提炼激动人心的戏剧情节；戏曲语言既本色又当行。

关汉卿又是一位散曲作家，〔南吕·一枝花〕《不伏老》是元代散曲中不可多得的名篇。有小令五十余首。

白朴（1226 ~ 1306 后） 中国元代戏曲作家，词人。字太素，号兰谷。隩州（今山西河曲）人。出身官宦之家。幼年时蒙古军攻占南京（今开封），与父母离散，由父亲好友元好问照顾。数年后随父依元名将史天泽，客居真定（今河北正定）。两度被推荐从政，不就。终生未仕。

作有杂剧《梧桐雨》和《墙头马上》等，而以《梧桐雨》为代表作。《梧桐雨》全名《唐明皇秋夜梧桐雨》，全剧以唐明皇李隆基与杨贵妃的爱情为主线，反映了安史之乱这一重大历史事件及唐王朝由盛至衰的过程。全剧结构层次井然，曲词华美隽雅，诗意浓厚。白朴的词大致为怀古、闲适、咏物和应酬之作，词风受宋词豪放派的影响。其散曲内容大抵是叹世、咏景和闺怨之作，艺术上以清丽见长。

《汉宫秋》插图（明万历顾曲斋刻本）

《西厢记》插图（明万历金陵乔山堂刻本）

马致远（约 1250 ~ 约 1324） 中国元代戏曲作家。字千里，号东篱。大都（今北京）人。曾任江浙行省官吏，仕途不得志。又曾加入书会，与书会才人合编过杂剧。晚年退隐山林。

马致远是享有盛名的戏曲家，杂剧代表作《汉宫秋》敷演王昭君出塞和亲的故事，曲折地反映了金、宋相继覆亡后的民族情结。全剧结构紧凑，有浓烈的抒情色彩；曲词苍凉幽邈，能贴切地表达人物的心情。马致远在散曲上的成就为元代之冠。其散曲声调和谐优美，语言清新豪爽，并且善于捕捉形象以熔铸诗的境界。作品内容主要有叹世、咏景和恋情。其小令〔天净沙〕《秋思》是咏景名篇。

王实甫 中国元代戏曲作家。名德信，字实甫。大都（今北京）人。生卒年及事迹不详。著有《西厢记》《丽春堂》等杂剧。另有散曲数首。代表作《西厢记》，全名《崔莺莺待月西厢记》，写书生张珙在普救寺遇崔相国之女莺莺，两人相爱，在侍女红娘帮助下冲破封建礼教束缚而结合。该剧具有鲜明的反对封建礼教和封建婚姻制度的主题，主要人物的性格都具有鲜明的特征。全剧情节曲折，波澜迭起，悬念丛生，引人入胜；曲词华美，并有诗的意境。《西厢记》问世后广为流传。

明清小说 明清是中国小说史上的繁荣时期。从明代始，小说这种文学形式充分显示其社会作用和文学价值，在文学史上取得与唐诗、宋词、元曲并列的地位。清代则是中国古典小说盛极而衰并向近现代小说转变的时期。

明代的长篇小说按题材和思想内容可概分为讲史小说、神魔小说、世情小说和公案小说四类，代表性作品有罗贯中的《三国演义》、施耐庵的《水浒传》、吴承恩的《西游记》、兰陵笑笑生的《金瓶梅》等。此外，熊大木的《北宋志传》、郭勋的《皇明英烈传》、许仲琳（或曰陆长庚）的《封神演义》、董说的《西游补》等，均在中国文学史上占据一定地位。公案小说较著名的有李春芳的《海刚峰先生居官公案传》、无名氏的《包孝肃公百家公案演义》、余象斗的《皇明诸司公案》等，但多追求情节离奇曲折，艺术上较粗糙，多夹杂迷信描写，并宣传封建伦理道德观念。白话短篇小说成就较高的有“三言两拍”，即冯梦龙辑纂的《古今小说》(《喻世明言》)、《警世通言》和《醒世恒言》与凌濛初编著的拟话本集《拍案惊奇》《二刻拍案惊奇》。此外，拟话本集还有《石点头》《醉醒石》《西湖二集》等十多种。

清初至乾隆时期是小说发展的全盛时期，数量和质量、内容和形式、风格和流派与前代相比都有较大发展。清代小说基本由文人创作，作品多取材于现实生活，较充分地体现了作者个人的意愿，在结构、叙述和描写人物等方面也多臻于成熟的境界。蒲松龄的《聊斋志异》和曹雪芹的《红楼梦》，成书于康熙、乾隆年间，分别把文言小说和白话小说的创作推向顶峰。除《红楼梦》外，比较著名的长篇小说还有《儒林外史》《醒世姻缘传》《绿野仙踪》《隋唐演义》《说岳全传》《女仙外史》《镜花缘》《雷峰塔传奇》等。话本小说有《五色石》等。李渔的《无声戏》《十二楼》则是白话短篇小说艺术成就的代表。

《聊斋志异图》册页之一（清人绘）

《三国演义》 中国长篇历史演义小说。又名《三国志通俗演义》《三国志演义》。120回。元末明初罗贯中撰。在长期的群众传说与民间艺人、下层文人创作的基础上，大量吸收晋陈寿的《三国志》和南朝宋裴松之注的材料创作而成。罗贯中，名本，字贯中，号湖海散人，生卒年不详，祖籍太原，生于杭州。

《英雄谱》插图“曹孟德许田射鹿”（明崇祯刻本）

《三国演义》以宏大的结构描写了三国时期尖锐复杂的政治军事斗争，揭露了封建统治者的残暴行径，寄托了人民渴求政治清明、社会安定的愿望，表现了群众所理想的重义守信、平等互助的人与人的关系。它善于运用传神笔法去刻画人物的思想性格，尤其擅长于描写战争。《三国演义》对后世影响深远，长期以来起着历史教科书、军事教科书和生活教科书的作用。

《水浒传》 中国明代长篇小说。又名《忠义水浒传》。一般认为是元末明初施耐庵著。取材于北宋末年宋江起义的故事。在民间传说、话本、杂剧中水浒故事的基础上再创作而成。施耐庵生平不详。

《英雄谱》插图“智深拳打镇关西”（明崇祯刻本）

《水浒传》以封建社会的农民起义为题材，真实地反映了它的产生、发展和失败的过程，揭露了封建社会的黑暗和统治阶级的罪恶，写出了“官逼民反”“乱由上作”的历史真实。小说塑造了李逵、鲁智深、武松、林冲等一系列光彩照人的英雄形象，歌颂了农民起义英雄的反抗精神。结构谨严，情节曲折，语言明快、洗练，有很高的艺术成就。

《水浒传》的版本有简本、繁本两个系统。较流行的是70回、100回、120回的繁本。

《西游记》 中国明代长篇小说。吴承恩著。100回。根据民间流传的唐僧取经故事，参考话本、杂剧和有关神话传说写成。吴承恩（约1500～约1582），字汝忠，号射阳山人，祖籍江苏涟水，生于淮安山阳（今江苏淮安）。他早年屡试不中，中年以后当过长兴县丞、荆府纪善，晚年归居乡里。

《西游记》书影（百回插图本）

《西游记》写神猴孙悟空大闹天宫后和猪八戒等保护唐僧去西天取经，一路降妖伏魔，历经八十一难，终成正果。通过神话的形式，表现了丰富的社会内容，曲折地反映了现实的社会矛盾，表达了人民群众惩恶扬善的愿望和要求。把神性、人性、物性巧妙熔铸在一起，塑造出众多神魔形象。情节奇幻曲折，语言生动流畅、妙趣横生。

《西游记》在中国小说史上占有重要地位，是中国家喻户晓的古典小说名著。明清两代出现了多部续作、补作《西游记》的小说。

《红楼梦》插图“宝玉游太虚幻境”（清乾隆五十六年程甲本）

《红楼梦》 中国清代长篇小说。一名《石头记》。作者曹雪芹。曹雪芹（1715～1763），名霑，字梦阮，号雪芹，祖籍辽阳。先世原是汉族，后为满洲正白旗“包衣”。自曾祖始，祖孙三代四人担任江宁织造达60年之久。雍正初年，因统治阶级内部政治斗争的牵连，曹家遭受一系列打击，从此衰落。

《红楼梦》以贾宝玉、林黛玉、薛宝钗之间的爱情与婚姻悲剧为主线，描写了以贾家为代表的四大家族的兴衰，展示了极其广阔的封建社会的典型生活环境，曲折地反映出进入末期的中国封建社会必然崩溃、没落的历史趋势。作者塑造了众多个性鲜明、内涵丰富的人物形象。情节缜密，细节真实，语言优美。以其内涵的丰厚和艺术的精湛成为中国古代小说的巅峰之作和中华文化的优秀代表之一。

全书120回。曹雪芹只写完前80回，今通行本后40回一般认为系高鹗所续。

清代后期还有许多续《红楼梦》的作品，但多为续貂之作。

龚自珍（1792-08-22 ~ 1841-09-26）中国清代思想家、文学家。字璱人，号定盦。浙江仁和（今杭州）人。嘉庆二十三年（1818）中举。二十五年开始

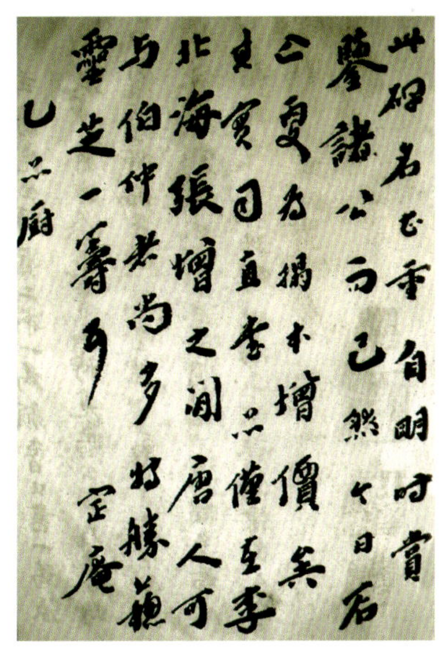

龚自珍手迹

入仕，为内阁中书。道光九年（1829）中进士。历任宗人府主事、礼部祠祭司行走等职。十九年辞官南归。

龚自珍是近代资产阶级改良主义的启蒙思想家，主张“经世致用”。他的文学创作，表现出前所未有的新特点。他认为文学必须有用。龚诗总是着眼于现实政治、社会形势，发抒感慨，纵横议论，主要内容是“伤时”“骂坐”，代表作有《咏史》《己亥杂诗》等。龚文以政论文为重要，另有讽刺性的寓言小品，代表作有《乙丙之际箸议》《明良论》《病梅馆记》等。表现方法一般很简单，而简括中又有铺叙夸张；语言活泼多样。龚文开创了古文或散文的新风气。

鲁迅（1881-09-25 ~ 1936-10-19） 中国文学家、思想家，中国现代文学的奠基人。原名周樟寿，后改名周树人，字豫才。浙江绍兴人。1898 年入江南水师学堂，次年改入江南陆师学堂附设的矿务铁路学堂。1902 年赴日本留学。1904 年到仙台医学专门学校学医。后弃医习文。1909 年回国。先后在杭州、绍兴任教，到中华民国临时政府教育部工作，在厦门大学、中山大学等校任教。曾参加《新青年》《莽原》《语丝》等的编辑工作。1930 年发起并参加中国自由运动大同盟、中国左翼作家联盟。

鲁迅于 1918 年发表的《狂人日记》，为中国新文学第一篇白话小说。《阿 Q 正传》是其小说的代表作，以辛亥革命前后的未庄农村为背景，塑造了阿 Q 这个不朽的典型形象。短篇小说集《呐喊》和《彷徨》是中国现代小说的成熟之作，“显示了文学革命的实绩”。鲁迅的小说显示出一种冷峻而深切的风格特征，是中国现实主义文学的一座高峰。鲁迅的散文结集为《野草》和《朝花夕拾》。前者开创了一种独语体的散文风格，后者开创了一种闲话风的散文风格。鲁迅还是中国现代杂文的开拓者，著有《三闲集》《二心集》《南腔北调集》《伪自由书》等杂文集。他的杂文是政论性与形象性相统一的精品。他还翻译了大量外国文学作品，研究整理古典文学作品。鲁迅以在文学方面的理论倡导和创作实绩奠定了中国现代文学的基石。

《狂人日记》 中国现代文学史上第一篇用现代体式创作的白话短篇小说。作者鲁迅。1918 年 5 月发表在《新青年》上。它以“表现的深切和格式的特别”成为中国现代小说的伟大开端。后被收入 1923 年出版的短篇小说集《呐喊》中。作品描写了一个因被迫害而发狂的精神病人的心理活动，将社会生活的清醒描写与狂人特有的内心感受巧妙结合起来，反映了家族制度和礼教的弊害，揭露了中国社会的历史是人吃人的历史。

巴金（1904-11-25 ~ 2005-10-17） 中国小说家、散文家、翻译家、社会活动家。原名李尧棠，字芾甘。四川成都人。1923年到南京、上海求学。1927年赴法国留学。1928年底回国。先后参与《文学季刊》《收获》等的编辑出版工作，任文化生活出版社、平明出版社总编辑。1984年起担任中国作家协会主席。2003年，中国国务院授予他“人民作家”荣誉称号。

新华社提供，柳中央拍摄

主要作品包括长篇小说《爱情的三部曲》（《雾》《雨》《电》）、《激流三部曲》（《家》《春》《秋》）、《寒夜》，中篇小说《憩园》，以及散文集《随想录》等。其中《家》是巴金的主要代表作。《家》通过一个大家庭的没落和分化，真实地写出了封建宗法制度的崩溃和革命潮流在青年一代中的激荡，对当时的青年读者影响极大。《寒夜》把社会批判与人性探索相结合，是巴金的又一部重要代表作。《随想录》中的《怀念萧珊》是脍炙人口的散文名篇。译作主要有长篇小说《父与子》《处女地》。

老舍（1899-02-03 ~ 1966-08-24） 中国小说家、剧作家。满族。原名舒庆春，字舍予。北京人。1918年从北京师范学校毕业。1924年去英国，任伦敦大学东方学院汉语讲师。1930年回国后，相继到齐鲁大学、山东大学任教。全面抗战期间，领导中华全国文艺界抗敌协会。从20世纪50年代初起，历任中国文学艺术界联合会副主席、中国作家协会副主席等职。获“人民艺术家”称号。“文化大革命”初期因不堪凌辱而自杀。

老舍先以长篇小说著称，后以剧作闻名。老舍的小说语言生动幽默，富有浓郁的地方特色。长篇小说主要有《骆驼祥子》《离婚》《四世同堂》《猫城记》《正红旗下》等。其中《骆驼祥子》是老舍的主要代表作，奠定了老舍在中国现代文学史上的重要地位。作品叙述了年轻好强、充满生命活力的人力车夫祥子，希望以个人奋斗改善自己的生存处境，但终于失败的故事。剧作主要有《龙须沟》《西望长安》《茶馆》等。其中《茶馆》代表老舍剧作的最高成就，是当代中国话剧舞台上最优秀的剧作之一。

茅盾（1896-07-04 ~ 1981-03-27） 中国作家、批评家、社会活动家。原名沈

德鸿，字雁冰。浙江桐乡人。1913 年考入北京大学预科。1916 年到上海商务印书馆工作。1921 年发起成立文学研究会。先后在上海大学、中央军事政治学校武汉分校、新疆学院任教，担任《小说月报》《民国日报》《文艺阵地》等的主编。1949 年后，历任文化部部长、《人民文学》主编等职。

茅盾为中国现代文学中长篇小说的成熟和发展作出了重大贡献。他的小说追求展示社会生活全貌，反映时代风云变幻。代表作长篇小说《子夜》，描写民族资产阶级的典型吴荪甫和买办金融家赵伯韬的明争暗斗，真实地反映了 20 世纪 30 年代中国民族资本家的生活历程。《子夜》开中国现代社会剖析小说之先河，出版后引起很大的社会反响。另有《蚀》三部曲（《幻灭》《动摇》《追求》）和《霜叶红似二月花》《虹》《林家铺子》《春蚕》等名篇。

郁达夫（1896-12-07 ～ 1945-09-17）中国作家。原名文。浙江富阳人。1913 年赴日本留学。1919 年入东京帝国大学经济学部。1921 年与郭沫若等发起成立创造社。1922 年回国后，从事创造社刊物的编辑工作。先后在北京大学、武昌师范大学、中山大学任教。1937 年参加国民政府军事委员会政治部第三厅的抗日宣传工作。1938 年底后客居新加坡。1945 年在苏门答腊被日本宪兵秘密杀害。

郁达夫的作品充满大胆的自我暴露手法和浓厚的抒情色彩。受其影响，在新文学的发展过程中形成了以抒情笔调写小说的艺术流派。短篇小说集《沉沦》，以“惊人的取材、大胆的描写”震惊国内文坛。代表作还有短篇小说《春风沉醉的晚上》《薄奠》《迟桂花》，中篇小说《迷羊》《她是一个弱女子》等。他的散文往往以感伤的笔调寄托自己感时忧国的心境，行文跌宕多姿，名篇有《钓台的春昼》《寂寞的春潮》等。旧体诗《毁家诗纪》《离乱杂诗》等，曾被海内外文坛传诵。

萧红（1911-06-02 ～ 1942-01-22） 中国作家。原名张乃莹。生于黑龙江呼兰。1932 年在哈尔滨与萧军相识，并开始为报刊写稿。1934 年离开哈尔滨，经青岛到上海。在鲁迅的关怀和扶持下，成为 20 世纪 30 年代文坛上活跃的女作家。全面抗战时期，曾在山西临汾民族革命大学执教。1940 年去香港。

长篇小说《生死场》是她的代表作，被列入鲁迅主编的“奴隶丛书”，由鲁

迅亲自校阅并作序。小说真实地反映了东北人民在封建压迫和帝国主义侵略下的极端贫困和顽强抗争。此外，重要的作品还有长篇小说《呼兰河传》，中篇小说《马伯乐》《小城三月》等。其作品感情热烈真挚，文笔清新优美，具有抒情诗般的艺术风格和散文的笔调。

沈从文（1902-12-28 ~ 1988-05-10）中国现代小说家、散文家、历史文物研究家。原名岳焕。苗族。湖南凤凰（今属湘西）人。曾在湖南地方军队任职。1923 年到北京，靠自学从事文学写作。先后主编《大公报》副刊、《益世报》副刊，在青岛大学、西南联合大学、北京大学等校执教。1957 年后，在中国历史博物馆、故宫博物院、中国社会科学院历史研究所等单位任职。

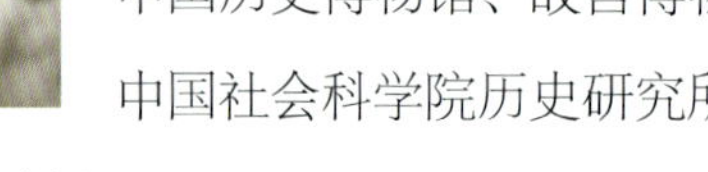

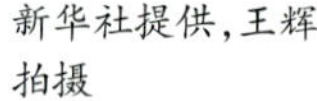

新华社提供，王辉拍摄

沈从文为“京派”作家之一。作品多写少数民族和旧军队生活，也常写青年男女的恋爱故事。很多作品在自然美和人性美中描绘了一幅幅流动着原始活力的乡村生活小景。小说主要有《边城》《长河》等。代表作《边城》通过一个悱恻动人的爱情故事描绘湘西风土人情，富有牧歌情调。散文代表作有自传性散文《湘行散记》。在中国历史文物方面的研究成果主要有《中国古代服饰研究》《唐宋铜镜》《龙凤艺术》等。

张恨水（1895-05-18 ~ 1967-02-15）中国作家。原名心远。原籍安徽潜山，生于江西广信。1914 年赴南昌求学，后居汉口为小报写补白，始用“恨水”笔名。1918 年后，曾参加《皖江日报》《南京人报》《新民报》等的编辑出版工作。1949 年后，历任中国作家协会理事、中央文史馆馆员等职。

早期作品《春明外史》受到鸳鸯蝴蝶派的影响。其后的《金粉世家》是艺术上比较成功的章回小说，通俗而畅销。代表作《啼笑姻缘》，描写以主人公樊家树为中心的多角恋爱故事，发表后曾风行一时，被改编为戏剧、评弹和电影。社会讽刺小说主要有《八十一梦》《五子登科》等，其中《八十一梦》是大后方销路最好的一部作品。其作品继承了中国章回小说的传统，在语言、倾向、人物塑造上有所突破。

钱钟书（1910-11-21 ~ 1998-12-19）中国作家、学者。字默存，号槐聚。江苏无锡人。1933 年毕业于清华大学外国语文系。1935 年赴英国，入牛津大学学习。后到巴黎大学进修。1938 年回国后，任西南联合大学教授、中央图书馆外文部总编纂、清华大学教授等职。1953 年起，历任中国科学院文学研究所研究员、中国社会科学院副院长。

著有长篇小说《围城》，短篇小说

家，著有小说《倾城之恋》《金锁记》《红玫瑰与白玫瑰》《半生缘》等。她以对人性的深刻洞悉感受生命的虚无，以平凡和世俗解构英雄神话、超人神话；她的小说雅俗融合，深度心理开掘与传统叙事套路相交织，具有相当高的艺术成就。代表作《金锁记》以对女性人性的深刻洞悉塑造了一个变态母亲的形象，成为中国现代文学史上的名篇。另写有评论集《红楼梦魇》。

钱钟书与妻子杨绛　新华社提供

集《人·兽·鬼》，散文集《写在人生边上》，学术著作《谈艺录》《管锥编》等。其中《围城》描绘了抗战期间中上层知识分子的众生相，包含了现代人对自己生命处境的哲理思考。作品旁支斜出的叙述风格，诡奇、机智、聪睿、富有知识容量的语言，妙趣横生的比喻，尤其是信手拈来的典故，使它得以成为独树一帜的“学人小说”。《谈艺录》是中国最早的丰富而详赡的中西比较诗论。《管锥编》富有辨伪和辩证的精神，融广博的知识和精卓的见解于一体。另有《宋诗选注》有较大影响。

张爱玲（1920-09-30 ~ 1995-09-08）中国女作家、散文家。生于天津，幼年迁居上海。家世显赫。1938 年考取伦敦大学，因战事改入香港大学。因太平洋战争爆发，学业中断。1942 年回沪，以英文给《泰晤士报》写剧评、影评。1951 年入香港大学继续学业。当年 11 月自动离校，供职于香港美国新闻署。1955 年赴美国，之后潜心于考据《红楼梦》《海上花列传》。

张爱玲是上海沦陷期著名的女作

丁玲（1904-10-12 ~ 1986-03-04）中国女作家。原名蒋伟，字冰之。湖南临澧人。1922 年入上海大学学习。1932 年后主编中国左翼作家联盟机关刊物《北斗》。1933 年被国民党特务秘密绑架。1936 年到达陕北后，任中国文艺协会主任、《解放日报》文艺副刊主编等职。1949 年后，历任《文艺报》主编、中央文学研究所所长、《人民文学》主编、中国作家协会副主席等职。

丁玲是中国现代文学史上创作活动时间长、影响大的女作家之一。主要创作有《莎菲女士的日记》《韦护》《水》《我在霞村的时候》《在医院中》《太

阳照在桑干河上》等小说。其中长篇小说《太阳照在桑干河上》为其代表作。作品通过错综复杂的阶级斗争和社会关系的变化，比较深刻地揭示了土改运动所带来的翻天覆地的变化。该作品出版后得到高度评价，1951 年获斯大林文学奖二等奖，并被译成多种文字。晚年创办并主编《中国》杂志。

赵树理（1906-09-24 ~ 1970-09-23）中国作家、戏曲作家。原名树礼。山西沁水人。1925 年考入山西省立第四师范学校。1928 年因逃避国民党的搜捕潜回家乡，1929 年被捕，1930 年获释。先后参加《黄河日报》《抗战生活》《中国人》《新大众》等的编辑工作。1965 年到山西省文学艺术界联合会工作。曾任中国曲艺工作者协会主席。

赵树理是当代文学流派山药蛋派的主要代表人物。他在文学创作的大众化、民族化方面有重大贡献，对于现代农村题材小说的创作产生了深刻的影响。他的小说多以晋东南农村为背景，具有浓厚的地方色彩。主要作品有短篇小说《小二黑结婚》，中篇小说《李有才板话》，长篇小说《李家庄的变迁》《三里湾》，以及评书《灵泉洞》等。代表作《小二黑结婚》，讲述解放区新一代青年男女自由恋爱的故事，揭示了农村中封建残余对人们道德观念的束缚，以及新老两代人的意识冲突与变迁。《李有才板话》被誉为“反映农村斗争的最杰出的作品”。

孙犁（1913-04-06 ~ 2002-07-11）中国作家、散文家。原名树勋。河北安平人。14 岁考入保定育德中学。高中毕业后无力升学，流浪到北平。1936 年在白洋淀畔的安新县任小学教师。全面抗战期间，在冀中区从事革命文化工作，后在冀中抗战学院、晋察冀通讯社、华北联合大学、鲁迅艺术文学院任职。1949 年后到《天津日报》工作。曾任天津市作家协会主席。

他的小说大多以现实主义为根基，通过日常生活的侧面，写人的命运、心灵及故乡白洋淀的风光美和人情美，特别擅长描写农村的青年女性。文笔细腻婉约，浪漫主义色彩浓郁，风格清新隽永。主要作品有小说与散文集《白洋淀纪事》、中篇小说《铁木前传》等。《白洋淀纪事》中的短篇小说《荷花淀》《芦花荡》是其代表作。在艺术上受他的影响而形成的荷花淀派，即以其代表作《荷花淀》而得名。

郭沫若（1892-11-16 ~ 1978-06-12）中国历史学家、文学家、考古学家、诗人、社会活动家。原名开贞。祖籍福建汀州，生于四川乐山。1914 年赴日本留学。1921 年与郁达夫等发起成立创造社。1923 年毕业于九州帝国大学医科。曾参

加北伐战争、南昌起义。1928 年起旅居日本。1937 年回国后，历任《救亡日报》社长、国民政府军事委员会政治部第三厅厅长等职。1949 年后，历任中央人民政府政务院副总理兼文化教育委员会主任、中国科学院院长、中国科技大学校长等职。

郭沫若以新诗和历史剧创作对中国新文学的发展作出了创造性贡献。主要作品有诗集《女神》《星空》，剧作《屈原》《棠棣之花》《虎符》《蔡文姬》等。《女神》以崭新的思想内容、豪放的自由诗体和浪漫主义的艺术风格，成为中国新诗的奠基之作。《屈原》气势磅礴，充满爱国主义精神和浪漫主义色彩，被公认为郭沫若历史剧中成就最高、影响最大的一部。另有专著《中国古代社会研究》《甲骨文字研究》等。其中《中国古代社会研究》是现代中国史学研究的代表作。

冰心（1900-10-05 ~ 1999-02-28） 中国作家、诗人、儿童文学作家。原名谢婉莹。原籍福建长乐，生于福州。1921 年考入燕京大学文科。1923 年毕业后赴美国，入韦尔斯利学院学习。1926 年获硕士学位后回国，先后在燕京大学、清华大学和北平女子文理学院任教。曾担任国民参政会参政员。1946 年赴日本，1951 年回国。曾任中国文学艺术界联合会副主席。

新华社提供，刘建国拍摄

冰心的散文比她的小说和诗歌有更高的成就。她的独特艺术风格在当时被称为冰心体。主要作品有散文《笑》《往事》《寄小读者》《小橘灯》，小说《超人》《烦闷》《空巢》，诗集《繁星》《春水》等。《笑》委婉地抒写了洋溢在心中的对于生活的爱，被认为是新文学运动时期一篇具有典范意义的美文。《寄小读者》是中国现代最早的儿童文学作品。《繁星》和《春水》抒写作者对自然景物的感受和人生哲理的思索，文笔清丽，意蕴隽永，别具一格。

闻一多（1899-11-24 ~ 1946-07-15） 中国诗人、文史学者。家族排行名家骅，原名亦多，字友三。生于湖北浠水。1912 年考取清华学校。1922 年毕业后赴美国留学，1925 年学成归国。先后在国立第四中山大学、国立武汉大学、青岛大学、清华大学、西南联合大学等校执教，参与创办《新月》杂志。1946 年 7 月 15 日在李公朴公悼大会上讲演，归途遭国民党特务狙击杀害。

闻一多是前期新月派代表及新诗格律化理论的奠基者和积极倡导者。他的诗开创了格律体的新诗流派，影响了不

少后起的诗人。作品主要有诗集《红烛》《死水》等。其中代表作《死水》收入《死水》《发现》《祈祷》《口供》等诗作28首，充分体现了他的爱国热情、艺术理想和新诗格律化理念。

他广泛研究了中国的文化遗产，写有《神话与诗》《唐诗杂论》《古典新义》《楚辞校补》等专著。其学术研究体系博大，善于建构，得到学术界的高度评价。

徐志摩（1897-01-15 ~ 1931-11-19）中国诗人、散文家。名章垿，字志摩。浙江海宁人。1916年入北京大学法科。1918年赴美国学习银行学。1921年春到英国剑桥大学学习。1922年回国。参与创立新月社，创办《现代评论》《新月》《诗刊》等刊物。先后在北京大学、光华大学、东吴大学、大夏大学、南京中央大学、北京女子大学等校执教。1931年11月，因飞机失事遇难。

徐志摩是新月派的主要代表人物，推动了新诗的规范化和格律化。诗集有《志摩的诗》《翡冷翠的一夜》《猛虎集》《云游集》。代表作《偶然》《再别康桥》，语言自然、纯熟，独具清莹流丽的情致。他的散文成就可与诗歌比美，散文集有《落叶》《自剖》《巴黎的鳞爪》《秋》等。其中《自剖》《想飞》《我所知道的康桥》《翡冷翠山居闲话》都是久经传诵的名篇。

你去

你去，我也走，我們在此分手；
你上那一條大路，你放心走，
你看那街燈一直亮到天邊，
你只消跟從這光明的直綫！
你先走，我站在此地望着你，
放輕些腳步，別教灰土揚起，
我要認清你的遠去的身影，
直到距離使我認你不分明。

徐志摩手迹《你去》

戴望舒（1905-03-05 ~ 1950-02-08）中国诗人、文学翻译家。原名梦欧。浙江杭县（今杭州）人。曾在上海大学、震旦大学学习。1932 ~ 1935年在法国游学。全面抗战期间，任中华全国文艺界抗敌协会香港分会理事，并主编进步刊物。曾以抗日罪名被捕。1948年又因参加民主运动被国民党政府通缉。1949年后，在新闻总署国际新闻局工作。

戴望舒是中国现代派诗歌的代表诗人。他使中国早已出现的象征派诗歌由神秘难懂走向为人所理解和欣赏。主要作品有诗集《我的记忆》《望舒草》《望舒诗稿》《灾难的岁月》。代表作《雨巷》，以流畅的节奏、浮动而朦胧的色彩，表现了大革命失败后青年知识分子压抑、迷惘的复杂情感。他由此获得“雨巷诗人”的称号。在散文、论文、外国文学译介方面也多有成就。

何其芳（1912-02-05 ~ 1977-07-24）中国诗人、散文家、文艺评论家。四川万县（今重庆万州区）人。原名永芳。1931年考入北京大学哲学系。1935年毕

业后，在山东莱阳乡村师范学校、万县师范学校等校执教。1938 年到延安，在鲁迅艺术学院执教。1953 年起，任中国科学院文学研究所副所长、所长，《文学评论》主编等职。

主要作品有诗集《预言》和《夜歌》（再版时改名为《夜歌和白天的歌》），散文集《画梦录》《还乡杂记》等。诗歌代表作《预言》具有象征主义诗歌的特点，语言精致、优美，韵律和谐，洋溢着动人的音乐美。《生活是多么广阔》形式简单朴素，语言流畅跌宕，充分发挥了自由体诗歌的优点。散文集《画梦录》文字绚丽缠绵，集合了晚唐五代诗词及外国印象派的艺术之美。其中的《梦后》《雨前》等都是精致的美文。另有文论集《关于现实主义》《关于写诗和读诗》《论〈红楼梦〉》等。

臧克家（1905-10-08 ~ 2004-02-05） 中国诗人。山东诸城人。1927 年入中央军事政治学校武汉分校，曾参与北伐。1930 ~ 1934 年，在国立青岛大学（后改为国立山东大学）读书。毕业后到山东临清中学任教。全面抗战爆发后，奔赴前方。1942 年秋，到重庆参加中华全国文艺界抗敌协会的活动。1949 年后，历任华北大学文艺学院研究员、《诗刊》主编等职。

他的诗兼有中国诗歌会和新月派二者的长处，在坚持关注现实的同时，讲究诗歌形式的整齐、语言的凝练和格律的严谨。主要作品有诗集《烙印》《罪恶的黑手》《运河》《从军行》《泥土的歌》等。代表作《老马》《难民》写

出了下层人民忍辱负重的悲苦生活，让人在咀嚼和回味中体会到诗人深沉的感情。名篇《有的人——纪念鲁迅有感》将生与死作为人生价值叩问的两极，揭示了人之生命的社会历史意义，凝练而蕴藉有力。

艾青（1910-03-27 ~ 1996-05-05） 中国诗人。原名蒋正涵，号海澄。浙江金华人。1928 年考入杭州国立艺术院绘画系，翌年赴法国求学。1932 年回国。不久遭国民党密探逮捕入狱，被诬控为颠覆政府。1935 年被释出狱。全面抗战时期，到武汉、临汾等地参加抗日救亡运动。1941 年赴延安，主编《诗刊》。后任华北联合大学文艺学院副院长。1949 年后，历任《人民文学》副主编、中国作家协会副主席等职。

艾青是继郭沫若、闻一多等人之后

推动一代诗风的重要诗人。他的诗是自由体诗的一座高峰。主要作品有诗集《大堰河》《向太阳》《北方》《火把》《归来的歌》《雪莲》等。代表作《大堰河——我的保姆》以真挚虔诚的赤子之心为大堰河的凄苦命运抒发悲愤和不平，表达了诗人对中国广大农民遭际的同情与关切。另有名篇《我爱这土地》《向太阳》《火把》。他提出了一系列关于诗的见解，写了论文集《诗论》及其他论文。

曹禺（1910-09-24 ~ 1996-12-13） 中国剧作家、戏剧教育家。原名万家宝，字小石。祖籍湖北潜江，生于天津。1928 年入南开大学政治学系，1930 年转入清华大学西洋文学系。先在南京国立戏剧专科学校、上海市立实验戏剧学校执教，后担任戏剧刊物的编辑、电影厂的编剧、上海文华影业公司编导等职。1949 年后，历任中央戏剧学院副院长、北京人民艺术剧院院长等职。

曹禺是新文学发展中话剧文学方面最主要的代表作家之一。主要剧作有《雷雨》《日出》《原野》《蜕变》《北京人》《家》等。代表作《雷雨》，通过周、鲁两家八个人物的历史与现实纠葛，反映了约三十年的复杂社会生活和冲突。作品情节紧张曲折，冲突尖锐激烈，结构集中严谨，语言精练而性格化。《雷雨》奠定了曹禺在中国话剧史上现实主义剧作家的地位，也是中国话剧艺术走向成熟的标志之一。《北京人》以旧家庭为题材，写出了曾显赫一时的封建世家走向败落和崩溃的必然性，是作者艺术风格达到圆熟的高峰之作。

新华社提供，巫加都拍摄

田汉（1898-03-12 ~ 1968-12-10） 中国戏剧活动家、剧作家和诗人。原名寿昌。湖南长沙人。1916 年东渡日本求学。1921 年发起成立创造社。1922 年回国，在上海中华书局任编辑。1927 年任上海艺术大学校长。1928 年参与创办南国艺术学院。全面抗战期间，任国民政府军事委员会政治部第三厅第六处处长，负责艺术宣传工作。1949 年后，历任文化部戏曲改进局局长、艺术局局长、中国戏剧家协会主席等职。

田汉是“五四”以来戏剧运动的奠基人和主要领导者之一。主要剧作有《获虎之夜》《名优之死》《回春之曲》《丽人行》《关汉卿》《文成公主》等。其中《关汉卿》是为纪念世界文化名人、中国元代戏剧家关汉卿而作，体现了田汉创作的一贯特色——丰富的想象、炽热的诗情、执着的历史正义感。作品结构完整，描写细密，语言精练，被公认为是田汉戏剧创作的高峰，也是中国话剧史上的一座丰碑。

田汉还写了由聂耳谱曲的《毕业歌》《义勇军进行曲》，后者迅速传唱全国，后被定为中华人民共和国国歌。

夏衍（1900-10-30 ~ 1995-02-06） 中国电影艺术家、剧作家、文艺评论家、翻译家、社会活动家。1920年夏毕业于浙江省立甲种工业学校染色科。同年被公费保送到日本留学。1927年回国。1929年发起成立上海艺术剧社。1932年进入电影界。全面抗战期间，任《救亡日报》总编辑。1941年到香港创办《华商报》。香港沦陷后回到重庆，组织成立中国艺术剧社。1949年后在上海领导文化工作。1954年起，历任文化部副部长、中国电影家协会主席等职。被国务院授予“有杰出贡献的电影艺术家”荣誉称号。

主要作品有剧作《赛金花》《秋瑾传》《上海屋檐下》《心防》《芳草天涯》《法西斯细菌》，报告文学《包身工》，回忆录《懒寻旧梦录》等。代表作《上海屋檐下》描写全面抗战前夕居住在上海弄堂石库门里的五户人家的艰难生活，确立了夏衍深沉、凝重、清馨、淡远的艺术风格。《法西斯细菌》是20世纪40年代描写现实题材最成功的剧作之一。《包身工》被誉为中国报告文学的典范作品。另翻译出版有高尔基的长篇小说《母亲》。

朱自清（1898-11-22 ~ 1948-08-12） 中国散文家、诗人、学者。原名自华，号秋实，字佩弦。祖籍浙江绍兴，生于江苏东海。1917年进入北京大学哲学系，1920年修完课程提前毕业。后在浙江、江苏等地任中学教员。1931 ~ 1932年，去英国访学一年。全面抗战期间，任西南联合大学中文系主任。抗战胜利后，任清华大学中文系主任。

朱自清的作品主要有散文集《背影》《你我》《欧游杂记》《伦敦杂记》，诗歌散文集《踪迹》，旧体诗集《犹贤博弈斋诗钞》等。他的散文以娴熟高超的技巧和缜密细致的风格，显示了新文学的艺术生命力。《荷塘月色》《绿》《桨声灯影里的秦淮河》《背影》皆为现代散文名篇，至今传诵不衰。它们感情真挚，简朴平易，极富韵致。他的诗在思想和艺术上呈现出一种纯正朴实的新鲜作风。长诗《毁灭》被誉为“当代之《离骚》”。另有评论集《经典常谈》《诗言志辨》等。

莫言（1955-02-17 ~ ） 中国作家。本名管谟业。山东高密人。1976年加入中国人民解放军。1984 ~ 1986年就读于解放军艺术学院文学系。1989 ~ 1991年就读于北京师范大学文学研究生班，获文学硕士学位。1997年从部队转业，到《检察日报》工作。2007年调入中国艺术研究院。现任中国作家协会副主席。

2012年获诺贝尔文学奖。

莫言的作品往往把幻觉与现实糅合在一起，叙事带有叙事人的主观感受，同时打破情节之间的线性关系，造成电影“蒙太奇”式的时空交错效果，恣肆汪洋，诡谲奇异。主要作品有长篇小说《红高粱家族》《丰乳肥臀》《檀香刑》《生死疲劳》《蛙》，中篇小说《透明的红萝卜》《欢乐》，短篇小说集《白狗秋千架》，散文集《会唱歌的墙》等。代表作《蛙》，以一个乡村妇科医生万心的人生经历及晚年忏悔，讲述计划生育带给千家万户的巨大影响和命运改变，获第八届茅盾文学奖。

新华社提供，武巍拍摄

陈忠实（1942-08-03 ~ 2016-04-29）中国作家。陕西西安人。1962年中学毕业后回乡，先后在西安郊区中小学任教。1968年到毛西公社任革委会副主任。1978年后，先后任西安市郊区文化馆副馆长、灞桥区文化局副局长。1982年11月起专事写作。历任陕西省作家协会主席、中国作家协会副主席等职。

陈忠实的小说写关中的历史和现实，描绘当地农民的爱情和痛苦，形成了朴素自然、厚实凝重的风格，富于历史沧桑感。主要作品有长篇小说《白鹿原》，中篇小说集《初夏》《四妹子》，短篇小说集《乡村》《到老白杨树背后去》，散文集《告别白鸽》等。代表作《白鹿原》，通过对“仁义白鹿村”兴衰的刻画，表现了20世纪上半叶的历史变迁、关中大地民情风俗的嬗变，获第四届茅盾文学奖。

新华社提供，尚洪涛拍摄

贾平凹（1952-02-21 ~ ）中国作家。原名平娃。陕西丹凤人。1972 ~ 1975年在西北大学中文系学习。毕业后到陕西人民出版社工作。1980年调至《长安》文学月刊任编辑。1983年起任陕西省作家协会专业作家。2003年后，历任西安建筑科技大学文学院院长、中国作家协会副主席等职。

他的创作以小说、散文成就最为突出。其小说风格多变，主要作品有长篇小说《浮躁》《废都》《秦腔》《古炉》《怀念狼》《山本》等，中短篇小说集《腊月·正月》《天狗》。代表作《秦腔》，采用“密实的流年式的书写方式”，集中表现了改革开放年代乡村的价值观

贾平凹（左）与陈忠实　新华社提供，尚洪涛拍摄

念、人际关系在传统格局中的深刻变化，获第七届茅盾文学奖。《腊月·正月》获第三届全国优秀中篇小说奖。其散文上承古代文化的精髓，近接20世纪20～30年代散文名家的风范，同时吸收绘画、戏曲和秦汉地域文化的韵味，形成了空灵蕴藉的风格。主要有散文集《月迹》《爱的踪迹》《抱散集》等。

王安忆（1954-03-06～　）中国作家。祖籍福建同安，生于江苏南京。1955年随母亲茹志鹃到上海定居。1970年赴安徽五河插队。1972年考入江苏徐州地区文工团。1978年调至《儿童时代》杂志社。1980年入中国作家协会文学讲习班学习。现任上海市作家协会主席、中国作家协会副主席。

王安忆的创作处于不断的发展和变化中。主要作品有长篇小说《黄河故道人》《纪实与虚构》《长恨歌》《天香》，中篇小说《流逝》《小鲍庄》《叔叔的故事》，短篇小说《本次列车终点》《鸠雀一战》《发廊情话》，散文集《独语》《窗里窗外》等。代表作《长恨歌》，以女主人公王琦瑶20世纪40～80年代的命运沉浮，勾勒出大上海时代变迁中的繁华与衰落，获第五届茅盾文学奖。《流逝》和《小鲍庄》获全国优秀中篇小说奖。

新华社提供，任珑拍摄

台湾文学　中国文学在台湾延伸、发展的一个重要组成部分。台湾自古就与祖国大陆有着密切关系。17世纪以后，有大量闽粤人移居台湾，带去了中原文化，使衍生于台湾的文学奠立在中华文化传统之上。

1661年，郑成功率军光复台湾，建立反清复明政权。被尊为“海东文献初祖”的沈光文与郑氏父子及随同来台的文人写下了大量诗文，从无到有地为台湾文学奠基。清统一台湾后，选派内地官员赴台任职，还派内地文人赴台担任教职、游历等，进一步繁荣了初兴的台湾文坛。随着台湾社会的发展，台湾本土的知识分子逐渐占据文坛的主导地位。从清乾隆年间最早出现的陈辉、卓肇昌、章甫，到稍后的黄清泰、陈思敬、曾曰唯、蔡廷兰，以及声名卓著的陈维英、徐宗干、施琼芳、郑用锡、林占梅、施士洁等，人才辈出。清末，更以丘逢甲、洪弃生、连雅堂为典范，把台湾文学推向高峰。

1895年甲午战败，台湾被割让，台湾文学进入曲折发展期。20世纪20年代，新文化运动在祖国大陆兴起，立即在台湾得到响应。以赖和为代表的一批新文学作家，从1922年开始发表白话文作品。赖和更被尊为“台湾新文学之父”。30年代，台湾新文学进入繁盛发展期。一批较为成熟的作家相继登上文坛，其中尤以杨逵为杰出代表。随着日本全面侵华战争爆发，台湾文学走入沉寂期。这一时期，吴浊流的长篇小说《亚细亚的孤儿》及其他中短篇作品，成为台湾新文学的里程碑。

1945年8月抗日战争胜利，台湾回归祖国。一批内地作家和学者热情赴台，如丁西林、台静农、许寿裳、李霁野、黎烈文、魏建功、李何林、袁珂、雷石榆、何欣、纪弦、覃子豪等；一些在日本侵占时期旅居大陆的台籍作家如洪炎秋、张我军、王诗琅、钟理和、林海音等也回到台湾。而在岛内，复出的作家如吴浊流、杨逵等发表了一批重要作品。

1949年国民党政府从大陆撤迁台湾，台湾文学再次出现重大转折。“五四”以来的新文学传统在台湾出现断层。触及现实的作品少了，而以女作家为主，描写乡愁、闺怨和传统反封建主题的作品，以及满足市场需要的言情、武侠小说却异军突起。50～60年代，台湾现代主义文学思潮兴起。现代主义从诗和绘画发端，迅速延及小说、戏剧、音乐、舞蹈等文学艺术门类。以纪弦为代表的现代诗社，以覃子豪、余光中为代表的蓝星诗社，以洛夫、痖弦、张默为代表的创世纪诗社，以及白先勇与其同学创办的《现代文学》等，起了推波助澜的作用。50年代赴美的聂华苓、於梨华等，也以在海外创作而流行于台湾的小说汇入这一风潮。与此同时，乡土文学重新崛起。60年代中期，台湾省籍作家聚集在笠诗社和《台湾文学》周围，日益成熟壮大，出现了如钟理和、钟肇政、陈映真、黄春明、王祯和等一批重要作家。

进入80年代，台湾文学进一步呈现出多元发展的态势。现代主义文学在反思中吸收中国传统文化，为中国现代诗重新定位。洛夫以传统的诗禅沟通西方超现实主义，余光中以新古典主义实现现代诗的中国化，是50～60年代诗人回归传统的代表。而年轻一代诗人张扬后现代主义，拓展了新的艺术空间。本土作家分化。以陈映真为代表的作家，以《人间》杂志和人间出版社为阵地，为两岸统一和文学的重新整合秉笔直书、奔走呼吁；而以叶石涛为代表的另一部分台湾省籍作家，实际上成为“台独”思潮在文学上的代表。这一时期，一批原住民作家的涌现，为台湾文学原来比较单一的汉族文化增添了新的基因。自50年代以来就拥有旺盛生命力的通俗小说，无论是古龙的武侠、琼瑶的言情，还是高阳的历史小说，都持续畅销到90年代。

林海音（1918-03-18 ～ 2001-12-01）中国台湾小说家。原名含英，小名英子。原籍台湾苗栗，生于日本大阪。出生后不久即随父母回到台湾，后迁居北京。1934年毕业于北平新闻专科学校，后任《世界日报》记者。1948年回到台湾，任《国语日报》编辑。1953年主编《联合报》副刊。1967年创办《纯文学杂志》，以后又经营纯文学出版社。

林海音的作品题材广泛，京味十足，风格温柔敦厚，哀而不伤。主要作品有长篇小说《晓云》《春风》，中篇小说《金

鲤鱼的百裥裙》，短篇小说集《城南旧事》，散文集《冬青树》等。代表作《城南旧事》，由五个单元组成，用一个小孩子的眼光观察成人世界，细腻而感人地呈现了旧时北平不同社会阶层的生活面相。

余光中（1928-09-09 ～ 2017-12-14）中国台湾诗人、散文家。祖籍福建永春，生于南京。1947 年入金陵大学外文系，1948 年转入厦门大学。1950 年到台湾。1952 年从台湾大学外文系毕业。1954 年参与创办蓝星诗社。后在台湾师范大学、台湾政治大学等校执教。其间两度赴美进修讲学。1974 年任香港中文大学中文系教授。1985 年返台，任台湾中山大学文学院院长。

新华社提供，郝同前拍摄

主要作品有诗集《莲的联想》《白玉苦瓜》，散文集《听听那冷雨》《记忆像铁轨一样长》，评论集《分水岭上》等。余光中的诗题材广泛，构思奇巧，字句凝练，主题隐伏，受西方现代诗影响很深，在台湾和海内外都有影响。代表作《白玉苦瓜》，将纵的历史感、横的地域感相融合，将文化外在形式与民族的传统相融合，表达了诗人的人生感悟和历史感悟。语言平易明朗，贴近生活，追求民歌的韵味和节律。诗作《乡愁》等被收录于大陆及港台语文课本，流传广泛。

白先勇（1937-07-11 ～　）中国台湾小说家。广西桂林人，生于广西南宁。1944 年随家人逃难到重庆，后辗转南京、上海、香港。1952 年赴台湾。1956 年考入成功大学水利系，1957 年转考台湾大学外文系。1963 年赴美国艾奥瓦大学作家工作室留学，1965 年获硕士学位。随即前往美国加利福尼亚大学圣巴巴拉分校任教，1973 年获终身教职。

新华社提供，魏培全拍摄

白先勇醉心于研究中国传统文学艺术，也以开放的心态接纳西方现代思潮。他的小说融传统叙事艺术与西方现代技巧为一体，善于将人物命运的沉浮兴衰与感时伤世的情怀交织在一起，技巧纯熟，笔法细腻，浑然合一的敏锐的艺术感觉和深厚的历史感是其小说的重要特色。主要作品有小说集《台北人》《寂寞的十七岁》《纽约客》，长篇小说《孽子》，散文集《蓦然回首》《树犹如此》等。

陈映真（1937-11-06 ～ 2016-11-22）中国台湾小说家、理论批评家、社会活动家。原名永善。祖籍福建安溪，生于台湾台北。1957 年考入淡江文理学院外文系。曾任英文教师。1965 年进入辉瑞药厂工作。1967 年因“民主台湾同盟”案被国民党当局逮捕入狱。1975 年出狱。1985 年创办《人间》杂志。1988 年筹

组中国统一联盟并任创盟主席。

陈映真是战后台湾文学的重要作家之一。他的小说具有浓郁的理想主义色彩，兼具政治论述之性格。主要作品有小说《我的弟弟康雄》《将军族》，“华盛顿大楼”系列（包括《夜行货车》《上班族的一日》《云》《万商帝君》等），《铃铛花》《山路》等。其中《夜行货车》通过对跨国公司职员林荣平、詹奕宏在政治和爱情方面的较量，以及詹奕宏和爱人一起奔向从中国土地上驶来的夜行货车等事件的描写，展现了爱民族、爱祖国、爱乡土的主题，获台湾第十届吴浊流文学奖。

古龙（1938-06-07 ~ 1985-09-21） 中国台湾武侠小说家。本名熊耀华。祖籍江西，生于香港。1950年随父母赴台湾。1954年进入成功中学高中部。1955年开始职业写作生涯。

古龙被视为港台新派武侠小说的代表作家之一。他的武侠小说有意抹去具体历史朝代的背景，注重人的情欲等真实人性的描写，多塑造变态怪异或亦正亦邪、孤寂而又多情的人物。作品有时融入侦探小说技法，句式简短利落，颇具“现代”品格。一生作品达百部以上，拥有众多读者。主要作品有《浣花洗剑录》《武林外史》《绝代双骄》《多情剑客无情剑》《欢乐英雄》，以及“楚留香传奇”系列和“陆小凤传奇”系列等。不少作品被搬上银幕、荧屏。

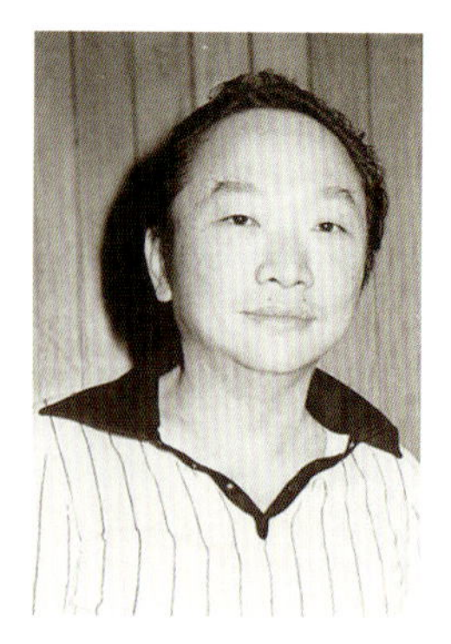

琼瑶（1938-04-20 ~ ） 中国台湾女作家、制片人。原名陈喆。湖南衡阳人，生于四川成都。1947年举家迁上海。1949年随家人赴台湾。毕业于台北第二女子中学。1966年创立火鸟电影公司。1976年与人合办巨星影片公司，担任编剧和监制。1983年宣布结束巨星公司。后担任台湾《皇冠》杂志主编。

琼瑶小说以言情见长，内容从中国历代爱情故事到以台湾为背景的当代都市男女的恋爱、婚姻、家庭问题，或古典或现代，或悲剧或喜剧，将纯情少女的爱情梦想尽情描绘。语言清丽通俗而典雅，人物性格单纯而类型化，易为青少年读者所接受。主要作品有《窗外》《烟雨濛濛》《几度夕阳红》《庭院深深》《心有千千结》《一帘幽梦》和“还珠格格”系列等，大多被改编为电影或电视剧。

琼瑶（左）在新书发布会上 新华社提供，周密拍摄

香港文学 香港文学大致可以20世纪60年代为界划分为两个时期。60年代以前，香港文学与中国文学处于一体化的关系之中。20世纪20年代末开始的香港新文学运动，也是受中国新文学运动影响的结果。香港早期新文学成就较高的是侣伦，他的代表性作品有《黑丽拉》《无尽的爱》《穷巷》等。30年代末至40年代，大陆文化人南下香港，创作了很多优秀作品，如茅盾的《腐蚀》、张天翼的《华威先生》、戴望舒的《狱中题壁》、许地山的《铁鱼的鳃》等，香港此时成为中国现代文学的一个主要阵地。50年代，香港文坛盛行由美元支撑的反共的“绿背文学”，较为有名的是张爱玲的《秧歌》和《赤地之恋》。

大致从60年代开始，香港文学开始显示出本土特性，形成自己的文化身份。以舒巷城、海辛为代表的乡土文学，抒发的是对城市化进程中被逐渐削减的乡土及附着其上的传统道德观念的留恋和哀叹。以刘以鬯等人为代表的现代主义文学，表现的是在商业主义进程中知识者的生存及其思想困境。通俗小说则在城市化、商业化进程中如鱼得水。50年代以来，香港通俗小说得以高度发展。其中最有成就的是金庸、梁羽生的新派武侠小说。言情小说则以亦舒较能代表香港特色，也最具影响。70年代，本土港人的崛起令香港文学出现新的面貌。西西、也斯等人的创作一方面起源于对香港本土身份的关注，另一方面则已显示出香港文学的都市化特征。80 ~ 90年代，施叔青、钟晓阳、李碧华等人的创作，对香港城市的故事已有许多深入的展开与探讨。施叔青“香港的故事”系列小说，对于香港上流社会形态与价值的表现值得注意。钟晓阳以《赵宁静的传奇》名震台港文坛，李碧华则以《胭脂扣》引发香港的“怀旧”之风。“九七”回归成为香港人心头一个挥之不去的情结。在“九七”文学中，黄碧云小说的表现尤其酣畅淋漓。而世纪末施叔青的《香港三部曲》的诞生，显示了她为香港百年历史作总结的雄心。诗歌方面，较值得注意的是50年代中期以《诗朵》和《文艺新潮》为代表的现代诗运动，主要诗人有马朗、昆南、叶维廉、李英豪等。这一现代诗潮后为70 ~ 80年代的羁魂、西西、也斯、洛枫等人所继承发展。香港散文的主要生产形式是框框杂文，所谓框框杂文指的是报纸专栏。当然，香港也产生了如董桥这样的学者散文。

香港文学在中国文学中具有重要的意义，50年代之后尤其如此。

刘以鬯（1918-12-07 ~ 2018-06-08）中国香港作家。原名同绎，字昌年。祖籍浙江镇海，生于上海。1941年毕业于上海圣约翰大学。同年到重庆，任职于新闻界。1945年回上海，任《和平日报》主笔，后创办怀正文化社。1948年到香港。先后担任《香港时报》《星岛周报》《西点》的编辑出版工作。1952 ~ 1957年在新加坡、吉隆坡报界任职。1986年创办和主编《香港文学》月刊。

刘以鬯以小说创作著称。最有成就的小说是《酒徒》，这部小说深刻揭示了处于商业社会的香港作家的内心痛苦。小说采用意识流手法，但又有所改造，以富于东方神韵的诗化语言出之，有评论者称其为中国最早的意识流小说。他的小说还有《寺内》《一九九七》《春雨》等。他始终不懈地探索着小说叙事的形式，常有出新之举。他还有文学评论方面的著述，如《端木蕻良论》《看树看林》《短绠集》等。

金庸（1924-03-10 ～ 2018-10-30） 中国香港武侠小说家。本名查良镛。生于浙江海宁。1944 年考入重庆国立政治大学外交系。1946 年去上海就读于东吴大学法学院。同年任上海版《大公报》国际电讯翻译。1948 年毕业后调往复刊的香港《大公报》。1952 年任《新晚报》副刊编辑。1959 年创办《明报》，1966 年创办《明报月刊》。

新华社提供，陶明拍摄

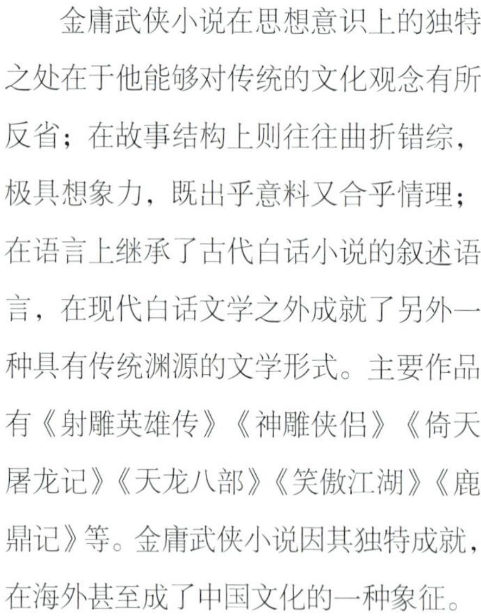

金庸武侠小说在思想意识上的独特之处在于他能够对传统的文化观念有所反省；在故事结构上则往往曲折错综，极具想象力，既出乎意料又合乎情理；在语言上继承了古代白话小说的叙述语言，在现代白话文学之外成就了另外一种具有传统渊源的文学形式。主要作品有《射雕英雄传》《神雕侠侣》《倚天屠龙记》《天龙八部》《笑傲江湖》《鹿鼎记》等。金庸武侠小说因其独特成就，在海外甚至成了中国文化的一种象征。

梁羽生（1924-02-28 ～ 2009-01-22） 中国香港武侠小说家。原名陈文统。祖籍广西蒙山。出身于书香世家。自幼便会写诗填词。1945 年到广州考入岭南大学化学系，次年转入经济系。1949 年毕业后到香港《大公报》工作。1950 年任《新晚报》副刊编辑。1955 年回《大公报》任职。

新华社提供，陈瑞华拍摄

作为新派武侠小说的创始者，梁羽生对武功的描写颇具想象力，故事情节扣人心弦，人物形象也较鲜明。他擅长在小说中运用古典诗词烘托气氛，语言典雅，显示出中国文化的气韵。另外，他以反映时代精神、创造典型和具有艺术感染力为标准创作武侠小说，也显示出较多的新文学传统的影响。主要作品有《白发魔女传》《七剑下天山》《萍踪剑影录》《云海玉弓缘》等。

亦舒（1946-09-25 ～ ） 中国香港小说家。是香港言情小说的代表作家之一。原名倪亦舒。生于上海，1955 年迁居香港。中学毕业后曾任记者、编辑。1973 年前往英国留学，修酒店管理专业。1976 年毕业后，历任酒店管理人员、电视台编剧、香港新闻处高级新闻官等职。

亦舒言情小说多写三角以至多角恋爱，但尚能贴近香港社会，透过爱情表现出工商社会香港的特征。主要作品有《玫瑰的故事》《喜宝》《风满楼》《圆舞》《我的前半生》等。《玫瑰的故事》在叙事策略上有所变化，从而超越了流行小说的通常水准。《喜宝》反映的是女性在金钱社会的境遇。

《圣经》 基督教的正式经典。又称《新旧约全书》。分为《旧约圣经》和《新约圣经》两大部分。《旧约圣经》本为犹太教的正式经典，后被基督教承认为《圣经》。但基督教认为，犹太教的《圣经》是上帝通过摩西与以色列人所订的盟约。为区别于上帝通过耶稣基督与信者订立的新的盟约，故称犹太教《圣经》为旧约，而把基督教诞生后出现又被列入正典的诸书称为新约。中国天主教将《旧约圣经》称为古经，《新约圣经》称为新经。

《旧约圣经》原文以希伯来文为主写成，个别段落用的是亚兰文。《旧约圣经》包括律法书、先知书、圣录三大部分。律法书又称摩西五经，包括《创世记》《出埃及记》《利未记》《民数记》《申命记》共5卷。先知书包括《约书亚记》《士师记》《撒母耳记》《列王记》（以上合称历史书），《以赛亚书》《耶利米书》《以西结书》（以上合称三大先知书），以及十二小先知书等共21卷。圣录又称圣文集或圣书卷，包括《诗篇》《箴言》《约伯记》《雅歌》《路德记》《传道书》《耶利米哀歌》《以斯帖记》《但以理书》《以斯拉记》《尼希米记》和《历代志》（上、下）共13卷。也有些学者把《旧约圣经》的内容划分为律法书、历史书、先知书和圣录四大部分。新教所使用的旧约共有39卷，天主教收入的则有46卷。

《新约圣经》原文为希腊文，可分为叙事著作、教义著作和启示著作三大部分。叙事著作包括《马太福音》《马可福音》《路加福音》《约翰福音》，即四福音书，以及《使徒行传》。教义著作有21卷。其中《罗马人书》《哥林多前书》《哥林多后书》《加拉太书》《以弗所书》《腓立比书》《歌罗西书》《帖撒罗尼迦前书》《帖撒罗尼迦后书》《提摩太前书》《提摩太后书》《提多书》《腓利门书》共13卷，传为保罗所作，总称《保罗书信》；另有《希伯来书》《雅各书》《彼得前书》《彼得后书》《约翰一书》《约翰二书》《约翰三书》《犹大书》。启示著作只有1卷，即《启示录》（或称《约翰启示录》）。新约的内容也常被分为福音书、使徒行传、使徒书信和启示录四大部分。新约共有27卷，为基督教各派共同承认。

《圣经》记录了犹太教和基督教的起源及早期的发展，也为以色列民族史提供了重要的文献资料。它是整个基督教教义的基础，为信徒提供了信仰的准则，也对基督教会的组织和礼仪活动作出了规定。《圣经》是西方文化的重要源泉，也是世界上发行量最大、发行时间最长、翻译成的语言最多、出现的版本最杂、流传最广、读者面最大、影响最深远的一部书。

《新约圣经》德译本书影（1524）

希腊神话 主要由神的故事和英雄传说组成。神的故事包括天地的开辟、神的产生、神的宗谱、神的活动、人类的起源等。英雄传说中有神话化了的历史事件，也有远古社会生活和人与自然斗争的故事。此外，希腊神话还包括不少解释某些自然现象的成因和某些习俗、名称的起源的故事。

希腊神话产生于希腊的远古时代，曾长期在口头流传，是古代希腊人集体创作的艺术结晶，散见于荷马史诗、赫西奥德的《神谱》及以后的文学、历史等著作中。因而同一个神话人物的形象或故事情节，在不同的作家笔下往往会有出入，甚至有互相矛盾之处。现在常见的系统的希腊神话都是后人根据古籍编写的。

希腊神话与古代希腊的宗教曾经密不可分，某些希腊神话往往是对有关的宗教崇拜的解释或补充。希腊神话不仅是古代希腊文学艺术的宝库和土壤，而且对古代罗马的神话和文学产生了巨大的影响。从文艺复兴时期开始，希腊神话在欧洲引起人们的广泛注意和浓厚兴趣。

阿基琉斯

《帕尔纳索斯山》（意大利，A. 曼泰尼亚）

《劫夺欧罗巴》（意大利，提香）

希腊神话中的一段故事——酒神让桅杆上长满了葡萄

《奥德修斯听海妖塞壬歌唱》（瓶画）

荷马史诗 古代希腊史诗。包括《伊利昂纪》和《奥德修纪》两部史诗。相传为古代希腊盲诗人荷马所作。一般认为荷马可能生活于公元前9～前8世纪。今天所能看到的荷马史诗的旧抄本，最早约成文于10世纪。两部史诗都有不少手抄本传世，但是内容都相同，它们所根据的都是前3～前2世纪亚历山大里亚的几位学者的校订本。

《伊利昂纪》书影

《伊利昂纪》又译《伊利亚特》，共有15693行；《奥德修纪》又译《奥德赛》，共有12110行。两部史诗都分成24卷。

《伊利昂纪》取材于特洛伊战争，描写战争第十年中51天的事情，歌颂战争中的英雄主义精神，格调悲壮；《奥德修纪》叙述奥德修斯在特洛伊战争结束后历尽艰辛回国的故事，赞扬人的智慧和与自然顽强斗争的进取精神，格调平和。

荷马史诗上承古代爱琴海文明，下接日后雅典和亚历山大里亚时期奴隶制文化的繁荣。它既是古老的民间流传的史诗，又是艺术水平很高的文学作品。

《伊索寓言》 以公元前6世纪古代希腊寓言家伊索的名义流传的古代希腊寓言集。其中大部分可能为伊索本人或同时代的其他人所作，也包含一些此前和此后出现的寓言故事。

《伊索寓言》大多是动物故事。其中的《狼与小羊》《狮子与野驴》等，用豺狼、狮子等凶恶的动物比喻人间的权贵，揭露其专横、残暴、虐害弱小；《乌龟与兔》《牧人与野山羊》等，总结人们的生活经验，教人处世和做人的道理。《伊索寓言》形式短小精悍，比喻恰当，形象生动，为人们所喜闻乐见，因而在古代希腊流传很广，经常为人称引。

《伊索寓言》对欧洲寓言创作产生过很大的影响。16世纪末17世纪初，《伊索寓言》开始传入中国。19世纪以后，《伊索寓言》成为在中国流传最广的外国文学作品之一。

《伊索寓言》中《狼与小羊》插图

但丁（1265-05～1321-09-14） 意大利诗人、中古至文艺复兴的过渡时期最有代表性的作家。全名但丁·阿利吉耶

但丁墓

里。生于佛罗伦萨。出身城市小贵族。少年时勤奋自修。多才多艺，学识渊博，在中古文化的各个领域都有精深的造诣。从1295年起积极参加政治活动。自1302年始，度过了近20年的流放生活。先后在维罗纳、拉韦纳客居。

但丁是欧洲文学史上继往开来的诗人，主要文学作品有《神曲》《新生》《诗集》。代表作《神曲》是一部想象丰富、寓意深刻的作品，全面地反映了中世纪与文艺复兴交替时期的社会风貌和思想危机。《神曲》结构匀称完美，人物形象逼真传神，语言通俗生动，是意大利语言和文学的奠基之作。另有学术著作《飨宴》《论俗语》《帝制论》。其中《帝制论》是但丁最优秀且唯一完整的理论著作。

拉伯雷，F.（约1494～1553-04-09）法国小说家、教育思想家。生于都兰省希农城。长大后进修道院，成为教士。后离开修道院周游法国。1530年进蒙彼利埃大学医学院学习。1532年到里昂行医。1534年和1535～1536年两度到罗马，备受意大利文艺复兴气氛的感染。1537年重返蒙彼利埃大学，边行医边讲学，获得博士学位。

《巨人传》插图

拉伯雷在为患者治病的同时，也写些故事让他们消遣。他的长篇小说《巨人传》通过卡冈都亚和庞大固埃这父子两个巨人国王的故事，以嬉笑怒骂、粗犷泼辣的文笔，对神学家们进行了尖刻的讽刺，猛烈地抨击了教会的黑暗统治。《巨人传》语言通俗滑稽，笔调粗犷大胆，是世界文学史上的一部杰作。

莫里哀（1622-01-15～1673-02-17）法国剧作家、演员、戏剧活动家。生于巴黎。本名让-巴蒂斯特·波克兰。1643年与朋友组成光耀剧团。1644年起取艺名为莫里哀。1645年剧团倒闭，莫里哀受到债主控告而被监禁。出狱后加入老艺人杜弗莱斯纳的剧团，到外省巡回演出。1658年为国王演出独幕喜剧《多情医生》。路易十四批准把小波旁剧场拨给他们使用。

莫里哀的喜剧种类和样式是多样化的。他写了诗剧，也写了散文剧。他还是法国芭蕾舞喜剧的创始人。他的喜剧在风趣、粗犷之中表现出严肃的态度。主要作品有《可笑的女才子》《太太学堂》《伪君子》《恨世者》《吝啬鬼》《贵人迷》《心病者》等。代表作《伪君子》是一部思想深刻、艺术成熟的政治喜剧，塑造了一个性格突出而又有极大概括意义的典型形象——骗子达尔杜弗。《吝啬鬼》是莫里哀最深刻的性格喜剧之一，塑造了吝啬鬼阿巴公的形象。他的喜剧对欧洲戏剧的发展具有深远影响。

斯丹达尔（1783-01-23 ~ 1842-03-23） 法国小说家。曾译司汤达。原名亨利·贝尔。生于格勒诺布尔。1799 年到巴黎投身军界。1800 年随拿破仑大军到意大利的米兰。1802 年回到巴黎。1806 ~ 1814 年在拿破仑的军队中任职。1814 年波旁王朝复辟后侨居米兰。1821 年回到巴黎。1831 年任驻奇维塔韦基亚的法国领事。

斯丹达尔是 19 世纪法国现实主义文学的先驱。他在作品中对人物思想感情的深入发掘和生动描写，对小说艺术作出了重大贡献。他用现实主义创作方法写出了《红与黑》《巴马修道院》《阿芒斯》《拉弥埃尔》等杰出作品。代表作《红与黑》通过主人公于连的奋斗和悲剧，描绘了波旁王朝复辟时期尖锐复杂的政治斗争，揭露了政府、教会的黑暗内幕和保王党的复辟阴谋，颂扬了个性的自由和发展。

斯丹达尔还是著名的游记作家，名作有《罗马、那不勒斯和佛罗伦萨》等。他的游记不但反映社会生活的现实，而且有很高的文学价值。

《红与黑》插图

巴尔扎克，H. de（1799-05-20 ~ 1850-08-18） 法国小说家。生于图尔。1816 年进入大学攻读法律，同时在文科旁听，在诉讼代理人和公证人的事务所当过见习生。20 岁时从事文学创作，但不成功。后经营印刷厂和铸字厂，结果都宣告失败。1829 年发表的《舒昂党人》，初步奠定了他在文学界的地位。此后，他勤奋写作，平均每年出版四五部小说。

《巴尔扎克》（法国，A. 罗丹）

巴尔扎克是伟大的现实主义作家。他创作的小说总集《人间喜剧》，分为《风俗研究》《哲理研究》《分析研究》三大部分，包括 91 部小说，从各个方面反映了法国 19 世纪上半叶的社会现实，构成了一幅社会变革时期的宏伟历史画卷，是一部名副其实的社会百科全书。其中代表作有《欧也妮·葛朗台》《高老头》《幻灭》《贝姨》《农民》。巴尔扎克以《人间喜剧》使小说艺术达到了前所未有的高峰，在世界上产生了广泛而持久的影响。

雨果，V.（1802-02-26 ~ 1885-05-22）法国作家、政论家和文艺理论家。生于贝桑松。从小爱好文学，喜欢创作。1819 年创办刊物《文学保守者》。1822 年发表《颂歌和杂咏》（后改名为《颂歌集》），获得路易十八赏赐的年俸。一度活跃于政治舞台。1841 年当选为法兰西学院院士。1851 年因反对路易·拿破仑·波拿巴恢复帝制被迫流亡国外。1870 年回国。

《悲惨世界》插图

雨果是举世闻名的浪漫主义作家。诗集《惩罚集》《静观集》《凶年集》，小说《巴黎圣母院》《悲惨世界》，均为浪漫主义的优秀作品。代表作《悲惨世界》通过许多现实主义的场面和细节，描写了主人公冉阿让等穷苦人民的悲惨遭遇，对社会的黑暗和司法的不公提出了强烈抗议，宣扬了仁慈博爱可以杜绝罪恶和拯救人类的人道主义思想，堪称现实主义与浪漫主义相结合的典范。

雨果还是欧洲浪漫主义戏剧的开创者，主要剧作有《艾那尼》《吕伊·布拉斯》等。《艾那尼》叙述了 16 世纪西班牙的一个贵族出身的强盗为父复仇，与国王和公爵争夺美女素儿，最后悲惨死去的故事，被认为是浪漫主义戏剧的代表作。

凡尔纳，J.（1828-02-08 ~ 1905-03-24） 法国科学幻想和冒险小说家。生于南特。19 岁到巴黎学习法律。毕业后不愿当法官，为剧院创作剧本。1863 年开始出版“在已知和未知世界中奇妙的漫游”系列科学幻想和冒险小说。

凡尔纳的作品把现实和幻想巧妙地结合起来，不同程度地反映了一些重大社会历史事件。他在科学知识的基础上大胆地设想和预言未来，很能启发人们的想象力，其中许多科学设想已为后世的实践所证实。著名的三部曲《格兰特船长的儿女》《海底两万里》《神秘岛》是其代表作。《海底两万里》描写一艘构造奇特的潜水艇的船长尼摩，邀请生物学家阿龙纳斯作海底环球航行的见闻，是科幻小说的经典之作。其他重要作品有《八十天环游地球》《气球上的五星期》《地心游记》等。

莫泊桑，G. de（1850-08-05 ~ 1893-07-06） 法国作家。生于塞纳省的米洛梅尼尔堡（今费康）。1869 年到巴黎攻读法律。适逢普法战争爆发，应召入伍，亲身经历了法军的惨败。从 1872

莫泊桑作品中经常描写的划船游客（法国，P.-A.雷诺阿）

年开始，先后在海军部和教育部任职。1880年以《羊脂球》一举成名，从此开始作家生涯。

莫泊桑的文学成就以短篇小说最为突出，有“短篇小说巨匠”的美称。以普法战争为背景的一组作品，在他的短篇小说中占有重要地位，如《两个朋友》《米隆老爹》《蛮大妈》《决斗》等。代表作《羊脂球》通过一个被迫向敌人献身的妓女的遭遇，勾勒了有产者们为了私利而不顾民族尊严的丑恶嘴脸，是世界短篇小说中的精品。此外，《我的叔叔于勒》《项链》也都是脍炙人口的名篇。莫泊桑的长篇小说也达到比较高的成就，主要作品有《一生》《俊友》等。

罗曼·罗兰（1866-01-29 ~ 1944-12-30） 法国作家、社会活动家。生于克拉姆西。15岁迁居巴黎。1886年考入巴黎高等师范学校。毕业后获中学历史教师资格，赴罗马研究历史。回国后在中学任教。1895年获文学博士学位。随即到巴黎高等师范学校任教。1912年他的10卷本长篇小说《约翰·克利斯朵夫》荣获法兰西学士院文学大奖，罗曼·罗兰从此成为职业作家。1931年后积极投身于政治活动。获1915年诺贝尔文学奖。

《约翰·克利斯朵夫》插图

罗曼·罗兰是杰出的现实主义小说家。代表作《约翰·克利斯朵夫》是20世纪初重要的现实主义巨著，同时又富于浪漫主义色彩。小说描绘了音乐家约翰·克利斯朵夫历经坎坷终于成名的一生，揭露了德国、法国和意大利的社会现状，指出了西方文明的危机，并且提出了一种超越国界的人道主义理想。此外，重要作品还有小说《哥拉·布勒尼翁》《欣悦的灵魂》，人物传记《贝多芬传》《米开朗琪罗传》《托尔斯泰传》，剧作《群狼》《七月十四日》。

普鲁斯特，M.（1871-07-10 ~ 1922-11-08） 法国作家。生于巴黎。从9岁起犯哮喘，终身为病魔所苦。中学毕

《追忆似水年华》插图

业后当了一年志愿兵。1895年获巴黎大学文学学士学位。曾一度到马扎然图书馆担任职员。1896年开始写作《让·桑德伊》，后放弃。1908年开始写作《驳圣伯夫》，次年遭到出版商拒绝而放弃。1909年开始写作7卷本的《追忆似水年华》，直至去世。

普鲁斯特被公认为法国20世纪最杰出的小说家之一。代表作《追忆似水年华》通过作者对他的个人生活的流水账式的记录，对人生的沧桑、情欲的变化、男女的悲欢等一切看似平凡却又永恒的现象，进行富于哲理的回想和评说。它的意识流笔法开创了20世纪现代主义小说的先河。小说中细腻的心理描写、崭新的时空概念、宏伟的结构和行云流水般的词语，对后来的小说创作尤其是现代主义小说创作产生了巨大的影响。

加缪，A.（1913-11-07 ~ 1960-01-04） 法国小说家、戏剧家、评论家，哲学家。生于阿尔及利亚蒙多维。在阿尔及尔大学专修哲学，获学士学位。1933年参加反法西斯运动。1935年开始从事戏剧活动，曾创办剧团，也创作剧本，并扮演过许多角色。后担任新闻记者。1941年投身于抵抗德国法西斯的斗争，积极参加法国《战斗报》的地下抗敌活动。获1957年诺贝尔文学奖。

《局外人》中译本封面

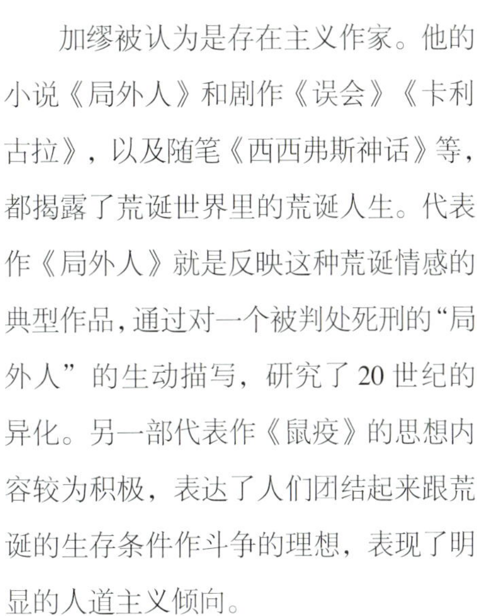

加缪被认为是存在主义作家。他的小说《局外人》和剧作《误会》《卡利古拉》，以及随笔《西西弗斯神话》等，都揭露了荒诞世界里的荒诞人生。代表作《局外人》就是反映这种荒诞情感的典型作品，通过对一个被判处死刑的“局外人”的生动描写，研究了20世纪的异化。另一部代表作《鼠疫》的思想内容较为积极，表达了人们团结起来跟荒诞的生存条件作斗争的理想，表现了明显的人道主义倾向。

塞万提斯，M.de（1547-09-29？~ 1616-04-23） 西班牙作家、戏剧家、诗人。全名米奎尔·德·塞万提斯·萨维德拉。生于马德里附近的埃纳雷斯堡。只上过中学。1569年充当红衣主教的随从，前往意大利，游历各地。1570年从军，次年在勒班陀海战中左手残废。1572年重返军队。1575年在从那不勒斯回国的途中遭到土耳

马德里的塞万提斯墓

其海盗袭击，被掳至阿尔及尔。1580年被赎回国。屡遭不幸。

塞万提斯的文学成就突出表现在小说方面。代表作《堂吉诃德》通过讲述堂吉诃德的三次出行，真实地描绘出16世纪末至17世纪初西班牙封建社会的面貌，揭露了正在走向衰落的西班牙王国的各种矛盾，谴责了贵族阶级的荒淫腐朽，对人民的疾苦表示深切的同情。作品对整个欧洲文学产生了深远的影响，为后来现实主义小说的发展奠定了基础。其他重要作品有长篇小说《贝雪莱斯和西吉斯蒙达历险记》，短篇小说集《警世典范小说集》，剧作《被围困的努曼西亚》《阿尔及尔的交易》《八出喜剧和八出幕间短剧》。

梅特林克，M.（1862-08-29 ~ 1949-05-06） 比利时法语剧作家、诗人、散文家。生于根特。12岁入号称比利时作家摇篮的圣-巴尔贝耶稣学校读书，毕业后入大学法科读书，并加入律师公会。1886年去巴黎进修法律，开始发表诗歌。1896年移居巴黎。获1911年诺贝尔文学奖。1921年被选入比利时皇家学院。第二次世界大战爆发后流亡美国。1947年返回法国。

梅特林克是象征主义戏剧大师，主要写诗剧，以《马莱娜公主》《佩里亚斯与梅丽桑德》等剧闻名于世，《青鸟》是他后期的代表作。梅特林克的象征主义戏剧以不可知论和宿命论为基础，具有悲观色彩和神秘气氛，剧中的主人公常常由于弱小、无力抗争而被黑暗的恶势力吞噬。后期剧作因生活和思想的变化更具乐观精神，这在《青鸟》中表现得尤为明显。《青鸟》是一部六幕梦幻剧，歌颂了小主人公的勇敢和追求精神，充满浪漫主义诗意，且色彩斑斓，在各国舞台上久演不衰。

《马莱娜公主》剧照

莎士比亚，W.（1564-04-23 ~ 1616-04-23） 英国诗人、剧作家。生于沃里克郡的斯特拉特福镇。曾在当地的文法学校学习拉丁文和古代历史、哲学、诗歌、逻辑、修辞等。十三四岁时辍学帮助父亲料理生意。后到伦敦。大约自1594年起，他已是宫内大臣剧团的重要成员。1603年詹姆斯一世即位后，该剧团改为国王供奉剧团。人生的最后三四年在家乡度过。

莎士比亚全部作品的基本思想是人文主义或称人道主义。他的作品深刻而生动地反映了16 ~ 17世纪的英国现实，集中代表了整个欧洲文艺复兴的文学成就。诗作主要有长诗《维纳斯与阿多尼

《哈姆雷特》剧照

斯》《鲁克丽丝受辱记》和十四行诗154首。剧作主要有历史剧《亨利四世》，喜剧《威尼斯商人》《第十二夜》，悲剧《罗密欧与朱丽叶》《哈姆雷特》《奥赛罗》《李尔王》《麦克白》（后四种合称四大悲剧），传奇剧《暴风雨》等。代表作《哈姆雷特》《罗密欧与朱丽叶》《奥赛罗》《威尼斯商人》都是世界剧坛中普遍推崇的名剧，均以情节生动、内容丰富、形象突出、语言精练著称。

笛福，D.（1660？～1731-04-24） 英国小说家。生于伦敦。原姓福，1703年后自称笛福。受过中等教育。早年曾到欧陆各国经商，1692年经商破产。曾充当政府的秘密情报员，设计过各种开发事业，同时从事写作。1704年后的11年间一直往来于英格兰、苏格兰之间，为辉格党当政者搜集情报、办报、写文章。因文字两次获罪。59岁时开始写小说。

笛福被称为英国“长篇小说之父”。他的小说继承了文艺复兴时期西班牙流浪汉小说的传统，往往写一个出身低微的人靠机智和个人奋斗致富，获得成功。笛福善于写个人在不利的环境中克服困难。代表作《鲁滨逊漂流记》讲述鲁滨逊出海遇险，流落荒岛，在岛上与自然作斗争，收留了野人星期五，帮助船员造反的船长夺回了船，回到英国。其他重要作品有小说《摩尔·弗兰德斯》《辛格尔顿船长》，传记《聋哑仆人坎贝尔传》《彼得大帝纪》，游记《新环球游记》等。

拜伦，G. G.（1788-01-22～1824-04-19） 英国诗人。生于伦敦。10岁承继男爵爵位，求学于哈罗公学和剑桥大学。成年后进入上议院，支持民主派。学生时代即已开始写诗，后来写了一系列长篇叙事诗。1816年移居意大利。1817～1824年主要从事诗剧创作。曾参加烧炭党抗击奥地利占领者的活动和希腊志士反抗土耳其统治的武装斗争。

拜伦诗路广，几乎每种诗体皆有佳作，而他的特长在于讽刺，善于运用亦叙亦议的体裁；在以口语入诗这一点上无人能及。代表作是《恰尔德·哈罗尔德游记》《审判的幻景》《唐璜》。《恰尔德·哈罗尔德游记》叙述了一个孤独者的漫游经历，是确立“拜伦式英雄”形象的代表作。《审判的幻景》写英王乔治三世如何在天堂的门口受到盘问和指责，成为讽刺艺术的典范。《唐璜》虽未完成，但已具史诗般规模，是对当时欧洲社会全景式的审视，尤其讽刺情爱、宗教、政治、文化等方面的虚伪或

《唐璜》插图

不公正。其他重要作品有诗剧《曼弗雷德》《该隐》等。

狄更斯，C.（1812-02-07 ~ 1870-06-09） 英国小说家。生于朴次茅斯的波特西地区。只上过几年学，主要靠自学和深入生活获得广博的知识和文学素养。16岁时在一家律师事务所当缮写员。后担任报社的采访记者，业余开始文学创作。1841年去美国旅行，1844 ~ 1847年旅居意大利、瑞士和法国。

狄更斯是英国文学史上现实主义的创始人和最著名代表。他以高度的艺术概括、生动的细节描写、妙趣横生的幽默和细致入微的心理分析，塑造了许多令人难忘的形象，真实地反映了英国19世纪初叶的社会面貌。主要作品有小说《奥列佛·特维斯特》《老古玩店》《董贝父子》《大卫·科波菲尔》《荒凉山庄》《艰难时世》《小杜丽》《双城记》《远大前程》等。代表作《大卫·科波菲尔》是半自传体小说，通过一个孤儿的不幸遭遇描绘了一幅广阔而五光十色的社会画面，揭露了资产阶级对劳动人民的剥削、司法界的黑暗腐败和议会对人民的欺压。

狄更斯第一部长篇小说《匹克威克外传》插图

萧伯纳（1856-07-26 ~ 1950-11-02） 英国戏剧家。生于都柏林。中学毕业后即在一家地产公司当小职员。1876年到伦敦从事新闻工作，一直持续到1898年。写过很多笔锋犀利的艺术评论文章，对一代文艺的发展产生了巨大影响。1884年加入新成立的费边社。获1925年诺贝尔文学奖。20世纪30年代作了环球旅行。

萧伯纳是W.莎士比亚之后最伟大的英语戏剧家。他大力倡导并创作以讨论社会问题为主旨的新戏剧，对20世纪英国戏剧和世界戏剧的发展作出了重大贡献。他的剧本不仅有丰富的思想内容和社会意义，而且在艺术构思方面不断创新，对欧洲现代戏剧的象征、表现及荒诞手法均有尝试和探索。名作有《华伦夫人的职业》《人与超人》《巴巴拉少校》《皮格马利翁》《伤心之家》《圣女贞德》《苹果车》等。其中《圣女贞德》是唯一的悲剧。大多数剧作都附有长篇序文，作者借序文对戏剧、艺术、文化、

《皮格马利翁》剧照

宗教、政治等问题抒发了独到精辟的见解。

歌德，J. W. von（1749-08-28 ~ 1832-03-22）

德国诗人。生于法兰克福。先后在莱比锡大学和斯特拉斯堡大学学习法律，1771 年获法学博士学位。曾在法兰克福任律师。1772 ~ 1775 年间写了大量代表狂飙突进运动的作品。1775 年应邀到魏玛，次年被聘为国务参议。在实际工作中对自然科学发生了兴趣。1786 年前往意大利旅行。1788 年回魏玛担任剧院监督，兼管矿业。

《歌德在意大利》

歌德是德国最著名的诗人，但最早而且长期使他享有国际声誉的却是书信体小说《少年维特之烦恼》。诗体悲剧《浮士德》是他最主要的代表作，与荷马史诗、但丁的《神曲》、W. 莎士比亚的《哈姆雷特》被公认为欧洲四大名著。《浮士德》写出刚刚摆脱中世纪封建桎梏的人类排除万难的进取精神，深刻地反映了人的精神的辩证发展，艺术上各种技巧并用，瑰丽多姿。其他重要作品有诗歌《普罗米修斯》《戛尼梅特》，长篇叙事诗《赫尔曼与窦绿苔》，长篇小说《亲和力》《威廉·迈斯特》，自传《诗与真》等。

格林兄弟

德国语言学家、童话作家。J. 格林（1785-01-04 ~ 1863-09-20）和 W. 格林（1786-02-24 ~ 1859-12-06）系同胞兄弟，生于哈瑙，合作研究语言学、民间文学，文学史上称为格林兄弟。1802 年，二人在马尔堡大学学习法律。哥哥 J. 格林曾在威斯特伐利亚国王的图书馆和卡塞尔图书馆工作，1829 年任格丁根大学教授。弟弟 W. 格林曾在卡塞尔图书馆和格丁根大学图书馆工作，并任格丁根大学教授。1837 年，格林兄弟和其他五位教授抗议汉诺威公爵破坏宪法，被免去教授职务。1841 年，二人成为柏林科学院院士，J. 格林任柏林大学教授。

格林兄弟搜集民间世代流传的童话，编成《儿童与家庭童话集》（即《格林童话》）。他们进行了大量加工，甚至把来源不同的素材嫁接在一起，使故

《格林童话》插图

事更富于逻辑性、语言更加精练、故事更趋丰满。这些童话早已成为全世界儿童共同的精神财富，其中《灰姑娘》《白雪公主》《小红帽》等名篇更是家喻户晓。他们又搜集德国古老的民间传说，出版两卷《德国传说》。他们编纂了《德语词典》。这部未完的辞书与他们的《德语语法》《德国语言史》等作品为日耳曼语言学奠定了基础，也使他们成为这一学科的创始人。

海涅，H.（1797-12-13 ~ 1856-02-17）德国诗人。生于杜塞尔多夫。曾在银行工作。1819 年，由叔父资助开办的销售纺织品的哈利·海涅公司倒闭。之后进入波恩大学、格丁根大学、柏林大学学习，在格丁根大学获法学博士学位。1827 年到慕尼黑主编《普通政治新年鉴》。1831 年到巴黎。19 世纪 40 年代中期左眼完全失明，1848 年以后完全瘫痪。

海涅在德国文学史上被认为是 J. W. von 歌德以后最重要的诗人。他吸收了浪漫派文学的成就，早期的诗具有浓郁的抒情性，后期的诗则表现出杰出的讽刺才能，在思想性与艺术性的结合上达到高度的完美。早期抒情诗的代表作是《歌集》。中后期诗歌主要有《阿塔·特罗尔，一个仲夏夜的梦》《德国，一个冬天的童话》《西里西亚织工之歌》《决死的哨兵》《奴隶船》等。讽刺长诗《德国，一个冬天的童话》是海涅诗歌创作的顶峰。其他重要作品有体裁和风格在德国文学中堪称独步的《旅行记》，评论著作《论法国的画家》《论德国宗教和哲学的历史》《论浪漫派》等。

海涅与 K. 马克思夫妇在一起（绘画）

都德，A.（1840-05-13 ~ 1897-12-15）法国小说家。生于尼姆城。生活贫困，曾任小学学监。17 岁时带着诗作《女恋人》到巴黎，开始文学创作。1866 年发表散文和故事集《磨坊书简》。1870 年普法战争爆发后应征入伍。

都德在文学理论上信奉自然主义，但是实际上对社会现实持温和的批判态度。他的第一部长篇小说《小东西》是一部半自传性的作品，以轻淡的风格叙述了作者的生活经历和内心感受，是都德的代表作，集中体现了作者的艺术风格，即不带恶意

的讽刺和含蓄的感伤，也就是所谓“含泪的微笑”。其他长篇小说有《塔拉斯孔城的达达兰》《雅克》《富豪》《努马·卢梅斯当》《不朽者》等。都德的短篇具有委婉、曲折、富于暗示性的独特风格。《最后一课》和《柏林之围》都是脍炙人口的名篇。《最后一课》被译成世界各国语言，常被选入中小学语文教材。

安徒生，H.C.（1805-04-02 ~ 1875-08-04） 丹麦作家。生于欧登塞。从小为贫困所折磨，先后在几家店铺里做学徒，没有受过正规教育。1819年在哥本哈根皇家剧院当小配角，后因倒嗓（青春期变声）被解雇。1822年得到剧院导演的资助，就读于斯莱厄尔瑟的一所文法学校。1829年进入哥本哈根大学学习。此后继续从事戏剧创作。

安徒生以童话作品享有世界声誉。他的童话体现了丹麦文学中的民主传统和现实主义倾向，脍炙人口，一直为世界上众多的成年人和儿童所传诵。名篇有《卖火柴的小女孩》《小美人鱼》《皇帝的新装》《拇指姑娘》《丑小鸭》等。他创造的艺术形象，如没有穿衣服的皇帝、拇指姑娘、丑小鸭等，已成为欧洲语言中的典故。

他还写有长篇小说《即兴诗人》《奥·特》《不过是个提琴手》《两位男爵夫人》《活还是不活》，游记《一个诗人的市场》《瑞典风光》，杂记《没有画的画册》，剧作《黑白混血儿》等。

普希金，A.S.（1799-06-06 ~ 1837-02-10） 俄国诗人、俄罗斯近代文学的奠基者和俄罗斯文学语言的创建者。生于莫斯科。1817年从圣彼得堡皇村学校毕业后到外交部工作。后被变相流放至南俄。1823年奉调前往敖德萨。不久被免职并被押往其父母的领地。1826年被召回莫斯科。1831年迁居圣彼得堡，仍在外交部供职。1837年因决斗受伤而逝。

普希金在诗歌、小说、戏剧、童话等领域里都留下了丰富的文学遗产。他的诗歌以爱情诗和政治抒情诗最为人称

《皇帝的新装》插图

普希金（中）与奶妈及老同学普辛在一起（绘画）

道。爱情诗有《我曾经爱过你》《致凯恩》等，政治抒情诗有《致大海》《自由颂》《致恰达耶夫》等。诗体小说《叶甫盖尼·奥涅金》是俄罗斯现实主义文学的奠基作品，以贵族青年奥涅金与塔吉雅娜的爱情故事为主线，展示了当时俄国的巨幅生活画面。其他重要小说有《上尉的女儿》《黑桃皇后》《杜布罗夫斯基》等。剧作《鲍里斯·戈都诺夫》被后人看作俄罗斯最好的历史剧。他的童话语言生动、寓意深刻，主要有童话诗《渔夫和金鱼的故事》《死公主和七个勇士的故事》等。

果戈理，N. V.（1809-04-01 ~ 1852-03-04） 俄国作家。生于乌克兰彼尔塔瓦省米尔戈罗德县。1828 年从涅仁高级科学中学毕业后到圣彼得堡。曾任小公务员。1831 年到贵族家庭当家庭教师，并在一所中学任历史教员。1834 年秋被聘为圣彼得堡大学世界史副教授。一年后辞去教职，专事文学创作。1836 年前往德国、瑞士，后迁居巴黎和罗马。1848 年回莫斯科定居。

《钦差大臣》插图

果戈理有“俄国小说散文之父”的美称，与 A.S. 普希金一起奠定了 19 世纪俄国批判现实主义文学的基础。他的作品集《米尔戈罗德》《小品集》，标志着俄国文学已完成从浪漫主义到现实主义的过渡。讽刺喜剧《钦差大臣》以卓越的现实主义手法、辛辣的讽刺狠狠地揭露了昏庸腐败、谄媚阿谀、卑劣庸俗的整个俄国官僚阶层的丑恶面目，是世界戏剧史上的名著。长篇小说《死魂灵》辛辣嘲讽乞乞科夫的欺诈行径，勾勒了一个个愚昧、无聊、贪婪、吝啬的地主阶级的丑恶形象，揭示了俄国封建农奴制反人民的实质，为果戈理带来极高的声誉。

托尔斯泰，L.N.（1828-09-09 ~ 1910-11-20） 俄国作家。生于图拉省克拉皮文县。自幼接受典型的贵族家庭教育。1844 年入喀山大学东方系，次年转法律系。1847 年退学，回到亚斯纳亚·波利亚纳庄园。此后一生的绝大部分时间在这里度过。1849 年起在图拉省行政管理局任职。1851 年赴高加索服军役，1856 年以中尉衔退伍。两次到欧洲游历、考察。

《托尔斯泰肖像》（俄国，I.Ye. 列宾）

托尔斯泰是伟大的思想家和艺术家，其艺术视野达到罕有的广度。他的作品是现实主义表现的顶峰之一。史诗巨著《战争与和平》通过俄国人民在1812年反对拿破仑侵略的战争中的爱国主义和英雄主义精神，批判统治者和宫廷贵族的无能和虚伪，为他赢得世界一流作家的殊誉。长篇小说《安娜·卡列尼娜》由两条平行而又彼此交织的线索构成，情节结构分而不离，极具新意，心理描写精细入微，为作家赢得“艺术之神”的声誉。长篇小说《复活》是其晚年的代表作。其他重要作品有自传《忏悔录》，剧作《黑暗的势力》《教育的果实》等。他风格的最大特点是朴素，力求最充分、最确切地反映生活的真实或表达自己的思想。

契诃夫，A.P.（1860-01-29 ~ 1904-07-15） 俄国作家、戏剧家。生于罗斯托夫省塔甘罗格市。1879年考入莫斯科大学医学系。1884年毕业后在兹威尼哥罗德等地行医。1880年开始在杂志上发表作品。1888年获普希金奖。19世纪90年代曾到米兰、威尼斯、维也纳和巴黎等地疗养和游览。1898年迁居雅尔塔。

契诃夫既是短篇小说大师，又是戏剧艺术大家。他以语言精练、准确见长，善于透过生活的表层进行探索，将人物隐蔽的动机揭露得淋漓尽致。主要短篇小说有《变色龙》《没有意思的故事》《套中人》《带阁楼的房子》《带狗的女人》《新娘》等。其中《带狗的女人》是他最著名的小说。经典剧作有《海鸥》《万尼亚舅舅》《三姊妹》《樱桃园》等。代表作《樱桃园》表现了新旧社会的交替过程，有着浓厚的抒情意味和悲喜剧因素，是契诃夫戏剧特征的集大成者。

高尔基，M.（1868-03-16 ~ 1936-06-18） 苏联作家、苏联社会主义文学的奠基人。原名阿列克塞·马克西莫维奇·彼什科夫。生于下诺夫哥罗德。11岁起独立谋生，当过学徒、搬运工和面包师。1884年到喀山。1892年任《萨马拉日报》编辑，成为职业作家。1906 ~ 1913年侨居意大利。1918 ~ 1921年做了大量文化和教育方面的组织工作。1921年因病出国就医，旅居国外近十年。

高尔基是社会主义现实主义文学奠基人，最初以写短篇小说引人注目，以

高尔基为莫斯科艺术剧院演员朗诵《底层》（绘画）

后又写了一些长篇小说和剧本。主要作品有短篇小说《切尔卡什》《二十六个男人和一个女人》，长篇小说《母亲》、自传体三部曲（《童年》《在人间》《我的大学》）、《阿尔塔莫诺夫家的事业》和《克里姆·萨姆金的一生》，散文诗《海燕之歌》，剧作《小市民》《底层》《敌人》，回忆录《列夫·托尔斯泰》等。《母亲》被认为是社会主义现实主义的高峰。自传体三部曲以作者自身生活为原型，描写一位普通少年阿辽沙自幼饱尝辛酸，在苦难中挣扎的过程，是高尔基的代表作。

法捷耶夫，A.A.（1901-12-24 ~ 1956-05-13） 苏联作家。生于特威尔省基姆雷市。1912 ~ 1919 年就读于海参崴商业学校。1919 年参加远东海滨游击队。受伤后复员，进莫斯科矿业学院学习。1924 年被派往高加索做党的工作。1926 年回莫斯科后从事文学工作，并担任俄罗斯无产阶级作家联合会（拉普）的领导。1939 ~ 1956 年任苏联作家协会书记、总书记等职。

法捷耶夫是苏联社会主义现实主义文学的重要代表之一。主要作品有长篇小说《毁灭》和《青年近卫军》。《毁灭》描写十月革命时期远东苏昌地区一支红军游击队受敌人追击，在上级命令下进行战略转移的故事，被认为是写国内战争题材的优秀作品之一。《青年近卫军》以真实史料为蓝本，艺术地再现了克拉斯诺顿的共青团员们在党的领导下组织青年近卫军，同德寇进行顽强斗争的英雄事迹，获 1946 年度斯大林奖金。

奥斯特洛夫斯基，N.A.（1904-09-29 ~ 1936-12-22） 苏联作家。生于乌克兰沃伦省，第一次世界大战期间迁居谢彼托夫卡。1917 年考进二年制高级小学。1919 年跟随部队奔赴前线，当了一名侦察兵。1920 年在战斗中负重伤，后来复员到基辅当助理电工。参加修建铁路工作时，得了伤寒病和风湿病。1926 年全身瘫痪。

《钢铁是怎样炼成的》插图

1929 年末双目失明，开始创作长篇小说《钢铁是怎样炼成的》。小说以作者一生的经历为雏形，再现了第一代苏联青年在布尔什维克领导下成长的过程。保尔·柯察金成了世界进步青年的榜样。第二部重要作品是《暴风雨所诞生的》。1935 年，苏联政府为表彰他的文学功绩，授予他列宁勋章。

肖洛霍夫，M.A.（1905-05-24 ~ 1984-02-21） 苏联作家。生于顿河军屯州维奥申斯卡亚镇。只上过几年学。1920 年参加工作，做过卡尔金镇革命委员会办事员、扫盲教师、宣传员等，并加入业余剧团，写过剧本。1923 年参加莫斯科青年近卫军小组，开始写作。1924 年加入俄罗斯无产阶级作家联合会（拉普）。1939 年当选为苏联科学院院士。获 1965 年诺贝尔文学奖。

SVENSKA AKADEMIEN
HAR VID SAMMANTRÄDE DEN 15 OKTOBER 1965
I ÖVERENSSTÄMMELSE MED FÖRESKRIFTERNA I DET AV
ALFRED NOBEL
DEN 27 NOVEMBER 1895 UPPRÄTTADE TESTAMENTE
BESLUTAT ATT TILLDELA

MICHAIL
ALEXANDROVITJ
SJOLOCHOV

1965 ÅRS NOBELPRIS I LITTERATUR FÖR DEN KONSTNÄRLIGA KRAFT OCH ÄRLIGHET VARMED HAN I SITT DONSKA EPOS GESTALTAT ETT HISTORISKT SKEDE I DET RYSKA FOLKETS LIV.

STOCKHOLM DEN 10 DECEMBER 1965

《静静的顿河》诺贝尔文学奖证书

主要作品有长篇小说《静静的顿河》《被开垦的处女地》《他们为祖国而战》，短篇小说《人的命运》等。《静静的顿河》是苏联现实主义文学中最优秀的长篇小说之一，获 1941 年度斯大林奖金。小说描绘 1912 ~ 1922 年间两次革命（二月革命和十月革命）、两次战争（第一次世界大战和国内战争）中的重大历史事件和顿河的哥萨克在这十年中的动荡生活，反映了广大哥萨克在复杂的历史转折中所经历的曲折道路及卷入历史事件大旋涡中的主人公葛利高里的悲剧命运。

《一千零一夜》 阿拉伯民间故事集。中国又译《天方夜谭》。包括神话传说、寓言童话、婚姻爱情故事、航海冒险故事、宫廷趣闻和名人逸事等。最初编者已难考证，多数学者认为它出自阿拉伯人特别是埃及人之手。《一千零一夜》成书的上限是 8 世纪与 9 世纪之交的阿拔斯王朝前期，15 世纪末或 16 世纪初才在埃及基本定型。

《阿里巴巴和四十大盗》插图

《一千零一夜》的多数故事健康而有教益。《渔夫和魔鬼》《阿拉丁和神灯》《阿里巴巴和四十大盗》《辛伯达航海旅行记》《巴索拉银匠哈桑的故事》《乌木马的故事》《卡玛尔扎曼王子》等是其中的名篇。《一千零一夜》以浪漫主义为主，把现实成分与幻想成分有机地结合起来，集中体现了民间文学的艺术特征。绚丽的色彩、奇妙的想象、曲折的情节、大胆到近乎荒诞的夸张、故事套故事的结构，使它具有经久不衰的生命力。《一千零一夜》是世界各国人民熟悉和喜爱的一部优秀文学作品，对世界各国的文学艺术产生了广泛的影响。

纪伯伦（1883-01-06 ~ 1931-04-10）黎巴嫩诗人、散文家、画家。生于卜舍里。14 岁进贝鲁特的希克玛（睿智）学校学习阿拉伯文、法文和绘画。1908 年因发表小说《叛逆的灵魂》激怒当局，作品遭到查禁焚毁，本人被逐。后在巴黎艺术学院学习绘画和雕塑。1912 年迁往纽约长住，从事文学艺术创作活动。组织领导过阿拉伯海外文学团体——笔会。

纪伯伦青年时代以创作小说为主，定居美国后逐渐转为以写散文诗为主。他的小说几乎都用阿拉伯文写成，有短篇小说集《叛逆的灵魂》和长篇小说《折断的翅膀》等。纪伯伦是阿拉伯近代文学史上第一个使用散文诗体的作家。他的散文诗集有用阿拉伯文发表的《泪与笑》《暴风雨》和用英文写的《先知》《沙与沫》等。《先知》以智者临别赠言的方式，论述了爱与美、生与死、婚姻与家庭、劳作与安乐、法律与自由、理智与热情、善恶与宗教等一系列人生和社会问题，充满比喻和哲理，具有东方色彩，被认为是他的代表作。

《罗摩衍那》 印度古代史诗。用史诗梵文写成。“罗摩衍那”的意思是“罗摩传”。罗摩是印度古代传说中的人物，后来在人民群众中逐渐被神化。作者传说是 Vālmīki，音译是跋弥，意译是蚁垤。全书分为《童年篇》《阿逾陀篇》《森林篇》《猴国篇》《美妙篇》《战斗篇》《后篇》7 篇，写的是罗摩与妻子悉多悲欢离合的故事。最早的部分可能写成于公元前三四世纪，而最后写定则在公元二世纪，前后经五六百年。

《罗摩衍那》中的哈奴曼拜见罗摩

《罗摩衍那》具有印度古代长篇叙事诗中必不可少的政治、爱情、战斗和风景四大要素，描绘手法达到了相当高的艺术水平。作品虽朴素无华、简明流畅，但已呈精雕细镂的倾向。它在印度一直被奉为叙事诗的典范，古代和中古的文学创作大多从中取材。

泰戈尔，R.（1861-05-07 ~ 1941-08-07） 印度孟加拉语作家、诗人，哲学家，艺术家。生于加尔各答。他的丰富的科学、历史和文学知识来自父兄和家庭教师及自己的努力。1878 ~ 1880 年在伦敦求学。1884 ~ 1911 年担任梵社秘书。1890 年开始经营田产。1901 年在桑地尼克坦创办了一所学校（后发展成为著名的国际大学）。1905 年参加反对英国统治的民族自治运动，后退出。获 1913 年诺贝尔文学奖。

泰戈尔的诗作内容广泛，题材多样。主要诗集有《吉檀迦利》《新月集》《飞

《泰戈尔画像》（徐悲鸿）

鸟集》《园丁集》等。代表作《吉檀迦利》写人类、爱情、苦难、死亡、自然、祖国等各种题材，带有浓厚的神秘主义、泛神论和泛爱色彩。小说主要有长篇小说《眼中沙》《沉船》《戈拉》《最后的诗篇》，短篇小说《河边的台阶》《莫哈玛娅》等。《戈拉》为长篇小说代表作。剧作有《暗室王》《邮局》《西亚玛》《摩克多塔拉》等。另有哲学著作《生命的亲证》《论人格》《创造的统一》等。他属于印度一流画家之列。他还曾为成百上千首诗歌谱曲。

《源氏物语》 11世纪初的日本古典文学名著。世界上最早的长篇小说之一。被誉为日本古代文学的高峰之作。作者紫式部。成书时间至今无考，一般认为于1007～1008年完成。小说以平安王朝盛极而衰的历史为背景，通过主人公源氏及其父桐壶天皇和继承人薰君三代人与众多女性的爱情和乱伦生活的故事，隐晦地描写了当时贵族社会的政治联姻、腐败政治和淫逸生活。

小说既是一部完整的长篇，也可以分成相对独立的故事。在创作方法上，注重描写人物的内心世界。在审美观念上，继承和发展了古代日本文学“真实”“哀”的审美传统，并以“物哀”为审美主体。采用散文、韵文结合的形式，插入800首和歌。散文叙事，和歌抒情与状物，歌与文完全融为一体。

《源氏物语》中译本插图“空蝉”

川端康成（1899-06-14～1972-04-16）日本作家。生于大阪。自幼失去父母。1920年进入东京帝国大学国文系。1924年大学毕业后开始从事文学创作。先后创办过《文艺时代》《文学界》等杂志。曾任日本笔会会长、国际笔会副会长。1957年成为日本艺术院会员，获日本艺术院奖。获1968年诺贝尔文学奖。1972年自杀。

川端康成作品

川端康成是日本20世纪20年代“新感觉派”文学的代表作家之一。他的早期创作受西方达达派、未来派、象征派等现代主义文艺思潮的影响，中、后期作品更多体现了日本文学传统的韵味和美感。代表作有《伊豆的舞女》《禽兽》《雪国》《千鹤》《山音》《古都》等。其中《雪国》《千鹤》《古都》是诺贝尔文学奖获奖作品。早期名作《伊豆的舞女》充溢着清纯洁净的美感，被誉为日本现代抒情文学的杰作。理论文章《新进作家的新倾向解说》，被公认为“新感觉派”文学理论的基石或支柱。

惠特曼，W.（1819-05-31 ~ 1892-03-26） 美国诗人。生于纽约州长岛，后迁居布鲁克林。只受过五年初级教育。当过排字工人、乡村教师、报馆编辑。1846 ~ 1848 年担任《布鲁克林之鹰》的编辑。1848 年去新奥尔良编辑报纸，不久回到布鲁克林。此后帮助父亲承建房屋，经营小书店、小印刷厂。南北战争期间到华盛顿充当护士。战后在司法部部长办公室供职。1873 年起半身不遂。

惠特曼故居

惠特曼诗歌的艺术风格与传统的诗体大不相同。他的诗行比较接近口语和散文诗的节奏，没有韵，也没有极为规律的重音，因而更加接近于他所要表达的思想感情。他的主要诗歌都被收入诗集《草叶集》中。最长的《自己之歌》，内容几乎包括了作者毕生的主要思想，是他最重要的诗歌之一。《一路摆过布鲁克林渡口》是诗人最优秀的作品之一。《最近紫丁香在庭院里开放的时候》是悼念 A. 林肯的名篇。《通向印度之路》被评论家公认为诗人最后一首重要的长诗。其他作品有散文集《典型的日子》等。

马克·吐温（1835-11-31 ~ 1910-04-21） 美国作家。原名塞缪尔·朗赫恩·克莱门斯。生于密苏里州佛罗里达，成长于密西西比河上的汉尼拔。1851 年起充当排字工人。1858 年开始在密西西比河上担任舵手。南北战争期间一度参加南方军队。1862 年在内华达州弗吉尼亚城的一家报馆工作。1870 年到布法罗居住。1871 年移居康涅狄格州哈特福德。1894 年前后，为了还债外出旅行演讲。

《哈克贝里·费恩历险记》插图

马克·吐温是美国最孚众望的幽默小说家和演说家，以善写男童历险故事及抨击人类的弱点和虚假而著称于世。他在滑稽中含有讽刺，逗趣中有所针砭，创造了独特的艺术风格。主要作品有自传体游记《密西西比河上》，长篇小说《汤姆·索亚历险记》《哈克贝里·费恩历险记》，中篇小说《败坏了哈德莱堡的人》《百万英镑》等。《汤姆·索亚历险记》虽然是以密西西比河上某小镇为背景的少年读物，但为任何年龄的读者所喜爱。代表作《哈克贝里·费恩历险记》得到评论家的高度评价，深受国内外读者的欢迎，同时也不断遭到查禁。

欧·亨利（1862-09-11 ~ 1910-06-05） 美国短篇小说家。原名威廉·西德尼·波特。生于北卡罗来纳州一个小镇。当过药房学徒、牧童、会计员、办事员和银行出纳员。1896年因所在银行发现缺少一小笔款子而涉嫌被捕，被判处5年徒刑。在狱中开始写作短篇小说。1901年提前获释，到纽约专事写作。

欧·亨利善于捕捉生活中令人啼笑皆非而富于哲理的戏剧性场景，用漫画般的笔触勾勒出人物的特点。作品的情节发展较快，在结尾时突然出现一个意料不到的结局，使读者在惊愕之余不能不承认故事的合情合理，进而赞叹作者构思的巧妙。他的文字生动活泼，善于利用双关语、讹音、谐音和旧典新意，妙趣横生。他最出色的短篇小说有《麦琪的礼物》《警察与赞美诗》《最后一片藤叶》《没有完的故事》《带家具出租的房间》等，这些作品都以别出心裁的手法表现了失意落魄的小人物的命运与复杂的感情。

杰克·伦敦（1876-01-12 ~ 1916-11-22） 美国作家。生于圣弗朗西斯科（旧金山）。自幼卖报、当童工，后来当过水手和铁路工人。曾参加失业工人示威。此后在各地流浪，曾被当作"无业游民"关进监狱。他回故乡后努力读书，一度进入大学学习。1896年去加拿大克朗代克地区淘金，结果得了坏血症，空手而还。从此埋头读书写作，成为职业作家。1916年服毒自杀。

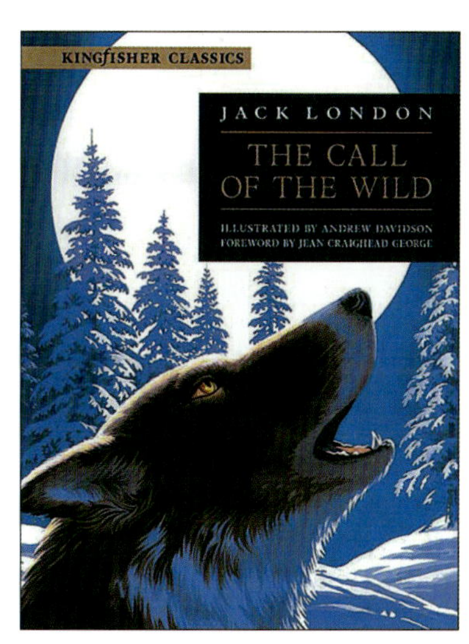

《荒野的呼唤》英文版封面

杰克·伦敦擅长以人物的行动来表现主题思想，人物形象具有鲜明的个性，故事情节紧凑，文字精练生动，有相当的感染力。自传体小说《马丁·伊登》描写一个劳动者出身的现实主义作家在资本主义社会中的命运，是其代表作。他的两部描写动物的小说《荒野的呼唤》和《白牙》，描写动物在保存自己、消灭敌人的斗争中表现出的巨大勇气，被公认为卓越的作品。其他重要作品有长篇小说《铁蹄》，中篇小说《热爱生命》，短篇小说《墨西哥人》《强者的力量》等。

海明威，E.（1899-07-21 ~ 1961-07-02） 美国作家。生于芝加哥。1917年到堪萨斯担任《星报》见习记者。1918年参加志愿救护队，受重伤。1919年初回到家乡。1921年去多伦多担任特写记者。数月后去欧洲担任《星报》驻欧记者。1924 ~ 1927年担任赫斯特报系的驻欧记者。1937年去西班牙报道战事。20世纪40年代初来中国报道抗日战争。获1954年诺贝尔文学奖。1961年自杀。

海明威的书房

海明威的作品风格独特，文体简洁，在欧美很有影响。长篇小说《太阳照常升起》描写第一次世界大战后一批青年流落欧洲的生活情景，表现了战后青年一代的幻灭感，成为“迷惘的一代”的代表作。长篇小说《永别了，武器》用近乎麻木的语气描述战争怎样摧残个人的幸福，显示出海明威艺术上的成熟。中篇小说《老人与海》获得1952年度普利策奖。著名的短篇小说《乞力马扎罗的雪》，以现实与幻想交织的意识流手法描写一个作家临死之前的反省。其他重要作品有长篇小说《丧钟为谁而鸣》，短篇小说《打不败的人》《五万大洋》《杀人者》等。

加西亚·马尔克斯，G.（1927-03-06 ~ 2014-04-17） 哥伦比亚作家。生于马格达莱纳省阿拉卡塔卡镇。1947年考入波哥大大学法学系。翌年辍学，从事新闻工作。1955年在《观察家报》上连载的长篇报告文学《水兵贝拉斯科历险记》，使得舆论大哗，朝野震惊。为逃避当局的迫害，他飞抵日内瓦，后辗转至罗马。1957年返回拉丁美洲。1961年移居墨西哥。1967年迁至巴塞罗那。获1982年诺贝尔文学奖。

加西亚·马尔克斯主张文学反映现实，他和他所代表的拉丁美洲魔幻现实主义对20世纪最后二十年的中国文学影响很大。主要作品有长篇小说《百年孤独》《家长的没落》《霍乱时期的爱情》，长篇纪实小说《绑架逸闻》，中篇小说《恶时辰》《没有人给他写信的上校》《一件事先张扬的凶杀案》等。代表作《百年孤独》以虚构的小镇马孔多及居住在马孔多的布恩迪亚一家一百年间的变迁，反映哥伦比亚的历史。小说充满离奇怪诞的情节和人物，带有浓烈的神话色彩和象征意味，是拉丁美洲魔幻现实主义文学的集大成之作。《霍乱时期的爱情》手法接近于传统现实主义。《恶时辰》夺得埃索文学奖。

新华社提供，Eduardo Verdugo 拍摄

体育

体育 人们根据生产和生活的需要，遵循人体的生长发育规律和身体活动的规律，以身体练习为基本手段，结合日光、空气、水等自然因素和卫生措施，达到增强体质、提高运动技术水平、丰富社会文化娱乐生活等目的的一种社会活动。又称体育运动。包括身体教育（狭义的体育）、竞技运动、身体锻炼三个方面。古代的体育没有固定的概念，有时与体操混同。直到20世纪初才在世界范围内逐渐统称为体育。

一个国家体育运动水平的高低，一般从人民的体质水平、体育的普及程度、体育制度和体育措施及其执行情况、体育的学科理论水平和体育设施状况、运动技术水平和最好的运动成绩五个方面来衡量。

奥林匹克运动会 由国际奥林匹克委员会举办的多项目的世界综合性运动会。简称奥运会。每四年举行一次。起源于古代希腊，因举办地点在奥林匹亚而得名。如奥林匹克运动会举办期间发生战争，交战双方都必须宣布停战。从

2008年北京奥运会开幕式

这个意义上讲，奥林匹克运动会又象征着和平。

公元前776年举行了首届古代奥林匹克运动会。到公元393年，古代奥林匹克运动会共举行了293次。罗马帝国入侵希腊后，由于罗马皇帝狄奥多西一世信奉基督教，禁止一切异教活动，因此废止了奥林匹克运动会，并烧毁了建筑物。以后又遭地震，古代奥林匹克运动会遗址遂湮没于地下。随着近代体育的兴起，1888年，法国人P.de顾拜旦提出恢复奥林匹克运动会的建议。1896年，在希腊雅典举行了首届现代奥林匹克运动会。此后，每四年举行一次，这四年的周期被称为“奥林匹亚特”。运动会如因故不能举行，奥林匹克运动会的届数仍照算。但于1924年开始举办的冬季奥林匹克运动会的届数则按实际举办次数计算。

2008年8月，第29届奥林匹克运动会在北京举行，中国体育代表团取得了51枚金牌、21枚银牌、28枚铜牌的优异成绩，第一次名列奥林匹克运动会金牌榜首位。

冬季奥林匹克运动会 奥林匹克运动会的重要组成部分。简称冬季奥运会、冬奥会。1924年开始举办。与夏季奥林匹克运动会一样，每四年举行一次，在同一年内但不在同一城市举行。1994年起，冬季奥林匹克运动会与夏季奥林匹克运动会以两年为间隔交叉举行。冬季奥林匹克运动会的届数按实际举行次数计算。会期原为12天，从1988年第15届起改为16天。比赛项目包括冰球、滑冰（速度滑冰、花样滑冰）、滑雪（高山滑雪、越野滑雪、跳台滑雪）、雪橇（有舵雪橇、无舵雪橇）、现代冬季两项（滑雪和射击）等。

第20届冬季奥林匹克运动会宣传画

自1980年始，中国奥林匹克委员会派队参加了历届冬季奥林匹克运动会。第24届冬季奥林匹克运动会将于2022年在北京和张家口举行。

国际奥林匹克委员会 世界奥林匹克运动最高权力机构。简称国际奥委会。为国际性的、非政府的、非营利的且具有法律地位的机构。1894年6月23日，由法国人P.de顾拜旦在巴黎发起成立，初名奥林匹克运动会国际委员会。1901

1968～1986年国际奥林匹克委员会总部所在地维迪堡

年正式更用现名，1915年迁至瑞士洛桑。

国际奥林匹克委员会对奥林匹克运动会拥有一切权力，只有国际奥林匹克委员会有权选择和决定举办奥林匹克运动会的城市。国际奥林匹克委员会挑选它认为有资格的人为委员。委员须懂英语或法语，其居住国应有被国际奥林匹克委员会承认的国家奥林匹克委员会，委员应是该国公民。主席任期8年，连选时可再任4年。国际奥林匹克委员会与各国奥林匹克委员会之间仅有相互承认的关系。

兴奋剂检测 赛前、赛后甚至平时，各级体育组织派专门的检测人员对运动员进行检测，以确定其是否使用了违禁物质或违禁方法。兴奋剂检测有尿样检查和血液检查两种取样方式。自国际奥林匹克委员会在1968年奥林匹克运动会上正式实施兴奋剂检测以来，国际上一直采用尿检。直到1989年，国际滑雪联合会才在世界滑雪锦标赛上第一次进行血检。兴奋剂检测的程序主要包括选定接受检查的运动员、采取检样和样品分析三个环节。

一般以比赛名次、是否破纪录或抽签结果来选定接受检查的运动员，也可根据特殊情况任意指定运动员接受检查。平时，检测机构还要选择一些著名运动员进行赛外检查。

顾拜旦，P. de（1863-01-01 ~ 1937-09-02） 法国教育家、现代奥林匹克运动会创始人。生于巴黎。1889年他利用万国博览会召开体育会议和学生运动会。1890年担任法兰西竞技运动协会理事长。在其积极筹划和推动下，1894年6月23日，国际奥林匹克委员会正式成立，顾拜旦当选为秘书长。他亲自草拟、制定第一部《奥林匹克宪章》，首次提出奥林匹克运动的指导思想——奥林匹克主义。1896年首届奥林匹克运动会后，接任国际奥林匹克委员会主席。直接参与筹备1896 ~ 1924年历届奥林匹克运动会。1925年他辞去国际奥林匹克委员会主席的职务，被推选为终身名誉主席。由于对奥林匹克运动的功绩，他被誉为“奥林匹克之父”。

萨马兰奇，J.A.（1920-07-17 ~ 2010-04-21） 西班牙社会活动家、国际奥林匹克委员会第七任主席。生于巴塞罗那。毕业于巴塞罗那高级商务研究院。曾任巴塞罗那市政府体育官员、议员、议会议长。1967 ~ 1971年任西班牙奥林匹克委员会主席。1974 ~ 1978年任国际奥林匹克委员会副主席。1980年7月当选为国际奥林匹克委员会主席。他成功推动奥林匹克运动会商业化，解决了国际奥林匹克委员会的财政困难。允许职业选手参赛；增添女性国际奥林匹克委员会委员；成立运动员委员会；将冬、夏季奥林匹克运动会以两年为间隔分别举行。他热情支持中国发展奥林匹克运动，为恢复中国在国际奥林匹克委员会中的合法席位和北京申办奥林匹克运动会都作了重要的努力。第

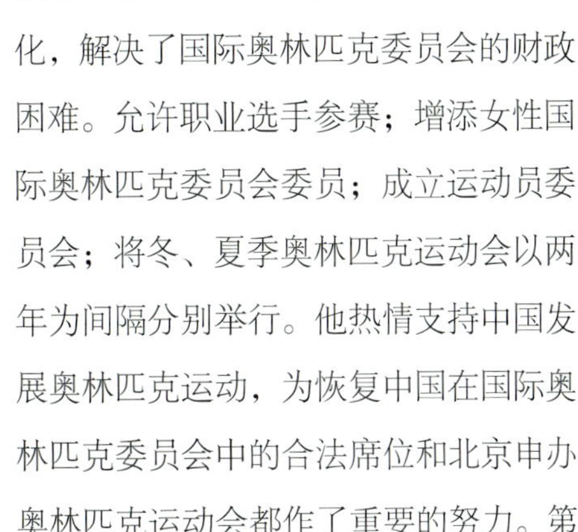

一任期满后，多次连选连任，直至2001年退休，被推选为终身名誉主席。

中国奥林匹克委员会会徽

中国奥林匹克委员会 以发展体育和推动奥林匹克运动为任务的全国群众性、非营利性体育组织。简称中国奥委会。代表中国参与国际奥林匹克事务。1910年在北京成立。由于国际奥林匹克委员会个别领导人制造“两个中国”，1958年8月，中国奥林匹克委员会曾中断与国际奥林匹克委员会的联系。1979年10月，国际奥林匹克委员会执行委员会通过恢复中国在国际奥林匹克委员会合法席位的决议。

中国奥林匹克委员会的宗旨是遵守宪法、法律、法规和国家政策，遵守社会道德风尚；在中国领土上宣传和发展奥林匹克运动并促进中国体育运动的发展。

何振梁（1929-12-29 ~ 2015-01-04） 中国体育领导人。浙江上虞人，生于江苏无锡。1950年毕业于震旦大学。曾任国家体育运动委员会副主任、中华全国体育总会副主席、中国奥林匹克委员会主席等职。1985年当选为国际奥林匹克委员会执行委员会委员，1989 ~ 1993年任国际奥林匹克委员会副主席，1994年、2002年连续当选为国际奥林匹克委员会执行委员会委员。

多次作为中国体育代表团主要领导人之一参加奥林匹克运动会。为发展国际体育交往、恢复中国在国际奥林匹克委员会中的合法席位、推动中国奥运事业作出独特贡献。曾获亚洲举重联合会卓越贡献金质奖章、西班牙大十字勋章、摩纳哥圣查尔斯十字勋章、亚洲奥林匹克理事会功勋章等。获2001年度中国电视体育奖终身成就奖。

残疾人奥林匹克运动会 由国际奥林匹克委员会和国际残疾人奥林匹克委员会主办的、专门为残疾人举行的世界大型综合性运动会。简称残奥会。国际奥林匹克委员会决定，自1960年奥林匹克运动会始，同时举办残疾人奥林匹克运动会。20世纪80年代初，国际奥林匹克委员会决定，自1988年始奥林匹克运动会与残疾人奥林匹克运动会必须在同年、同一城市举办。此后一直遵循这一原则。

夏季残疾人奥林匹克运动会与冬季残疾人奥林匹克运动会交替举行。参赛者伤残标准有截肢、脑瘫、视力残疾、智力残疾、脊髓损伤和其他肢体残疾六个类别，并按各类伤残程度分级。伤残级别划分和项目设置均由国际残疾人奥林匹克委员会审定。

2008年在北京举行的第13届残疾

2008年北京残疾人奥林匹克运动会会徽

人奥林匹克运动会，是历史上规模最大的残疾人奥林匹克运动会。

世界中学生运动会 由国际中学生体育联合会主办、限17岁以下在校中学生参加的世界综合性运动会。1974～1990年为每两年一届，1990年后改为每四年一届。除第11届在中国举行外，其他各届均在欧洲国家举办。比赛通常只有田径、游泳、体操三个大项，但有时东道主也增设个别大项。赛程一般在一周以内。这项赛事将世界范围内的中学生运动水平推向一个新的高度。

1998年上海承办了第11届世界中学生运动会，2020年晋江将承办第18届世界中学生运动会。

第11届世界中学生运动会在上海降下帷幕 新华社提供，陈飞拍摄

亚洲运动会 由亚洲奥林匹克理事会主办的亚洲规模最大的综合性运动会。简称亚运会。每四年一届，与奥林匹克运动会相间举行。首届亚洲运动会原定于1949年2月在印度新德里举行，因故延至1951年举行。从1974年开始，中国参加了历届亚洲运动会。亚洲运动会的比赛项目大多为奥林匹克运动会项目，但不像奥林匹克运动会有严格的规定。每届除一些广泛开展的项目，如田径、游泳、篮球、排球、足球等必须列入外，东道国可根据自身条件和运动技术水平适当增减。在已举行的18届亚洲运动会中，前8届日本获得的金牌数占有优势。自1982年第9届始，中国金牌数一直居各队之首。

1990年北京承办了第11届亚洲运动会，2010年广州承办了第16届亚洲运动会。

第18届亚运会开幕式在印度尼西亚雅加达举行 新华社提供，费茂华拍摄

中华人民共和国全国运动会 中国全国最高水平的综合性运动会。简称全国运动会、全运会。自1959年举行第1届全国运动会以来，至今已举行13届。

全国运动会除1959年第1届与1965年第2届相隔六年、第2届与1975年第3届相隔十年以外，其余各届均每四年举办一次。从第7届开始由原来在奥林匹克运动会前一年举行改为在

在第 1 届全国运动会开幕式上列队行进的女子运动员　新华社提供，喻惠如拍摄

奥林匹克运动会后一年举行。竞赛项目除奥林匹克运动会项目外，还有马球、技巧、武术、中国象棋、围棋、摩托车、跳伞、航空模型、航海模型等。从 1975 年第 3 届全国运动会开始，设置速度滑冰等冬季比赛项目。各省区市、解放军和各行业体育协会均组团参赛，香港、澳门两特别行政区也派出代表团参赛。

田径运动　以走、跑、跳跃、投掷等运动技能构成的以个人为主进行的运动项目。简称田径。它既是竞技体育的重要比赛项目，也是锻炼身体、增强体质的重要手段。最早的田径比赛，是公元前 776 年在古代希腊奥林匹克村举行的首届古代奥林匹克运动会上进行的。

男子 100 米比赛鸣枪起跑瞬间

国际田径联合会章程中将田径运动竞赛项目分为田赛和径赛、公路赛跑、竞走和越野赛跑。中国和一些国家将其分为田赛和径赛两大类。径赛是指在田径场跑道、公路及野外进行的竞走和各种形式的赛跑，田赛是指在田径场跑道所围绕的中央或邻近场地上进行的跳跃和投掷比赛。此外，田径运动竞赛项目还包括由跑、跳跃、投掷部分项目组成的田径全能运动。田径运动是当今世界竞技体育中重大的竞赛项目之一，每年各种赛事不断。田径运动水平是一个国家竞技体育发展水平的重要标志。

世界各国都把田径运动选编为学校体育课的教材。中国将田径运动列为《国家体育锻炼标准》的主要项目。

世界田径锦标赛　国际田径联合会主办的高水平世界性田径比赛。1978 年 10 月，国际田径联合会在波多黎各召开的第 31 次代表大会上通过了组办世界田径锦标赛的计划。1983 年 8 月，首届世界田径锦标赛在芬兰赫尔辛基举行。原来规定每四年举行一次，赛程八天，中间休息一天，实际比赛时间为七天。从 1991 年第 3 届以后，改为每两年举行一次。参赛的方法是以各国或地区田径协会为单位参加。各项比赛只记个人（队）前八名成绩，不计算团体总分。世界田径锦标赛是除奥林匹克运动会田径比赛之外规模最大的世界性田径赛事，受到各国的高度重视。

跨栏跑　在快跑过程中依次跨过按规定距离设置的固定数量和固定高度栏架

的一种田径运动项目。19 世纪以来，在英国等欧美国家开始出现跨栏跑比赛。1896 年的首届奥林匹克运动会即设有男子 100 米栏项目。正式比赛项目有男子 110 米栏、女子 100 米栏和男、女 400 米栏。

跨栏跑采用分道跑，其技术由起跑、跨栏步、栏间跑、终点跑组成。过栏时，必须用腿跨过栏架，不能用手推或用脚有意踢倒任何一个栏架，也不得使腿和脚从栏侧外绕过。

跨栏跑比赛

跨栏跑能提高速度、灵敏度、柔韧性等身体素质，增进动作的协调性和准确性，增强神经系统对肌肉的调控和支配能力，改善内脏器官功能。

竞走 田径运动径赛项目之一。竞走是从 19 世纪初在英国兴起的步行比赛发展起来的。1908 年，第 4 届奥林匹克运动会正式将男子竞走列为比赛项目。1980 年，国际田径联合会正式将女子竞走列为比赛项目。现代奥林匹克运动会中，竞走设男子 20 千米、50 千米，女子 20 千米三个比赛项目。除奥林匹克运动会和大型正规的田径赛会设竞走项目外，国际田径联合会下设的竞走委员会还负责组办自 1961 年以来每两年一届的世界杯竞走赛。中国女子竞走项目具有世界领先水平。

竞走比赛

竞走分场地竞走和公路竞走两种。由于各地举办公路竞走的客观条件不同，因此公路竞走不设世界纪录，只有最好成绩。奥林匹克运动会竞走比赛通常在公路上举行。竞走有严格的技术动作要求：运动员不得出现两脚同时离地的腾空现象；前腿从触地瞬间至垂直部位应伸直，即膝关节不得弯曲。竞走时平均步长约为 110 厘米，步频每分钟约 200 步。

接力跑 田径运动中规定人数、限定距离，以接力棒为传接工具，队员依次接替跑完一定距离的集体性径赛项目。广泛开展比赛的接力跑项目只有男、女 4 × 100 米和 4 × 400 米接力跑。

接力跑源于非洲原住民搬运坛子和木料的游戏。1908 年的第 4 届奥林匹克运动会设有男子接力跑项目。女子接力跑于 1928 年开始被列为奥林匹克运动会比赛项目。接力跑第一棒采用蹲踞式起跑，第二、三、四棒运动员采用站立式或单臂撑地的半蹲踞式起跑姿势。传接棒动作必须在20米的接力区内完成（图1）。传接棒的方法有上挑式和下压式（图2）。

接力跑除了具有短跑项目的锻炼价值外，还能培养团结协作和集体主义精神。

图1 接力跑传接棒动作示意

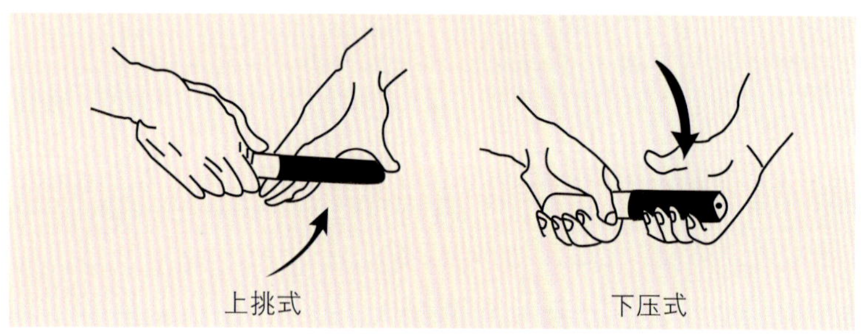

图2 传接棒方法

田径全能运动 田径运动中由跑、跳跃、投掷部分单项组成并在规定日期内按一定顺序完成的综合性比赛项目。其成绩是按照国际田径联合会制订的专门田径运动全能评分表，将各个单项成绩所得的评分加起来计算的，总分多者为优胜。

田径全能运动曾经历过多次演变的过程。1912年，第5届奥林匹克运动会开始设男子十项全能。1982年，国际田径联合会将原女子五项全能改为女子七项全能。目前，承认世界纪录和在奥林匹克运动会及其他大型、正规田径赛会中，田径全能运动的项目有男子十项全能和女子七项全能两项。

田径全能运动被称为“运动皇冠”，是一项十分艰苦和复杂的运动项目，要求运动员具备全面发展的身体素质，熟练掌握各个单项的运动技术。

马拉松跑 在公路上举行的一种超长距离的赛跑。

为纪念古希腊士兵菲迪皮茨，1894年在关于恢复奥林匹克运动会的会议上决定，设立马拉松跑项目。在首届奥林匹克运动会上，马拉松跑被列为男子比赛项目，全程约40千米。1924年第8届奥林匹克运动会时，国际田径联合会把距离正式固定为42.195千米。女子马拉松跑于1983年被列为世界田径锦标赛比赛项目，1984年被列为第23届奥林匹克运动会比赛项目。

马拉松跑比赛时，起、终点一般设在田径场，跑的路线一般采用环形或一个转折点的路线，沿途有里程碑、饮料站、路标。由于各地举行这项比赛的客观条件不同，马拉松跑不设世界纪录，只有最好成绩。

此外，国际田径联合会还批准世界上一些国家的城市主办与群众性相结合的高水平马拉松单项赛。

王军霞（1973-01-19 ～ ） 中国女子田径运动员。辽宁大连人。1991年入选辽宁省田径队。1992年在第4届世界青年田径锦标赛上获10000米跑冠军。1993年在第5届世界杯马拉松赛上获个人和团体两项冠军，同年在第4届世界田径锦标赛和第10届亚洲田径锦标

赛上获10000米跑冠军。1993年9月在第7届全国运动会上打破10000米跑和3000米跑世界纪录。1994年在第12届亚洲运动会上获10000米跑冠军。1995年在第11届亚洲田径锦标赛上获5000米跑和10000米跑两项冠军。1996年在第26届奥林匹克运动会上获5000米跑金牌，并获10000米跑银牌。1994年获第14届杰西·欧文斯奖，是亚洲首位获此殊荣的选手。

刘翔（1983-07-13 ~ ） 中国田径运动员。上海人。1996年进入上海市体校和上海市田径队青年队。2002年7月，在国际田径联合会大奖赛瑞士洛桑站110米栏比赛中打破亚洲纪录和世界青年纪录；10月在第14届亚洲运动会上获110米栏冠军。2004年5月，在国际田径联合会大奖赛大阪站比赛中获110米栏冠军，再次刷新亚洲纪录；8月，在第28届奥林匹克运动会110米栏决赛中获金牌，平世界纪录。2005年8月在第10届世界田径锦标赛上获110米栏亚军。2006年7月，在瑞士洛桑田径超级大奖赛中打破110米栏世界纪录。2007年8月在第11届世界田径锦标赛上获110米栏冠军。2015年正式宣布退役。2006年获世界田径年度最佳表现奖。

欧文斯，J.（1913-09-12 ~ 1980-03-31） 美国田径运动员。生于亚拉巴马州丹维尔。1933年在一次中学生田径赛中平了当时的100码世界纪录。1935年5月在美国10所大学田径运动会上，他在45分钟内先后在跳远、220码等项目中连续创五项、平一项世界纪录，成为田径运动史上的奇迹。1936年8月，在第11届奥林匹克运动会田径比赛中夺得100米跑、200米跑、4×100米接力跑、跳远四枚金牌。1955年他任美国国务院负责体育运动的大使级官员。由于对奥林匹克运动作出的贡献，1976年获国际奥林匹克委员会颁发的奥林匹克银质勋章。1980年被欧美媒体评为20世纪最佳运动员。同年因患癌症去世。为

了纪念他，美国设立了杰西·欧文斯奖。1999年，他被国际体育记者协会评为“20世纪25名最佳运动员”。

刘易斯，C.（1961-07-01 ～ ） 美国田径运动员。生于伯明翰。自幼受到较好的训练。1979年考入休斯敦大学。1983年在首届世界田径锦标赛上获100米跑、跳远和4×100米接力跑三项冠军。1984年在第23届奥林匹克运动会田径比赛中获100米跑、200米跑、跳远和4×100米接力跑四枚金牌，被称为“欧文斯第二”。1988年在第24届奥林匹克运动会上获100米跑、跳远两枚金牌。1991年在第3届世界田径锦标赛上获100米跑冠军，并打破世界纪录。1992年在第25届奥林匹克运动会上获跳远和4×100米接力跑两枚金牌。1996年在第26届奥林匹克运动会上再获跳远金牌。1981年获美国最高体育奖——沙利文奖，1985年获杰西·欧文斯奖。1999年6月被国际体育记者协会评为“20世纪25名最佳运动员”，同年11月获国际体育奥斯卡金像奖。

布勃卡，S.（1963-12-04 ～ ） 乌克兰田径运动员。曾代表苏联参赛。10岁开始训练撑竿跳高。1983年获首届世界田径锦标赛撑竿跳高冠军，而后在1987 ～ 1997年连续5届夺冠。1985 ～ 1995年在世界室内田径锦标赛中连续4届获冠军。1988年在第24届奥林匹克运动会上获金牌。1984 ～ 1994年，其室外撑竿跳高成绩从5.85米提高到6.14米，他成为世界上第一个在撑竿跳高中越过6.00米横杆的运动员。1987 ～ 1993年，其室内撑竿跳高成绩从5.97米提高到6.15米。他先后27次刷新撑竿跳高室内、室外世界纪录，是这一项目成绩持续提高的典范。1999年和2000年分别当选为国际奥林匹克委员会委员与执行委员会委员，2005年出任乌克兰奥林匹克委员会主席。现任国际田径联合会副主席。

新华社提供，陈小鹰拍摄

足球运动 球类运动之一。以脚支配球为主，两个队在同一场地内进行攻守对抗。它是目前世界上开展得最为广泛、影响最大的体育运动项目，被誉为“世界第一球”。

古代足球运动起源于中国。中国古代把用脚踢球称为蹴鞠。蹴鞠这项游戏早在春秋战国时期就已出现，其后在各朝代继续流行。现代足球运动诞生于英国。1863年10月26日，英国人在伦敦

足球比赛

成立了世界上最早的足球运动组织——英国足球协会，并统一了足球规则。从1900年开始，足球被列为奥林匹克运动会比赛项目。1904年国际足球联合会成立。1930年开始举办的世界足球锦标赛，又称*世界杯足球赛*，反映足球的最高水平和发展动向。

约在19世纪末20世纪初，现代足球从西方传入中国。1931年中国加入国际足球联合会。1936年和1948年中国足球队分别参加第11届和第14届奥林匹克运动会足球比赛。中华人民共和国成立后，足球运动被列为重点运动项目，得到大力推广。

国际足联世界杯——大力神杯

世界杯足球赛 国际足球联合会统一领导和组织的世界性的足球比赛。全称国际足球联合会世界杯比赛。是世界上规模和影响最大、水平最高的足球比赛。

1928年国际足球联合会决定，以后每四年举行一届世界足球锦标赛。1930年，首届世界杯足球赛在乌拉圭举行。奖杯是为冠军获得者特制的流动杯。一个国家若先后3次夺得冠军，则可永久占有此杯。第一只奖杯是用1800克纯金铸造的。在1970年第9届世界杯足球赛上，巴西队第三次夺得冠军，永久占有了这只奖杯。第二只奖杯是用18K黄金铸造的，重5000克，被定名为“国际足联世界杯”。此杯为永久性流动杯。

世界杯比赛分为预选赛和决赛。通过预选赛获得决赛名额的队再参加决赛。决赛分4个阶段：第一阶段参赛队分8组进行循环比赛，取小组前两名共16个队进入第二阶段；第二、三阶段为淘汰赛，分别决出前八名和前四名；第四阶段由前四名进行新一轮淘汰赛，赢的两队争夺冠军，输的两队争第三名。

欧洲足球锦标赛 欧洲足球联合会组织与管理的欧洲国家间足球赛事。始于1960年，每四年举行一次。它是欧洲足坛的顶级赛事，也是世界球迷瞩目的足坛盛典。

为了填补两届世界杯足球赛之间的空缺，使欧洲各个国家队有更多的正式比赛机会，1954年，时任欧洲足球联合会首任秘书长的法国人亨利·德洛内首先倡议筹办欧洲锦标赛。为了纪念他，

2008年欧洲足球锦标赛宣传画

此项赛事的冠军奖杯被命名为“亨利·德洛内杯”。1960 年，首届赛事以“欧洲诸国杯赛”为名举行。1964 年，第 2 届赛事以“欧洲杯赛”之名举行。1968 年起，此项赛事被正式定名为“欧洲足球锦标赛”。

比赛一般先分成若干组进行预赛，采用双循环制，各组的第一名和东道主参加决赛阶段的比赛。

孙雯（1973-04-06 ～ ） 中国女子足球运动员。生于福建省，生活在上海市。1985 年入上海体育学校进行足球训练。1991 年入选中国女子足球队。作为主力队员参加中国女子足球队夺冠的多项赛事——第 11 ～ 13 届亚洲运动会和第 9、11、12 届亚洲女足锦标赛。1996 年和队友一起获第 26 届奥林匹克运动会女子足球比赛亚军。1999 年率队友获第 3 届世界杯女子足球赛亚军，本人获本届赛会金球奖、金靴奖，并被评为最佳运动员。2000 年被国际足球联合会授予“20 世纪最佳女子足球运动员”称号。2006 年 8 月宣布退役。

孙雯（右二）在比赛场上

贝利（1940-10-23 ～ ） 巴西足球运动员。原名 E. A. do 纳西门托，以“贝利”一名闻名于世。生于特雷斯科拉索内斯。少年时踢球的水平就出类拔萃。1956 年应邀加入桑托斯队。1957 年入选巴西足球队。1958 年参加世界杯足球赛，以惊人的技巧驰骋赛场，带领巴西队第一次捧回了世界杯。此后，在贝利统领下，巴西队又夺得 1962 年第 7 届和 1970 年第 9 届世界杯足球赛冠军，贝利本人也成为世界上唯一夺得过三届世界杯足球赛冠军的球员。在其长达 22 年的职业足球生涯中，共参赛 1364 场，射入 1282 个球。被人们誉为“球王”。1977 年 10 月宣布退役。1999 年被国际体育记者协会评为“20 世纪 25 名最佳运动员”。2004 年在国际足球联合会百年庆典上与 F. 贝肯鲍尔共同获得“百年最佳球员”和足球名人大奖。

贝肯鲍尔，F.（1945-09-11 ～ ） 德国足球运动员、教练员。生于慕尼黑。1958 ～ 1977 年效力于拜仁慕尼黑俱乐部，1977 年转会至美国宇宙队，1983 年正式宣布退役。他作为联邦德国足球

队球员踢了103场比赛，射进14个球，50次任场上队长；连续参加3届世界杯足球赛，3次入选最佳阵容。1974年作为队长率领联邦德国队夺得第10届世界杯足球赛冠军。在世界足坛享有“足球皇帝”的美誉。1990年作为教练员率联邦德国队在第14届世界杯足球赛中夺冠。他两次被评为欧洲最佳运动员。1984年被国际足球联合会授予荣誉勋章。1990年获超级金球奖。1997年入选20世纪世界足球名人堂。1999年被国际体育记者协会评为“20世纪25名最佳运动员”。2004年在国际足球联合会百年庆典上与贝利共同获得“百年最佳球员”和足球名人大奖。

马拉多纳，D.A.（1960-10-30 ~ ）阿根廷足球运动员、教练员。生于布宜诺斯艾利斯。16岁便被博卡青年俱乐部队吸纳，开始参加职业联赛，次年入选阿根廷足球队。1979年在第2届世界青年锦标赛中以精湛球技助阿根廷队夺得冠军，并获“最佳运动员”称号。1986年在第13届世界杯足球赛上率领阿根廷队夺得世界杯，并被评为最佳球员。1990年率阿根廷队获第14届世界杯足球赛亚军。他在阿根廷队中出场91次，进球34个。曾在西班牙巴塞罗那、意大利那不勒斯等俱乐部足球队效力。他的左脚功夫极为出色，有“金左脚”之美称。20世纪90年代初因吸毒被禁赛，在1994年的世界杯足球赛上因服用兴奋剂再次被禁赛。1997年10月宣布退出职业足球生涯。2008年担任阿根廷足球队主教练，2010年7月被解除职务。

齐达内，Z.（1972-06-23 ~ ）法国足球运动员、教练员。生于马赛。1986年加入戛纳足球俱乐部青年队，1992年转会至波多尔俱乐部，1996年加入尤文图斯俱乐部，2001年转会到皇家马德里俱乐部。1994年8月首次代表法国足球队出场。其后，作为国家队核心成员带领法国队获得1998年第16届世界杯足球赛冠军、2000年第11届欧洲足球锦标赛冠军和2006年第18届世界杯足球赛亚军。2006年世界杯足球赛后宣布退役。1998年被评为欧洲足球先生。1998年、2000年、2003年三次当选为世界足球先生。2006年获世界杯金球奖。2011年获劳伦斯世界体育奖终身成就奖。2016 ~ 2018年，出任皇家马德里足球俱乐部主教练，率领球队夺得9座冠军奖杯。2017年获国际足联年度最佳教练奖。

新华社提供，Armando Babani 拍摄

罗纳尔多，L.N.de L.（1976-09-22～ ） 巴西足球运动员。生于里约热内卢。自幼喜爱足球。1990 年开始职业足球生涯。先后效力于荷兰埃因霍芬、西班牙巴塞罗那和意大利国际米兰等俱乐部足球队。在 1997～1998 赛季，他在意大利甲级联赛、意大利杯赛和欧洲联盟杯赛中共攻入 42 个球，创意大利足坛一个赛季个人进球最多的纪录。1998 年、2002 年入选巴西足球队，参加第 16、17 届世界杯足球赛，获得亚、冠军，分别被评为最佳球员、最佳射手。此外，他还被评为 1996 年、1997 年和 2002 年世界足球先生，1997 年、2002 年欧洲足球先生。1998 年获世界杯金球奖。罗纳尔多司职前锋，左、右脚均可射门，在足球界有“外星人”的雅号。2011 年 2 月宣布退役。

贝克汉姆，D.（1975-05-02～ ） 英国足球运动员。生于伦敦。1988 年正式签约曼联队。1992 年首次代表曼联成人队参加比赛，并于次年正式成为职业足球运动员。先后效力于曼联、普雷斯顿、皇家马德里、洛杉矶银河、AC 米兰和巴黎圣日耳曼 6 家俱乐部足球队。他为曼联队在 1996 年、1997 年、1999 年、2000 年的英格兰足球超级联赛和 1999 年的欧洲冠军联赛上夺冠立下汗马功劳。共代表英格兰足球队出场 115 次，射入 17 个球，58 次担任场上队长。2013 年 5 月宣布赛季结束后退出职业足坛。1999 年、2001 年两次获世界足球先生提名。1999 年当选为欧足联俱乐部足球先生。2001 年被评为英国最佳运动员。2010 年获得 BBC（英国广播公司）终身成就奖。

贝克汉姆起脚射门

篮球运动 用球向悬在高处的篮筐进行投准比赛的球类运动。因最初是用装水果的篮筐作投掷目标，故名。现代篮球运动已发展成为一项由灵活巧妙的技术与变化多端的战术相结合的竞赛活动。

1891 年由美国马萨诸塞州斯普林菲尔德基督教青年会学校的体育教师 J. 奈史密斯创造。在 1904 年第 3 届奥林匹克运动会上，首次进行了篮球表演赛。1908 年，美国制定了统一的篮球规则，并以多种文字出版。此后，篮球运动逐渐传遍世界，成为世界性运动项目。1932 年国际篮球联合会成立。1936 年，第 11 届奥林匹克运动会将男子篮球列为正式比赛项目。1976 年，第 21 届奥

篮球创始人奈史密斯
新华社提供

林匹克运动会将女子篮球列为比赛项目。随着篮球运动的发展和技战术水平的提高，在 1992 年第 25 届奥林匹克运动会上，国际奥林匹克委员会允许职业球员参加比赛。

1895 年篮球运动传入中国的天津。中国男子篮球队曾在 1921 年第 5 届远东运动会篮球比赛中获得冠军。中华人民共和国成立后，篮球运动才有较迅速和广泛的发展。1956 年中国篮球协会成立。

全美职业篮球联赛 美国国家篮球协会（NBA）主办的全美国职业篮球队间规模最大的赛事。习称 NBA 篮球联赛。被公认为世界最高水平的篮球比赛。NBA 的前身是 1946 年成立的全美篮球协会（BBA）。1949 ~ 1950 年，BBA 合并了国家篮球联盟（NBL），同时正式更名为美国国家篮球协会。1975 ~ 1976 赛季，NBA 又合并了职业篮球联盟（ABA），完成对美国篮球市场高水平联赛的垄断。

NBA 篮球联赛的竞赛方法基本是：将联赛分成常规赛和季后赛两个阶段。常规赛分成东部和西部两个联盟若干赛区，从每年的 11 月初开始，至次年 4 月 20 日左右结束。常规赛结束后，按胜率高低，东、西部两个联盟分别排出自己的常规赛季名次。东、西部联盟常规赛季名列前八名的球队将进入各自联盟的季后赛。季后赛采用淘汰制，从 4 月下旬开始，到 6 月下旬决出冠军为止。然后由东、西部联盟的冠军进行总冠军决赛。

NBA 篮球联赛 1995 ~ 1996 赛季中，西雅图超音速队与休斯敦火箭队比赛时的精彩一幕

姚明（1980-09-12 ~ ） 中国篮球运动员。上海人。身高 2.26 米。有“小巨人”之称。17 岁加入中国青年篮球队集训，司职中锋。18 岁入选中国男子篮球队。1999 年、2001 年，与队友合作获亚洲男子篮球锦标赛冠军。2000 年入选亚洲全明星队。同年，获中国男子篮球甲 A 联赛 1999 ~ 2000 赛季的篮板、扣篮、盖帽三个单项奖。2002 年 6 月在 NBA 选秀中成为新秀状元。之后加盟休斯敦火箭队，成为火箭队的首发主力。2003 ~ 2009 年连续七次入选 NBA 全明星阵容。在 2008 年第 29 届奥林匹克运动会上，以姚明为主力的中国男子篮球队获第八名。2011 年 7 月宣布退役。2015 年获劳伦斯世界体育奖年度最佳体

新华社提供，李岳拍摄

育精神奖。2016 年入选奈史密斯篮球名人纪念堂，成为获得此项殊荣的第一位中国人。

约翰逊，E.（1959-08-14～　）美国篮球运动员。生于密歇根州兰辛市。身高 2.06 米。司职控球后卫，绰号“魔术师”。1976 年考入密歇根州立大学。1979 年在 NBA 选秀中以状元秀的身份被洛杉矶湖人队选中，职业生涯全部效力于洛杉矶湖人队。1980 年、1982 年、1985 年、1987 年、1988 年随湖人队 5 次夺得 NBA 总冠军。3 次当选为 NBA 总决赛最有价值球员，12 次入选 NBA 全明星阵容，9 次入选 NBA 最佳阵容一阵。1991 年 11 月，他因被确诊感染艾滋病毒而宣布退出篮坛。1992 年加盟美国梦之队，参加第 25 届奥林匹克运动会篮球比赛，夺得冠军。之后曾于 1996 年 1 月复出，同年 5 月再次宣布退役。2002 年入选奈史密斯篮球名人纪念堂。

新华社提供

乔丹，M.（1963-02-17～　）美国篮球运动员。生于纽约。身高 1.98 米。有“空中飞人”之称。1982 年进入北卡罗来纳大学学习。1984 年在 NBA 选秀中被芝加哥公牛队选中，职业生涯曾长期效力于芝加哥公牛队。入选美国篮球队，获第 23 届和第 25 届奥林匹克运动会篮球比赛冠军。1991 年、1992 年、1993 年、1996 年、1997 年、1998 年率领芝加哥公牛队 6 次夺得 NBA 总冠军。1993 年 10 月一度退役改打棒球，1995 年 3 月宣布复出。1999 年 1 月再度宣布退役，2001 年 10 月再度宣布复出，加盟华盛顿奇才队。2003 年 5 月正式宣布退役。6 次当选为 NBA 总决赛最有价值球员，14 次入选 NBA 全明星阵容，10 次入选 NBA 最佳阵容一阵。1999 年被国际体育记者协会评为“20 世纪 25 名最佳运动员”，同年 11 月获国际体育奥斯卡金像奖。2009 年入选奈史密斯篮球名人纪念堂。

新华社提供

奥尼尔，S.（1972-03-06 ~　）美国篮球运动员。生于新泽西州纽瓦克。身高2.16米。司职中锋，绰号“大鲨鱼”。1990年进入路易斯安那州立大学学习。1992年在NBA选秀中以状元秀的身份被奥兰多魔术队选中，职业生涯曾效力于奥兰多魔术队、洛杉矶湖人队、迈阿密热火队、菲尼克斯太阳队、克里夫兰骑士队和波士顿凯尔特人队。入选美国篮球队，获1994年世界男子篮球锦标赛冠军、第26届奥林匹克运动会篮球比赛冠军。2000年、2001年、2002年率洛杉矶湖人队3次获得NBA总冠军。2006年带领迈阿密热火队获得NBA总冠军。2011年6月宣布退役。3次当选为NBA总决赛最有价值球员，15次入选NBA全明星阵容，8次入选NBA最佳阵容一阵。2016年入选奈史密斯篮球名人纪念堂。

新华社提供，Reuter 拍摄

排球运动　球类运动之一。运动双方各由分列两排的六人组成，以中间球网为界，用手击球过网决定胜负。

1981年获第3届世界杯女子排球赛冠军的中国女子排球队

1895年由美国基督教青年会干事W.G.摩根发明。1896年，美国开始举行排球比赛。1947年4月，国际排球联合会在巴黎成立。1949年和1952年分别举行了首届男子和女子世界排球锦标赛。1964年排球被列为奥林匹克运动会正式比赛项目。1965年和1973年又分别举行了首届男子和女子世界杯排球赛。1984年以后，国际排球联合会进行了一系列改革和调整，使排球成为拥有巨大社会效益和经济效益的体育产业。

20世纪初，排球传入中国。1911年在上海举行了首次排球表演赛。中华人民共和国成立后，排球被作为重点运动项目加以推广。1953年中国排球协会成立。80年代，中国女子排球队曾获得两次世界杯排球赛冠军、两次世界排球锦标赛冠军和一次奥林匹克运动会排球比赛冠军，即所谓“五连冠”。

沙滩排球　球类运动之一。运动双方各由两人组成，在被球网分开的沙滩场地上，利用身体任何部位击球过网来进行比赛。

20 世纪 20 年代起源于美国加利福尼亚，起初只是一种民间娱乐活动。1940 年左右，美国有了沙滩排球比赛。1987 年在巴西里约热内卢举办了首届世界男子沙滩排球锦标赛。1988 年世界沙滩排球联合会正式成立。1992 年，首届世界女子沙滩排球锦标赛在西班牙举行。1996 年在第 26 届奥林匹克运动会上，沙滩排球被列为正式比赛项目。

沙滩排球在中国起步较晚。1987 年 7 月，中国首次组队参加了沙滩排球国际邀请赛。1997 年，第 8 届全国运动会将沙滩排球列为正式比赛项目。

沙滩排球比赛

郎平（1960-12-10 ~　）　中国女子排球运动员、教练员。天津人，生于北京。1978 年入选中国女子排球队，任主攻手，被誉为“铁榔头”。在郎平和队友的协同拼搏下，中国女子排球队获 1981 年第 3 届和 1985 年第 4 届世界杯女子排球赛、1982 年第 9 届和 1986 年第 10 届世界女子排球锦标赛、1984 年第 23 届奥林匹克运动会女子排球比赛冠军，即“五连冠”。1988 年赴美留学。1996 年作为主教练，率中国女子排球队获第 26 届奥林匹克运动会女子排球比赛亚军。2008 年作为教练，率美国女子排球队获第 29 届奥林匹克运动会女子排球比赛亚军。2013 年再次出任中国女子排球队主教练。2015 年率队获第 12 届世界杯女子排球赛冠军，2019 年率队以全胜战绩成功卫冕。2016 年率队获第 31 届奥林匹克运动会女子排球比赛冠军。2002 年入选美国排球名人堂。

新华社提供，刘大伟拍摄

乒乓球运动　球类运动之一。由两名或两对选手，用球拍在中间隔一网的球台两端轮流击球。乒乓球运动场地、器材等设施比较简单，投入成本小，开展范围广。

乒乓球运动起源于英国，是从网球运动派生而来的，乒乓球有“桌上网球”之称。1904 ~ 1918 年，这项运动还处在游戏阶段。直至 1926 年 1 月国际乒乓球邀请赛在柏林举行，乒乓球才逐渐引起人们的重视。同年 12 月，国际乒乓球联合会成立，由其组织的世

乒乓球比赛

界乒乓球锦标赛等赛事逐渐红火起来。1926 ~ 1951 年是欧洲乒乓球运动的全盛时期。1952 ~ 1959 年，日本选手称雄世界乒坛。乒乓球运动的优势开始从欧洲转到亚洲。1959 年中国选手容国团获世界乒乓球锦标赛男子单打冠军，这是中国第一个乒乓球世界冠军。从 20 世纪 60 年代开始，中国乒乓球运动开始崛起。之后，中国在世界乒坛长期保持了优势地位。1988 年，乒乓球被列为奥林匹克运动会比赛项目。

世界乒乓球锦标赛 国际乒乓球联合会举办的一项最高水平的标志性比赛。简称世乒赛。此项赛事项目最全，参赛选手最多，任何会员协会均可派队或选手参加比赛。1926 年首次举办，1928 年举办第 2 届，以后每年一届。1940 ~ 1946 年因第二次世界大战暂停。1957 年第 24 届后改为每两年举办一届。

世界乒乓球锦标赛设男女团体、男女单打、男女双打、混合双打等七个比赛项目，每个项目都设有专门奖杯，所有奖杯都是流动的，杯体上刻有每届获奖选手的姓名。国际乒乓球联合会规定，凡连续三次获得男子单打冠军或连续四次获得女子单打冠军者，授予一个该项目奖杯的复制品，由获奖者永久保存。中国运动员曾在第 36、43、46、48、49 届世界乒乓球锦标赛上囊括全部七个奖杯。

男子单打冠军
圣·勃莱德杯

女子单打冠军
吉·盖斯特杯

男子团体冠军
斯韦思林杯

女子团体冠军
考比伦杯

男子双打冠军
伊朗杯

女子双打冠军
波普杯

混合双打冠军
兹·赫杜赛克杯

世界乒乓球锦标赛奖杯

容国团（1937-08-10 ～ 1968-06-20） 中国乒乓球运动员、教练员。广东珠海人，生于香港。从小喜爱乒乓球运动。1958 年入选广东省乒乓球队，同年获全国乒乓球锦标赛男子单打冠军。随后被选入中国乒乓球队。他创造了发转与不转球、搓转与不转球的新技术。1959 年参加第 25 届世界乒乓球锦标赛，为中国夺得第一个乒乓球男子单打世界冠军。1961 年在第 26 届世界乒乓球锦标赛比赛中，为中国第一次获得男子团体冠军作出重要贡献。1964 年担任中国女子乒乓球队教练员。在他和其他教练员的指导下，中国女子乒乓球队获得第 28 届世界乒乓球锦标赛的女子团体冠军。

庄则栋（1941-08-25 ～ 2013-02-10） 中国乒乓球运动员。北京人。1957 年入选北京市乒乓球队。1959 年入选中国青年乒乓球队。同年参加斯堪的纳维亚国际乒乓球比赛，获得男子单打冠军，并和同伴一起获男子团体、男子双打冠军。1961 年成为中国乒乓球队的主力队员。参加第 26 ～ 28 届和第 31 届世界乒乓球锦标赛，蝉联第 26 ～ 28 届世界乒乓球锦标赛男子单打冠军，是 4 届世界乒乓球锦标赛男子团体冠军中国队的主力队员，并获得第 28 届世界乒乓球锦标赛男子双打（与徐寅生合作）冠军。1973 年，国际乒乓球联合会授予他复制的圣·勃莱德杯。1974 ～ 1976 年任国家体育运动委员会主任。后在北京市少年宫任乒乓球教练。

邓亚萍（1973-02-05 ～　） 中国女子乒乓球运动员。河南郑州人。5 岁起即接受乒乓球训练。1983 年进入郑州市乒乓球队。1988 年入选中国乒乓球队。1989 ～ 1997 年，参加第 40 ～ 44 届世界乒乓球锦标赛，共获三次女子单打冠军、三次女子双打冠军（两次与乔红合作，一次与杨影合作）、三次女子团体冠军。1992 年、1996 年，参加第 25、26 届奥林匹克运动会乒乓球比

赛，两次获得女子单打冠军、女子双打冠军（与乔红合作）。在世界杯乒乓球赛中，获女子单打冠军、女子双打冠军（与乔红合作），并获三届团体赛女子团体冠军。1998 年 9 月正式宣布退役。1997 年和 2000 年两次入选国际奥林匹克委员会运动员委员会委员。2003 年 5 月入选国际乒联名人堂。

瓦尔德内尔，J.-O.（1965-10-03 ～ ）瑞典乒乓球运动员。生于斯德哥尔摩。曾多次到中国训练学习和访问比赛。首创横拍直握的发球方法。有“游击队长”的雅号。1986 年、1992 年两次获欧洲乒乓球锦标赛男子双打冠军。1996 年获欧洲乒乓球锦标赛男子单打冠军、男子双打冠军和男子团体冠军。他是瑞典获第 40 ～ 42 届世界乒乓球锦标赛男子团体冠军的主力，并获第 40、44 届世界乒乓球锦标赛男子单打冠军。1990 年获第 11 届世界杯乒乓球赛男子单打冠军。1992 年获第 25 届奥林匹克运动会乒乓球比赛男子单打冠军。他集“三大赛”桂冠于一身，成为国际乒坛“大满贯”第一人。35 岁以后仍不断参加世界大赛，并取得佳绩，被誉为乒坛“常青树”。2006 年退役。

羽毛球运动 一项在室内外均可进行的小型球类运动。比赛时，一人或两人为一方，中隔一网，用球拍经网上往返击球，使球落在对方场地上或使对方击球失误而得分。

18 世纪法国画家 J.-B.-S. 夏尔丹笔下的羽毛球

一般认为，现代羽毛球运动源于 1860 年在英格兰伯明顿庄园内举行的一场游戏活动。1893 年英国羽毛球协会创立。1934 年国际羽毛球联合会成立。国际羽毛球联合会于 1948 年举办了首届*汤姆斯杯赛*，于 1956 年举办了首届*尤伯杯赛*，于 1989 年举办了首届苏迪曼杯赛。1977 年，国际羽毛球联合会决定举办首届世界羽毛球锦标赛。1978 年，亚、非地区的发展中国家发起成立世界羽毛球联合会。1981 年，国际羽毛球联合会和世界羽毛球联合会宣布，两组织实行联合，名称为国际羽毛球联合会。1992 年，羽毛球运动被正式列为奥林匹克运动会的比赛项目。

20 世纪上半叶，欧美国家称雄世界羽坛。40 年代末 50 年代初，国际羽坛上亚洲运动员雄起。60 年代中期，中国羽毛球运动开始走向世界。70 ～ 80 年代的二十年间，亚洲选手占据了世界羽毛球运动的优势地位。现在，世界羽坛正呈现出欧亚对抗、群雄纷争的局面。

汤姆斯杯赛 以英国羽毛球运动员G.A.汤姆斯命名的国际羽毛球大赛。即世界男子羽毛球团体锦标赛。1903～1928年，汤姆斯多次在全英羽毛球比赛中获得男子单打、男子双打和混合双打冠军。1934年7月国际羽毛球联合会成立，汤姆斯被推选为首任主席。他在1939年召开的国际羽毛球联合会理事会上提议，设立世界男子羽毛球团体比赛，并表示愿意为此项比赛捐赠一座奖杯。这一建议因第二次世界大战被搁置。1948年，国际羽毛球联合会举办了首届“汤姆斯杯”男子团体锦标赛。以后每三年举行一次。1984年起改为每两年举行一次，逢双数年举行。汤姆斯杯为流动杯，每次比赛的冠军队将奖杯带回本国，保留至下一届比赛开始。故此，汤姆斯杯赛又称为国际羽毛球挑战杯赛。采用5场3胜制（3单2双）。

尤伯杯赛 以英国女子羽毛球运动员B.尤伯命名的国际羽毛球大赛。即世界女子羽毛球团体锦标赛。1930～1949年，尤伯多次夺得全英羽毛球锦标赛的女子单打、女子双打和混合双打冠军。退役后，为推动世界羽毛球运动的发展，她自愿捐赠一座奖杯。此杯被国际羽毛球联合会确定为世界女子羽毛球团体锦标赛优胜奖杯。1956年，国际羽毛球联合会正式创办尤伯杯赛。以后每三年举

2006年中国女子羽毛球队第10次捧得尤伯杯 新华社提供

2018年中国男子羽毛球队夺得汤姆斯杯 新华社提供，王申拍摄

行一次。1981年国际羽毛球联合会和世界羽毛球联合会合并为现在的国际羽毛球联合会时，决定尤伯杯赛与汤姆斯杯赛将在同时同地举行，并相应改为每两年举行一届。自1984年开始，尤伯杯赛改为每两年举行一次。采用5场3胜制（3单2双）。

李永波（1962-09-18～　）中国羽毛球运动员、教练员。辽宁大连人。1978年进入辽宁省羽毛球队，1981年入选中国羽毛球队。长期与田秉毅合作参加男子双打比赛。1988年获第8届世界杯羽毛球赛男子双打冠军。1987年、1989年获第5、6届世界羽毛球锦标赛男子双打冠军。1986年、1988年、1990年，与队友合作获第14～16届汤姆斯杯赛冠军。1992年退役。

1993～2017年，先后任中国羽毛球队教练、副总教练、总教练。执教期间，率领中国队九夺苏迪曼杯赛冠军，八夺尤伯杯赛冠军，五夺汤姆斯杯赛冠军，包揽两届世界羽毛球锦标赛和第30届奥林匹克运动会羽毛球比赛全部冠军。

新华社提供，郑焕松拍摄

林丹（1983-10-14～　）中国羽毛球运动员。福建上杭人。1995年进入八一体工大队，2000年入选中国羽毛球队。2005年、2006年，获第18、19届世界杯羽毛球赛男子单打冠军。2008年、

新华社提供，饶饶拍摄

2012年，获第29、30届奥林匹克运动会羽毛球比赛男子单打冠军。2006年、2007年、2009年、2011年、2013年，获第15～17、19～20届世界羽毛球锦标赛男子单打冠军。作为主力，2004年、2006年、2008年、2010年与队友合作获第23～26届汤姆斯杯赛冠军，2005年、2007年、2009年、2011年、2015年与队友合作获第9～12、14届苏迪曼杯赛冠军。2006～2009年被国际羽毛球联合会评为“年度最佳运动员”。

网球运动　球类运动之一。两名或两对选手在中隔一网的场地上，用球拍往返击打一个有弹性的橡胶小球。根据比赛场地，主要有草地网球、沙地网球和硬地网球之分。

起源于12～13世纪法国传教士在教堂回廊里用手掌击球的游戏。1873年，英国人M.温菲尔德改进网球打法，使网球变成草地网球。1875年，英国板球

俱乐部制定了网球比赛规则。1877年，首届草地网球锦标赛在温布尔登举行。1912年国际网球联合会成立，总部设在伦敦。网球运动于19世纪后期传入中国。20世纪80年代后，中国网球运动员在国际比赛中取得了良好成绩。

网球于1896年被首届奥林匹克运动会列为正式比赛项目，后被取消，至1988年重新被列为正式比赛项目。当今较有影响的网球国际大赛有澳大利亚网球公开赛、法国网球公开赛、温布尔登网球公开赛和美国网球公开赛，这四大赛事被称为四大满贯。

李娜（1982-02-26～　）　中国女子网球运动员。湖北武汉人。6岁开始练习网球。1996年进入湖北省网球队。1999年入选中国网球队。2002年底退役，进入华中科技大学就读，2004年复出。2008年获第29届奥林匹克运动会网球比赛女子单打第四名。2009年1月，国家体育总局网球运动管理中心允许李娜单飞。2011年获法国网球公开赛女子单打冠军，2014年获澳大利亚网球公开赛女子单打冠军，是亚洲首位两次获得大满贯的女子网球运动员。2014年9月宣布退役。2015年获劳伦斯世界体育奖特别贡献奖。

新华社提供

纳芙拉蒂洛娃，M.（1956-10-18～　）　美国女子网球运动员。生于布拉格。原籍捷克斯洛伐克。4岁多开始练球，8岁后开始参加各类比赛。1975年进入职业网坛，并移居美国，1981年加入美国籍。她是最早进行力量训练的女子网球运动员之一，素有“网坛女金刚”之称。20世纪90年代一度退出网坛，43岁时再操球拍。在澳大利亚、法国、温布尔登和美国网球公开赛，即四大满贯赛事中夺得18次女子单打冠军。尤其在温布尔登网球公开赛中，夺得9次女子单打冠军，其中1982～1987年连续6次夺冠；共获得包括女子单打、女子双打和混合双打在内的20个冠军。2006年9月夺得她的第59个大满贯冠军——美国网球公开赛混合双打冠军。2000年7月入选国际网球名人堂。

格拉芙，S.（1969-06-14～　）　德国女子网球运动员。生于布吕尔。3岁开始接受网球启蒙训练。6岁第一次参加巡回赛。13岁步入职业网坛。17岁时赢得个人第一个职业比赛的冠军。有

“网坛玉女”的美誉。在澳大利亚、法国、温布尔登和美国网球公开赛，即四大满贯赛事中夺得22次女子单打冠军、1次女子双打冠军。总共参赛 1017 场，胜 907 场。连续 188 周排名世界第一，共计 377 周排名世界第一，均创历史纪录。她是历史上唯一一位每项大满贯赛事夺冠至少 4 次的选手。1988 年获第 24 届奥林匹克运动会网球比赛女子单打金牌，成为史无前例的金满贯。1999 年 8 月宣布退役。同年 12 月，国际奥林匹克委员会授予她奥林匹克银质勋章。2004 年入选国际网球名人堂。

威廉姆斯，S.（1981-09-26 ～ ） 美国女子网球运动员。生于密歇根州萨吉诺。因与其姐 V. 威廉姆斯同为世界优秀网球运动员，所以通常称她为小威廉姆斯。1995 年开始职业生涯。姐妹俩长期配对参加双打比赛。在澳大利亚、法国、温布尔登和美国网球公开赛，即四大满贯赛事中夺得23次女子单打冠军、14 次女子双打冠军。在奥林匹克运动会网球比赛中，获得 2012 年第 30 届女子单打冠军和 2000 年第 27 届、2008 年第 29 届、2012 年第 30 届女子双打冠军。她是女子网球历史上继 S. 格拉芙之后第二位实现单打金满贯的球员，也是女子网球历史上史无前例的单、双打同时实现金满贯的球员。2016 年、2018 年两次获得劳伦斯世界体育奖年度最佳女运动员奖。

新华社提供，Adam Davy Pool 拍摄

阿加西，A.（1970-04-29 ～ ） 美国网球运动员。生于拉斯维加斯。祖辈是亚美尼亚人，曾移居伊朗。1983 年进入佛罗里达州的尼克·博勒蒂里网球学院学习，开始接受正规网球训练。1986 年加入职业比赛。仅 18 岁即成为世界排名第三的选手。在澳大利亚、法国、温布尔登和美国网球公开赛，即四大满贯赛事中夺得 8 次男子单打冠军，是 20 世纪 90 年代实现男子网球四大满贯的第一人。1996 年夺得第 26 届奥林匹克运动会网球比赛男子单打冠军，

新华社提供

成为第一位获得金满贯的男子网球运动员。2006 年退役。球场上有“坏小子”之称的阿加西，球场外孜孜不倦地投身慈善事业，得到世人的尊敬。

费德勒，R.（1981-08-08 ~ ）瑞士网球运动员。生于巴塞尔。8 岁开始打网球。14 岁时进入瑞士国家网球中心接受训练。1998 年转为职业网球运动员。在澳大利亚、法国、温布尔登和美国网球公开赛，即四大满贯赛事中夺得 20 次男子单打冠军。2008 年获第 29 届奥林匹克运动会网球比赛男子双打冠军。2012 年获第 30 届奥林匹克运动会网球比赛男子单打亚军。2005 ~ 2008 年连续 4 次荣获劳伦斯世界体育奖年度最佳男运动员奖。2007 年瑞士邮政为他专门发行了一套邮票，费德勒成为史上第一位活着享此殊荣的名人。2010 年奥地利邮政也为费德勒发行了一套邮票。2018 年获劳伦斯世界体育奖年度最佳男运动员奖和最佳复出奖。

新华社提供，白雪拍摄

纳达尔，R.（1986-06-03 ~ ）西班牙网球运动员。生于马略卡。3 岁在叔叔的带领下进入网球的世界。2001 年转入职业网坛。在澳大利亚、法国、温布尔登和美国网球公开赛，即四大满贯赛事中夺得 19 次男子单打冠军。其中在法国网球公开赛中共获得 12 次男子单打冠军，创历史纪录。2008 年获第 29 届奥林匹克运动会网球比赛男子单打冠军，成为第二位获得金满贯的男子网球运动员。2011 年获萨马兰奇奖。2011 年获劳伦斯世界体育奖年度最佳男运动员奖，2014 年获劳伦斯世界体育奖最佳复出奖。西班牙马略卡天文台将一颗于 2003 年 5 月 28 日发现的行星命名为“纳达尔星”，纳达尔成为首位获行星命名的网球选手。

新华社提供，叶平凡拍摄

橄榄球运动 球类运动之一。因其球形类似橄榄，在中国被称为橄榄球。

源于英国，原称拉格比足球，简称拉格比。英国中部拉格比市的拉格比公学是橄榄球运动的诞生地。19 世纪 20 年代，橄榄球运动从足球运动中派生而出。1839 年以后，这项运动逐渐在剑桥大学等校开展。1871 年英国拉格比协会成立，并由当时参加协会的 17 个俱乐部共同商定了新的比赛规则。此后，英国橄榄球很快传入欧洲各国和美国、加拿大、澳大利亚、新西兰等国。1890 年建立了国际橄榄球组织。1906 年在法国

英式橄榄球比赛

举行了橄榄球国际比赛。在 2016 年第 31 届奥林匹克运动会上，七人制橄榄球被列为正式比赛项目。

英国橄榄球传到其他国家后，不断发展变化，许多国家都创造了本国形式的橄榄球运动。这些橄榄球运动大致可分为英式橄榄球和美式橄榄球两大类。英式橄榄球比赛时，运动员不穿护具，基本上采用足球运动员的服装，故英式橄榄球又称软式橄榄球；美式橄榄球比赛时，运动员必须穿戴规定的服装和护具，故美式橄榄球又称硬式橄榄球。

手球运动 球类运动之一。综合篮球和足球的特点，用手打球，以球攻入对方球门得分。分七人制和十一人制两种。世界各国开展的大部分是七人制手球运动。

20 世纪初，手球运动作为游戏流行于欧洲。1926 年，由德国发起并首次举行了十一人制国际手球比赛。1936 年在第 11 届奥林匹克运动会上，十一人制手球被列为正式比赛项目。60 年代后期，十一人制手球为七人制手球所取代。自 1972 年第 20 届奥林匹克运动会始，七人制男子手球被列为正式比赛项目。女子手球运动开展较晚，1949 ~ 1960 年共举行了 3 届世界女子十一人制手球锦标赛。世界女子七人制手球锦标赛于 1957 年在南斯拉夫首次举行。从 1976 年起，女子七人制手球被列为奥林匹克运动会正式比赛项目。手球的重大国际比赛除奥林匹克运动会外，还有世界手球锦标赛、世界大学生手球比赛等。

1949 年以前，手球仅在中国一些大专院校作为介绍性学习项目出现。1960

手球比赛

年以前，中国开展的是十一人制手球运动。1960 年后推行七人制手球运动。

曲棍球运动 使用带有弯头的曲棍通过集体配合射球入门得分的一种户外球类运动。

古代波斯人最早用棍打球进行比赛。中国古代也有关于类似曲棍球活动的记载，唐代称为步打球，北宋称为步击。现代曲棍球运动始于 1875 年的英国。1886 年，曲棍球协会在伦敦成立。自 1908 年起，男子曲棍球被列为奥林匹克运动会比赛项目。1924 年，国际曲棍球联合会在巴黎成立。1927 年国际女子曲棍球联合会成立。从 1980 年起，女子曲棍球被列为奥林匹克运动会比赛项目。国际曲棍球联合会管理的世界性比赛还有世界曲棍球锦标赛和世界杯曲棍球赛。

曲棍球比赛

在中国，现代曲棍球运动是从 20 世纪 70 年代中期才逐渐开展起来的。1978 年，中国首次在齐齐哈尔举行了曲棍球赛。男子曲棍球和女子曲棍球分别于 1983 年和 1987 年被列为全国运动会正式比赛项目。中国女子曲棍球水平已跻身世界强队行列。

在欧洲，因冬季户外曲棍球训练和比赛受天气影响，因而发展了室内曲棍球运动。其规则大体与室外曲棍球运动相同。

棒球运动 以棒击球为主要特点的一项集体性球类运动。

最早由英国移民传至美国。美国人 A.J. 卡特赖特是现代棒球运动的奠基人。1871 年美国全国职业棒球运动员组织成立，1876 年改名为全国棒球联合会。1881 年另一个全国性的职业棒球组织在美国成立，即后来的全美职业棒球联合会。1884 年首次举行这两个组织间的冠军赛，即世界棒球冠军赛。1910 年，美国总统 W.H. 塔夫脱正式批准棒球运动为美国的“国球”。

最初的国际棒球组织成立于 1937 年。1976 年国际业余棒球联合会正式成立，1985 年更名为国际棒球联合会。国际棒球联合会举办的比赛主要有世界棒球锦标赛和洲际杯比赛。1992 年，第 25 届奥林匹克运动会将棒球列为正式比

棒球比赛

赛项目。2005 年 7 月，国际奥林匹克委员会决定，从 2012 年起奥林匹克运动会不设棒球比赛。2016 年，棒球被重新接纳为 2020 年奥林匹克运动会正式比赛项目。

1907 年中国首次举行棒球比赛。1981 年中国正式加入国际棒球联合会。

垒球运动 由棒球演变而来的用棒击球的一项集体性球类运动。其竞赛规则、场地和器材都与棒球相近。但垒球球体较大而棒子则较细而短，场地较小，垒间距和投手投球距离也较短。

垒球比赛

为在严冬和下雨时仍可在室内打棒球，美国的 G. 汉考克和 L. 罗伯分别于 1887 年和 1895 年对棒球场地、器材和规则作了修改。不久，又将其移至户外。1933 年，美国业余垒球协会成立，将其正式命名为垒球，并统一了规则。国际垒球联合会于 1952 年成立。女子垒球自 1965 年起、男子垒球自 1966 年起，每隔四年分别举行各自的世界锦标赛。1996 年第 26 届奥林匹克运动会将女子垒球列为正式比赛项目。从 2012 年起，奥林匹克运动会不设垒球比赛。2016 年，垒球被重新接纳为 2020 年奥林匹克运动会正式比赛项目。

1915 年远东运动会后，垒球在沪、京、津、穗等地的教会学校中开展。中华人民共和国成立后，垒球运动受到重视。从 1959 年首届全国运动会起，各届全国运动会都设有垒球项目。

体操运动 徒手或借助器械进行各种身体操练的体育运动项目。经常从事体操运动可以促进人体的生长发育，增强体质和各器官的功能。

公元前 5 世纪，古代希腊人已将跑、跳、舞蹈、摔跤、攀登等内容编进军事操练中。当时体操几乎包括锻炼身体的一切活动。18 世纪后期，体操曾风靡欧洲。1896 年，国际体操联合会应运而生，明确了竞赛的项目内容。同年，在首届奥林匹克运动会上，体操成为主要竞赛项目之一。1903 年，首届世界体操锦标赛在比利时举行。1936 年，第 11 届奥林匹克运动会将男子竞技体操六项（自由体操、鞍马、吊环、跳马、单杠、双杠）列为比赛项目；1952 年，第 15 届奥林匹克运动会将女子竞技体操四项（自由体操、高低杠、平衡木、横跳马）列为比赛项目。19 世纪末，欧洲又出现了艺术体操。到 20 世纪 20 年代，艺术体操发展成为竞技比赛项目。

中国近代体操于 19 世纪后期开始起步。1908 年，上海创建了中国体操学校。中华人民共和国成立后，体操得到迅速发展。从 1951 年起，在全国范围内开始推行广播体操。在群众性体操运动开展的基础上，竞技体操水平迅速提高。目前，中国已跻身世界体操强国之列。

体操内容丰富，动作多样，能根据不同需要选择组合。从体操练习形式来分，有徒手体操和器械体操两大类。根据体操的任务不同，一般将其分为竞技性体操（包括竞技体操、技巧运动、艺术体操、健美操等）和非竞技性体操（包括基本体操、辅助体操、团体操等）。

艺术体操 女子竞技体操项目之一。徒手或持轻器械，在音乐伴奏下，以自然性和韵律性动作为基础，包括走、跑、跳、转体、平衡和身体各部分的摆动、绕环、屈伸、移动、旋转、滚翻，以及轻器械的抛接等动作。国际上习惯通称为韵律体操。

用带子舞出动感的美

起源于19世纪末20世纪初的欧洲。瑞士音乐教师É. 雅克-达尔克罗兹将音乐节奏与人的身体运动结合起来，创造了艺术体操。20世纪20年代，艺术体操已发展成为竞技运动项目。1962年国际体操联合会把艺术体操定为独立的女子竞赛项目。比赛规定使用的轻器械有绳、球、棒、带、圈5种。1963年举行了首届世界艺术体操锦标赛。1980年7月，国际奥林匹克委员会宣布将艺术体操列为奥林匹克运动会竞赛项目，并决定在1984年第23届奥林匹克运动会上举行比赛。当时仅设个人全能赛。1996年，第26届奥林匹克运动会始增加团体赛。

中国自20世纪50年代起从苏联引进了一些艺术体操的基本技术和项目。此后，运动水平不断提高。

科马内奇，N.（1961-11-13～　）罗马尼亚女子体操运动员。6岁入俱乐部接受训练，8岁开始参加全国少年赛。1976年在第21届奥林匹克运动会上以高难度的空翻、连接动作和以她名字命名的高低杠下法获七个满分，一举夺得全能、平衡木、高低杠三枚金牌。当年获罗马尼亚“社会主义劳动英雄”称号，联合国授予她特别荣誉奖章。1978年获世界体操锦标赛平衡木冠军。1980年在第22届奥林匹克运动会上再获平衡木、自由体操两枚金牌，个人全能和团体两枚银牌。1984年、2004年两度获奥林匹克银质勋章，是世界上唯一两度获此

殊荣的人。1989 年移居美国。1999 年 6 月被国际体育记者协会评为“20 世纪 25 名最佳运动员”，同年 11 月获国际体育奥斯卡金像奖。

霍尔金娜，S.（1979-01-19 ～　）俄罗斯女子体操运动员。生于别尔哥罗德。5 岁接受体操专项训练，15 岁入选俄罗斯女子体操队。她身材高挑，气质优雅，艺术表现力尤其出众。1996 年在第 26 届奥林匹克运动会上获高低杠金牌、团体银牌。2000 年在第 27 届奥林匹克运动会上获高低杠金牌和自由体操、团体两枚银牌。在世界体操锦标赛中，1995 年和 1996 年均获高低杠冠军，1997 年获个人全能、高低杠两项冠军，1999 年获高低杠冠军，2001 年获个人全能、跳马、高低杠三项冠军。高低杠有两个动作就是以她的名字命名的。2003 年在第 37 届世界体操锦标赛中以 24 岁的年龄夺得女子全能冠军。2004 年在第 28 届奥林匹克运动会上获个人全能银牌，之后退役。

李宁（1963-03-04 ～　）　中国体操运动员。广西柳州人。壮族。1971 年进入广西体操队。1980 年入选中国体操队。1982 年在第 6 届世界杯体操赛中获全能、单杠、自由体操、跳马、鞍马、吊环冠军。1983 年获第 22 届世界体操锦标赛男子团体冠军。1984 年获第 23 届奥林匹克运动会体操比赛自由体操、吊环、鞍马三枚金牌。同年，国际体操联合会公布的体操难新动作，有以其姓名命名的两个动作——“吊环李宁摆上”和“双杠李宁大回环”。1985 年获第 23 届世界体操锦标赛吊环冠军。1986 年获第 7 届世界杯体操赛全能、自由体操和鞍马冠军。有“体操王子”的美誉。2000 年被国际体操联合会收入国际体操名人堂。曾担任国际奥林匹克委员会运动员委员会委员及国际大赛的裁判工作。

新华社提供，胡越拍摄

蹦床运动　在四周连接有框架的网或坚固的帆布上进行空翻、转体等技巧动作的体育运动。原是体操项目之一，现已成为独立的体育运动项目。

20 世纪 30 年代，美国人 G. 尼森设计制作出了现代蹦床。竞技蹦床在欧洲开展较早。1964 年，国际蹦床联合会在瑞士成立。1988 年，蹦床运动获得国际奥林匹克委员会承认。2000 年，第 27

蹦床比赛

届奥林匹克运动会将蹦床列为正式比赛项目。

在中国，蹦床最初主要作为杂技团的表演项目，也作为体操、技巧、跳水等项目筋斗训练的辅助性练习和训练手段。蹦床作为竞技运动项目，则开展得比较晚。1998 年，国家体育总局将蹦床列为第 9 届全国运动会正式比赛项目。此后，蹦床运动快速发展。

蹦床运动中的竞技蹦床由八个项目组成：男子网上单人、女子网上单人、男子双人同步、女子双人同步、小蹦床男子单人、小蹦床女子单人、单跳男子单人、单跳女子单人。

体育舞蹈 体育与舞蹈相结合，具有锻炼、竞技和审美作用的一种舞蹈体裁。又称国际标准舞。是男女为伴进行的一种步行式双人舞竞赛项目。

国际标准舞之标准的设立与欧洲传统社交舞界关系密切。英国人的社交舞于 18 ~ 19 世纪传播到世界各国，20 世纪初开始在美国流行。第二次世界大战后，社交舞被美军和美国游客散播到全球各地，逐渐掺杂了各种跳法，并从礼仪性、自娱性的舞蹈转变为竞技性舞蹈。1920 年以后，英国皇家舞蹈教师协会规定了舞步标准和比赛章程。1947 年在德国柏林举行了首届世界标准交谊舞锦标赛。

国际标准舞于 20 世纪 30 年代传入中国。1987 年举行了首届全国国际标准交谊舞比赛。1991 年举行了首届全国体育舞蹈锦标赛。

探戈

国际标准舞分两个项群、十个舞种。其中摩登舞项群包括华尔兹、探戈、维也纳华尔兹、快步、狐步，拉丁舞项群包括桑巴、伦巴、恰恰、斗牛舞、牛仔舞。每个舞种均有各自的舞曲、舞步及风格。

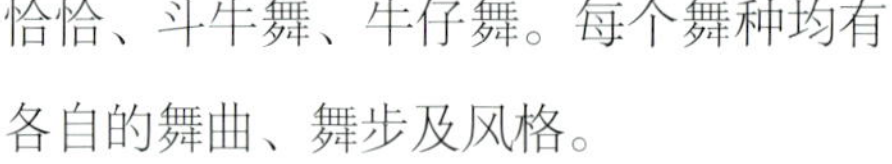

游泳运动 人凭借自身肢体的动作和水的作用力在水中活动或前进的体育运动。基本上可以分为两大类：一类是竞技游泳，另一类是大众游泳。

竞技游泳是按照一定的规则和要求，以竞速为目的的游泳运动。1896 年，首届奥林匹克运动会将游泳列为比赛项目。1908 年，国际游泳联合会在英国伦敦成立。1912 年，第 5 届奥林匹克运动

游泳比赛的出发瞬间

会开始将女子游泳列为比赛项目。1952年，第15届奥林匹克运动会将蝶泳从蛙泳项目中划出，单独作为一个正式的比赛项目。从此，竞技游泳发展成为四种泳式——蝶泳、仰泳、蛙泳和自由泳。由这四种泳式通过距离、组合方式的改变形成不同的比赛项目。国际上重要的游泳赛事有奥林匹克运动会游泳比赛、世界游泳锦标赛、世界短池游泳锦标赛和世界杯短池游泳赛。20世纪90年代以来，中国跻身于世界游泳强国之列。

大众游泳是以健身和娱乐为主要目的的游泳活动。健身游泳、娱乐游泳、康复游泳、冬泳、实用游泳等都属于大众游泳范畴。

花样游泳 在水中做出各种图形、造型和优美舞蹈动作的艺术性游泳。是近代兴起的一项水上运动项目。被誉为“水中芭蕾”。

20世纪20年代起源于德国、英国等欧洲国家，当时以艺术游泳而著称，后传入加拿大和美国。1956年，国际游泳联合会确定花样游泳为正式竞技项目。1984年，第23届奥林匹克运动会将花样游泳的单人和双人项目列为正式比赛项目。花样游泳的世界性大赛还有世界游泳锦标赛和世界杯花样游泳赛。2014年12月，国际游泳联合会决定，将在花样游泳比赛中新增混合双人项目。2015年，第16届世界游泳锦标赛新增花样游泳混合双人项目，男选手首次在国际级比赛中亮相。

集体花样游泳

花样游泳比赛按单人、双人和集体三项分别进行技术自选和自由自选的比赛。花样游泳水平以美国、加拿大、日本、俄罗斯、法国、中国等较为突出。

罗雪娟（1984-01-26 ~ ） 中国女子游泳运动员。浙江杭州人。1995年进入浙江省游泳队，2000年入选中国游泳队。2001年在第9届世界游泳锦标赛中夺得50米、100米蛙泳两项冠军，200米蛙泳、4×100米混合泳接力季军。

2002年在第6届世界短池游泳锦标赛中获50米蛙泳亚军、100米蛙泳季军。2003年在第10届世界游泳锦标赛中夺得50米、100米蛙泳和4×100米混合泳接力三项冠军，成为世界游泳锦标赛历史上第一位在100米蛙泳项目上卫冕成功的选手；同年在世界杯短池游泳赛上海站中获得50米蛙泳冠军。2004年在第28届奥林匹克运动会游泳比赛中夺得100米蛙泳金牌，并刷新该项目奥林匹克运动会纪录。2007年因病宣布退役。

新华社提供，陈建力拍摄

孙杨（1991-12-01～　）中国游泳运动员。浙江杭州人。2003年进入浙江省游泳队，2007年入选中国游泳队。2012年在第30届奥林匹克运动会游泳比赛中夺得400米、1500米自由泳金牌，200米自由泳银牌，4×200米自由泳接力铜牌。2016年在第31届奥林匹克运动会游泳比赛中夺得200米自由泳金牌和400米自由泳银牌。在世界游泳锦标赛中，2011年获800米、1500米自由泳冠军和400米自由泳亚军，创1500米自由泳世界纪录；2013年获400米、800米、1500米自由泳冠军；2015年获400米、800米自由泳冠军，200米自由泳亚军；2017年、2019年蝉联200米、400米自由泳冠军。2013年、2015年蝉联世界游泳锦标赛最佳男运动员。

新华社提供，杜宇拍摄

施皮茨，M.（1950-02-10～　）美国游泳运动员。生于加利福尼亚。2岁即开始与泳池为伴，8岁入游泳学校学习，10岁时已保持172项美国少年纪录。他水性出色，有“飞鱼”“泳怪”之称。先后20次刷新自由泳、蝶泳世界纪录，还与队友合作多次刷新接力项目世界纪录。1968年在第19届奥林匹克运动会游泳比赛中获4×100米、4×200米自由泳接力2枚金牌。1972年在第20届奥林匹克运动会游泳比赛中获100米、200米自由泳和100米、200米蝶泳，以及3个接力项目的7枚金牌，成为奥林匹克运动会历史上在一届赛事中获金牌最多的运动员。在这两届奥林匹克运动会上，他共破9项世界纪录。1971年获美国最高体育奖——沙

利文奖。1999 年 6 月被国际体育记者协会评为“20 世纪 25 名最佳运动员”，同年 11 月获国际体育奥斯卡金像奖。

波波夫，A.（1971-11-16 ～ ） 俄罗斯游泳运动员。生于伏尔加格勒。8 岁开始学习游泳。17 岁进入俄罗斯游泳队。1990 年由仰泳改练自由泳。1992 年在第 25 届奥林匹克运动会游泳比赛中夺得 50 米、100 米自由泳两枚金牌，4×100 米自由泳接力、4×100 米混合泳接力两枚银牌。1996 年在第 26 届奥林匹克运动会游泳比赛中取得与上一届同样的成绩，成为奥林匹克运动会历史上第二位连续两届获得 100 米自由泳金牌的运动员。1994 年、1998 年在第 7、8 届世界游泳锦标赛 100 米自由泳比赛中连续夺冠。2000 年在第 27 届奥林匹克运动会游泳比赛中获 100 米自由泳银牌。2003 年在第 10 届世界游泳锦标赛中再次夺得 100 米自由泳冠军。有“泳坛沙皇”之称。2005 年宣布退役。1996 年被国际游泳联合会授予突出贡献奖。

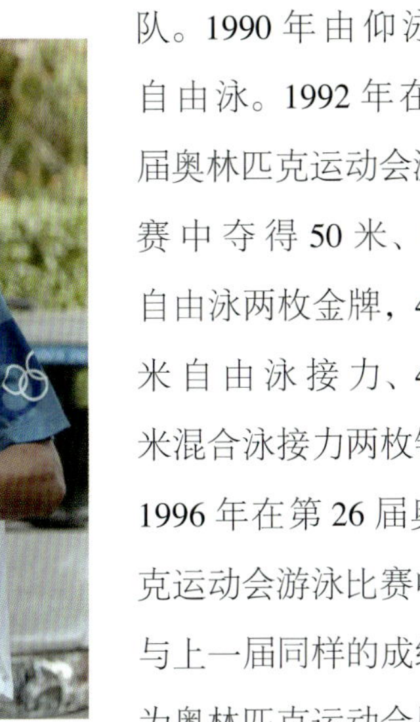

新华社提供，戚恒拍摄

索普，I.（1982-10-13 ～ ） 澳大利亚游泳运动员。生于悉尼。5 岁开始学习游泳。在世界游泳锦标赛中，1998 年获 400 米自由泳、4×200 米自由泳接力冠军；2001 年夺得 200 米、400 米、800 米自由泳，4×100 米、4×200 米自由泳接力，4×100 米混合泳接力 6 项冠军；2003 年获 200 米、400 米自由泳和 4×200 米自由泳接力冠军，200 米个人混合泳亚军。在奥林匹克运动会上，2000 年夺得 400 米自由泳、4×100 米自由泳接力、4×200 米自由泳接力金牌，200 米自由泳、4×100 米混合泳接力银牌；2004 年获 200 米、400 米自由泳金牌，4×200 米自由泳接力银牌，100 米自由泳铜牌。2006 年宣布退役，2011 年宣布重返泳坛。共打破 13 项长池的世界纪录，有“澳洲鱼雷”之称。

新华社提供，兰红光拍摄

菲尔普斯，M.（1985-06-30 ～ ） 美国游泳运动员。生于巴尔的摩。7 岁开始学游泳，15 岁参加奥林匹克运动会。

新华社提供，费茂华拍摄

2001～2011年，在第9～14届世界游泳锦标赛中共获26项冠军、6项亚军。2004～2016年，在第28～31届奥林匹克运动会游泳比赛中，共获得23枚金牌、3枚银牌和2枚铜牌；2008年在第29届奥林匹克运动会游泳比赛中获得200米自由泳、100米蝶泳、200米蝶泳、200米个人混合泳、400米个人混合泳、4×100米自由泳接力、4×100米混合泳接力、4×200米自由泳接力8枚金牌，成为单届奥林匹克运动会夺取金牌最多的选手。多次打破世界纪录。2012年8月宣布退役，2014年4月宣布复出，2016年12月正式宣布退役。2012年获国际游泳联合会特别奖“最伟大的奥林匹克运动员”。2017年获劳伦斯世界体育奖年度最佳复出奖。

跳水运动 水上运动之一。从高处用各种姿势跃入水中，或从跳水器械上起跳，在空中完成基本姿势并用特定动作入水。包括实用跳水、表演跳水和竞技跳水。

双人跳水

近代花式跳水的发源地在德国和瑞典。19世纪，跳水运动在德国已有很大发展。在19世纪末20世纪初的游泳比赛中开始出现跳水项目。1900年在第2届奥林匹克运动会上，瑞典人在专门的跳台上表演了各种跳水动作。1904年，第3届奥林匹克运动会将跳水列为正式比赛项目。1908年，第4届奥林匹克运动会制定了跳水比赛规则。1912年在第5届奥林匹克运动会上，女子首次参加跳水比赛。世界性的大型跳水比赛还有世界游泳锦标赛和世界杯跳水赛。竞赛项目有男、女单人1米跳板、3米跳板、10米跳台，男、女双人3米跳板、10米跳台，男子团体、女子团体及混合团体共13项。

跳水运动作为竞赛项目在中华人民共和国成立后方有较大发展和长足进步。中国跳水队在众多国际或世界大赛中创造了骄人的成绩。

高敏（1970-09-07～ ） 中国女子跳水运动员。四川自贡人。9岁开始学跳水。1980年进入四川省跳水队。1985年入选中国跳水队。1986年在第5届世界游泳锦标赛中获跳板跳水冠军。1987年获第5届世界杯跳水赛跳板跳水和女子团体冠军。1988年在第24届奥林匹克运动会跳水比赛中获跳板跳水金牌。1989年获第7届世界杯跳水赛1米跳板、

3米跳板、女子团体和混合团体四项冠军。1991年在第6届世界游泳锦标赛中获1米跳板和3米跳板冠军。1992年获第25届奥林匹克运动会跳水比赛3米跳板金牌。同年退役。她是世界上唯一突破600分大关的女子跳水运动员，有“跳水皇后”的美誉。

伏明霞（1978-08-16 ~ ） 中国女子跳水运动员。湖北武汉人。7岁开始学跳水。1987年进入湖北省跳水队。1988

年入选中国跳水队。1991年获第6届世界游泳锦标赛跳台跳水冠军。1992年在第25届奥林匹克运动会跳水比赛中获跳台跳水金牌。1994年获第7届世界游泳锦标赛跳台跳水冠军。1995年获第9届世界杯跳水赛3米跳板冠军、跳台跳水亚军，以及女子团体、混合团体冠军。1996年获第26届奥林匹克运动会跳水比赛3米跳板和跳台跳水两项冠军。2000年在第27届奥林匹克运动会跳水比赛中获3米跳板冠军，与郭晶晶合作获女子双人3米跳板亚军。同年退役。

郭晶晶（1981-10-15 ~ ） 中国女子跳水运动员。河北保定人。1988年开始跳水训练。1992年进入河北省跳水队。1993年入选中国跳水队。在世界杯跳水赛中，1995年获女子双人3米跳板、女子双人跳台跳水、女子团体和混合团体四项冠军，1999年获女子双人3米跳板和混合团体冠军，2000年获3米跳板、女子团体、混合团体冠军，2002年获1米跳板、3米跳板和女子团体冠军，2006年获1米跳板和女子双人3米跳板冠军。在世界游泳锦标赛中，1998年获3米跳板亚军，2001年、2003年、2005年、2007年均获女子3米跳板单人及双人冠军。在奥林匹克运动会跳水比赛中，2000年获女子3米跳板单人及双人银牌，2004年、2008年均夺得女子3米跳板单人及双人金牌。2011年宣布退役。

田亮（1979-08-27 ~ ） 中国跳水运动员。重庆人。10岁进入四川省跳水队，1993年入选中国跳水队。在世界杯跳水赛中，1995年获男子双人跳台跳水、男子团体和混合团体冠军；1999年获跳台跳水男子单人、双人和混合团体冠军；2000年获跳台跳水男子单人、双人，男子团体，混合团体四项冠军；2002年获跳台跳水男子单人、双人和男子团体冠军。在世界游泳锦标赛中，1998年获跳台跳水男子单人亚军和双人冠军，2001年获跳台跳水男子单人及双人冠军。在奥林匹克运动会跳水

比赛中，2000年获跳台跳水男子单人金牌、双人银牌，2004年获跳台跳水男子单人铜牌、双人金牌。2007年宣布退役。

洛加尼斯，G.（1960-01-29 ～　）美国跳水运动员。生于圣迭戈。有“空中芭蕾王子”之称。他第一个突破跳水项目700分大关。1976年在第21届奥林匹克运动会跳水比赛中获跳台跳水银牌；1984年、1988年在第23～24届奥林匹克运动会跳水比赛中蝉联跳台跳水、跳板跳水金牌。在世界杯跳水赛中，1979年获跳台跳水冠军，1981年获跳板跳水冠军；1983年、1987年均获跳台跳水、跳板跳水两项冠军。1982年、1986年在第4～5届世界游泳锦标赛中蝉联跳台跳水、跳板跳水冠军。多次被评为世界最佳运动员。1984年获美国最高体育奖——沙利文奖，并被推选为美国国家英雄。1985年入选美国奥林匹克名人堂。1988年获第24届奥林匹克运动会奥运精神奖。同年退役。

萨乌丁，D.（1974-03-15 ～　）俄罗斯跳水运动员。生于沃罗涅日。1981年开始跳水训练。在奥林匹克运动会跳水比赛中，1992年获3米跳板铜牌；1996年获跳台跳水金牌；2000年获3米跳板、跳台跳水铜牌，男子双人跳台跳水金牌，男子双人3米跳板银牌；2004年获3米跳板铜牌；2008年获男子双人3米跳板银牌。在世界游泳锦标

新华社提供，陈建力拍摄

赛中，1994年获跳台跳水冠军和3米跳板亚军，1998年获3米跳板、跳台跳水冠军，2001年获3米跳板冠军，2003年获男子双人3米跳板冠军。在世界杯跳水赛中，2000年获3米跳板冠军、跳台跳水亚军，2008年获男子双人3米跳板亚军。被誉为“跳水沙皇”。

水球运动　在水中进行的球类运动。运动员在水中互相配合，以投进长方形球场两端球门内球的多寡判胜负。正式的水球比赛场地应在人工游泳池中设置。

水球起源于英国，最早被称为“水中足球”。1877年，英格兰伯顿俱乐部聘请W.威尔森拟定了水球比赛规则。后来，这一规则成为国际水球比赛规则的基础。1890年，第一次水球国际性比赛在伦敦举行。1900年，第2届奥林匹克运动会把水球列为正式比赛项目。从1973年起，水球被世界游泳锦标赛列为比赛项目。1979年，开始举办世界杯水球赛。水球运动在20世纪20年代中期传入香港和广东，中国其他地区开展较

水球比赛

晚。中华人民共和国成立后，水球运动得到迅速发展。中国水球队在1978年第8届亚洲运动会上获得冠军，而后逐渐跻身世界强队之列。

冲浪运动 运动员站立在冲浪板上，或利用腹板、跪板、充气的橡皮垫、划艇、皮艇等驾驭海浪的一项水上运动。无论采用哪种器材，运动员都要有很高的技巧和平衡能力，同时要善于在风浪中长距离游泳。

冲浪运动1778年即见于夏威夷群岛，1908年后传到欧美一些国家，1960年后传到亚洲。1962年首届世界冲浪运动锦标赛在澳大利亚举行。2016年，冲浪被接纳为2020年奥林匹克运动会正式比赛项目。

冲浪

冲浪运动以浪为动力，要在有风浪的海滨进行，海浪高度在1米左右，最低不小于30厘米。夏威夷群岛因常年有适于冲浪运动的海浪而一直是世界冲浪运动中心。冲浪比赛主要根据运动员在规定时间内完成的冲浪数量和质量进行评分。

皮划艇运动 由一个或几个桨手乘坐一种特制小艇，面向前进方向，用无固定支点的桨划进的划船运动。皮划艇包括皮艇和划艇两种，都是两头尖小的船艇。由于这两种艇的比赛场地、比赛距离、比赛规则和裁判方法基本相同，故统称为皮划艇运动。皮艇起源于格陵兰岛上因纽特人所制作的一种小船。划艇则起源于加拿大，因此又称加拿大划艇。

单人皮艇

现代皮划艇运动是1865年开始的。此后，皮划艇运动逐渐兴起。1924年，国际皮划艇联合会在丹麦哥本哈根成立。1936 年，第 11 届奥林匹克运动会将皮划艇列为正式比赛项目。1938 年，首届世界皮划艇锦标赛在瑞典举行。现在国际皮划艇联合会管理和组织的比赛项目有静水、激流、马拉松、皮艇球、旅游艇、风帆皮划艇等比赛。

1930 年前后皮划艇运动传入亚洲。中华人民共和国成立后，皮划艇运动逐渐开展起来。1975 年，皮划艇被列为第 3 届全国运动会比赛项目，皮划艇运动由此进入蓬勃发展阶段。

帆船运动 依靠自然风力作用于帆面而推动船只前进，集娱乐性、观赏性、探险性、竞技性于一体的水上运动项目。

帆船比赛

现代竞技帆船运动出现于 17 世纪初的荷兰。1662 年，英国皇室举办了第一次帆船比赛。1720 年前后，各国帆船俱乐部和帆船协会纷纷建立。1857 年美洲杯国际帆船赛创立。1896 年，帆船被首届奥林匹克运动会列为正式比赛项目。1900 年第一次世界性的大型帆船赛举行。1906 年国际帆船运动联合会成立。每年都有各级别的世界和洲际帆船比赛，其中以欧洲三大赛、美洲杯帆船赛和世界环球航海赛最负盛名。

国际上视帆板运动为帆船运动的一个分支项目。1970 年，美国一位电脑工程师研制成帆板器材。1972 年，首届世界帆板锦标赛在加拿大举行。1984 年第 23 届奥林匹克运动会在帆船比赛中增设男子帆板，1992 年第 25 届奥林匹克运动会又增设了女子帆板。

中国现代帆船运动始于 1978 年。1980 年，帆船被列为全国运动会竞赛项目。1981 年中国帆船帆板运动协会成立。中国帆船运动起步较晚，但进步很快。

由于风速、风向不同，每轮比赛的场地会随时调整和改变，所以帆船、帆板比赛不存在世界纪录和最好成绩。

速度滑冰运动 在规定的距离内，以冰刀为用具在冰上进行的一种竞速运动。分为标准场地速度滑冰和短跑道速度滑冰两种。

新石器时代，生活在寒冷地带的人们用木制或骨制冰上器具在冰封的江河湖泊以滑冰作为游戏或交通运输手段。从 10 世纪开始出现骨制冰刀。1250 年

速度滑冰比赛

荷兰人发明了铁制冰刀。17 世纪发明了管式冰刀。1892 年国际滑冰联盟成立。1893 年首届男子速度滑冰锦标赛在荷兰举行。1936 年首届女子速度滑冰锦标赛举行。1924 年、1936 年，冬季奥林匹克运动会分别始设男、女速度滑冰项目。

中国在宋时即出现以冰嬉为内容的滑冰运动。19 世纪末，欧洲的滑冰运动传入中国。1953 年在哈尔滨举行了首届全国冰上运动会。1959 年举行了首届全国冬季运动会。此后涌现出了一大批优秀的速度滑冰运动员。

叶乔波（1964-08-03 ~ ） 中国女子速度滑冰运动员。吉林长春人。1974 年进入长春市业余体育学校速滑班。1977 年入选八一速滑队。1985 年入选国家速度滑冰集训队。1991 年获世界女子速度滑冰锦标赛 500 米冠军，同年获世界短距离速滑锦标赛女子 500 米、1000 米和全能三项亚军。1992 年 2 月在第 16 届冬季奥林匹克运动会速度滑冰比赛中夺得 500 米、1000 米两枚银牌，结束了中国在冬季奥林匹克运动会上无奖牌的历史；同年获世界短距离速滑锦标赛女子 1000 米和全能冠军及世界女子速度滑冰锦标赛 500 米冠军。1993 年获世界女子速度滑冰锦标赛 500 米冠军及世界短距离速滑锦标赛女子 500 米和全能冠军。1994 年在第 17 届冬季奥林匹克运动会速度滑冰比赛中获 1000 米铜牌。同年结束运动员生涯。

杨扬（1976-08-24 ~ ） 中国女子短道速度滑冰运动员。黑龙江七台河人。8 岁开始练习滑冰。1991 年进入黑龙江省短道速滑队。1995 年入选中国短道速滑队。在世界短道速滑锦标赛中，1995 年与队友合作打破女子 3000 米接力世界纪录；1997 ~ 2005 年共获得 28 个冠军，其中 1997 ~ 2002 年连续六届获得 1000 米和全能冠军。在冬季奥林匹克运动会短道速度滑冰比赛中，1998 年打破 1000 米世界纪录，并获 3000 米接力银牌；2002 年夺得 500 米和 1000 米两枚金牌，实现了中国运动员冬季奥林匹克运动会金牌零的突破。在世界杯短道速滑赛中，1998 ~ 2005 年共获得 15 个冠军，其中 1998 ~ 2001 年连续三个赛季获得 1500 米、全能和 3000 米接力冠军。2006 年退役。2010 年当选为国际奥林匹克委员会委员，是中国第一位以运动员身份入选的国际奥

林匹克委员会委员。

花样滑冰运动 将冰上技巧与音乐、舞蹈艺术结合在一起的体育运动项目。

起源于18世纪的英国。1860年俄国已有人将民间舞蹈融入滑冰动作。1892年，国际滑冰联盟成立。1896年在俄国举行了首届只有男子参加的世界花样滑冰锦标赛，1906年在瑞士首次举行了女子世界花样滑冰锦标赛，1908年在俄国首次举行了双人世界花样滑冰锦标赛。1952年，世界花样滑冰锦标赛将冰上舞蹈列为正式比赛项目。1908年，花样滑冰被列为奥林匹克运动会正式比赛项目。1924年，首届冬季奥林匹克运动会将花样滑冰列为比赛项目。

在中国，《宋史》中有关于冰嬉的记载。19世纪30年代，现代花样滑冰由西方传入中国。1953年首届全国冰上运动会将男女单人滑列为正式比赛项目。1980年，中国派队参加了第13届冬季奥林匹克运动会和世界花样滑冰锦标赛。

现代花样滑冰包括单人滑、双人滑、冰上舞蹈和队列滑行四大项目。各大项目的技术动作、时间、音乐和艺术表达方式都不相同。

申雪/赵宏博 中国双人花样滑冰运动员组合。申雪（1978-11-13 ~ ）和赵宏博（1973-09-22 ~ ）都是黑龙江哈尔滨人。1992年8月，他们开始配对练习双人滑。在世界花样滑冰锦标赛中，1999 ~ 2000年连续获得双人滑亚军，2002 ~ 2003年蝉联双人滑冠军，2004年获得双人滑亚军，2007年第三次获得双人滑冠军。在世界花样滑冰大奖赛中，2000年获总决赛双人滑冠军，2002年获总决赛双人滑亚军，2004年再获总决赛双人滑冠军。在冬季奥林匹克运动会花样滑冰比赛中，2002年、2006年连续两届获得双人滑铜牌，2010年夺得双人滑金牌。2010年2月正式宣布退役。

申雪（左）和赵宏博在比赛中

《冰嬉图》（清乾隆时期）

2017 年入选世界花样滑冰名人堂。

冰球运动 以冰刀、冰球杆和冰球为工具，在冰上进行的一种相互对抗的集体性竞技体育运动。

冰球比赛

起源于加拿大，已有百余年历史。1908 年，国际冰球联合会在法国巴黎成立。1920 年，第 7 届奥林匹克运动会将冰球列为比赛项目。1924 年，首届冬季奥林匹克运动会将冰球列为正式比赛项目。中国开展冰球运动始于 20 世纪 30 年代。中华人民共和国成立后，此项运动迅速发展。1956 年以后，中国冰球队开始参加国际比赛。

比赛时，运动员穿冰鞋，戴手套，持冰球杆，身着国际冰球联合会规定的护胸、护肘、护肩、护裆、护腿、裤衩、头盔等护具。防守运动员对控球的进攻运动员可以进行全场合法冲撞、近身贴挤和阻挡。

冰壶运动 在冰上进行的一种以队为单位的投掷壶石的体育竞赛项目。又名冰上溜石。

起源于 14 世纪的苏格兰。18 世纪冰壶运动传入北美。1795 年，第一个冰壶俱乐部在苏格兰成立。1927 年，加拿大举行了首次全国性的冰壶比赛。1955 年冰壶运动传入亚洲。1959 年举行了首届世界冰壶锦标赛（当时称苏格兰杯赛，1986 年正式定名为世界冰壶锦标赛）。1966 年国际冰壶联合会成立，1991 年改名为世界冰壶联合会。1998 年，第 18 届冬季奥林匹克运动会将冰壶运动列为正式比赛项目。

冰壶由不含云母的苏格兰天然花岗岩制成。比赛时，两队分别向对方交替投掷冰壶，以冰壶距对方营垒圆心远近计分，近者得分，积分多者为胜。冰壶运动的基本技术包括投掷冰壶技术、刷冰技术和刷冰滑行技术。

冰壶运动开展较普及、技术水平较高的国家和地区有加拿大、苏格兰、瑞典、美国、瑞士、挪威、德国、丹麦等。

冰壶比赛

滑雪运动 脚蹬滑雪板、手撑滑雪杖在雪地上滑行的运动。

越野滑雪比赛

早在约5000年前，在北欧、西伯利亚等地已有人滑雪。1733年，挪威人写出世界上第一部指导滑雪运动的书。1877年，世界最早的滑雪俱乐部在挪威成立。1924年，首届冬季奥林匹克运动会举行，进行了北欧两项的比赛。同年国际滑雪联合会成立。1936年，第4届冬季奥林匹克运动会增设高山滑雪为比赛项目。世界性滑雪比赛除冬季奥林匹克运动会外，还有世界滑雪锦标赛、世界杯滑雪赛等。

20世纪30年代初，近代滑雪运动在中国初步展开。1957年，首届全国滑雪比赛大会在吉林通化举行。1980年，中国派队参加了第13届冬季奥林匹克运动会滑雪比赛。

现代滑雪运动可分为娱乐健身滑雪、竞技滑雪、实用滑雪及探险滑雪。竞技滑雪类项目有高山滑雪（包括回转、大回转、超级大回转、滑降、高山两项）、北欧滑雪（包括越野滑雪、跳台滑雪、现代冬季两项、北欧两项）、自由式滑雪（包括空中技巧、雪上特技）和单板滑雪（包括U型场地单板雪上技巧、双人平行大回转），始终在不断增加和变换中。

现代冬季两项 越野滑雪与射击相结合的雪上运动项目。要求运动员在专门的线路上滑行一定距离的同时，在指定区域进行射击。

源于斯堪的纳维亚半岛，由古代的滑雪狩猎演变而来。1767年，挪威边防军首次举行滑雪射击比赛。1861年，世界最早的滑雪射击俱乐部在挪威成立。1958年，首届世界冬季两项锦标赛在奥地利举行。在1960年第8届冬季奥林匹克运动会上，冬季两项被列为正式比赛项目。中国于1981年正式成为国际现代五项和冬季两项联盟的成员。

现代冬季两项比赛

比赛时，运动员采用自由技术越野滑行，携带小口径步枪和必要的子弹，沿标记过的雪道，按正确方向和顺序滑完预定全程。

北欧两项 由跳台滑雪和越野滑雪组成的一种混合性雪上竞赛项目。19世纪中期首先出现于挪威。在1924年首届冬季奥林匹克运动会上，北欧两项就被列为比赛项目。1984年以前只设个人赛，

1988 年起增设团体赛。仅有男子项目。比赛一般分两天，按跳台滑雪、越野滑雪的顺序进行。第一天进行跳台滑雪，每人跳两次，两次比赛的姿势分与距离分之和为运动员的总分，得分多者名次列前。第二天进行越野滑雪，跳台滑雪得分最高的运动员第一个出发，其他运动员根据跳台滑雪得分与最高得分之差换算成的时间差依次间隔出发，最后以运动员到达终点的顺序排列名次。

雪橇运动 乘用木制或金属制作的双橇滑板，在专设的冰雪线路上作高速度回转、滑降的运动项目。一百多年前，在北欧的山区，人们利用自然雪场开展雪橇竞赛。近代，雪橇竞赛发展为在人工冰道上进行。雪橇种类很多，有无舵和有舵、单橇和宽橇、骑式和卧式之分，还有牵引、电动、风帆等各种雪橇。在第 2 届冬季奥林匹克运动会上曾出现过“四轮滑车”。其后历届冬季奥林匹克运动会只设无舵雪橇和有舵雪橇两种竞赛项目。

无舵雪橇又称运动雪橇、单雪橇，是竞赛者乘坐（卧）在雪橇上，在特制的冰道上通过身体姿势的变换来操纵雪橇快速回转滑降的比赛项目。1957 年国际无舵雪橇联合会成立。1964 年，第 9 届冬季奥林匹克运动会将无舵雪橇列为正式比赛项目。

有舵雪橇

有舵雪橇又称长雪橇，是集体乘坐金属制雪橇，利用舵和方向盘及身体姿势的配合，在规定的特制线路上完成各种转弯和快速滑降的比赛项目。1923 年国际有舵雪橇和平底雪橇联合会成立。次年，首届冬季奥林匹克运动会将有舵雪橇列为正式比赛项目。

射击运动 使用枪支、子弹对预先设置的固定目标或活动目标进行射击，以命中精确度来计算成绩的一种体育运动项目。

2004 年世界杯射击赛气步枪比赛　新华社提供，戚恒拍摄

近代射击运动从军用射击和狩猎射击演变而来。15 世纪瑞士举行过一种火绳枪的射击比赛。19 世纪步枪问世，射击精度大大提高。19 世纪上半叶，射击运动已在欧洲一些国家开展。1896 年首届奥林匹克运动会将射击列为比赛项目。1897 年在法国里昂举行了首届世界

射击锦标赛。1907年各国射击协会国际联合会成立，1921年改名为国际射击联盟。在中国，1952年中央国防体育俱乐部成立，射击运动在全国逐步展开。至今，中国已跻身于世界射击强国之列。

射击运动竞赛项目按使用的枪支和射击方法的不同可分为步枪射击、手枪射击、飞碟射击和移动靶射击四种类型。每种类型按枪支规格、射击姿势、射击距离、射击方法和目标种类的不同，又区分为更多的项目。

许海峰（1957-08-10～　）中国射击运动员、教练员。安徽和县人。未经过专业训练，凭借自己的艰苦努力练得一手好枪法。1982年进入安徽省射击队。1983年入选中国射击队。1984年在第23届奥林匹克运动会射击比赛中夺得自选手枪60发慢射金牌，实现了中国运动员奥林匹克运动会金牌零的突破。1986年在第10届亚洲运动会射击比赛中打破自选手枪慢射世界纪录，获得此项目的个人和团体冠军。1988年在第24届奥林匹克运动会射击比赛中获气手枪铜牌。1990年获世界杯射击总决赛自选手枪慢射冠军。1993年获世界杯射击总决赛自选手枪慢射季军。1994年获第46届世界射击锦标赛气手枪团体冠军。1995年宣布退役。1995～2004年，历任中国射击队教练、副总教练、总教练。

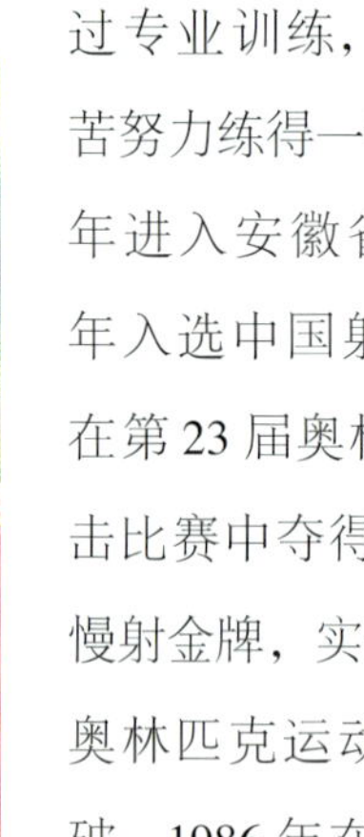

王义夫（1960-12-04～　）中国射击运动员、教练员。辽宁辽阳人。1976年进入辽阳市业余体育学校进行射击训练。1978年进入辽宁省射击队。1979年入选中国射击队。1984～2004年连续参加第23～28届共6届奥林匹克运动会，其中1984年获自选手枪慢射铜牌，1992年夺得气手枪金牌和自选手枪慢射银牌，1996年、2000年蝉联气手枪银牌，2004年夺得气手枪金牌。在世界杯射击赛总决赛中，1991年、1995均获气手枪冠军，1999年获气手枪、自选手枪慢射两项冠军。在世界射击锦标赛中，1991年获气手枪个人亚军、团体季军，1994年获自选手枪慢射冠军、气手枪团体冠军，1998年获自选手枪慢射团体、气手枪个人与团体、标准手枪团体四项冠军。2005年退役，出任中国射击队总教练。2017年当选为中国奥林匹克委员会专家委员会委员。

新华社提供，任军川拍摄

射箭运动　借助弓的弹力将箭射出去，在一定距离内比赛准确性的一项体育运动。

射箭作为一项体育运动，最早源于法国。852年，法国主教苏瓦松创办了世界上第一个射箭组织。1861年英国全

射箭比赛 新华社提供，任军川拍摄

国射箭协会成立。1879 年美国全国射箭协会成立。1931 年，国际射箭联合会正式成立，同年在波兰举行了首届世界射箭锦标赛。1900 年，第 2 届奥林匹克运动会将射箭列为比赛项目。1920 年第 7 届奥林匹克运动会后，射箭项目被取消。1972 年，第 20 届奥林匹克运动会重新将射箭列为比赛项目。目前国际射箭联合会管理开展的射箭比赛项目，除世界射箭锦标赛和奥林匹克运动会的室外、室内射准射箭外，还有野外射箭、越野射箭、地靶射箭、射远射箭和滑雪射箭等。

中国的现代射箭运动始于20世纪。1959 年，中国开始按国际射箭规则举办比赛。1964 年中国射箭协会成立。目前，中国只开展了射准射箭。

国际射箭联合会规定的室外射准射箭比赛分为淘汰赛和轮赛两大类。从 1992 年第 25 届奥林匹克运动会开始，射箭比赛采用奥林匹克淘汰制。比赛时，男、女射程均为 70 米，分排名赛、淘汰赛和决赛三个阶段。记分方法是以箭杆在靶上所嵌位置记录环数，箭杆触到环线，判高环。

击剑运动 两人手持特制钢剑，在规定的场地、时间和剑数内，以刺劈动作进行格斗的一项体育运动。

17 世纪时，法国人制造了短而轻、只限于刺的法国式剑，从而形成了速度快、技巧性强的击剑运动。1776 年法国人拉博西叶尔发明了护面，使击剑进入新时代。在 1896 年首届奥林匹克运动会上，击剑被列为正式比赛项目，当时只有男子花剑和佩剑个人赛。以后比赛项目逐渐增加。1913 年国际击剑联合会在法国巴黎成立。国际击剑联合会决定，从 1936 年起每年举行一次世界击剑锦标赛。

中国在很早以前就有剑术活动，但到 20 世纪 50 年代才开展国际上通行的击剑运动。在 1965 年第 2 届全国运动会上，击剑被列为正式比赛项目。1974 年，中国加入国际击剑联合会。20 世纪 80 年代后，中国击剑有了很大进步。

在国际比赛中，击剑项目分为花剑、佩剑、重剑三种。各种剑都用特种钢材制成，包括剑柄、护手盘、剑身三部分。击剑比赛有男子花剑、佩剑、重剑及女子花剑、佩剑、重剑的个人赛和团体赛共 12 项。三个剑种在比赛中都使用电

击剑比赛

动裁判器。比赛时运动员必须头戴护面，身穿白色衣裤及长筒袜。花剑、佩剑比赛时，运动员要穿金属衣。

举重运动 通过各种方式和方法举起重物，以增强体质，特别是以发展力量为目的进行锻炼和比赛的体育运动项目。由于动作方式的日益增多，举重运动实际上已经分化成竞技举重、健美运动和力量举重三个相对独立的竞赛项目。

古代希腊人曾用举石头来锻炼和测验一个人的体力。在中国，汉代以前是举鼎，自晋以后是翘关，明清改为举石。近代举重始于18世纪末，最初盛行于欧洲。1882年，英国《体育生活》杂志在伦敦的剧场里组织了一次“世界举重冠军赛”。第一次正式的国际举重比赛是1896年在首届奥林匹克运动会上进行的。1920年国际举重联合会在巴黎成立。1922年在爱沙尼亚举行了首届世界举重锦标赛。1985年，国际举重联合会将女子举重列入国际比赛项目。1986年在布达佩斯举行了首届女子举重邀请赛。1987年，国际举重联合会举办了首届世界女子举重锦标赛。

举重比赛 新华社提供，曹灿拍摄

1929年竞技举重运动传入中国。1935年中国加入国际举重联合会。中国队在1995年获得世界举重锦标赛团体第一之后，总体水平居世界强队之列。

健美运动 通过徒手和各种器械，运用专门的动作方式和方法进行锻炼，以发达肌肉、增长体力、改善形体和陶冶情操为目的的运动项目。比赛时可以用音乐配合。

男子健美比赛

起源于欧洲。18世纪末，德国大力士尤金·山道创造了一套锻炼力量和肌肉的方法，为现代健美运动的发展奠定了基础。山道于1901年组织了世界首次健美比赛。从20世纪30年代开始，欧洲和美洲举办了一些健美比赛。1946年国际健美联合会成立。1965年首届奥林匹亚先生健美大赛在纽约举行。女子健美于40年代兴起。70年代已有正式的女子健美比赛。1980年国际健美联合会妇女委员会正式成立。

健美运动约在20世纪30年代传入中国。1946年，中国首次男子健美赛在上海举行。1985年11月，中国正式加入国际健美联合会。1992年中国健美协会成立。

拳击运动 两人戴上拳套，在一定规则限制下相互击打对方有效部位并进行

2018 年世界拳击基金协会亚洲区洲际拳王挑战赛　新华社提供，鞠焕宗拍摄

防守反击的一项竞技体育运动。分为业余拳击和职业拳击两大系统。

源于人类为了生存和竞争而进行的搏击。约公元前 17 世纪，拳击在古代希腊成为相互厮杀角斗的方式。前 688 年，第 23 届古奥林匹克运动会将拳击列为正式比赛项目。16 世纪罗马帝国远征英国，将拳击带入英国。1743 年，英国拳击家 J. 布劳顿制定出最早的拳击规则。1747 年，布劳顿又设计了拳击手套。1880 年，英国业余拳击运动协会在伦敦成立。1888 年美国业余拳击运动协会成立。1904 年，第 3 届奥林匹克运动会将拳击列为正式比赛项目。1946 年国际业余拳击联合会成立。20 世纪 80 年代初，世界女子拳击运动崛起。

中国拳击在殷商时期就出现了，那时称为“斗”。现代拳击于 20 世纪初传入中国。1987 年中国拳击协会成立。之后，拳击运动逐步发展起来。

奥林匹克运动会、亚洲运动会的拳击比赛均为业余拳击。参加业余拳击比赛，运动员必须戴护头、护齿、护裆，上身穿背心，女子戴护胸；手缠绷带，外戴皮质拳击手套。每场比赛 4 回合。比赛时，必须在没有格挡、阻挡或防御的情况下，直接击打在对方头部或腰带以上部位的正面或侧面，每击中一次得一点。

职业拳击与业余拳击在赛制、规则、比赛目的上有极大差异，它是市场经济下运作的一种商业比赛。拳王挑战赛为 12 回合，其他比赛根据比赛资力可分为 4、6、8、10 回合不等。职业拳击赛记分以给对手打击的重拳为依据。

阿里，M.（1942-01-17 ～ 2016-06-03）美国拳击运动员。原名卡修斯·马塞勒斯·克莱，后取名穆罕默德·阿里。生于路易斯维尔。12 岁开始练习拳击。1959 年获金手套大赛冠军。1960 年在第 17 届奥林匹克运动会拳击比赛中获 81 公斤级金牌。后即转为职业拳手。1964 ～ 1967 年，十次蝉联世界重量级拳王称号。1967 年因拒绝入伍，被美国政府没收拳击执照，取消拳王称号。1970 年复出。1974 重获拳王称号，此后连续十次蝉联拳王称号。1978 年再获

拳王称号。他被认为是动作最快、技术最好的拳击家，曾创职业拳手最高收入纪录。1981年宣布退役。后患帕金森综合征。1979～1986年曾三次访问中国，对中国拳击运动的恢复与发展起到促进作用。1999年被国际体育记者协会评为“20世纪25名最佳运动员”。

邹市明（1981-05-18～　）中国拳击运动员。贵州绥阳人。14岁开始练习武术，16岁进入贵州省拳击队。1999年入选国家拳击集训队。在世界业余拳击锦标赛中，2003年夺得48公斤级亚军，2005年、2007年均获得48公斤级冠军。在奥林匹克运动会拳击比赛中，2004年夺得48公斤级铜牌，2008夺得48公斤级金牌，2012年夺得49公斤级金牌。2013年宣布进军职业拳坛。2014年获得世界拳击组织国际蝇量级特设金腰带。2016年6月勇夺世界拳击组织国际蝇量级拳王金腰带，11月成为世界拳击组织蝇量级世界拳王金腰带得主。2018年，世界拳击理事会授予他最高成就奖及“世界拳击理事会和平与和谐大使”称号。

新华社提供

摔跤运动　两人徒手较量，力求把对方摔倒的一项竞技体育运动。

中国古代称摔跤为角抵或角力，后来又称相扑或争跤。古埃及墓葬中有大量完整的摔跤比赛图像。古代印度也曾盛行过摔跤活动。在古代希腊的一些文学艺术作品中可以觅到摔跤普及的实证。公元前284年，首次职业摔跤比赛在罗马举行。1896年，首届奥林匹克运动会将古典式摔跤列为比赛项目。1904年，第3届奥林匹克运动会将自由式摔跤列为比赛项目。1913年国际业余摔跤联合会成立。在中国，1953年中国摔跤协会成立；1979年，第4届全国运动会将古典式摔跤和自由式摔跤列为正式比赛项目。2004年，第28届奥林匹克运动会首次将女子摔跤列为比赛项目。2013年，国际奥林匹克委员会执行委员会决定，取消摔跤项目。

古典式摔跤

现在世界各地区、各民族流行着各种各样的摔跤活动。这些摔跤按运动员的服装、允许使用的动作、决定胜负的标准等特点，分为六类：不许抓握下肢，不许用腿使绊的站立摔跤，如中国藏族、维吾尔族、俄罗斯族、乌孜别克族摔跤；可用腿使绊，但不许抓握下肢的站立摔跤，如中国蒙古族摔跤和格鲁吉亚摔跤；可抓握下肢，也可用腿使绊的站立摔跤，如中国式摔跤、朝鲜族摔跤和日本的相扑；不许抓握下肢，不许用腿使绊的站立和跪撑摔跤，如古典式摔跤；可抓握下肢，也可用腿使绊的站立和跪撑摔跤，如自由式摔跤、土耳其摔跤、古埃及式摔跤；可抓握下肢，可用腿使绊，可逼迫关节，可勒绞颈部使对方窒息的站立和跪撑摔跤，如柔道、美国自由式摔跤、荷兰摔跤。

中国各民族的摔跤活动相当普遍，形式也多种多样，但大多数为中国式摔跤。

相扑 两名力士徒手较量，以将对方摔倒或推出规定界外为胜的一项竞技体育运动。中国和日本历史上均有类似于相扑的角力运动。据考证，中国秦汉时期的角抵同日本现在流行的相扑很相似。至迟在西晋初年，已有“相扑”的称谓。唐宋元明清各代，相扑活动一直盛行。至清中叶，相扑的名称才逐渐消失。据日本《相扑之始》记载，日本的相扑最早出现于公元前 23 年。从 17 世纪起，日本各地兴起职业性相扑。18 世纪开始形成现代的相扑。至今，相扑运动作为日本的国技开展得非常广泛。现有职业比赛（大相扑）和业余比赛两种类型。

力士按比赛成绩分为序之口、序二段、三段、幕下、十两、前头、小结、关胁、大关和横纲 10 个等级。横纲是相扑力士的最高等级，也是终身荣誉称号。比赛时，力士主要运用推、摔、提、拉、闪、按、绊等技术使对手两脚掌以外的身体部位着地，或直接使对手出界。相扑比赛没有时间限制，如双方筋疲力尽，行司可宣布比赛暂停，待双方稍事休息后继续进行比赛，直到决出胜负。

相扑比赛

柔道 两人徒手、赤足较量的竞技体育运动。中国明代有关于柔术的记载。1882 年，日本人嘉纳治五郎综合各派柔术的精华，设立讲道馆，开现代柔道之端。1949 年全日本柔道联盟成立。1951 年欧洲柔道联盟成立，1952 年改为国际柔道联合会。1956 年，首届世界柔道锦标赛在东京举行。1964 年，第 18 届奥林匹克运动会将柔道列为正式比赛项目。1992 年，第 25 届奥林匹克运动会将女子柔道列为正式比赛项目。

1979 ~ 1980 年中日两国运动员、教练员不断互访、交流技艺，促使柔道在中国迅速开展。1980 年 9 月在秦皇岛举行了首届全国柔道锦标赛。1983 年，

女子柔道比赛

第5届全国运动会将柔道列为正式比赛项目。

参加比赛的运动员一方穿白色的柔道服，另一方穿蓝色的柔道服，腰扎一条宽4～5厘米的腰带；女子运动员须在柔道服内穿一件白色或灰白色的短袖紧身衣。比赛场地应在有弹性的地板或台子上。

在日本及其他一些国家实行的段位制，将柔道运动员分为5级10段。新手从1级到5级，然后通过技术和理论测验进段。段位从初段到10段。以运动员的腰带颜色表示段位的高低，红带是段位最高的9段和10段。女子的段位在色带正中镶以白色横线，以示区别。

武术 将踢、打、摔、拿、跌、击、劈、刺等技击技术，按一定规律组成徒手的或持器械的各种攻防搏斗功夫和套路的中国传统体育项目。又称国术、武艺。

原始社会，人类在与兽类搏斗及部落战争中，以石、木等为兵器，形成了攻防格斗的技术。殷商时期，出现了铜制武器，也相应出现了这类武器的用法。春秋战国时期，铁制武器出现，武术的技击性进一步突出。秦时盛行角抵和手搏。唐代开始实行武举制。宋代出现了民间练武组织。元代统治者不许民间“习武艺”，武术多以秘密家传的方式进行传授。明代是武术大发展时期，出现了不同风格的技术流派。清代统治者禁止练武，民间多以秘密结社的形式传授武艺，太极拳、八卦掌、形意拳、八极拳、劈挂拳等著名拳种多在清代形成。中华民国时期，社会上建立了各种形式的拳社。中华人民共和国成立后，武术被作为优秀民族遗产加以继承、整理和提高。1956年中国武术协会成立。1990年，国际武术联合会在北京成立。同年，第11届亚洲运动会将武术列为比赛项目。1991年，首届世界武术锦标赛在北京举行。

在武术分类方面，过去有以地区划分的，有以山脉、河流划分的，有以姓氏或内外家划分的，也有按技术特点划

2010年第16届亚洲运动会男子长拳比赛
新华社提供，格桑达瓦拍摄

分的。现在一般按其内容分为拳术、器械练习、对练、集体表演、攻防技术五类。

太极拳 中国武术拳种。始创于明末清初。“太极拳”之名首见于清乾隆年间山西民间武术家王宗岳所著《太极拳论》。据武术史学家唐豪等考证，太极拳最早传习于河南温县陈家沟陈姓家族中。陈氏太极拳的创始人是武术家陈王廷。太极拳经过长期的流传，演变出许多流派：除陈式太极拳外，还有在陈式太极拳基础上发展起来的杨式、吴式、武式、孙式太极拳。中华人民共和国成立后，新编了简化太极拳、48 式太极拳，并相继编制了杨式、陈式、吴式、孙式、武式太极拳竞赛套路及 42 式太极拳竞赛套路。各派太极拳在动作、套路、风格等方面都各成一体，但它们之间仍然保持着一些基本相同的技术方法和运动特点。

2010 年亚洲运动会太极拳比赛　新华社提供，格桑达瓦拍摄

太极拳以掤、捋、挤、按、采、挒、肘、靠、进、退、顾、盼、定为基本方法。在技击上要求以静制动，以柔克刚，避实就虚，借力发力，主张一切从客观出发，随人则活，由己则滞。为此，太极拳特别讲究“听劲”，即要准确地感觉判断对方来势，以作出反应。

太极拳系的内容除拳以外，尚有太极刀、太极剑、太极枪和对抗性推手等。

少林拳 中国武术拳种之一。是少林武术的总称。因出于河南嵩山少林寺而得名。是在中国古代健身术的基础上，吸收各种武艺之长而形成的中国拳术的一个最有影响的流派，以刚健有力、朴实无华和利于技击而在国内外享有盛名。

少林寺僧众素有传习拳术、发愤武事的传统。唐初，寺僧曾帮助唐太宗征王世充，有功者 13 人。唐太宗广赐庄田，扩充庙宇，建立僧兵，少林寺从此进入兴盛时期。此后，寺僧经常邀请各地武术名家指教，各方武术名人也慕名而至，取经送宝。少林寺实际上成为全国会武之地，少林武术与武术诸流派取长补短，互相促进。经过历代的研练和总结，少林武术逐步发展成为内容丰富、体系完整、套路精湛的武术流派。中华人民共和国成立后，在少林寺所在的登封建立了业余武术学校。

少林拳的最大特点是注重技击，套路结构短小精悍，攻防严密紧凑，动作朴实健壮而敏捷，招式

少林豹拳

巧妙多变，力量的运用灵活而有弹性。少林拳身法有八要，即起、落、进、退、反、侧、收、纵。套路直来直往，各种套路演练均在一条线上。演练时强调一个套路要一气呵成。

少林拳的主要拳种有小洪拳、大洪拳、罗汉拳、梅花拳、朝阳拳、长护心意门、七星拳、关东拳等。

南拳 中国武术流派之一。是主要流传于中国南方各地的诸拳术的统称。其发源可追溯到400多年前。与北方拳派相比，别具风格。

2005年第4届东亚运动会南拳比赛 新华社提供，章武拍摄

各地流传的南拳往往自成体系，各具特色。广东南拳有洪家拳、刘家拳、蔡家拳、李家拳、莫家拳、蔡李佛拳、虎鹤双形拳、侠家拳、咏春拳等，福建南拳有鹤拳、五祖拳、太祖拳、罗汉拳、梅花桩、连城拳、地术拳等，广西南拳有周家拳、屠龙拳、小策打等，浙江南拳有洪家拳、黑虎拳、金刚拳等，湖南南拳有巫家拳、洪家拳、薛家拳、岳家教等，湖北南拳有洪门拳、鱼门拳、孔门拳等。此外还有温州南拳、台州南拳、江苏南拳，以及江西流传的三十六路宋江拳、虎拳，四川流传的峨眉拳、佘家拳、白眉拳，等等。

南拳类的器械主要有南棍、大杆、四门刀、梅花刀、合仔刀（又称双合刀）、双刀、三尖叉、单锏、双锏、柳公拐、斧、矛、盾、耙等。

南拳于1960年被列为武术竞赛重点项目，以后又被纳入体育院校武术教材，得到广泛发展。

散手 中国武术对抗性技击项目之一。指双方运用零散招数按照一定规则进行的徒手相搏运动。又称散打。现代散手可追溯到古代武士们的徒手擂台赛之类的活动。1928年、1933年两届国术国考中被列为重点项目。中华人民共和国成立后，随着武术运动的普及和发展，习练散手者日众。1989年，散手被国家体育运动委员会列为正式比赛项目。

散手的基本技法包括打、踢、摔、推、拿，运动员依靠自己的身体素质和攻防技战术等方面的能力，正确运用进、退、

2010年首届世界武搏运动会散手比赛 新华社提供，罗晓光拍摄

跨、闪、击、垫、霎等步法和身法变化保护自己，打击对手，取得胜利。

擒拿 中国武术徒手格斗技击项目之一。两人在身体接近的情况下，利用人体关节、穴道和要害部位的弱点，使对方身体局部产生剧痛而束手就擒。又称拿法。是运用反关节原理进行擒伏与解脱、控制与反控制的专门性技击术。擒拿历史悠久，《公羊传》中已有记载。中华人民共和国成立后，擒拿被列为全国武术表演与比赛项目。

武警官兵进行擒拿格斗演练　新华社提供，王刘涛拍摄

擒拿可分为拿骨、拿筋、拿穴三类，拿骨为核心技术。擒拿的部位有指、腕、肘、肩、头颈、腰、膝、足踝之分。其用力方法分单拿、双拿、组合拿。主要手法有刁、拿、锁、扣、拧、缠、搬、点、托、折、压、切、踩、绊、踢、靠、甩等。擒拿套路中解脱与反拿的手法环环相扣，实战性强。

空手道 流行于日本的一种可以手足并用的搏击格斗型竞技体育运动。

“空手”一词来源于深受中国少林拳影响的冲绳民间拳法——唐手。1922年唐手传入日本本土，1929年正式更名为空手。20世纪30年代以后，日本国内形成了诸多空手道流派，如刚柔流、和道流、少林寺流等。随着这些流派以大学为中心开展活动，空手道逐渐在日本全国普及开来。50年代后，这项运动在欧美及东南亚一些国家也得到开展。1970年世界空手道联盟成立。2016年，空手道被接纳为2020年奥林匹克运动会正式比赛项目。

2018年亚洲运动会空手道比赛　新华社提供，朱炜拍摄

空手道比赛分为组手竞技和形式竞技。组手竞技为二人对战型，形式竞技是一种表演性套路比赛。比赛时，运动员身穿白色空手道服，赤脚。任何一方运动员用手击、脚踢对方的面、颈、胸、腹、背等部位（但不得击触对方体表），经裁判判定正确而有效，则得1分，为胜方。若未击或未踢至规定部位，则根据技术高低、精神状态来定胜负。

跆拳道 一项运用手足技术及身体能力进行搏击格斗的体育运动。

跆拳道源于1500年前朝鲜半岛新罗王国民军习练的花郎道。它融会了中国武术、日本空手道的技艺，经过千余年的洗礼与锤炼，发展成如今的跆拳道。1973年，世界跆拳道联盟在韩国成立。自此开始举办世界跆拳道锦标赛。1992年，第25届奥林匹克运动会将跆拳道列为正式比赛项目。同年10月，中国正式开展跆拳道运动。

跆拳道讲究“以腿为主，以手为辅”，被誉为“踢的艺术”。腿技是最主要的进攻手段；其次是手法，可自如运用拳、掌、肘、肩进行实战。比赛时，运动员身着跆拳道服，穿戴专用护头、护胸、护裆、护腿用具。以击中对方有效部位判定得分多少，得分多者名次居前。

跆拳道练习者依其技艺水平分为10级9段。初学者从10级开始逐渐升至1级，然后入段。段位越高，表明水平也越高；最高段位为9段。各级段均有不同颜色的腰带标识。

2017年全国运动会跆拳道比赛　新华社提供，陈斌拍摄

陈中（1982-11-22～　）　中国女子跆拳道运动员。河南焦作人。1995年进入北京体育大学竞技体育学校进行跆拳道训练。1997年入选中国女子跆拳道队。在世界跆拳道锦标赛中，1999年、2003年均获得72公斤以上级季军，2007年获72公斤以上级冠军。在奥林匹克运动会跆拳道比赛中，2000年夺得67公斤以上级金牌，成为中国首位跆拳道奥林匹克运动会冠军；2004年成功卫冕，再度夺得67公斤以上级金牌。在世界杯跆拳道赛中，2001年获72公斤级冠军。她是跆拳道世界三大赛事的大满贯得主。在亚洲运动会跆拳道比赛中，2002年获72公斤以上级亚军，2006年获72公斤以上级冠军。在亚洲跆拳道锦标赛中，2000年、2008年均获72公斤以上级冠军。2009年正式退役。

泰拳　泰国拳的简称。为泰国的国技。泰语作“摩易泰”。是一种实战性极强且威力巨大的徒手搏击术，素以凶狠凌厉闻名世界武坛。源于500多年前的艾尤塔雅，由军事战斗技术演变而来，素可泰王朝时期盛极一时。泰拳比赛极具民族特色，赛前要进行祈祷、表演仪式。整个比赛过程在传统音乐声中进行。拳手只着护裆和短裤，戴手套，赤上身，头部无任何防护。泰拳素有“八条腿运动”之称，拳手不仅可以用拳，也可以用脚、肘和膝盖攻击对手。其腿脚、膝盖、肘部等部位都练得坚如铁钢，击打时极具杀伤力。比赛时拳手被击伤致残时有发生，甚至死亡的现象亦不鲜见。泰拳在市场运作、宣传造势、训练理念及方法上已形成独特的优势，越来越受到世界拳迷的关注。

世界顶级泰拳巡回赛 2016 全球总决赛　新华社提供，邓华拍摄

登山运动　从低海拔地形向高海拔山峰进行攀登的一项体育活动。可分为登山探险（又称高山探险）、竞技攀登（包括*攀岩*、攀冰）和健身登山。登山探险一般是指人们在一定器械和装备的辅助下，以克服各种恶劣的自然条件，登上高峰绝顶为目标而进行的登山运动。登山探险运动所面对的山峰往往为海拔三四千米以上并终年积雪的山峰。健身登山一般在海拔3500米以下山地进行。

登山作为一项体育运动，是在人类生产活动的基础上逐渐形成的。一般认为，登山发祥于 18 世纪后半叶的阿尔卑斯山区。1786 年，M.G.帕卡尔和J.巴尔玛结伴首次登上阿尔卑斯山脉的最高峰——勃朗峰。后来，人们把登山运动也称为阿尔卑斯运动。19 世纪末 20 世纪初，人类开始向高峰群聚的喜马拉雅山脉和喀喇昆仑山地区进军。首先向世界最高峰珠穆朗玛峰挑战的是英国登山队，他们于 1953 年 5 月 29 日从尼泊尔一侧登顶成功。20 世纪 50 年代，相继有法国、英国、奥地利等国的登山队或运动员登上世界上 14 座海拔 8000 米以上高峰中的 12 座。中国登山队于 1960 年和 1975 年两次从中国一侧登上珠穆朗玛峰，开创了人类从北侧成功登顶的纪录。以中国登山队 1964 年在世界上首次登上希夏邦马峰为标志，人类最终完成了对世界上 14 座海拔 8000 米以上高峰的首登，登山运动就此跨入新的时代。

1975 年 5 月 27 日中国登山队登上珠穆朗玛峰峰顶　新华社提供

攀岩　利用人类原始的攀爬本能，以各种装备作安全保护，攀登由岩石所构成的峭壁、裂缝、大圆石及人工岩壁的运动项目。是从*登山运动*中派生出来的。

起源于 20 世纪初的欧洲。1947 年苏联首先成立了攀岩委员会，次年举办了世界上第一次国际性攀岩比赛。1985

天然岩壁攀登

年法国人发明人工岩壁。1987年，国际登山协会联合会规定，正式的国际比赛必须在人工岩壁上进行。当年在法国举办了首届攀爬人工岩壁的比赛。1989年，首届世界杯攀岩赛的分站赛在法国、英国、西班牙、意大利、保加利亚和苏联举行。1991年德国举办了首届世界攀岩锦标赛。2016年，竞技攀岩被接纳为2020年奥林匹克运动会正式比赛项目。在中国，1987年中国登山协会举办了首届全国攀岩赛。1995年，攀岩运动被国家体育运动委员会列为正式比赛项目。

攀岩运动按场地分为天然岩壁攀登和人工岩壁攀登。按保护方式分为：顶绳攀登，对应上方保护，保护点设在攀登路线顶部；先锋攀登，对应下方保护，保护点设在攀登路线沿线适当的位置。比赛形式有速度、难度和攀石（也称抱石）三种。

轮滑运动 穿着带滚轮的特制鞋，在坚实、平整的地面上滑行的一项体育运动。又称滚轴溜冰，俗称溜旱冰。由滑冰演变而成。

轮滑的起源最早可追溯到18世纪，据说是一个荷兰人发明了滚轴溜冰。1863年，美国人詹姆斯·普利姆普顿发明了一种有转动装置的鞋，从而带来了轮滑运动的革命。1924年国际滚轮溜冰联合会在瑞士成立，1940年得到国际奥林匹克委员会的正式承认。1936年在瑞士举行首次世界轮滑锦标赛。后国际滚轮溜冰联合会决定，每年举行世界速度轮滑锦标赛、世界花样轮滑锦标赛、世界轮滑球锦标赛各一次。1952年，国际滚轮溜冰联合会更名为国际轮滑联合会。随着时代的发展，轮滑运动又出现极限运动和轮滑技巧等项目。

轮滑运动于19世纪末传入中国。正式开展此项运动是在20世纪80年代初期。1983年中国轮滑协会成立。

从事轮滑运动必须佩戴护具，常见的护具有护肘、护腕、护膝、头盔等。

轮滑比赛

滑板运动 一种借助滑板进行滑行运动和技巧表演的体育项目。发源于20世纪50年代末的美国加利福尼亚州，由海上冲浪运动演化而来。后来，芝加哥滑轮公司开始生产滑板。1965年开始举办滑板比赛。70年代末有了世界性的比赛。90年代初，滑板运动传入中国。2016年，滑板被接纳为2020年奥林匹克运动会正式比赛项目。

2018年亚洲运动会滑板女子碗池比赛 新华社提供，刘艾伦拍摄

滑板按专业程度可分为玩具板和专业板，其中专业板可进一步区分为街式、U池式、公路式和山坡速降式。滑板运动的技巧主要包括翻板、在滑竿上、在U台上和带板起跳。

蹦极运动 以一根弹力绳索拴住人体，然后人从高处往下跳的运动。又称蹦极跳、笨猪跳、高空弹跳。是一项新兴的户外活动。

蹦极起源于1500年前的瓦努阿图，是该国居民的一种成人仪式。1979年，英国牛津大学冒险俱乐部成员从约75米高的克利夫顿桥上利用一根弹性绳索飞身跳下，拉开了现代蹦极运动的帷幕。1997年，蹦极传入中国，落户北京十渡。

2018年5月“勇者荣耀花式蹦极”挑战赛 新华社提供，周国强拍摄

蹦极运动按地点分为：桥梁蹦极，在桥梁上伸出一个跳台，或在悬崖峭壁上伸出一个跳台；塔式蹦极，主要是在广场上建造一个斜塔，然后在塔上伸出一个跳台；火箭蹦极，将人像火箭一样向上弹起，然后上下弹跳。按跳法分为绑腰后跃式、绑腰前扑式、绑脚高空跳水式、绑脚后空翻式、绑背弹跳、双人跳。

马术 在马上进行的各种竞技运动的总称。

欧洲的骑马竞赛活动约于公元前1500年由喜克索人自埃及传入。前680年，双轮马车竞赛出现在第25届古代奥林匹克运动会上。前648年，第33届古代奥林匹克运动会增添了其他的马术竞赛项目。1900年在第2届奥林匹克运动会上，马术被列为比赛项目。1912年，第5届奥林匹克运动会把盛装舞步、场地障碍和三项赛列为正式比赛项目。此后，这三个比赛项目一直延续至今。除上述三个项目外，目前国际上开展的

2018 年世界马术运动会盛装舞步比赛　新华社提供，Erik S. Lesser 拍摄

马术项目还有速度赛马、马上技巧、马球和绕桶赛。

中华人民共和国成立后，中国的马术运动有了较快发展。1959 年首届全国运动会设有马术和速度赛马比赛项目。1960 年开始，每年举办全国马术和速度赛马锦标赛。

汽车运动　使用风冷或水冷型内燃机、电动机为动力，四个或四个以上轮子在地面行驶，至少以两个轮作为转向的方向盘式机动车辆作为器材，在公路和野外比赛速度、驾驶技术和车辆性能的一种运动项目，以及带有竞技性质的汽车旅游、露营、探险、娱乐和表演活动。

2014 世界汽车拉力锦标赛波兰站比赛　新华社提供，Nikos Mitsouras 拍摄

19 世纪 80 年代，欧洲大陆出现汽车的雏形。汽车运动随着汽车工业的发展而兴起。1894 年，在法国举行了第一次汽车比赛。1904 年，几个生产汽车的欧洲国家在巴黎发起成立了国际汽车联合会。汽车比赛不断推动各国汽车工业改进技术，而汽车工业的发展又推动了汽车运动的不断提高。目前开展的汽车运动种类很多，如方程式汽车赛、耐力赛、拉力赛、越野赛、直线竞速赛、环形公路赛、印地车赛、卡丁车赛、老爷车赛、场地赛、创纪录赛等。

中国汽车运动联合会于 1994 年加入国际汽车联合会。1997 年，中国汽车运动联合会举办了首届中国拉力赛。1999 年，中国拉力赛被列为国际汽车联合会世界汽车拉力锦标赛的一站。

一级方程式　方程式汽车赛中最高级别的比赛。简称 F1。参加方程式汽车赛的赛车必须依照国际汽车联合会制定颁发的车辆技术规则规定的程式制造，程式包括车体结构、长度和宽度、最低重量、发动机工作容积、汽缸数量、油箱容量、电子设备、轮胎的距离和大小等。世界上首次举行赛车场上的赛车是 1900 年在法国的默伦。世界一级方程式锦标赛是 1950 年在英国银石赛车场开

世界一级方程式锦标赛

始的。现有的参赛车队均为一级方程式车队协会的成员。车手必须持有由国际汽车联合会签发的超级驾驶执照。比赛使用四轮外露的单座位纯跑道用方程式赛车，赛车由底盘、发动机、变速系统、轮胎和空气动力装置等构成。

舒马赫，M.（1969-01-03 ~ ）德国一级方程式赛车运动员。生于赫斯-

新华社提供

赫默尔海姆。少时以练习卡丁车起步。1987 年获德国和欧洲卡丁车比赛冠军，1990 年获德国三级方程式赛车锦标赛冠军。1991 年加盟乔丹车队，首次参加一级方程式比赛，不久转投贝纳通车队。1996 年加盟法拉利车队，此后一直都是车队优秀的 F1 赛车手。先后 7 次获得世界一级方程式锦标赛年度车手总冠军（1994 年、1995 年、2000 ~ 2004 年），91 次获得分站赛冠军；154 次登上领奖台；比赛最快圈速次数为 76 次；F1 赛车生涯总积分为 1441 分，多项成绩均保持世界第一。擅长雨天驾车，在一级方程式赛车车坛被称为“雨人”。2002 年，联合国教科文组织授予舒马赫“运动之王”荣誉称号，以嘉奖他多年来热心投入慈善事业。2006 年退役。2009 年宣布复出，加盟梅赛德斯车队。2012 年宣布再次退役。

自行车运动 以自行车为工具比赛骑行速度的体育运动项目。

1790 年，法国人西夫拉克伯爵发明了世界上第一辆自行车。1868 年，法国首次举行了自行车比赛。1896 年，首届奥林匹克运动会将自行车列为正式比赛项目。1900 年国际自行车联盟成立。国际自行车联盟举办的重大比赛有世界自行车锦标赛、世界杯场地自行车赛、世界青年自行车锦标赛等。目前自行车比赛有公路赛、场地赛、山地车赛和小轮车赛。奥林匹克运动会自行车比赛设 18 个项目。

中国的自行车运动是 1913 年前后由欧洲传入的。1947 年在上海举行了中国第一次全国性自行车表演赛。中华人民共和国成立后，自行车运动得到全面、迅速的发展。2002 年，中国首次在青海组织了环青海湖自行车赛。

2015 年环中国国际公路自行车赛　新华社提供，岳月伟拍摄

环法自行车赛 知名的年度多阶段公路自行车运动赛事。号称世界上最有声望的自行车比赛。1903 年由法国自行车运动员、记者 H. 德格朗热发起。1984 ~ 1989 年举行了女子环法自行车赛。多在法国和比利时举行，有时也在西班牙、意大利、德国和瑞士举行。一般每年 7 月初开始，7 月底结束。每次赛期 23 天，共 21 个赛段，每天进行一个赛段，中间有两天休息。完整赛程每年不一，平均赛程超过 3500 千米，包括平地和山路。每个赛段分别计时排名，各阶段累计时间最少者胜。在每个赛段结束的当日，总成绩领先者将获颁黄色领骑衫，冲刺积分领先者将获颁绿色骑行衫，山路赛段爬坡积分领先者将获颁波尔卡红白斑点衫。

2018 年环法自行车赛 新华社提供，Kim Ludbrook 拍摄

现代五项运动 由射击、击剑、游泳、马术、越野跑五个单项运动组成的一种综合性比赛项目。于 19 世纪下半叶从瑞典兴起，后推广到其他国家。为了区别于曾流行千年之久的古代奥林匹克五项运动（掷标枪、短距离跑、掷铁饼、角力和跳远），故称之为现代五项运动。这两个五项运动都是当时军人所需掌握的实用战斗本领，因此又都称作军事五项。

第 31 届奥林匹克运动会女子现代五项马术比赛 新华社提供，郑焕松拍摄

1912 年，现代五项运动被列为奥林匹克运动会比赛项目。1948 年，国际现代五项联合会在伦敦成立。从 1949 年开始，每年都举办现代五项的世界锦标赛。1969 年国际现代五项和冬季两项联盟成立。1998 年，国际现代五项和冬季两项分开，国际现代五项联盟成立。2000 年，第 27 届奥林匹克运动会将女子现代五项列为正式比赛项目。现代五项运动比赛成绩以欧美运动员为佳。

铁人三项 连续在室外完成长距离的游泳、自行车骑行和跑步的综合性体育运动项目。

源于美国。1974 年 2 月，在夏威夷一间酒吧里，一群体育爱好者争论当地

铁人三项中的自行车比赛　新华社提供，Marco Garcia 拍摄

举办的渡海游泳赛、环岛自行车赛及檀香山马拉松赛哪个最能考验人的意志与体能。海军中校 J. 科林斯提出，能在一天内游海泳 3.8 千米，而后环岛骑自行车 180 千米，最后再跑完一个马拉松全程（42.195 千米），中间不休息的人，即为真正的铁人。第二日即举行了比赛。这次比赛后被追认为首届世界铁人三项锦标赛。1989 年，国际铁人三项联盟在法国成立。1994 年，铁人三项被国际奥林匹克委员会批准为 2000 年第 27 届奥林匹克运动会正式比赛项目。其标准距离与顺序为游泳 1.5 千米，自行车骑行 40 千米，跑步 10 千米。

铁人三项于 20 世纪 70 年代末传入中国。1990 年中国铁人三项运动协会成立。

高尔夫球运动　以特制的球杆将球击入目标洞穴中的一种户外球类运动。

苏格兰被认为是高尔夫球运动的发源地。1864 年，英国成立了第一个高尔夫球俱乐部。在 1900 年和 1904 年的奥林匹克运动会上，高尔夫球曾被列为比赛项目。1958 年世界业余高尔夫球理事会成立，2003 年更名为国际高尔夫球联合会。2016 年第 31 届奥林匹克运动会将高尔夫球列为正式比赛项目。

高尔夫球于 19 世纪末传入中国。1896 年，国内第一家高尔夫球俱乐部在上海成立。1984 年广东中山温泉高尔夫球场建成，从此高尔夫球运动逐渐开展起来。

高尔夫球运动员击球后姿势

比赛方式分为比洞赛和比杆赛两大类。最有影响的高尔夫球赛事是被称为“大满贯”的四大赛，即英国高尔夫球公开赛、美国高尔夫球公开赛、PGA（美国职业高尔夫球协会）锦标赛和美国名人赛。

伍兹，E.T.（1975-12-30 ～　）　美国高尔夫球运动员。生于加利福尼亚的塞普雷斯。孩童时就表现出非凡的高尔夫天赋。1994 ～ 1996 年赢得美国业余比赛的三连冠。1996 年转为职业选手。1997 年成为历史上最年轻的美国名人赛

新华社提供

冠军，之后分别在 2001 年、2002 年、2005 年夺得美国名人赛冠军。2000 年、2002 年、2008 年获得美国高尔夫球公开赛冠军。2000 年、2005 年、2006 年获得英国高尔夫球公开赛冠军。1999 年、2000 年、2007 年获得 PGA 锦标赛冠军。曾连续 683 周居高尔夫世界排名首位。共赢得 80 个美巡赛冠军。其绰号“Tiger”的中文意思是“虎”，所以中文经常称之为老虎伍兹。2000 年、2001 年获劳伦斯世界体育奖最佳男运动员奖，2019 年获劳伦斯世界体育奖最佳复出奖。

保龄球运动 运动员手持用特别材料制成的一种硬质球，通过抛掷使球体在球道上滚动，最终以地滚的方式击倒木瓶的一种室内体育运动。又称地滚球、木滚球。

现代保龄球运动起源于 3 ~ 4 世纪的德国“九柱戏”。至 14 世纪，九瓶制保龄球游戏逐渐发展成为欧洲民间的体育运动。18 世纪末到 19 世纪初，美国人创立了十瓶制保龄球。1895 年美国保龄球总会成立。1952 年，国际保龄球联合会在芬兰成立。1954 年，首次保龄球国际比赛在芬兰举行。

19 世纪下半叶，保龄球运动传入中国。20 世纪 80 年代后发展较快。1984 年，国家体育运动委员会将十瓶制保龄球列为中国正式开展的体育项目。1985 年中国保龄球协会成立。

保龄球比赛 新华社提供，谢海宁拍摄

保龄球是世界运动会和亚洲运动会的正式比赛项目。根据运动员投球所击倒的球瓶数量来计算得分，并按运动员在规定局数中所得分数的多少决定胜负。投球动作规定用下手前送方式。

壁球运动 在四周封闭的场地内，按照一定规则，用球拍互相击打对手从不同方向击在前墙有效区域内反弹球的一项竞技体育运动。

壁球运动的起源说法不一，较流行的说法是：1820 年，英国一所贵族学校——哈罗中学，因运动场地小，于是发明了一种让学生在教室里用球拍对着墙壁击球的游戏。1900 年开始有了壁球比赛。1967 年国际壁球联合会成立，1992 年正式更名为世界壁球联合会。1999 年中国壁球协会成立。2002 年中

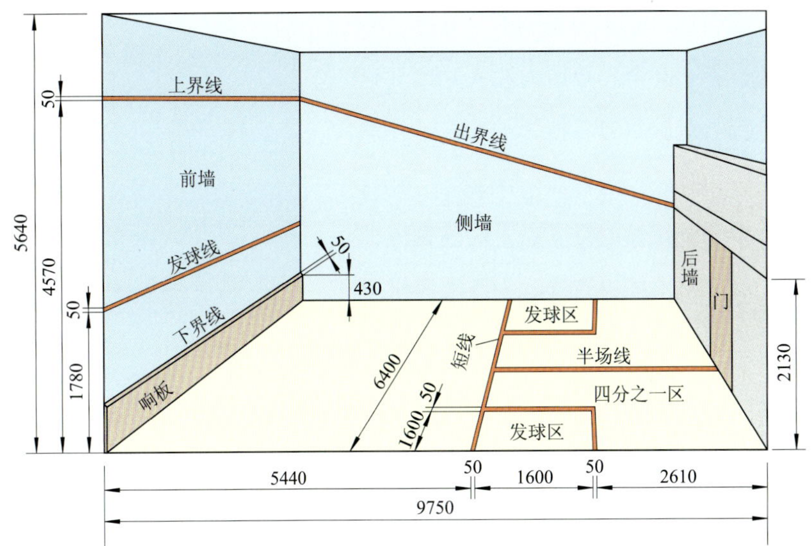

壁球场地示意图（单位：毫米）

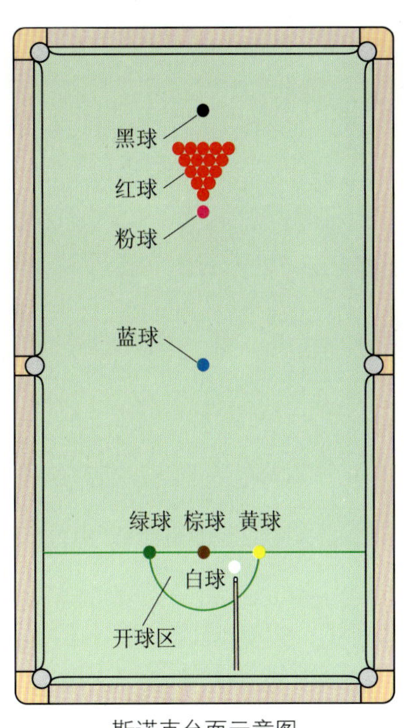

斯诺克台面示意图

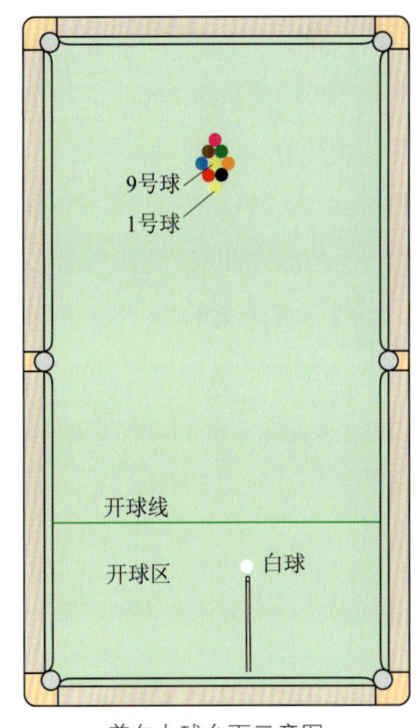

普尔九球台面示意图

国加入世界壁球联合会。世界壁球锦标赛每年举办一次，世界壁球团体锦标赛逢双年举办一次。

壁球比赛方式较简单。开始发球时，发球者可以任选左发球区或右发球区发球，以后必须轮换发球区；对打开始后，发球线和地面上的线不再起作用，双方轮换击球。计分方法分为球权得分制和每球得分制两种。

台球运动 一种利用特制的球，在特制的球桌面上进行球球撞击的智力、技巧与体力相结合的室内运动。

台球运动据说起源于英国，至今已有五六百年的历史。19 世纪传入美国和日本，传入中国不足百年。中华人民共和国成立后，台球被列为国家体育项目。1959 年，世界台球联合会在西班牙马德里成立。1986 年中国台球协会成立。

台球分为落袋式台球和撞击式台球。落袋式台球的球台在台的四角和两边中端有六个球袋，球袋以细线扎成网状；撞击式台球所用球台的台面没有球袋。落袋式台球有斯诺克、普尔等，撞击式台球有四球开伦等。球台的台面通常使用表面有短呢绒毛的台呢，普尔球台的台面使用台布。

丁俊晖（1987-04-01 ～ ） 中国台球运动员。生于江苏宜兴。8 岁开始学习台球。2002 年获得世界青年斯诺克锦

新华社提供

标赛冠军，成为中国第一个台球世界冠军，因此有“神童”之称。2003 年转为职业选手。2005 年、2009 年获斯诺克英国锦标赛冠军。2011 年获温布利大师赛冠军。2012 年获斯诺克威尔士公开赛冠军。2013 年、2016 年获斯诺克上海大师赛冠军。2014 年 12 月首次排名世界第一。2016 年获斯诺克世界锦标赛亚军。2017 年获斯诺克世界公开赛冠军。2019 年第三次获斯诺克英国锦标赛冠军。职业生涯共夺得 14 个排名赛冠军。2014 年在世界斯诺克年度颁奖典礼上以单赛季五冠的成绩获得年度媒体最佳球员奖。2018 年入选斯诺克名人堂。

围棋 具有高度文化色彩的智力竞技项目、世界最古老的棋类游戏之一。为中国古代“琴棋书画”四大文化之一。相传其发明者是中国原始社会后期的部落领袖尧。关于围棋的记载，最早见于《左传》。南北朝时，围棋先后传入朝鲜半岛和日本。19 世纪传入欧洲，并逐步走向世界。

棋盘略呈长方形，由纵横各 19 条平行线组成。棋子为扁圆形，分黑、白两色，各 180 个。普通为二人对弈。空枰开局。对局双方各持黑子与白子。黑先白后，轮流下子，每次一步，落子为定。棋子要置于棋盘的交叉点上。已有棋子的交叉点上不能再置子。为抵消黑棋一方的先行之利，通常规定黑棋一方在计算胜负时要额外还给白棋一方若干子，称为出子或贴子。

中国古代把棋士分为九品，一品为上。1964 年 2 月，国家体育运动委员会制定了初段至九段的中国围棋段位制标准和一级至九级的中国围棋级位制标准。其中九段为最高等级，九级为最低等级。

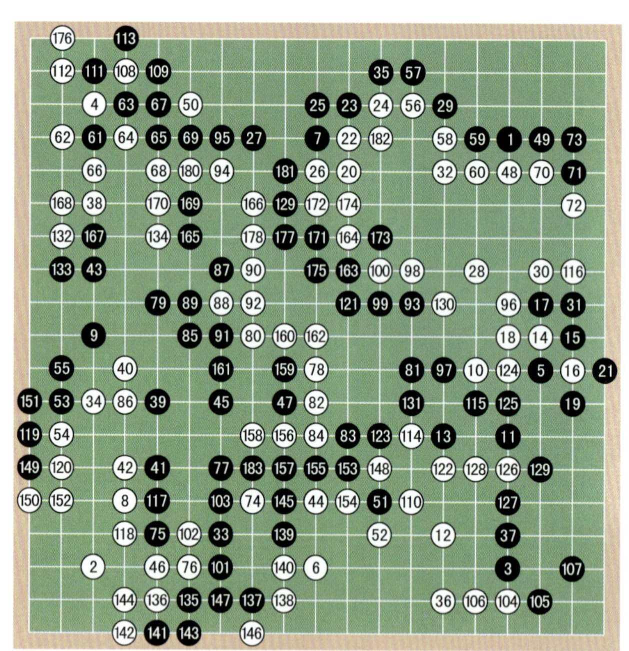

1980 年 8 月陈祖德（黑子）与聂卫平（白子）对弈的一张棋谱

1956 年起，中国正式将围棋列入国家体育竞技项目。中国围棋规则采用数子法计算胜负。1962 年中国围棋协会成立。1992 年中国棋院成立。

日本是现代围棋开展得非常普遍的国家。日本围棋规则采用数目法。主要围棋组织有位于东京的日本棋院与位于大阪的关西棋院。

韩国是当代围棋强国。古代朝鲜的围棋规则采用比户法；20 世纪 40 年代，由于受到日本的影响，比户法逐渐向日本数目法靠拢。主要围棋组织是韩国棋院。

聂卫平（1952-06-17 ～　）　中国围棋运动员、教练员。河北深州人。少年时即认师围棋界元老过惕生。1973 年

入选国家围棋集训队。先后获得 6 次全国围棋个人赛冠军、8 次“新体育杯”围棋赛冠军、6 次全国围棋“十强赛”冠军、2 次中国围棋天元赛冠军等国内比赛冠军。分别获得应氏杯、富士通杯世界职业围棋锦标赛和东洋证券杯世界围棋锦标赛亚军。1982 年被国家体育运动委员会授予九段段位。1985 ～ 1988 年在 NEC 中日围棋擂台赛 4 届比赛中创造 11 连胜的纪录，使中方连续 3 届获胜，被日本围棋界誉为“聂旋风”。1988 年，中国围棋协会授予他“棋圣”称号。历任中国围棋协会副主席等职。著有《我的围棋之路》《围棋人生》等。

吴清源（1914-05-19 ～ 2014-11-30）华裔日本围棋手。又名泉。福建闽侯人。初从父学弈。1928 年东渡日本，师事日本棋手濑越宪作。1929 年日本棋院直接认可他为三段棋手。1932 年升至五段。1933 年与木谷实一起开创了新布局运动。1939 年升至七段，开始与日本一流棋手轮流进行升降十番棋。到 1955 年十番棋大战告一段落时，先后战胜了木谷实、雁金准一、桥本宇太郎等 7 位强劲对手，被公认为当时世界棋坛第一人。1950 年，日本棋院推举他为九段棋手。1957 年获得第一期日本“最强战”冠军。1959 年与坂田荣男并列第三期日本“最强战”冠军。1964 年后因健康原因退出各项比赛。1983 年正式引退。被日本棋界誉为“近代布局的奠基人”“昭和时代的棋圣”。著有《吴清源自选百局》《二十一世纪的围棋》等。

李昌镐（1975-07-29 ～　）　韩国围棋手。全州人。6 岁由祖父启蒙习弈。9 岁成为曹薰铉的唯一弟子。1986 年成为初段棋手，到 1995 年晋升至七段。1996 年被韩国棋院推举直升为九段棋手。自 1992 年起，先后在第 3、4、7、9 届东洋证券杯世界围棋锦标赛，第 9、11 届富士通杯世界职业围棋锦标赛，第 2、3、4 届三星火灾杯世界围棋公开赛，第 1、3、5、8 届 LG 杯世界围棋棋王战，第 4 届应氏杯世界职业围

棋锦标赛，第1届丰田杯世界围棋王座战，第4、5届春兰杯世界职业围棋锦标赛等赛事中获得个人世界冠军，成为世界冠军大满贯获得者。在真露杯三国围棋擂台赛、农心杯世界围棋团体锦标赛上9次夺得团体冠军。有“石佛”之称。创造过多项围棋纪录。

象棋 起源于中国的一种棋戏。又称中国象棋。两人轮流走子，以将死或困毙对方的将（帅）为胜。

2000多年前，已经有“象棋”的称谓。大概在北宋后期至南宋时期，象棋开始有统一的规格，与现在的象棋完全相同。1956年起，象棋被列为国家体育项目。1962年中国象棋协会成立。象棋在东南亚地区也广泛流传。1978年亚洲象棋联合会成立。1993年世界象棋联合会成立。这两个象棋国际组织分别定期举办亚洲象棋锦标赛和世界象棋锦标赛。

棋盘由9道直线和10道横线交叉组成。棋子就摆在交叉点上。棋子分为黑、红两组，每组16个。对局时，由执红棋一方先走，以后双方轮流各走一着。走棋时，如果己方棋子可以走到的位置有对方棋子存在，即可将对方棋子吃掉。一方棋子攻击对方的将（帅），并能在下一着把它吃掉时，称为将军，或简称“将”。被将军的一方如果无法应将，就算被将死。轮到走棋的一方，将（帅）被禁在一个位置上无路可走，而己方其他棋子也都不能走动时，就算被困毙。被对方将死或困毙，则为输棋。

象棋开局前双方棋子在棋盘上的摆法

国际象棋 世界通行的类似中国象棋的棋种。为区别于象棋而冠以“国际”二字。两人轮流走子，以将死对方的王为胜。

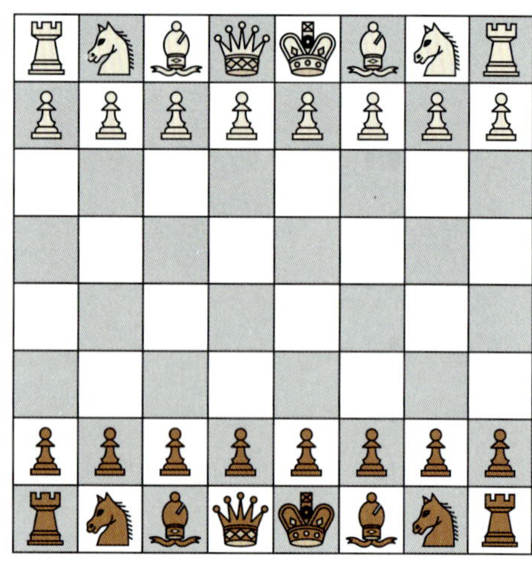

国际象棋开局前双方棋子在棋盘上的摆法

国际象棋的发展历史已将近2000年。关于它的起源，说法不一。世界上多数棋史学家认为国际象棋源于公元2～4世纪出现在印度的一种梵语称作“恰图兰加”的棋戏。大约在10世纪以后，经中亚和阿拉伯传到欧洲各地。15～16世纪，国际象棋形成今日的样式和棋制。1851年，在伦敦首次举行了影响较大的国际比赛。1924年，国际象棋曾被列为奥林匹克运动会正式比赛项目。同年，世界国际象棋联合会在法国成立。1927 年，首届国际象棋奥林匹克团体赛在英国举行。

中华人民共和国成立后，国际象棋在中国得到较快发展。1956 年起，国际象棋被列为国家体育项目。1986 年，国家国际象棋集训队在北京成立。

国际象棋的棋盘是由颜色深浅相间的 64 个小方格组成的正方形盘。浅色格称白格，深色格称黑格。棋子放在小方格上。国际象棋采用立体棋子，黑、白色各 16 个。对局开始，白棋一方先走，以后双方轮流走棋，直至终局。一方的棋子攻击对方的王，下一着要将它吃掉时，称为将军。被将军的一方必须立即应将，如果无法应将，王被对方吃掉，就算被将死，对方获胜。此外，凡是一方中途认输、超过时限或是严重犯规，也算输棋，对局即告终结。

谢军（1970-10-30 ~ ） 中国国际象棋棋手。祖籍吉林辽源，生于河北保定。自幼在父亲影响下学习象棋，1980 年改学国际象棋。1983 年入北京市棋队。1986 年入选国家国际象棋集训队。1988 年获“女子国际大师”称号，1990 年获“女子国际特级大师”称号。1991 年 10 月在世界女子国际象棋冠军赛决赛中战胜对手，成为历史上第七位国际象棋女子世界冠军，打破欧洲 64 年、苏联 41 年对该桂冠的垄断。1993 年、1999 年、2000 年三次在同一赛事中夺冠。1993 年被世界国际象棋联合会授予“女子国际特级大师”称号。为第 33、34、36 届国际象棋奥林匹克团体赛女子团体冠军——中国队的一号主力。历任世界国际象棋联合会女子委员会主席、中国国际象棋协会副主席、北京棋院院长、首都体育学院副院长等职。

新华社提供，范长国拍摄

卡斯帕罗夫，G.（1963-04-13 ~ ） 俄罗斯国际象棋手。生于阿塞拜疆巴库。毕业于阿塞拜疆师范学校外语系。6 岁入巴库少年宫接受国际象棋训练，10 岁即成为一级棋手，14 岁成为国家大师，17 岁晋升为国际特级大师。1985 年在世界国际象棋冠军赛对抗赛上取得胜利，成为历史上第 13 位国际象棋男子世界冠军。随后，在 1986 年、1987 年、1990 年的国际象棋冠军赛中连续卫冕成功。1993 年，卡斯帕罗夫与世界国际象棋联合会发生矛盾，宣布不参加世界国际象棋联合会组织的世界国际象棋冠军赛，并自建世界职业国际象棋协会。1993 年、1995 年获得世界职业国际象棋协会国际象棋世界冠军赛冠军。9 次

新华社提供

获得利纳雷斯国际象棋超级大赛冠军，3次获得维克安泽国际象棋超级大赛冠军。他的国际象棋等级分自1986年以来一直排名世界第一，是国际象棋天王级棋手。2005年宣布退出职业生涯，转向政坛。

波尔加，J.（1976-07-23 ~ ） 匈牙利国际象棋选手。“波尔加三姐妹”中的小妹。习称小波尔加。4岁开始学下国际象棋。与大姐苏珊、二姐索菲娅组成的匈牙利女队，1988年在第29届国际象棋奥林匹克团体赛中获得女子团体冠军，并于1990年卫冕成功。1988年获得世界青少年国际象棋锦标赛男子12岁组世界冠军。1991年在匈牙利男子全国冠军赛中勇夺冠军，成为历史上最年轻的“男子”特级大师。2002年、2003年获得维克安泽国际象棋超级大赛亚军。她的国际象棋等级分从1989年开始长达25年排名女子世界第一。她是历史上第一位等级分排名进入世界前十名的女棋手。曾战胜G.卡斯帕罗夫和A.Ye.卡尔波夫等男子世界冠军，有“外星少女”的雅号。2012年获世界国际象棋联合会年度最佳女棋手奖。2014年宣布退役。

桥牌 使用普通的扑克牌进行竞技的一种牌戏。

16世纪英国流行的一种称作“凯旋”的扑克牌戏是桥牌的前身。“桥牌”一词始见于1886年。它与三种玩法不同的牌戏相关联，这三种牌戏统称为桥牌。它们也分别代表着桥牌的三个不同发展阶段，为了加以区分，人们将它们分别称为惠斯特桥牌、竞叫桥牌和定约桥牌。1958年世界桥牌联合会在挪威成立。

桥牌比赛 新华社提供，李然拍摄

1949年以前，中国只有大城市知识阶层中的少数人参加桥牌活动。中华人民共和国成立后至20世纪60年代初期，定约桥牌活动有所发展。1979年中国桥牌协会成立。1986年后，中国女子桥牌队长期保持远东地区的领先地位。

四名牌手分成两对。使用52张一副的扑克牌。发牌、叫牌及打牌过程，均按顺时针方向进行。由发牌人发牌，牌面向下，发完为止。打牌时，每人每轮出一张牌，构成一墩。打牌的目的是赢得牌墩。打牌前先通过叫牌确定一种花色为将牌或无将，并且确定各方应取得的赢墩数。出牌时每人均应按照首先出牌人所出的花色跟牌，出最大一张牌的牌手赢得这一墩。

美术

【绘画】

绘画 用色彩和线条在平面上描绘形象的美术种类。绘画是一切画种和品类及其所有样式、形式的统称。广义的绘画还包括图案装饰纹样和建筑设计图等。

绘画是一门古老的艺术。迄今发现的最早的绘画作品是约1.5万年前旧石器时代晚期的阿尔塔米拉洞窟壁画和拉斯科洞窟壁画。在人类几大文明发祥地最早出现的彩陶，是在陶器坯体上描绘装饰纹样，再经烧制完成的。人类社会出现阶级和国家后，在宫廷、神殿、寺庙、陵墓等处，普遍都有装饰性壁画。与壁画相应发展的镶嵌画，可用于建筑物墙面、顶棚和地面的装饰。

在中国，除壁画外，以独立的画幅形式出现的绘画作品主要是卷轴画。所见最早的卷轴画是晚周帛画。卷轴画在中国历千年而不衰。

人像彩陶罐（甘肃天水师赵村遗址出土）

15世纪以前，欧洲非壁画的绘画形式有祭坛拼板画，即在大幅的木板、皮革上绘以耶稣受难图等，置于祭坛上的圆龛中。在希腊、罗马和伊朗，曾普遍流行一种小型绘画，即以手抄书插图为主的细密画。中国明清以来小说中所附人物绣像，以及画出故事内容的全图，也属插图一类。欧洲于14～15世纪发明油画技术，出现了流行的独幅画——架上油画。

用刀在木板上刻画，而后用纸拓印的木刻，是最早的一种版画。中国早在唐代即有木刻。元明时期，小说和戏曲说唱本中的木刻插图，艺术水平已相当可观。

壁画 装饰壁面的画。包括用绘制、雕塑及其他造型或工艺手段，在天然或人工壁面（主要是建筑物内外表面）上制作的画。

壁画是最早的独立绘画形式。现存史前遗迹分为洞窟壁画与摩崖壁画，在欧洲、非洲、大洋洲、亚洲都有发现，最早的距今约2万年。中国境内发现的摩崖壁画已有数十处，有的被断定为新石器时代作品（如内蒙古阴山岩画）。随着建筑技术的发展，壁画从洞窟、摩崖壁画转向建筑壁画。古代壁画多分布在神庙、宫殿、寺院、庭苑、石窟、陵墓等建筑物中。文艺复兴时期是西方壁画史上的辉煌时代。在中国，魏晋以前，壁画多表现神话与世俗生活。佛教传入以后，宗教壁画迅速发展，唐代形成壁画的高峰期。宋以后，壁画逐渐衰落。中华人民共和国成立后，壁画得到恢复和发展。

壁画主要分为绘画型壁画和绘画工艺型壁画两大类。绘画型壁画以绘画手段为主，作者用手绘方式直接在壁面上完成；绘画工艺型壁画的最后效果必须通过工艺制作手段才能体现。

阿尔塔米拉洞窟壁画 西班牙北部坎塔布连山区阿尔塔米拉的石灰岩溶洞中的旧石器时代壁画。1870 年，西班牙学者 M.de 绍托拉在洞址发掘旧石器文化层，随他来玩的 5 岁女儿玛利亚偶然看到洞窟壁画。绍托拉考订为旧石器时代的绘画，但遭到当时学术界的否定，20 年后才得到承认。

《野牛》

阿尔塔米拉洞窟是最早发现旧石器时代壁画的地点，也是这种壁画艺术的典型代表。洞中主要画的是欧洲野牛、鹿等动物形象，还有人物形象和几何图形。绘画风格可分为相互关联的五个发展时期。最早的是手指并排画在潮湿壁面上的痕迹，最晚的是洞内一段被称作“画厅”的洞顶上由数种颜料绘制的一片动物形象。壁画技巧写实，透视准确，结构精到，风格质朴、粗犷。

阿尔塔米拉洞窟从旧石器时代晚期的奥瑞纳文化期开始就有人居住，梭鲁特文化后期被辟为举行巫术仪式的场所。因此，洞口的居住区堆积层只到梭鲁特文化为止，而洞里的壁画却有马格德林文化的遗迹。

拉斯科洞窟壁画 法国多尔多涅省拉斯科的石灰岩溶洞中的旧石器时代壁画。1940 年，两个孩子外出郊游时发现了拉斯科洞窟的入口。后由史前艺术学者 H. 布勒伊考察整理，公之于世。拉斯科洞窟分为主厅和两个主要洞道。主厅

《三牛一马》

又称牛厅，面积为 138 平方米，洞壁上水平排列着各种动物形象，如长 5 米的野牛、长角凸肚的怪兽等。沿洞窟轴线伸展的洞道称中轴画廊，其洞壁、洞顶布满野牛、野马图像；在另一条洞道的侧端有个井状坑，坑壁上画着一个头戴鸟形面具的人与欧洲野牛搏斗。拉斯科洞窟壁画的各种形象可以细分为 14 种风格，分属三个阶段：早期以单色线描为主；中期以黑色勾画轮廓，红、棕色涂染；晚期的代表是以黑色绘制的大型动物形象。拉斯科洞窟的主要艺术遗迹属于奥瑞纳-佩里戈尔文化。

阴山岩画 中国北方地区岩画。主要

岩画中的动物形象——马和羊

分布于内蒙古阴山山脉西段狼山地区。刻画在崖壁、山顶石块和山前丘陵石壁上。1976 ~ 1980 年考察发现岩画一万余幅。年代上限为新石器时代初期或更早，下限延至现代，大部分作品创作于新石器时代至青铜时代。多为原始部落先民所绘，少数是匈奴人、突厥人、回鹘（或粟特）人、党项人和蒙古人的作品。作画方法有四种：出现最早的是敲凿法和磨刻法，然后是划刻法，最晚的是绘制法。题材有狩猎、放牧、舞蹈、天体、宗教崇拜、文字符号、征战、车辆等。阴山岩画写实性强，有浓郁的生活气息，从多方面反映了古代中国北方山地草原民族的经济生活、科学技术、文化艺术和审美观念。

镶嵌画 用各种颜色的玻璃、陶瓷、金属、石块、贝壳、玉石、木材等材料，采用镶嵌工艺制成的工艺画。可用于建筑物墙面、地面和顶棚的装饰，或制成屏风、壁挂、家具板面及其他工艺品。

世界上最早的镶嵌画是公元前 3000 年的美索不达米亚寺庙中的马赛克。这种镶嵌画是古埃及和古代两河流域文化的重要组成部分，以后逐渐为古代希腊、罗马等普遍使用。镶嵌画在初期主要是用大卵石拼镶出图案，以后逐步发展到采用多种材料。

唐代高士宴乐纹嵌螺钿铜镜

中国的镶嵌工艺早在公元前 11 世纪即已出现。当时的青铜器就采用错金、错金嵌玉的镶嵌工艺。唐代，镶嵌螺钿达到很高的艺术水平。清代，浙江温州始创镶嵌彩石。20 世纪中叶以后，出现一些工艺独特的镶嵌画品种，如彩石镶嵌画、薄木镶嵌画等。70 年代开始，出现少数陶瓷镶嵌画与建筑结合。

细密画 一种精细刻画的小型绘画。主要用作书籍的插图及封面和扉页上的装饰图案。有的画在羊皮纸上，有的画在纸上，也有的画在书籍封面的象牙板或木板上。多数采用矿物颜料绘制，甚至把珍珠、蓝宝石磨成粉当颜料。埃及新王朝（公元前 16 世纪）法老陪葬品中发现的插图卷物被认为是最早的细密画。细密画曾在古代希腊和罗马广泛流行，但留存下来的实物很少。目前世界各国博物馆、图书馆、私人收藏的细密画绝大多数是拜占廷、波斯、加洛林、奥托、尼德兰的手抄本和小型木板蛋胶画。细密画在宫廷、贵族中广为流传，它代表伊朗伊斯兰美术的一个高峰。

波斯细密画代表人物毕扎德的《大流士和他的养马人》(1488 ~ 1489)

《兰竹石图》（清，郑燮）

中国画 泛指中国绘画，是近代为区别明末传入的西画而出现的名称。狭义上指以中国独有的笔、墨等工具材料按照长期形成的传统而创作的绘画品种。按材质，可称为水墨画或彩墨画。包括卷轴画、壁画、年画、版画等门类。中国画在世界美术领域中自成体系，是东方画系的重要组成部分。分为人物画、山水画、花鸟画三大画科，有工笔和写意两种画法，有卷、轴、册、屏等装裱形制。

中国画历史悠久，仅从独幅的战国帛画算起，已有2000余年的历史。在

《绿荫草堂图》（明，文徵明）

《山水花鸟册》之一（清，朱耷）

《蔷薇芦橘图》（吴昌硕）

长期的历史进程中，中国画因功用之别形成宫廷画、民间画和文人画三大系统。宫廷画是在皇家或贵族直接掌握下，由宫廷绘画机构或画师奉命创作的绘画，或宣扬统治者的文治武功，或为皇帝和贵族的审美需要服务。民间画是活动于民间的画工或低层职业画师的绘画，在一定程度上反映人民群众的生活、理想与审美好尚。这两大系统自中国画产生以来即并行于世。文人画兴起于北宋中期，纵贯宋元明清各代，随封建王朝的结束而告终。文人画是朝野文人士大夫文化生活的产物，代表士大夫阶层在或出仕或归隐境况下的艺术目的与审美要求。

中国画重神似，在造型上提倡不拘于形似甚至“妙在似与不似之间”；构图布局不拘于特定的时间与空间；讲求笔墨；以画为主，并实现诗文、书法、绘画以至印章的有机结合。

《双马图》（徐悲鸿）

水墨画 以材质划分的中国画种类。指纯以水墨材料所作的中国画。具有现代观念的、以水墨为材料所作的“现代水墨画”与传统水墨画属于不同的绘画概念。

传统水墨画根源于文人画的出现。唐代王维被后世推为水墨画的鼻祖。唐张彦远《历代名画记》曾有“墨分五色”的论说，为水墨画的兴盛奠定了理论基础。元代以后，文人画昌盛，水墨画亦随之成为中国画的主流，延续七八百年。传统水墨画在绘画观念方面，追求形神兼备的传统文化精神；在绘画样式和造型方面，在遵循既有程式的基础上发挥和发展，造型写实或写意均有明确的形象依据；在绘画语言和技法方面，主要运用有一定法式的笔墨语汇，重视笔墨意趣的表达，重视书法用笔。

《茂林清暑图》（李可染）

人物画 以人物活动为主要描绘对象的中国画传统画科。因题材类别的不同分为许多支科，如描写历史故事和现实人物者称人物故实画，描写仙佛僧道者称道释画，描写社会风俗者称风俗画，描写妇女者称仕女画。又因画法样式上的区别分为若干类别，如刻画工谨、着色匀细者称工笔人物画，画法洗练纵逸者称简笔人物画或写意人物画，画风奔放、水墨淋漓者称泼墨人物画，纯用线描或稍加墨染者称白描人物画。

人物画的产生早于其他中国画科。战国楚墓出土的《人物龙凤》和《人物御龙》帛画是已知最早的独幅人物画作品。魏晋时期，人物画由略而精，宗教画尤为兴盛，出现了以顾恺之为代表的人物画大师。盛唐时期，吴道子把宗教人物画推进到更富于表现力的新境地。自南宋写意人物画肇兴以来，人物画开始重视审美作用。仕女画、高士画大量出现。明清两代，人物画走向式微。

中国人物画侧重“神识风采”之美。其传统素称传神或写真、写心、肖品，即通过足以显现人物内在本质的外形的描写，真实地展示不同人物的性格、个性和内心世界，同时揭示其品格，反映其社会属性。因此，中国人物画在表现

《王蜀宫妓图》（明，唐寅）

中多详于传情的面部手势而略于衣冠，详于人物活动及其顾盼呼应而略于环境描写。

山水画 以自然风景为主要描写对象的中国传统画科。不但表现了丰富多彩的自然美，更集中体现了中国人的自然观与社会审美意识。传统习惯上多按画法风格的不同分类。勾勒设色、金碧辉煌、富于装饰意味者称青绿山水或金碧山水；纯以水墨描绘者称水墨山水或墨笔山水；以水墨为主、略施淡赭淡青，适于表现朝晖夕阳者称浅绛山水或淡着色山水；以水墨勾皴、淡色打底并施青绿等敷盖色者称小青绿山水；几无水墨、纯以彩色图绘者称没骨山水。

魏晋时始有独立的山水画。至隋唐时期，山水画已经成熟。盛唐的吴道子发展了简练而又写实的山水画法。五代北宋的山水画在真实描写大自然并表达一定的审美认识上达到高峰，形成分别以荆浩、关仝和董源、巨然为代表的南、北山水画派。北宋关仝、李成、范宽三家鼎立。经过南宋画家对寄幽情美趣于精粹景色的探索，至元代尤其是元四家，山水画又出现了重视主观抒发和风格创造的新高峰，完成了山水画中诗书画的统一。明清两代的山水画强调笔情墨趣的变化，追求书法用笔的主观意韵和不同意境的创造，形成诸多艺术流派。

《秋山晚翠》（五代，关仝）

中国山水画不强调对客观景物的如实摹写，而是以高度提炼的结构程式进行描绘。无论是写境还是造境，都无不以画家的情与意为重心，追求创造的形神统一和情景交融的意境。

花鸟画 以动植物为主要描绘对象的中国画传统画科。中国花鸟画集中体现了中国人与作为审美客体的自然生物的审美关系，具有较强的抒情性。其技法多样。以描写手法的精工或奔放，分为工笔花鸟画和写意花鸟画；以使用水墨色彩上的差异，分为水墨花鸟画、泼墨花鸟画、设色花鸟画、白描花鸟画和没骨花鸟画。

中国花鸟画发展到两汉六朝初具规模。经唐、五代、北宋，花鸟画发展成熟。五代的黄筌、徐熙两种风格流派分别表达或富贵或野逸的志趣。至北宋，花鸟画已独立成科。以水墨为主的写意

《墨笔花册》（明，徐渭）

花鸟画和水墨写意“四君子画”相继出现于南宋及元代。以线描为主要手段的白描亦兴起于同时。随着写意花鸟画的深入发展，花鸟画出现了以明末的徐渭为代表、自觉实现以草书入画并强烈抒写个性情感的变革，至清初的朱耷则达到空前高的水平。至近现代则产生了齐白石等花鸟画大师。

中国花鸟画在长期的历史发展中形成了以写生为基础，以寓兴、写意为归依的传统。其立意往往关乎人事，紧紧抓住动植物与人的生活遭际、思想情感的某种联系而给以强化的表现。它既重视真，又非常注重美与善的观念的表达，强调“夺造化而移精神遐想”的怡情作用。

顾恺之（约 348 ~ 409） 中国东晋画家。字长康。晋陵无锡（今属江苏）人。曾任桓温、殷仲堪参军、散骑常侍。多才艺，工诗赋，尤精绘画。擅画肖像、历史人物、道释、禽兽、山水等。青年时期在建康（今江苏南京）瓦官寺作《维摩诘》壁画，轰动一时。

顾恺之的人物画强调传神，注重点睛。其笔迹紧劲连绵，如春蚕吐丝，又如春云浮空，流水行地，皆出自然，通称为高古游丝描。着色则以浓色微加点缀，不求藻饰。其作品真迹没有保存下来。相传为其作品的摹本有《女史箴图》《洛神赋图》《列女仁智图》等。其画论保存有《魏晋胜流画赞》《论画》《画云台山记》三篇。中心论点有传神论、以形写神、迁想妙得等。这些论点对后来中国画创作和绘画美学思想的发展有很大影响。

《女史箴图》局部

阎立本（？~ 673） 中国唐代画家。雍州万年（今陕西西安）人。继承家学，长绘画，且有政治才干。太宗贞观时任主爵郎中、刑部侍郎。高宗显庆元年

《步辇图》

《送子天王图》局部

（656）迁升为工部尚书，总章元年（668）擢升为右相。

阎立本擅画道释、人物、山水、鞍马，尤以道释画著称。他又工写真，创作了不少表彰功臣勋业的肖像画，如《秦府十八学士图》《凌烟阁功臣二十四人图》。曾奉诏为唐太宗画像。他的不少创作与初唐政治事件有密切关系。现存传为阎立本的作品多为摹本。《步辇图》是阎立本现存的重要作品。传为阎立本的作品还有《古帝王图》《职贡图》《萧翼赚兰亭图》。其作品所显示的刚劲的铁线描，具有丰富的表现力；设色古雅沉着而有变化；人物精神状态刻画细致。他被誉为“丹青神化”而为“天下取则”，在绘画史上具有重要地位。

吴道子（约686～约760）　中国唐代画家。后改名吴道玄，时人尊称吴生。阳翟（今河南禹州）人。曾学书于张旭、贺知章，后专工画。曾任县尉。开元年间被召入禁中为宫廷作画，先后任供奉、内教博士，官至宁王友。他奉诏绘制了一些历史画或政治性肖像画，同时常在长安、洛阳作壁画。

他兼擅人物、道释、神鬼、山水、鸟兽、草木、台殿等各类题材，尤以人物、道释见长。早年作画行笔流丽纤细，继承六朝风范；中年后笔迹磊落逸势，高度成熟。他用状如兰叶或莼菜条的笔法表现衣褶，笔势圆转，衣带飘举，人称之“吴带当风”。他又以焦墨勾线，薄施淡彩，世谓之“吴装”。因其笔法流转洗练，后人将他与张僧繇合称“疏体”代表画家。他被后世尊为“画圣”，对以后的绘画尤其是人物画和白描画风影响极大。其作品已无真迹存世，传世作品《送子天王图》为后人摹本。

张萱　中国唐代画家。京兆（今陕西西安）人。生卒年不详。开元年间（713～741）为史馆画直。擅画人物、仕女。画仕女尤喜以朱色晕染耳根；画婴儿既得童稚之形貌，又有活泼之神采；画贵族游乐生活场景，既以人物生动和富有韵律的组合见长，又能以点簇笔法构成亭台、树木、花鸟等自然物象，讲究环境和色彩对画面气氛的烘托与渲染。他的人物画线条工细劲健，色彩富丽匀净。所画妇女形象代表唐代仕女画的典型风

《虢国夫人游春图》

貌，是周昉仕女画的先导，直接影响晚唐五代的画风。作品真迹罕见，现有摹本《捣练图》《虢国夫人游春图》和《唐后行从图》（传）等作品流传于世。

周昉 中国唐代画家。字景玄，又字仲朗。京兆（今陕西西安）人。生卒年不详。见于记录的最早活动时间是大历年间（766 ~ 779）任越州长史，最后活动时间是贞元年间（785 ~ 804）奉诏绘章敬寺壁画。官至越州、宣州长史。

周昉是继张萱之后以表现贵族妇女著称的画家，有“画仕女，为古今冠绝”的美誉。其仕女画初效张萱，后则小异，具有用笔秀润匀细、衣裳劲简、彩色柔丽、人物体态以丰厚为体的特点。他在表现时代和生活的深度上，具有卓越的艺术才能。他笔下的妇女仿佛沉湎在百无聊赖的心态中，茫然若失。他还是杰出的肖像画家。从人们富有生趣的日常活动中揭示人物的真实性格，正是其肖像画传神的奥妙所在。在佛像画方面，他首创美丽端庄的“水月观音”，把观音菩萨画于清幽澄净之境，成为后世仿效的典范，人称之“周家样”。存世作品有《纨扇仕女图》《调琴啜茗图》《簪花仕女图》等。

《纨扇仕女图》局部

董源（? ~ 962） 中国五代南唐画家。一作董元，字叔达。钟陵（今江西南昌附近）人。主要活动在南唐中主（934 ~ 960 在位）时期。曾任北苑副使，故画史上称董北苑。

他不仅以画山水见长，而且能画牛、虎、龙及人物。其山水画又有水墨、青绿两体，水墨山水成就更为突出。他用披麻皴和点苔法表现江南一带的自然景色，其特点是用笔甚草草，近视几不类物象，远观则景物粲然，在技巧上富有创造性。他重视对山水画中点景人物的刻画，人物皆设青、红、白等重色，与水墨皴点相衬托，饶有秾古之趣。传世

《龙宿郊民图》

作品有《夏景山口待渡图》《潇湘图》《龙宿郊民图》等。董源所创造的水墨山水画新格法，当时得到巨然的追随，后世遂以“董巨”并称。元四家和明代的吴门派奉董源为典范。

巨然 中国五代南唐画家。僧人。原姓名无可考，生卒年不详。钟陵（今江西南昌附近）人，一说江宁（今江苏南京）人。主要活动在南唐后主（961 ~ 975 在位）和宋太宗（976 ~ 997 在位）时期。早年出家于江宁开元寺，学画山水，师法董源。开宝八年（975）到开封，居开宝寺，其画遂为当时所重。

巨然的山水画专写江南景色。他善于表现烟岚气象，笔墨秀润可爱。所画峰峦带有滃郁的水蒸气，山顶多作矾头，林麓间多作卵石，掩映以疏筠蔓草，旁通以细径危桥，深得野逸清静之趣。在笔墨上，巨然用大披麻皴法，比董源表现得更加显露。在绘画史上，由于他是董源嫡派，故人们惯将他与董源并称“董巨”。又由于他与稍后的惠崇都是画僧，人们也每将他与惠崇并提。传世作品有《万壑松风图》《秋山问道图》《山居图》等。

《秋山问道图》

李成（919 ~ 967） 中国五代北宋初画家。字咸熙，一作咸熙。原籍长安（今陕西西安），五代时避乱迁于营丘（今山东淄博东北）。先世为唐宗室。博涉经史，磊落有大志，因其抱负、才学不得施展，遂放意于诗酒绘画。北宋初举家迁陈州（今河南淮阳）。后醉死于客舍。

李成能诗，擅弹琴弈棋，尤长于山水画。他与关仝、范宽并列为宋初最有影响的山水画家，其山水画的艺术特点是“气象萧疏，烟林清旷，毫锋颖脱，墨法精微”。他用墨清淡而有层次，被后世称为惜墨如金。李成的绘画在北宋时极受重视，但他志节高迈，不为权势所动，其画甚不易得。传为其作品流传至今的有《读碑窠石图》《寒林平野图》《晴峦萧寺图》《茂林远岫图》等。李成的绘画艺术影响极大，几乎左右了北宋山水画的发展。

《读碑窠石图》

《雪山萧寺图》

范宽 中国北宋画家。本名中正，字中立。华原（今陕西铜川耀州区）人。生于五代末，北宋天圣年间（1023 ~ 1032）犹在。范宽性情疏放，爱山水。作画初学李成、荆浩，后长期生活于陕西华山、终南山等处，对景造意，将崇山峻岭的雄强气势、老树密林的荒寒景色生动地现于笔下。他画山石落笔雄健老硬，以质朴有力的雨点皴笔法和浓重的墨彩画出岩石的形貌质感。所画大山巍然矗立，浑厚壮观，具有压顶逼人的气势。范宽的绘画在当时即已出名。流传至今的代表作品有《谿山行旅图》《临流独坐图》《雪山萧寺图》《雪景寒林图》等。范宽发展了荆浩的北方山水画派，并能独辟蹊径，因而宋人将其与关仝、李成并列，誉为“三家鼎峙，百代标程”。

郭熙 中国北宋画家、绘画理论家。字淳夫。河阳温县（今河南温县）人。擅画，初无师承，后在临摹李成的山水画中受到启发，笔法大进。熙宁年间（1068 ~ 1077）入宫绘制殿堂屏幛，受到宋神宗赵顼的赏识，授御书院艺学，后迁待诏。当时宫廷中朝会、起居、游

《窠石平远图》

赏等重要场所都装饰着他的山水画。元丰年间（1078 ~ 1085）新建的中书省、门下省、枢密院、学士院的屏壁皆为郭熙所画。郭熙在画院还多次负责考试画工和鉴定、品评宫廷藏画。他的山水画曾作为政府礼物送给高丽。现存郭熙的作品有《早春图》《关山春雪图》《窠石平远图》《幽谷图》《古木遥山图》等。其传世绘画理论著作《林泉高致》分《山水训》《画意》《画诀》《画题》《画格拾遗》《画记》6 篇，系统而深刻地阐述了关于山水画艺术的见解。

李公麟（1040 ~ 1106） 中国北宋画家。字伯时，自号龙眠居士。舒城（今属安徽）人。熙宁三年（1070）登进士第，历任南康、长垣尉，泗州录事参军等地方官员，后入京为中书门下省删定官、御史台检法和朝奉郎。元符三年（1100）因病退隐。其文章有建安风骨，书法带晋、宋间人的书风。善于鉴辨钟鼎古器。

李公麟在绘画创作上的表现范围之广阔，是历史上文人画家中少有的。道释、人物、鞍马、宫室、山水、花鸟等无所不能，且精于临摹。他初学顾恺之、陆探微、张僧繇、吴道子，进而广泛师法晋隋唐宋诸家，取前人长处，以为己有。他长于白描，使白描形成独立的艺术形式。他又重视师法造化，注意对客观对象作敏锐周密的观察。在创作中，他主张“立意为先，布置缘饰为次”。现存作品有《五马图》和《临韦偃牧放图》，以及《维摩诘像》（传）、《免胄图》（传）、《圣贤图》（南宋石刻本）等。李公麟的绘画在当时即受到推崇和重视，对后世也有重大影响。

《临韦偃牧放图》

南宋四家 中国南宋李唐、刘松年、马远、夏圭四位院体山水画家的合称。北宋后期，山水画已具有众多风格面貌。至南宋时期，李、刘、马、夏四位画院待诏的艺术风格集中反映了这一时期山水画创作的成就，成为占压倒之势的画派。

李唐（1049 ~ 1130），字晞古。河阳（今河南孟州南）人。以水墨山水为人称道。他早年的山水画用笔刚劲缜密，山石瘦硬而有棱角，表现出北方山水的峭拔雄浑。南渡后，他用墨更加淋漓畅快，创造了大斧劈皴法。在布局上，采取顶天立地的方式，突出描绘自然山水的一角。传世作品有《万壑松风图》《江山小景图》《清溪渔隐图》等。

刘松年，钱塘（今浙江杭州）人。主要活动于南宋孝宗、光宗、宁宗时期（1163 ~ 1224）。其山水画中青绿者工细而有秀色；水墨者承袭李唐，但较为精细工致。山石用小斧劈皴，树多用夹叶，楼台建筑工细严整而不刻板，具有独特风貌。传世作品有《四景山水图》。

马远，字遥父，号钦山。祖籍河中（今山西永济西），移居钱塘。主要活动于南宋光宗、宁宗时期（1190 ~ 1224）。他发展了李唐等人笔墨雄强、沉郁劲健的水墨山水画特色，尤擅大斧劈皴法；

《万壑松风图》（李唐）

《踏歌图》（马远）

《四景山水图》（刘松年）

《溪山清远图》局部（夏圭）

取自然山水之一角加以提炼、剪裁。画面优美简洁，富有诗意。传世作品有《踏歌图》《寒江独钓图》《水图》等。

夏圭，字禹玉。钱塘人。主要活动于南宋宁宗、理宗时期（1195～1264）。与马远同属水墨苍劲一派，却喜用秃笔，下笔较重，其山水画因而更加老苍雄放。画山石擅用拖泥带水皴，即先用水笔淡墨扫染，然后趁湿用浓墨皴。取景剪裁极为精练，喜用一角半边的构图。传世作品有《溪山清远图》和《山水十二景》（仅存四段）等。

《青卞隐居图》（王蒙）

《富春山居图》局部（黄公望）

元四家 中国元代四位山水画代表画家的合称。史籍有两种不同记述：其一为赵孟頫、吴镇、黄公望和王蒙，其二为黄公望、王蒙、倪瓒和吴镇。现大都以黄公望、王蒙、倪瓒、吴镇为元四家。均以擅长山水画闻名，画风虽然并不相同，但都追求疏淡的意趣，讲究笔墨的表现力，注重水墨的运用，对明清两代的文人山水画有深远影响。

黄公望（1269～1354），本姓陆，名坚。常熟（今属江苏）人。字子久，号一峰、大痴道人。作品大都表现江南秀丽的山川景色，有水墨和浅绛两种面貌。笔墨喜用书法中的草籀之法，笔意简远逸迈。风格苍劲高旷，气势雄秀，有“峰峦浑厚、草木华滋”之评。传世作品有《富春山居图》《九峰雪霁图》《丹崖玉树图》《天池石壁图》等。

王蒙（？～1385），字叔明，号黄鹤山樵，自称香光居士。吴兴（今浙江湖州）人。赵孟頫外孙。喜用枯笔干皴，创牛毛皴，有时兼用解索皴或小斧劈皴，皴法简练成熟。其山水画布局满而不臃，密而不塞，用笔繁复而又富于层次感、空间感。传世作品有《青卞隐居图》《林泉清集图》《夏日山居图》《夏山高隐图》等。

倪瓒（1301-02-27 ~ 1374-12-25），原名珽，字元镇，号云林。无锡（今属江苏）人。崇尚疏简画法，以天真幽淡为趣。其作品好作疏林坡岸、浅水遥岭之景，章法极简，于简中寓繁；多用枯笔干擦，淡雅松秀，似嫩而实苍，风格萧散超逸。传世作品有《容膝斋图》《紫芝山房图》《渔庄秋霁图》《幽涧寒松图》等。

吴镇（1280 ~ 1354），字仲圭，号梅花道人、梅沙弥。嘉兴（今属浙江）人。其山水画多描写渔夫和隐逸生活；画法多用披麻长皴，兼用厚重的点苔法，取得浓淡湿润的水墨效果；风格沉雄郁茂。作品很少用干笔皴点，充分发挥水墨丰润、浑然一体的特色。传世作品有《双桧平远图》《渔父图》《秋江渔隐图》《嘉禾八景图》等。

《幽涧寒松图》（倪瓒）

《渔父图》（吴镇）

明四家 中国明代吴门派四位代表画家的合称。亦称吴门四家。即沈周、文徵明、唐寅和仇英。明代中期以后，倡导文人画的吴门派逐渐取代院体和浙派占据画坛主位，以至于给人以吴门四家即代表整个明代绘画艺术最高成就的印象，遂以“明四家”称之。对当时和后世产生很大影响，从学者甚众。

沈周（1427 ~ 1509），字启南，号石田，更号白石翁。长洲（今江苏苏州）人。以山水画著称。早年笔法比较细密，多作盈尺小景。40岁以后始拓为大幅，风格趋于劲健，追求骨力。晚年笔健皴简，风格更加苍劲浑厚。擅长水墨山水，尤以水墨浅绛画法著称。作品有粗、细两种面貌，以粗笔见胜。其水墨写意花

《仿董巨山水》（沈周）

《莲溪渔隐图》（仇英）

《事茗图》（唐寅）

鸟画形象写实，用笔简括，墨色厚润，格调质朴。传世作品有《庐山高图》《仿董巨山水》《东庄图》《沧州趣图》等。

文徵明（1470 ~ 1559），初名璧，字徵明，以字行，改字徵仲，号衡山居士。长洲人。以山水画著称。早年以工细为主，中年以后粗细兼能，愈晚愈工。其山水画景致平和恬静；布局层叠而上，纵深空间不大；笔墨清秀含蓄；追求天真生拙，注重抒情味和书卷气。其花卉、兰竹画以水墨见长，劲健之中具秀逸之致。其人物画风格细秀清雅。存世作品有《江南春图》《真赏斋图》《溪桥策杖图》《湘君湘夫人图》等。

唐寅（1470 ~ 1523），字伯虎，一字子畏，号六如居士，又号桃花庵主。吴县（今江苏苏州）人。其山水画，一种呈院体风貌，笔墨精谨爽利，皴法多用小斧劈皴；另一种多参以元人画法，呈秀润清俊的细笔画风，用笔精细圆润，墨色融和清丽，格调秀逸潇洒。人物画方面，早年以工笔重彩为主，后来兼长水墨写意。他所作仕女图尤有特色。存世作品有《骑驴归思图》《山路松声图》《事茗图》《王蜀宫妓图》《秋风纨扇图》等。

仇英，字实父，一作实甫，号十洲。主要活动于 16 世纪前期。太仓（今属江苏）人，后移居长洲。他精研“六法”，于青绿山水和工笔人物尤有建树。其青绿山水境界宏大繁复，物象精细入微，于严谨精丽中透出文人画的妍雅温润。人物画有工笔重彩和粗笔写意两种面貌。其精丽的仕女画影响尤大。存世作品有《桃源仙境图》《莲溪渔隐图》《秋江待渡图》《剑阁图》《右军书扇图》等。

《江南春图》（文徵明）

《河上花图》局部

朱耷（1626 ~ 1705？） 中国清代画家。江西南昌人。明宗室后裔。一生字、号、别号甚多，原名统。康熙二十三年（1684）始号八大山人。少年时应试得中诸生，19 岁时遭国破家亡之痛，遂装哑不语，削发为僧，后还俗，不久信仰道教。他誓不与清王朝合作，性格倔强，行为狂怪。

朱耷与渐江、石谿、*石涛*合称四僧。他兼擅诗、书、画。诗的格调古怪而幽涩，充满神秘性和讽刺性。书法以秃笔传达出傲岸不驯的情态和流畅秀健的风神。绘画最负盛名。擅长花鸟、山水。其阔笔写意花鸟画以象征寓意的手法、夸张奇特的形象、简朴豪放的笔墨、孤傲雄奇的风貌而自创一格。其山水画以水墨山水为主，间作设色，笔法荒凉寂寞、质朴雄健。存世作品甚多，代表作有《传綮写生册》《荷花图》《快雪时晴图》《杂画卷》《荷花水鸟图》《杨柳浴禽图》《河上花图》《兰亭诗画册》《山水》等。朱耷在当时即享有盛誉，对后世画坛影响深远。

石涛 中国清代画家。俗姓朱，名若极。广西全州人。明宗室后裔。明亡后出家为僧，法名原济，号石涛，别号大涤子、清湘老人、苦瓜和尚等。生年有 1636 年、1641 年、1642 年诸说，卒年有 1705 年、1710 年、约 1718 年诸说。早年屡游安

《搜尽奇峰打草稿图》局部

徽敬亭山、黄山等地，中年居南京，晚年定居扬州。

石涛与渐江、石谿、朱耷合称四僧，与石谿并称二石，与渐江、梅清等人被称为黄山派。他擅画山水，兼工兰竹。山水画自成一家。他用笔灵活，粗细刚柔、飞涩徐疾兼施并用；技法丰富多变，善于用点，多种皴法并用；在用墨上浓淡相兼，尤喜用湿笔；构图力求新奇，尤擅用截取法；运笔恣肆，泼墨挥洒，追求全局豪放郁勃的气势和宏博奇异的境界。其花鸟、兰竹图多用水墨写意法，行笔爽利峻拔，用墨淋漓简练。存世代表作有《搜尽奇峰打草稿图》《清湘书画稿》《泼墨山水》《淮扬洁秋图》《云山图》《采石图》《梅竹图》《墨荷图》《焦菊图》《竹菊秀石图》等。著有《苦瓜和尚画语录》。石涛对扬州八怪和近现代的不少重要画家都有深刻影响。

扬州八怪 中国清代中期活动于扬州地区的一批风格相近的书画家的总称。又称扬州画派。“扬州八怪”之说由来已久。李玉棻在《瓯钵罗室书画过目考》中提出“八怪”为罗聘（1733 ~ 1799）、李方膺（1695 ~ 1755）、李鱓（1686 ~ 1762）、金农（1687 ~ 1764）、黄慎（1687 ~ 1768年后）、郑燮（1693 ~ 1765，号板桥）、高翔（1688 ~ 1753）和汪士慎（1686 ~ 1762）。其他诸书记载不一。今人多采用李玉棻之说。这些书画家有的是被罢官去职的官吏，有的是不得志的文士，有的是职业画师。他们或生长于扬州，或侨寓于此。他们当中郑燮可为代表。

在艺术观上，扬州八怪重视个性表现，提倡风格独创，主张“自立门户”。针对当时扬州商品交易和商人唯利是图的现状，他们公然宣称自己的作品是为了卖钱谋取生活的。在作品的题材上，一方面继承文人画的传统，以梅、兰、竹、菊、松、石等为主要描绘对象；另一方面将视野扩大到对现实生活的观察，直接或间接地表现社会的不平或劝人行善。在形式风格上，他们发挥水墨特长，以高度简括的手法塑造物象，不拘于枝枝叶叶的形似。在笔墨上，纵横驰骋，不受成法约束，锋芒显露，直抒胸臆。他们的艺术有异于当时被认为是“正宗”的“四王”的山水和恽寿平的花鸟，因而被看成“偏师”和“怪”。

《兰竹石图》（郑燮）

尽管扬州八怪的艺术当时只流行于扬州及其相邻近地区，但是它在继承和发展中国传统水墨写意画上产生了深远影响。

郎世宁（1688-07-19 ~ 1766-07-16）中国清代宫廷画家兼建筑师、天主教耶稣会修士。意大利人，原名G.卡斯蒂略内。生于意大利米兰。受欧洲天主教耶稣会派遣，于1715年8月（康熙五十四年七月）抵达澳门，取汉名郎世宁。康熙末以画供奉内廷。乾隆十二年（1747）奉命参加圆明园欧式建筑的设计工作并任奉宸院卿。

郎世宁擅长画人物肖像、鸟兽、山水及历史画。以欧洲技法为主，参酌中西，注重物象的解剖结构、光影效果及立体感。人物画多为皇帝后妃及文武大臣肖像，采用正面光照，色泽比较柔和清晰，多以色彩渲染，无明确线条。鸟兽画形象准确，以细笔短线描画动物皮毛的质感。山水画构图明显受中国山水画的影响。所作部分历史画描绘具体，有较高的史料价值。代表作有《平安春信图》《乾隆皇帝及后妃像》《果亲王允礼像》《嵩献英芝图》《羚羊图》《东海驯鹿图》《八骏图》等。前期作品为本人所画；后期作品虽署郎世宁名款，但均为集体创作。

《平安春信图》

齐白石（1864-01-01 ~ 1957-09-16）

中国近现代中国画家、篆刻家。原名纯芝，字渭清，又字兰亭，后取名璜，号濒生，别号白石山人。湖南湘潭人。早年学做木工，以雕花闻名乡里。1889 年始以绘画维生。1902 年起五出五归，游历陕西、北京、江西、广西、广东、江苏等地。1919 年定居北京。曾在国立北京艺术专门学校、北平大学艺术学院执教。1953 年被选为中国美术家协会主席。

齐白石的绘画以花鸟草虫为大宗，无论工、写，都造诣高深，独树一帜。他的写意人物画和山水画虽不及花鸟草虫多，但艺术成就毫不逊色。其写意人物画简括、传神、充满人情味和幽默感；其山水画匠心独运，境界新奇而充满诗意，无论造型、笔墨、创意，都自成风范。他的创作描绘他所经历、体验过的对象，从而构成与传统文人画截然不同的精神特色。著述有《白石诗草》《借山吟馆诗草》《白石老人自述》，画集有《齐白石全集》及各种版本选集。

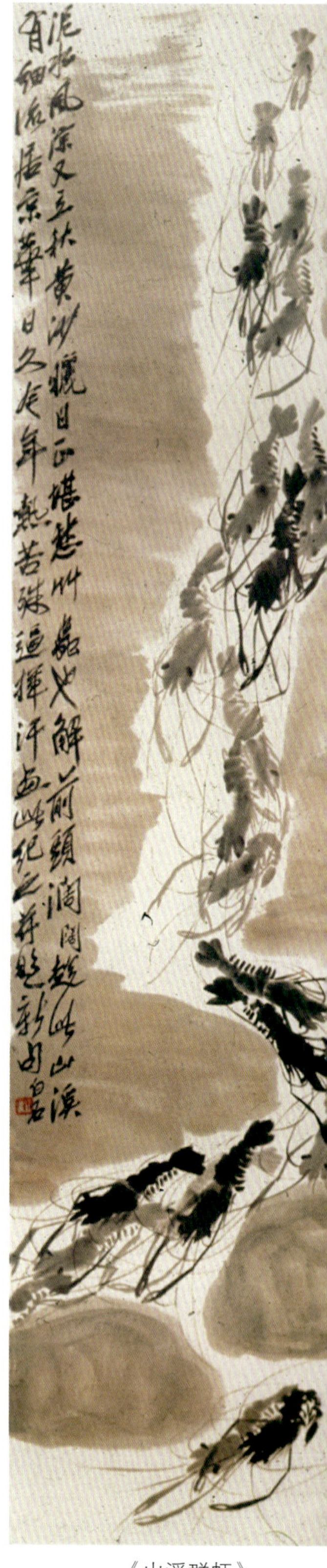

《山溪群虾》

黄宾虹（1865-01-27 ~ 1955-03-25）

中国近现代中国画家。初名懋质，后改名质，字朴存，号滨虹，后改号宾虹，中年后以号行。原籍安徽歙县，生于浙江金华。1886 年补廪贡生。后在芜湖安徽公学、歙县新安中学堂教书。1907 年被迫出走上海。曾参加《国粹学报》《国画月刊》等的编辑工作，任商务印书馆美术部主任。先后在上海美术专科学校、国立北平艺术专科学校、杭州艺术专科学校、中央美术学院华东分院等校执教。

黄宾虹擅长山水画，兼作花鸟画。

《万松烟霭》

其山水画风格浑厚华滋，意境郁勃澹宕，因写景抒情和相应笔墨章法的不同而呈现出多种面貌：有时山岭重叠，雄壮奇伟；有时秋水平沙，空旷辽阔；有时细雨空蒙，云山淋漓。他讲究用笔用墨，喜以泼墨、积墨、宿墨、破墨互用，尤以积墨法使用较多。积墨数十重，层层深厚，是其山水画最显著的特点。他对画史、画论卓有研究。黄宾虹在现代中国画的发展中有着承前启后、继往开来的意义。出版有山水、花鸟画册多种，《黄宾虹文集》6卷。

徐悲鸿（1895-07-19 ～ 1953-09-26）中国现代油画家、中国画家、美术教育家。江苏宜兴人。幼从家学。1916年入震旦大学法文系。翌年赴日本学习美术，年底回国。1919年赴法国留学，1927年回国。先后在上海南国艺术学院、北平大学艺术学院、重庆中央大学执教，并赴法、比、德、意、苏、新、印等国举办美术展览和画展。1946年任国立北平艺术专科学校校长。1949年任中央美术学院院长。

《奔马》

一生创作数千件中国画、油画和素描作品。旅欧时期创作有油画《老妇》《抚猫人像》等。1928 ～ 1936年是其创作的盛期，他的创作形成明确的现实主义艺术风格，代表作有油画《田横五百士》《徯我后》和中国画《九方皋》等。这些作品集中体现了他的爱国主义和人道主义创作思想。1937 ～ 1945年是其创作的鼎盛时期。先后创作了中国画《风雨鸡鸣》《漓江春雨》《巴人汲水》《群马》《愚公移山》《泰戈尔像》《奔马》《灵鹫》《群狮》等著名作品。西画塑造形体的技巧与中国画笔墨的融合尤其在动物题材作品中有较完美的体现。1946年以后，其作品主要表现战斗英雄、劳动模范和革命领袖人物。出版有《徐悲鸿素描集》《徐悲鸿油画集》《徐悲鸿彩墨画集》等。

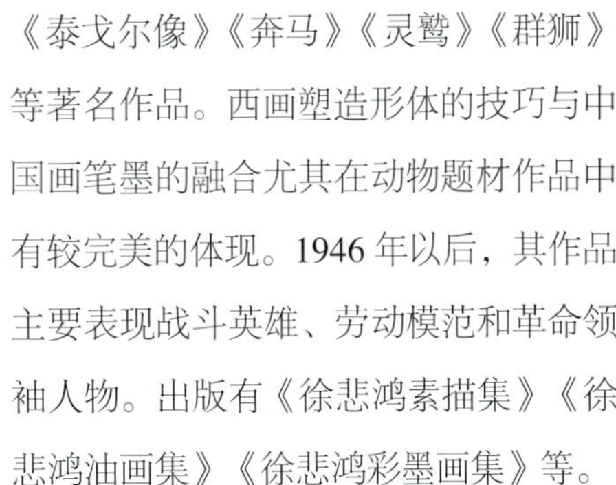

潘天寿（1897-03-14 ～ 1971-09-05）中国现代中国画家、美术教育家、书法家、篆刻家。原名天授，字大颐，号寿者。浙江宁海人。19岁考入浙江第一师范。1923年到上海，执教于上海美术专

《露气》

科学校。1927年参与创办上海新华艺术专科学校。1928年执教于杭州国立艺术院。抗日战争期间随杭州艺术专科学校西迁。1944年任国立艺术专科学校校长。1949年后历任中央美术学院华东分院副院长、浙江美术学院院长等职。

潘天寿画、书、印、诗俱佳，尤以绘画盛称于世。他擅长画花鸟，并喜用花卉竹石画近景山水。作品具有沉雄奇崛、苍古高华的独特风格。他十分注重笔墨：运笔精练，坚劲含蓄；擅用浓墨，间用焦墨、破墨，枯湿浓淡均见笔力。设色古艳绝俗。画面布局严正雄阔，讲究平面分割。总体上，他的作品追求博大静穆。他擅长指画，晚年常以指墨作巨幅大幛。其指画古拙沉郁，生涩凝练，质朴无华。其书法以行书最具特色，多用扁笔，方圆并用，错落参差；大小、疏密、斜正，一任天然，姿致奇峭而多意。

张大千（1899-05-10 ~ 1983-04-02）中国现代中国画家。名权，小名季爰，后改作爰，号大千，以号行世。生于四川内江。19岁留学日本，学习绘画与染织。1919年返上海，曾短暂出家。1932年移居苏州。1933年执教于中央大学艺术系，转年辞职，专事创作。1940年赴敦煌临摹历代壁画，凡两年零七个月。1949年暂居香港。1950年赴印度举办画展。1952年迁居阿根廷，翌年移居巴西。此后在欧洲和东南亚多地举办画展。1969年迁居美国圣弗朗西斯科（旧金山）。1978年移居台北。

早年曾遍临古代名迹。20世纪40年代，画风从简笔向细润华滋转变。敦煌归来后，画风变为丰厚浓重。50年代后画风趋于高度概括。多以生辣拙重的

《平羌峡》

笔墨表现神似，并创泼墨、泼彩新貌。山水画构图阔大，意境深邃，笔墨空蒙淋漓，泼墨叠彩苍浑渊穆。人物画画风广博多样，晚年人物画多呈现笔墨简劲、减笔加泼墨的风格。前期花鸟画风格瑰丽，于华美的装饰趣味中仍不失清新优雅的书卷气；晚年多作大写意花鸟。代表作有《长江万里图》《青城山通景屏》《台风后荷花》《庐山图》《莲花》《杨妃调鹦》等。

林风眠（1900-11-22 ～ 1991-08-12）中国现代画家、美术教育家。原名凤鸣。广东梅县人。1919年由法华协会选送赴法国勤工俭学。1925年回国，任国立北京艺术专门学校校长。1927年赴上海，任国民政府大学院艺术教育委员会主任。1928年创办杭州国立艺术院，任院长。1945年后执教于重庆国立艺术专科学校、杭州艺术专科学校。1952年退职居上海。“文化大革命”中受迫害，许多作品被毁。1979年定居香港。

《渔妇》

早年的创作以油画人物为主，代表作有《摸索》《人道》《人间》《生之欲》《人类的历史》《金色之颤动》《伤鸟》等。大型油画作品多用象征手法，场面宏大，结构复杂。他的中国画以水墨花鸟为代表，在形式上吸取西方现代绘画的某些表现手法。20世纪30年代以后，林风眠致力于改革传统绘画。他的中国画走中西融合的道路：使用毛笔、宣纸，但不求书法力透纸背的效果，也不题诗于画；运线果断、疾速、遒劲，显出独立的个性。他常常融浓丽的彩色于水墨，在方形的构图中创造各种意境。出版有《林风眠全集》。

李可染（1907-03-26 ～ 1989-12-05）中国现代中国画家。江苏徐州人。1923年入上海美术专科学校学习。1929年考入杭州国立艺术院研究生班。1946年到国立北平艺术专科学校任教。1954 ～ 1956年和1960 ～ 1963年赴各地写生。“文化大革命”开始后辍笔。1972年后为各种公共场所作巨幅山水画。1979年当选为中国美术家协会副主席，并任中国画研究院院长。

李可染以山水画的成就为最高。其

《万山红遍》

20世纪40年代的山水画以清疏简淡为特色，是一种线性笔墨结构。50年代以后的作品，借助于写生塑造新的山水意象，变为团块性笔墨结构，整体单纯而内中丰富。他又将光引入画面，尤其善于表现山林晨夕间的逆光效果，使作品具有一种朦胧迷茫、流光徘徊的特色。李可染在40年代以写意人物画著称。其人物画动态微妙，形象夸张但不丑化，朴质却不古拙，富于诙谐、机智特色和生活情趣。他还是画牛高手，画了大量牧牛图。出版有《李可染水墨写生画集》《李可染中国画集》《李可染论艺术》等。

吴冠中（1919-07-05 ~ 2010-06-25）中国现代画家。江苏宜兴人。1942年毕业于杭州艺术专科学校。1946年公费赴法国留学，1950年秋回国。先后执教于中央美术学院、清华大学、北京艺术学院、中央工艺美术学院。2000年当选为法兰西学院通讯院士。

20世纪50 ~ 70年代致力于油画风景创作，并进行油画民族化的探索。他擅长表现江南水乡景色，追求抒情诗般的情调。从70年代起兼事中国画创作。力图运用中国传统工具材料表现现代精神，善于通过点、线、面的交织表现诗情画意。作品既富东方传统意趣，又具时代特征。油画代表作有《长江三峡》《鲁迅的故乡》等，中国画代表作有《春雪》《狮子林》《长城》等。出版有《吴冠中画集》多种及《东寻西找集》《风筝不断线》《生命的风景——吴冠中艺术专集》等。

《春雪》

油画 用透明的植物油调和颜料在制作过底子的布、纸、木板等材料上塑造艺术形象的绘画。起源并发展于欧洲。一般认为，15世纪初期的尼德兰画家凡·爱克兄弟是油画技法的奠基人。近代，油画成为世界性的重要画种。

油画的主要材料和工具有颜料、画笔、画刀、画布、上光油、外框等。颜料分矿物质和化学合成两大类。画笔用弹性适中的动物毛制成，有尖锋圆形、平锋扁平形、短锋扁平形及扇形等形状。画刀又称调色刀，用富有弹性的薄钢片制成，有尖状、圆状之分，用于在调色板上调匀颜料。标准的画布是将亚麻布或帆布紧绷在木质内框上，把胶或油与白粉掺和并涂刷在布的表面制作而成。通常在油画完成并干透后罩涂上光油，以保持画面的光泽度，防止空气侵蚀和积垢。完整的油画作品包含外框，尤其是写实性较强的油画，外框形成观者对作品视域的界限，使画面显得完整、集中。

油画的主要技法有：透明覆色法，即用不加白色而只是被调色油稀释的颜料进行多层次描绘；不透明覆色法，又称多层次着色法，即先用单色画出形体大貌，然后用颜色多层次塑造，暗部往往画得较薄，中间调子和亮部则层层厚涂，或盖或留，形成色块对比；不透明一次着色法，又称直接着色法，即在画布上画出物象形体轮廓后，凭借对物象的色彩感觉或对画面色彩的构思铺设颜色，基本上一次画完，不正确的部位用画刀刮去后继续上色调整。

油画的发展经历了古典、近代、现代几个时期，不同时期的油画受时代的艺术思想支配和技法的制约，呈现出不同的面貌。

达·芬奇（1452-04-15 ~ 1519-05-02）意大利文艺复兴时期画家、科学家。全名莱奥纳多·达·芬奇。生于佛罗伦萨郊区的芬奇镇。1472 年入画家行会，兼作 A.del 韦罗基奥的助手。1482 ~ 1499 年主要为米兰公爵服务。1500 年游览曼图亚、威尼斯等地。以后直至 1506 年，主要在故乡活动。1507 ~ 1513 年再至米兰，为法国宫廷服务。1513 ~ 1515 年居留罗马。1516 年赴法国。晚年潜心科学研究。

他的早期作品有《受胎告知》《吉内夫拉·德本奇像》等。《博士来拜》以强烈对比的构图和形象表现显示了艺术上的创新，标志着达·芬奇艺术风格的成熟。从 1482 年起，他进入创作盛期。《岩间圣母》对人物和背景的描绘堪称前所未见。《最后的晚餐》是他毕生创作中最负盛名之作。该画以匠心独运、构图卓越、细部写实与典型塑造结合无间为他人所难及。《蒙娜丽莎》人物坐姿优雅、笑容微妙，背景山水幽深苍茫，

《最后的晚餐》

为达·芬奇烟雾状笔法的极致。其最后一件杰作《圣母子与圣安娜》以完善的三角形构图和背景山水的描绘显示了他精益求精的创作意图。

他的素描细致入微，线条刚柔相济，尤擅用浓密程度不同的斜线表现明暗的微妙变化。他的建筑、雕塑和绘画创作都以大量素描为构思和研究的基础，他的科学研究著述也大多配以素描图。他的艺术理论集中于《画论》一书。

拉斐尔（1483-04-06 ~ 1520-04-06）意大利画家。原名拉法埃洛·圣乔奥。生于乌尔比诺。幼时从父学画。后转入佩鲁吉诺门下，至 1500 年底学成出师。1504 ~ 1508 年在佛罗伦萨学习和工作。1508 年底或 1509 年初，应教皇尤利乌斯二世之邀赴罗马作画。以后居留罗马工作，劳累而死。

早年代表作有《圣母的婚礼》。佛罗伦萨时期的主要作品是一系列圣母像，其中著名之作有《带金莺的圣母》《草地上的圣母》《花园中的圣母》。他在罗马时期创作的壁画历来被认为是典范之作。梵蒂冈宫签字厅的壁画除了

《雅典学派》

构图和谐、形象秀美外，还注意到绘画表现与建筑装饰的充分协调，给人以庄重鲜明、丰富多彩之感。其中《雅典学派》被誉为古典壁画艺术的登峰造极之作。其他著名壁画有埃利奥多罗厅的《埃利奥多罗被逐出神殿》《波尔申纳的弥撒》，火警厅的《波尔戈的火警》，挂毯画稿《获鱼的奇迹》等。他在罗马期间还创作了不少圣母像、祭坛画和肖像画。《西斯廷圣母》是拉斐尔典范风格的完美代表，对日后的古典派和学院派影响极大。这一时期著名的圣母像还有《福利尼奥的圣母》《椅中圣母》《阿尔巴圣母》。肖像画代表作有《卡斯蒂廖内像》《披纱女子像》。

提香（1488/1490 ~ 1576-08-27） 意大利画家。生于皮耶韦-迪卡多雷。9岁赴威尼斯学艺，1510年以后独立工作。青年时期一度与乔尔乔涅密切合作。1516年被威尼斯政府任命为官方画家。1530年受神圣罗马帝国皇帝查理五世接见，此后一直为哈布斯堡王朝作画，并晋封伯爵。1545 ~ 1546年游学罗马。1548 ~ 1551年两度赴德国奥格斯堡工作。

他个人风格趋于成熟的第一个代表作是《圣爱与俗爱》。画中象征圣爱的裸体女郎的形象健康美丽、光彩照人，被誉为文艺复兴艺术中表现女性美理想的最佳范例。此后的祭坛画《圣母升天》以富丽的色彩和生动的人物有力地体现了提香艺术的本色，早在16世纪就被誉为“近代第一杰作”。他的中期创作益趋平稳庄重，增添了雍容华贵之感，代表作有《佩萨罗圣母》《圣母参拜神庙》《乌尔比诺的维纳斯》《查理五世骑马像》等。其中《查理五世骑马像》是他最著名的肖像作品。他的晚期创作则用宽大粗放的笔触和成堆的颜料绘成，只有远看才能领会其完美，标志着真正的西方

《圣母升天》

近代油画的完成。这类创作的代表有《劫夺欧罗巴》和《基督戴荆冠》。

鲁本斯，P. P.（1577-06-28 ~ 1640-05-30） 佛兰德斯画家。生于德国锡根。1587 年到安特卫普。短期当过侍童，而后从几位画家习画。1598 年成为画师。1600 年到意大利威尼斯临摹。以后赴曼图亚，任公爵 V. 贡扎加的宫廷画师。1603 年以外交使节身份前往西班牙。

《强劫留基伯的女儿们》

1608 年回安特卫普。1609 年起担任佛兰德斯摄政者阿尔贝特大公的宫廷画师。1621 ~ 1630 年多次随佛兰德斯女摄政者伊莎贝拉出国进行外交活动。

早期，他主要受意大利古典美术宏伟的纪念碑式气势启发。中期，他形成了赞美人生欢乐的气势宏伟、色彩丰富、运动感强的画风。他绘制了一批以宗教神话为题材的作品，如安特卫普大教堂的三联画《复活》《圣母升天》《博士来拜》等。还完成了一批表现激情的、充满强烈戏剧性和运动感的油画，包括《强劫留基伯的女儿们》《亚马孙之战》等。他所绘的《末日审判》等气势极为宏伟。这种巴罗克绘画气势还见之于他所绘的一批狩猎图及著名的历史神话题材组画《玛丽·德·美第奇生平》。后期，他主要绘出了一批出色的风景、风俗画。鲁本斯的绘画对于佛兰德斯绘画及整个西方绘画的进一步发展具有重大意义。

伦勃朗（1606-07-15 ~ 1669-10-04） 荷兰画家。生于莱顿。年轻时在阿姆斯特丹习画。约 1625 年返回故乡设画室，从事绘画创作和招收学生。1632 年起定居阿姆斯特丹。1656 年被迫宣布处于变相的破产状态。

伦勃朗的绘画体裁广泛，包括肖像画、风俗画、风景画、宗教画、历史画等。从莱顿时期起，他开始绘制大量肖像画。他把卡拉瓦乔式的明暗对比画法加以发展，形成自己的画风，后人称之为伦勃朗式的明暗画法。定居阿姆斯特丹后，他在艺术上进入成熟阶段。成名作《蒂

尔普教授的解剖课》突破荷兰传统团体肖像画的呆板程式，在构图和人物神态上均处理得逼真而生动。他画了大量肖像画和宗教画，宗教画主要以巴罗克风格画成。这类巴罗克绘画中，最具代表性的作品为《参孙被弄瞎眼睛》。17 世纪 40 年代，他在艺术上进入深化阶段。名画《夜巡》进一步突破传统的团体肖像画程式，带有风俗画和历史画的性质。他的《圣家族》等虽为宗教画，却洋溢着世俗精神。他还绘制了《三棵树》等蚀刻画和一些风景素描。晚年创作的历史画《西菲利斯的密谋》，为荷兰历史画中具有纪念碑式气派的杰作。

戈雅，F. de（1746-03-30 ~ 1828-04-16） 西班牙画家。生于阿拉冈省萨拉戈沙附近的芬德托尔斯。约 1760 年随父母搬到萨拉戈沙。早年在画室学画。因为偶然事件被宗教裁判所追捕，于是到马德里。1770 年去意大利。1771 年回国，在故乡的教堂画壁画。1775 年重返马德里，进入宫廷，为皇家圣巴尔夫拉织造厂设计壁毯草图。1785 年任圣费尔南多学院副院长。1792 年因病失聪。1824 年侨居法国波尔多。

戈雅艺术的成熟期正值法国大革命爆发，社会的腐败和统治者的无能使他深感愤懑。他的不少作品采取了隐喻的手法。其铜版组画《加普里乔斯》是版画史上重大成就之一，他娴熟地为最新发展的凹版腐蚀技法增添了色调效果。在拿破仑军队侵占西班牙期间，他作《1808 年 5 月 2 日的起义》和《1808 年 5 月 3 日夜枪杀起义者》两幅巨作，讴歌英勇的人民起义，并将亲眼所见的场面载入铜版组画《战争的灾难》。其晚年作品，如装饰“聋子之家”的“黑色绘画”和版画集《谚语》，梦魇似的反映出愤世嫉俗的悲观心理。他的肖像画代表作，如《裸体的玛哈》《穿衣的玛哈》《查理四世一家》等，也一直享有极高的声誉。戈雅的艺术对欧洲 19 世纪浪漫主义和现实主义艺术有巨大的推动作用。

《1808 年 5 月 3 日夜枪杀起义者》

库尔贝，G.（1819-06-10 ~ 1877-12-31） 法国画家、写实主义的代表。生于奥尔南。早年学过法律，后改学美术。1839 年到巴黎，向几位画家学画，并研究和临摹一些美术馆中的名画。1871 年巴黎公社期间，当选为公社委员和美术家联合会主席。公社失败后被捕入狱。晚年亡命瑞士。

早年油画带有浪漫主义色彩。这阶段的作品有一些自画像及带自画像性质的油画，如《带黑狗的自画像》《受伤的男子》等。从 1848 年二月革命开始，进入创作盛期。自《奥尔南午饭后

《碎石工》

的休息》起，他打破惯例，用纪念碑式的大型油画形式来反映法国平民的日常生活。著名的《碎石工》真实地描绘了两个正在做工的人。大型油画《奥尔南的葬礼》画有40多个等身人像。这两幅作品在艺术中大胆地反映了生活的真实。这一时期的重要作品还有《乡村姑娘》《筛麦的女人》《库尔贝先生，你好！》《浴女》《帕拉沃斯海景》和隐喻其艺术生涯的大型油画《画室》等。19世纪60年代前后，他主要创作风景画、肖像画、静物画和人体画，如《泉》《蒲鲁东像》等。他的艺术实践和理论对19世纪的其他写实主义画家及其以后的印象主义画家有深远影响。

莫奈，C.（1840-11-14 ~ 1926-12-05） 法国画家、印象主义的代表。生于巴黎。最初受教于画家E.布丹。1862年进入巴黎C.格莱尔画室学习，与P.-A.雷诺阿、A.西斯莱、J.-F.巴齐耶结交。他们一同到枫丹白露对景写生。1870年访问伦敦。后在塞纳河畔阿让特伊建立流动画室。1878 ~ 1883年在韦特伊村画风景。1883年定居吉维尼。1891年再次访问伦敦。

代表作《日出·印象》于1874年在无名艺术家协会的展览会上展出，引起巴黎画坛的争论。一些保守评论家嘲讽参展的是一群“印象主义者”，印象主义因而得名。莫奈一生的精力主要用在外光的探索上。在《巴黎，卡皮桑纳大街》《圣拉扎尔车站》《草垛》《鲁昂教堂》《泰晤士河景色》《白杨树》等系列连作中，他对外光和空气的氛围作了淋漓尽致的描绘。这些风景画忽视物象轮廓的写真，侧重用光线和色彩来表现瞬间的印象，追求光和色的独立的美。他对光色的追求在《睡莲》中达到高峰。《睡莲》技巧成熟，笔法纵横不羁，油彩涂抹厚薄自由，构图奔放，含有浓郁的诗意和音乐感，是油画中的大写意之作。

《睡莲》

雷诺阿，P.-A.（1841-02-25 ~ 1919-12-17） 法国画家、印象主义的先驱。生于利摩日。少年时期随彩陶匠学徒。1861年进入巴黎C.格莱尔画室，与A.西斯莱、C.莫奈和J.-F.巴齐耶结交。他们一同到枫丹白露作画。1870年普法战

《包厢》

争期间参加法国骑兵队。战后在塞纳河畔阿让特伊作画。1878 年起转向官方沙龙。1883 年左右到意大利旅行。1903 年定居法国南部。

作品《包厢》于 1874 年在无名艺术家协会的展览会上展出，引起世人注意。他最感兴趣的是人体美，其女性裸体画着重表现人体的饱满、温情和妩媚。他沉醉于表现生活的欢乐气氛。后为适应沙龙的需要，他的艺术风格经历了一些变化。他创作了不少印象派风格的肖像画，著名的有《读书的女人》《莫奈像》《扎头巾的青年女子》《读书的女孩》等。描写外光的作品有《拉·格雷努耶尔》《红磨坊街的舞会》。参加官方沙龙的作品《夏庞蒂埃夫人和她的孩子》《游艇上的午餐》《沐浴的女人们》等，虽然获得成功，但缺乏早期作品的生气。

塞尚，P.（1839-01-19 ~ 1906-10-22）法国画家、继印象主义之后在画坛产生重要影响的绘画革新家。与 V. 凡高、P. 高更一道被称为后印象主义的代表。生于普罗旺斯附近的艾克斯。青年时期学过法律，1862 年到巴黎专攻绘画。1870 年普法战争爆发后，在离艾克斯不远的埃斯塔克隐居。1872 年在蓬图瓦兹与 C. 毕沙罗一起作画。从 1873 年起渐露头角。以后主要在家乡创作。

早期作品《强暴》《验尸》《野餐》富于戏剧性。早期人物画比例比较奇特，不合乎古典法则，在画面的结构与色彩关系上有敏锐的感觉，作品有《穿僧侣衣服的多米尼克舅父》等。之后他吸收印象派的技法，风格转变，代表作有《读报纸的父亲像》。不过，他更加关心对象的实体感，关心均衡与结构，画面显示出凝重和恒定持久的感觉。这种艺术追求驱使他与印象主义分道扬镳。之后，他创造了一系列风格特征鲜明的人物画、风景画和静物画，如《肖凯像》《玩纸牌者》《圣维克图瓦山与苍松》《苹果篮》《酒神宴舞》等。晚年作品《大浴女》写意的特征更加鲜明。他在绘画上的革新精神受到西方 20 世纪艺术家的普遍重视，被誉为“现代绘画之父”。

《玩纸牌者》

《我们来自何方？我们是什么？我们走向何方？》

高更，P.（1848-06-08 ～ 1903-05-09）法国画家、继印象主义之后在画坛产生重要影响的艺术革新者。与 V. 凡高、P. 塞尚一道被称为后印象主义的代表。生于巴黎。早年做过海员、证券经纪人。1883 年成为职业画家。1886 ～ 1890 年在布列塔尼的古老村庄蓬塔旺、勒普尔迪生活和创作。1891 年到塔希提岛生活和创作。1893 年回到巴黎。1895 年重返塔希提岛，1897 年自杀未遂。1901 年迁居到马克萨斯群岛的阿图奥纳岛。

高更早期作品的手法接近印象主义画家 C. 毕沙罗的风格。1885 年后，特别是到塔希提岛之后，个人风格逐渐形成。其作品含有浓厚的象征性。他自杀未遂后在塔希提岛创作的《我们来自何方？我们是什么？我们走向何方？》就是典型的象征主义作品。他追求艺术表现的原始性。他画的《两个塔希提妇女》含有精致的趣味性和艺术魅力。他追求色彩的平涂法，以取得综合性的效果。《布道后的幻象》是采用这种艺术处理的代表作之一。高更对于 20 世纪的现代派艺术，特别是对超现实主义有重要影响。

凡高，V.（1853-03-30 ～ 1890-07-29）荷兰画家、继印象主义之后在画坛产生重要影响的艺术革新者。与 P. 高更、P. 塞尚一道被称为后印象主义的代表。生于津德尔特，主要活跃于法国。早年曾在古皮尔艺术公司当职员，到矿区传教。后来开始学画。1886 年到巴黎，结识 P. 高更和其他印象主义画家。1888 年春至 1889 年夏住在阿尔勒。1889 年夏进圣雷米精神病院休养。1890 年 5 月迁居瓦兹河畔欧韦，不久开枪自杀。

他的早期作品主要表现农民和城市的生活，如《食土豆者》。他在印象主义和新印象主义影响下创作的风景画如《塞纳河滨》《带烟斗的人》等，是转折时期的作品。阿尔勒时期是他创作的成熟期。他大胆探索自由抒发内心感情的风格，追求线和色彩自身的表现力，追求画面的平面感、装饰性和寓意性。这一时期的名作有《向日葵》《邮递员鲁兰》《椅子和烟斗》《咖啡馆夜市》《抽着烟斗、包扎着耳朵的自画像》等。后期的作品中著名的有《星光灿烂》《凡高在阿尔勒的卧室》《加歇医生》《欧韦的教堂》等。

《星光灿烂》

凡高的作品包含深刻的悲剧意识、强烈的个性和形式上的独特追求，对西方20世纪的艺术具有深远影响。

列宾，I.Ye.（1844-07-24 ~ 1930-09-29） 俄国画家、巡回展览画派的代表画家之一。生于乌克兰丘古耶夫。自小随圣像画师学画。1863年到圣彼得堡求学，1864年成为皇家美术学院的学生。1871年参加学院的毕业生命题创作竞赛，获得金质大奖章。1873年公费去法国进修，1876年回到俄国。自1894年起，在皇家美术学院执教14年。

其成名作《伏尔加河上的纤夫》是俄罗斯批判现实主义绘画的代表作之一。进入创作盛期后，他创作了《祭司长》《库尔斯克省的宗教行列》，借助小城镇的宗教习俗，反映19世纪80年代俄国人民的生活。他还画有几幅出色的历史画，如《索菲亚公主》《伊凡雷帝杀子》《查波罗什人写信给苏丹王》等。他以19世纪后期俄国民粹派反对沙皇专制的政治斗争为题材画了一组油画，其中闻名的有《拒绝临刑前的忏悔》《意外的归来》《宣传者被捕》。他为同时代的名人作了一系列肖像画，如《穆索尔斯基肖像》《斯塔索夫肖像》《托尔斯泰肖像》等。所作巨幅群像画《国务会议》，以高超的技法对官僚们的冷酷和庸俗作了深刻的揭露。晚年以自传体的形式写了回忆录《抚今追昔》。

《伏尔加河上的纤夫》

康定斯基，W.（1866-12-04 ~ 1944-12-13） 俄裔法籍画家、艺术理论家，抽象主义的奠基人。生于莫斯科。1886年入莫斯科大学学习法律和政治经济学，1893年获博士学位。1896年移居德国，入慕尼黑美术学院进修，1900年结业。1909年任慕尼黑新美术家协会主席。1911年组织青骑士社。1917年回到俄国，先后在莫斯科美术学院、莫斯科大学任教。1921年底到德国。1922 ~ 1933年，在包豪斯学校任教。1939年获得法国国籍。

他擅长油画、水彩画和版画。早期作品采用的是印象主义、新印象主义的技法，并常常把民间艺术的成分糅合进去。1910年作的水彩画，已经是纯粹的抽象绘画。1914年作的组画《秋》《冬》，用抽象的线、色、形的动感、力感、韵

《白色线条》

律感和节奏感来表达季节的情绪和精神。1920年作的《白色线条》等作品显示出他从自由的、想象的抽象向几何的抽象的演变。在以后的创作中，他试图把抒情的抽象与几何的抽象有机地结合起来。20世纪30年代的作品则充满着幻想、幽默、诙谐的趣味，涂绘也相当自由。

康定斯基被认为是抽象主义的鼻祖。他的理论集中于著作《论艺术的精神》《关于形式问题》《论具体艺术》《点、线、面》中。

马蒂斯，H.（1869-12-31 ~ 1954-11-03）法国画家、雕刻家，野兽主义的代表。生于皮卡第的勒卡托。早年学过法律，后在律师事务所当职员。1890年养病期间，开始练习绘画。1892 ~ 1899年，

《戴帽子的女人》

进入巴黎国立高等美术学校的G.莫罗画室学艺。1906年前后，到西班牙、意大利和中东各地旅行。

1904 ~ 1905年创作的《奢华、宁静与愉悦》，受新印象主义点彩法的影响。1905年夏，他转向热情奔放的笔触，用色由理论上的现实色彩突变为带感情的对比色的展现，代表作有《敞开的窗户》和《戴帽子的女人》。之后画风有所改变。在油画《蓝色的裸女》《红色的和谐》中，他创造出了较为宁静、庄重的画风，使野兽主义的风格更加完美。此后，他的画风比较稳定。《红色的画室》是前一阶段画风的继续，而《构图·黄色的窗帘》则受到立体主义的影响。1920年前后画了不少女人体。他画的《白色羽毛帽》《弹曼多林的女人》，形式生动活泼，色彩与线条紧密结合，韵味很浓。

雕塑方面，他追求安详、和谐和宁静的韵律，作品具有阿拉伯风格和写意化倾向。主要作品有《奴隶》《马黛琳娜1号稿》《让内特》《贝壳里的维纳斯》等。

蒙德里安，P.（1872-03-07 ~ 1944-02-01） 荷兰画家、风格派的代表。生于阿默斯福特。14岁开始学画。1892年取得中学图画教师资格，并从一位画家继续学画。1912年初移居巴黎。1914年夏回国。1919 ~ 1938年住在巴黎。后到伦敦作画两年，1940年迁居纽约。

1908年创作的油画《红色的树》，属于表现主义的作品。1911 ~ 1912年，他应用立体主义的技法画有《有姜罐的

《有红蓝黄的构图》

静物》等。在1913年作的油画《线与色的构成》中，他采用了新的空间处理法。而在《防波堤与海》的变体画中，他的兴趣又转向几何形符号式的绘画。从20世纪初开始，他从事纯几何形的抽象画创作，在平面上把横线和竖线加以结合，形成直角或长方形，并在其中安排原色红、蓝、黄，间有灰色。以后，作品中的线条和四方形逐渐减少，灰色被排除出画面，原色也减到一至二种。20年代中期的《黄与蓝》显示出独特的风格，这种风格一直延续到晚年。到美国后，他的画中表现出爵士音乐的节奏，其中最典型的是油画《百老汇爵士乐》。

毕加索，P.（1881-10-25 ~ 1973-04-08） 西班牙画家。生于南部小镇马拉加。15岁随父母迁居巴塞罗那，入美术学校学习。1897年前往马德里，入圣费尔南多皇家美术学院深造。1900年第一次到巴黎。1904年定居巴黎。1946年以后长期住在法国南部。

1900 ~ 1903年是他创作中的蓝色时期。他采用低沉、不明朗的蓝色调表现充满孤寂、荒凉和悲怆的情绪，作有《熨衣服的妇女》《喝苦艾酒者》《老犹太人与男孩》《塞莱斯蒂内》《人生》等。1903 ~ 1905年是粉红色时期。他的画里出现了柔和的淡黄褐色或粉红色，作品有《杂技演员之家》《演奏吉他的老人》等。1907年创作的《亚威农少女》，被视为立体主义的开端。以后他陆续创作有属于分解的立体主义的《少女和曼多林》《卡恩韦勒像》和属于综合的立体主义的《静物与藤椅》等。1915年画风转向新古典主义。作品在严谨的造型中用夸张的手法表现宏伟磅礴的气势，如油画《竞跑》、素描《伊戈尔·斯特拉文斯基肖像》等。到20世纪20年代中期，他迷恋超现实主义。油画《三个舞蹈的人》出现痉挛似的变形。创作于1937年的名作《格尔尼卡》是立体主义、现实主义和超现实主义元素的完美结合。50年代初，在他的创作中具有特殊意义的是油画《朝鲜的屠杀》《战争》《和平》。作为艺术革新家，

《亚威农少女》

毕加索对西方及世界 20 世纪艺术有极大推动。

夏加尔，M.（1887-07-07 ～ 1985-03-28） 俄裔法国画家。生于白俄罗斯维捷布斯克的一个犹太家庭。初在圣彼得堡学画。1910 年抵巴黎，和 A. 莫迪利亚尼、R. 德洛内等前卫派艺术家交往。第一次世界大战爆发后，他返回俄国。

《生日》

十月革命以后被任命为维捷布斯克造型艺术委员会的人民委员，并领导一所艺术学校。1922 年取道德国到巴黎，长期在法国进行创作。

他一生迸发出来的想象力，莫不与民间艺术、民间传说和犹太教有关。立体主义对他的创作一度产生影响。但他善于把立体构成的因素自由地融化在富于幽默感和抒情味的表现语言中。1915 年以后，他的个人风格愈来愈鲜明和独特。《我与我的村子》《在维捷布斯克》是他的代表作。20 世纪 20 年代以后，画风变得更加自由浪漫，更具有梦幻的特点，如油画《蓝色天使》。他画了大量以犹太教为题材的画，表现自己对幸福生活的憧憬和对故乡的回忆。他还为 N.V. 果戈理的《死魂灵》、J.de 拉封丹的《拉封丹寓言诗》等名著及《圣经》作插图。巴黎大剧院的天顶画也出于他的设计。

米罗，J.（1893-04-20 ～ 1983-12-25） 西班牙画家。生于巴塞罗那。1912 年进入弗朗切斯科 · 加利艺术学校学习。1915 ～ 1919 年在巴塞罗那专事创作。以后经常往来于西班牙与法国巴黎之间。

早期作品含有加泰罗尼亚民间艺术、野兽主义和表现主义的成分。后相继受到立体主义、达达主义、超现实主义的影响。1928 年对 17 世纪荷兰画派大师的作品产生兴趣，常画荷兰式的室内景。西班牙内战爆发后，画风变得狂暴。20 世纪 40 ～ 50 年代，他与陶瓷艺术家合作制作陶瓷镶嵌画，代表作是为巴黎联合国教科文组织大厦和美国哈佛大学创作的巨型装饰画。他盛期的作品

《荷兰内地》

画人、动物和某些象征性的物体，都采用单纯的线条，色彩干净、明亮。他似乎用没有受到任何生活尘埃污染的、天真无邪的眼睛看世界，并不时对这混乱的世界发出嘲讽的笑。作品随意、自由，充满装饰趣味。代表作有《自画像》《狂犬吠月》《荷兰内地》《夜里的女人》《倒立的人》《蓝色二号》《人与鸟》《寂静中的红色音符》《迷宫》等。

达利，S.（1904-05-11 ~ 1989-01-23）西班牙画家。生于菲格拉斯。早年学画于马德里的圣费尔南多皇家美术学院。1928 年两次访问巴黎，与 P. 毕加索和 J. 米罗会晤。1940 年定居美国，1955 年迁回西班牙。

早年广泛涉猎多种艺术风格。1928 年，他的超现实主义风格逐渐形成。他将自己内心世界的荒诞、怪异加入和替代外在的客观世界。他声称艺术的源泉是幻觉，创作时陷入疯狂状态。在绘画中，用分解、综合、重叠、交错的方式来反映潜意识的过程。20 世纪 30 年代的油画《记忆的永恒》《性欲的幽灵》等，代表了他的创作趋向。从 50 年代开始，他转向宗教题材创作，受到梵蒂冈教皇的特别器重与赏识。大幅画作《十字架上》《最后晚餐》和《圣母》，浸透了宗教的神秘感，被天主教会誉为“20 世纪最杰出、宏伟的宗教画”。他还从事电影创作和文学写作，也是舞台和广告设计家。1938 年被逐出超现实主义画派。

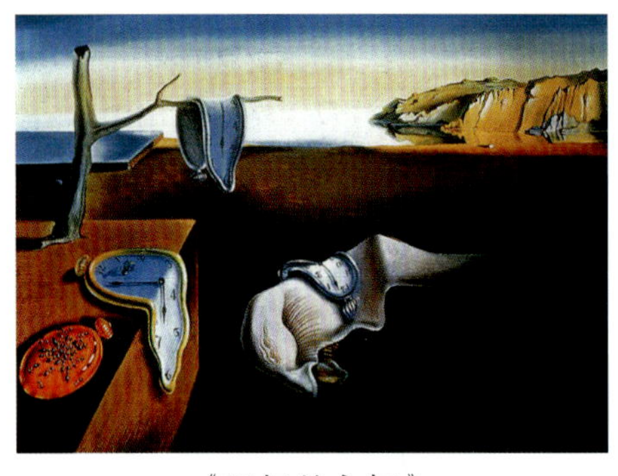

《记忆的永恒》

版画 用刀子或化学药品等在木版、石版、麻胶版、铜版、锌版等版面上雕刻或蚀刻后印刷出来的图画。在西方，版画广义指架上油画和壁画等大幅绘画以外的一切绘画，如水彩画、水粉画、粉笔画、素描、速写、插图、宣传画、连环画等；狭义专指经过刻版和印刷而成的图画。在中国，指狭义概念。

版画经历了由复制到创作两个发展阶段。早期的版画是为印刷和出版而制作的，画者、刻者、印者分工，这种版画称为复制版画。后来版画在艺术上赢得独立地位，画者、刻者、印者都由版画家一人自任，这种版画称为创作版画。中国复制木刻版画大约产生于隋唐之际。而创作版画是 20 世纪 30 年代在鲁迅的提倡下，以新木刻运动的方式发展起来的。在西方，16 世纪时，德国画家 A. 丢勒用铜版画和木刻版画复制钢笔画。到 17 世纪，伦勃朗的铜版画已进入创作版画阶段。19 世纪比维克创造阴刻法，使木刻版画进入创作领域。

铜版画《忧郁》（A. 丢勒）

版画有凸版、凹版、平版和孔版四种类型。各个版种采用不同的媒介材料，运用不同的技法形式进行创作。凸版版画主要为木刻版画；现代凹版版画的版材主要是铜和锌，有时亦用铁或钢；平版版画主要是石版画；孔版版画主要是丝网版画。现代版画家为了探索多种多样的表现形式，有时在一幅版画内按内容需要同时混用各种类型的版画技法，这种版画称为综合版画。

《梳发女子》（法国，E. 德加）

水彩画 以水调和水彩颜料绘成的画。技法有干画法、湿画法、浸接法、点彩法、渲染法和洗涤法等。水彩画借助水来表现色调浓淡和透明度，利用白纸和颜料的掩映渗融作用，体现明丽、透明、轻盈、滋润、淋漓等特有艺术效果。

《苏州河斜阳》（潘思同）

水彩画约产生于15世纪末的欧洲，18世纪以后在英国形成独立画种，20世纪初传入中国。英国著名的水彩画家有J.M.W.泰纳、J.康斯特布尔。中国著名的水彩画家有李毅士、关广志、李剑晨、倪贻德、潘思同、古元等。

粉笔画 用特制的色粉笔在附着力较强的纸上绘成的画。又称粉画、色粉画。通过勾擦揉抹，可以产生清新明丽、丰富细腻的色彩效果，能表现复杂的环境气氛，也可以精细入微地刻画形象的质地肌理。

粉笔画在欧洲有悠久的历史。16世纪意大利的达·芬奇、米开朗琪罗等就开始运用。17世纪时粉笔画被推广到欧洲各国并成为独立画种。18世纪时呈现出空前繁荣的局面。19世纪的印象主义画家们更充分发挥了粉笔画的艺术表现力，其中以É.马奈、E.德加和M.卡隆特的成就最为卓著。粉笔画于1919年经由李超士引入中国，颜文樑、卢鸿基、刘汝醴、潘玉良等都是粉笔画最初的传播者和实践者。

水粉画 以水调和粉质颜料绘成的画。兼有油画和水彩画的某些特长，具有较强的表现力。水粉画是画家写生和初学绘画的人掌握色彩造型能力的最常用的表现形式，同时被广泛地应用于宣传画、年画、装饰画、商业广告、舞台美术设计和工艺美术图案设计等方面。水粉画的技法分为湿画法和干画法。湿画法色

《萱兰》（林风眠）

彩较薄，可取得细腻、柔和的绘画肌理；干画法通过色彩叠加可表现出丰富的色彩层次及物象的质感和立体感。两种画法在创作中交互参用。

水粉画在造型观念上原本属于西画体系，但在发展过程中，也有一些画家将其与中国传统绘画的表现手法和审美理想结合起来，形成了水粉与笔墨融为一体的艺术风格。

素描 以线为主要描绘方式的单色画。通常被视为造型艺术的基础，同时是训练造型能力的基本手段。各美术品类依其传统和特征，对素描有不同的要求。创作意义上的素描作品则具有独立的审美价值。素描的概念虽源于西方绘画体系，但从单色画的角度而论，中国画的白描、水墨画亦可看作素描的一种形式。

《头部》（达·芬奇）
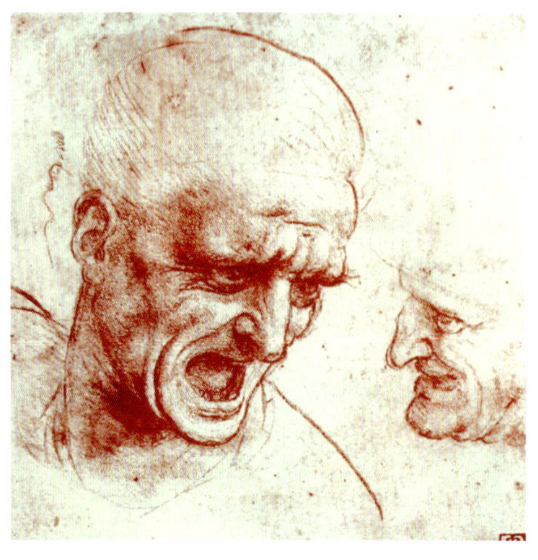

在西方，直至中世纪以前，素描基本上是以草图的形式出现的，处于从属地位。素描成为独立的艺术形式始于14世纪末。到了20世纪，素描的草图功能大大减弱，素描逐渐成为完全独立的画种。

在中国，具有独立意义的单色画是在白描、水墨画产生之后才确立并发展起来的。直到魏晋南北朝、隋唐时期才大量出现具有典型中国特征的卷轴画，白描的素描形式自此逐步成熟。水墨画形式相传始于唐，成于宋。约20世纪初，西方的素描开始传入中国。

漫画 以夸张、比喻、象征等表现手法和形式简练的笔法，直接表露事物本质、特征的绘画。有较强的讽刺、歌颂、抒情、娱乐等功能，并善于表达作者对世事人情的看法，尤以讽刺和幽默见长。

“漫画”一词是从日本引入中国的，

《不平衡的平衡》（张乐平）

在中国最早见于陈师曾 1910 年所作的《窗墙》一画的题词。实际上漫画在中国古代就已出现，明宪宗朱见深所作的《一团和气图》就是一例。清代末期，漫画成为一个独立的画种，当时称为讽刺画、谐画、滑稽画等。日本的漫画含义更为广泛。12 世纪的《鸟兽戏画卷》是日本漫画的早期范例。西方的漫画起源于英国，18 世纪的 W. 荷加斯为漫画大师。19 世纪，法国画家 H. 杜米埃在西方漫画史上取得了很高的成就。20 世纪后期，漫画成为各国流行的大众通俗艺术。现代中国著名的漫画家有丰子恺、叶浅予、张乐平、华君武、米谷、廖冰兄、方成等。

丰子恺（1898-11-09 ～ 1975-09-15）

中国现代漫画家、散文家。名仁，又名婴行，以子恺之名行世。浙江崇德人。1915 年入浙江省立第一师范学校。1921 年赴日本留学，专攻西洋画。翌年归国，以后相继在上海专科师范学校、立达学园、上海开明书店、浙江大学、国立艺术专科学校等单位任职。1960 年起任上海中国画院院长。

丰子恺博学多能，在漫画、文学、美术理论、音乐理论、翻译诸方面有突出成就，尤以朴素、细腻、深沉、富于哲学意味的漫画和散文著称。其漫画富有生活情趣，以写实法描写人情世态。多表现社会下层平民的日常生活，常以儿童生活为题材。取材于平凡的生活小事，却能触发观者联想，让人感到余味无穷。造型简括，形象准确，情态质朴、生动；用笔流畅，线条简练、朴素，富有表现力。有浓厚的文学趣味。主要著作有《子恺漫画全集》《西洋美术史》《绘画与文学》《子恺小品集》《缘缘堂随笔》等。

《邻人》（左）和《交换看报》

叶浅予（1907-03-01 ～ 1995-05-08）

中国漫画家、中国画家。原名叶纶绮，笔名初萌、性天等。生于浙江桐庐。1926 年被上海三友实业社录取为绘图员，后为中原书局画插图。1937 年任抗日漫画宣传队领队。1939 年在香港任《今日中国》画报主编。1946 年出访美洲。1947 年任教于国立北平艺术专科学校。1949 年后历任中央美术学院中国画系主任、中国画研究院副院长等职。

1927 年始作漫画，早期代表作有长

《中华民族大团结》

篇连环漫画《王先生》和《小陈留京外史》。这两部漫画以钢笔勾线，略作渲染，简练明快，自成一格。1943 年访问印度，作印度风物速写。归国后由漫画创作转向中国画创作。他的中国画主要出于自学。20 世纪 40 年代的作品多反映少数民族生活，画风工细，富于装饰感。50 年代的作品如《中华民族大团结》《夏天》《头等羊毛》《北平解放》等，富有时代精神。60 年代以舞台人物创画坛新风，代表作有《程砚秋在舞台上》《梅兰芳》《盖叫天》《婆罗多舞》等。70 ~ 80 年代，画风更为深沉老练。

张乐平（1910-11-10 ~ 1992-09-27）中国现代漫画家。原名张升。生于浙江海盐。早年学画月份牌年画。后以画广告为生，同时从事漫画创作。1937 年参加抗日漫画宣传队，直至抗战结束。1946 年秋，参与发起成立上海美术作家协会和上海漫画家协会。1949 年后，先后在中国美术家协会上海分会、解放日报社、上海少年儿童出版社任职。1985 年任《漫画世界》主编。

1927 年开始在报刊上发表漫画。他在读者中引起广泛影响的作品是塑造儿童形象的连环漫画《三毛》和《三毛流浪记》。这两部作品通过三毛这一典型形象，有力地揭示了旧中国流浪儿童的苦难生活和不合理的社会制度，在广大读者中产生强烈反响。以后，他以三毛为主人公，相继创作了《三毛从军记》《三毛今昔》《三毛迎解放》《三毛爱科学》《三毛新事》等十余部连环漫画。他还创作了不少政治讽刺漫画，如《此之谓：“尊重中国领土主权”》《爸爸的遗物》等。出版有《张乐平画集》。

《三毛流浪记》之“不如洋娃”

华君武（1915-04-24 ~ 2010-06-13）中国现代漫画家、美术活动家。笔名华潮。江苏无锡人，生于浙江杭州。1933 年开始在上海的报刊上发表漫画作品。1938 年到陕北公学学习，同年底到鲁迅艺术文学院任研究员、教员。1945 年秋参加鲁艺文工团到沈阳，不久到《东北日报》当记者。1949 年后，在人民日报社、中国美术家协会等单位任职。

华君武是富有战斗性的漫画家。他在解放战争时期创作了政治时事漫画《磨好刀再杀》《在反革命的后台》等。20 世纪 60 年代初和“文化大革命”以后，创作人民内部讽刺漫画，如《误人青春》《公牛挤奶》《永不走路永不摔跤》及猪八戒系列漫画等。他的漫画巧于构思，富于独创性和幽默感，善于夸张和想象。他多以毛笔作画，

《决心》

以妙语题跋，在漫画民族化、大众化方面进行了可贵的探索。出版有《华君武集》。

他于1753年发表的《美的分析》，是欧洲美学史上第一篇建立于形式分析的论著。

荷加斯，W.（1697-11-10 ~ 1764-10-26） 英国画家、艺术理论家。生于伦敦。15岁从银盘雕刻家E.甘布尔学艺。1720年以雕刻师身份在伦敦独立开店营业，并以插图画家和讽刺画家而闻名。业余时间学油画。

《文明结婚》组画之一

1729年创造了一种谈天画，把许多肖像集中于一幅画中，代表作有《征服墨西哥》（后名《印度皇帝》）和《乞丐歌剧之一场景》。他还创作了连续性组画以讽刺社会的不良现象，代表作有《妓女生涯》《浪子行径》《文明结婚》《勤勉与怠惰》等。这些作品色调新颖，技巧娴熟，揭露了18世纪英国社会的腐朽与衰败。他的油画笔触粗阔，色彩富于表现力，代表作有《卖虾女郎》和《洛瓦特爵士》。荷加斯是英国风俗画的奠基人，他的艺术对英国绘画的发展有一定影响。

杜米埃，H.（1808-02-26 ~ 1879-02-11） 法国画家、雕塑家。生于马赛，后随家迁居巴黎。早年曾随学院派画家学素描和石版画技术。以后经常到博物馆研究古代雕刻及伦勃朗、P.P.鲁本斯等的油画。

他自1832年起陆续发表和展出了许多抨击路易·菲力普政府的石版漫画，其中最有名的是《高康大》。1834年，他作了石版漫画《立法肚子》《出版自由》《1834年4月15日的特朗斯诺宁街》等。1835年起，政治漫画被禁止，他开始创作取材于社会风俗的漫画。这一时期，他最重要的作品是石版漫画组画《卡通》。1848年，二月革命使他得以重新创作政治漫画。普法战争时期，他创作了石版组画《围攻》。他的后期作品仍然热情歌颂革命运动和揭露反动势力。

19世纪40 ~ 60年代，他绘制了许多杰出的油画，如《起义》《街垒中的家庭》《逃亡者》《三等车厢》《洗衣妇》

《三等车厢》

《堂吉诃德》等。他的油画在艺术处理上单纯、概括，并且注重突出被画对象的本质，有很高的艺术性。

麦凯，W.（1871-09-26 ~ 1934-07-26）美国漫画家、动画家。生于密歇根州春湖。早年在芝加哥绘制海报和广告宣传品。1898 年成为《辛辛那提商业论坛报》的全职插画师。两年后成为《辛辛那提调查报》的绘画师。1904 年发表短篇漫画《足够先生》。同年发表的《小萨米的喷嚏》取得巨大的成功。之后又发表长篇漫画《兔魔王的梦》。1905 ~ 1911 年连载漫画《小尼莫游梦土》。这部漫画被译成不同语言，在全世界发行。1911 年推出动画《恐龙葛蒂》。这部片长 10 分钟的动画共有 1 万幅画，他自己画人物，雇了一名助手画背景。《恐龙葛蒂》引起全世界轰动。1918 年，他与美国环球影业公司合作发行了第一部真正意义上的动画纪录片《路西塔尼亚号的沉没》。这部片长仅有 12 分钟的动画，包含了 2.5 万幅画。

《恐龙葛蒂》海报

麦凯是动画电影史上的大师级人物，为美国动画作出了巨大贡献。他早期的漫画和动画作品，为后来的动漫艺术创作树立了标准。

鸟山明（1955-04-05 ~　）日本漫画家、游戏角色设计师。生于爱知县西春日井。从爱知县立起工业高等学校毕业后，在设计公司上班，三年后辞职。1978 年发表漫画《岛上漫游》，从此出道。1980 ~ 1984 年在《周刊少年 Jump》上连载漫画《阿拉蕾》。《阿拉蕾》成为杂志的王牌作品，两度被改编为动画作品。1984 ~ 1995 年在《周刊少年 Jump》上连载漫画《龙珠》。《龙珠》作为其代表作，创下前无古人的销售纪录，截至 2016 年在日本国内累计发行超过 1.6 亿册。《龙珠》被改编成动画作品，并被开发成游戏。中短篇漫画作品有《贺先生》《骑龙少年》《东宝大冒险》《剑之介少爷》《奇异岛》《波拉和罗德》等。他还为《蓝龙》《超时空之旅》《勇者斗恶龙》等游戏设计角色。

《龙珠》（中译本）封面

鸟山明堪称日本漫画黄金时代的核心人物。其作品画风独特，画面的平衡感好，而人物和故事情节的设置又能综合热血、搞笑等多种流行元素。2013 年获安古兰漫画节 40 周年特别奖。

【书法篆刻】

书法 特指以毛笔书写汉字的艺术。为中华民族优秀传统文化之一。公元元年前后流传到日本等国，至今不衰。书法作为一门艺术，必须具备用笔、结构、章法、墨法等艺术表现手段。用笔主要包括笔法、笔力、笔势、笔意等艺术技

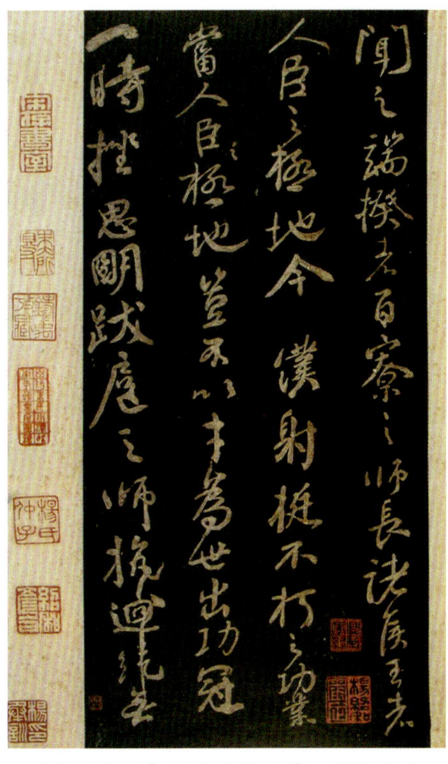

《争座位帖》拓本局部（唐，颜真卿）

巧。笔法指用笔的方法，有起笔、收笔、圆笔、方笔、中锋、侧锋、露锋、藏锋、提按、转折等；笔力指笔画的内在力量；笔势指用笔时所形成的气势；笔意指笔画线条所表现的感情、意趣等。结构又称结字、结体或间架，往往就文字的结构规律和作者的审美情趣做合适的艺术安排。章法指字与字、行与行之间的整体关系和安排。墨法指用墨的方法，有浓墨、淡墨、干墨、渴墨、湿墨、枯墨、涨墨等。

书法的字体主要有篆书、隶书、草书、楷书、行书等，这些字体一直为古今书法家所采用。各种字体彼此有不可分割的关系，但又有各自的体貌和特点，书写的方法也有所不同。

王羲之（303 ~ 361，一说 307 ~ 365，一说 321 ~ 379） 中国东晋书法家。字逸少。琅邪（今山东临沂）人，后移居会稽山阴（今浙江绍兴）。始任秘书郎，继为长史、宁远将军、江州刺史，并曾为右军将军、会稽内史。世称王右军。

王羲之所处的时代，楷书逐渐成熟，草书得到发展。他博采众长，一变汉、魏以来质朴淳厚的书风，创造了妍美流便的新风格，把草书推向全新的境界。他的行草书最能表现雄逸流动的艺术美。由于在书法上的成就和贡献，他被后世誉为“书圣”。其墨迹流传至今的大都为响拓勾摹本。著名的《姨母帖》字体端庄凝重，笔锋圆浑遒劲，保留了较重的隶书痕迹。《快雪时晴帖》行笔

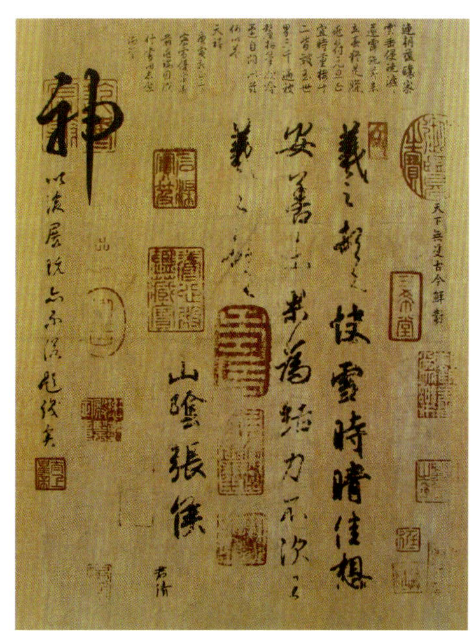

《快雪时晴帖》

书画同源 中国传统书画理论中的一个重要观点。包括两方面的含义：一是中国文字与绘画在起源上有相通之处；二是书法与绘画在表现形式方面，尤其是在笔墨运用上具有共同的规律性。后者曾经成为文人画兴起的重要理论根据之一。唐代张彦远在《历代名画记》卷一“叙画之源流”中，第一次从理论上阐述了书画同源的问题。宋元以后，文人画家出于对笔墨的重视，又从新的角度强调了书画同源的观点。这些论述主要强调了绘画用笔与书法用笔的相通之处，并以此说明文人画家和书法家需具备广博的修养和丰富的艺术想象。书画同源的观点在当代中国书画创作中仍然具有重要的影响，成为中国民族美术形式的重要审美标准之一。

流畅，圆浑妍媚，被清乾隆帝誉为“三希”之一。《兰亭序》用笔遒劲爽利，结体潇洒秀美，自然蕴藉，圆融中和，风格飘逸灵动，姿媚中含骨力，被后人奉为“天下第一行书”。

王献之（344 ~ 386） 中国东晋书法家。琅邪（今山东临沂）人。字子敬，小字官奴，王羲之第七子。官至中书令。幼年随父学书法，以后随张芝学草书，最后在此基础上别创新法，形成笔迹流泽、婉转妍媚的风格。他擅长各种书体，尤精行草书，与其父并称“二王”。

流传有绪的《鸭头丸帖》，通篇气势充沛，笔势相衔接，可以看到前后呼应的笔意和笔法上的丰富变化。《廿九日帖》用笔秀媚飘洒，风流隽美，是王献之草书的代表作。传为王献之墨迹的《中秋帖》，曾被清乾隆帝誉为“三希”之一。王献之的小楷以《洛神赋》为代表，流传刻本为其中一段，共 13 行，因此又称《十三行》。其书法秀劲疏朗，布局有序，行距、字距都较空，宽绰间顾盼有姿。

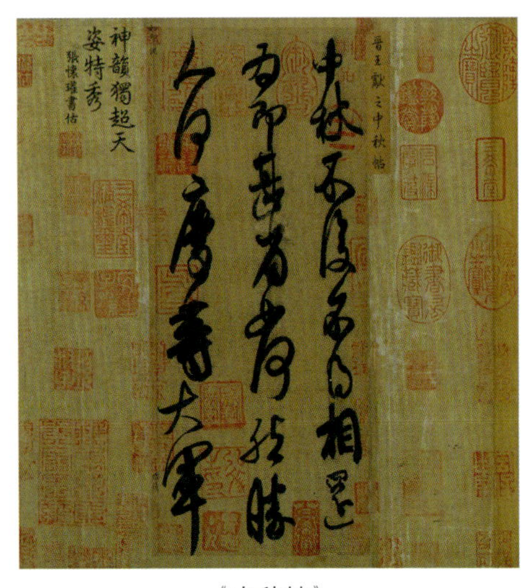

《中秋帖》

欧阳询（557 ~ 641） 中国唐代书法家。字信本。潭州临湘（今湖南长沙）人。隋时曾任太常博士。唐高祖时官给事中，参与编纂《艺文类聚》。唐太宗贞观初历任太子率更令、弘文馆学士，封渤海男。

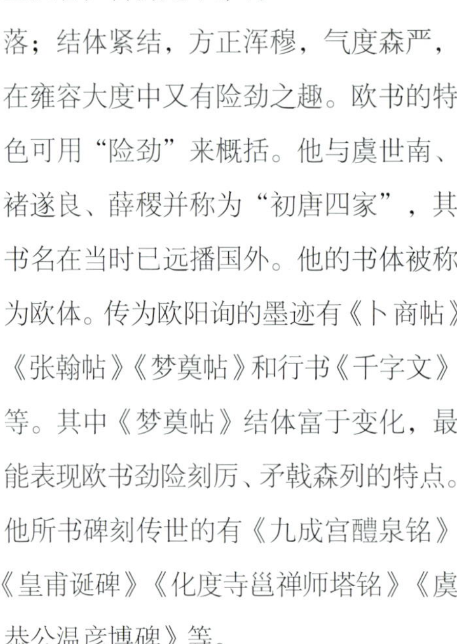

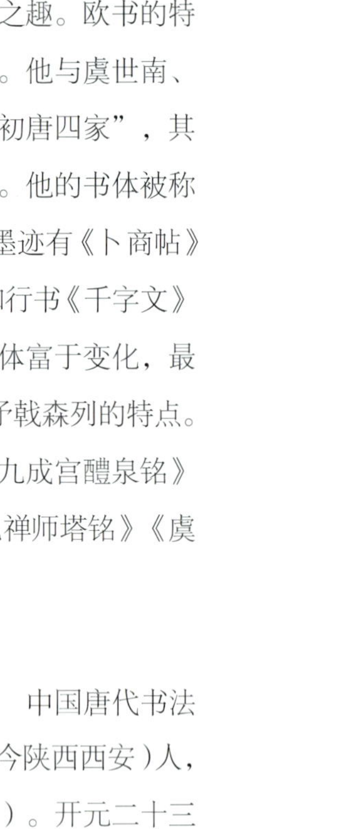

《梦奠帖》

欧阳询的书法远承魏、晋，他在六朝朴茂峻整的基础上创造了自己的风格。欧书用笔凝重沉着，转折处干净利落；结体紧结，方正浑穆，气度森严，在雍容大度中又有险劲之趣。欧书的特色可用“险劲”来概括。他与虞世南、褚遂良、薛稷并称为“初唐四家”，其书名在当时已远播国外。他的书体被称为欧体。传为欧阳询的墨迹有《卜商帖》《张翰帖》《梦奠帖》和行书《千字文》等。其中《梦奠帖》结体富于变化，最能表现欧书劲险刻厉、矛戟森列的特点。他所书碑刻传世的有《九成宫醴泉铭》《皇甫诞碑》《化度寺邕禅师塔铭》《虞恭公温彦博碑》等。

颜真卿（709 ~ 785） 中国唐代书法家。字清臣。京兆万年（今陕西西安）人，祖籍琅邪（今山东临沂）。开元二十三年（735）中进士，历仕玄宗、肃宗、代宗、德宗四朝。曾任平原太守，世称颜平原；因封鲁郡公，又称颜鲁公。安史之乱时，被推为盟主率兵奋起抵抗叛军。晚年奉旨劝谕叛将李希烈，遭杀害。

颜真卿受家庭的影响，同时得张旭

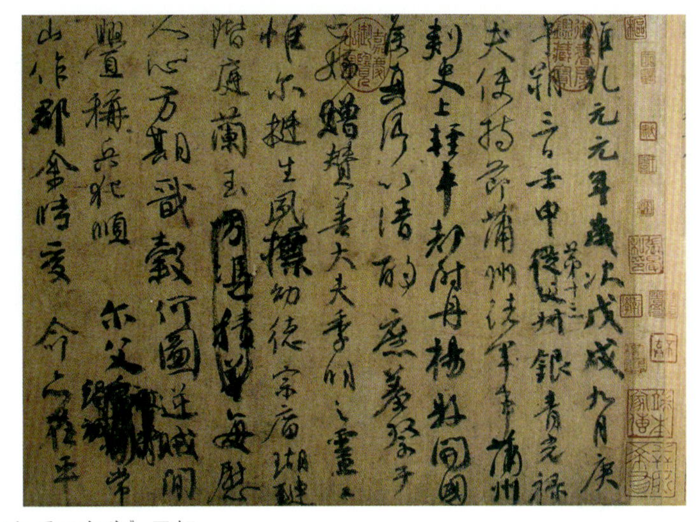

《祭侄季明文稿》局部

指导，在融会贯通的基础上，形成雄伟刚劲、大气磅礴的独特风格。他的书体被称为颜体。他的楷书具有庄严雄伟的气派，用笔横轻竖重，笔力雄强而有厚度；结构上方正茂密，方中呈圆。他的行草书既凝练浑厚，又纵横跌宕。传世墨迹中，楷书有《竹山堂联句诗帖》《告身帖》，行草书有《祭侄季明文稿》《刘中使帖》《湖州帖》等。其中《祭侄季明文稿》被后人推为“天下第二行书”。他所书碑石极多，《多宝塔碑》历来被书家奉为楷书典范。法帖以《争座位帖》最为著名。

怀素（737 ~ 799） 中国唐代书法家。俗姓钱，字藏真。永州零陵（今湖南永州）人，后移居长沙。自幼出家为僧。经禅之余，从事艺文，尤好草书。怀素好饮酒，及酒酣兴发，遇寺壁里墙、衣裳器具，无不书之，时人称“醉僧”。与张旭合称“颠张狂素”。怀素的草书笔法瘦劲圆转，飞动自然，而法度完备。曾以“夏云多奇峰”“飞鸟出林，惊蛇入草”“壁折之路，一一自然”等喻笔法之妙，皆其独到心得。传世书迹有《怀素自叙帖》《藏真帖》《苦笋帖》《论书帖》等。

《怀素自叙帖》局部

柳公权（778 ~ 865） 中国唐代书法家。字诚悬。京兆华原（今陕西铜川耀州区）人。元和初进士。因擅长书法，被召为翰林院侍书学士。后官至中书舍人、翰林书诏学士、太子太保，封河东郡公。

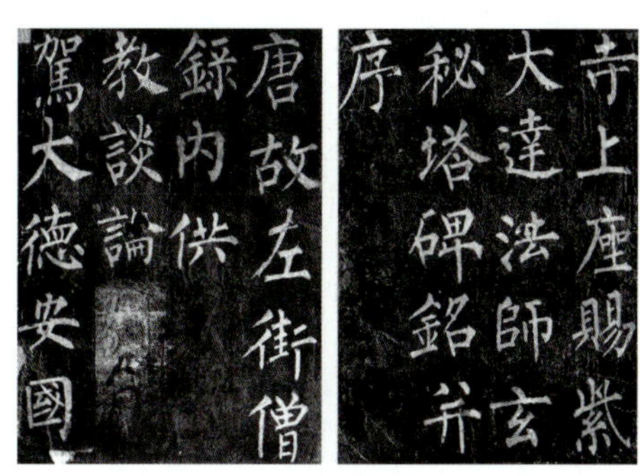

《玄秘塔碑》局部

柳公权以楷书最著，与颜真卿齐名，人称“颜柳”。他在晋人劲媚和颜书雍容雄浑之间，创造了柳体书派。其书法中宫紧密，四肢开展，浑厚中见锋利，严谨中见开阔，刚劲挺拔，对后世影响极大。其遒媚劲健的书体，可以与颜书的雄浑宽裕相媲美，后世有“颜筋柳骨”的称誉。柳书结体紧密，用笔如斩钉截铁，笔画富于变化，其顿按、转折处，锋棱明显，精神充足。留存的碑刻《玄秘塔碑》，笔画刚劲，最能表现“柳骨”的特色。《神策军碑》笔画较《玄秘塔碑》丰腴，神完气足，非常精彩。传世墨迹有《送梨帖题跋》。

苏轼书题王诜诗跋页

宋四家 中国北宋四位书法家的合称。历史上以苏轼、黄庭坚、米芾、蔡襄为宋四家。也有一种说法，认为“蔡”原指蔡京，因蔡京名声不好，而改为蔡襄。在书法史上，蔡襄是由唐至宋的过渡人物，真正确立宋代书风的是苏轼、黄庭坚和米芾三人。

苏轼（1037 ~ 1101），字子瞻，号东坡居士。眉州眉山（今属四川）人。擅长行书、楷书。他的书法兼得《兰亭序》的姿媚，颜真卿、徐浩的沉雄浑厚，杨凝式的险劲多变，形成用笔丰肥遒劲、字势内紧外疏、应手生变、婀娜多姿而又雄浑沉着的苏体。传世作品有《黄州寒食诗帖》《赤壁赋》《祭黄几道文》等。

黄庭坚（1045 ~ 1105），字鲁直，号山谷，又号涪翁。洪州分宁（今江西修水）人。兼擅行、草。他的大字行书凝练有力，结构奇特，形成中宫紧收、四缘发散的崭新结字方法。他的草书单字结构奇险，章法富有创造性，节奏变化强烈，具有特殊的魅力。传世作品有《松风阁诗卷》《李白忆旧游诗卷》《诸上座帖》等。

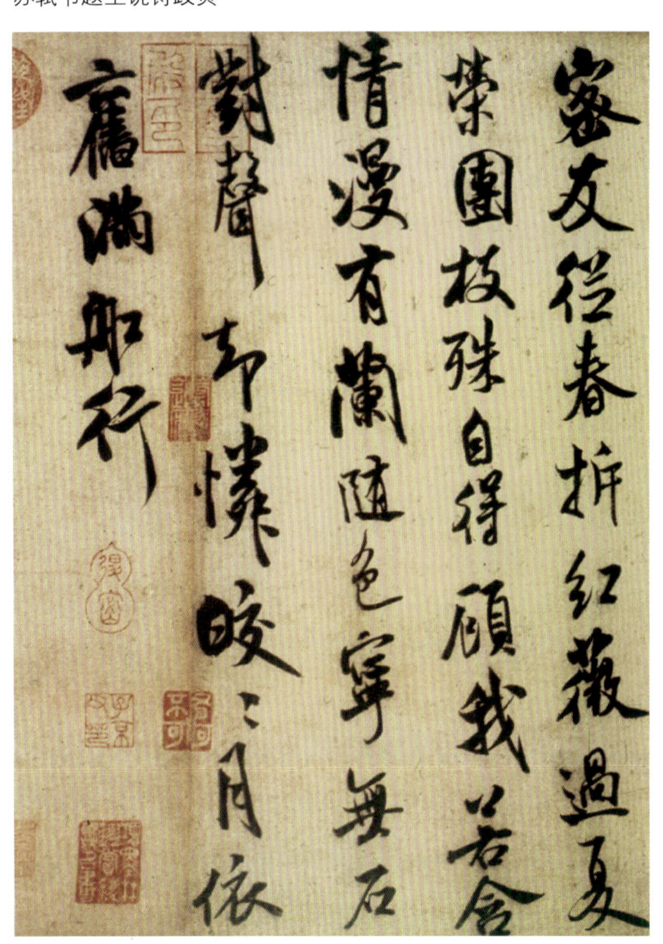

《苕溪诗卷》局部（米芾）

米芾（1051 ~ 1107），初名黻，后改芾，字元章，号襄阳居士、海岳山人等。世称米南宫。早年师法欧阳询、柳公权，中年以后摹魏晋书法，尤得力于王羲之、王献之父子。其书法体势展拓，用笔浑厚爽劲。自谓其书为“刷字”。他擅长临摹古人书法，能达到乱真的程度。他对古人书法，尤其对颜真卿、柳公权的楷书多有讥贬。传世作品有《苕溪诗卷》《多景楼诗帖》《蜀素帖》等。

蔡襄（1012 ~ 1067），字君谟。兴化仙游（今属福建）人。他在中国书法史上是一个承先启后的人物。他的楷书上承颜真卿，端庄谨严，体格恢宏，点画无丝毫苟且；行书潇洒简逸，信手拈来，触处成妙，大得晋人韵致。传世墨迹有《寒蝉赋》等，石刻有《自书诗卷》《万安桥记》等。

泉州萬安渡石橋始造於皇祐五
年四月庚寅以嘉祐四年十二月
辛未訖功絫趾于淵釃水爲四十
七道梁空以行其長三千六百尺
廣丈有五尺翼以扶欄如其長之
數而兩之靡金錢一千四百萬求

《万安桥记》拓片局部（蔡襄）

《诸上座帖》局部（黄庭坚）

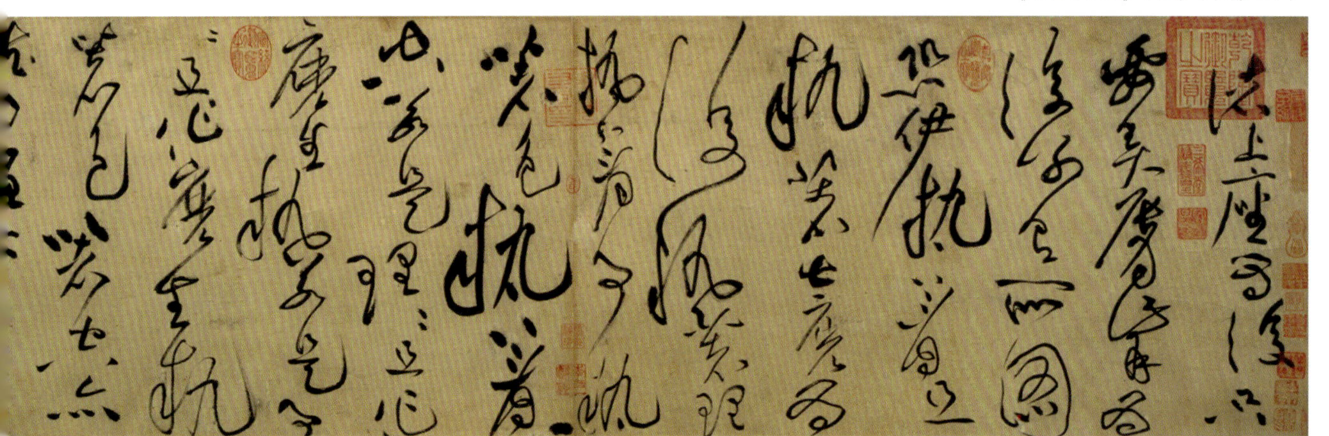

赵孟頫（1254 ~ 1322） 中国元代书法家、画家。字子昂，号松雪，又号水晶宫道人。湖州（今属浙江）人。宋宗室后裔。曾任真州司户参军。宋亡后，家居治学。至元二十三年（1286）应召到大都，受到元世祖和元仁宗的宠遇，官至荣禄大夫，封魏国公。

赵孟頫博学多才，工古文诗词，通音律，精鉴赏。他以书法著称于世，是元代最负盛名的书法家，与鲜于枢并称“鲜赵”。兼擅篆隶楷行草各体，尤以行书、楷书最为精熟。其书法的主要特点是结体严整，运笔圆熟姿媚。所作碑版大字笔画圆转遒丽，气势浑健，被称为赵体。他又是元代画坛的领袖人物。擅画山水、人物、鞍马、花鸟、兰竹各科，兼擅工笔和写意，作品呈多种面貌。他尤其善于以书入画。在山水画中创用枯笔淡墨、浅绛设色的方法，作品格调疏淡隽逸。

《为盛逸民书洛神赋》

传世的书法作品有《千字文》《为盛逸民书洛神赋》《福神观记》《胆巴碑》等，绘画作品有《鹊华秋色图》《秋郊饮马图》等。

篆刻 中国具有艺术价值的印章镌刻。因古代印章多采用篆书入印而得名。也流行于日本等国。秦以前印章称为鉨（同玺）。从秦代开始，只有天子及诸侯王所用印章可以称玺，一般人所用则

赵之谦篆刻

吴昌硕篆刻

称印或章。宋元以前为实用印章时代；明清以来，印章艺术流派繁衍，为流派篆刻时代。

印章用朱色印泥钤盖在纸上，约始于六朝。印章上镌刻成凸状的印文，称为阳文或朱文；镌刻成凹状的印文，称为阴文或白文。印背高起有孔可以穿带的地方，称为钮。钮有各种形状。印章的材料，古代最多见的为铜质，也有用金、银、铁、铅、玉、水晶、陶泥的。篆法、章法和刀法是构成篆刻艺术的主要条件。篆法指印章文字的书法；章法指印章文字的安排和布局，即所谓分朱布白；刀法指运刀、下刀的方法。篆刻要成为一件艺术品，此三要素必备。款识是篆刻艺术的附属部分，它和印面篆刻可交相争辉，达到相得益彰的艺术趣味。

【雕塑】

雕塑 以雕、刻、塑及堆、焊、敲击、编织等手段制作三维空间形象的美术。雕塑艺术是时代、思想、感情、审美观念的结晶，是社会发展形象化的历史记载。如古埃及狮身人面像，古代希腊、罗马雕塑，中国秦汉雕塑，西方中世纪和文艺复兴时期雕塑，东方佛教造像，都在一定意义上成为人类形象的历史。

传统雕塑材料有石、木、金属、石膏、树脂和黏土等。雕塑的基本工具有雕塑刀、石雕凿、石雕锤、木雕刀、弓把、比例弓把、点型仪等。圆雕、浮雕和透雕（镂空雕）是基本形式。在同一环境下，通过圆雕或浮雕一个或两个以上形象共同表达一个主题的称组雕。

传统观念认为雕塑是静态的、可视的、可触的三维物体，以主体的造型形象和空间形式反映现实。随着科学技术的发展和观念的变化，现代艺术中出现了反传统的四维雕塑、五维雕塑、声光艺术、动态雕塑、软雕塑及与装置结合等多种样式。

希腊帕提农神庙檐壁浮雕——雅典娜女神节上的列队（局部）

秦兵马俑 中国秦始皇陵随葬的陶兵马雕塑群。兵马俑坑位于陕西西安临潼区，约始建于公元前 221 年秦统一六国后，前 209 年因农民起义爆发而被迫停工。一般认为，这批兵马俑应是送葬军阵的模拟。

秦始皇陵 1 号兵马俑坑

陶俑、陶马大小如同真人、真马。陶俑为不同等级、兵种的秦军将士形象，包括指挥官、步兵、骑兵、车兵、弓弩手等。不同身份、不同年龄的陶俑装束有别。陶俑形体高大魁梧，平均身高约 1.75 米，指挥官身高在 1.95 米以上。革带、发式、靴履等细部塑造得一丝不苟。陶俑多数表情刚毅，昂扬奋发。五官位置准确，富于质感，胡须、发式有多种样式。彩绘的颜色有绿、粉绿、朱红、粉红、紫、蓝、中黄、橘黄、灰、褐、黑、白等。颜面、手足均涂朱红色，眉目、须发用黑色绘出。陶马形象准确生动，比例匀称，表现出处于临战状态的战马静中有动的神态。木质战车多已朽毁，但保存下许多金属车具。有的战车曾髹漆彩绘。从整体来看，秦兵马俑不愧为中国古代雕塑艺术的瑰宝。

霍去病墓石刻 中国西汉的石刻雕塑。霍去病（？～前117）是汉武帝时抗击匈奴的名将。霍去病墓在陕西兴平东北，为茂陵陪葬墓之一。现存石刻有马踏匈奴、石人、卧马、跃马、卧牛、伏虎、卧象、蟾、蛙、野猪、怪兽食羊、野人搏熊及二件鱼等共16件，散置于封土上。石刻采用巨石雕凿，并施以浮雕和线刻的手法。一部分则是利用天然石块的自然形态稍事加工，突出表现动物形体的主要特征。风格古朴稚拙，气魄深沉雄大，是中国现存年代最早、保存较完整的一批大型石刻艺术珍品。其中马踏匈奴长1.9米、高1.68米，为主像，是汉代纪念碑雕刻的重要代表性作品：石马昂首站立，尾长拖地，腹下为手持弓箭匕首、被踏倒而挣扎的匈奴人形象。

“马踏匈奴”石雕

此墓石刻对以后中国历代陵墓石刻产生了深远影响。

莫高窟 中国佛教石窟、敦煌石窟群的主要组成部分。位于甘肃敦煌东南25千米处，开凿在鸣沙山东麓的断崖上。有洞窟735个，保存壁画4.5万多平方米，彩塑2400余尊，唐宋木构窟檐5座。

第45窟塑像

洞窟分南北两区，南区是莫高窟的精华所在。莫高窟的开凿从十六国时期至元代，前后延续约一千年。

根据洞窟形制，雕塑、壁画题材的内容和风格特点，莫高窟可分为北朝、隋唐、五代至宋、西夏至元四个大的发展时期。其中隋唐为莫高窟的全盛期，隋唐的洞窟占洞窟总数的60%以上。这一时期塑像风格与中原地区更趋一致，塑造形体和刻画人物性格的技艺进一步提高，题材内容增多，出现前代不见的高大塑像。壁画题材丰富，场面宏伟，色彩瑰丽。人物造型、敷彩晕染和线描技艺达到空前水平。

莫高窟是中国石窟艺术发展演变的一个缩影，在石窟艺术中享有崇高的历史地位。1987年，莫高窟作为文化遗产被列入《世界遗产名录》。

云冈石窟 中国佛教石窟。与敦煌石窟、*龙门石窟*并为中国三大石窟。位于中国山西大同西16千米处的武州山（又称武周山）南麓。东西绵延约1千米。现存主要洞窟53个，小龛1100多个，造像5.1万余尊。始凿于北魏文成帝和平初年（460），延续至孝明帝正光末年（524）。唐、辽两代有个别雕凿和修理。早期的昙曜五窟均为大像窟，较明显地反映了外来造像的风格。第20窟前壁早年坍塌，窟内造像成为露天大佛，主像高13.7米，为云冈石窟的代表作。北魏迁都洛阳前的孝文帝时期（471 ~ 494），洞窟形制以成组的双窟和模拟汉式传统建筑的样式为显著特点。此时仍有大像。第5窟释迦坐佛高17米，是云冈最大的佛像。以后，中小窟龛成为开凿的主体。

云冈石窟开创了中原地区开窟造像的先例，在中国石窟雕塑艺术史上占有无可替代的地位。洞窟规模宏伟、雕刻精丽，成为各地竞相效仿的楷模。2001年，云冈石窟作为文化遗产被列入《世界遗产名录》。

第20窟露天大佛

龙门石窟 中国佛教石窟。与敦煌石窟、*云冈石窟*并为中国三大石窟。位于河南洛阳南13千米处的龙门口。南北长达1千米。始凿于北魏太和十七年（493），以后东魏、西魏、北齐、隋、唐诸朝续有雕凿。现有编号窟龛2345个，造像约10万尊，浮雕石塔40多座，碑刻题记2780品。代表性洞窟有北魏古阳洞、宾阳中洞、莲花洞和唐代潜溪寺、奉先寺、看经寺等。古阳洞是龙门开凿最早、内容最丰富的大窟，洞壁上下罗列佛龛，刻有丰富的宗教艺术形象，并有保存完好的北魏书法碑刻多件。宾阳中洞是龙门最典型的魏窟，后壁、左壁、右壁都有像龛，窟顶雕莲花宝盖。奉先寺劈山而造，为摩崖敞口式，三面陡壁上刻出11尊大像，主像大卢舍那佛高17.14米。整组群雕布局严谨，主次分明，气势磅礴，是龙门规模最大、最典型的精品。龙门石窟是中国题记最多的石窟，尤以《龙门二十品》驰名中外。

奉先寺造像群

2000年，龙门石窟作为文化遗产被列入《世界遗产名录》。

晋祠圣母殿彩塑 中国宋代祠庙彩绘泥塑。晋祠是奉祀晋侯始祖唐叔虞的祠堂，位于山西太原西南25千米的悬瓮山麓。其主殿圣母殿位于晋祠主轴线上，建于北宋天圣年间，是为祭祀唐叔虞之母邑姜所建。圣母坐像设置于高大的神龛内，凤冠霞帔，相貌端庄。圣母像四周彩塑侍从人物像42尊，除龛内两侧小像系后补外，皆为宋代原作。塑像既沿袭了佛教造像的传统，又根据不同题材有所变化。男侍谦微，侍女神态仪容各异。各像比例适当，衣饰艳雅，体形丰润，面相清秀。细致的身姿动态处理，使众多人物富有生气，体现了宋代雕塑注重人物真实描写的特点。衣纹的塑造也体现出雕塑家高超的技艺。虽经明代重装，但仍不失为宋代雕塑杰作。

《晋祠彩塑》特种邮票
新华社提供，马毅敏拍摄

人民英雄纪念碑浮雕 中国大型纪念性建筑物浮雕。1949年9月30日中国人民政治协商会议第一届全体会议通过决议，为纪念在人民革命战争、民族解放战争和民主运动中牺牲的人民英雄建立纪念碑。纪念碑建在北京天安门广场中心，由梁思成主持建筑设计，刘开渠主持雕塑创作，于1952年8月动土兴建，1958年5月1日揭幕。

浮雕《五卅运动》 新华社提供，于小平拍摄

纪念碑底层大须弥座束腰处四面镶嵌着8块巨大的汉白玉浮雕，分别以“虎门销烟”“金田起义”“武昌起义”“五四运动”“五卅运动”“南昌起义”“抗日游击战”“胜利渡长江”为主题，概括地表现了中国近代的革命历史。在“胜利渡长江”浮雕的两侧，另有两幅以“支援前线”“欢迎人民解放军”为题的装饰性浮雕。每幅浮雕高2米，宽2～6.4米，总长40.68米，雕刻着180个人物形象。

斯芬克斯 狮身与人面结合在一起的雕像。此词源自希腊语，意译为狮身人面像。狮身人面像的观念和艺术形象最早出现于埃及。在埃及美术中，法老的力量和权威常常用狮子来代表，因而狮身人面像就成为人与动物结合的超人权力的象征；由于法老被看作人与神的结

埃及大狮身人面像

合，所以狮身人面像也象征着崇高的神权。埃及最古老、最著名的狮身人面像是公元前 26 世纪建于吉萨的大狮身人面像。它是在整块天然断岩上雕凿而成的纪念性雕像，坐落在胡夫金字塔东南方。雕像的身体形如卧狮，头部是一个留着王室发式的国王的头像。从面部特征看，一般认为它是国王哈夫拉的肖像。后来，狮身人面像从埃及传至亚洲，前 1600 年左右又从亚洲传至希腊地区。亚洲和希腊地区的狮身人面像的狮身出现了两翼，并有女性人面。它们都是庙宇、王座和陵墓的守护神或装饰物，有些是用象牙或金属制成的小像。

阿旃陀石窟　印度佛教石窟群。位于马哈拉施特拉邦北部奥兰加巴德市东北 106 千米处。开凿于温迪亚山脉的悬崖上，分布在海拔 540 米的马蹄形山腰。始凿于公元前 2 世纪，7 世纪后终止。现存编号石窟 30 个，大体分早、晚两期。早期石窟开凿于前 2 世纪至公元 1 世纪，晚期石窟年代为 4 ～ 7 世纪。阿旃陀石窟的雕刻分造像和装饰两类。早期雕刻题材仅为装饰性图案，如栏楯、法轮、太阳栱等。晚期增加佛像，此外还有降魔、涅槃等题材。阿旃陀石窟壁画是印度古代壁画的代表，尤为世界瞩目。早期壁画内容有佛传和本生故事。晚期壁画构图更为壮阔，布局紧凑和谐，设色典雅，画风沉着洗练并带有抒情趣味。阿旃陀石窟的雕刻与壁画虽为宗教服务，但都以现实生活为基础，洋溢着浓厚的生活气息，不仅对印度美术，而且

第 19 窟大厅

对佛教传布的其他国家和地区的美术都有深远影响。1983 年，阿旃陀石窟作为文化遗产被列入《世界遗产名录》。

米隆（约活动于前 480 ～前 440）　希腊雕塑家。生于伊柳塞拉。长期在雅典活动，是希腊古典时期名家之一。他擅长制作青铜像，作品突破了古风时期雕塑的拘谨形式，把希腊雕塑艺术推向新的高峰。他善于准确把握人体的结构及其在运动中的变化关系，并达到精神与

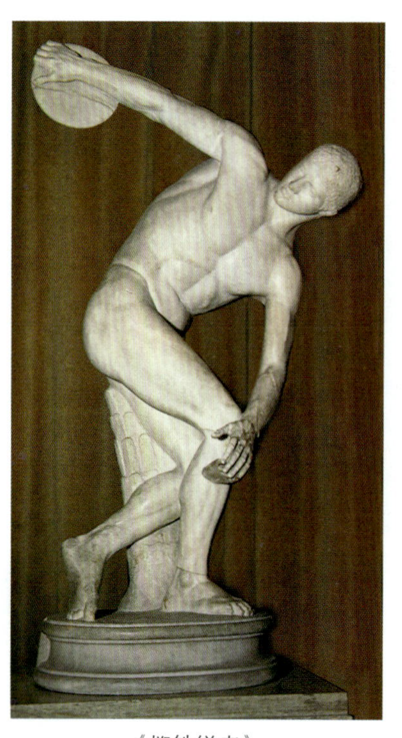

《掷铁饼者》

肉体的平衡和谐。他的青铜雕塑《掷铁饼者》，被公认为表现人体运动的典范之作：运动员弯腰向前成弓形，重心落于右脚，上身向后转侧，拿铁饼的右手转向身后。作者巧妙的构思，使静止的形象给人以连贯运动的想象。此像原作已佚，现存有几件罗马时期的大理石摹制品。米隆的另一件著名作品是双人雕像《雅典娜和玛息阿》，保存至今的也是罗马时期的摹制品。

菲迪亚斯（约前 490 ~ 前 430） 希腊雕塑家。雅典人。他的很多雕塑作品都未留存下来。在重建雅典卫城时，他被委任为负责艺术装饰的总设计师。卫城的主要建筑帕提农神庙残余的雕塑是唯一能窥见他的艺术风格的真迹。据记载，他曾亲自为雅典卫城制作了三尊雅典娜雕像：立在广场上的雅典娜，高 9 米；卫城山门立柱上的雅典娜，高 7 米；帕提农神庙内的雅典娜，高 12 米。三像均已不存，只有最后一尊尚有缩小的大理石仿制品，从其可略见原作的概貌：雅典娜头戴战盔，肩披铠甲，身着衣裙；右手托着胜利女神像，左手扶着刻有希腊人与亚马孙人之战场面的盾牌，挺身伫立，气宇轩昂。据载，原作由黄金和象牙镶制而成，极其宏伟辉煌。此外，他还为奥林匹亚宙斯神庙制作了宙斯巨型坐像。宙斯像基座高 6.5 米，像高 13 米，内为木骨架，外以黄金、象牙等镶嵌，被视为世界七大奇观之一，也早已被毁，仅在罗马时期的钱币上能见其大略形象。

雅典娜雕像

《阿佛罗狄忒》（米洛斯的） 希腊雕像。又称《维纳斯》（米洛斯的）。作于公元前 2 世纪希腊化时期。作者是雕塑家阿历山德罗斯。这尊大理石雕像高 2.04 米，1820 年在爱琴海米洛斯岛

的山洞中发现，现藏于卢浮宫博物馆。阿佛罗狄忒是希腊神话中司爱与美的神，相当于罗马神话中的维纳斯。雕像高贵端庄，丰满的胸脯、浑圆的双肩、柔韧的腰肢，都呈现出成熟的女性美。女神下肢为衣裙所遮，舒卷自然的衣褶显示出人体结构和动态，增添了丰富的变化和含蓄的美感。雕像既有女性的丰腴妩媚，又有母性的温柔慈爱。在风格上接近于前4世纪古典盛期的作品，为希腊化时期所少见。雕像双臂已残缺，后世不少雕塑家曾设计各种方案试图复原双臂，却都在原作面前黯然失色。

《拉奥孔》 希腊雕塑群像。作于公元前1世纪的希腊化时期。由雕塑家阿格桑德罗斯和他的儿子阿塔诺多罗斯、波利多罗斯三人制作。这组大理石群雕高2.42米，1506年在罗马出土，现藏于梵蒂冈博物馆。群雕的内容取材于特洛伊战争的传说。拉奥孔是特洛伊的英雄，他违反神的意志告诫特洛伊人不要中希腊的木马计，因此触怒众神，众神调来两条巨蟒将拉奥孔和他的两个儿子活活缠死。群雕将人物痛苦挣扎的状态和紧张扭曲的肌肉都刻画得精细入微。群雕采取了金字塔形的处理，中心人物拉奥孔形体较大，次要人物——他的两个儿子则较小，两条扭动的巨蟒成为将三者连在一起的纽带，使之形成完整的

三角形构图。群雕在写实技巧和构思处理上都是令人瞩目的古代雕塑名作。

复活节岛石雕像 新石器时代宗教性质的石雕人像群。复活节岛沿海地带共有600多尊巨石雕像。它们大多成排矗立在沿海地带的石砌平台阿胡（带围墙的墓地）上。这些巨石雕像约作于690～1680年间，大致可分为前后两期。前期（约700）多系中小型等身大的玄武岩、凝灰岩或火山渣雕像，面向大海，尚未定型；后期（约1000～1680）多系巨大的凝灰岩头像或胸像，一般背朝大

拉诺拉拉库斜坡上的石雕像

海，呈现固定的程式化风格。有些石像头顶饰有圆柱形王冠。石像一般高 3 ~ 6 米，王冠重 2 ~ 10 吨。最大的石像高 11.5 米，重 82 吨，王冠重 11 吨。在此岛采石场还残留有 299 个未完成的石像，最大的一尊高约 20 米。这些巨石雕像不仅体量庞大，而且造型独特：头部呈长方形，耳朵和鼻子拉长，眼窝深陷，下巴突出。有些雕像背部刻有文身。

多纳太罗（约 1386 ~ 1466-12-13）意大利文艺复兴时期雕塑家。生于佛罗伦萨。1404 ~ 1407 年，曾协助 L. 吉贝尔蒂制作洗礼堂的青铜门，后又随 F. 布鲁内莱斯基至罗马实地观摩、学习古典雕塑。

《加塔梅拉塔骑马像》

他的第一件成熟的作品是《圣马可像》。继之的杰作《圣乔治像》的眼珠晶体非常深刻地传达专注的眼神，这在文艺复兴雕塑中属首创。此外，他还在这尊雕像的基座浮雕中首次尝试以透视法刻画背景。他于 1440 年前后制作的青铜雕像《大卫》是文艺复兴时期第一尊全身赤裸的人像。在这尊雕像中，他充分吸收古典雕刻风格，表现出对人体结构的透彻掌握。其晚年的最重要作品是《加塔梅拉塔骑马像》。他的雕塑艺术对文艺复兴美术的发展影响很大，其后的 15 世纪佛罗伦萨雕塑家大多师法其风格。

米开朗琪罗（1475-03-06 ~ 1564-02-18） 意大利文艺复兴时期雕塑家、画家、建筑师。生于阿雷佐附近的卡普雷塞。1488 年起在佛罗伦萨画家 D. 吉兰达约的作坊学徒，后因爱好雕塑转入美第奇庭园。1494 ~ 1499 年游学威尼斯、罗马等地。1501 ~ 1505 年主要在佛罗伦萨创作。1505 年应教皇之召赴罗马，为教皇尤利乌斯二世设计及制作陵墓雕塑。1508 ~ 1512 年完成西斯廷教堂天顶壁画。1520 ~ 1534 年为美第奇家族陵墓制作雕塑及设计墓室礼拜堂。后定居罗马。

西斯廷教堂天顶壁画（局部）

其早期创作绝大部分属雕塑，其中《阶梯旁的圣母》《山陀儿之战》开始显示出他集中一切注意力于雄健有力的人体表现的个人风格。《大卫》成为文

《摩西》

艺复兴美术中表现雄强刚健的人体美的巨作。其一生最大的杰作——西斯廷教堂天顶壁画，人物气魄宏伟、体态健壮，具有强烈的意志与力量，显示了艺术家在写实基础上非同寻常的理想加工。壁画局部《创造亚当》《亚当和夏娃》中的上帝和亚当形象，被誉为文艺复兴盛期美术最完美的创造。教皇尤利乌斯二世的陵墓雕塑中的一些雕像包括了他雕塑风格最成熟的作品，尤以《摩西》《垂死的奴隶》为著。其建筑设计作品以圣彼得大教堂最为重要。他设计的覆盖大厅中央部分的大圆顶，为日后欧美各国的大教堂和政府大厦的圆顶建筑树立了典范。

贝尼尼，G.L.（1598-12-07 ~ 1680-11-28） 意大利雕塑家、建筑师。生于那不勒斯。他是佛罗伦萨雕塑家 P. 贝尼尼之子，自幼从父学艺。1605 年随家迁居罗马。25 岁奉诏入教廷供职，获骑士勋章。1665 年应法国国王路易十四的邀请，到法国帮助筹划卢浮宫的建造。

贝尼尼是 17 世纪巴罗克美术最出色的代表。在雕塑方面，他强调情绪表现，喜好动感强烈的姿势。他的雕塑技巧娴熟流畅，造型光洁精致，具有贵族气质。他可以用石头表现出温热的肉体、柔滑的绸缎、轻盈的薄纱。他长于把雕塑与装饰性的背景结合起来，配以特定的光线，使雕塑与建筑融为一体。代表作有《大卫像》《阿波罗和达芙妮》《圣安德烈亚祭坛》等。他为罗马制作了许多喷泉雕塑，代表作为纳沃那广场的四河喷泉。他所作的城市雕塑对 17 ~ 18 世纪法国、德国等西欧国家的艺术家影响很大。

他是有成就的建筑师，最有名的建筑作品是罗马圣彼得广场。他还从事绘画、服装设计和舞台美术设计，并且写过剧本。

《阿波罗和达芙妮》

吕德，F.（1784-01-04 ~ 1855-11-03） 法国雕塑家、雕塑领域内从新古典主义向浪漫主义过渡的重要代表人物。生于第戎。曾受新古典主义画家 J.-L. 大卫的影响，并于 1814 ~ 1827 年伴随被流放的大卫到异乡布鲁塞尔。

1831 年，他的《与龟游戏的小孩》

《马赛曲》

在沙龙展出时引起人们的注意。1835～1836年完成为巴黎凯旋门所作的浮雕构图《1792年的义勇军》，即后来闻名的《马赛曲》。《马赛曲》不仅是刻画法国人民抵抗奥地利侵略的纪念碑，也是表现人民革命精神和热情的不朽之作。这件雕塑既有浪漫主义的激情，又有古典主义的严谨；在细节处理与整体构图的关系上十分协调，富于运动感并有统一的气势；人物造型是真实的，形象构思却是寓意和象征的。吕德晚期的作品，虽然在形式上仍然保持着浪漫主义的作风，但缺乏时代感和真正的激情。

罗丹，A.（1840-11-12～1917-11-17）法国雕塑家。生于巴黎。14岁考入图画学校学习，毕业后进入动物雕塑家A.L.巴里门下深造。1864年，转到A.-E.卡里埃-贝勒斯工作室当助手。1875年到意大利旅行。1877年到法国北部旅行。

早期代表作有《伤鼻梁的人》《青铜时代》《施洗约翰》等。1880年，他接受国家订件，为巴黎装饰艺术博物馆的大门及西侧门框作浮雕装饰《地狱之门》。《地狱之门》共有186个人体。他所构思的人体，几乎包括了他在1880年以后的许多重要作品，如《思想者》《乌戈利诺和他的儿子们》《吻》《永恒的偶像》等。直到他去世，这项工程没有最后完成。1884年，他完成作品《加来义民》。这座纪念碑的问世，使罗丹获得世界声誉。1891年，他接受了创作巴尔扎克纪念碑的任务。由于他所采用的全新的表现手法，罗丹逝世以后，铸铜塑像《巴尔扎克》才得以在巴黎竖起。

罗丹的创作，极大地丰富了雕塑艺术的表现领域，对欧洲现代雕塑的发展产生了不可低估的作用。有著述《艺术论》传世。

《地狱之门》

自由女神像 耸立在美国纽约市哈得孙河口自由岛上，被视为美国的象征的雕塑。这座青铜雕塑高46米，连基座在内，距海平面90米；像身重达225吨。女神头戴王冠，高举火炬的右臂长13米、直径为4米；左臂抱着一本象征美国《独立宣言》的书，上面刻着“1776年7月4日”（宣言发表的日期）的字样；脚上残留着被挣断的铁链，气宇轩昂，神态勇毅。夜晚火炬发出橙黄色的光芒，加上基座四周探照灯照射，极为壮观。

雕塑是法国为庆祝美国独立战争期间美法联盟而赠送给美国的礼物，由法国雕刻家F.-A.巴托尔迪设计，于1885年6月由法国拖轮运至美国纽约，次年10月由美国总统克利夫兰主持揭幕。雕塑的内部钢支架由法国工程师G.埃菲尔设计，基座由美国建筑师R.M.亨特设计。雕塑内共有22层，顶端的王冠处四面开有小窗。基座上刻有美国犹太女诗人E.拉扎勒斯歌颂女神的诗篇，基座内有美国移民博物馆。1984年，自由女神像作为文化遗产被列入《世界遗产名录》。

穆尔，H.（1898-07-30 ~ 1986-08-31）英国雕塑家、素描家。生于约克郡卡斯尔福德。1919 ~ 1925年，先后在利兹美术学校和伦敦皇家艺术学院学习。第二次世界大战爆发后，被官方任命为战地美术家，作了大量速写。

青铜雕塑《国王与王后》

早期作品《母与子》和《斜倚的女人体》，古拙、沉稳，把原始味与古典味熔于一炉。20世纪30年代，创作风格逐渐成熟。他时而采用较为抽象的几何形式，但较多采用有机的形体。人体在他的创作中占中心位置。他大胆突破古典雕塑的造型，赋予形象以新的内涵。他还善于把不同的形体汇集起来，组成一件作品。30年代较为抽象的作品有《构成》等。40 ~ 50年代，他成为西方最受欢迎的雕塑家之一。其作品《圣母子》《家族群像》《国王与王后》《原子粒》等，均受到好评。他的一些大型雕塑，被安放在伦敦、纽约、巴黎等城市的公共场合。在材料上，多用石头和木材，1945年以后很多作品被铸成青铜雕塑。

【工艺美术】

工艺美术 具有实用和审美双重特性的造型艺术。曾称日用工艺、陈设工艺、美术工艺等。20世纪50年代初，“工艺美术”一词始在中国广泛使用。现代，中国对工艺美术的概念仍有不同的见解：指具有较高技艺和较多装饰成分的一部分工艺品，其特点是工艺技巧性和欣赏性；指对衣、食、住、行、用等方面的生活用品和生活环境的美化。在欧美各国，工艺美术的概念一般指手工艺，与中国有所不同。

清雍正花卉纹粉彩碗

蛇纹石圣盘（8～9世纪宗教圣器）

按艺术门类，可分为手工艺、实用美术、环境艺术、工业设计、装饰、图案等。关于环境艺术和工业设计，在中国，有的认为应属于工艺美术的范畴，有的认为不属于工艺美术的范畴，而是独立的设计门类。按材料和工艺，可分为陶瓷、雕塑、玉器、织锦、刺绣、印染、花边、编结、编织、地毯、漆器、金属工艺、工艺画、首饰等。

工艺美术对于人民生活和民族文化等，都具有十分重要的作用。它通过生活领域对人们的思想意识和审美情趣进行潜移默化的陶冶。它对人们生活影响的经常性、深入性和广泛性，是其他艺术所无可比拟的。

手工艺 以手工劳动制作工艺品的工艺美术。按历史范畴分，有原始社会手工艺、传统手工艺、现代手工艺等；按社会属性关系分，有宫廷手工艺（后称特种手工艺）、民间手工艺、少数民族手工艺等；按产品分，有雕塑手工艺、印染手工艺、织锦手工艺、陶瓷手工艺、刺绣手工艺等。

中国手工艺历史悠久，品类繁多，具有以下特点：①在材料上，以木、竹、藤、草、泥土、石、皮革等天然材料和以天然材料制成的织物为主，大多就地取材，充分利用天然材料的质地美和纹理美等特性。②手工艺劳动是创作设计和生产操作的统一、脑力劳动和体力劳动的统一、艺术创作和工艺技术的统一。③产品以实用为主，注重功能，并把实用和美观完美地结合起来。④手工艺，特别是民间手工艺和少数民族手工艺，充分反映劳动人民追求美好生活的愿望和健康的思想感情，反映人们的风俗习惯、生活方式和宗教信仰等。⑤具有独特的地方艺术风格。一般较为简洁，具有装饰趣味，淳朴而清新。有些民间手工艺和少数民族手工艺风格粗犷豪放，色彩对比强烈。宫廷手工艺则富丽华贵，但有的盲目追求精雕细刻，图案过于繁缛。

南宋朱克柔缂丝《莲塘乳鸭图》

埃克托尔·吉马尔设计的法国巴黎地铁入口（1899 ~ 1904）

环境艺术　创造人类生活环境的综合艺术。它具有整合实用性和观赏性的特质，即有效地运用艺术、技术、科学的各种手段，将一切可感知的审美因素和谐、有机地组织成有秩序的整体，完成对生活环境美的创造。

环境艺术以原在的自然环境为出发点，以科学和艺术的手段协调自然、人工、社会三类环境之间的关系，使其达到最佳的互动状态。环境艺术的内容涉及自然生态环境和社会人文环境的各个领域，是关系艺术、场所艺术、对话艺术和生态艺术的总体设计艺术。按照具体对象的范围、层次，可分为城市艺术、建筑艺术、园林艺术、室内艺术、家具艺术、景观、雕塑、壁画等门类。

工业设计　指与单件制作的手工业产品设计相区别，以批量和机械化为条件，对工业产品进行预想规划的行为，包括推广这些产品而产生的广告和包装等。简称 ID，又称工业美术、造型、产品设计等。工业设计的核心是产品设计，是对与人的衣食住行用相关的产品的功

丹麦 P. 汉宁森设计的灯饰

能、材料、构造、工艺、形态、色彩、表面处理、装饰等各种因素，从社会、经济、技术的角度综合处理。

工业设计是伴随工业革命的出现兴起的。1919 年德国工业联盟的创立和包豪斯学校的诞生，标志着工业设计在欧洲得以确立。发展到现代，工业设计更多地应用高技术成果，创造现代生产、生活所需要的新产品，工业设计和工业管理的联系更加紧密。工业设计不应当追求个人爱好，设计者必须考虑产品所承担的社会责任，如生态学、舒适性和环境等问题。在历史的变革时期，工业设计正对世界经济的发展、人类物质生活和精神生活的改善起着重要作用。

图案 设计者根据使用和美化目的，按照材料并结合工艺、技术及经济条件等，通过艺术构思，对器物的造型、色彩、装饰纹样等进行设计，然后按设计方案制成的图样。

图案分类的方法很多。按所占空间分，有平面图案和立体图案；按装饰手法分，有写实图案、变形图案、具象图案、抽象图案、视觉错图案等；按图案的结构分，有单独图案、角隅图案、适合图案、边饰图案、连续图案等；按装饰题材分，有植物图案、动物图案、人物图案、风景图案、器物图案、文字图案、自然现象图案、几何图案，以及由多种题材组合或复合的图案。

图案造型是依据形象所具有的自身规律，按照人类审美的需求，运用图像符号进行艺术创作。图案造型的要素是点、线、面。根据点、线、面及色彩的视觉心理，运用对比与统一、对称与平衡、节奏与韵律、条理与重复、比例与权衡等形式美的原则，结合材料、工艺、技术及功能等方面进行总体意匠，是图案造型的基本方法。

龙纹 中国传统图案之一。龙是中国古代传说中的一种善变化、兴云雨、利万物的神异动物。龙纹作为一种普遍的文化现象，与中华民族文化的各个领域

北京北海九龙壁上的龙

保持着广泛的联系。古代的龙被宫廷垄断，宫廷建筑和御用器物均以龙纹为装饰，使龙具备高贵、至上的内涵。民间则凭借这一形象，寄托对超自然力量的向往。

龙纹的雏形最早见于红山文化遗址中出土的玉器饰物。秦汉以来，龙的形态基本定型，身躯修长而柔细。唐宋时期，龙的造型趋于完善，并走向程式化。明清时期，龙纹最后定型，龙的造型增强了威猛、华贵、狞厉的特性。龙的基本形象以"三停九似"为标准：自首至膊、自膊至腰、自腰至尾是为"三停"，"九似"是头似驼、角似鹿、眼似鬼、项似蛇、腹似蜃、鳞似鲤、爪似鹰、掌似虎、耳似牛。

凤纹 中国传统图案之一。凤是中国古代传说中的神鸟。凤纹源于自然界的禽鸟，是概括、夸张、综合多种鸟类特征形成的艺术形象，常与龙纹并用。

北京故宫石阶上的凤纹

春秋战国时期，凤已成为楚文化的代表，并已具备卷尾和粗长的腿。唐宋以后，凤的造型风格向雍容华丽转化。元明清时期，凤的形象逐步定型：眼睛细长上翘，尾如孔雀羽翎，两翼内侧加饰雄性鸳鸯的耸立翼羽，总体造型更加清逸华贵，但不失婉丽孤傲的风格。凤纹从诞生以来，曾经作为火和吉祥的象征。传说中，凤饮必择食，栖必择枝；凤凰见则天下太平。民间又常把凤作为纯洁、幸福和爱情的象征，赋予其更加宽泛的寓意。

唐草纹 中国传统图案之一。多取忍冬、荷花、兰花、牡丹等花草，经处理后作 S 形波状曲线排列，构成二方连续图案，造型曲卷圆润。通称卷草纹，因盛行于唐代，故被海外称为唐草纹。汉代图案中已见卷草纹。南北朝时期，卷草纹大量运用于碑刻边饰，风格简练朴实，节奏感强。唐代卷草纹多取牡丹枝叶，花朵繁复华丽，层次丰富；叶片曲卷自如，富有弹性；叶脉旋转翻滚，富有动感。总体结构舒展而流畅，饱满而华丽，成为后世卷草纹的范模。唐以后，卷草纹的素材除忍冬、牡丹外，又有石榴、荷花、菊花、兰花等。明中期重视以荷花为主题的卷草纹，后由荷花图案演变为串枝花图案。明清时期的卷草纹风格繁缛、纤弱。

唐代壁画中的唐草纹图案

中国工艺美术 中国的工艺美术，历史悠久，品种繁多，技艺精湛。起源可追溯到旧石器时代的石器。此后，在漫长的社会发展过程中，中国的青铜器、陶瓷、丝绸、刺绣、漆器、玉器、珐琅、金银制品和各种雕塑工艺品，相继取得辉煌成就。历史上著名的丝绸之路和海上瓷器之路，充分反映中国工艺美术的高度发展和对中国文化乃至世界文化的影响。

中国工艺美术可分十几大类、数百小类。大类包括陶瓷工艺品、雕塑工艺品、玉器、织锦、刺绣、印染手工艺品、花边、编结工艺品、

元代渎山大玉海

唐代花瓣纹金银平脱铜镜

清康熙青花花卉凤尾尊

北燕金帽饰（辽宁北票冯素弗墓出土）

编织工艺品、**地毯**和壁挂、漆器、金属工艺品、**工艺画**、首饰等。中国工艺美术声誉较盛的集中产区，主要分布在北京、天津、上海三大城市和山东、江苏、浙江、福建、广东、四川、湖南等省。其他省、自治区也有不少著名的传统工艺美术品和产区。中国传统工艺美术品不仅具有鲜明的民族风格，而且各地的产品都有其浓郁的地方特色。中国工艺美术历代相传，形成以师徒关系为凝聚的各家艺术流派。中国工艺美术流派纷呈，反映出创作的繁荣。

清嘉庆帝龙袍

战国魏鎏金嵌玉镶玻璃银带钩

唐代鹦鹉纹提梁银罐（陕西西安何家村出土）

唐三彩 中国唐代以黄、绿、蓝、褐、紫等釉色为装饰的低温多彩釉陶。唐三彩的烧制始于初唐，盛于开元时期，天宝之后逐渐衰落。以后的辽三彩、宋三彩均是受其影响而发展的。明清两代，三彩釉的使用转移到了琉璃瓦脊上。

唐三彩骑驼俑（陕西西安鲜于庭诲墓出土）

唐三彩主要充当随葬品，也用于日常生活。包括生活类器物、俑和模型三大类，而以前两类为多。唐三彩的造型以丰满浑厚见长，同时也糅进了清新秀柔。其雕塑手法洗练明快，以写实为主，重在摄神。如仕女大多丰肌秀骨；武俑短颈粗腰，肌肉发达；文俑道貌岸然，表情肃穆。在动物中，以雄健的骏马和沉稳的骆驼最为出色。唐三彩在烧制过程中因铅釉流动，各种颜色巧妙地交织在一起，呈现出浓淡相间的层次，色彩绚丽斑驳。铅釉使釉面光亮度增加，显得晶莹玉润。

唐三彩在陕西西安和河南洛阳的唐墓中出土最多，在江苏扬州和山西、甘肃的唐墓中也有发现。已发现的唐三彩窑址以河南巩县窑规模最大。

青瓷 中国古代传统颜色釉瓷器。因釉呈青绿色而得名。商周原始瓷器施青釉。东汉至唐代，均以青釉为主。入宋，青釉逐渐失去主导地位，但到明前期，仍占很大比重，并在海外极受喜爱。以浙江为代表的南方长期是青瓷的主要产地，重要窑场有汉唐时期的越窑、瓯窑，南宋官窑，宋元龙泉窑等，特别是宋代龙泉窑的粉青釉和梅子青釉将青瓷的幽雅之美发挥到极致。青瓷的装饰题材随时代而异，装饰手法则极其丰富。除各时代均占很大比重的光素无纹作品外，大体上，汉到唐前期以捏塑、堆塑居多；唐五代，彩绘与刻划较有特色；宋明以刻划、模印为装饰主流。两宋是青瓷艺术的高峰，以汝窑、官窑为代表的高档青瓷往往光素无纹，以古雅的造型和温润的釉质取胜，成为中国瓷器艺术的重要代表。

元代龙泉窑青釉葫芦瓶

白瓷 以中国为代表的传统瓷器品种。将胎釉中氧化铁含量控制在1%以下，即可得到白瓷。首创于北朝后期，唐初已在北方迅速发展成熟，辽金元时成为瓷器的主流。其出现和早期发展应与北方民族有很大关系。白瓷的创造意义重大，不仅增加了重要的釉色品种，还推动了装饰方法的改变。宋以后的中国彩绘瓷基本施加于白瓷。白瓷的造型和装饰极其丰富，烧造白瓷的著名窑场有以素面著称的隋唐邢窑、以刻划花和印花著称的宋代定窑、以彩绘著称的元明清景德镇窑、以瓷塑著称的明清德化窑等。

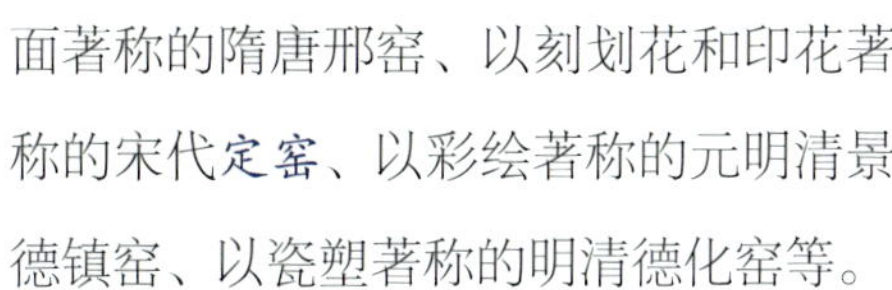

辽代白瓷鸡冠壶

汝窑 中国宋代瓷窑。窑址在河南宝丰清凉寺。因宝丰宋属汝州而得名。临汝、宝丰一带本烧耀州窑系的刻花、印花青瓷，现在一般称临汝窑。北宋晚期，宫廷以定窑器口部无釉、不便宫廷使用而在宝丰烧制供御青瓷，即古今所谓汝窑。入贡的汝瓷以盘、碟、洗、奁、尊、瓶等小型器物居多，极少装饰，有些造型仿古代青铜器，颇为典雅。汝瓷以玛瑙末为釉。装烧则常采用支烧法，以使釉尽可能遮遍胎体。胎呈香灰色，颇细腻。釉色以天青为主，极匀净，釉面带有细碎的开片。在中国陶瓷史上，汝窑地位突出，它将陶瓷之美荟萃于优雅的造型和如玉的釉质，对后世影响极大。

北宋汝窑青瓷钵

官窑 指中国古代专烧宫廷御用瓷器的官办窑场，多专指宋官窑。据南宋的《坦斋笔衡》和《负暄杂录》记载，宋官窑有三处，即徽宗后期的汴京（今河南开封）官窑和南渡后临安（今浙江杭州）凤凰山的修内司官窑、郊坛官窑。修内司官窑袭故京遗制，瓷器油色莹彻，极其精致；而稍后的郊坛官窑则大为逊色。宋官窑瓷通常无装饰，而以粹美的瓷釉和古雅的造型取胜。胎色多较深，常为黑色或黑灰色。釉较厚，其色多为粉青，也有青灰、青黄色，极润泽，有如玉的质感，釉面普遍带有疏密不一的开片。较小的器物采用支烧，更多的器物采用垫烧。因胎色较深、施釉较厚，烧制中，器口釉垂流，隐现胎骨，底足则刮釉露胎，形成紫口铁足的特色。有大量造型仿上古青铜器及玉器的陈设器和祭器。

南宋官窑青瓷香炉

哥窑 中国古代瓷窑。据明中期传说，南宋章姓兄弟二人到处州（今浙江丽水）

葵瓣口瓷盘

龙泉烧瓷。兄名生一，所烧者称哥窑；弟名生二，所烧者称弟窑。哥窑瓷胎薄，色黑如铁，习称“铁骨”；釉面多有疏密不一的纹片，称为“百圾碎”。已知关于哥窑的最早记载出自元末文献，出土哥窑瓷的纪年墓最早也在元末。因此，今日的研究多倾向于哥窑主要在元末明初烧造，窑址应在浙江杭州或龙泉。产品则以模仿宋官窑为特征，如灰黑胎、开片、支烧。而如兽耳炉、贯耳瓶等造型更似宋官窑。

钧窑 中国古代瓷窑。窑址在河南禹州神垕镇。禹州于金元间属钧州，故名。创烧于唐，盛于宋、金，元代形成窑系，而后渐趋衰落。产品称钧瓷，有印花青瓷、白地黑花瓷、黑瓷等。产量更高、更有特色的是蓝色的乳浊釉瓷，而最华贵的是蓝釉与紫红色错综掩映的窑变器物。

北宋玫瑰紫海棠式瓷花盆

关于禹州何时开始烧造窑变釉器物，学界长期有争论，最有影响的意见为北宋晚期，但另有始于金元的主张。

定窑 中国古代瓷窑。窑址在河北曲阳。因曲阳古属定州，故名。其瓷史可上溯到晚唐，五代、北宋极盛，入元渐趋衰落。宋代定窑以乳白釉著称，也兼烧黑釉、绿釉等，绛色釉数量虽少，但久负盛名。白瓷胎质细腻，釉色润泽，造型规整，常带装饰。早期多用刻划花，图案简洁，隽秀典雅。北宋中期开始，流行满密而清晰的印花，描金银则是高贵而少见的装饰。因器物体薄，为避免烧制变形，多用覆烧。覆烧器物的口沿因无釉而毛涩，遂以金属片包镶口沿。定窑与宫廷、官府的联系很多：在晚唐至宋初烧造“官”款器物，窑址还出土了带“尚食局”“五王府”等款识的北宋瓷片。定窑影响很大，北宋时已经在河北、山西形成窑系，后世的景德镇窑等也常以它为楷模。

唐代白釉双系罐

青花 中国传统彩绘瓷品种。以氧化钴在坯体上绘画图案，施透明釉后，在约1300℃的温度中以还原焰烧成。多为白地蓝花，偶见蓝地白花。出现于9世纪以后的唐代，在今河南巩义烧造。到宋代，作品依然粗朴，数量稀少。元

清代青花缠枝莲纹赏瓶

中后期，因蒙古族尚青、白色，青花瓷迅速发展，成就辉煌，并从此成为中国瓷器的代表。元以来，景德镇以量大质优而成为生产中心。明清时期，青花不仅是御器厂烧造的主流，也是民窑生产的重要品种，前者制作考究，后者通常较粗放。元明青花的图案呈色往往受钴料产地的影响，通常西域料发色浓艳，国产料发色灰暗。元明清青花的造型和装饰基本涵盖了当代陶瓷的各种样式和艺术风貌。青花不仅畅销国内，且大批行销海外，并对异域陶瓷影响深远。

釉里红 中国传统彩绘瓷品种。以氧化铜为呈色剂，在坯体上绘以纹饰，再罩以透明釉，高温烧成。呈白地红花或红地白花效果。与同为釉下彩绘瓷器的青花相比，釉里红图案较简单。元明清釉里红烧造于景德镇窑，已知最早的作品有至元四年（1338）的铭文。元末明初，釉里红瓷器数量稍多，其器形、纹饰与同期青花大体相同。明清釉里红多为御器厂产品。宣德釉里红釉质莹润，图案呈色鲜艳，声誉很高。至康熙年间，烧成青花釉里红。雍正年间，釉里红呈色纯正鲜艳，水平很高，

清乾隆青花釉里红缠枝莲纹赏瓶

但常常模仿宣德制品。

斗彩 中国传统彩绘瓷品种。又称豆彩、逗彩。因图案以釉下青花和釉上彩色拼斗组成而得名。在坯体上以钴料绘制出部分花纹或花纹轮廓，上釉后烧成瓷器，又以多种彩色在釉上画完图案，再经 700 ～ 800℃烘烧而成。明清斗彩为景德镇产品，初创于宣德年间，以成

清代斗彩缠枝莲纹瓶

化年间御窑厂器物最负盛名。成化斗彩形体一般不大，造型轻盈秀丽；胎体细白，釉质莹润；色彩较淡雅，釉上的彩色全部出现在釉下的蓝色轮廓之内。装饰主题以折枝和缠枝花卉居多，风格秀雅。以后，明官窑仍生产斗彩，但造诣逊于成化。入清，官窑、民窑大量烧制斗彩。民窑器多书宣德、成化款，官窑器则多书康熙、雍正款。清代斗彩以雍正年间的官窑产品最精，纹饰布局讲究对称，描绘工整，色彩艳丽。

五彩 中国传统彩绘瓷品种。主要产于景德镇窑。首见于明嘉靖《江西大志》，为“用烧过纯白瓷器馈彩，过炉火烧成”的瓷器。今日所谓五彩主要有两类：一类图案由釉下青花和釉上彩色共同组成，称青花五彩，已知最早的产品出于宣德年间景德镇御窑厂；另一类图案全由釉上彩色组成，称釉上五彩，其工艺源头可上溯到金代磁州窑系的加彩。

清康熙五彩兰亭会瓶

仅凭工艺，难以区分青花五彩与斗彩，两者名称的不同出于风格的差异。嘉靖、万历年间御窑厂的作品为青花五彩的典型，其图案多较满密，色彩浓艳，效果强烈，风格大异于成化斗彩的优雅。入明，釉上五彩数量渐多，嘉靖年间繁荣一时，效果极强烈。清以来五彩又称古彩、硬彩，多属釉上五彩。康熙年间是五彩的鼎盛期，出现了釉上蓝彩和黑彩，金、银彩也大量使用。纹饰题材极为广泛，其中人物故事尤被称誉。

粉彩 中国传统彩绘瓷品种。创始于康熙年间，雍正、乾隆年间极盛。精美的清代粉彩多出自景德镇御窑厂，属釉上彩。图案绘制采用渲染法，注重表现题材的阴阳向背。绘制前，在装饰部位以玻璃白（在含铅的玻璃质中加入砷）打底，以使彩色图案呈色柔和。康熙时粉彩数量极少，色料较厚，花纹微微突起。到雍正时，粉彩成为烧造数量最多的釉上彩品种。官窑烧制的粉彩瓷器，图案题材丰富，绘制精细考究，柔婉多姿，清绮优雅。乾隆时粉彩虽仍保持较高水平，但装饰逐渐表现出繁缛琐细的趋向，造型也妄求奇异。乾隆以后，产量虽然很高，但艺术逐渐衰落。今日的景德镇等窑仍大量生产粉彩瓷器，产品不仅有日用瓷，还有相当数量的艺术瓷和仿古瓷。

清雍正粉彩牡丹盘口瓶

釉下五彩瓷 用釉下颜料或由它制成的贴花纸在未烘或低温素烘的泥坯或釉坯上进行彩饰，上覆透明釉，高温烧成的瓷器。中唐时期，湖南长沙铜官窑首创高温釉下彩绘的装饰艺术。宋代著名的磁州窑和其他北方民窑中的黑褐彩绘，以及元明清的青花、釉里红等均是著名的釉下彩瓷器。釉下五彩就是在上述基础上再创造成多色的釉下彩绘，创始于清末的湖南醴陵地区。因覆盖在纹饰上的一层釉经高温烧制后成为玻璃质薄层，釉下五彩瓷色彩绚丽，晶莹亮泽，

釉下五彩天球满花瓶　新华社提供，刘大伟拍摄

耐酸碱，耐磨损，并无铅、镉溶出。此外，还具有色料品种繁多、线条装饰独特、填色技法丰富、制作工艺多样的特点。

木雕　在木料上进行的雕刻，通常也指用木料雕刻成的雕塑工艺品。木雕的原料有硬木（紫檀、花梨、楠木）、龙眼木、黄杨木、樟木、柏木等。

金漆木雕

公元前 5300 ~ 前 4800 年的辽宁新乐文化遗址中出土的一件类似大鹏鸟形象的木雕，是迄今发现的最早的木雕。西周木雕品种有木俑、佛像、建筑装饰、墓葬祭祀品等。两晋南北朝，木雕佛像开始流行。明清两代，木雕在家宅、祠堂建筑装饰及木雕家具、小型圆雕陈设品等方面都有发展。

木雕遍布世界各国。古埃及时期的墓葬品，已有木雕的墓主和奴仆像。北美洲印第安人很早就制作木雕的图腾柱。在中世纪的欧洲，木雕广泛用于教堂装修。欧洲文艺复兴后，木雕主要用于官邸和住宅的室内装饰及家具装饰。

中国木雕主要有东阳木雕、黄杨木雕、金漆木雕、龙眼木雕，以及硬木雕刻、楷木雕刻、树根雕刻等。东阳木雕因产于浙江东阳而得名，以浮雕见长；黄杨木雕主要产于浙江温州、乐清，以小型圆雕人物作品为主；金漆木雕产于广东潮州，以镂雕见长，并饰以金箔；龙眼木雕产于福建，饰以髹漆；硬木雕刻以广州、苏州等地为主；楷木雕刻以山东曲阜著名，以当地的楷木为原料，品种有手杖、人物等。

石雕　以石块为原料雕刻各种图案和形象及立体造型的技艺或雕塑工艺品。甘肃永昌鸳鸯池出土有新石器时代的浮雕人头石像。南北朝始，出现*云冈石窟*、*龙门石窟*等大型石雕佛像群。宋代，石雕品种逐渐演变为小型的工艺品及印章、文具等实用品。

中国石雕按产地分，有青田石雕、寿山石雕等。青田石雕以浙江青田出产的青田石为原料，其艺术特色是因材施艺，依色取巧，特别重视对俏色和冻石的利用；寿山石雕以福建寿山出产的寿山石为原料，一般以简练、朴素的风格著称。按石料分，有滑石雕刻、汉白玉雕刻、青石雕刻、卵石雕刻、墨晶石雕刻、菊花石雕刻、彩石雕刻等。山东莱州滑石雕刻以猴、马等动物为著名，小巧可爱。河北曲阳汉白玉雕刻以建筑装饰和

青田石雕

佛像为著名；云南大理石雕刻早在唐代便已闻名，采用点苍山的大理石为原料，其纹理犹如着色山水画，层叠远近，五色灿然。福建惠安青石雕刻以龙柱、石狮、花鸟柱等著名。甘肃兰州卵石雕刻采用黄河河道的卵石为原料，造型多变。湖南浏阳菊花石雕充分利用石料中天然的菊花纹理和色彩，巧夺天工，生动而富有情趣。此外，内蒙古赤峰巴林彩石雕刻、辽宁沈阳太子河石雕刻、湖南洞口墨晶石雕刻等，都各具特色。

石雕的技法有阴刻、浮雕、圆雕、镂雕、影雕等，其中影雕是福建惠安青石雕刻的独特技法。

竹刻 用竹根雕成人物及动植物形象，或在竹材、竹器上雕刻文字、图画等，通常也指用竹根、竹材、竹器雕刻成的雕塑工艺品。现知最早的竹刻是中国长沙马王堆汉墓出土的彩漆龙纹竹勺。竹刻发展成为独立的工艺美术门类是在明中叶。明代竹刻主要产于嘉定（今属上海）。

中国竹刻分为竹根雕刻、留青、贴黄等品类。竹根雕刻是利用竹根的天然形状和节疤等特点，略加雕凿，刻成人物等，或制成器物；留青是保留竹材外表的青色皮层，在皮层上雕刻花纹；贴黄是将竹材内壁约2毫米的黄色表层，经加工后粘贴在器物上，然后进行雕刻。竹刻的技法主要有圆雕、透雕、深浮雕、浅浮雕、留青、深刻、浅刻等。品种以日用品为主。

竹刻笔筒（洪建华）
新华社提供，宋振平拍摄

20世纪以来，中国竹刻集中在上海、江苏、浙江、湖南、广东、四川等地，其中广东南雄以竹根雕刻著名，湖南邵阳、浙江黄岩、四川江安以贴黄著名。

果核雕刻 以果核为原料雕刻成各种人物、动物、船舶等的技艺或雕塑工艺品。按材料分，有桃核雕刻、橄榄核雕刻和核桃雕刻等，以桃核雕刻为主。明代，果核雕刻已达到很高的艺术水平。南直隶虞山（今常熟）王毅在天启二年（1622）创作的《赤壁之舟》是果核雕刻史上的珍品。清代，果核雕刻的艺术水平进一步提高，以江苏为传统产区。现代，果核雕刻主要产于江苏苏州、山东潍坊和广东等地。果核雕刻的艺术特色是雕刻精细入微，形态小巧玲珑。

果核雕刻（吴云平）
新华社提供，刘前刚拍摄

品种有陈设品和念珠、扇坠、佩件等。

根雕 以各种树木或竹子的根桩为原料雕刻成家具、人物、动物等形象的技艺或雕塑工艺品。据《齐书》记载，南齐建元年间，高帝曾将竹根雕塑赠与隐士。唐宋两代，根雕艺术更加成熟。明清根雕名家众多。20世纪80年代以来，中国根雕主要产于浙江、辽宁、黑龙江、吉林等地。

《小鸟》（包海涛） 新华社提供，任军川拍摄

根雕是作者根据树根、竹根的形状、质地、纹理、色泽及疤节、孔洞等天然形态，充分发挥艺术想象力，经过巧妙的艺术构思，发现题材，然后稍加雕刻而成。根雕注重传神，不过于追求形似和逼真，以表现自然天趣为妙。作品题材广泛。规格依据根桩的大小而定。品种有几案、桌椅、屏风、手杖，以及欣赏品等。

彩绘泥塑 以黏土为主要材料进行造型，干燥后施以彩绘的传统民间技艺或雕塑工艺品。简称彩塑。新石器时代，中国已有彩塑。魏晋南北朝后，佛教盛行，促进了彩塑佛像的发展。明清两代，江苏无锡惠山和苏州虎丘的彩塑闻名于世。

彩绘泥人（江苏无锡惠山）

彩塑可分为大型彩塑和小型彩塑两类。大型彩塑多以神佛造像为主。小型彩塑又分挂片、粗货、细货、捏相等。挂片为浮雕形式的彩塑，多表现老虎、花卉等的正面形象，作为墙上装饰；粗货又称耍货，是模制的彩塑，可批量生产，大多为脸谱、儿童玩具、神佛像等，可作几案供赏；细货是手工捏塑的精细彩塑，题材多为戏曲人物，是观赏艺术品；捏相是手工捏塑的人物肖像。中国彩塑现主要分布在江苏无锡、北京、天津、河南浚县、陕西凤翔，以及浙江嵊州等地。

面塑 以面团（主要是糯米面团）为原料捏塑成各种形象的技艺或雕塑工艺品。俗称面人。相传汉代迎神赛会上的傩舞面具便是以面团塑成鬼怪头部的形

面塑（李春芳） 新华社提供，王晓拍摄

象。20 世纪初以后，面塑逐渐发展为精巧的小型艺术欣赏品。

用于制作面塑的糯米面在揉面时需加入石碳酸（苯酚）、蜂蜜、棉花等以防腐、防裂。面塑以圆雕为主，运用小型刀具和剪刀等，采用捏、压、搓、滚、碾、拨、切等多种技法捏塑而成。创作时间短，注重人物神态刻画，手法简练，一气呵成。作品动作夸张，色彩鲜明。中国面塑主要分布于山东、北京、上海等地，山东菏泽是面塑的传统产区。

玉器 用玉石琢治而成的器具或艺术品。

沿革 玉器在中国有着悠久的历史。其发展可分为七个时期。

①原始社会美石时期（公元前 5000 ~ 前 2000）。玉器所用的玉石都是就地取材，属于蛇纹石、透闪石、阳起石等美石。美石玉器已经脱离石器，成为独立的手工艺。

玉勾云形佩（新石器时代）

②夏、商、西周时期（前 2000 ~ 前 771）。商代玉器以象征性、装饰性的艺术手法琢治大量的玉琮、玉璧，玉圭、玉璋，以及玉龙、玉象、玉虎、玉鱼、玉蚕、玉蝉和玉人等。西周时期的玉器以片状为主，造型夸张，装饰简练，线条遒劲流畅。

③春秋战国时期（前 771 ~ 前 221）。玉器在各诸侯国的都邑纷纷兴起。这一时期玉器由繁缛趋向华丽。曾侯乙墓出土的十六节龙凤玉佩，是战国初期的瑰宝。

④秦、汉、魏晋南北朝时期（前 221 ~ 589）。秦汉玉器发展迅速，出土的玉器有镂空白玉仙人奔马、玉熊、玉鹰、玉辟邪、龙螭乳丁纹玉璧、鸡心玉佩、玉人、角形玉环及玉具剑等。这些玉器玉质莹润，雕琢精巧，气韵生动，姿态自如。汉代陪葬的玉器还有玉枕、玉衣、玉璜等。西汉玉器富有动势，立体感强。东汉时玉器的艺术手法逐渐转变为平面、线刻与绘画相结合。魏晋南北朝时期的玉器基本上继承东汉玉器的风格，制作较为简单，有的没有纹饰。

⑤隋唐、五代和宋、辽、金时期（589 ~ 1279）。隋代玉器遗存甚少。唐代玉器大多生活情趣浓厚。五代玉器遗存很少。宋代玉器在继承唐代风格的基础上，具有形神兼备的风格。辽金玉器多由汉族工匠制作，以狩猎为主要题材，具有塞北风格。

⑥元、明、清时期（1279 ~ 1911）。

青白玉折枝花卉纹佩（北京房山长沟峪金代石椁墓出土）

《大禹治水图》玉山

这一时期新疆的玉器大量销往内地。元代的渎山大玉海，气势磅礴，是中国现存最早的特大型传世玉器。各种玉帽顶、玉押是元代玉器的新品种。明代初期的玉器继承元代厚重古朴的风格。至永乐年间迁都北京后，形成工整细致、一丝不苟的风格。嘉靖、万历年间，玉器制作渐趋烦琐，在造型上画蛇添足。清代初期的玉器趋于严谨、精巧。乾隆二十五年（1760）后，玉器制作进入繁荣时期，持续约半个世纪。清代玉器华丽典雅，最典型的代表是《大禹治水图》玉山。仿制的痕都斯坦玉器广为流传，俗称番作。道光年间，玉器工艺开始走向衰落。

⑦现代（1950 年至今）。20 世纪 50 年代以后，中国的玉器生产迅速恢复和发展。产地以北京、上海、广州为主，并各具特色。

除中国外，美国、新西兰、墨西哥等国也产玉器。美国 1940 年后用浅绿色的玉石制作首饰。新西兰毛利人将绿玉制成斧、刀、剑，用于执行死刑；妇女佩戴小型玉人作为装饰。在墨西哥，5 世纪的玛雅文明和 14 世纪的阿兹特克文明遗址中出土了一些翡翠、绿玉制成的玉珠、面具、饰板和服饰件等。

原料和产地　中国玉器所用原料种类繁多，有新疆的和田玉，湖北的绿松石，云南的翡翠，东北的玛瑙、岫玉，海南的水晶，台湾和南海诸岛的珊瑚等，以新疆的和田玉为上品。

除中国外，玉石产地还有印度、缅甸、俄罗斯、美国、新西兰、德国等。缅甸主要出产翡翠。美国加利福尼亚州的蒙特雷和阿拉斯加州产软玉，怀俄明州中部发现浅绿色玉石。日本产绿玉。新西兰的绿玉质地优良。德国和俄罗斯贝加尔湖附近也产玉石。

工艺　玉器的工艺过程主要有相玉设计、画活、琢碾、光亮等。相玉设计是断定玉石的内部质地、外形的优劣，然后因材施艺，进行构思。画活是根据构思，在玉石上用墨线画出初步的造型，并在琢碾过程中不断加以完善、修改。琢碾是以铁制的圆盘或钉头制成的碾砣为工具，以水和金刚砂为介质，运用铡、錾、冲、压、勾、镂空等技法，对玉石进行缓慢而谨慎的琢碾。光亮，俗称抛光，是以紫胶（洋干漆）、木材、葫芦瓢、牛皮、铜等制成碾砣，并以粉剂为介质，将琢碾后的玉器碾磨平整。

织锦　以两种以上的彩色丝线显花的多重丝织物。中国传统丝绸品种。中国北方、西北、西南的民族更多地用锦裁制服装，汉族则更看重其装饰及欣赏作用。

锦的出现不晚于西周。战国中期的楚墓中，已有相当成熟的实物出土。魏晋以后，西方国家也开始织锦，其中成就较高并影响中国的有萨珊波斯、拜占廷和中亚。唐以前，中国锦大抵采用经

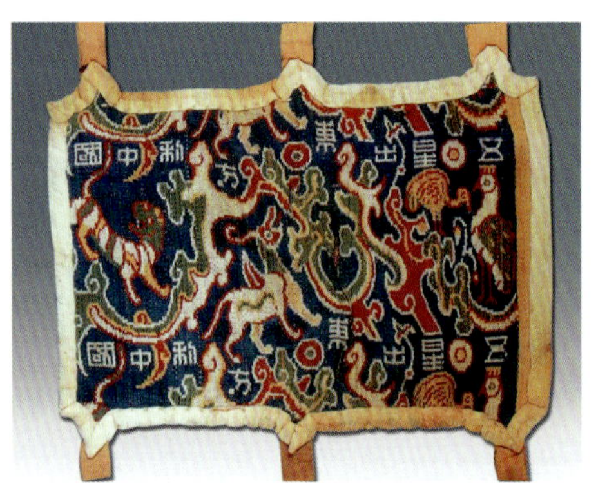

汉晋“五星出东方利中国”锦护膊

线起花的技术织造，后世称为经锦。至唐则启用西方传统的纬线起花技术，此后的产品基本是纬锦。

战国至秦汉，锦的图案多以动物纹样为主题。汉代锦纹中的动物往往出现在起伏的云气里，即所谓云虡纹，它直到魏晋仍占有重要地位。自南北朝后期始，受西方影响的联珠圈纹成为最典型的图案组织。从8世纪初起，图案化的宝相花和写实性的花鸟纹相继崛起，从此锦纹最常见的主题由动物转移到花卉。时代越晚，花卉纹的地位越重要，写实的风气越流行。

中国锦的织造分布广泛，如新疆的

唐代宝相花纹锦琵琶囊

维吾尔族，西南的黎族、壮族、傣族、侗族、瑶族、苗族、土家族等都各有富于民族特色的织锦。边远地区织锦的历史晚于内地。

刺绣　以针为工具、线为材料，在纺织品底料上塑造形象的手工艺品。传统工艺美术品种。也指对这种手工艺品的制作。

中国刺绣已有4000多年的历史。陕西宝鸡茹家庄西周墓葬发现的辫子股针刺绣印痕，是已发现的最早的刺绣实例。西汉初期，刺绣除用于服饰外，已广泛用于枕、枕巾、梳妆袋、香囊等日常生活用品的装饰。南北朝出现以供瞻仰为主要功能的刺绣佛像。最晚到宋，演化出观赏性的刺绣分支。现代的著名刺绣品种则均以观赏性刺绣为主。

台屏《双猫》

明清以来，具有地域特色的刺绣品种日趋成熟，其中江苏苏州的苏绣、湖南长沙的湘绣、四川成都的蜀绣和广东潮州的粤绣成就较高，影响较大，近现代被称为“四大名绣”。各地少数民族刺绣也各具特色。

绣线的组织结构与实施方法，通称为针法，是刺绣艺术的构成要素。南北朝以前，辫子股针一直占主导地位。以后，针法逐渐丰富，至清末已有40余种传统针法。

蜡染 运用蜡防染技术印染成的绘染手工艺品。古称蜡缬。东汉时，蜡染技艺已趋成熟。唐代，蜡染应用较为普遍。宋代，西南、中南地区的少数民族以蜡染作为衣裙、被面、包袱布等生活用品的主要装饰方法。

用特制的蜡刀或笔蘸上熔化的蜡液（由蜂蜡和石蜡配成），在织物上描绘图案，绘成后把织物放入靛蓝缸浸染，将其上的无蜡部分染成蓝色，然后沸煮织物，使之脱去蜡质，晾干后织物上即显出蓝地白花或白地蓝花的图案。在浸染过程中，因蜡质防染层干后龟裂，染液会渗透到织物上，形成精细的冰裂纹。

贵州和云南是蜡染的传统产区。产品除少数民族服饰外，还有台布、靠垫、提包、服装、壁挂和蜡染花布等品种。其中有些产品还运用彩色蜡染工艺。

蜡染壁挂（雷圭元）

扎染 运用扎结成绺（或缝纫）浸染技艺制成的染花手工艺品。古称绞缬。在中国约有1500年历史。现存最早的实物是新疆吐鲁番阿斯塔那墓出土的东晋的扎染印花绢。唐代，扎染发展到鼎盛时期。北宋，朝廷曾一度明令禁止。随后，扎染工艺逐渐消失，但在西南边陲仍然保留。

云南扎染

制作时，先用线在织物上扎结成绺（称线勒扎结），或在织物上缝纫（称线缝扎结），用以防染，然后将织物放入染缸浸染，染后抽去所扎或缝的线。染液因扎结而在织物上有不同程度的浸染，形成由深至浅的晕染花纹。在同一织物上，运用多次扎结、多次染色的工艺，可使传统的扎染工艺由单色发展为多色。

扎染主要产地有江苏的南通、海安和云南，以及广东、四川、河北、山东等。主要品种有台布、窗帘、领带、围巾、提包、服装等。

花边 以棉线、麻线、丝线或各种织

匈牙利哈拉斯花边　新华社提供，欧新拍摄

物为原料，经过绣补或编织而成的带状或片状装饰性织物。中国俗称抽纱。

花边源于古埃及与古秘鲁。文艺复兴后，花边生产普遍发展。17 世纪是欧洲花边生产的繁荣时期。19 世纪，欧洲出现机制花边。19 世纪后，手工花边的产地向亚洲的中国、土耳其、斯里兰卡，拉丁美洲的巴拉圭、巴西等国转移。

花边按工艺技法分为五类：①针绣花边。以绣花针引线绣成的花边。根据针法，分为万缕丝、雕绣花边、抽纱花边、彩平绣花边等。②棒槌花边。以棉线、麻线为原料，以木制小棒槌为绕线工具，按花边图纸进行扭绞、缠结，编织而成的花边。③编制花边。以棉线、麻线为原料，以梭子、钩针、棒针为工具编织而成的花边。④混合花边。用各种花边混合拼镶而成的花边。⑤机制花边。用花边织机织成的花边。主要有机织花边、针织花边、机制刺绣花边、机制编织花边等。

编织工艺品　将植物的枝条、叶、茎、皮等加工后，用手工编制而成的工艺品。旧石器时代，先民们就以植物韧皮编织成网罟（网状兜物）。周代，以蒲草编织莞席已很普遍。唐代，海南有以野藤编织成的五色帘幕。宋代，浙江东阳竹编闻名于世。至明清，浙江、江苏、湖南、四川、广东、福建等地的编织工艺品生产有所发展。

中国的编织工艺品按原料分，主要有竹编、藤编、草编、棕编、柳编、麻编六大类。品种主要有日用品、玩具、鞋帽、家具和欣赏品五大类，以日用品为主。

竹编《还我河山》

编织工艺品具有天然、朴素、清新、简练的艺术特色。在原料上，充分发挥材料天然的色泽和纹理美，风格淳朴；在工艺上，运用平编、缠扣、钉串等多种技法形成凹凸、隐现等艺术效果，增添层次感；在装饰方法上，配合以布贴、刺绣、蓝印花布、绒绣等工艺，使造型和色彩更加丰富。

地毯　用棉、毛、丝、麻、椰棕或化学纤维等原材料加工而成的地面覆盖物。包括手工地毯、机制地毯和手工毡

手工羊毛地毯

毯等。广义上还包括挂毯、坐垫、帐幕、鞍褥、铺垫、门帘、台毯等。

新石器时代，人们用兽毛捻纺成线，编制成粗厚的毛织品用于铺地。新疆罗布泊和民丰东汉墓中出土的地毯残片为典型的手工栽绒地毯。汉以后，丝绸之路的贸易和文化交流，使中原地区地毯的工艺水平迅速提高。元代，地毯生产较发达。明清时期，除新疆、西藏生产地毯外，甘肃、宁夏、内蒙古等地区的地毯生产也发展起来。20世纪以来，北京、天津地区出现一些专门生产出口地毯的工厂。70年代后，上海、江苏、山东等东部沿海地区地毯生产有所发展。

地毯按制造工艺分，有手工地毯和机制地毯两大类。其中手工地毯包括手工栽绒地毯、手工平纹地毯、手工簇绒地毯、手工毡毯等，机制地毯包括机织提花地毯、机制簇绒地毯、针织栽绒地毯、机械拴扣地毯、无纺织地毯等。按所用原料分，有羊毛地毯、丝毯、黄麻地毯、化学纤维地毯等。按用途分，有地毯、炕毯、壁毯、祈祷毯等。

漆器 用漆在木、织物、金属、竹篾、皮革等材料做成的器物胎骨上涂饰，并装饰图案的工艺品。

新石器时代，中国先民就用漆制作器皿。西周漆器多描绘花纹，或镶嵌蚌壳，是螺钿漆器的雏形。山东临淄郎家庄发现的东周漆器残片，是现知较早的漆画。战国时期，夹纻已经出现，它是脱胎漆器的前身。汉代，漆器新技法有戗金和堆漆。唐代，漆器达到空前水平，有螺钿漆器、金银平脱漆器，并出现剔红漆器。宋代，剔红、描金、戗金等漆器都很精致。元代，漆器中成就最高的是雕漆。明清两代，除宫廷设漆器工场外，民间漆器也普遍发展。

清代剔红百宝嵌屏风

中国漆器按髹饰技法主要分为：①描金和描漆漆器。以漆、油调色和金色描绘花纹的漆器。②堆漆漆器。以稠漆或漆灰堆出花纹的漆器。③填漆漆器。在漆器表面刻出阴文花纹，再填以陷色漆，干后磨平的漆器。④戗金漆器。在漆器表面勾画阴文花纹，并在花纹内填金的漆器。⑤雕填漆器。采用填漆和戗金两种髹饰技法相结合的漆器。⑥螺钿

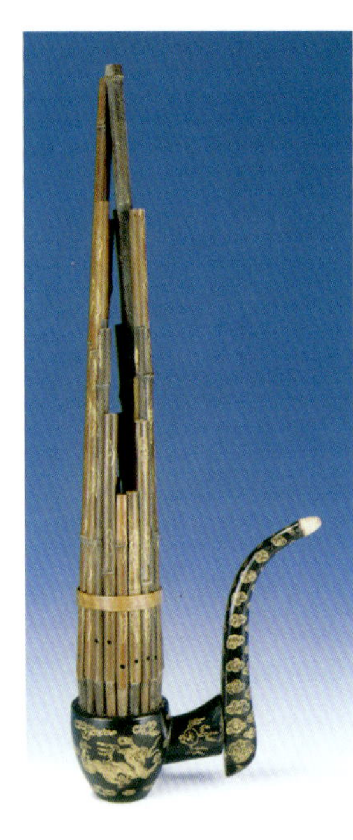
清代黑漆戗金笙

漆器。用经过研磨、裁切的贝壳薄片作为镶嵌纹饰的漆器。⑦雕漆。在器物胎骨上多次涂漆，层层积累到相当厚度，再用刀在漆层上雕刻花纹的漆器。包括剔红、剔彩、剔犀等品种。⑧犀皮漆器。在漆面做出高低不平的底子，上面逐层涂饰不同色漆，最后磨平，形成一圈圈色漆层次的漆器。⑨百宝嵌漆器。以象牙、珊瑚、翡翠、玉石等珍贵材料在器物表面镶嵌成各种浮雕花纹的漆器。⑩脱胎漆器。用生漆将丝绸、麻布等织物糊贴在泥土、木或石膏制成的内胎上，裱贴若干层后形成外胎，然后脱去内胎，取得中心空虚的外胎，再将外胎作为器物胎骨而髹饰制成的漆器。

现代中国漆器主要分布在北京、福建福州、江苏扬州、上海、四川成都、重庆、山西平遥、贵州大方、甘肃天水等地。北京以雕漆、金漆镶嵌为主。福建福州承袭脱胎漆器的传统。江苏扬州以百宝嵌和螺钿漆器著名。重庆以研磨彩绘和蛋壳镶嵌见长。山西平遥的推光漆器、上海和甘肃天水的雕填漆器、贵州大方的马皮胎漆器等，也都各具特色。

景泰蓝　在铜胎上嵌丝后再涂烧搪瓷釉的艺术搪瓷。为中国北京特产工艺品。明宣德年间兴起，景泰年间以图案精美、色泽浑厚著称于世。因以深青色和浅天蓝色（略带绿）两种釉料最盛行，故名。清康熙年间钦定为宫廷艺术。

景泰蓝所用原料主要为铜（坯胎）及各种釉料。清中期以前多用黄铜胎，以后则为紫铜胎。20 世纪 70 年代后，也曾用银和亚金制胎。釉料则用石英、

明代掐丝珐琅鱼耳炉

长石、铅、硼砂等，按色彩需要以不同比例配制而成。

景泰蓝生产以手工为主，分为制胎、掐丝、焊接、点蓝、烘干、烧成、磨光、镀金等工序。其中点蓝（把各种色釉填入丝纹空隙）和烧成两道工序需反复 2 ~ 3 次。有些器物的顶盖、边饰还采用錾花、花丝、镶嵌等工艺。产品既有金属的光泽，又有釉色的晶莹瑰丽。品种大多是瓶、盘、盒、灯、奖杯及各种工艺陈设品。

花丝　用金、银、铜等金属细丝经掐丝、编织、堆垒、平填、镶嵌、烧焊而成的细金工艺品。为中国著名传统手工艺品。

明代花丝凤簪

商代已制作出金叶、金片、金丝、金虎、金面罩、金杖等饰品。战国时期，花丝工艺已与金银错、镶嵌等工艺相结合。汉代花丝工艺已出现掐丝、编织、堆垒等手法。明代花丝发展形成高潮。清代完善了历代花丝镶嵌工艺技法，并有所发展。

花丝产地以北京、四川成都为主。北京花丝多与镶嵌结合，称花丝镶嵌，以编织、堆垒技法见长，20 世纪 80 年代又采用新的无胎透空镶嵌技法。四川成都的银丝制品无胎成型，结构严谨，玲珑剔透，技法以平填花丝为主，兼有穿丝、搓丝、垒丝等。花丝欣赏品主要有炉、熏、建筑、人物、动物、盘、盒、瓶等摆件，日用品有手镜、烟盒、首饰盒、酒具、花插等。

银器 以白银为原料制成的器皿、摆件等金属工艺品。中国早在商代就出现金银错工艺。至汉代已有少量银碗、碟及银印出现。唐代是中国银器发展的鼎盛时期，银器品种繁多，器形丰盈，纹饰精美。宋代，银器业发达，银器形体小巧，胎体轻薄。明清时期，宫廷和民间大量使用银器。

唐代三层五足银熏炉

制作时，将银料碾轧成片后，用手工锤制成型，再将接缝及附件进行焊接，然后通过錾刻、镂空、堆焊、镶嵌、垒丝等工艺在器物表面加工出各种装饰纹样，最后进行打光或镀银。有的以素亮为主，只打光不加纹饰。品种有餐具、烟具、文具、罐、盒、瓶、摆件等。

银器的主要产区有广东、北京、天津、上海、西藏、内蒙古等。藏族、蒙古族等少数民族使用银器较多，主要品种有餐具、酒具、护身符、佛供、刀具等。

锡器 以锡为原料加工而成的金属工艺品。中国锡器始于明永乐年间，主要产于云南、广东、山东、福建等地。其中以云南个旧产的锡器最著名。

锡器的制作工艺主要有熔化、铸片、造型、剪料、刮光、焊接、擦亮、装饰、雕刻等工序，大部分是手工操作。锡器造型挺秀，加工精致，纹饰优美，錾刻刀法考究，产品光亮，艺术风格古朴、沉稳、典雅。品种主要有餐具、酒具、茶具、祭具、文具、烟具、咖啡具、花瓶，以及奖杯、装饰品等。

锡工艺品《百佛平安宝相》（赖庆国）新华社提供，庞明广拍摄

龙泉宝剑 中国传统名剑之一。产于浙江龙泉。始创于春秋时期。当时越国铸剑名匠欧冶子和吴国名匠干将应楚王之命制作铁剑三把，即“龙渊”“泰阿”“工

清代墨绿鲛鱼皮鞘龙泉剑

布”。唐代为避高祖李渊之讳，将龙渊改为龙泉，故名。

龙泉宝剑按性能分为硬剑、软剑、传统武术剑等类。其中传统武术剑又有长锋和短锋两种。硬剑以锋利见长，可刺可舞，开刃后能将叠合在一起的12枚铜币一劈为二而不伤刃，故有“斩铜削铁”之誉。软剑以柔韧著称，能屈能伸，其中腰带剑能弯成360° 束于腰间，松开后剑身立即弹回，恢复原状。武术剑可作90° 自由屈伸。

龙泉宝剑从原料到成品须经炼、锻、铲、锉、刻花、嵌铜、冷锻、淬火、磨光等20多道工序。龙泉宝剑选用优质钢材，经过锤炼、热处理后，具有弹簧钢的特性。剑身除镌刻龙凤、七星图案外，有的还刻有剑主姓名以作纪念。剑鞘、剑柄以当地特产的梨木制成，并镶以银、铜镂花饰件，古朴、庄重。

工艺画　用各种材料，通过拼贴、雕磨、镶嵌、彩绘、铸锻、髹漆等工艺制成的图画。主要品种有壁画、挂屏、屏风等欣赏品。

中国工艺画从器物上的镶嵌图案发展而来。商代已出现金银错。战国时期，金银错已很著名，并出现羽毛贴画装饰；漆器工艺形成的彩绘、镶嵌、金银箔、螺钿、描金等髹饰技法，都被漆画所采用。明代，福建创制纸织画。清代出现不少工艺画的新品类。20世纪20年代以来，工艺画成为工艺美术的一个门类。

芜湖铁画《鱼乐》

中国工艺画按原料分，有贝雕画、羽毛画、牛角画、通草画、彩蛋画、软木画、树皮画、漆画、铁画、棉花画、布贴画、邮票贴画等；按工艺方法分，主要有髹漆画、镶嵌画、彩绘工艺画、拼贴工艺画和其他工艺画五类。

鼻烟壶　以琉璃、金属、陶瓷、玉石等材料制成的储存鼻烟的工艺品。清康熙三十五年（1696）在造办处下设玻璃厂，聘请外国传教士指导生产琉璃鼻烟壶。乾隆、嘉庆年间，出现内画壶。后期的鼻烟壶不再用于储存鼻烟，而是作为艺术欣赏品。

内画壶（索振海） 新华社提供，李鹏拍摄

中国鼻烟壶按材质和工艺分为：①琉璃鼻烟壶。主要产于山东博山。在此基础上，又有套料（或称套彩）鼻烟壶。②瓷器鼻烟壶。产于江西景德镇。或在壶上彩绘，或饰以浮雕。③漆器鼻烟壶。分雕漆鼻烟壶和螺钿镶嵌鼻烟壶。④玉器鼻烟壶。主要产于北京，有白玉鼻烟壶、玛瑙鼻烟壶和水晶鼻烟壶等。⑤雕刻类鼻烟壶。有象牙雕刻鼻烟壶、竹雕鼻烟壶、犀牛角雕刻鼻烟壶和玳瑁雕刻鼻烟壶等。⑥金属类鼻烟壶。有景泰蓝鼻烟壶、银蓝鼻烟壶，以及黄铜、银等制成的鼻烟壶等。⑦内画壶。是在琉璃鼻烟壶基础上发展起来的独特品种。制作时，用一根长约20厘米的弯曲的竹签，尖端捆上狼毫，蘸上颜色，从壶口伸进白色透明的壶内，于磨砂的内壁上反画人物、山水、花鸟等，并题词作诗于其上。

皮影 以驴皮、牛皮、羊皮等家畜皮革为原料，经雕镂、着色而成，专供皮影戏表演时使用的民间工艺品。又称皮影人。北宋时，皮影初以素纸雕镂，后又以羊皮雕形，用彩色妆饰。南宋时，有的皮影以牛皮为原料。13～15世纪，中国皮影戏和皮影经由西亚流传至欧洲，后又传入美洲。

皮影所用原料以驴皮为多。制作工艺主要有制皮、设计、雕镂、着色等工序。雕镂的技法有透雕和半透雕两种。皮影人高约30厘米，多为侧面形象，上窄下宽，呈喇叭状，外轮廓线条简洁、平滑而流畅。头部占人体的1/5。色彩以饱和的红、绿、黑、青莲等纯色为主，加上镂空处映在屏幕上的白色和没有着色皮革处的黄色，既简单，又丰富，具有浓厚的装饰趣味。着色时，以平涂为主，突出大面积的艺术效果。

皮影人物（路海）

风筝 一种人工制作、借助风力放飞空中、用绳线控制的飞行装置。通常是娱乐性器具。曾称纸鸢，俗称鹞子。

汉代开始以竹篾扎作鸟禽状骨架，上糊以纸，称为纸鸢。南北朝至唐代，曾有过以纸鸢（鹞）传递军事情报的事例。从宋代起，纸鸢又名风筝。中国风筝约自唐代即传至海外，东至朝鲜半岛、日本、太平洋群岛，西至中近东，13世纪传入欧洲。

风筝制作分为扎骨架、裱糊、彩绘三个步骤。中国风筝大多以竹篾、丝线

燕子风筝

扎成骨架。裱糊的材料除绫、绢、纱外，一般宜选用坚韧、受风力强的棉纸。彩绘时，也可在颜料中加入适量的桃胶（或阿拉伯胶）、冰糖。近年出现以铝合金等轻质材料制作骨架，上粘以塑料薄膜的风筝。

风筝根据形制特点大体分为平面风筝、硬翅风筝、软翅风筝、立体风筝和串式风筝。其主要产区，北方有北京、天津、山东潍坊等地，南方有广东、福建、江苏南通等地。

砚 一种研墨沘笔的文具。又称砚台。俗称砚瓦。文房四宝之一。历代的砚台有石砚、陶砚、瓷砚、玉砚、铜砚、铁砚、木砚、竹砚、漆（砂）砚、砖砚、瓦砚等。隋唐以后，石砚的使用最为普遍。

砚在秦汉时已常用。汉代的砚多为圆形三足砚。北朝则盛行方形四足砚。隋唐以来，盛行龟式、屐式、箕式砚。同时还有将秦汉时遗留下来的佳砖、名瓦加工刻制成砖、瓦砚的，直至明清。

砚的制作工艺一般分为采砚石、选料、设计、打坯、雕刻、配盒、磨光等工序。传统的砚刻技法以深、浅浮雕及线刻为主，必要时穿插圆雕和通雕配合。

紫端

端砚、歙砚、洮砚、澄泥砚历代被誉为四大名砚。端砚产于广东肇庆（古端州），分紫端和绿端两种。歙砚产于安徽歙县（古歙州），又因其砚石产于江西婺源的龙尾山，又称龙尾砚。洮砚又称洮河砚，产于甘肃临潭（古洮州）、岷县（古岷州）的交界处。澄泥砚产地颇广，以山西新绛（古绛州）与定襄河边镇烧制的最佳，其次为山西晋城（古泽州）、山东拓沟、江苏南通等地。四大名砚和山东的红丝砚、吉林的松花石砚、河北的易水砚、四川攀枝花的苴却砚、山东的徐公砚、河南的天坛砚（又称盘古砚），被公认为中国当代十大名砚。

木版年画 以木版刻制、印刷，有的加手工绘制，除夕、新春等时节张贴、装饰于居室的图画。

相传东海度朔山有大桃树，其下有神荼、郁儡二神，能食百鬼。所以正月初一在桃木版上绘画神荼、郁儡二神之像，悬于门户，以驱鬼辟邪。沿袭至宋代，由于雕版印刷发达，手工绘制的年画发展为木版年画。明清以来，木版年画有很大发展，主要产于江苏苏州桃花坞、河南开封朱仙镇、山东潍坊杨家埠、天津杨柳青、山西临汾、河北武强、陕西凤翔、四川绵竹、安徽阜阳、湖南隆回、福建漳州、广东佛山等地。

木版年画的制作分为绘制线描稿、线描稿刻版、制作套色印刷木版、印刷、开脸五个步骤。各地制作工艺不尽相同。

杨柳青年画《莲笙贵子》

木版年画题材广泛，以门神、灶君类为主，另有喜庆题材等。色彩鲜明，多用大红、粉紫、品绿、佛青等色，对比强烈。

剪纸 以纸张为材料，通过剪、刻塑造形象的平面造型艺术。多用于年节或喜庆盛典等民俗活动中，贴在窗户上或室内壁上，装点环境，渲染气氛。

中国已发现的最早的剪纸实物是北魏时期的作品。唐代开始出现“剪纸”一词。宋代，剪纸呈现专业化、商品化趋向，并出现专门以剪纸创作为生的手艺人。

从表现形式上，剪纸可分为单色剪纸和彩色剪纸两大类。单色剪纸用单一颜色的纸张为材料，主要分布于陕西、山东、河北、河南、山西、浙江、湖北、江苏、黑龙江等省；彩色剪纸以白纸为材料，剪刻之后进行染色，主要分布于广东佛山，河北蔚县、丰宁，江苏徐州等地。剪纸在中国农村分布极广，表现内容丰富，人物、花鸟、文字、吉祥图案无所不有；构图力求饱满，并保持连贯；色彩鲜艳明丽，表现出浓烈的喜庆气氛。

河北蔚县彩色戏剧人物剪纸

木偶 用木料雕刻成小型人像，并彩绘脸谱，配以毛发和服饰的玩偶和戏曲用品。中国古代称傀儡。汉代木偶制作已很精巧，内设机关，活动自如。唐末，木偶雕刻在福建盛行。清代，福建泉州已有专业的木偶头像雕刻作坊“西来意”等。现代，木偶雕刻主要产于福建泉州、漳州，广东等地也有生产。

杖头木偶《霸王别姬》

木偶制作工艺包括头像制作，服装、须发和四肢的安装。头像制作分为木雕和彩绘两道工序。多选用樟木或榆木，劈成与木偶头像等高的三角形，刻画面部中线，定出五官；挖空颈脖部分，以便演员手指操作；雕刻好后，安装活动的嘴、眼；在头像上裱绵纸，涂上调和水胶及细泥浆，磨光后补隙、修光、上粉，再施彩绘、上蜡；最后上发髻、胡须等。中国木偶按形体、操纵技艺可分为掌中木偶、提线木偶、杖头木偶和铁丝木偶四类。

嘉定三朱 中国明代嘉定派祖孙三代竹刻家。

朱松邻，嘉定派竹刻创始人。名鹤，字子鸣，号松邻，以号行。嘉定（今属上海）人。生卒年不详，约活动于正德、嘉靖年间（1506～1566）。擅书法，工行、草书，亦擅绘画和篆刻。其竹刻作品或行、草、楷、隶，或人物、山水。尤长于深浮雕竹刻。他的竹刻系以刀代笔，制度浑茂，深以神似。所刻器物有笔筒、香筒、杯、罂等，尤以簪钗等物为时人崇赞。自朱松邻后，嘉定派竹刻以文人竹刻的艺术风格为主流，有着浓郁的诗、书、画“三绝”的气韵。

朱缨，字清甫，号小松。生卒年不详，约活动于万历年间（1573～1620）。朱松邻之子。擅书画，工竹刻，又能雕犀角、象牙、紫檀等。务求精致，技艺臻妙，有过父之誉。代表作有《刘阮入天台》香筒。

朱三松，名雅徵，号三松，以号行。生卒年不详，约活动于天启、崇祯年间（1621～1644）。朱松邻之孙。精于竹刻，造诣极深。所刻画面多取材于文学作品，神完气足，栩栩如生。代表作有《窥简图》笔筒、《残荷》笔洗等。

朱三松竹雕《白菜》笔筒

朱氏祖孙三人的竹刻艺术，对当时及后世的竹刻艺术均产生了深远影响，世称“三朱”。

陆子刚 中国明代玉器工艺家。又名子冈。太仓（今属江苏）人，后迁居苏州。生卒年不详，约生活于明嘉靖年间（1522～1566）或稍晚。其玉器如水仙簪，玲珑奇巧，花茎细如毫发；翔凤玉簪、水中丞、印池、辟邪水注等，皆精绝，“法古旧形，滑熟可爱”，后世倍加赞赏。以陆子刚款识传世的玉器很多，其中尤以各式玉佩为多，但真伪不一。

韩希孟 中国明代刺绣工艺家。杭州人。约生活于明万历、崇祯年间（1573～1644）。工画花卉，又擅刺绣，作品为世所珍，称为韩媛绣。韩希孟为上海顾寿潜之妻，且顾家有露香园，故又称其刺绣为露香园绣，简称顾绣。代表作是《宋元名迹册页》。册页以五彩丝线，用套针、松针、滚针、网针等针法绣

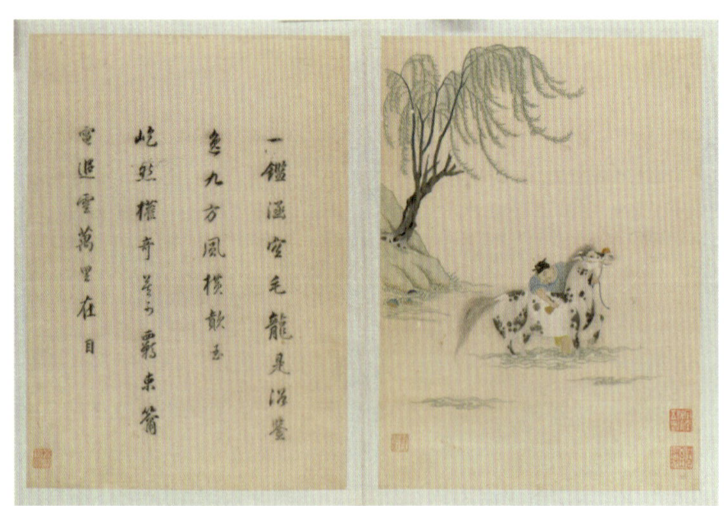
《宋元名迹册页》之“洗马”

成，运针灵活，丝理平顺。全幅计有“洗马”“仕女”“仿米山水”“松鼠葡萄”“蜻蜓扁豆”“华豁渔隐”等八开，对幅均有董其昌题赞。其中“仿米山水”和“华豁渔隐”两开，又辅以笔墨渲染，充分体现了宋代画家米芾绘画中烟雨蒙蒙、江波浩渺的气韵。

江加走（1871-11-12 ～ 1954-10-11）中国木偶头雕刻家。字长清。福建泉州人。11岁从父江金榜学艺，18岁开始自立。在60多年的创作实践中，他将父亲留传的50多种木偶头和1种发髻式样发展为280多种木偶头和10多种发髻式样，毕生雕刻木偶头1万多件。雕刻的木偶头像，人物性格鲜明，雕刻和彩绘、上蜡工艺精细，看来肤润脂丰，光洁华美；有的结构灵巧，能张口、眨眼，生动传神。

潘秉衡（1912-03 ～ 1970-08）中国玉器艺术家。晚号玉饕。河北固安人。曾任北京市工艺美术研究所副所长。20世纪30年代即致力于玉器工艺的改进。他发展了传统薄胎技艺，使玉器胎薄如纸，隔胎可映见手指，作品灵巧而庄重，造型奇伟，纹饰秀丽。1937年，他对传统的玉器压金银丝镶嵌宝石技艺进行改进，使这一技艺著称于世。他于1956年创作的玉器《待月西厢》，是中国玉器史上第一件群像组合作品。他还在一些人物和神佛的作品中饰以链环，充分发挥玉器技艺的特长。他琢玉技艺超群，作品设计新颖，题材广泛，留世珍品甚多。

《待月西厢》

【建筑艺术】

建筑艺术 实用价值与审美价值、工程技术手段与艺术手段紧密结合的美术门类。体现为城乡建筑环境、各种类型房屋、陵墓、园林、建筑小品和某些纪念性建筑及其他建筑设施的总体和个别设计、风格、艺术价值，也指建筑作为一门艺术的形式和手法。建筑艺术主要通过空间实体的造型和结构安排、各门相关艺术的结合、同自然环境的关系等发挥审美功能，也通过合理的实用功能和先进的技术手段显示其艺术水平。

完整的建筑艺术形象包含下列因素：①环境。环境是人对建筑艺术产生最初审美感受的因素。②序列。通过不同的序列结构，可以展示丰富的造型画面，形成节奏很强的韵律，更有效地突出主体形象。③造型。由各种式样的平面、立面、结构、装饰组成的各种造型，是建筑艺术最基本的因素。④形式美法则。在建筑艺术的形式美法则中，最主要的是比例尺度和节奏韵律。⑤象征含义。建筑艺术的广度主要由环境、序列和造型构成，而深度则由象征含义构成。⑥附属艺术和建筑小品。建筑小品和雕塑、绘画、工艺美术等，是建筑艺术中不可缺少的部分。

建筑风格是建筑艺术最直接、最鲜明的体现。建筑艺术表现为时代风格、民族风格和类型风格。建筑艺术的时代风格比较敏感，民族风格比较稳定，建筑的基本风格在这两者的相互制约中发展变化。

巨石建筑 新石器时代至早期铁器时代特有的建筑类型。又称巨石文化、巨石阵等。多用巨大石块做成墓冢或宗教崇拜物，有的与天文观测有关。所用石块有天然的，也有稍经加工的，每块重达一吨、数吨，甚至数十吨。遍布于世界各地。

巨石建筑一般可分为三类：①立石或列石。以单独或成列竖立的石块、石条作宗教崇拜或墓葬之用。法国的列石有多达数千块的。②巨石墓。为欧洲史前墓葬的一种，多用自然石块围成长方形或圆形。西欧特别是德国北部和波兰为其分布地区。巨石墓中另有石棚和石室墓。前者搭成棚屋状，在西欧、北欧、东亚、东南亚、南亚、非洲北部和美洲北部均有发现。后者有圆形、多边形或长方形几种，在西欧较为多见。③环状列石。以众多巨石构成环状建筑群。用作宗教祭台，亦可供天文观测。英国的斯通亨奇是其代表。巨石建筑的出现反映了原始社会末期的宗教信仰及工程技术水平，它们是古代不同民族各自独立创造的。

斯通亨奇

阿房宫 中国秦代未建成的朝宫。位于渭河南岸秦上林苑内，北与秦咸阳城隔河相望。始建于秦始皇三十五年（前212），秦始皇在位时仅修建了前殿。秦二世时继续修建，工程未完而秦亡。相传，阿房宫在秦末被项羽放火烧毁。遗址在今陕西西安西郊。2002年以来的考古勘探和发掘表明，阿房宫的前殿并未建成，只完成了夯土台基和台基上西、北、东三面宫城城墙的建筑，也未发现

阿房宫遗址

被大火烧过的痕迹，这些与文献记载一致。前殿遗址夯土台基东西长 1270 米，南北宽 426 米，现存高度自秦代地面起 12 米以上。

佛光寺 位于中国山西五台豆村东北。相传创于北魏孝文帝时期。唐会昌五年（845）“灭法”时，佛光寺受到破坏，大中年间“复法”后重建。现存重要建筑有北朝建造的祖师塔，唐大中十一年（857）建造的大殿、经幢，金天会十五年（1137）建的文殊殿等。大殿荟萃唐代建筑、雕塑、书法、绘画四种艺术于一堂，历史和艺术价值极高。1937 年为中国营造学社梁思成率领的调查队所发现。

佛光寺大殿

应县木塔 位于中国山西应县佛宫寺内。全称佛宫寺释迦塔，又称释迦塔。是世界上现存最高的木结构古建筑。佛宫寺原名宝宫寺，约于明代改为现名。释迦塔建成于辽清宁二年（1056），主体为木结构，金明昌二至六年（1191 ~ 1195）有过一次大修，至今保存完好。

应县木塔外观

塔为平面八角形五层六檐楼阁式。塔身矗立在一个大型砖石基座之上，基座分两层，下层方形，上层八角形。该塔每层之间平座内设一级暗层，暗层内只有楼梯间，因此塔身实为九层。副阶周匝，正南面辟门。塔底层直径 30 米。二层以上挑出平座钩栏。全塔自地面至刹顶总高 67.31 米。释迦塔是自东汉末叶开始有建造木塔的记载以来保存至今的唯一木塔，与山西五台佛光寺大殿、天津蓟州独乐寺观音阁是中国现存古代建筑中的三大奇迹。

长城 中国古代的军事防御工程。世界建筑史上的奇迹。又称长垣、长墙、边墙等。长城的修筑始于春秋战国时期，历经十余个朝代，持续两千余年。历代长城随着不同的地形、山势和地貌而筑，大都建在山岭最高处，长达万余千米，号称万里长城。2012 年国家文物局公布的历代长城总长度为 21196.18 千米，分布在北京、天津、河北、山西、内蒙古、

长城鸟瞰

辽宁、吉林、黑龙江、山东、河南、陕西、甘肃、青海、宁夏、新疆15个省区市。现存的长城遗迹主要为明长城。

约公元前7世纪，楚国最早修筑长城。前6～前4世纪，齐、燕、赵、秦、魏、韩各国也相继修筑了互防长城。前221年秦统一中国后，为防御匈奴侵扰，大规模修筑长城。以后，西汉、东汉、北魏、北齐、北周、隋、辽、金、明各代，均大规模修筑或增筑长城。明代是长城修筑史上最后一个朝代。

嘉峪关

长城作为防御工程，主要由关隘、城墙、烽火台三部分组成。关隘一般由关口的方形或多边形城墙、城门、城门楼、瓮城组成，有的还有罗城和护城河。城墙平均高7～8米；墙基平均宽约6.5米，顶部宽5.8米，断面上小下大，成梯形。城墙除主体墙身外，上面还有券门、垛口、城台等设施。烽火台又称烽燧、烽堠、烽台、烟墩、墩台、狼烟台、亭、燧等，是利用烽火、烟气传递军情的建筑。在长城防御工程系统中，还有一些与长城相联系的城、堡、障、堠等建筑物。

长城工程浩大，规模宏伟，体现了中华民族的伟大气魄，是中国古代文化的象征。1987年，长城作为文化遗产被列入《世界遗产名录》。

北京城 中国明清两代都城。在元大都的基础上改建和扩建而成。明洪武元年（1368）将元大都改称北平。永乐元年（1403）决定升北平为都城，称北京。四年动工，十五年兴建宫殿，十九年迁都北京。明亡后，清王朝仍建都北京。清初由于火灾和地震，很多宫殿被毁坏。现存宫殿大多是清代重修的，但其布局尚存明代旧制。

明北京城包括内城和外城，平面轮廓呈“凸”字形。内城东西长6635米，南北长5350米；外城东西长7950米，南北长3100米。宫城（即紫禁城，今故宫）居全城中心位置，宫城外套筑皇城，皇城外套筑内城，构成三重城圈。布置方式完全承袭了“左祖右社，前朝

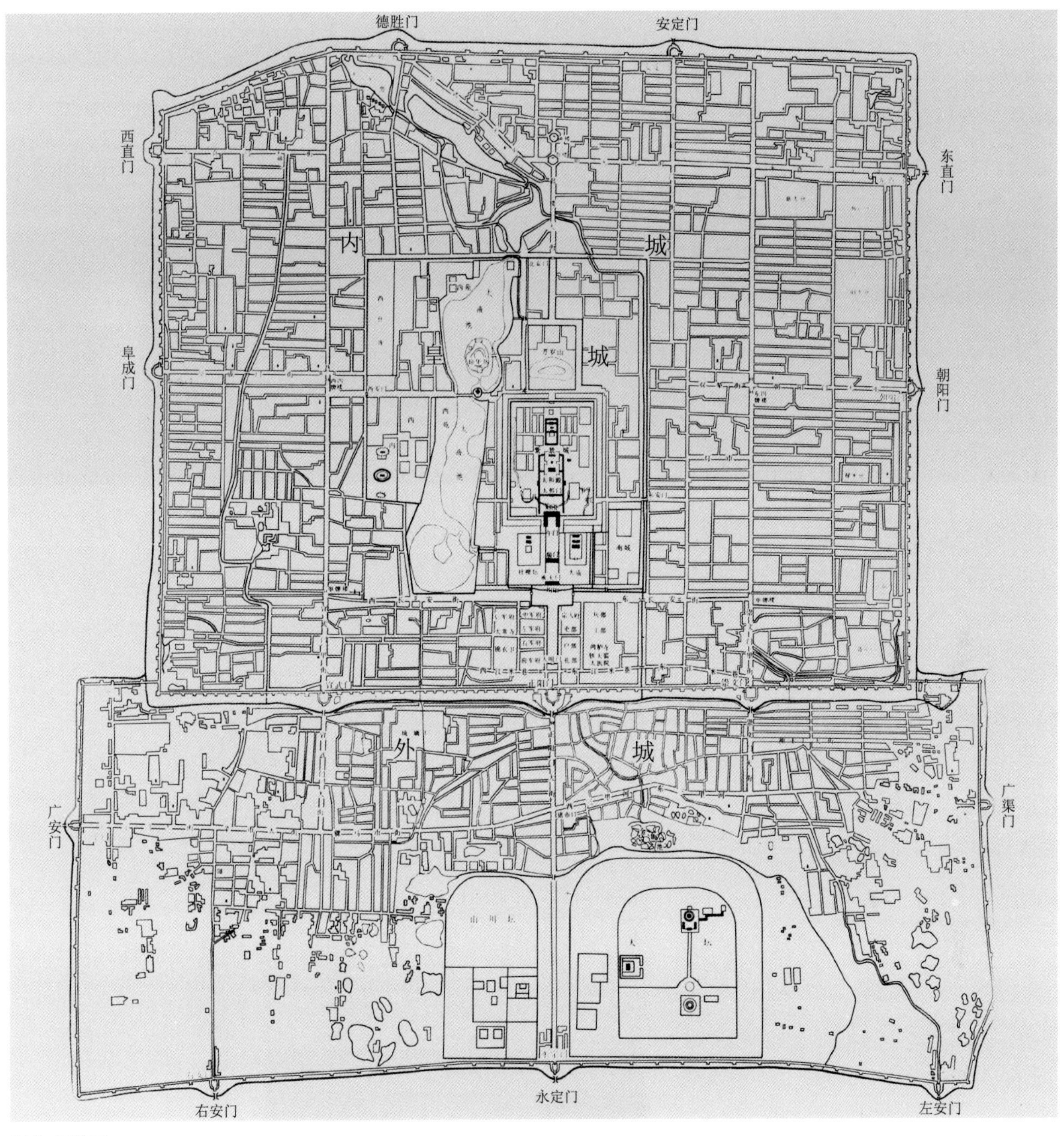

明北京城图

后市”的传统王城形制。居住区分布在皇城四周，以胡同划分为长条形的住宅地段。在布局上运用中轴线的手法。中轴线南端自永定门起，北端至鼓楼、钟楼止，全长 8 千米。皇帝所居的宫殿及其他重要建筑都沿着中轴线布置。道路网为方格式（棋盘式），街道走向大都为正南北、正东西。明清北京城在规划思想、布局结构和建筑艺术上继承和发展了中国历代都城规划的传统，在中国城市建设史上占有重要地位。

故宫 中国现存规模最大、保存最完好的古建筑群。在明清北京城中部。从明永乐十九年（1421）至清末（1911），是明清两朝的皇宫。古代皇宫是禁地，又有紫微垣为天帝所居的神话，故称宫城为紫禁城。1925 年在此建故宫博物院后，通称故宫。1987 年，故宫作为文化遗产被列入《世界遗产名录》。

故宫远眺

紫禁城城墙高10米，南北长961米，东西长753米，外有宽52米的护城河。城每面开一门，四角建角楼。南面正门称午门；东门和西门称东华门和西华门；北门称玄武门，清代改称神武门。紫禁城内有一条南北中轴线，自午门至玄武门。建筑按使用性质分外朝、内廷两区，按中轴对称地布置若干大小院落。外朝在前部，主要由中轴线上的前三殿及其东西侧对称布置的文华殿、武英殿三组建筑群组成。前三殿后为内廷主要部分，包括后三宫、东西六宫、乾东西五所。紫禁城代表中国古代建筑组群布局的最高水平。

天坛 中国明清皇帝祭天和祈祷丰年的场所。在北京永定门内。是保存下来的封建王朝祭祀建筑中最完整、最重要的一组建筑。始建于明永乐十八年（1420），原称天地坛，主体是大祀殿。嘉靖九年（1530）建现在的圜丘。十九年在原大祀殿处建现在的祈年殿。明代所建祈年殿于1889年毁于雷火，现殿是1890年按原式样重建的。1998年，天坛作为文化遗产被列入《世界遗产名录》。

天坛有内外两重围墙，正门在西面。坛内主要建筑圜丘和祈年殿，布置在稍偏东的南北轴线的南北两端，中央连以丹陛桥。在第二重墙西门内南侧有皇帝祭前斋戒时居住的斋宫，通称无梁殿。

圜丘是每年冬至日祭天处，为汉白玉砌筑的三层露天圆坛，下层直径54.7米。圜丘以北有皇穹宇，祭天所用“皇天上帝”牌位平时即存放于此。皇穹宇

天坛建筑群

外有一圈环形围墙，俗称回音壁。祈年殿为皇帝每年正月上辛日举行祈谷礼的处所，建在祈谷坛上，殿平面圆形，直径 24.5 米，总高约 38 米。

孔庙（曲阜） 中国古代思想家、教育家孔子的祠庙。原址是他的故居鲁城阙里（今山东曲阜）。是全国现存仅次于北京故宫的巨大古建筑群。1994 年，孔庙同孔府、孔林一起作为文化遗产被列入《世界遗产名录》。

大成殿　新华社提供，岳国芳拍摄

孔子死后不久，其故居被改为纪念他的庙。东汉永兴元年（153），孔庙正式成为国家所立的庙，历朝多有修建。明弘治十二年（1499）毁于火灾，十七年重建，形成现在的规模。现存建筑除少量金元遗构外，主要是明清建造的。

孔庙占地近 10 公顷，前后有八进庭院。前三进为引导部分，第四进为奎文阁建筑组，第五进为碑亭院，第六、七进为孔庙主要建筑区，第八进为后院。奎文阁是孔庙的藏书楼。孔庙主要建筑区包括大成殿、寝殿、圣迹殿，以及两侧的东庑、西庑等。大成殿是供奉孔子的大殿。殿前相传是孔子讲学的所在，建有杏坛亭。圣迹殿中有孔子周游列国的线刻石画 120 幅。

平遥古城 中国明代古城。即今山西平遥县城。此城是中国汉族城市在明清时期的杰出范例。1997 年，平遥古城作为文化遗产被列入《世界遗产名录》。

城墙始建于公元前 827 ~ 前 782 年。明洪武三年（1370）在原城基础上扩建，筑为现存规模。古城平面呈方形。开六门，门外筑瓮城。城外有护城河。古城面积 4.2 平方千米，以南大街为轴线，按中国传统城市布局。明建清修的市楼居全城中央，为古城最高建筑；四大街、八小街构成“干”字形商业街；左有城隍庙、文庙、道观，右有县衙署、武庙、寺院，呈对称格局。整座城市基本保持了明清时期的完整旧貌。街道旁的不少明清票号、钱庄、当铺、布庄、烟店等，仍为原来的建筑布局和风貌。民居多为严谨的四合院形式。

平遥市楼

岳阳楼 中国湖南岳阳西门城楼。江南古代名楼。扼长江，临洞庭。始为三国时吴国都督鲁肃训练水师时构筑的阅兵台，唐开元四年（716）在阅兵台旧址建楼。因位于大岳山之阳，故名。唐宋以来重修达30余次，现存建筑为清同治六年（1867）建成。此楼因北宋范仲淹作《岳阳楼记》而名扬天下，与湖北黄鹤楼、江西滕王阁并称为江南三大名楼。

岳阳楼为三檐三层盔顶纯木结构。主楼平面呈长方形，宽17.24米，深14.54米，通高19.72米。四面环明廊。全楼榫卯交接，未用一钉，工艺精巧，结构严整。三层飞檐与楼顶均覆盖黄色琉璃瓦。整座建筑充分显示出中国古代建筑的民族风格。楼左侧有仙梅亭，右侧有三醉亭。楼南北两端的短砖墙开有两门，门额各书“北通巫峡”和“南极潇湘”。

岳阳楼主楼

国家体育场 中国北京最大的、具有国际先进水平的多功能综合性体育场。为2008年第29届奥林匹克运动会主体育场。俗称鸟巢。位于北京奥林匹克公园中心区南部，建筑面积25.8万平方米。由瑞士建筑师J.赫尔佐格和P.德梅隆与中国建筑师李兴刚等共同设计。2003年12月始建，2008年建成。

国家体育场外观

体育场为世界上跨度最大的钢结构建筑，南北长333米，东西宽294米，高69米。主体钢结构形成整体的巨型空间马鞍形钢桁架编织式“鸟巢”结构。看台分上、中、下三层，为地下一层、地上七层的钢筋混凝土框架－剪力墙结构体系。体育场为特级体育建筑，主体结构设计使用年限100年，耐火等级为1级，抗震设防烈度8度，地下工程防水等级1级。场内观众座席约为9.1万个，其中临时座席约1.1万个。

国家游泳中心 中国北京具有国际先进水平的游泳场馆。为2008年第29届奥林匹克运动会比赛场馆。因其外观酷似一个蓝色的方盒子，又称水立方。位于北京奥林匹克公园中心区的南部，建筑面积约8万平方米。由澳大利亚PTW助理董事M.巴特勒和中国中建国

国家游泳中心夜景

际（深圳）设计顾问有限公司总建筑师赵小钧、总工程师毛红卫共同设计。2003 年 12 月始建，2008 年 1 月建成。

游泳中心的创意来自肥皂泡的结构。其由 3000 多个气枕组成、覆盖面积达 11 万平方米的膜结构，是世界上规模最大的膜结构工程。该建筑的围护结构采用环保节能的 ETFE（乙烯-四氟乙烯共聚物）膜。两层气枕间的空腔是封闭的，形成一个隔热单元。阳光透过，会在室内形成温室效应，能节省约 30%的能源。场馆内每天采用自然光照明达 9 小时以上。游泳中心的长、宽、高分别为 177 米、177 米、31 米。固定座位 6000 个，临时座位 1.1 万个。

秦始皇陵 中国历史上第一个皇帝秦始皇嬴政的陵园。位于陕西西安临潼区。据记载，秦始皇即位后便开始营建陵墓，前后延续 30 多年，秦亡时尚未全部竣工。对陵园的勘查工作始于 1962 年。1974 年后发掘，清理了从葬坑和铜车马坑等。

陵园为长方形，占地面积 212.95 万平方米，有两重夯土围墙。坟丘在陵园中部偏南，为平顶的四方锥形台体，夯土筑造，现南北长 350 米、东西宽 345 米、高 35.5 米。坟丘下放置棺椁和随葬品的地宫尚未经考古发掘。在坟丘中心 1.2 万平方米的范围内测出有一强汞异常区。坟丘东西北三边有墓道，北部有寝殿、便殿等建筑遗址。陵园内有陪葬墓多座，还有包括兵马俑坑、珍禽异兽坑、石甲胄坑、百戏俑坑在内的各类陪葬坑 180 余座。

秦始皇陵坟丘

秦始皇陵是中国历史上规模最大的陵墓，秦始皇开创的陵园制度对历代帝王陵园建筑产生了深远影响。1987 年，秦始皇陵及兵马俑作为文化遗产被列入《世界遗产名录》。

唐昭陵 中国唐太宗李世民的陵墓。位于陕西礼泉东北的九嵕山主峰上。贞观十年（636）开始营建，二十三年建成。五代时已被盗掘。从 1962 年起，文物考古部门对部分陪葬墓进行了调查和发掘。

昭陵因山为陵，陵寝位于九嵕山南面山腰。据文献记载，昭陵玄宫规模宏大，从墓道至墓室深75丈（250米），前后置5道石门。陵园周长60千米，占地面积约200平方千米。陵寝四周环绕城垣，地面建筑分布在陵山周围。北有祭坛和玄武门，正南有献殿和朱雀门，西南有陵下宫。玄武门内原来列放高宗永徽年间雕刻的14尊蕃酋像，现仅存7个像座。驰名中外的昭陵六骏石刻原置玄武门内东西两庑内。昭陵有陪葬墓167座，它们以陵寝为中心，向南辐射成扇面形，列侍两侧。昭陵陵园之大、陪葬墓之多，居历代帝王陵墓之首。

昭陵六骏之飒露紫

唐乾陵 中国唐高宗李治与武则天的陵墓。18座唐陵中唯一未被盗掘的陵墓。位于陕西乾县城北的梁山上。

陵园分为内城和外城。陵寝位于内城正中的梁山山腰上，因山为陵。内城四面各开一门。外城南面有3道门。陵园石刻数量众多：内城四门各有1对石狮，北门立6马（今存1对）；外城南面第二、三道门之间有华表、翼兽、鸵鸟各1对，石马及牵马人5对，石人10对，蕃酋像61尊，还有无字碑和述圣记碑等。墓道全部用石条填砌，石条之间用铁栓板固定，特别坚固。陵东南有陪葬墓17座，已发掘永泰公主墓、章怀太子墓、懿德太子墓等5座。

乾陵神道（尽头梁山为陵寝所在）

明十三陵 中国明代13个皇帝的陵墓。位于北京昌平区天寿山下。始建于明永乐七年（1409），止于清初。

十三陵以长陵为中心，坐北面南，以昭穆为序，诸陵依山势布置在天寿山南麓。陵区周围40千米，四周因山设围墙。陵园大门为大红门，门前有中国

明长陵祾恩殿

最大的石牌坊。门内有神道通各陵。神道中央有大明长陵神功圣德碑，碑周围有4个石华表。神道两侧立石柱、石象生。各陵布局大体相同，均效仿孝陵首创的以方城明楼为核心，与祾恩殿相结合，分成三进院落的宫殿式陵墓建筑形式。十三陵中，以长陵建筑规模最大，思陵规模最小，唯一发掘的是定陵。

明十三陵整体性强，布局主从分明，在选址和总体规划方面为中国古代陵墓建筑中的成功之作。2003年，明十三陵作为明清皇家陵寝的组成部分被列入《世界遗产名录》。

清东陵 中国清代皇陵区。位于河北遵化昌瑞山南麓。因在易县清西陵之东，故称。清顺治十八年（1661）起在此建陵。有帝陵5座、后陵4座，以及妃园寝和王爷、皇太子、公主园寝等。

陵区占地约2500平方千米。帝、后、妃陵寝以孝陵为中心按顺序排列两旁。南面正门为大红门，是孝陵和整个陵区的门户。门前有石牌坊，门内有神道直通孝陵。沿神道往北，依次有孝陵圣德神功碑楼、石象生、龙凤门、神道桥、神道碑亭。神道后段分出通往景陵、裕陵和定陵的神道，唯惠陵无神道。各帝、后陵形制基本相同：前面隆恩门内为隆恩殿和东西配殿，往后依次有三座门、二柱门和石五供，再后为明楼，最后是宝城、宝顶，宝顶下为地宫。其中慈禧陵的隆恩殿最为豪华，裕陵地宫规模最大。1928年，裕陵和慈禧陵地宫被军阀孙殿英盗掘。至1945年，其他各陵也被盗掘。2000年，清东陵作为明清皇家陵寝的一部分被列入《世界遗产名录》。

清东陵鸟瞰

清西陵 中国清代皇陵区。位于河北易县城西的永宁山下。清入关后所建二陵中，此陵位西，故称。始建于雍正八年（1730）。有帝陵4座、后陵2座、后妃合葬墓1座，以及妃园寝和王爷、公主园寝等。

陵区面积225平方千米。以并列的泰陵和昌陵为中心，西有慕陵，东有崇陵。陵区最南端的大红门，是泰陵和整个陵区的门户。泰陵和昌陵神道形制相同，自门内开始各自分开。神道上往北依次有圣德神功碑亭、七孔桥（桥北神道两侧立石望柱、石象生）、龙凤门、三路三孔桥、神道碑亭等。慕陵和崇陵没有圣德神功碑亭和石象生。各陵形制

泰陵全景

基本相同：隆恩门内有隆恩殿及东西配殿，殿后有三座门、二柱门、石祭台，后面为方城、月牙城和宝城，方城上建明楼，宝城下为地宫。慕陵无明楼和方城等。1938年，崇陵和崇妃园寝被盗。2000年，清西陵作为明清皇家陵寝的组成部分被列入《世界遗产名录》。

中山陵 中国近代革命家孙中山的陵墓。位于江苏南京紫金山南麓。设计者为吕彦直。1926年兴建，1929年落成。

中山陵全景 新华社提供，李博拍摄

中山陵由墓道和陵墓主体两部分组成。布局规划注意结合山势，综合运用牌坊、陵门、碑亭等传统陵墓的组成要素。陵墓建筑群由大片的绿地和平缓的台阶把各个尺度不大的个体建筑组合成为整体，气势雄伟。主体建筑面积6684平方米，采用钟形图案，表示唤起民众之意。祭堂吸取中国古典建筑的手法，墙身全部用石料砌成，运用以蓝、白两色为主的淳朴色调装饰细部。建筑比例严谨，在体型组合、色彩运用、材料表现和细部处理上表达了肃穆庄严的气度和逝者永垂不朽的精神。

中国园林 中国建筑艺术的一项突出成就、世界各系园林中的重要典型。它以自然为蓝本，又注入了富有文化素养的人的审美情趣，采取建筑空间构图的手法，使自然美典型化，变成园林美。中国园林讲究“巧于因借，精在体宜”，

重视成景和得景的精微推求，以组织丰富的观赏画面。同时，还模拟自然山水，创造出叠山理水的特殊技艺，无论土山石山，或山水相连，都能使诗情画意更加深浓，趣味隽永。

中国最早见于文字记载的园林，是《诗经·灵台》篇中记述的灵囿。秦始皇统一中国后，营造宫室，这些宫室营建活动中也有园林建设。汉代，在囿的基础上发展出新的园林形式——苑，其中分布着宫室建筑。上林苑中建章宫的“一池三山”的形式，成为后世宫苑中池山之筑的范例。西汉时已有贵族、富豪的私园，园中有大量建筑组群，景色大体比较粗放，这种园林形式一直延续到东汉末期。东晋在园林创作上，则追求再现山水，有若自然。南北朝时期的园林是山水、植物和建筑相互结合组成的山水园，这时期的园林可称为自然（主义）山水园或写实山水园。隋代是中国园林从建筑宫苑演变到山水建筑宫苑的转折点。盛唐的自然园林式别业山居，是在充分认识自然美的基础上，运用艺术和技术手段来造景、借景而构成优美的园林境域。从中晚唐到宋的宅园，根据造园者对山水的艺术认识和生活需求，因地制宜地表现山水真情和诗情画意，称为写意山水园。北宋的山水宫苑全景式地表现山水、植物和建筑之胜。元明清三代大力营造宫苑，完成了西苑三海（北海、中海、南海）、紫禁城御花园、畅春园、圆明园、清漪园（今颐和园）、静宜园（香山）、静明园（玉泉山）及承德避暑山庄等著名宫苑。这些宫苑总结了几千年来中国传统的造园经验，融会了南北各地主要的园林流派风格，在艺术上达到了完美的境地。大型宫苑多采用集锦的方式，集全国名园

颐和园谐趣园

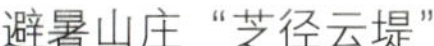

避暑山庄“芝径云堤”

之大成。明清时期，江南园林续有发展，尤以苏州、扬州两地为盛。这些园林是在唐宋写意山水园的基础上发展起来的，重视掇山、叠石、理水等创作技巧，注重园林的文学趣味。1840 年鸦片战争后，帝国主义国家在中国租界建造了一些公园。清末出现首批中国自建的公园。辛亥革命后，北京的皇家园林和庙坛陆续开放作为公园使用。许多城市（主要在沿海和长江流域）也陆续建有公园。中华人民共和国成立后，整理恢复和新建扩建了各类城市公园。中国现代公园作为城市基础设施之一，成为展示当地自然景观、社会生活和精神文明风貌的橱窗。

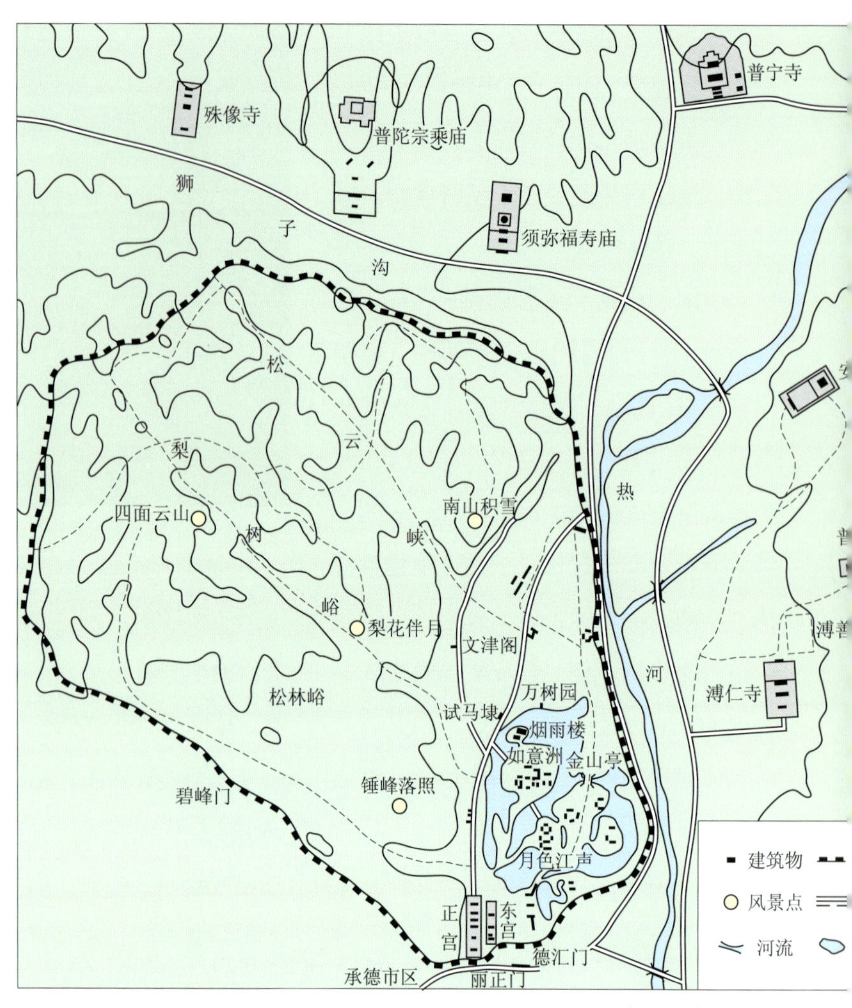

避暑山庄平面图

避暑山庄 中国现存占地最大的古代离宫别苑。又称热河行宫、承德离宫。位于河北承德。始建于康熙四十二年（1703），四十七年初具规模。从乾隆十六年（1751）开始扩建，一直持续到五十五年。清朝历代皇帝每逢夏季到此避暑和处理政务。

避暑山庄占地 564 公顷。山庄内有康熙用四字题名的 36 景和乾隆用三字题名的 36 景，这些风景博采中国各地风景园林艺术风格。山庄可分为宫殿区、湖区、平原区和山区，整体布局运用了“前宫后苑”的传统手法。宫殿区位于山庄南端，包括正宫、松鹤斋、东宫和万壑松风四组建筑群。湖区是山庄风景的重点，被大小洲屿分隔成形状各异、意趣不同的湖面，用长堤、小桥、曲径纵横相连。湖区北岸分布“莺啭乔木”等四座亭，其北为辽阔的平原区。平原西侧山脚下坐落着文津阁。山庄西北部，自南向北山峦起伏。

避暑山庄的布局立意、造园手法在中国古代宫苑中占有重要地位。1994 年，避暑山庄及周围寺庙作为文化遗产被列入《世界遗产名录》。

烟雨楼

圆明园 中国清代皇家园林。遗址在北京海淀区。一般所说的圆明园，还包括它的两个附园——长春园和绮春园（万春园），因此又称圆明三园。始建于清康熙四十八年（1709），乾隆九年（1744）竣工。以后又辟建长春园、绮春园。乾隆三十七年全部完成。咸丰十年（1860），英法联军侵入北京，先是劫掠，继而放火烧毁了圆明园，只留下残壁断垣。

长春园谐奇趣遗址

全园占地 350 公顷。水体占全园面积的一半以上。叠石而成的假山，聚土而成的岗阜，以及岛、屿、洲、堤，约占全园面积的 1/3。类型多样的大量建筑物，都呈院落的格局，配置在山水地貌和树木花卉之中，创造出一系列格调各异的大小景区。这样的景区总共有 150 多处。园内的建筑物一般外观都很朴素雅致，但室内的装饰、装修、陈设极为富丽。在紧接园的正门建置有一个相对独立的宫廷区。长春园北部的西洋楼景区，是由当时供职内廷的欧洲天主教传教士设计监造的一组欧式宫苑。圆明园不仅在当时的中国是一座最出色的

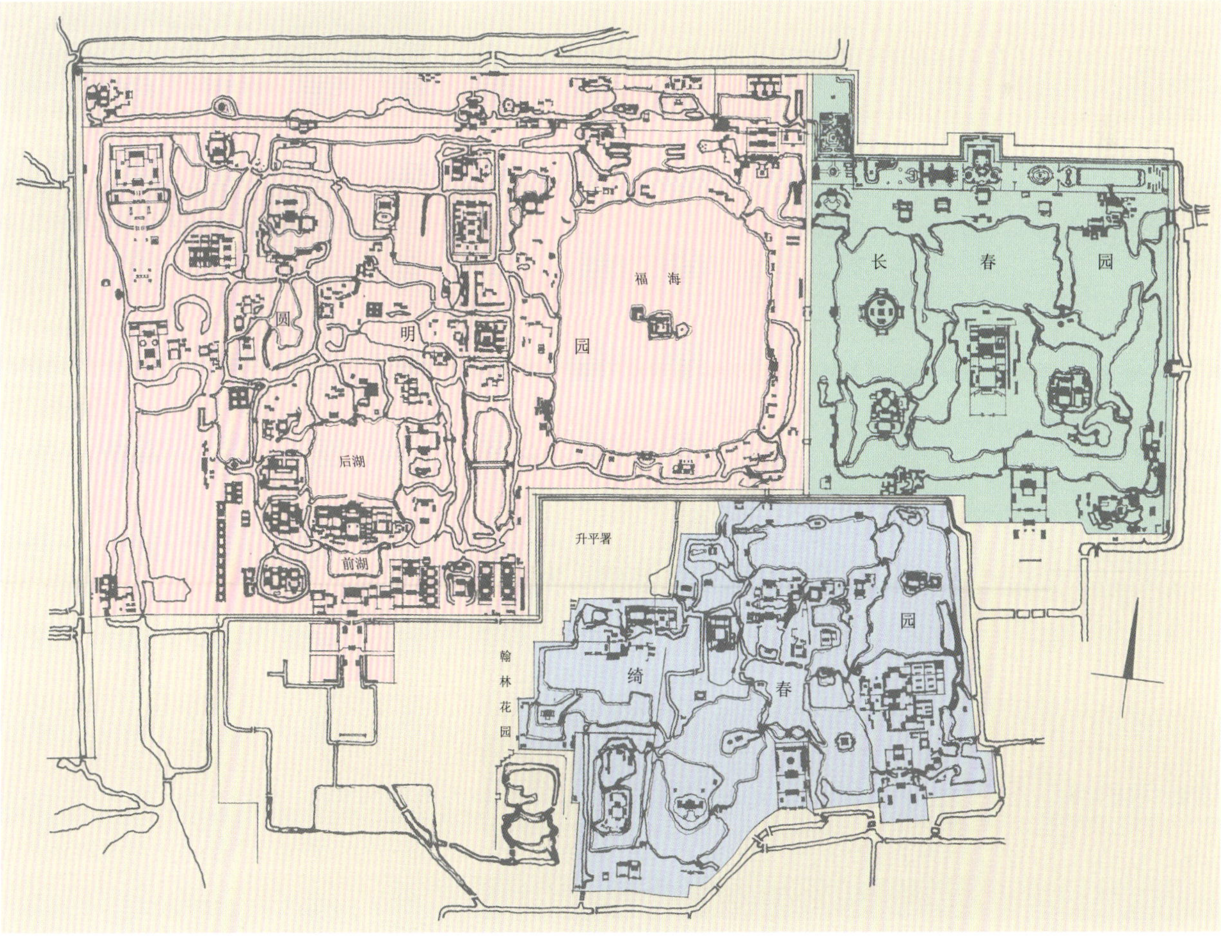

圆明园、长春园、绮春园总平面图

行宫别苑，并且还通过传教士的介绍而蜚声欧洲。

颐和园 中国清代的行宫御苑。在北京海淀区。原名清漪园。始建于清乾隆十五年（1750），历时15年竣工。咸丰十年（1860）被英、法侵略军焚毁。光绪十二年（1886）重建，二十一年工程结束。二十六年又遭八国联军破坏，翌年修复。1998年，颐和园作为文化遗产被列入《世界遗产名录》。

全园占地约290公顷，划分为宫廷区和苑林区两部分。宫廷区以仁寿殿为主，占地不大。苑林区以万寿山、昆明湖为主体。昆明湖水面约占全园面积的78%。西堤及其支堤把湖面划分为三个大小不等的水域，每个水域各有一个湖心岛。湖区建筑主要集中在三个岛上。万寿山的南坡（即前山）濒昆明湖。从湖岸直到山顶，排云殿、佛香阁等殿堂台阁构成贯穿于前山上下的纵向中轴线。横贯山麓、沿湖北岸东西逶迤的长廊，全长728米，是中国园林中最长的游廊。后山为富有山林野趣的自然环境，建筑除谐趣园和霁清轩外，其余都残缺不全。后湖中段两岸，是乾隆时模仿江南河街市肆而修建的买卖街遗址。

万寿山和昆明湖

沧浪亭 中国苏州古典园林。在苏州现存诸园中历史最为悠久。五代吴越国时期为王公贵族别墅。北宋苏舜钦购作私园，在水边建沧浪亭，作《沧浪亭记》，园名大著。元明时期园废，清康熙时重建。2000年，沧浪亭作为苏州古典园林的组成部分被列入《世界遗产名录》。

沧浪亭（清光绪九年石刻）

此园的特点是水面在园区以外，园内以土石山为中心，建筑环山布置，漏窗式样和图案丰富多彩。从北门经石桥入园，两翼修廊逶迤，中央山丘石土相间，林木森郁。沿西廊南行，至西南小院，有枫杨数株，大可合抱。东侧为清香馆和五百名贤祠。再南有厅屋翠玲珑和看山楼。由此折东，为明道堂一组庭院，此堂为园中最大建筑，格局严整。堂北山巅绿荫丛中有石柱方亭，名沧浪亭。下山有复廊景通内外，复廊外侧临水。有小亭观鱼处和厅屋面水轩，可俯览园外水景。

狮子林 中国苏州古典园林。元至正年间天如禅师建，初名狮林寺，后改菩提正宗寺。因寺北园内竹林下多怪石，形似狮子，又称狮子林。清末为贝氏祠堂的花园。2000年，狮子林作为苏州古典园林的组成部分被列入《世界遗产名录》。

园区主要建筑集中于东、北两面，西、南两面则缀以走廊。水面汇集于中央，著名的石假山位于池东南。园内主厅燕誉堂和后面的小方厅，采用留园鸳鸯厅的形式。前院施花街铺地，南端设湖石花台。自小方厅北上折西，至指柏轩，越厅南小池上石拱桥，即达石假山。石假山全由湖石砌成，奇峰林立，其中洞壑宛转，石径迂回。园西土山砌溪涧三叠，上有飞瀑亭。池北以曲桥和湖心亭划分水面，西北隅有石舫一艘。池北岸依次排列荷花厅、真趣亭和暗香疏影楼。东南有复廊通立雪堂和小院。

湖心亭、荷花厅一带景致
新华社提供，高梅及拍摄

拙政园 中国苏州古典园林。明正德八年（1513）前后，王献臣用大宏寺的部分基地造园。现园大体为清末规模。1997年，拙政园作为苏州古典园林的组成部分被列入《世界遗产名录》。

梧竹幽居亭

全园面积约62亩（1亩＝666.7米^2），分为东区、中区、西区三部分。东区面积约31亩，现有景物大多为新建。中区为全园精华所在，面积约18.5亩，其中水面占1/3。临水建有楼台亭榭多处。主厅远香堂四面长窗通透，可环览园中景色；西循曲廊，接小沧浪廊桥和水院；东经圆洞门入枇杷园，园中以轩廊小院数区自成天地。中区北部池中列土石岛山两座，山巅各建小亭，周旁遍植竹木。西北有见山楼，楼四面环水，有桥廊可通，登楼可远眺虎丘。水南置旱船。水东有梧竹幽居亭。西区面积约12.5亩，有曲折水面与中区大池相接。西区建筑以南侧的鸳鸯厅为最大，厅内以隔扇和挂落划分为南北两部，南部称十八曼陀罗花馆，北部名三十六鸳鸯馆。

留园 中国苏州古典园林。原为明嘉靖时太仆寺卿徐时泰的东园，清嘉庆时刘恕改建，称寒碧山庄，俗称刘园。光绪初年易主，改名留园。1997年，留园作为苏州古典园林的组成部分被列入《世界遗产名录》。

留园大致分为中区、东区、北区、西区四区。中区中部有一水面，以曲桥和小蓬莱岛划为东西两部分。池西北岸叠黄石假山。池南的涵碧山房为主厅，与水木明瑟楼、古木交柯、绿荫轩等建筑以回廊相连，环绕在水池的南东二面。东侧的五峰仙馆为楠木结构，是苏州现存最大的厅堂。东区以曲院回廊见胜。中部为林泉耆硕之馆，俗称鸳鸯厅。林泉耆硕之馆北面，矗立着三座石峰。冠云峰居中，高5.6米，为苏州诸园现存湖石之冠，相传为宋花石纲旧物。北区建筑全毁。西区有南北向的土阜，为全园最高处。

冠云峰

个园 中国扬州名园。原为清代画家石涛故居寿芝园旧址，清嘉庆、道光年间，大盐商黄应泰修建为住宅花园。因广植修竹，竹叶形如“个”字，故名。

抱山楼 新华社提供，朱云风拍摄

园在住宅后面。园中央凿水池。池北沿墙建有看山楼，登楼可观赏全园假山。池南为桂花厅，俗称玻璃厅。东南角有透风漏月轩。此园以叠石胜，园中的四季假山是中国园林四季假山的孤例。春山在园南。进园修竹临门，石笋参差。假山沿花墙堆成各种动物形态，以示春回大地。夏山在园西南，是一组玲珑剔透的湖石假山。山上古树、山中幽谷、山底清潭，曲桥流水，假山倒影，有若夏雨初晴景象。秋山在园东，用黄石叠砌，山峰峻峭，颇类深秋色调。冬山在园东南，用宣石叠成，犹如一堆残雪。山后北墙开四个圆洞，东北风吹来，似作呼啸之声。

四合院 中国传统院落住宅形式。由四面房屋合围成院，故名。广义的四合院指四合式住宅，流行于全国各地。通常专指流行于华北地区、以北京民居为

北京克勤郡王府

代表的四合院。迄今所知最早的完整四合院见于陕西岐山凤雏建筑遗迹，距今约3000年。明清时期，北京四合院的形制和布局逐渐定型，并向周围地区传播。

华北四合院多建在地势平坦地区，讲究中轴对称。通常分内、外院，之间设垂花门(又称二门)。外院周边有围墙，南墙设倒座（与坐北朝南的正房相对的南屋）；内院设大庭院、正房、耳房和东西厢房，房屋间有廊相接；内院之后一般还附设小院，建后罩房一排。中型宅院在纵深方向设三进院或四进院，大型宅院则朝横向发展。屋顶有硬山、单坡、平顶等式样。房屋结构一般采用抬梁式，墙体较厚。建筑用材主要是青砖和木、石。四合院多平房，院内各房间距较大，外墙极少开窗。北京四合院不把大门开在中轴线上，位于路北的住宅大门一般开在东南隅，位于路南的住宅大门则开在西北隅。大门入口内设影壁。一般四合院的色彩以墙面和屋顶的青灰色为主。

窑洞 中国华北、西北黄土地区在崖壁或平地向下挖出的地坑壁面上开挖成的供人居住的洞穴。是生土建筑的一种。窑洞所需建筑材料很少，施工简单，造价低，冬季保温条件好，故沿用至今。

窑洞大体可分为两类：①靠崖窑。在天然土崖壁上挖出，窑体垂直于崖壁，顶部呈半圆形或抛物线形。可以并列3～5孔，或各自开门，或在侧壁开通道成为套间。②地坑院。无崖壁可利用时，从地面向下挖出深5米以上的地坑，在坑壁上开挖的窑洞。又称平地窑。地坑多为矩形或方形。大型地坑院往往是几个地坑相连，成为几进院落。这时可以在前院开门、后院开窗，通风条件比靠崖窑好。

甘肃窑洞

窑洞的跨度一般为2.2～3.2米，个别也可达到5米。窑洞深度受采光和通风的限制。并列窑洞间的壁厚不得少于1.6米，顶上土厚不得少于3米。

江南民居 中国江南地区传统住宅形式。俗称“四水归堂”式住宅。“四水归堂”意为各屋面内侧坡的雨水都流入天井。江南民居的平面布局同北方的四

黟县宏村民居

合院大体一致，只是院子较小，称为天井，仅作排水和采光之用。

大门多开在中轴线上。第一进院正房常为大厅，院子略开阔，厅多敞口，与天井内外连通。后面几进院的房子多为楼房，天井更深、更小些。江南民居的单体建筑为奇数开间，结构为穿斗式构架，墙壁底部常用石板墙，其余用空斗砖墙或编竹抹灰墙，墙面多刷白色，并有各种式样的防火山墙。前檐全为木装修。屋顶无苫背，铺小青瓦。室内多以石板铺地。江南水乡住宅往往临水而建，前门通巷，后门临水，每家自有码头，供洗濯、汲水和上下船之用。

毡房 北方游牧民族的传统住房。为木柱结构可移动帐篷。多围以毛毡，故名。御风寒性能好，制作简便，易于搬迁，适于游牧居住。在中国多见于内蒙古、青海、甘肃、新疆等地牧区。

藏族住的毡房称帐房。帐篷以黑牦牛毛织成。帐篷内立几根木柱支顶，四周用牦牛毛绳悬拉帐篷，使之固定。平面为方形，中部设炉灶，两侧铺羊皮、毛毯。

蒙古族住的毡房称蒙古包。平面多圆形。用木枝条编成可开可合的木栅作为壁体的骨架，用时展开，搬运时合拢。用细木椽组成穹庐顶的骨架，用牛皮绳绑扎骨架，用绳索束紧骨架外铺盖的羊皮或毛毡。小型蒙古包的直径为 4 ~ 6 米，内部无支撑；大型的则需在内部立 2 ~ 4 根柱子作为支撑。地面铺有很厚的毡毯，顶上开天窗，地面的火塘、炉灶正对天窗。哈萨克、塔吉克等族游牧时住的毡房与此相类。

中国蒙古族居住的蒙古包

客家土楼 中国客家人聚族而居的传统大型楼式住宅。又称客家围屋。流行于福建西南部、广东北部和江西南部山区，最早可能出现于唐末客家人第二次大迁徙时期。现存土楼大多始建于明清，沿用至今，但住户日趋减少。2008 年，福建土楼作为文化遗产被列入《世界遗产名录》。

土楼的承重墙由土夯实而成，内为木结构楼房，高三至五层，上覆瓦顶。通常底层为厨房，第二层贮粮，第三层及以上住人。土楼形式主要有方楼、圆楼和五凤楼三种。方楼平面呈口字形，北为主楼，下设祖堂。圆楼平面为环形，

福建南靖河坑土楼群

中为庭院，或设厅堂。五凤楼的基本形式是三堂（下堂、中堂、后堂）两横（三堂两侧为横屋）。土楼选址有严格的风水讲究。屋顶、大门、祖堂和窗洞是重点装饰部位。出于防卫需要，第一、二层外墙不开窗，大门厚实，上设水槽以御火攻，有的在外墙顶层设枪眼。

吊脚楼　干栏式住宅的一种。又称吊楼或半边楼。建在坡度较大或临水、临沟处，房舍的一部分悬空扩展，下面随地势安置高低不一的支柱，支柱形似悬吊的木制腿脚。主要流行于中国贵州、广西、湖南一带的壮、苗、布依、侗、土家和水族聚居地，亦见于重庆坡地和江南临水地区，以苗族吊脚楼最为典型。

贵州郎德苗寨吊脚楼

多为木结构，房屋高大，屋顶喜用歇山顶，或悬山加围檐二叠式。底层半地下半开敞，设牲畜圈栏，存放农具。第二层是半地面半楼面的居住层：地面部分以堂屋为轴心，左右分设厨房和火塘；扩展的楼居部分紧接堂屋处有退堂，退堂为起居间，内通厨房和火塘，外通走廊，两侧设卧室。通常两面或三面挑出一走廊，廊上加檐，廊中设栏凳。顶层为阁楼，用于贮粮。

鲁班　中国古代建筑工程家。被建筑工匠尊为祖师。姓公输名般，或称公输班、鲁般、公输盘、公输子和班输等，春秋时期鲁国人，因称鲁班。鲁班的名字散见于先秦诸子的论述中，被誉为“鲁之巧人”。王充的《论衡》中说他能造木人木马。唐代以后，民间关于鲁班的传说更加普遍，其内容大致有：关于主持兴建具有高度技术性的重大工程，关于热心帮助建筑工匠解决技术难题，关于改革和发明生产工具，关于雕刻等。种种传说有的虽与史实有出入，但都歌颂了以鲁班为代表的中国劳动人民的勤劳、智慧和助人为乐的美德。

蒯祥（1398 ~ 1481）　中国明代建筑工匠。吴县（今江苏苏州）人。从事建筑活动达半个世纪之久。初为营缮工匠，设计、施工精确。景泰七年（1456）积功升任工部左侍郎。多次参加或主持重大的皇室工程，如永乐十五年（1417）负责建造北京宫殿和长陵；洪熙元年（1425）建献陵；正统五年（1440）负责重建皇宫前三殿，七年建北京衙署；景泰三年（1452）建北京隆福寺；天顺三年（1459）建北京紫禁城外的南内，四年建北京西苑（今北海、中海、南海）殿宇，八年建裕陵等。明代北京宫殿和陵寝是现存中国古建筑中最宏伟、最完整的建筑群，蒯祥作为这些重大工程的主持人之一，表现出了规划、设计和施工方面的杰出才能。

样式雷 中国清代宫廷建筑匠师家族。始祖雷发达，字明所，原籍江西建昌（今永修），明末迁居南京。清初应募到北京供役内廷，康熙初年参与修建宫殿工程。在太和殿工程上梁仪式中，他以熟练的技巧使梁木顺利就位，被敕封为工部营造所长班。其子雷金玉继承父职，并投身于内务府包衣旗，担任圆明园楠木作样式房掌案。直至清末，雷氏家族有六代后人都在样式房任掌案，负责过北京**故宫**、三海、**圆明园**、**颐和园**、静宜园、承德**避暑山庄**、清东陵和西陵等重要工程的设计。同行称这个家族为样式雷。

雷氏家族设计建筑方案，都按1/100或1/200的比例先制作模型小样进呈内廷，以供审定。模型用草纸板热压制成，称烫样。雷氏家族烫样是了解清代建筑和设计程序的重要资料。

梁思成（1901-04-20 ~ 1972-01-09）中国建筑学家、建筑史学家、建筑教育家。梁启超的长子。广东新会人，生于日本东京。1923年毕业于清华学校。1924 ~ 1927年在美国宾夕法尼亚大学学习，获学士和硕士学位。1928年回国，创办东北大学建筑系并担任系主任。1931 ~ 1946年任中国营造学社法式组主任。1946年创办清华大学建筑系并担任系主任。1948年当选为中央研究院院士。1955年当选为中国科学院学部委员。

新华社提供

他长期研究中国古代建筑，为中国建筑史的研究做了开创性的工作。他首先应用近代科学的勘察、测量、制图技术和比较、分析的方法进行古建筑的调查研究，发表调查研究专文十余篇。1931 ~ 1943年，他和同事对15个省的2000多项古建筑和文物进行调查研究，积累了大量资料。他是中国文物建筑保护的开创者，积极参与北京等城市及文物建筑的保护工作。写有《清式营造则例》《中国建筑史》和《营造法式注释》（卷上）等著作。他还是国徽的主要设计人，领导和参与了人民英雄纪念碑的设计。

林徽因（1904-06-10 ~ 1955-04-01）中国建筑学家、文学家。曾用名林徽音。福建福州人，生于浙江杭州。1920年随父赴欧洲旅行，1921年回国。1924年到美国宾夕法尼亚大学学习，1927年毕业后转入耶鲁大学学习。1928年回国，在东北大学建筑系任教。1931 ~ 1946年任中国营造学社校理、参校。1946年

1924年泰戈尔访问北京时，与徐志摩（右）、林徽因（左）合影 新华社提供

参与清华大学建筑系创办工作，1950年任清华大学教授。

她长期从事中国古代建筑的研究，是这一学科的先驱者之一。她与梁思成一起到山西、河北、河南、山东、浙江等地调查研究古建筑，是唐代木构建筑物山西五台佛光寺大殿的发现者、实测者和鉴定者之一。发表多篇研究报告及专著，参与梁思成的《中国建筑史》的编写。发表有散文《窗子以外》，小说《九十九度中》，诗歌《你是人间的四月天》《深笑》等。她还是国徽的主要设计者和人民英雄纪念碑装饰花纹的设计者。

吴良镛（1922-05-07 ~ ） 中国建筑学家、建筑教育家、城市规划师。江苏南京人。1944年毕业于重庆中央大学，1949年获美国匡溪艺术学院硕士学位。1946年协助梁思成创办清华大学建筑系。历任清华大学建筑系副主任、主任，建筑与城市研究所所长等职。1980年当选为中国科学院学部委员，1995年当选为中国工程院院士。

新华社提供，夏一方拍摄

他创造性地发展了广义建筑学和中国人居环境科学理论，提出以建筑、城市规划和园林为核心，整合工程、社会、地理、生态等相关学科，形成人居环境科学体系。他主持和参与的建筑设计包括：北京图书馆新馆设计、北京菊儿胡同危旧房改建试点工程、曲阜孔子研究院建筑与规划设计等。1999年世界建筑师代表大会通过他起草的《北京宪章》。主要著作有《人居环境科学导论》《广义建筑学》等。

金字塔 一种方锥形建筑物。用砖、石材料建造，或表面覆以砖、石。历史上，埃及、苏丹、埃塞俄比亚、西亚地区、希腊、塞浦路斯、意大利、印度、泰国、墨西哥、南美洲和一些太平洋岛屿上都曾建有金字塔，其中以埃及和中、南美洲的金字塔最为著名。

埃及的金字塔是国王的陵墓，流行于公元前2650 ~ 前1550年，即古王国

埃及古王国时代吉萨的三大金字塔

至中王国时代。多用石料砌筑，也有用砖砌筑的。埃及至今留存下来的金字塔约有 90 座，著名的有胡夫、哈夫拉和门卡乌拉在开罗附近吉萨修建的 3 座庞大的金字塔，其中尤以胡夫的最为著名。胡夫金字塔又称大金字塔，现高 137 米，塔基每边现长 227 米，由约 230 万块平均重 2.5 吨的石材砌成。大金字塔以形体庞大、设计科学、内部构造复杂而令人惊叹，在古代希腊时即被列入世界七大奇观。

美洲的金字塔中，著名的有墨西哥中部**特奥蒂瓦坎古城**的太阳金字塔和月亮金字塔、奇琴伊察古城的卡斯蒂略金字塔，以及安第斯人居留地中的各种印加人和奇穆人的建筑物。美洲金字塔一般用土建造，表面砌石，并以呈阶梯形、顶部为平台或神庙建筑为特征。

雅典卫城 公元前 5 世纪的希腊雅典建筑群。位于今雅典市中心偏南的一座小山上，高出平地 70 ~ 80 米。山顶台地东西长约 280 米，南北宽 130 米左右，四周陡峭，仅西端有台阶可以登临。四年一次祀奉城市守护神——雅典娜的节庆大典就在这里进行。1987 年，雅典卫城作为文化遗产被列入《世界遗产名录》。

现存主要建筑均完成于希腊古典盛期，建筑总设计师为著名雕塑家**菲迪亚斯**。山门为卫城主要入口。胜利神庙位于山门南翼之前，为一个不大的爱奥尼柱式神庙。帕提农神庙是祀奉雅典娜的卫城主体建筑，位于卫城最高处，这座形体单一的围廊式神庙是希腊多立克柱式建筑最重要的代表作。伊瑞克提翁神庙位于帕提农神庙北面，为一个不大的爱奥尼柱式神殿，供奉传说中的雅典人始祖伊瑞克提斯。在帕提农神庙和伊瑞克提翁神庙之间，尚有早期雅典娜神庙残存下来的部分基础。在它之前，曾立有作为建筑群构图中心、高 12 米的雅典娜雕像。

雅典卫城鸟瞰

罗马竞技场 古罗马建筑遗迹。又称科洛西姆竞技场、罗马大角斗场、罗马大斗兽场、弗拉维大斗兽场。位于意大利罗马市帝王市场大街的一端。始建于公元1世纪的弗拉维王朝，3世纪和5世纪重修。1980年，竞技场作为罗马历史中心区的组成部分被列入《世界遗产名录》。

竞技场平面为椭圆形，长径188米，短径156米，外墙高48.5米。用浅黄色巨石砌成，分4层，下面3层砌成拱门样式，外围共有80个拱门。4个大门正对长径、短径处，由此通向各层回廊和看台。全场可容纳四五万观众。场内中心是平面为椭圆形的竞技表演场，长约86米，宽约63米。场内铺有木地板，下有80多间地下室。表演场除用于竞技外，还用于阅兵、赛马、歌舞表演、角斗和斗兽。中世纪，竞技场因遭受雷击和地震而损毁。现在，竞技场的高大围墙已残缺不全，表演场也已残破，但看台保存得较好。

罗马竞技场俯瞰

特奥蒂瓦坎古城 特奥蒂瓦坎文化的典型古城。位于墨西哥城东北48千米处。始建于公元1世纪，5世纪达于鼎盛，8世纪后半叶被焚毁。20世纪初正式发掘。1987年，特奥蒂瓦坎古城作为文化遗产被列入《世界遗产名录》。

特奥蒂瓦坎古城遗址

古城呈棋盘式布局。城市兴盛时面积达21平方千米。古城中心部分约6平方千米，以一条长达2.5千米的南北向大道为轴线，两侧分布有100余座金字塔台庙或神殿，其中最著名的是太阳金字塔和月亮金字塔。前者位于大道东侧，底部面积220米×230米，高66米，用石块、土坯和泥土堆砌而成，金字塔表面铺石板，塔顶建神殿；后者位于大道北端。在大道南端东侧还有著名的奎特扎尔考特神庙。城的中心地区为贵族和神职人员宅第，外围是商人和农民的住地。

圣索菲亚大教堂 东正教大教堂。又译圣智大堂。位于土耳其伊斯坦布尔。始建于532年，537年竣工。由来自小

圣索菲亚大教堂鸟瞰

亚细亚的安提缪斯和伊西多拉斯设计。原为拜占廷帝国的宫廷教堂，也是君士坦丁堡牧首的座堂。在8～9世纪的圣像破坏运动和13世纪的第四次十字军东征中曾遭严重破坏。15世纪中叶，土耳其人将其改为伊斯兰教清真寺。1932年被辟为国家博物馆。20世纪80年代以后重新开放，其中一部分为清真寺。

整座教堂占地5400平方米。这座教堂是拜占廷拱形建筑的代表，融合罗马式长方形教堂与中心式正方形教堂的特点。中心部分为半圆穹顶，直径32.6米，高54.8米，由4根巨大的塔形方柱支撑，穹顶底部一圈有40扇窗。中心穹顶的东西两侧各连接一个较低的半圆穹顶，使建筑平面呈长方形。教堂内部由圆柱和柱廊分隔成中殿和两条侧廊，柱廊上面的幕墙上穿插排列大小不等的窗户。所有圆柱均用颜色、花纹各异的大理石加工而成。

婆罗浮屠 世界佛教建筑遗迹。又译婆罗浮图，梵文意为“山丘上的佛塔”。是印度尼西亚佛教建筑和雕塑艺术的代表作品。位于印度尼西亚中爪哇岛中部日惹西北41千米处的葛都峡谷。为790～850年夏连特拉王朝的陵寝。一般认为是因陀罗王在位时（782～812?）兴建的。约于1000年被废弃。1814年重新被发现后几经发掘修复。1991年，

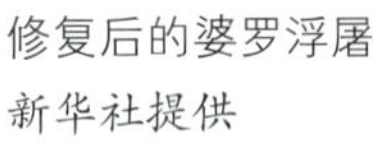

修复后的婆罗浮屠
新华社提供

婆罗浮屠作为文化遗产被列入《世界遗产名录》。

建于马拉皮火山顶部被夷平的小山丘上。塔基为正方形，其上筑有五层方坛和三层圆坛，顶部冠以一座吊钟形大窣堵坡。塔基地下部分有描绘地狱景象的浮雕。各层方坛的回廊壁和栏杆上，凿《本生经》故事浮雕和装饰性浮雕。圆坛上有 72 座角锥形小塔，内各有佛像一尊。整座建筑全用石块砌成，约耗用 200 万块石头。

吴哥寺 柬埔寨西北暹粒省暹粒市的一座印度教-佛教庙宇。又称吴哥窟。是柬埔寨古代石构建筑和石刻艺术的代表作。寺址在高棉当时的首都吴哥城南

吴哥寺五塔

郊、洞里萨湖北岸。真腊王苏利耶跋摩二世在位时（1113 ~ 1150 年）修建，他死后作为祭祀他的庙宇。15 世纪真腊定都金边，吴哥城被废弃，吴哥寺荒芜，逐渐湮没在茫茫林海之中。1860 年被发现。19 世纪起开始对其进行整修。1992 年，吴哥寺作为文化遗产被列入《世界遗产名录》。

吴哥寺布局规整，中轴对称。基地呈长方形。主殿建在一座三层台基上，每层台基边沿有石砌回廊。底层台基的回廊壁面布满浮雕，题材取自印度史诗《摩诃婆罗多》和《罗摩衍那》，也有的描绘苏利耶跋摩二世出征的情景。第二层台基回廊的四角有塔。上层台基平面呈正方形，其上的五座尖塔构成金刚宝座塔形，四角的塔比中央神堂上的大塔稍小。群塔轮廓曲线柔和，如春笋般显示出向上的动势，形象端庄秀丽，和谐统一。柬埔寨国旗中央的图案就是吴哥寺的五塔。

巴黎圣母院 法国天主教大教堂。位于巴黎塞纳河城岛东端。教堂所在地传说为 9 世纪中叶法国墨洛温王朝时期的主教座堂遗址。始建于 1163 年，1320 年落成。教堂占地 6240 平方米，为哥特式风格。中部堂顶离地 35 米，两座钟楼高 69 米。内部共有三层，底层为柱廊与尖拱，中间层为隔层并带有侧廊，

巴黎圣母院外观 新华社提供，穆青拍摄

上层为玻璃窗，若干细长石柱将三层连为一体。19 世纪时曾重建，只有三个巨大的圆形窗保留了13世纪的彩色玻璃。巴黎圣母院以其祭坛、回廊、门窗等处的雕刻和绘画艺术，以及教堂内所藏的 13 ～ 17 世纪的大量艺术珍品而闻名于世。2019 年 4 月 15 日，巴黎圣母院发生火灾，整座建筑损毁严重。

比萨斜塔 意大利罗曼建筑的实例。为比萨主教堂建筑群的组成部分，也是建筑群中最引人注目的作品。在主教堂圣坛东南 20 多米处。塔于 1174 年动工，

比萨斜塔景观

顶部钟亭约建于 1350 年。1987 年，斜塔作为比萨大教堂广场的组成部分被列入《世界遗产名录》。

塔呈圆柱形，直径约 16 米，共 8 层。各层均以连续券作装饰。第二至七层为空廊，第八层钟亭向内缩进。底层墙面饰有连续券浮雕。塔中间有螺旋楼梯通往顶层。外墙全用白色大理石贴面。

由于地基土质较差，塔基础埋置较浅，在建到第三层时，基础产生不均匀沉降，使塔身发生倾斜，工程被迫中止，停工 94 年后才继续施工。1590 年，伽利略曾在塔上进行自由落体试验。一般认为，斜塔的高度约 55 米，塔顶偏离垂线约 5 米。为防止塔的进一步倾斜，意大利政府已实施保护方案并取得初步成效。

佛罗伦萨大教堂 位于意大利佛罗伦萨市中心。始建于 1296 年，由阿诺尔福·迪坎比奥设计。1302 年阿诺尔福死后，教堂停工。1334 年，乔托等人修改部分设计，继续建造，但因技术困难，没有建屋顶。直到 1420 年才由 F. 布鲁内莱斯基动工建造大穹顶。1434 年大穹顶完成。1462 年又在其上建了一个八角采光亭。

教堂采用拉丁十字形平面。本堂宽阔，长 82.3 米，两边柱墩上各面出壁柱。

佛罗伦萨大教堂的大穹顶

侧廊上部无廊台，于本堂拱顶下开圆窗采光。教堂东端三面出半八角形巨室，巨室外围包容五个呈放射状布置的小礼拜堂。总体外观没有飞拱和小尖塔，水平线条划分明显，表现出浓重的意大利地方特色。大穹顶基部为八边形，有内外两层壳体，内径 42.2 米，高 30 余米，顶点距地面 106 米。大穹顶内有小楼梯，可以登临采光亭。各面带圆窗的鼓座高 10 余米。大穹顶是意大利文艺复兴早期建筑的第一件作品，首次采用古典建筑形式。它的建成是自古罗马时期以来，穹顶建筑的一个巨大进步。

圣彼得大教堂　世界最大的天主教堂。1506 ~ 1626 年建于罗马，今属梵蒂冈。是意大利文艺复兴建筑的纪念碑。罗马教廷在此举行大型宗教活动。

初建时所用方案由 D. 布拉曼特设计，为十字形集中式教堂。1547 年，米开朗琪罗受命主持这项工程。1564 年工程进行到鼓座时，米开朗琪罗逝世，由后继者基本上按他留下的木制模型建成了中央穹顶。后又在集中式教堂前面加了三跨的巴西利卡式大厅。17 世纪中叶，G.L. 贝尼尼在教堂前面建造了环形柱廊，形成椭圆形和梯形两进广场。

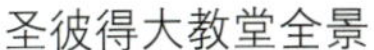
圣彼得大教堂全景

大教堂室内纵深 183 米，宽 137 米。穹顶直径 41.9 米，内部顶点高 123.4 米，穹顶的十字架顶尖距地面 137.8 米，是罗马城的最高点。穹顶下方正中高高的教皇专用祭坛上面，是贝尼尼所作的铜铸华盖。大教堂四壁有丰富的镶嵌画、壁画和雕刻作装饰。侧厅一礼拜堂里，陈列着米开朗琪罗的雕塑《哀悼基督》。

泰姬陵　印度莫卧儿王朝皇帝沙・贾汗为爱妃蒙泰吉・玛哈尔建造的墓。沙・贾汗死后也葬于此。位于印度北方邦阿格拉城外。建于 1630 ~ 1653 年，为印度伊斯兰建筑的代表作。1983 年，泰姬陵作为文化遗产被列入《世界遗产名录》。

泰姬陵景观

陵墓坐落在一个长方形花园中。陵墓主体为八角形，由边长 56.7 米的正方形抹去四角而成。对称的四方形体四面设巨大的拱门，其间设小拱门 24 个。中央复合式穹顶立在一个不高的鼓座上。内穹顶直径 17.7 米，高 24.4 米；上面的外穹顶高近 61 米。四角各有一座形状相似的小穹顶作为陪衬。陵墓内部中心是一个八角形的厅堂。光线透过大理石雕花格窗洒落下来，气氛幽谧宁静。中央墓室石棺周围由雕刻精细的大理石屏风围绕。

凡尔赛宫 原法国王宫。位于巴黎西南18千米的凡尔赛。是法国巴罗克和古典主义建筑的代表作。原址是于1624年修建的狩猎行宫。1661年，路易十四下令建凡尔赛宫。工程主持人L.勒沃在原有宫邸南、西、北三面扩建，形成御院。东西主轴线和花园的规划由A.勒诺特尔负责。1678～1688年，J.H.孟萨设计修建了南北两翼，使建筑总长达到402米。18世纪时，J.-A.加布里埃尔又作了一些扩建。1837年改为国家博物馆。1979年，凡尔赛宫及其园林作为文化遗产被列入《世界遗产名录》。

凡尔赛宫镜廊

建筑以东西为轴，南北对称。宫殿的中央是王宫。南翼是王子、亲王的寝宫，北翼是官邸、教堂和剧院等。宫殿顶部建筑采用平顶结构。宫内有宽阔的联列厅和堂皇的大理石楼梯，饰有壁画和各种雕像。二楼的镜廊长73米，是凡尔赛宫最重要的厅堂，也是欧洲历史上许多重大事件的发生地。宫殿西侧的花园面积约6.7平方千米，规模在世界皇家园林中首屈一指，是法国古典园林设计的典范。

埃菲尔铁塔 位于法国巴黎市区塞纳河左岸的一座纪念性建筑。因铁塔的设计者和工程负责人G.埃菲尔而得名。又称巴黎铁塔。是1889年巴黎国际博览会的一件纪念性作品，属近代建筑工程史上的一项重大成就。在1930年以前为世界上最高的建筑，现已成为巴黎的象征。

塔高300米，为钢结构。底部4条向外撑开的塔腿，在地面形成边长100米的正方形。整个塔身自下而上逐渐收缩，形成优美的轮廓线。铁塔共有12000多个构件，这些构件用250万个螺栓和铆钉连接成为整体；共用7000吨优质钢材。在距地面57米、115米和276米处分别设平台。自底部到塔顶的楼梯共有1711级台阶。建塔时安装了以蒸汽为动力的升降机，后改用电梯。

埃菲尔铁塔景观

1959年顶部增设广播天线，塔高增至320米。

帝国大厦 位于美国纽约市曼哈顿中心区的一幢102层钢框架建筑。又称帝国州大厦。为摩天楼的代表作之一。帝国州是纽约州的别称，大厦因而得名。建于1929～1931年，是20世纪30～70年代世界上最高的建筑。大厦的建筑师为R.H.施里夫、W.F.拉姆和A.L.哈蒙，工程师是H.G.巴尔科姆。

帝国大厦远眺

大厦由地面至第102层观光平台的高度为381米，1950年在顶部加建电视塔后高449米。大厦只有下面的85层供租赁用，标准层层高约3.5米。上面的17层实际上是以电梯为主的塔楼，当初曾设想作系泊飞艇之用。建筑占地长130米，宽60米。帝国大厦比例匀称，它的外形轮廓一度成为摩天楼的象征和纽约市的标志。

流水别墅 现代建筑中杰出作品之一。因别墅主人为美国富商考夫曼，又称考夫曼别墅。为美国建筑师F.L.赖特的代表作。在美国匹兹堡郊区。建于1936～1939年。赖特在一块背崖临溪、最宽处不足12米的地方营建了这座依山就势的建筑。赖特说流水别墅是由环境激发的灵感所成，这为有机建筑理论作了确切的注释。

流水别墅景观

流水别墅本身约380平方米，室外平台、阳台近300平方米，内外交融，沉浸在绿树玄岩、清泉湍流中。凹凸起伏的墙垛用当地的片石砌筑，与山岩纹理相通。杏黄色的横向混凝土阳台栏板，上下左右前后错叠，宽窄厚薄长短不一。阳台结构是一系列穿插覆盖的托盘，上下盘间支以粗壮石垛，盘下有大梁。地面是用乱石板铺置于红杉木地板之上。

悉尼歌剧院 澳大利亚悉尼市一个大型综合性文艺演出中心。以建筑形象独特著称于世，是悉尼市的标志。坐落在悉尼港内的一个小半岛上，东、西、北三面临水，南面对着植物园。由丹麦建筑师J.伍重设计。1959年动工，1973年竣工。

建筑面积88258平方米，主要包括

悉尼歌剧院外观

大音乐厅、歌剧厅、剧场和小音乐厅，同时可容6000多人在其中活动。悉尼歌剧院的外观为三组巨大的壳片，耸立在南北长186米、东西最宽处为97米的现浇钢筋混凝土结构的基座上。那些濒临水面的巨大的白色壳片群，像是海上的船帆，又如一簇簇盛开的花朵，在蓝天、碧海、绿树的衬映下，轻盈皎洁。整个建筑群的入口在南端，有宽97米的大台阶。

阿尔贝蒂，L.B.（1404-02-14～1472-04-25） 意大利文艺复兴时期的建筑师和文艺理论家。生于热那亚。毕业于博洛尼亚大学法律系，精通数学、物理，并擅长辞令。一度在教皇手下任职。曾到欧洲各国游历，搜寻拉丁文古籍。

鲁奇兰府邸

直到1450年左右，他才第一次接触实际工程项目。以后在实践活动中，更多的是充当顾问。他的建筑作品既有仿古式样的，也有大胆革新的，比较有代表性的是佛罗伦萨的鲁奇兰府邸、圣潘克拉齐奥教堂圣墓祠堂、新圣玛利亚教堂的立面，曼图亚的圣塞巴斯蒂亚诺教堂、圣安德烈教堂等。他在新圣玛利亚教堂立面上采用的涡卷造型后来成为文艺复兴建筑和巴罗克建筑立面设计最常用的构图要素。鲁奇兰府邸的立面所采用的手法为意大利文艺复兴时期其他建筑所仿效。他的名著《论建筑》是文艺复兴时期第一部完整的建筑理论著作。

帕拉第奥，A.（1508-11-30～1580-08） 意大利文艺复兴后期的建筑理论家和建筑师。又译帕拉迪奥。生于帕多瓦。在维琴察当过石匠。曾到罗马学习和研究古代建筑，返回维琴察后长期担任城市的首席建筑师。1570年定居威尼斯。

维琴察郊外的圆厅别墅

他在复兴古罗马建筑对称布局与和谐比例方面作出很大贡献。其作品风格严谨，具有手法主义的一些特征，主要集中在维琴察和威尼斯两个城市。如维琴察会堂改建所用手法以后得到广泛运用，并被称为帕拉第奥母题；维琴察郊外的圆厅别墅成为许多同类建筑的范本。其他作品还有威尼斯的圣乔治主堂、救世主教堂，维琴察的长官廊和若干府邸等。这些作品对后世影响很大。从18世纪开始，他的名字就成为完美建筑的象征。其主要著作《建筑四书》在建筑史上占有重要地位。

赖特，F.L.（1867-06-08 ~ 1959-04-09）美国建筑师。生于威斯康星州里奇兰森特。1893年创立事务所。一生共设计800余座建筑，其中建成的约380座，现尚存280座。

他提出有机建筑理论，作品力求体现自然界的本质。他的草原式风格成为20世纪美国住宅建筑的原型，罗比住宅和威利茨住宅是赖特这方面的代表作。他在1932年提出“广亩城市”（即带有田园风味的城市）的纲要。1936年的“美国人住宅”是他试图解决美国人居住问题的另一次尝试。他设计的住宅中最负盛名的是流水别墅，其他还有汉纳住宅和杰斯特住宅等。他的代表作还有日本东京帝国饭店、普赖斯大楼等。晚年的重要作品有纽约古根海姆博物馆和圣弗朗西斯科（旧金山）附近的马林县政府中心。

纽约古根海姆博物馆外景

格罗皮乌斯，W.（1883-05-18 ~ 1969-07-05） 德裔美籍建筑师、建筑教育家，现代主义建筑学派的倡导人之一，包豪斯学校的创办人。生于德国柏林。1903 ~ 1907年就读于慕尼黑工学院和柏林夏洛滕堡工学院。1910 ~ 1914年自己开业。1919年任包豪斯学校校长。1928年参与组织国际现代建筑协会。1934年离德赴英开业。1937年到美国定居，任哈佛大学建筑系教授、主任。

法古斯工厂

他参与设计的法古斯工厂及1914年在科隆展览会展出的示范工厂和办公楼为其成名作。代表作还有参与设计的德国西门子城住宅区、哈佛大学研究生中心等。他积极提倡建筑设计与工艺的统一、艺术与技术的结合，讲究功能、技术和经济效益。他在美国广泛传播包豪斯的教育观点、教学方法和现代主义建筑学派理论，促进了美国现代建筑的发展。第二次世界大战后，他的建筑理论和实践为各国建筑学界所推崇。

密斯·范·德·罗，L.（1886-03-27 ~ 1969-08-18） 德裔美籍建筑师。生于德国亚琛。童年时随父亲学习石工手

纽约西格拉姆大厦

艺。1908 ~ 1911 年，在建筑师彼得·贝伦斯处工作。1919 年开始在柏林从事建筑设计。1926 ~ 1932 年任德意志制造联盟第一副主任。1928 年参与组织国际现代建筑协会。1930 ~ 1932 年任包豪斯学校校长。1937 年到美国。1938 ~ 1958 年任芝加哥阿莫尔学院（后改名伊利诺伊理工学院）建筑系主任。

他的贡献在于通过对钢框架结构和玻璃在建筑中应用的探索，创造出简洁、明快而精确的建筑形式处理手法，把建筑技术与艺术统一起来。代表作有巴塞罗那博览会德国馆、柏林新国家美术馆，美国普莱诺的法恩斯沃思住宅、芝加哥的伊利诺伊理工学院建筑馆等。他设计建造的纽约西格拉姆大厦堪称国际式风格的顶峰，包铜皮的精细骨架和大片玻璃幕墙映照出周围建筑和天空，明快而高雅。这些手法在 20 世纪 50 ~ 60 年代曾广泛流行，被称为密斯风格。

勒·柯布西耶（1887-10-06 ~ 1965-08-27）　法国建筑师和城市规划师。生于瑞士。早年学习雕刻。青年时期曾游历欧洲一些国家。第一次世界大战前，曾在巴黎建筑师 A. 佩雷和柏林建筑师 P. 贝伦斯处工作。1917 年移居法国。1928 年参与组织国际现代建筑协会。多次参加各国的建筑设计竞赛。

在第一次世界大战后的大规模重建工作中，现代主义建筑在欧洲兴起，他是主要倡导者。1926 年，他提出“新建筑的五项特点”：房屋底层采用独立支柱，屋顶花园，自由的平面，横向长窗，自由的立面等。代表作有萨伏伊别墅、巴黎大学瑞士学生宿舍、马赛公寓大楼和朗香教堂等。其中马赛公寓大楼被认为是粗野主义建筑风格，朗香教堂被评为塑性造型的典型范例。这些作品对现代建筑的演变产生了重要影响。在城市规划方面，他主张采用城市功能分区原则。著有《迈向建筑》一书。

马赛公寓大楼

音乐舞蹈

【音乐】

音乐 凭借声波振动而存在、在时间中展现、通过人类的听觉器官而引起各种情绪反应和情感体验的艺术门类。音乐是人类所创造的诸多文化现象之一。人类进入阶级社会以后，音乐同时又是社会意识形态之一。

《散乐图》（辽，河北宣化张世卿墓出土）

各种样态的声波振动，是音乐赖以存在的物质材料，是人类运用各种物质手段发出的，其中既包括人类天生的器官（发声器官、四肢等），也包括人类所创造的各种器具。乐器是人类所创造的发音器具，乐器学根据声学原理把乐器分为体鸣、膜鸣、弦鸣、气鸣、电鸣五大类。

构成音乐的基本要素十分简单，不外乎音的高低、音的长短、音的强弱、音色的差异而已。这些基本要素互相结合，形成一些常用的形式要素，如节奏、句法、音程、和弦、调式等；这些形式要素进一步构成一些形态侧面，如曲调、织体、和声、曲式等。音乐艺术品就是由这样一些侧面综合而成的。

音乐常能在某种具体的实践活动中或具体的社会交往场合发挥某种带有实用效益的功能。其审美教育功能对社会的影响最为深远。音乐不仅对智力开发给予有力的促进，而且对各种非智力因素的培养，以及性格、情操方面各种良

法国 15 世纪音乐表演（绘画）

好素质的塑造，都具有深远持久的作用。

由于艺术实践的条件不同，音乐形成了众多的体裁和样式。大体上可从五个角度对音乐体裁进行分类：按照社会生活来分，按照音乐与其他艺术门类相结合的运用方式来分，按照音乐表演手段来分，按照乐曲的结构、织体、节拍、表情来分，按照乐曲的民族、地区来分。随着音乐艺术的发展和人民文化生活水平的提高，音乐的新的体裁、样式将不断地被创造。

简谱　一种简易的记谱法。有数字简谱和字母简谱两种。一般所称的简谱，指的是数字简谱。数字简谱的雏形出现于16世纪的欧洲。19世纪末叶，简谱传到日本，再传入中国。1904年沈心工编著出版的《学校唱歌集》，是中国最早编写的一本简谱歌集。20世纪30年代，随着救亡歌咏运动的开展，简谱在中国广泛流传。

数字简谱在西方被称为加-帕-谢氏记谱法，简称谢韦记谱法。数字简谱用阿拉伯数字1、2、3、4、5、6、7代表音阶中的7个基本音级，其读音分别为do、re、mi、fa、sol、la、si；休止以“0”表示。在数字下面标圆点为低八度音，在数字上面标圆点为高八度音。各音如需升降变化或还原，则在数字的左上方加上升号（♯）、降号（♭）或还原号（♮）。关于时值的变化，在数字后面加“-”（短横线），表示时值增长一倍；在数字后面加“·”，表示时值增长1/2倍；休止符时值的增长用“0”的重复；在数字下面加“_”（短横线），则表示时值减短1/2倍；拍号用一个短斜线或短横线隔开的两个阿拉伯数字表示(如3/4)。乐曲调的高低，用记号标记于曲首。例如，1=C表示曲中do音的高度相当于钢琴键盘上的C音，余类推。

五线谱　现代世界上通用的记谱法。在五根等距离的平行横线上，标以不同时值的音符、休止符及其他记号来记录音乐的一种方法。源于中世纪的纽姆记谱法和有量记谱法。18世纪传入中国。19世纪中叶以后，随着西方传教士的传教及新学的兴办，五线谱逐渐流传并得到推广。

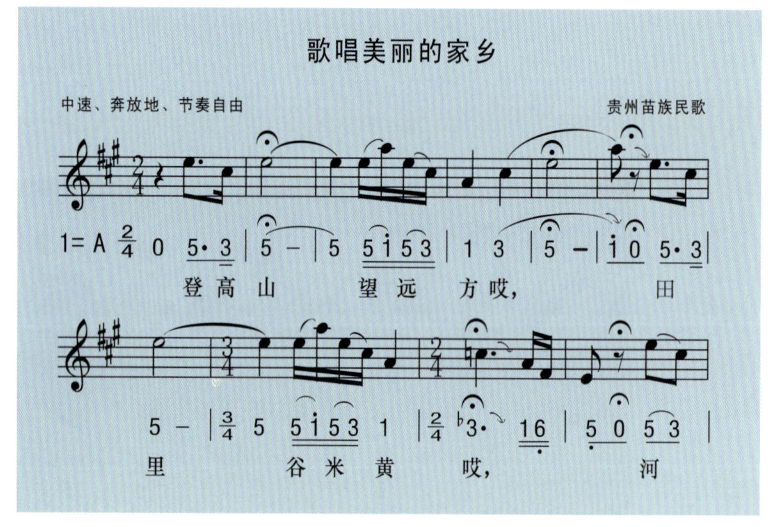

五线谱与简谱对照谱例

五线谱的五条线及线与线之间的四个间，各代表一个音级。若所标记的音乐音域较宽，可根据需要在谱表的上下加临时线。一定音级的固定高度根据所用的谱号来决定。谱号有高音谱号（G谱号）、低音谱号（F谱号）和中音谱号（C谱号）三种。五线谱为适应不同音域的人声和乐器的需要，有多种谱表，其中常用的有高音谱表（用G谱号）、低音谱表（用F谱号）、女高音谱表、中音谱表、次中音谱表（后三种用C谱号）五种。

五线谱一般有三种形式：①总谱。记载合奏或合唱的乐谱。由多行单行谱构成。②分谱。为便于演奏，分别记载每种乐器或每个声部的乐谱。③大谱表。又称十一线大谱表。由高音谱表和低音谱表联合组成。

古典音乐 遵循一定审美原则或作曲技法规范的专业音乐。通常具有以下三种含义：①西方从文艺复兴时期到19世纪末20世纪初那些遵循传统作曲技法及美学原则并堪称经典的专业音乐。是与19世纪末20世纪初以来种种打破“共性写作原则”的现代音乐相对应的概念。这个意义上的古典音乐是一个广义的概念，包括文艺复兴时期的音乐、巴罗克音乐、古典主义音乐，以及19世纪的浪漫主义音乐、民族乐派音乐。②18世纪下半叶至19世纪20年代以J.海顿、W.A.莫扎特、L.van贝多芬为代表的维也纳古典主义音乐。这个意义上的古典音乐是一个狭义的概念，具有特定的地域和历史范畴，是一种具体的音乐流派和风格。③19世纪末20世纪初以来一切非纯粹娱乐性质的专业音乐。其意义近于严肃音乐。与之相对应的则是纯娱乐性的轻音乐、流行音乐或其他通俗音乐。

文艺复兴时期音乐理论家以三种不同长度风琴管说明八度音阶的比例

巴罗克音乐 17世纪初叶至18世纪中叶的欧洲音乐文化。西方音乐史上，这一时期被称为巴罗克时期。音乐特征是：歌剧的诞生和器乐音乐的发展，复调风格逐渐向主调风格转移，教会调式逐渐被大小调体系代替，数字低音的运用引出了和声学的概念。

18世纪欧洲的音乐会

歌剧最早出现于意大利的佛罗伦萨，接着传播到其他城市。18世纪上半叶，歌剧逐步程式化，定型为正歌剧。法国歌剧重视歌唱与语言音韵的结合和在格局中安排芭蕾场面。英国流行假面剧和半歌剧。德国歌剧在汉堡得到发展。这一时期重要的声乐体裁还有清唱剧、康塔塔、受难曲。

这一时期流行的键盘乐器有管风琴、羽管键琴、楔槌键琴，重要的体裁有即兴风格的托卡塔、幻想曲、前奏曲，变奏手法的帕萨卡利亚、夏空及赋格曲和组曲。提琴族乐器与维奥尔族乐器并存。室内乐的主要体裁是奏鸣曲。合奏音乐有协奏曲和乐队组曲。这一时期成就最高的作曲家当数J.S.巴赫和G.F.亨德尔。

维也纳古典主义音乐 18世纪下半叶至19世纪20年代在维也纳形成的以J.海顿、W.A.莫扎特和L.van贝多芬为代表的维也纳古典乐派作曲家的音乐。即古典主义盛期的音乐。经过古典主义前期众多作曲家的创造，古典风格的语汇和表现手法已经基本定型，盛期的三位作曲家用各有千秋的表达方式使之进一步发展。由于他们都在维也纳活动过，成熟的古典风格中又融入了明显的奥地利因素，因而历史上将他们称为维也纳古典乐派。

维也纳古典乐派作曲家的音乐有着许多共同的艺术特色：确立了主调和声风格的主导地位，同时又创造性地运用复调对位手法；强调理智支配感情；既思路开阔、浮想联翩，又逻辑严密、形式严谨；内容充实，往往悲剧性与喜剧性交织，严肃与诙谐配合；在创作技巧上精益求精，达到了前所未有的高度，音乐语言平易通俗。

浪漫主义音乐 19世纪初至中叶近半个世纪间，发生在欧洲的一种新的音乐潮流和创作风格。其影响一直延续到19世纪后半叶。

浪漫主义音乐具有一系列特征：①强调个人主观情感的表现。②对大自然景物的表现占有愈来愈重要的地位。③在音乐中追求民族民间的内容和情趣。④在音乐的体裁样式和一系列表现手段方面都有自己的特色。在体裁方面特别重要的是出现了具有浓厚浪漫气质的新的器乐（特别是钢琴）独奏体裁，其中有相当一部分是带有标题音乐性质的。声乐艺术歌曲也成为这个时期最富于浪漫气质的体裁。作曲家们一方面把一首首相对独立的器乐（钢琴）、声乐作品联结成器乐套曲或声乐套曲；另一方面又把多乐章的交响曲套曲压缩为单乐章结构，形成标题性交响诗。自由、舒展、大幅度起伏的宽阔的歌唱性曲调进入器乐乃至交响曲领域。和声语言中出现了一系列新现象。

浪漫主义音乐的代表人物H.柏辽兹和F.李斯特等人在一起

印象主义音乐 19世纪末20世纪初由法国作曲家C.德彪西首创的一种音乐风格或流派。德彪西于19世纪90年代以后陆续创作的管弦乐《牧神的午后前奏曲》《大海》，歌剧《佩里亚斯与梅丽桑德》，钢琴曲集《版画集》《意象集》《十二首钢琴前奏曲》等，都是印象主义音乐的成熟之作。

印象主义音乐的特征为：崇尚柔和，抑制、排除过分的激情；避免文学性的铺叙，借助标题和丰富的色调变化引起联想；含蓄的暗示多于热情直率的表达，强调朦胧的感觉印象和变化多端的气氛。

印象主义音乐常使用的艺术表现手法有：①在曲调发展上，以短小的曲调细胞组合成一种新颖的动机语汇；②在节奏上，喜欢使用复节拍和复节奏；③重视调式的表现力，根据形象要求采用相应的调式；④和声成为最重要的表现手段；⑤音色丰富、独特而新颖；⑥配器和织体安排新颖；⑦结构往往松散模糊，但在许多作品中仍可看到三部曲式的轮廓。

现代音乐 泛指西方启蒙运动以来各种形式的音乐。“现代”这个概念总是相对的，现代音乐总是指那些不同于以往的、具有创新精神的音乐。每个时代都有自己的现代音乐。现代音乐通常具有以下三种含义：①与“现代性”文化相联系的音乐。与20世纪的后现代音乐相对应。启蒙运动以来的古典主义音乐、浪漫主义音乐、民族乐派音乐，都是这个意义上的现代音乐。②19世纪末20世纪初以来的现代主义音乐与后现代主义音乐。与遵循“共性写作原则”的古典音乐相对应。③一切不同于以往的音乐。与古代音乐、传统音乐相对应。

流行音乐 面向大众的通俗性、娱乐性音乐类型。又称通俗音乐。现代意义上的流行音乐是19世纪在英美地区发展起来的。

早期的流行音乐多采用古典音乐的手法进行创作，或对民间音乐进行改编。19世纪末以来，流行音乐中逐渐发展出一些特有的音乐类型和体裁形式。主要类型有爵士乐、乡村音乐、摇滚乐和电子舞曲等。各种类型又可细分为若干风格流派和体裁形式。

早期的流行音乐主要通过现场表演和销售乐谱的方式传播。随着科技的发展，流行音乐的本体存在形式更多地采用非现场表演的声音形式或声音加影像的形式。通过唱片（录音）、广播、电视、电影和因特网，流行音乐迅速广泛地传播。

从整体上看，流行音乐的功能和表达的内容以娱乐性为主。但作为当代最为便捷的音乐表达形式，流行音乐中不乏具有经典意义的作品。

1989年3月首届亚洲流行音乐比赛在伦敦举行 新华社提供，许如元拍摄

爵士乐 流行音乐的一种。是流行音乐发展过程中最先成熟的具有独立意义的体裁形式。爵士乐的来源是多元的：欧洲古典音乐的结构和和声、非洲民间音乐的节奏和音调、美洲黑人宗教音乐和劳动歌曲，都对爵士乐的音乐语言产生重要影响。

爵士乐是一种既有一定的框架和规范又相对较为灵活和自由的即兴表演

伍迪·艾伦与新奥尔良爵士乐队在意大利演出 新华社提供，Guido Montani拍摄

方式。其演奏者们往往同时也是作曲家——一边演奏一边进行集体创作。爵士乐多用切分节奏，其基本节奏律动常带有一种富有伸缩性的摇摆感。爵士乐的和声脱胎于古典功能和声，但在和弦的结构和各种调式的运用上则更为复杂多变。

爵士乐中常会用到一些自制乐器和特殊的专用乐器（如爵士鼓、电风琴等），也使用传统乐器，如钢琴、吉他、低音提琴及各种传统的木管乐器（尤其是萨克斯管）和铜管乐器。在音色的运用上，爵士乐更追求变化和质感，演奏中常追求人声般的细腻表情。爵士乐的声乐演唱风格也是如此，常采用各种非常规的发声方式。

乡村音乐 流行音乐的一种体裁。又称乡村与西部音乐。源于美国南部和西部乡村地区欧裔移民的民间音乐。

从音乐风格看，叙述性是乡村音乐最重要的特征。与流行音乐的其他体裁相比，乡村音乐的旋律、和声、节奏、曲式结构和器乐伴奏等通常较为简练淳朴，情感的表达也比较直接。乡村音乐的表演形式主要为声乐加器乐伴奏。歌手的音色常带有浓重的鼻音；在重唱形式上，常在主旋律的上方加上用假声演唱的高音和声声部。此外，乡村音乐中也有像蓝草音乐那样技巧华丽、以器乐演奏为主的形式。

早期乡村音乐中常用的乐器有吉他、班卓琴、曼多林和低音提琴等。随着乡村音乐与其他流行音乐体裁的融合，乡村音乐中使用的乐器开始多元，出现了架子鼓、钢琴、萨克斯管和各种铜管乐器等。

1992 年 10 月美国乡村音乐歌手约翰·丹佛在“回家——中国之行”音乐演唱会新闻发布会上演唱
新华社提供，袁满拍摄

摇滚乐 发源于 20 世纪 50 年代的美国的流行音乐形式。由美国黑人音乐（包括福音歌和布鲁斯）、美国乡村音乐和西方古典音乐发展而来。包含诸多子形式，如软摇滚、民谣摇滚、爵士摇滚（又称融合乐）、重金属、朋克和垃圾乐等。广义的摇滚乐泛指 20 世纪 50 年代以后西方流行音乐的主流风格，包括各种使用电子乐器和带有重击拍节奏的流行音乐。

摇滚乐以电吉他、电低音吉他、架子鼓和电子键盘乐器为主要乐器，扩音设备和各种电子音效设备也在摇滚乐的

1993 年 7 月众摇滚歌手在“奥运——中国之梦”大型演唱会上演唱
新华社提供，张燕辉拍摄

演出和制作中发挥重要作用。摇滚乐的基本和声语言以古典音乐为基础，同时融合了**爵士乐**的和声语汇。在节奏上，摇滚乐一般强调小节中弱拍位置上的反拍重音。摇滚乐是一种有人声演唱的音乐形式，但其中器乐的作用远远超出通常伴奏的意义，有时甚至是主导性的。

披头士 英国的摇滚乐队之一。也可以说是 20 世纪 60 年代的一种摇滚乐风格。1958 年，英国利物浦的 J. 列农组织了一个摇滚乐队，乐队成员还有 P. 麦卡特尼、G. 哈利森、S. 苏特克里弗和 P. 贝斯特。乐队曾有好几个名字，1960 年开始使用现名。不久，苏特克里弗和贝斯特离开乐队。1962 年，R. 斯塔尔成为乐队的新成员。1970 年乐队解散。

披头士 1966 年 6 月在德国演出

披头士乐队前期的代表作有《我爱吧》《附言：我爱你》《请令我愉快》《从我到你》《她爱你》《我想握住你的手》等，后期的代表作有《橡胶灵魂》《昨天和今天》《左轮枪》《佩帕军士孤独的心俱乐部乐队》《披头士》等。披头士的歌曲善于运用各种时值的节奏连音来改变节拍单位的固有时值，节奏更为生动；十分讲究音响效果；在句式和结构上也不规则。与此前的摇滚乐相比，披头士的歌曲更具表现力。披头士的歌曲既有温和的一面，也有粗犷的一面。

电子音乐 现代主义音乐派别之一。指通过电子设备和电子技术手段生成或加工处理而成的音乐。20 世纪 50 年代，电子音乐处于最初的磁带音乐阶段，开拓先驱主要集中在法国、德国、美国，代表作有 E. 瓦雷兹的《沙漠》《电子音诗》，J. 凯奇的《想象中的风景》《方塔娜混合》，K. 施托克豪森的《青年之歌》，L. 贝里奥的《变声》。60 年代，电子合成器的发明带来电子音乐的进步，附加键盘使音高等输入更为便捷。这一时期的代表作是施托克豪森的《混合》和《麦克风之一》等。60 年代末，计算机带来电子音乐技术的革命，电子音乐迅速蔓延。德国、法国、美国、日本等国都相继建立电子音乐工作室，大量作曲家投入其中。电子音乐也成为其他风格流派不可或缺的表现手段，并对非电子音乐流派产生重要的影响。

2010 年 10 月电子音乐先锋人物加里·纽曼亮相纽约大学生音乐与电影节
新华社提供，吴凯翔拍摄

民歌 民间口头流传的歌曲。又称民间歌谣。是民间音乐的一个门类。民歌的文学部分（即歌词）属**民间文学**。民歌来源于民间，创作者和创作的年月一般是不确定的，并主要以口头创作、口头流传、不断再创作的方式存在。现今，我们也常把一些经由作曲家创作、改编的，具有浓郁地方风格并在人民群众中广为流传的歌曲算作民歌。

2015 年 5 月民歌团体在立陶宛国际民歌节上表演 新华社提供，卜鹏拍摄

民歌的曲调一般短小精悍，音乐材料的运用经济、集中，旋律清新质朴、易于上口。各民族、各地区的民歌一般都使用本民族、本地区的语言来演唱，并在音乐要素（诸如音阶、调式、节拍、节奏、润腔等）上表现出鲜明的地域性。民歌的曲式结构一般比较短小、精练，并常采用同一曲调演唱多段歌词的分节歌形式。演唱方式有独唱、齐唱、重唱、对唱、合唱、一领众和等类型。民间演唱有的是徒歌形式，有的演唱时用具有本民族特色的乐器进行伴奏。

中国民歌 中国劳动人民在生活和劳动中口头创作，经世代口头传唱，流传于中国民间的歌曲。中国民歌有着悠久的历史。公元前 6 世纪成书的《诗经》是中国第一部民歌集。

中国民歌的音乐特征是：①音阶上普遍采用五声音阶及在五声音阶基础上形成的六声、七声音阶，旋律主要体现为五声性的特征，音乐风格比较清丽、平和。②织体多表现为单声性，单声部的独唱歌曲占大多数。③节奏上经常使用自由节奏。④演唱时强调对腔调的润饰，特别是喜欢运用音腔的变化来获得独特的艺术效果。⑤演唱形式以独唱和齐唱居多。

2009 年 9 月在山西太原举行的“中国风·民歌会——中国原生民歌展演” 新华社提供，燕雁拍摄

中国民歌有多种分类法。音乐学界大多将汉族民歌按照两种方式进行分类：一是按照体裁的不同，分为号子、山歌、小调三大类；二是按照地域音乐风格的不同，分为西北、东北、江汉、西南、江浙、闽台、江淮、客家等 11 个色彩区。少数民族民歌大多按照各民族自己的传统分类法进行分类。

歌曲 为人声而创作的小型音乐作品。歌曲为音乐与歌词的结合，并与歌词内容、结构、语调、韵律相吻合；歌曲的伴奏为歌曲的有机组成部分，但也有无伴奏的。

中国音乐刊物《歌曲》的第一期封面

歌曲可分为民歌和创作歌曲两大类，还可按其他标准细分。如按歌词风格和内容可分为叙事歌曲、抒情歌曲、革命歌曲、军旅歌曲等，按音乐形式可分为分节歌、通谱歌等，按演唱形式可分为独唱曲、重唱曲、合唱曲，按歌曲风格和传播方式可分为群众歌曲、艺术歌曲、流行歌曲等。

独唱曲是供一人演唱的歌曲；重唱曲是供几人演唱的多声部歌曲，其中每个声部由一人演唱；合唱曲是供几组演唱者演唱的多声部歌曲，其中每个声部至少由三人以上演唱。群众歌曲往往在群众游行和各种集会上演唱，具有宣传和鼓动的作用；艺术歌曲的歌词多采用著名诗歌，侧重表现个人的内心情感。

群众歌曲 音乐体裁的一种。泛指由专业或业余作曲家针对现实社会生活创作的、适合于群众演唱的歌曲。群众歌曲的产生和发展大多与政治运动、社会思潮有关，尤其与近现代世界各国的革命斗争分不开。往往在群众游行和各种集会上演唱，具有宣传和鼓动的作用，体现民众的理想和愿望，成为大众的心声。

群众歌曲多为创作歌曲，也有不少是根据民歌或既有曲调重新填词的。群众歌曲的特点是曲调高昂，音域较窄，结构简洁，歌词通俗，易于传播。演唱形式一般为齐唱或轮唱，亦有用合唱形式的；有无伴奏均可。按题材内容和传

1963 年 4 月在北京举行的群众歌曲音乐会　新华社提供，陈娟美拍摄

播范围可分为军旅歌曲、工人歌曲、学生歌曲等。

艺术歌曲 音乐体裁的一种。是作曲家根据诗歌创作的、具有较高艺术表现水平的歌曲。18 世纪末 19 世纪初兴起于欧洲。常供音乐会演唱用。

艺术歌曲的歌词多采用著名诗歌，侧重表现个人的内心情感。其曲调的音乐表现力较强，表现手段和作曲技法也较为复杂。通常为独唱曲，一般都有精心编配的钢琴伴奏，对演唱艺术有着较高的要求。一般为单曲形式，也有的是声乐套曲。声乐套曲是由一组艺术歌曲组成的音乐统一体，在音乐上常常采用主题贯穿发展的手法，其歌词往往采用同一诗人的诗歌。如 F. 舒伯特的《美丽的磨坊女》《冬之旅》，R. 舒曼的《诗人之恋》等均为著名的声乐套曲。

2012 年 2 月在上海举行的毛泽东诗词艺术歌曲——廖昌永独唱音乐会 新华社提供，张明拍摄

中国民族器乐 用中国传统乐器以独奏、合奏形式演奏的民间传统音乐。中国民族器乐历史悠久。从西周到春秋战国时期，民间流行吹笙、吹竽、鼓瑟、击筑、弹琴等器乐演奏形式。以后秦汉有鼓吹乐，魏晋有清商乐，隋唐有琵琶音乐，宋代有细乐、清乐，元明有十番锣鼓、弦索，演奏形式丰富多样。近代的各种体裁和形式，都是对传统形式的继承和发展。

2011 年 7 月在北京举行的“艰难·辉煌”大型民族音乐会 新华社提供，郝远征拍摄

民族器乐有各种乐器的独奏、各种乐器组合的重奏与合奏。不同乐器的组合，不同的曲目和演奏风格，形成多种多样的器乐乐种。传统民族器乐演奏多与民间婚丧喜庆、迎神赛会等风俗生活，以及宫廷典礼、宗教仪式等结合在一起，较少采取纯器乐表演的形式。

传统民族器乐曲都有标题，标题分标名和标意两类。标名性标题只起区别作用，和音乐内容无直接联系；标意性标题以曲名、分段标目和解题等提示乐曲的内容。按传统习惯，民族器乐曲分为单曲和套曲两类。单曲多为单一独立的曲牌，套曲由多个曲牌或独立的段落连缀而成。按曲式结构类型，民族器乐曲主要有变奏体、循环体、连缀体、综合体等，其中以变奏体、连缀体最为多见。

2011 年 10 月维也纳爱乐乐团在澳门国际音乐节上演奏 W.A. 莫扎特的《第三十四交响曲》 新华社提供，张金加拍摄

交响曲 充分发挥各种乐器的功能和表现力来塑造音乐形象，并以交响乐队来演奏的大型套曲形式。交响曲在音乐发展史上具有重要意义：在音乐创作上，它是作曲家们创作技巧高度发展的体现和产物；在发挥器乐表现力的广度和深度上，它都达到了顶峰。

早期的交响曲由 17 世纪末意大利式歌剧序曲演变而来。古典主义时期（1750 ~ 1820），交响曲得以定型成熟。这一时期，四乐章奏鸣曲套曲结构的交响曲，经 J. 海顿、W.A. 莫扎特在前人创作基础上的实践，最后完全确立。典型的古典交响曲包括四个乐章：第一乐章，快板，奏鸣曲式；第二乐章，稍慢或慢板，具抒情风格，用省略的奏鸣曲式、单三部曲式、复三部曲式或变奏曲式；第三乐章，快板或稍快，复三部曲式，在主调上用带有三声中部的小步舞曲形式；第四乐章，终曲，快板或急板，在主调上用奏鸣曲式、回旋曲式、回旋奏鸣曲式或变奏曲式。浪漫主义时期（1780 ~ 1920），交响曲在乐章的数目与安排及乐队的编制上，都有很大的突破和变革。20 世纪，交响曲依然是音乐的重要体裁之一。

协奏曲 一件或多件独奏乐器与管弦乐队相互竞奏，并显示其个性和技巧的一种大型器乐套曲。音乐史上先后产生过教堂协奏曲、大协奏曲、独奏协奏曲等协奏曲形式及其变种二重协奏曲、三重协奏曲和小协奏曲等。18 世纪末，W.A. 莫扎特谱写了各种不同乐器的协奏曲约 50 部，最终奠定了沿用至今的协奏曲的曲式。协奏曲沿用奏鸣曲的形式，但具有自己的特点：①通常由三个乐章组成，省略了小步舞曲或谐谑曲乐章。②第一乐章采用协奏曲-奏鸣曲式，即有两个呈示部，第一个由乐队奏出，第二个以独奏乐器为主，与乐队协同奏出。③第三乐章采用回旋曲式或奏鸣曲式。④第一乐章末尾通常采用即兴风格的华彩段。19 世纪初，L.van 贝多芬运用深化内容和交响发展的手法，将协奏曲的思想性、艺术性提高到了一个新的水平。20 世纪，协奏曲仍为很多作曲家所重视。

2012 年 1 月钢琴家殷承宗在奥地利维也纳音乐协会金色大厅举办的中国新年音乐会上演奏钢琴协奏曲《黄河》 新华社提供，林雍杰拍摄

奏鸣曲 一种多乐章的器乐套曲。又称奏鸣曲套曲。一般由三四个相互形成对比的乐章构成，用一件乐器独奏或一件乐器与钢琴合奏。通常第一乐章为快板，多用奏鸣曲式；第二乐章为慢板，用变奏曲式、复三部曲式或自由的奏鸣曲式；第三乐章为小步舞曲或谐谑曲，用复三部曲式；第四乐章为快板或急板，用回旋奏鸣曲式、奏鸣曲式或回旋曲式。

1999 年 11 月意大利钢琴家 M. 坎帕内拉在上海音乐厅演奏 L.van 贝多芬的《c 小调奏鸣曲》 新华社提供，张明拍摄

16 世纪初，奏鸣曲泛指各种器乐曲。17 世纪中叶后，古典奏鸣曲开始出现并巩固其某些特征。到维也纳古典乐派时期，古典奏鸣曲的结构完全定型。与此同时，奏鸣曲套曲形式在室内乐、协奏曲、交响曲等大型器乐体裁中亦取得了支配性地位。从 C.M.von 韦伯、F. 舒伯特开始的浪漫主义奏鸣曲，在风格上有明显改变。20 世纪初，奏鸣曲创作再次出现向不同方向发展的趋势。第一次世界大战结束后，奏鸣曲套曲重新得到重视。

进行曲 一种音乐体裁。原为军队中用以整步伐、壮军威、鼓士气的队列音乐，起源于 16 世纪的战争曲。以曲调规整、节奏鲜明并多带附点音符为特点。早期进行曲不拘拍子，结构短小。近代进行曲一般运用部再现的曲式，如单二部曲式、单三部曲式、复三部曲式、三部–五部曲式等，多用双拍子或四拍子，较少用三拍子。除军队进行曲外，尚有用于婚、丧、迎宾、节庆及艺术欣赏的进行曲。婚礼进行曲有两种：速度较快、表现节日气氛的和速度较慢、用于婚礼行列的。丧礼进行曲速度缓慢，多用小调式写成，早期也有用大调式的。除器乐作品外，歌曲中的进行曲也很常见，如《马赛曲》《义勇军进行曲》等。

2012 年 6 月福州警官合唱团在第五届海峡两岸合唱节上演唱歌曲《军旗进行曲》 新华社提供，林善传拍摄

圆舞曲 一种音乐体裁。又译华尔兹。是广泛流传于世界的一种舞曲。由于跳舞时以两脚交替平稳滑行步法连续旋转而得名。18 世纪末由连德勒演变而成。旋律平滑流畅、妩媚动人，小节的第一拍重音明显。从 19 世纪初起成为各阶层最风行的交谊舞音乐。圆舞曲在维也纳获得了长足的发展。J. 施特劳斯父子

2002 年 5 月中国电影交响乐团与舞蹈演员在施特劳斯音乐会上合作演出《春之声圆舞曲》 新华社提供，史春阳拍摄

和 J. 兰纳是维也纳圆舞曲最著名的作曲家。他们所作的圆舞曲多由数首短小圆舞曲连缀构成，形成一种套曲式的结构，称圆舞曲套曲。F.F. 肖邦、R. 舒曼、J. 勃拉姆斯、F. 李斯特的圆舞曲，是这一体裁的珍品，但不旨在为舞蹈伴奏。

歌剧 一种以音乐作为主要表达手段的戏剧体裁。包含戏剧、音乐和景观等方面的要素，但音乐在其中占据主导地位。在不同的时代和环境中，艺术家对上述要素进行程度不一和方式迥异的综合，由此形成歌剧的各种体裁。

歌剧音乐主要分为声乐和器乐。声乐部分包括独唱、重唱与合唱，通过歌词和音乐的互动一方面交代情节和推进剧情的发展，另一方面表达人物的内心世界。主要声乐样式有宣叙调、咏叹调、重唱、合唱等。器乐部分主要是作为歌唱（及舞蹈）的伴奏，在戏剧进展中起联结作用。独立的器乐曲有全剧开幕时或每幕之前的序曲（前奏曲）及幕间的过场音乐（间奏曲）。歌剧音乐可以由相对独立的音乐分曲联结而成，也可以是不间断的连续结构，或者是介于两者之间的场景式结构。

主要的歌剧体裁有：①正歌剧。或称严肃歌剧。狭义的正歌剧特指 18 世纪上半叶流行的一种意大利歌剧样式。②喜歌剧。具有喜剧因素、音乐轻快、有圆满结局的歌剧。③大歌剧。有两种含义：一种泛指场面宏大，内容比较严肃、多为历史悲剧或史诗性内容的歌剧；另一种特指 19 世纪 20 年代开始兴起、在法国巴黎歌剧院上演的大型豪华歌剧。④乐剧。特指德国作曲家 R. 瓦格纳自 1848 年开始创作《莱茵的黄金》之后的音乐戏剧作品。⑤轻歌剧。也称小歌剧。一般题材轻松，音乐通俗、幽默。

2015 年 9 月柏林喜歌剧院在上海大剧院献演大开眼界版歌剧《魔笛》 新华社提供，任珑拍摄

《白毛女》 中国歌剧。1945 年初在延安由贺敬之、丁毅编剧，马可、张鲁、瞿维、李焕之等作曲的五幕歌剧。

大致情节是：河北地主黄世仁于除夕之夜逼迫佃户杨白劳将女儿喜儿顶租，杨白劳喝下卤水自杀身亡，黄世仁带着打手硬将喜儿拉走做丫鬟。喜儿饱受欺凌，在女仆张二婶的帮助下逃入深山，苦熬三年，头发全白。后来，八路

新版歌剧《白毛女》剧照
新华社提供，梁旭拍摄

军把喜儿从山洞里救出，并发动群众清算了黄世仁的罪行。

《白毛女》在音乐上的成就主要表现在：开始解决通过音乐来刻画剧中人物形象的问题；较成功地以各种民间音调作为创造剧中人物的音调基础；在创作的形式和手法上，大胆而谨慎地借鉴了西洋歌剧的经验。总之，在音乐上既注意保持与传统民间音乐和戏曲的联系，同时又注意体现时代风格和歌剧音乐的创作特点。因而，这部歌剧成为中国新歌剧的里程碑。

国家大剧院制作版歌剧《卡门》剧照　新华社提供，罗晓光拍摄

《卡门》　法国作曲家G.比才的四幕歌剧。脚本由亨利·梅拉克和吕道维克·柯莱维根据法国文学家P.梅里美的小说改编。1875年首演于巴黎喜歌剧院。

故事发生在19世纪初西班牙的塞维利亚。吉普赛姑娘卡门诱使龙骑兵下士唐·何塞违反军纪并加入走私贩团伙。唐·何塞因卡门移情别恋斗牛士埃斯卡米洛，与卡门发生冲突。最后，唐·何塞苦苦恳求卡门重归于好，但遭到拒绝，在绝望中杀死卡门。

《卡门》是一部带有现实主义甚至真实主义特征的歌剧。全剧情节生动紧凑，音乐风格率直明快，洋溢着炽烈的西班牙风情。剧中有众多脍炙人口的唱段（如卡门的咏叹调《哈巴涅拉》、斗牛士的咏叹调《斗牛士之歌》、唐·何塞的咏叹调《花之歌》等）和富于舞台效果的合唱场面。歌剧的序曲和三首优秀的幕间曲则是管弦乐小品的典范之作。

音乐剧　19世纪末出现在英国和美国的一种音乐戏剧形式。早期的音乐剧内容上以轻松嬉闹或浪漫伤感主题为多，常被称为音乐喜剧、音乐浪漫剧或音乐闹剧。随着时代的发展，出现了许多严肃的甚至是悲剧性的题材。

音乐剧一般采用类似流行歌曲的自然声演唱方式，有时也会采用类似歌剧中的美声唱法或其他民族性、地方性的唱法。音乐剧的音乐主要以20世纪中发展起来的流行音乐为基础。早期音乐剧的音乐主要来源于古典音乐中一些较为通俗的音乐体裁、各种民间舞曲和爵士乐等。随着时代的发展和观念的变化，音乐剧中逐渐融入了更为广泛的音乐元

百老汇音乐剧《歌剧魅影》剧照　新华社提供，吴景腾拍摄

素。在音乐结构上，除了传统的带有对白的分曲形式外，也有不带对白从头唱到尾的通谱形式。音乐在音乐剧中并不占绝对的统治地位。台词、音乐、舞蹈及其他各种舞台要素在音乐剧中的作用相对比较平衡。

《猫》 西方当代音乐剧代表作。英国音乐剧作曲家A.L.韦伯根据T.S.艾略特的诗作《擅长装扮的老猫经》改编、作曲，T.纳恩导演。

《猫》剧照

该剧没有传统音乐剧的完整故事，而是展示了一群生活在垃圾场的猫的众生相。年老色衰的格雷泽贝拉曾经魅力十足，在外面的世界闯荡多年，如今落魄孤单。她想归队，但其他猫对她很蔑视。最后，格雷泽贝拉得到众猫的理解，被公推升上天堂。她的一曲《追忆》成为当代音乐剧中最脍炙人口的歌曲。

该剧于1981年5月11日在伦敦首演，连续演出直至2002年5月11日结束；在纽约百老汇也连续上演18年（1982～2000）。它是迄今为止世界上连续上演时间最长的音乐剧，全球票房收入超过20亿美元。

管弦乐队 乐队的一种组织形式。通常指欧洲自古典乐派以来定型的一种国际通用的大型器乐合奏乐队。由于演奏不同风格、体裁的器乐作品及演出场地、功用的不同而有不同的名称：在音乐会舞台上演奏交响音乐作品的大型管弦乐队称交响乐队，用以演奏室内乐作品、编制较小的管弦乐队称室内管弦乐队，专门演奏轻音乐作品的管弦乐队称轻音乐乐队，等等。

比较规范或常见的管弦乐队由弦乐器、木管乐器、铜管乐器、打击乐器和色彩乐器组成。以木管乐器的数量为参考标准，现代管弦乐队可分为双管、三管、四管编制。在乐队的基本编制下，根据音乐作品的具体需要，乐队还可能增添其他不常用的特色乐器。不同乐器的位置排列各异，常由指挥决定，基本原则为弦乐器在前，铜管乐器和打击乐

2017 年 10 月中国国家大剧院管弦乐团在纽约卡内基音乐厅演出　新华社提供，王迎拍摄

器在后，木管乐器居中。弦乐器是管弦乐队的支柱。

管乐队　由木管乐器、铜管乐器和打击乐器组成的吹奏乐队。所用的乐器及数量并没有一定之规，常根据需要组织。

2013 年 10 月管乐队在美国纽约哥伦布日游行庆祝活动中演奏　新华社提供

一般说来，管乐队由短笛、长笛、双簧管、单簧管、大管、中音萨克斯管、次中音萨克斯管、上低音萨克斯管、圆号、短号、小号、次中音号、上低音号、长号、大号、小军鼓、大军鼓、大钹等乐器组成。如果在音乐会上演奏，有时也加用定音鼓和低音提琴。

管乐队分为不同的类型，重要的有铜管乐队和军乐队。铜管乐队是由铜管乐器和部分打击乐器组成的乐队；军乐队是在军队各种仪式中演奏的管乐队，由铜管乐器、木管乐器和部分打击乐器组成。

军乐队　在军队各种仪式中演奏的，由木管乐器、铜管乐器和打击乐器组成的管乐队。中世纪，欧洲军乐队初具规模。文艺复兴时期，欧洲军乐队逐渐形成以木管乐器、铜管乐器和打击乐器为主的现代军乐队雏形。19 世纪中叶以后，欧洲军乐队逐渐定型。19 世纪末 20 世纪初，西方式的现代军乐队逐渐传入中国。

军乐队的编制在不同国家差异极

2015 年 9 月中国人民解放军军乐团在第八届“斯帕斯卡亚塔楼”国际军乐节上表演　新华社提供，戴天放拍摄

大。常见的军乐队由短笛、长笛、双簧管、单簧管、中音萨克斯管、次中音萨克斯管、大管、圆号、短号、小号、次中音长号、低音长号、尤风宁号、大号，以及定音鼓、小鼓、大鼓和其他打击乐器组成，有时还加入弦乐器。

中国民族乐队 中国为多民族国家，各民族都有独特的民族乐队。一般所谓的中国民族乐队，通常是指在汉族地区和部分少数民族地区流行的、主要由汉族乐器组成的管弦乐队。这种类型的民族乐队，经过长期的历史演变，在中国多民族音乐文化发展的基础上，借鉴西洋音乐的经验而逐渐形成。

中国民族乐队按规模大体可分为大、中、小三种类型。①小型乐队。10人左右。主要乐器有笛子、笙、扬琴、琵琶、中阮、二胡、中胡、大胡、低胡等。多用于小型合奏和为独奏、独唱、歌舞、杂技伴奏。②中型乐队。40人左右。主要乐器有笛、笙、唢呐、定音鼓、扬琴、柳琴、琵琶、中阮、大阮、高胡、二胡、中胡、大胡、低胡等。③大型乐队。70人左右。在中型乐队的基础上扩充而成，拥有高、中、低音成套唢呐。

2013年2月中央民族乐团在美国洛杉矶举行新年音乐会　新华社提供，杨磊拍摄

指挥 演奏、演唱等音乐专业团体的艺术领导者。常见的音乐指挥有交响乐指挥、歌剧指挥、舞剧指挥、合唱指挥、民乐指挥和军乐指挥等。指挥对作曲家的作品进行再创作，集中、统一、完善地表达作曲家的创作意图，从而使作品的演出成为公认的、权威的解释。

美国指挥家L.马泽尔执棒演出　新华社提供，刘建生拍摄

指挥首先要具备高度的音乐修养和文化修养，精通音乐的基础理论（和声、复调、配器、音乐史、作品分析等），有非凡的听觉和记忆力，然后要能自如地演奏一种乐器（钢琴或小提琴等），并熟练地阅读总谱。指挥要对自己所指挥的专业团体的艺术规律有独到的见解。在排练作品的过程中，他能指明每一个声部所应掌握的节奏、力度、音准和感情，并使各声部的演奏或演唱融为一体。一名优秀的指挥，往往具备指挥不同体裁和不同风格作品的能力，并形成自己独特的艺术个性。

中央乐团 中国专业音乐表演团体。其前身是1952年在北京建立的中央歌舞团，团长李凌，艺术指导李焕之，乐

1996 年 9 月由中央乐团改建的中国交响乐团在北京举行首场演出　新华社提供，杨飞拍摄

队和合唱队的骨干是中央音乐学院附属的音乐工作团及中央音乐学院第一期少年班的学员。至 1956 年，该团一分为二，分为以歌舞为主的中央歌舞团（另迁新址）和以音乐为主的中央乐团（设在原址）。中央乐团作为直属文化部的音乐表演团体，内设交响乐队、合唱队、独唱独奏小组及创作组，是当时中国规模最大、水平最高的专业音乐表演团体。历任团长有李凌、严良堃（1980 年后）。1996 年 4 月，文化部将中央乐团改建为中国交响乐团。陈佐湟、汤沐海先后任音乐总监，李心草为常务指挥。

中国爱乐乐团　中国专业交响乐团。初建时为中国广播文艺工作团下设的一个管弦乐队，1960 年正式建团，1962 年称中国广播管弦乐团，1980 年改称中国广播交响乐团。历任主要领导有罗浪、孙有志、周亚玉、袁方等。主要指挥先后有林克昌、袁方、邵恩等。2000 年 5 月，该团被改组为直属中国国家广播电视总局的国家级交响乐团——中国爱乐乐团。由余隆任艺术总监及首席指挥，充实了不少国内优秀的演奏员，同时聘请了一些外籍演奏员，并聘请波兰作曲家、指挥家 K. 彭代雷茨基为首席客座指挥。

2003 年 10 月中国爱乐乐团在北京国际音乐节上演奏　新华社提供，李俊东拍摄

柏林爱乐乐团　德国专业音乐表演团体、世界著名交响乐团之一。创建于 1882 年。首任指挥是 F. 维尔纳。此后，担任该团指挥的有约阿希姆、K. 克林德沃特、H.von 彪罗、尼基什、W. 富特文格勒、H.von 卡拉扬、C. 阿巴多、S. 拉特尔等。柏林爱乐音乐厅在 1939~1945 年的战争中被毁，1963 年在原址重建了精致的现代化大厅。

拉特尔指挥乐团演奏　新华社提供，方喆拍摄

伦敦交响乐团　英国专业音乐表演团体、世界著名交响乐团之一。1904 年，

2000 年 5 月伦敦交响乐团在梵蒂冈演出

女王音乐厅乐队一些演奏员因反对乐团的管理制度而重新组建乐团，即伦敦交响乐团。建团初期实行自治，自选指挥。首次音乐会于 1904 年 6 月 9 日在伦敦女王大厅举行，H. 里希特担任这场音乐会的指挥。不久他被授予乐团首席指挥的头衔，并任职至 1911 年。1912 年，在尼基什率领下，伦敦交响乐团成为首个在美国巡演的英国乐团。曾担任该团指挥的还有 P. 蒙特、凯尔泰斯、A. 普雷文、C. 阿巴多、M.T. 托马斯、C. 戴维斯、V. 格尔吉耶夫、S. 拉特尔等。

音乐厅 供音乐演出之用的公共建筑。由听众部分（听众厅、门厅、休息厅等）、演奏部分（乐台、合唱台、管风琴间等）和演出准备部分（化妆室、调音室、练习室、乐队和指挥休息室、贮藏室等）组成。

设计音乐厅时除了满足一般演出类建筑的基本要求，还应同声学家和乐队指挥合作解决好如下问题：①防噪声。选址应避开环境噪声大的地方。②规模。音乐厅的规模不宜过大，世界上音质较好的音乐厅容量为 1500 ~ 2200 座。③座席。座席面积不宜太大，音质较好的音乐厅每座面积多不超过 0.68 平方

奥地利维也纳音乐协会金色大厅 新华社提供，Ronald Zak 拍摄

米。④体型。听众席的各部位能否获得时差在20毫秒以内的近次反射声，是决定厅内体型的关键。⑤顶棚、墙面。厅内表面装修尽量少用吸声材料和薄板材料，以保存有限的声能。⑥混响时间。混响时间的长短与厅内体积成正比，与吸音多少成反比。⑦演奏台。乐师之间的互听，各种乐器声的平衡、混合和整体感，是演奏台设计中的重要声学问题。⑧调试。厅堂建成后的调试工作具有重要意义。

斯卡拉歌剧院 意大利歌剧院、世界著名歌剧院之一。又译拉斯卡拉歌剧院。位于米兰。1778年以斯卡拉王后的名字命名。同年8月31日因演出A.萨列里的歌剧《欧罗巴》而得到承认。许多作曲家都为这所歌剧院写过作品，如G.罗西尼的《试金石》《土耳其人在意大利》，G.多尼采蒂的《卢克雷齐亚·博尔贾》，V.贝利尼的《诺尔玛》，G.威尔第的《纳布科》《奥赛罗》，以及G.普契尼的《蝴蝶夫人》等。1898～1903年和1921～1929年，A.托斯卡尼尼担任指挥，斯卡拉歌剧院进入全盛时期。

斯卡拉歌剧院观众厅

歌剧院一年四季上演一流节目，许多世界著名歌唱家都在此演出。2002年歌剧院进行全面修复，2004年12月举行了修复后的首场演出。

维也纳国家歌剧院 奥地利歌剧院、世界著名歌剧院之一。以演出R.瓦格纳、W.A.莫扎特和R.施特劳斯的作品最为著名。其前身为1748年建立的布鲁克剧场，后改名为维也纳皇家歌剧院。1869年在原址建成新歌剧院。1897年起，G.马勒执掌歌剧院10年。他将维也纳皇家歌剧院的声望提升到前所未有的高度，使之享誉世界。1920年更名为维也纳国家歌剧院。第二次世界大战前的主要指挥有C.克劳斯、F.魏恩加特纳、B.瓦尔特。1945年，歌剧院在第二次世界大战中被炸毁。战后靠税收、捐款和美国马歇尔计划的资助重建，1955年竣工，以L.van贝多芬的《菲德里奥》作为开幕首演的节目。战后的主要指挥有K.伯姆、H.von卡拉扬、L.马泽尔等。演出经费部分靠国家资助。

维也纳国家歌剧院外景

萧友梅（1884-01-07～1940-12-31）中国音乐教育家、作曲家。字思鹤，又

《中国现代音乐家（一）》纪念邮票之《萧友梅》新华社提供，王九忠拍摄

字雪明。广东香山（今中山）人。1901 年留学日本，1910 年回国。1912 年留学德国，1916 年获莱比锡大学博士学位，1920 年春回国。曾任教育部编审员、北京大学讲师。1927 年到上海筹建国立音乐院，历任国立音乐院教务主任、代院长。1929 年 9 月起担任国立音乐专科学校校长。

他力主学习西洋音乐发展的经验，着手创建专业音乐院校，直接参加教学活动，编写了许多教材。此外，还发表了 50 余篇音乐论文。他也是中国近代较早从事专业音乐创作的作曲家。在德国留学时，他已创作了弦乐四重奏《小夜曲》和钢琴曲《哀悼引》等。回国后又创作了《别校辞》《春江花月夜》等近百首歌曲和两部大型合唱曲，以及大提琴曲《秋思》和管弦乐曲《新霓裳羽衣舞》等。

他所作《卿云歌》成为辛亥革命后中国政府颁布的第一首国歌。

刘天华（1895-02-04 ~ 1932-06-08）

《中国现代音乐家（一）》纪念邮票之《刘天华》新华社提供，王九忠拍摄

中国作曲家、二胡演奏家。江苏江阴人。1915 ~ 1922 年在江阴、常州等地中小学任音乐教师。1922 年被聘为北京大学音乐传习所导师。其后任教于北京女子高等师范学校（后改为北京女子师范大学、北平大学女子文理学院）和北京美术专门学校（后改为国立北京艺术专门学校）。1927 年发起成立国乐改进社，编辑出版了《音乐杂志》。

他在继承传统音乐的基础上，吸收、借鉴西洋音乐的技法，创作了《病中吟》《闲居吟》《良宵》《空山鸟语》《光明行》等二胡独奏曲和《歌舞引》《改进操》等琵琶独奏曲及民乐合奏曲《变体新水令》，并创作了二胡练习曲 47 首、琵琶练习曲 15 首。他的音乐创作，奠定了二胡专业创作和演奏的基础，丰富和发展了中国近代音乐创作。

冼星海（1905-06-13 ~ 1945-10-30）

中国作曲家。曾用名黄训、孔宇。祖籍广东番禺，生于澳门。1926 年到北京，入国立北京艺术专门学校学习。1928 年入国立音乐院学习。1929 年赴法国巴黎学习。1935 年春考入巴黎国立高等音乐学院，同年秋回国。先后在上海、武汉等地投身于抗日救亡运动。1938 年到延安任教于鲁迅艺术学院，翌年任音乐系主任。1940 年被派往苏联工作学习。

冼星海在上海　新华社提供

在法国期间创作了《风》和《d 小调小提琴奏鸣曲》等作品。回国后所作《救国军歌》《夜半歌声》《拉犁歌》《青

年进行曲》等歌曲，在群众中广泛传唱。在延安期间创作的《黄河大合唱》《生产大合唱》《九一八大合唱》等大型声乐套曲和歌曲《反攻》等，在全国产生了巨大影响。去苏联后完成了《民族解放交响曲》《神圣之战交响曲》《满江红》《中国狂想曲》4部管弦乐曲和一些声乐、器乐作品。冼星海的音乐作品富于艺术性、民族性和时代感，代表作《黄河大合唱》是中国近代新音乐里程碑式的作品。

聂耳（1912-02-14 ~ 1935-07-17） 中国作曲家、音乐活动家。原籍云南玉溪，生于昆明。1927年入云南第一师范高级部英文组。1931年考入明月歌剧社。

聂耳在作歌唱辅导　新华社提供

1932年起在北平、上海参加左翼文艺运动。同年进入联华影业公司工作。1934年进入百代唱片公司，参与主持音乐部，组建百代国乐队。1935年4月赴日本，7月在游泳时溺亡。

他共创作有37首歌曲。《开路先锋》和《大路歌》为其成名作。影响最广的是几首进行曲风格的爱国歌曲，包括《毕业歌》《前进歌》《自卫歌》《义勇军进行曲》等。有代表性的抒情歌曲有《飞花歌》《塞外村女》《铁蹄下的歌女》《告别南洋》《梅娘曲》等。他还创作了著名的儿童歌曲《卖报歌》。他的作品既有浓郁的民族色彩，又有强烈的时代气息；既有鲜明的形象特征，又有严密的组织结构。他提高了中国群众歌曲的艺术价值，并奠定了这种体裁的历史地位。

谷建芬（1935-04-23 ~ ） 中国作曲家。生于日本大阪，7岁回国定居。1952年考入东北鲁迅文艺学院音乐系（翌年改组为东北音乐专科学校）。1955年毕业后到中央歌舞团工作。1978年随团访问拉丁美洲6国，这成为她歌曲创作的一个转折点。

1980年创作了她的成名作《年轻的朋友来相会》。重要的歌曲作品有《清晨，我们踏上小道》《那就是我》《世界需要热心肠》《采蘑菇的小姑娘》《妈妈的吻》《脚印》《我的小路》《生命的星》《兰花与蝴蝶》《思念》《绿叶对根的情意》《歌声与微笑》《今天是

谷建芬介绍古诗儿歌创作情况　新华社提供，罗晓光拍摄

你的生日》《滚滚长江东逝水》《历史的天空》《二十年后再相见》《希望》等。谷建芬的作品属于通俗歌曲范畴，更多的是艺术歌曲与通俗歌曲的交融和结合。她对推动20世纪八九十年代中国通俗歌曲的繁荣作出了重要贡献。

谭盾（1957-08-18 ~　）中国作曲家。湖南长沙人。1976年进入长沙市京剧团担任小提琴演奏员。1978年考入中央音乐学院作曲系。学习期间创作了交响曲《离骚》、弦乐四重奏《风雅颂》等。毕业后继续攻读硕士学位。《道极》是这一时期的代表作。1986年赴美国哥伦比亚大学攻读博士学位。1989年推出祭祀歌剧《九歌》。20世纪90年代，他

谭盾被美国权威音乐杂志《美国音乐》授予2002年度最佳作曲家奖　新华社提供，彭张青拍摄

创用“乐队剧场”的音乐体裁，作有《乐队剧场I：埙》《乐队剧场II：Re》《乐队剧场III：红色》。此时的重要作品还有交响曲《死与火》，室内乐《圆》，歌剧《鬼戏》《马可·波罗》，以及实验音乐作品《静土》《序、破、急》《金瓶梅》等。以后创作有《交响曲1997：天地人》《永恒之水协奏曲》，歌剧《牡丹亭》《秦始皇》，以及电影《卧虎藏龙》《英雄》《夜宴》的配乐等。谭盾是1979年以来中国现代音乐的代表性作曲家，曾获得包括奥斯卡金像奖在内的多项国际作曲大奖。

王昆（1925-04-14 ~ 2014-11-21）中国女高音歌唱家。河北唐县人。1944年到延安，入鲁迅艺术学院学习。1945年，歌剧《白毛女》在延安首演，她扮演女主角喜儿，获得成功。此外，她还主演了新秧歌剧《夫妻识字》《兄妹开荒》等。抗日战争胜利后，她随华北联合大学文工团在华北各地演出。中华人民共和国成立后，历任东方歌舞团艺术委员会主任、团长等职。1965年参加大型音乐舞蹈史诗《东方红》的演出。

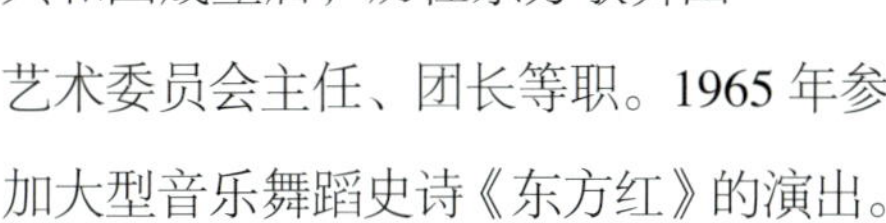

王昆是中国新歌剧的第一代演员，演唱风格热情、朴实，乡土气息浓郁。她演唱的代表性曲目有中国歌曲《秋收》《二月里来》《翻身道情》《革命将士出征歌》，印度歌曲《划船调》《神啊，吹起你的笛子吧》，孟加拉国歌曲《求雨》，俄罗斯歌曲《田野静悄悄》等。

郭兰英（1930-12-31 ~　）中国女高音歌唱家。山西平遥人。13岁已在戏曲表演方面初露头角。1946年参加华北联合大学文工团。1948年主演歌剧《白毛女》，获得成功。中华人民共和国成立后，先后在中央戏剧学院附属歌舞剧院、中央实验歌剧院、中国歌剧舞剧院任演员。主演了歌剧《小二黑结婚》《刘胡兰》《春雷》《红霞》《窦娥冤》等。

郭兰英为中国新歌剧表演体系的建立作出了开拓性贡献，其演唱具有浓郁

新华社提供，范德元拍摄

的中国民族特色。她演唱的代表性曲目有《妇女自由歌》《王大妈要和平》《翻身道情》《南泥湾》《绣金匾》《我的祖国》《一道道水来一道道山》《清粼粼的水来蓝莹莹的天》等。

亨德尔，G.F.（1685-02-23 ~ 1759-04-14） 英籍德国作曲家。生于德国哈雷。幼年就显示出优异的音乐才能。1702年遵从父亲意愿入哈雷大学学习法律，父亲去世后转学音乐。1703年到汉堡歌剧院担任第二小提琴手。1706年秋受邀到意大利。1710年到德国汉诺威担任选侯的宫廷乐长。不久被聘往英国，成为英国宫廷作曲家。

亨德尔是资产阶级兴起时期具有代

表性的音乐家。他一生创作了50部歌剧，其中比较重要的有《尤利乌斯·凯撒在埃及》《塔麦拉诺》《罗德林达》《奥兰多》等。他共写有23部清唱剧，其中重要的有《力士参孙》《以色列人在埃及》《弥赛亚》《犹大·马加比》等。他创作的清唱剧达到很高的水平，成为音乐史上的一座里程碑。他还写有相当数量的器乐作品。他的管弦乐曲包括12部大协奏曲，歌剧、清唱剧的序曲，以及《水上音乐》《焰火音乐》等露天演奏的乐曲。

巴赫，J.S.（1685-03-21 ~ 1750-07-28） 德国作曲家、管风琴家。生于爱森纳赫。1703年任魏玛宫廷小提琴手。以后历任阿恩施塔特新教堂、米尔豪森教堂管风琴师。1708年任魏玛宫廷管风琴师，1714年起被任命为宫廷乐师。1717年任克滕宫廷乐长后的六七年间，巴赫创作了许多重要的作品，如《平均律钢琴曲集》上卷、《勃兰登堡协奏曲》、小提琴独奏奏鸣曲、大提琴独奏奏鸣曲、《创意曲》等。

1724年，他凭借《约翰受难曲》争取到了莱比锡托马斯教堂乐长的职位，同时还在尼可拉教堂供职。巴赫在莱比锡度过他的后半生，写了265部宗教康塔塔、6首经文歌、5首弥撒曲、4首受难曲、3部清唱剧等宗教性乐曲，又创作了《平均律钢琴曲集》下卷、《意大利协奏曲》和《戈尔德贝格变奏曲》等世俗性乐曲。1748年，他创作了《音乐的奉献》献给普鲁士皇帝。

巴赫不仅是他以前音乐成就的集大成者，更是他以后音乐发展的启迪者。他的音乐创作标志着德意志民族音乐的开端，对后世音乐的发展有深远的影响。

海顿，J.（1732-03-31 ～ 1809-05-31）奥地利作曲家。生于下奥地利的罗劳。

1754 年向意大利作曲家、声乐教师 N. 波尔波拉学习作曲和声乐。1759 年担任捷克莫尔津伯爵府邸中的乐队指挥和室内乐作曲家。1761 年到艾森施塔特担任 P.A. 埃斯特哈齐亲王的宫廷副乐长，不久任乐长，直至 1790 年乐队解散。1791 ～ 1795 年，两次受邀访问伦敦。以后在维也纳从事创作。

海顿的音乐创作涉及各类体裁，一般认为他在交响曲和弦乐四重奏领域成就最高。他一生创作的交响曲不下 104 部，其中最著名的是《第四十五交响曲》（《告别》）、《第九十二交响曲》（《牛津》）、《第九十四交响曲》（《惊愕》）、《第一〇〇交响曲》（《军队》）、《第一〇一交响曲》（《时钟》）、《第一〇三交响曲》（《鼓声》）和《第一〇四交响曲》（《伦敦》）。这些作品以世态风俗的内容和匀称完美的形式而著称。他作有 80 余部弦乐四重奏，其中《皇帝》《日出》等 8 部弦乐四重奏被赋予更生动的节奏活力、更丰富的和声语言。他的声乐作品以为埃斯特哈齐宫廷写的 6 首大弥撒曲和清唱剧《创世记》《四季》最为著名。

莫扎特，W.A.（1756-01-27 ～ 1791-12-05） 奥地利作曲家。生于萨尔茨堡。4 岁开始随父学习音乐。1762 年随父到慕尼黑、维也纳、普雷斯堡作首次巡回演出。1763 ～ 1773 年，他们先后到德国、比利时、法国、英国、荷兰、意大利等国旅行演出。1777 ～ 1779 年，他又和母亲进行了两年旅行演出。1781 年，莫扎特到维也纳谋生。

幼年莫扎特在演奏（绘画）

歌剧是他的主要创作领域。他共写了 20 余部歌剧，其中《费加罗的婚姻》《唐璜》《魔笛》最具代表性。他写了约 50 部交响曲，最有代表性的有 7 部，分别是《第三十一交响曲》《第三十五交响曲》《第三十六交响曲》《第三十八交响曲》《第三十九交响曲》《第四十交响曲》《第四十一交响曲》，其中后 3 部最为优秀。协奏曲是除歌剧以外，莫扎特在音乐创作上贡献最为突出的体裁之一。他写了 50 余部协奏曲。在这些协奏曲中，钢琴协奏曲占有突出的地位，代表作有《d 小调钢琴协奏曲》《c 小调钢琴协奏曲》《A 大调钢琴协奏曲》等。

贝多芬，L.van（1770-12-16 ~ 1827-03-26） 德国作曲家、钢琴家。生于波恩。4岁开始接受音乐教育，14岁以前受过普通学校教育，19岁时被获准进波恩大学听课。其间边求学边工作。1792年，他到维也纳跟J.海顿学习作曲。次年冬转而随音乐理论家J.G.阿尔布雷希茨贝格尔学习对位法。不久进入维也纳上流社会。

贝多芬集古典主义之大成，开浪漫主义之先河。其作品以交响曲和奏鸣曲最为出色。在贝多芬的9部交响曲中，最有代表性的是《第三交响曲》（《英雄》）、《第五交响曲》（《命运》）、《第六交响曲》（《田园》）、《第七交响曲》和《第九交响曲》（《合唱交响曲》）。这些作品以宏伟的结构布局、深刻的哲理构思、豪迈的英雄气概和高昂的战斗音调而震撼人心。他一生作有钢琴奏鸣曲32首，其中《第八钢琴奏鸣曲》（《悲怆》）、《第十四钢琴奏鸣曲》（《月光》）、《第二十一钢琴奏鸣曲》（《华尔斯坦》）和《第二十三钢琴奏鸣曲》（《热情》）最为著名，成为钢琴音乐的不朽之作。他写过6首钢琴协奏曲。他的《D大调小提琴协奏曲》非常抒情而气魄浩大。他所作的唯一一部歌剧是《菲德里奥》。他的室内乐中，最著名的是《F大调小提琴奏鸣曲》（《春天》）和《降B大调三重奏》（《大公》）。

舒伯特，F.（1797-01-31 ~ 1828-11-19） 奥地利作曲家。生于维也纳。自幼从父兄学习音乐。1808年入神学寄宿学校。1813年到父亲的学校担任助理教师。1817年辞去教职，专事创作。1825年参加为期5个月的旅行演出。

在短短十几年的创作生涯中，舒伯特写了遍及各种体裁的大量音乐作品。歌曲是舒伯特有特殊成就的创作领域。他一生写了600多首歌曲，其中重要的有《纺车旁的格雷欣》《牧童的哀歌》《魔王》《野玫瑰》《迷娘之歌》《致音乐》《美丽的磨坊女》《鳟鱼》《菩提树》和两首《流浪者》。他的10部交响曲中，比较重要的有《第四交响曲》（《悲剧》）、《第五交响曲》、《第八交响曲》（《未完成交响曲》）和《第九交响曲》。他的著名作品还有《死与少女四重奏》《鳟鱼五重奏》《C大调弦乐五重奏》《流浪者幻想曲》，以及6首“音乐的瞬间”和8首“即兴曲”等。

肖邦，F.F.（1810-03-01 ~ 1849-10-17） 波兰作曲家、钢琴家。生于华沙郊区热拉佐瓦沃拉。幼年时向捷克音乐家W.日夫尼学习钢琴，8岁开始公开演奏。1824年师从德国音乐家、华沙

新华社提供

音乐学院院长J.X.埃尔斯纳学习音乐理论。1826入华沙音乐学院学习，1829年毕业。1830年出国深造，次年在巴黎定居，从事钢琴演奏、教学和创作活动。

波洛奈兹舞曲是肖邦创作中民族精神体现得最为强烈的体裁，其中《降A大调波洛奈兹舞曲》是性格最刚毅、气势最宏伟的一首。他的练习曲中，最有代表性的是《c小调练习曲》（《革命练习曲》）和《E大调练习曲》等。他的前奏曲中占有突出地位的是《d小调前奏曲》。夜曲是肖邦创作中最富于浪漫主义气质的体裁。《c小调夜曲》标志着肖邦已经将夜曲的创作提高到前所未有的水平。他的叙事曲中，《g小调叙事曲》和《F大调叙事曲》最为人们所喜爱。他的奏鸣曲中最突出的是《降b小调钢琴奏鸣曲》，其中第三乐章《葬礼进行曲》是肖邦的音乐中最脍炙人口的篇章之一。他的协奏曲中，最重要的是《第一钢琴协奏曲》和《第二钢琴协奏曲》。

李斯特，F.（1811-10-22 ~ 1886-07-31） 匈牙利作曲家、钢琴家。生于肖普朗的莱丁村。6岁从父学习钢琴，9岁登台演奏。1821年由父亲陪同到维也纳学习钢琴和作曲。1824年在巴黎首次登台演出，一举成名。以后在欧洲各地巡回演出。1848 ~ 1859年，在魏玛任宫廷乐长兼歌剧院指挥。1865年在罗马任神父。1869年返回魏玛从事教学。1871年起任布达佩斯音乐学院院长。

李斯特的创作领域主要是钢琴音乐和交响音乐。李斯特的钢琴演奏艺术和钢琴音乐创作在音乐史上占有重要地位。他把钢琴演奏技巧发展到了历史高峰，拓展了钢琴的表现力。他的钢琴作品主要有《旅行年代》《匈牙利狂想曲》《b小调钢琴奏鸣曲》《超级练习曲十二首》等。他首创单乐章交响音乐形式——交响诗，写有13首交响诗，其中著名的有《前奏曲》《塔索》《英雄的葬礼》《匈奴之战》《哈姆雷特》等。他还创作了不少宗教题材的作品。他晚年的作品则反映出对新的音乐表现手法的探索。

威尔第，G.（1813-10-10 ~ 1901-01-27） 意大利作曲家。生于帕尔马的巴塞托市郊的隆高勒村。以充当乡村教堂的管风琴手开始其音乐生涯。1832年投考米兰音乐学院被拒于门外，从声乐教师和作曲家V.拉维尼亚私人学习。1838年移居米兰。

威尔第一生写了27部歌剧。他的爱国英雄歌剧，产生了巨大的社会作用，主要包括早期的《纳布科》《第一次十

《阿依达》剧照

字军远征中的伦巴第人》《爱尔那尼》《莱尼亚诺之战》，以及中期的《西西里晚祷》和《唐卡洛斯》等。他最杰出、至今盛演不衰的歌剧是中期的《弄臣》《游吟诗人》《茶花女》《阿依达》，以及晚期的《奥赛罗》和《福斯塔夫》等。其中《游吟诗人》音乐效果热烈，曲调刚健有力，体现了威尔第中期音乐创作风格的典型特征；《阿依达》以场面绚丽庞大的法国式大歌剧特征著称；《奥赛罗》是他晚期歌剧的代表作，在歌剧史上占有重要地位。

施特劳斯，J.（1825-10-25 ~ 1899-06-03） 奥地利作曲家、指挥家。生于维也纳。其父与 J. 兰纳共同奠定了维也纳圆舞曲体裁的基础。早年跟父亲乐团的琴师 F. 阿蒙学习小提琴。1843 年从捷克作曲家 J. 德雷克斯勒学习作曲。翌年组织乐队演出，获得成功。1849 年父亲去世后，他将两个乐队合而为一，多次率领乐队旅行演出。1863 ~ 1871 年，他接受“宫廷舞会乐长”称号。

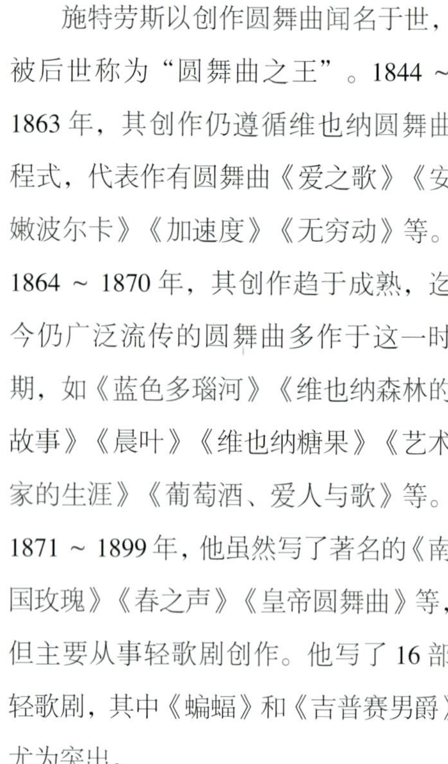

施特劳斯以创作圆舞曲闻名于世，被后世称为“圆舞曲之王”。1844 ~ 1863 年，其创作仍遵循维也纳圆舞曲程式，代表作有圆舞曲《爱之歌》《安嫩波尔卡》《加速度》《无穷动》等。1864 ~ 1870 年，其创作趋于成熟，迄今仍广泛流传的圆舞曲多作于这一时期，如《蓝色多瑙河》《维也纳森林的故事》《晨叶》《维也纳糖果》《艺术家的生涯》《葡萄酒、爱人与歌》等。1871 ~ 1899 年，他虽然写了著名的《南国玫瑰》《春之声》《皇帝圆舞曲》等，但主要从事轻歌剧创作。他写了 16 部轻歌剧，其中《蝙蝠》和《吉普赛男爵》尤为突出。

柴科夫斯基，P.I.（1840-05-07 ~ 1893-11-06） 俄国作曲家。生于维亚特卡省卡姆斯克-沃特金斯克。1850 ~ 1859 年就读于圣彼得堡法律学校，毕业后进入司法部任职。1861 年入俄罗斯音乐协会的音乐班学习。1862 年成为圣彼得堡音乐学院的第一批学生。1865 年毕业后任教于莫斯科音乐学院。1877 年辞去教职，专事创作。

交响曲在柴科夫斯基作品中占突出地位。他一生共写过 6 部有顺序号的交响曲和标题交响曲《曼弗雷德》。《第四交响曲》的问世，标志着他的交响曲创作进入成熟阶段。《第六交响曲》(《悲怆》) 是柴科夫斯基交响曲创作的巅峰。歌剧是他创作的重要领域。他写有歌剧 11 部，其中最卓越的是《叶甫盖尼·奥涅金》和《黑桃皇后》。他的 3 部舞剧音乐——《天鹅湖》《睡美人》和《胡

桃夹子》，都已成为世界舞剧艺术中影响巨大的作品。在器乐协奏曲方面，比较突出的作品是《第一钢琴协奏曲》和《D大调小提琴协奏曲》。他还写了一些著名的单章性作品，如《1812序曲》《意大利随想曲》和幻想序曲《罗密欧与朱丽叶》等。室内乐作品以他的《第一弦乐四重奏》和《a小调钢琴三重奏》最为著名。

德彪西，C.（1862-08-22 ~ 1918-03-25） 法国作曲家。生于巴黎附近的圣日耳曼昂莱。1872年入巴黎国立高等音乐学院。1880年底进入E.吉罗的作曲班。其间两次利用暑假去俄国，接触到俄罗斯音乐。1885年去罗马进修，1887年返回巴黎。1907年开始到国外旅行，指挥和演奏他的作品。这期间，他罹患直肠癌，创作量大大减少。

1884年，德彪西以康塔塔《浪子》获罗马大奖。1890年前他写的较重要的作品有钢琴曲《两首阿拉伯风格曲》《贝加莫组曲》，歌曲《曼多林》《被遗忘的小咏叹调》《波德莱尔的五首诗》等。他的大部分重要作品均完成于1890 ~ 1910年。《佩里亚斯与梅丽桑德》是他唯一的歌剧作品。《牧神的午后前奏曲》《夜曲》《大海》《意象集》等，是印象主义管弦乐的杰作。从《组曲：为钢琴而作》开始，他创作了一系列由标题小曲组成的钢琴曲集，如《版画集》《意象集》《儿童角落》《十二首钢琴前奏曲》等。歌曲《比利蒂斯之歌》、两集《华丽的节日》是德彪西艺术歌曲的代表作。

斯特拉文斯基，I.F.（1882-06-17 ~ 1971-04-06） 美籍俄国作曲家。是20世纪最有影响的作曲家之一。生于俄国圣彼得堡附近的奥拉宁鲍姆。1905年从圣彼得堡大学法律系毕业。1903 ~ 1906年，从俄国作曲家N.A.里姆斯基-科萨科夫学习。

《斯特拉文斯基》（美国，A. 纽曼）

他的创作经历复杂，音乐风格多变。最初的作品如交响诗《烟火》等，带有印象主义色彩。1910 ~ 1914年主要生活在巴黎，偶尔也回俄国。这期间创作的舞剧音乐《火鸟》和舞剧《彼得鲁什卡》《春之祭》，具有鲜明的俄罗斯音乐特色。第一次世界大战期间，他在瑞士度过，创作了乐队编制不大、音乐风格较轻巧的作品。1920年他迁往法国，转向所谓“新古典主义”。新古典主义的代表作有舞剧《缪斯的主宰阿波罗》，歌剧-清唱剧《俄狄浦斯王》《圣诗交响曲》《C大调交响曲》等。1939年他应邀赴美国，后定居美国。20世纪50年代中期，从舞剧《阿贡》开始，他创作了一系列无调性的序列音乐作品，如合唱《哀歌》《追思圣歌》等。

卡拉扬，H.von（1908-04-05 ~ 1989-07-16） 奥地利指挥家。生于萨尔茨堡。曾在维也纳音乐学院学习指挥。1929年在乌尔姆歌剧院指挥演出W.A.莫扎特的歌剧《费加罗的婚姻》，获得成功。1930年师从A.托斯卡尼尼学习。1934年起，历任亚琛歌剧院、柏林国家歌剧院、柏林交响乐团、柏林爱乐乐团、维也纳国家歌剧院的指挥、音乐指导等职。1967 ~ 1969年先后创办复活节音乐会和卡拉扬国际指挥家比赛会。

1987年1月1日卡拉扬在维也纳举行的新年音乐会上登台指挥　新华社提供

卡拉扬的指挥艺术继承和发展了托斯卡尼尼的传统。他有着强烈的色彩感与超人的听觉。在忠实于原作的基础上，对作品精雕细刻、巧妙布局，并加以适度夸张。其指挥风格以严谨、完美、富于魅力著称。他在交响曲和歌剧的音乐领域里都取得了辉煌的成就，尤其擅长诠释莫扎特、R.瓦格纳、A.布鲁克纳和R.施特劳斯的作品。曾于1979年率柏林爱乐乐团来中国访问演出。

帕瓦罗蒂，L.（1935-10-12 ~ 2007-09-06） 意大利男高音歌唱家。生于摩德纳。1961年在雷焦艾米利亚市剧院举行的国际声乐比赛中获奖。同年在该市首次登台扮演《波希米亚人》中的鲁道夫，一举成名。其后相继在荷兰和英国演出，获得成功。1965年与J.萨瑟兰到澳大利亚旅行演出，扮演《拉美莫尔的露契亚》中的埃德加；同年在米兰斯卡拉歌剧院登台，扮演《弄臣》中的曼图亚公爵。1968年在美国圣弗朗西斯科（旧金山）和纽约登台，扮演《军中女郎》中的托尼奥，声名大振。他曾被誉为“高音C之王”，其嗓音开放、明亮，高音辉煌，穿透力极强。他的演唱优美、热情、奔放，具有典型的意大利风格。他擅长抒情和戏剧性角色，为当代最受欢迎的男高音之一。曾多次来中国访问演出，受到热烈欢迎。

新华社提供

卡雷拉斯，J.（1946-12-05 ~ ） 西班牙男高音歌唱家。生于巴塞罗那。17岁考入巴塞罗那音乐学院。1971年获得意大利“威尔第之声”国际声乐比赛第一名，从此走红意大利。1972年到美国，在纽约歌剧院演出《蝴蝶夫人》，一炮打响，获得三年的演出合同。美国及国际声乐评论界对他的评价是：甜润、抒情的男高音和天鹅绒般的嗓音。此后相继在美国、英国、日本和巴西等地演出。1974 年在美国大都会歌剧院演出《托斯卡》，引起轰动。20 世纪 80 年代，他开始演唱重抒情角色。先后扮演《游吟诗人》《图兰多》《卡门》等剧中的主角。

新华社提供，任珑拍摄

1988 年被诊断患了白血病，他以惊人的毅力战胜病魔，并于同年 7 月 11 日举行了复出音乐会。从 1990 年起，卡雷拉斯与 L. 帕瓦罗蒂、P. 多明戈共同组织"三大歌王"演唱会。作为世界顶尖的歌王，卡雷拉斯擅长演唱多种风格的作品，为世界声乐艺术作出了杰出贡献。

【舞蹈】

舞蹈 以经过提炼、组织和艺术加工的人体动作为主要表现手段，表达思想情感的艺术形式。舞蹈动作源于生活，经过加工、提炼、选择与组织而具有超乎生活常态的节奏性和韵律感。每一种舞蹈经过长期传衍积淀，逐渐形成相对稳定的动作体系（舞蹈语言），借此抒情表意，实现其审美功能，并呈现出民族文化的特异性。

中国青海大通上孙家寨出土的距今约 5000 年的舞蹈纹彩陶盆

舞蹈的分类十分复杂，按产生的时代可分为古典舞蹈、现代舞等，按功能可分为祭祀舞蹈、社交舞蹈等，按形式可分为灯舞、龙舞、狮舞等，按地域可分为日本舞、俄罗斯舞等。芭蕾业已成为具有鲜明特征、严谨程式的经典性舞台艺术，虽源于欧洲，现在已具有国际性。民族民间舞泛指各个国家民间广泛流传的、以自娱为主要功能的、与民俗紧密相关的各种舞蹈。民族舞和民间舞虽然密切相关，但严格说来并不属于同一范畴。民间舞是群众自娱的舞种，以非舞台化加工为主要界定标准，有时也被称为广场舞蹈。民族舞是指具有特定风格、为某个民族所拥有并在相对稳定的地域流传的舞种，包含自然传衍的舞蹈和舞台艺术作品。

古埃及第 18 王朝时期墓室壁画中的宴享乐舞场面

古典舞蹈 各地区、国家、民族中具有典范意义和独特风格的传统舞蹈。古

中国古典舞蹈《飞天》剧照　新华社提供，赵琬微拍摄

典舞蹈是经历代艺术家创造、提炼和加工而逐渐形成的。在形成过程中，吸收了民间舞蹈、手语、武术、杂技等多种舞蹈因素，具有规范化的舞蹈技艺、程式化的表现手法、严谨的训练体系和相对稳定的美学原则。

不同地区、国家和民族，都有自己独特风格的古典舞蹈。如印度古典舞蹈由婆罗多舞、卡塔克、卡塔卡利、曼尼普里、奥迪西、库吉普迪六大传统舞系组成，具有丰富的、含义明确的手语和表情。欧洲古典舞蹈一般指芭蕾，具有严格的程式规范、高度凝练的舞蹈技巧和特殊而华丽的审美趣味。

中国古典舞蹈的概念大约出现在20世纪50年代初。在中国古典舞蹈的优秀作品中，舞蹈动作和姿态具有明确的目的性和造型美，能形象地描绘出所要表现的人物性格和情绪变化，体现出雍容典雅、刚柔相济、形神合一、技艺相协，以及手、眼、身、法、步完美统一的风格和美学特征。具有中国古典舞蹈风格的优秀舞剧和舞蹈作品有《宝莲灯》《小刀会》《金山战鼓》和《丝路花雨》等。

芭蕾

诞生于意大利、成型于法国宫廷的欧洲古典舞蹈及欧洲舞剧。芭蕾是法语 ballet 一词的音译。作为一种舞蹈形式的芭蕾，是国际舞坛迄今传播最广的舞蹈种类。

芭蕾起源于15世纪文艺复兴时期的意大利，成型并兴盛于16世纪上半叶至19世纪上半叶的法兰西，鼎盛于19世纪下半叶的俄罗斯和丹麦，并于20世纪初从俄罗斯走向世界各地，先后形成意大利学派、法兰西学派、俄罗斯学派、丹麦学派四大学派，或包括英国学派、美国学派在内的六大学派。500年来的芭蕾史可分为早期芭蕾、浪漫芭蕾、古典芭蕾、现代芭蕾和当代芭蕾共五个时期。芭蕾作品可根据不同的历史时期、作品结构、本体特征、美学追求，以及同姊妹艺术的关系，分为席间芭蕾、

16世纪意大利雕塑家詹博洛尼亚的作品《墨丘利》（这一姿势后来为意大利舞蹈家C. 布拉西斯确定为舞姿，命名为“阿提久”）

幕间芭蕾、喜剧芭蕾、歌剧芭蕾、戏剧芭蕾、芭蕾歌剧、交响芭蕾、爵士芭蕾、摇滚芭蕾等不同形式。

《红色娘子军》 中国芭蕾舞剧。1964年由中央歌剧舞剧院芭蕾舞团（今中央芭蕾舞团）根据同名电影改编创作，首演于北京。李承祥、蒋祖慧、王希贤担任编导，吴祖强、杜鸣心等作曲，主要演员有白淑湘等。

中央芭蕾舞团在西班牙马德里卡纳尔大剧院演出《红色娘子军》 新华社提供，时任拍摄

舞剧讲述了中国第二次国内革命战争时期，在中国共产党领导下，海南岛的一支由妇女组成的红军连队与当地国民党军及反动地主武装英勇斗争的史实。舞剧编导者以电影剧本为基础，对情节进行了适合于芭蕾表现形式的改编；在舞蹈设计上，广泛吸收中国民间舞蹈，从部队生活和军事动作中提炼舞蹈动作，使它们与芭蕾的表演技巧相融合。《红色娘子军》成功地塑造了琼花、洪常青等人物形象，是一部具有中国特色的芭蕾作品。

《天鹅湖》 四幕芭蕾舞剧。为俄国古典芭蕾代表作。P.I. 柴科夫斯基作曲，V.P. 别吉切夫和 V. 盖里采尔担任编剧。1877年3月由莫斯科大剧院芭蕾舞团首演，演出失败。目前流行的是由 M. 佩蒂帕和 L.I. 伊万诺夫编导，圣彼得堡的马林斯基剧院芭蕾舞团于1895年1月首演的版本。

《天鹅湖》剧照

舞剧讲述王子齐格菲尔德与被魔法变成天鹅的公主奥吉塔的爱情故事：王子勇敢地与魔王搏斗，忠贞的爱情终于战胜魔法，奥吉塔重获自由。《天鹅湖》是芭蕾舞剧史上最负盛名的经典之作。第二幕中的《白天鹅双人舞》《四小天鹅舞》《四大天鹅舞》《天鹅大群舞》等舞段，标志着芭蕾艺术在19世纪末取得的最高成就。剧中民间舞蹈具有绚丽、高超的芭蕾技巧。第三幕中的西班牙《斗牛士舞》、意大利《那不勒斯舞》、匈牙利《恰尔达什舞》、波兰《马祖卡舞》四段性格舞，不仅满足了情节需要，而且用风格迥异的动律特征和五彩斑斓的服装强化了整部舞剧的视觉冲击力。

现代舞 20世纪初兴起于美国和德国的舞种。现代舞是在反对古典芭蕾封闭僵化之际产生的，它的出现体现了探求舞蹈本体、追求个性解放、弘扬原创的

美国现代舞表演家、编导A. 艾利的现代舞代表作《启示录》剧照（1960）

他们的观念、方法、技术和作品具有个体化、小型化、多样化、国际化的整体特点。他们的创作理念和创作方法一直延续至今。⑤后后现代舞时期（80年代后期至今）。舞者大多接受过高等教育，注意吸收与借鉴各大流派的舞蹈和各种肢体开发体系的精华，以及冥想、气功、太极、瑜伽等东方的哲学与技术。作品堪称雅俗共赏、老少皆宜。

时代精神。

美国现代舞一般分为五个时期。①自由舞时期（1898 ~ 1927）。代表人物是I. 邓肯。她抛弃古典芭蕾的脚尖鞋和紧身衣，随心所欲地自由起舞，将舞蹈还原到纯真境界。②早期现代舞时期（1915 ~ 1932）。美国现代舞的创建者是R. 圣丹尼斯和T. 肖恩。他们将视点聚集在东方，作品充满东方情调。丹尼斯-肖恩舞蹈学校和舞团成为美国现代舞的摇篮。③古典现代舞时期（20世纪20年代中后期至50年代末）。现代舞从理论到实践均形成规模，出现格莱姆训练体系和韩芙丽-韦德曼训练体系，涌现大量风格迥异的现代舞作品。④后现代舞时期（60年代初至70年代末）。大多数舞蹈家创办有自己的舞团，

现代舞在德国的鼻祖是R.von 拉班和M. 魏格曼，他们的舞蹈最初被称作新舞蹈、表现派舞蹈、中欧舞蹈和德国舞蹈。这种新舞蹈一开始便向两个方向发展：一是与古典芭蕾彻底划清界限，创造一种在思想观念、训练体系、创作方法和舞蹈形象上“全新”的舞蹈，代表人物有魏格曼等；二是仅在观念上追求与时代同步，而在创作上采取比较自由和包容的态度，代表人物有拉班等。德国现代舞以“新舞蹈”的概念和方法于20世纪20 ~ 30年代相继流传到欧洲、美洲、亚洲和大洋洲的许多国家，成为早期现代舞在世界范围内的火种。60年代以后，德国现代舞在与美国后现代舞和后后现代舞的碰撞与交融中，产生出“舞蹈剧场”这种综合性的剧场舞蹈形式。而德国新舞蹈在英国、法国、比利时、以色列和日本等国，经过数十年的发展，在同本土文化结合之后产生了当代舞、身体剧场和舞踏等崭新的现代舞品种。这些新品种以空前的速度和力度出现在世界各地的舞台上，并逐步成为主流。

德国现代舞编导P. 鲍希的现代舞代表作《春之祭》剧照（1975）

舞剧 以舞蹈为主要表现手段，综合

音乐、美术、文学等艺术手段，表现人物和一定戏剧情节的舞台表演艺术。舞剧在西方统称芭蕾。在中国，舞剧于20世纪中叶出现并逐步发展起来。

舞剧的创作过程比较复杂：编剧构思或编写舞剧文学剧本；编导编出可操作的舞台场次台本；作曲家根据全剧主题和各场的规定情景作曲；舞美根据舞剧的内容和风格，设计布景、灯光、服装、道具、人物造型等；指挥家处理音乐、指挥乐队；编导组织和领导演员排练，协调各相关部门在舞台上合成演出。

法国芭蕾表演家、编导 J.-G. 诺韦尔根据希腊题材创作的芭蕾舞剧《美狄亚与伊阿宋》（1763）

舞剧的动作语言通常包括各种类型的舞蹈，如古典舞蹈、性格舞、现代舞，有时还有宫廷舞蹈、舞会舞蹈及武术、杂技性的舞蹈。因剧目题材和体裁不同，舞剧以某一种舞蹈为主，其他几种舞蹈为辅，也可以各种舞蹈兼而有之。舞剧中的舞蹈样式有独舞、双人舞、三人舞、群舞、组舞或舞蹈性哑剧。采用哪种样式，根据剧情和塑造人物的需求而定。

《丝路花雨》 中国民族舞剧作品。编剧为甘肃省歌舞剧院《丝路花雨》创作组（赵之洵执笔），刘少雄、张强、朱江、许琪、晏建中担任编导，韩中才、呼延、焦凯作曲。1979年由甘肃省歌舞团首演，主要演员有贺燕云等。

《丝路花雨》中经典的“反弹琵琶”造型　新华社提供，马宁拍摄

舞剧共六场。主要情节是：唐代画工神笔张在丝绸之路上救了波斯商人伊奴思，女儿英娘却被贼人掳走。数年后，伊奴思为已沦为歌舞伎的英娘赎身，父女团圆。为躲避歹官市令的迫害，英娘随伊奴思出走波斯。三年后，伊奴思率队使唐，英娘相随回国。市令唆使强人拦劫，为救伊奴思，神笔张遇害。在敦煌27国交易会上，英娘化装献艺，向河西节度使陈述市令的罪状，剪除了丝绸之路上的一害。舞剧采用敦煌壁画中的舞姿风格。剧中舞蹈，如莫高窟中的《反弹琵琶舞》、波斯花园中的《刺绣舞》、梦幻中的《柘枝舞》、交易会上的《盘上舞》和《霓裳羽衣舞》等，均给观众留下深刻印象。1994年被评为“中华民族20世纪舞蹈经典作品”。

音乐舞蹈史诗 结构宏大的，以音乐、舞蹈、诗歌、舞台美术为艺术手段，概括表现具有重大意义的历史事件的表演艺术形式。根据统一的主题和完整的艺术构思，利用诗歌朗诵和舞台美术，把各个历史时期具有代表性的音乐、舞蹈和新创作的音乐、舞蹈贯串起来，艺术地再现历史生活场景。在中国古代，就曾有过类似的表演艺术形式，如周代的《大武》、唐代的《秦王破阵乐》等。中华人民共和国成立后又有《人民胜利万岁》《东方红》《中国革命之歌》和《复兴之路》等作品。

大型音乐舞蹈史诗《旗帜》剧照　新华社提供，李文明拍摄

《东方红》　中国大型音乐舞蹈史诗。为庆祝中华人民共和国成立15周年，在国务院总理周恩来的倡议和指导下，集中全国艺术家集体智慧创作而成。1964年10月2日由3000多名职业与非职业文艺工作者首演于北京人民大会堂。

全剧共六场，概括地表现了中国共产党领导下的新民主主义革命和中华人民共和国建设的光辉历史，歌颂了中国人民在中国共产党的领导下，团结一心，英勇斗争的革命精神。《东方红》以18段朗诵诗、39首歌曲、35段舞蹈与表演唱、37个变换的场景，集中表现了中国歌舞艺术的成就。其中歌曲《东方红》《北方吹来十月的风》《秋收起义》《井冈山》《红军想念毛泽东》《情深意长》《游击队之歌》《二月里来》《南泥湾》《保卫黄河》《团结就是力量》《解放区的天》《赞歌》《没有共产党就没有新中国》《歌唱祖国》等，舞蹈《葵花舞》《飞夺泸定桥》《艰苦岁月》《盅碗舞》《长鼓舞》《大刀舞》《傣族舞》《新疆舞》《丰收舞》等都是脍炙人口的佳作。

以红军长征为主题的《东方红》第三场“万水千山”剧照　新华社提供，侯波拍摄

民间舞蹈　产生和流传于民间的舞蹈。民间舞蹈历史悠久，是人类创造舞蹈文化的最初形态，凝结着创造者的审美情趣、思想感情、理想愿望。民间舞蹈伴随民众的生产、生活、宗教信仰及各种习俗活动，逐步形成自娱、祭神、驱鬼、娱人等多种功能。生产方式、风俗习惯的变化，生存环境的改变，外来文化的影响，是民间舞蹈发展、变化的主因。不同民族和地区的民间舞蹈，风格特色差异明显。

民间舞蹈是专业舞蹈创作的主要素材来源。宫廷舞蹈、艺术舞蹈和社交舞蹈，都与民间舞蹈有着千丝万缕的联系。

安塞腰鼓

经过专业舞蹈工作者加工运用在芭蕾中的民间舞蹈，被称为性格舞。中国的戏曲舞蹈和创作舞蹈中，也大量吸收了各种民间舞蹈。同时，民间舞蹈仍然独立存在于自己原有的范围内，循着自身的发展规律世代相传。

国际标准舞　当代标准式社交舞。简称国标舞。兼有运动、休闲、健身及社交功能。主要包括摩登舞和拉丁舞两部分。摩登舞从欧洲宫廷的舞会舞蹈和欧洲民间传统舞蹈演化而来，包括华尔兹、探戈、维也纳华尔兹、快步、狐步；拉丁舞源自拉丁美洲国家的民间舞会舞蹈，包括桑巴、伦巴、恰恰恰、斗牛舞、牛仔舞。

华尔兹　新华社提供，陈飞拍摄

国际标准舞之标准的设立与欧洲传统社交舞界关系密切。英国人的社交舞于18～19世纪传播到世界各国，20世纪初开始在美国流行。第二次世界大战后，社交舞被美军和美国游客散播到全球各地。社交舞流传到各地后，因各国环境和民情的差异，逐渐掺杂了各种跳法，并从礼仪性、自娱性的舞蹈转变为竞技性舞蹈。1920年以后，由英国皇家舞蹈教师协会规定了舞步标准和比赛章程，国际标准舞成为世界性的比赛项目。

踢踏舞　通过鞋底轮番击打地面，发出抑扬顿挫的节奏声的舞蹈。19世纪初，爱尔兰、英格兰、苏格兰、荷兰、德国和斯堪的纳维亚半岛诸国的包含大量“踢踏”成分的舞蹈，被爱尔兰等国的移民带到美国后与黑人舞蹈相结合，形成踢踏舞。双臂固守在躯干两侧，不随意摆动，成为欧洲踢踏舞的风格特色。直到它成为美国踢踏舞后，手臂才随心挥舞起来。

踢踏舞表演家和编导M.弗拉特利（中）编舞并领舞的《大河之舞》剧照

踢踏舞的名称出现在20世纪初。随后这种舞蹈吸收交谊舞成分，以及爵士舞切分音节奏，不仅在原有硬鞋舞的基础上发展出平脚踢踏舞、节奏踢踏舞等主要炫耀力度和速度的舞蹈，而且出现具抒情意味和细腻质感的软鞋舞。到20世纪上半叶，踢踏舞风靡美国。好莱坞歌舞片将踢踏舞与电影结合在一起，成为雅俗共赏的表演形式。在爱尔兰，以踏步-踢踏舞为主要素材的《大河之舞》成功演出，把爱尔兰的民族文化传播到世界各地，带来踢踏舞的复兴。

迪斯科 群众自娱性舞蹈、美籍黑人创造的爵士舞。从20世纪70年代兴起，最初只流行于美国小城镇的黑人聚居区和拉丁美洲下层社会中，不久迅速流传，直至风靡全世界。

迪斯科舞姿

迪斯科音乐强调以夸张的强弱力度的交替反复诱发内在的节奏冲动来支配舞步，比传统的华尔兹、探戈等更为自由，突出个性。男女两人一起跳舞时，更多的时间身体不接触，动作不必一致，而是问答式的情绪联系与默契。舞蹈动作可随着音乐节奏即兴发挥。根据技术要求的不同，可分为娱乐性的舞厅迪斯科、健身的迪斯科体操和表演性的迪斯科。舞厅迪斯科自娱性强，形式多样，随意即兴。这种舞可单人自跳、双人跳、多人集体跳，但仍以男女双人跳比较普遍。

霹雳舞 街舞的一种。20世纪70年代产生于美国纽约市布朗克斯区的街头。当时黑人青少年从摇滚明星J. 布朗夸张的表演中受到启发，转而开始用比试舞艺的方法去征服对方，客观上极大

霹雳舞舞姿

地降低了青少年的犯罪率。为此，美国青少年犯罪问题专家建议政府鼓励甚至赞助霹雳舞比赛，由此使这种街舞最终风靡世界。

霹雳舞技术大致可分两类：一类是普通人难以完成的杂技性旋转，如模拟性的“螺旋桨”“直升机”“飞机”“海龟”等，以及将身体各部位用作支撑点的单纯旋转，如“头旋”“肩旋”“背旋”“手旋”等；另一类则是肢体的各种动作，舞动时如同一股电流通过全身，具体的舞步包括“月亮步”“海浪”“突放”“突收”等。由于这些动作对人体的各关节、韧带和肌肉的柔韧与力量要求极高，因此参与者均为青少年。

中央芭蕾舞团 中国芭蕾表演团体。对外交流中称中国国家芭蕾舞团。为中国唯一的国家级芭蕾舞团。前身为1959年创建的北京舞蹈学校实验芭蕾舞团，1963年与中央歌剧舞剧院合并为中央歌剧舞剧院芭蕾舞团。1980年该团一分为二，分为中央歌舞剧院和中央芭蕾舞团。历任主要领导有戴爱莲、赵沨、黎国荃、赵汝蘅、李承祥、冯英等。

中央芭蕾舞团以古典芭蕾风格闻名于世，同时富有极大的创造力。舞团一方面排练上演外国优秀芭蕾舞剧，另一

中央芭蕾舞团演出芭蕾舞剧《大红灯笼高高挂》 新华社提供，刘广铭拍摄

方面致力于创作多种题材的中国芭蕾作品。建团以来，先后上演的世界著名古典芭蕾舞剧有《天鹅湖》《海盗》《吉赛尔》《泪泉》《巴黎圣母院》《仙女们》《希尔维娅》等。1964年，创作演出了大型中国现代芭蕾舞剧《**红色娘子军**》。其他重要舞剧还有《沂蒙颂》《草原儿女》《祝福》《林黛玉》《鱼美人》《黄河》《梁山伯与祝英台》《大红灯笼高高挂》《牡丹亭》等。

东方歌舞团 中国音乐舞蹈表演团体。在中央歌舞团东方舞班的基础上，汇集全国各地艺术人才，于1962年在北京成立。历任主要领导有赵起扬、田雨、戴碧湘、**王昆**、高志平、田玉斌、田军利等。

歌舞团以表演中国和亚洲、非洲、拉丁美洲的民间歌舞为主。建团以来，创作、改编、学演了数百部外国舞蹈节目和千余首外国音乐作品，其中著名的外国歌舞有斯里兰卡的《罐舞》、孟加拉国的《脚铃舞》、印度的《拍球舞》、日本的《八木小调》、马里的《贡巴》、阿根廷的《高原上的节日》，以及《缅甸古典双人舞》和《非洲鼓舞》等。中国的优秀舞蹈节目有《长鼓舞》《摘葡萄》《盅碗舞》《飞天》等。上演的代表性剧目有歌剧《**白毛女**》、音乐剧《音乐之声》等。2005年东方歌舞团与中国歌舞团合并为中国东方歌舞团。2009年该团转企改制为中国东方演艺集团有限公司。

东方歌舞团表演大型舞蹈诗画作品《国色》 新华社提供，邹峥拍摄

英国皇家芭蕾舞团 英国舞蹈演出团体、世界著名古典芭蕾舞团。前身为1931年由N.de瓦卢娃创办于伦敦的维克·威尔斯芭蕾舞团，1946年易名为萨德勒的威尔斯芭蕾舞团。第二次世界大战期间，演员们冒着炮火演出，受到广泛赞誉。1956年由女王授名“皇家芭蕾舞团”。

1935年，D.M.芳婷成为台柱，瓦卢娃的《浪子升迁记》、F.阿什顿的《仙

英国皇家芭蕾舞团演出芭蕾舞剧《舞姬》

女之吻》《溜冰者》等中型作品成为保留剧目。1963年，阿什顿接任团长，新编《交响变奏曲》《玲珑剔透》《茶花女》《关不住的女儿》等经典剧目，并由此形成叙事、抒情并举的英国芭蕾学派。R.努里耶夫1962年加入该团，与芳婷携手共舞，使得舞团备受瞩目。1970年，K.麦克米伦继任编导，创作了《曼侬》《梅雅林》《三位一体》《协奏曲》等大中型芭蕾舞剧和交响芭蕾。1977年以来，N.莫里斯、A.道尔、R.斯特雷顿、M.梅森等先后任艺术总监。

附属舞校建于1926年，先后由A.哈斯克尔、M.帕克等出任校长。优秀毕业生大多进入皇家芭蕾舞团。

新华社提供，张桂玉拍摄

吴晓邦（1906-12-18 ~ 1995-07-08）中国舞蹈艺术家、理论家、教育家。生于江苏太仓。原名吴锦荣。1929 ~ 1936年曾三次去日本学习现代舞蹈。1932年在上海创办晓邦舞蹈学校，1935年创办晓邦舞蹈研究所。抗日战争期间以舞蹈宣传抗日，并创办广东省立艺术专科学校舞蹈系。其间创作有《义勇军进行曲》《游击队之歌》等舞蹈作品和《思凡》《饥火》《罂粟花》《虎爷》《宝塔牌坊》等舞剧作品。1945年到延安。后辗转解放区各地开展新舞蹈活动，并创作了《进军舞》。1949年后历任中央民族歌舞团团长、中国舞蹈家协会主席、中国艺术研究院舞蹈研究所所长等职。吴晓邦为中国现代舞蹈开辟了新舞蹈之路，为中国舞蹈的教育、理论研究作出了贡献，被誉为“中国现代舞蹈之父”。主要著作有《舞蹈艺术概论》《舞蹈新论》《舞论》等。

戴爱莲（1916-05-10 ~ 2006-02-09）中国舞蹈艺术家、教育家、编导。祖籍广东新会，生于特立尼达和多巴哥。早年在国外学习舞蹈。1937年抗日战争全面爆发后，以舞蹈积极宣传抗战。

1940年回国。翌年到桂林。在创作《游击队的故事》《东江》《卖》《空袭》等抗战舞蹈的同时，从事舞蹈教学和民族民间舞蹈的采风，创编了《瑶人之鼓》《老背少》等舞蹈。1942年到重庆，先后在国立歌剧学校、国立社会教育学院任教。后创办育才学校舞蹈组。1946年在重庆举办边疆音乐舞蹈大会，掀起民间舞蹈的普及运动。1949年后历任华北大学三部舞蹈队队长、中央戏剧学院舞蹈团团长、中央歌舞团团长、北京舞蹈学校校长、中央芭蕾舞团团长、中华全国舞蹈工作者协会主席、中国舞蹈家协会副主席、联合国教科文组织国际舞蹈理事会副主席等职。创作的代表作有《和平鸽》《荷花舞》《飞天》等。

诺韦尔，J.-G.（1727-04-29 ~ 1810-10-19） 法国芭蕾表演家、编导、教育家和理论家。生于巴黎。早年随舞蹈家 L. 迪普雷学舞。16 岁在巴黎喜歌剧院首次登台，此后在欧洲各地巡演。1754 年出任巴黎喜歌剧院芭蕾编导，成功编导芭蕾舞剧《中国的节日》。一生创作芭蕾舞剧 150 多部。他于 1760 年出版的《舞蹈与舞剧书信集》是舞蹈史上的重要著作。他在书中针砭时弊，强调舞蹈不应是歌剧的附庸或身体的杂技，而应是情节自然、“没有对话的戏剧”。他的“情节芭蕾”的思想和编导原则，30 年后在他的学生 J. 多贝瓦尔的代表作《关不住的女儿》中得以体现，并对后世芭蕾舞剧的创作产生了深远影响。诺韦尔被誉为 18 世纪最重要的芭蕾改革家、舞蹈史上的“情节芭蕾之父”。

巴甫洛娃，A.P.（1881-02-12 ~ 1931-02-23） 俄国芭蕾表演家。生于圣彼得堡。1891 年入圣彼得堡皇家戏剧学校学舞。首次登台便以浓郁的抒情意味和灵动、细腻、传神的表演赢得特别关注。1899 年毕业时加入马林斯基剧院芭蕾舞团。1906 年开始领衔主演，表演角色几乎涉及传统芭蕾舞剧的所有女主人公。1907 年，在 M.M. 福金为她度身创作的《天鹅之死》中塑造了不朽形象。1909 年，随 S.P. 佳吉列夫赴巴黎参加俄罗斯演出季。1910 年，自行组团作环球巡演，把古典芭蕾的优美典雅传播到世界各地。1912 年定居伦敦。她舞风轻盈飘逸、质朴动人，被公推为“唯一能与 19 世纪芭蕾女明星 M. 塔利奥尼相媲美的 20 世纪芭蕾女明星”。

邓肯，I.（1877-05-26 ~ 1927-09-14） 美国现代舞蹈家、编导，现代舞先驱，美国现代舞史上自由舞时期的重要代表人物。生于圣弗朗西斯科（旧金山）。

邓肯（右）在聆听音乐

母亲是音乐教师，为她打下坚实的音乐基础，培养了她对舞蹈的志趣。她第一个抛弃古典芭蕾的脚尖鞋和紧身衣，以自然造物、古代希腊艺术、音乐名曲和社会现实为灵感，随心所欲地自由起舞，将舞蹈还原到纯真境界，引起了一场意义深远的舞蹈革命。她的表演在欧洲受到广泛欢迎。1921 年应邀到苏联办学。1927 年到欧洲旅行，因车祸逝世。主要舞蹈作品有《酒神巴克科斯》《舒伯特的华尔兹》《马赛曲》《革命者》《母亲》等。著有《邓肯自传》和《邓肯论舞蹈艺术》。

条目标题汉语拼音音序索引

N

O

P

T

W

《中国中学生百科全书》（修订本）主要编辑出版人员

社　　长　刘国辉
主任编辑　刘　艳　刘　杨

《文艺之美》

责任编辑　刘　艳
编　　辑　徐世新　于淑敏　赵　焱
　　　　　　裴菲菲　卢　红　黄佳辉
校　　对　梁嫕曦　徐怀谦　齐　敏

《中国中学生百科全书》主要编辑出版人员

特约编审　王德有　田胜立　王瑞祥
主任编辑　韩知更　徐世新
责任编辑　韩知更　余　会

编　　辑（按姓氏笔画排序）

丁日昕　于淑敏　于瑞玺　马汝军　王玉玲　王丽莎　王　秋
邓　茂　卢　红　甘师秀　刘东风　刘金双　孙关龙　孙　克
安成福　张健松　李　文　李晓红　李　静　李　静　李　燕
苑　力　罗锡鹏　周　茵　屈加平　林　京　林建敏　金　钰
侯澄之　施苹善　赵　焱　倪　亮　徐世新　郭银星　高　原
曹　来　梁云福　楼　遂　满运新　解惠琴　翦　晏　戴中器

审　　读（按姓氏笔画排序）

于瑞玺　邓　茂　傅祚华　赵秀琴　杨小凯　常汝先　程力华

美术编辑　罗锡鹏　王晓桃
责任校对　李　静
责任印制　徐继康　乌　灵